KB276154

중고생이 꼭 읽어야 할
한국대표수필
75

한국대표수필 75

1판 1쇄 발행 2013년 1월 29일
1판 18쇄 발행 2026년 1월 5일

지은이 피천득 외
엮은이 박찬영, 이서인, 김형주
펴낸이 박찬영
기획편집 안주영, 황민지, 이호영
마케팅 조병훈, 박민규, 이다인
디자인 박민정, 이재호, 이은정

발행처 리베르
주소 서울특별시 성동구 왕십리로 58 서울숲포휴 11층
등록신고번호 제2013-17호
전화 02-790-0587, 0588
팩스 02-790-0589
홈페이지 www.liber.site
커뮤니티 blog.naver.com/liber_book(블로그)
www.facebook.com/liberschool(페이스북)
e-mail skyblue7410@hanmail.net

ISBN 978-89-6582-050-5 (44810)
　　　978-89-6582-046-8 (세트)

리베르(Liber 전원의 신)는 자유와 지성을 상징합니다.

한국 대표 수필 75

리베르

"수필의 재료는 생활 경험, 자연 관찰, 또는 사회 현상에 대한 새로운 발견 등 무엇이나 다 좋을 것이다. 그 제재가 무엇이든지 간에 쓰는 이의 독특한 개성과 그때의 무드(기분)에 따라, '누에의 입에서 나오는 액(液)이 고치를 만들듯이' 수필은 써지는 것이다. 수필은 플롯이나 클라이맥스를 필요로 하지는 않는다. 필자가 가고 싶은 대로 가는 것이 수필의 행로(行路)이다."

피천득의 「수필」에 나오는 구절이다. 수필은 플롯이 없이 써지는 것이라고 했다. 가고 싶은 대로 가더라도 누에가 고치를 만들듯이 수필이 써지는 그런 경지는 어떤 경지를 말하는 것일까. 글 쓰는 연습만으로는 그런 경지에 오를 수 없을 것이다. 그것은 자신의 절실한 체험이 마음속에서 우러나서 자연스럽게 표현되는 것이 아닐까. 이런 의미에서 본다면 좋은 수필은 전문가뿐만 아니라 일반인에게서도 나올 수 있다. 수필은 한 개인의 생활의 발견이다.

물론 수필은 플롯을 필요로 하지 않지만 플롯이 있고, 쓰고 싶은 대로 쓰는 것이지만 갖춰야 할 규범이 있다. 무엇보다 걸림이 없는 글은 많은 사람에게 오랫동안 감동의 여운을 남긴다. 그 여운을 공유하고 새로운 발견의 밑거름으로 삼는다면 우리의 생활은 그만큼 풍요로워질 것이다.

『한국대표수필 75』는 한국인의 마음에 밑거름이 될 수 있는 명수필 75편을 가려 뽑은 수필 선집이다. 비문과 허문(虛文)이 남발하는 상황에서 한 편의 좋은 수필을 만나는 것도 큰 행운일 것이다.

1. 『한국대표수필 75』는 교과서의 수록 빈도, 예술성, 대중성을 작품 선정의
기준으로 삼았다.

문학 작품을 인위적으로 선정하는 작업이 반드시 바람직하다고는 할
수 없으나 무슨 작품부터 어떻게 읽어야 할지 혼란을 느끼는 학생들과
일반인들을 위해 안내 역할을 하는 것은 필요할 것이다.

2. 작가의 출생 연도에 따라 작품들을 순차적으로 배열했다.

수필은 개인적인 글로 인식되어서 그런지 시대적 경향을 구분한다는
것은 큰 의미가 없다. 또 주제에 따라 분류하면 한 작가의 작품 세계를
조망하는 데는 어려움이 있다. 하지만 한 작가의 출생 연도는 작품의 발
표 시기와는 무관하게 내밀한 체험에 따른 시대적 함의가 있다.

3. 해설은 '작가와 작품 소개, 작품 정리, 생각해 볼 문제'로 나누어 작품의
완전한 이해를 도모했다.

다양한 콘텐츠를 제공하여 작품을 보다 쉽게 이해할 수 있도록 구성했
다. 특히 '생각해 볼 문제'는 질문과 답변을 함께 제공하여 독서 효과를
극대화할 수 있도록 했다. 보다 강화된 논술 시험에 대비하는 데 큰 도
움을 줄 것이다.

4. 어휘 풀이는 각주가 아니라 내주로 처리하여 가독성을 높였다.

문학 작품에는 일반인이 잘 모르는 토속어, 방언, 전문어 등이 자주
나온다. 이런 어휘들을 소홀히 넘기면 감상의 포인트를 놓칠 수 있다.
대체로 어려운 어휘가 그 작품의 성격을 규정짓는 키워드일 가능성이
높다.

엮은이 씀

주제별 주요 작품 소개 -----------------------------------

이 책에 수록된 작품은 자연과 인간을 예찬한 글, 기행문, 생활 철학 등으로 나뉜다. 수록 작품 75편을 주제별로 정리해 간략하게 소개한다. 이를 통해 한국 대표 수필을 한눈에 살펴볼 수 있을 것이다.

• 자연에 대한 예찬

이양하 「신록 예찬」 : 신록이 우리에게 주는 이로움과 아름다움, 그리고 풍요로움을 찬양함

김진섭 「백설부」 : 순백의 아름다움으로 생활에 지친 사람들에게 위안을 주는 백설을 예찬함

김진섭 「매화찬」 : 한겨울에 추위를 무릅쓰고 피어나는 매화를 고고한 선비의 정신과 대비함

이태준 「물」 : 모든 것을 감싸고 포용하는 물의 덕성을 담담한 어조로 예찬함

조지훈 「돌의 미학」 : 각각 다른 장소에서 본 돌에서 영원한 생명의 아름다움을 발견함

김기림 「가을의 나상」 : 가을의 이미지를 새롭게 부여해, 순수한 존재가 되고 싶은 화자의 의지와 소망을 밝힘

강경애 「내가 좋아하는 솔」 : 사시사철 푸른 소나무를 통해 어머니에 대한 사랑과 고향에 대한 그리움을 표현함

나도향 「그믐달」 : 달을 여인으로 의인화해 생생하게 묘사하고 그믐달을 사랑하는 이유를 밝힘

박지원 「통곡할 만한 자리」 : 끝없이 뻗은 요동 벌판을 보고 울음을 터뜨릴 만한 장관임을 토로함

- **사람과 동물에 대한 예찬**

민태원「**청춘 예찬**」: 뛰어난 수사와 힘찬 문체로 청춘의 정열과 이상, 육체를 예찬함

김진섭「**모송론**」: 어머니의 위대한 모습을 일깨워 주면서 절대적인 모성애를 예찬함

방정환「**어린이 찬미**」: 모든 것을 기쁨으로 반응하는 어린이들의 순수한 모습을 찬미함

이광수「**우덕송**」: 소의 다양한 모습을 예찬하면서 소의 덕성을 본받기를 당부함

- **기행문**

정비석「**산정무한**」: 금강산 장안사, 명경대, 황천 계곡, 망군대, 마하연, 비로봉의 여정을 화려한 문체로 서술함

이광수「**금강산 유기**」: 금강산의 백미인 비로봉 등정 과정과 감회를 섬세하게 묘사함

최남선「**심춘 순례 서**」: 국토 순례의 불가피성과 여행기를 쓰게 된 동기를 경어를 사용해 서술함

최남선「**백두산 근참기**」: 백두산의 신화적 권위를 밝히고 민족애와 미학적 신앙을 표현함

현진건「**불국사 기행**」: 여정보다는 불국사, 석굴암의 예술미에 초점을 맞추어 서술함

한용운「**명사십리**」: 빼어난 경관을 지닌 명사십리 해수욕장에서 보낸 즐거운 시간을 회상함

유득공「**봄이 온 서울에 노닐다**」: 봄이 온 서울을 여행하면서 느낀 감회를 참신한 비유를 통해 표현함

의유당「**동명일기**」: 귀경대에서 본 일출의 장관을 섬세한 필치로 묘사함

• 생활의 발견

피천득 「나의 사랑하는 생활」 : 여유로운 생활과 아름다운 관계에 대한 소망
을 나열함

이상 「권태」 : 반복되는 일상과 단조로운 주변 환경에서 오는 일탈적 권태
감을 형상화함

이상 「산촌 여정」 : 산촌에서 생활하며 직접 보고 듣고 느낀 자연 현상을
도시적 감수성으로 바라봄

양주동 「웃음설」 : 웃음과 관련된 일화와 견해를 해박한 식견으로 솔직하게
풀어 놓음

이효석 「낙엽을 태우면서」 : 낙엽의 의미가 불러오는 계절적 느낌을 생활의
문제와 관련지어 시적으로 묘사함

박완서 「꼴찌에게 보내는 갈채」 : 관중의 환호가 없어도 끝까지 뛰는 꼴찌
주자에게 갈채를 보냄

강경애 「꽃송이 같은 첫눈」 : 대화체를 사용해 첫눈이 내리는 날에 느낀 감동
과 일상의 깨달음을 표현함

• 일상의 철학

강은교 「완전한 선택」 : 선택의 연속인 삶에서 느끼는 무력감을 토로하고,
선택이 인간의 존재 근거임을 밝힘

김진섭 「생활인의 철학」 : 평범한 사람들의 생활의 지혜가 곧 귀중한 철학이
라는 관점을 제시함

김진섭 「명명 철학」 : 이름이 내포하고 있는 의미를 설명하면서 이름의 중요
성에 대해 설득력 있게 서술함

• 달관의 철학

법정 「무소유」 : 진정한 자유와 무소유의 의미를 체험적으로 깨달았음을
고백함

이양하「페이터의 산문」: 페이터의 글을 소개하며 욕망과 집착이 결국은 부질없는 일임을 철학적으로 서술함

박지원「일야구도하기」: 강을 건너는 경험을 통해 외물이 마음을 현혹한다는 사실을 깨달음

• **물건에 얽힌 이야기**

계용묵「구두」: 구두 징 소리 때문에 빚어진 작은 사건을 소개하면서 인간 관계가 왜곡된 현대 사회를 풍자함

최서해「담요」: 담요에 얽힌 가족의 슬픈 추억을 떠올리면서 현재의 비참한 상황에 대해 탄식함

이태준「화단」: 화초를 유난히 아끼는 노인을 보며 자연미가 훼손되는 상황에 대해 안타까워함

유씨 부인「조침문」: 오랫동안 동고동락해 온 바늘이 부러진 것을 제문의 형식을 빌려 애도함

작가 미상「규중칠우쟁론기」: 규중 칠우의 논쟁을 통해 공치사만 일삼는 세태를 풍자함

• **동양적 문화**

윤오영「부끄러움」: 숨어서 쳐다보던 소녀를 통해 한국적 부끄러움의 아름다움을 발견함

윤오영「달밤」: 달밤에 이루어진 어느 노인과의 우연한 만남을 압축적 표현을 사용해 서정적으로 그림

• **강직한 정신**

함석헌「들사람 얼」: 교훈이 담긴 일화를 통해 들사람 정신이 결핍된 요즘의 세태를 개탄함

이희승 「딸깍발이」 : 해학적 문체로 현대인이 배워야 할 선비들의 인간성과
생활상을 생생하게 드러냄

조지훈 「지조론」 : 지조 있는 삶의 자세 또는 정치인과 사회 지도자들에게
요구되는 지조를 강조함

• 장인 정신

윤오영 「방망이 깎던 노인」 : 작은 일에도 정성을 다하는 노인의 장인 정신에
대해 예찬함

이태준 「작품애」 : 작품을 잃었던 체험을 떠올리며 잃으면 눈물이 날 작품을
쓰고자 다짐함

• 국가와 사회

김구 「나의 소원」 : 우리 민족에게 독립이 필요한 이유와 독립에 대한 간절
한 염원을 밝힘

장지연 「시일야방성대곡」 : 부당한 을사 5조약에 대해 원통해하고 매국노의
행위에 분노함

심훈 「조선의 영웅」 : 어려운 처지에도 야학에 뛰어든 농촌 청년들이야말로
조선의 영웅이라고 예찬함

심훈 「옥중에서 어머니께 올리는 글월」 : 조국 독립에 대한 강한 의지와 어머
니에 대한 위로가 나타남

유길준 「사치와 검소」 : 부유한 나라를 만들기 위해 정부가 해야 할 일을 단
정적 어조로 피력함

김옥균 「치도약론」 : 도로의 정비와 위생의 개선을 주장하며 조선의 근대화
를 촉구함

정약용 「원목」 : 위정자가 백성 위에 군림하며 횡포를 부리는 폐해를 비판함

이익 「사치스러운 풍속」 : 사치스러운 풍속이 만연한 세태를 비판하고, 인재
등용과 문벌 타파의 필요성을 강조함

박두세 「요로원야화기」 : 양반과 평민의 대화를 통해 당시 양반들의 허위의
식을 풍자함
허균 「유재론」 : 우리나라 인재 등용의 현실을 비판하고 바람직한 인재 등용
의 필요성을 강조함

* **글과 말**

장영희 「괜찮아」 : '괜찮아'라는 위로의 말을 들은 어린 시절의 추억을 떠올
리며 타인에 대한 배려와 말의 중요성을 강조함
윤오영 「쓰고 싶고 읽고 싶은 글」 : 좋은 글에 대한 생각을 밝히고, 진실하고
깊이 있는 글을 쓰고 싶은 심경을 토로함
신채호 「낭객의 신년 만필」 : 조선 신문예 운동의 폐해를 밝히고, 올바른 방
향을 제시함
정약용 「문학청년 이인영에게」 : 온고지신의 중요성과 참다운 문장에 대한 정
의를 서술함

* **책과 공부**

금장태 「자식을 가르치는 정성」 : 정약용이 아들들에게 보낸 편지를 소개하면
서 자식을 잘 가르치고자 하는 아버지의 마음을 표현함
이태준 「책」 : 책에 대한 주관적인 느낌과 이미지를 특정한 형식 없이 자유
롭게 서술함
양주동 「면학의 서」 : 독서와 면학의 즐거움을 알려 주고, 바람직한 독서의
방법을 제시함
홍대용 「매헌에게 주는 글」 : 조카 매헌에게 보내는 편지를 통해 '이의역지'
의 독서법을 당부함

• 소중한 인연

피천득 「인연」 : 일본 소녀 아사코와의 만남에 얽힌 추억을 회상함

유안진 「지란지교를 꿈꾸며」 : 참된 우정에 대한 개인적 소망을 진솔하게
　　　나열함

허균 「나의 친구 임현」 : 전기문의 형식을 통해 동갑내기 친구인 임현의 죽음
　　　을 애도함

• 행복의 의미

김소운 「가난한 날의 행복」 : 가난 속에서 피어나는 부부의 사랑을 옴니버스
　　　식으로 구성함

안병욱 「행복의 메타포」 : 세 가지 이야기에서 공통되는 행복의 의미를 발견함

• 옛사람의 교훈

혜경궁 홍씨 「한중록」 : 사도 세자의 참변을 중심으로 파란만장한 인생을
　　　회고함

권근 「주옹설」 : 경계를 늦추지 않는 삶의 태도를 강조함

이곡 「차마설」 : 말을 빌린 경험을 통해 모든 소유물이 실제로는 빌린 것이
　　　라는 사실을 일깨움

이규보 「이옥설」 : 행랑채 수리 과정을 예로 들면서 문제를 미리 알고 대처
　　　해 나가는 자세의 중요성을 강조함

이규보 「이상한 관상쟁이」 : 남들과는 다른 관점으로 관상을 보는 관상쟁이
　　　를 통해 삶의 진리를 깨달음

이규보 「토실을 허문 데 대한 설」 : 토실을 예로 들어 자연의 순리를 거스르는
　　　행위를 경계함

차례

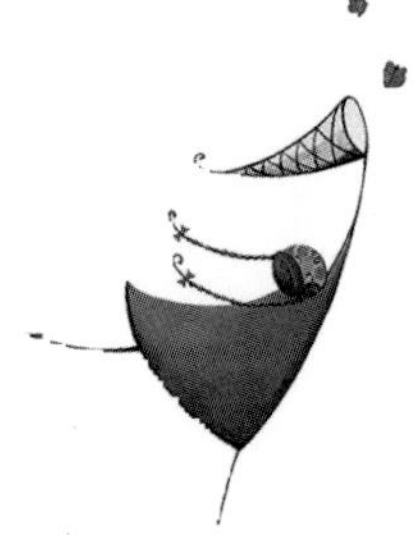

괜찮아

✎ 작가와 작품 세계

장영희(1952~2009)

서울 출생. 서강대 영문과 교수를 지냈으며 번역가, 칼럼니스트 등으로도 활동했다. 세 차례의 암 투병을 거치면서도 희망의 노래를 멈추지 않았다. 주요 수필집으로 『내 생애 단 한 번』, 『문학의 숲을 거닐다』, 『살아온 기적, 살아갈 기적』 등이 있다.

✎ 작품 정리

갈래 : 현대 수필, 경수필

성격 : 사색적, 감상적, 회상적, 체험적, 고백적

배경 : 시간 – 1960년대 / 공간 – 서울 제기동 집 앞 골목길

특징 : • 쉽고 일상적인 언어를 사용함

　　　　• 작가의 경험을 통해 독자에게 잔잔한 감동을 줌

주제 : 타인에 대한 배려와 위로하는 말의 소중함

✎ 생각해 볼 문제

1. 이 글의 교훈은 무엇인가?

우리 속담에 "말이 씨가 된다."라는 것이 있다. 그리고 아무런 뜻 없이 한 말이 실제로 이루어진다는 뜻의 '농가성진(弄假成眞)'이라는 한자 성어도 있다. 말이 씨가 되어 생각의 싹을 틔우고 행동의 열매를 맺는다는 것이다. 실제로 '좋은 말'과 '나쁜 말'의 효과를 실험한 결과, 4주 동안 매일 좋은 말을 들려준 비커의 쌀밥과 달리 나쁜 말을 들려준 비커의 쌀밥은 부패하고 말았다. 따라서 성공한 사람에게 칭찬의 말을 하듯이, 실패한 사람에게는 비난의 말이 아닌 위로의 말을 해 주어야 한다.

2. 허구적 수필과 경험적 수필의 차이는 무엇인가?

1982년 〈수필공원〉에 「수필과 허구」라는 김시헌의 글이 발표된 이후, 1989년 이철호는 〈한국수필〉을 통해 수필도 부분적으로 허구가 허용되어야 한다는 입장을 피력했다. 이는 수필도 문학의 한 장르인 이상 허구성을 인정해야 한다는 논리다. 문학의 한 갈래인 수필은 1인칭의 문학, 신변잡기의 문학, 개성적인 문학으로 불린다. 이는 수필이 문학적 허구를 표현할 수밖에 없다는 말이기도 하다. 또한, 글쓴이의 경험을 토대로 한 내용일지라도 등장인물, 사건, 배경의 허구성을 어느 정도 인정해 주어야 한다는 뜻이기도 하다. 이에 반해 수필은 작가의 실제 경험을 솔직하게 서술함으로써 허구적 내용이 주는 감동보다 더 큰 감동을 줄 수 있으므로 자신의 경험을 솔직하게 쓰는 것이 좋다는 견해도 있다.

괜찮아

　초등학교 때 우리 집은 서울 동대문구 제기동에 있는 작은 한옥이었다. 골목 안에는 고만고만한 한옥 여섯 채가 서로 마주 보고 있었다. 그때만 해도 한 집에 아이가 보통 네댓은 됐으므로 골목길 안에만도 초등학교 다니는 아이가 줄잡아 열 명이 넘었다. 학교가 파할 때쯤 되면 골목은 시끌벅적, 아이들의 놀이터가 되었다.

　어머니는 내가 집에서 책만 읽는 것을 싫어하셨다. 그래서 방과 후 골목길에 아이들이 모일 때쯤이면 대문 앞 계단에 작은 방석을 깔고 나를 거기에 앉히셨다. 아이들이 노는 걸 구경이라도 하라는 뜻이었다.

　딱히 놀이 기구가 없던 그때, 친구들은 대부분 술래잡기, 사방치기, 공기놀이, 고무줄놀이 등을 하고 놀았지만 나는 공기놀이 외에는 그 어떤 놀이에도 참여할 수 없었다. 하지만 골목 안 친구들은 나를 위해 꼭 무언가 역할을 만들어 주었다. 고무줄놀이나 달리기를 하면 내게 심판을 시키거나 신발주머니와 책가방을 맡겼다. 그뿐인가. 술래잡기를 할 때는 한곳에 앉아 있어야 하는 내가 답답해할까 봐 어디에 숨을지 미리 말해 주고 숨는 친구도 있었다.

　우리 집은 골목에서 중앙이 아니라 모퉁이 쪽이었는데 내가 앉아 있는 계단 앞이 늘 친구들의 놀이 무대였다. 놀이에 참여하지 못해도 난 전혀 소외감이나 박탈감을 느끼지 않았다. 아니, 지금 생각하면 내가 소외감을 느낄까 봐 친구들이 배려해 준 것이었다.

　그 골목길에서의 일이다. 초등학교 1학년 때였던 것 같다. 하루는 우리 반이 좀 일찍 끝나서 나 혼자 집 앞에 앉아 있었다. 그런데 그때 마침 골목을 지나던 깨엿 장수가 있었다. 그 아저씨는 가위를 쩔렁이며, 목발을 옆에 두고 대문 앞에 앉아 있는 나를 흘낏 보고는 그냥 지나쳐 갔다. 그러더니 리어카를 두고 다시 돌아와 내게 깨엿 두 개를 내밀었다. 순간 아저씨와 내 눈이 마주쳤다. 아저씨는 아무 말도 하지 않고 아주 잠깐 미소를 지어 보이며 말했다.

　"괜찮아."

무엇이 괜찮다는 건지 몰랐다. 돈 없이 깨엿을 공짜로 받아도 괜찮다는 것인지, 아니면 목발을 짚고 살아도 괜찮다는 말인지……. 하지만 그건 중요하지 않다. 중요한 것은 내가 그날 마음을 정했다는 것이다. 이 세상은 그런대로 살 만한 곳이라고, 좋은 친구들이 있고 선의와 사랑이 있고, '괜찮아'라는 말처럼 용서와 너그러움이 있는 곳이라고 믿기 시작했다는 것이다.

오래전 학교 친구를 찾아 주는 방송 프로그램이 있다. 한번은 가수 김현철이 나와서 초등학교 때 친구를 찾았는데, 함께 축구하던 이야기가 나왔다. 당시 허리가 36인치일 정도로 뚱뚱한 친구가 있었는데, 뚱뚱해서 잘 뛰지 못한다고 다른 친구들이 축구팀에 끼워 주려고 하지 않았다. 그때 김현철이 나서서 말했다고 한다.

"괜찮아. 얜 골키퍼를 시키면 우리 함께 놀 수 있잖아!"

그래서 그 친구는 골키퍼를 맡아 함께 축구를 했고, 몇십 년이 지난 후에도 김현철의 따뜻한 말과 마음을 그대로 기억하고 있었다.

괜찮아 ― 난 지금도 이 말을 들으면 괜히 가슴이 찡해진다. 2002년 월드컵 4강에서 독일에게 졌을 때 관중들은 선수들을 향해 외쳤다.

"괜찮아! 괜찮아!"

혼자 남아 문제를 풀다가 결국 골든 벨을 울리지 못해도 친구들이 얼싸안고 말해 준다.

"괜찮아! 괜찮아!"

'그만하면 참 잘했다'고 용기를 북돋아 주는 말. '너라면 뭐든지 다 눈감아 주겠다'는 용서의 말. '무슨 일이 있어도 나는 네 편이니 넌 절대 외롭지 않다'는 격려의 말. '지금은 아파도 슬퍼하지 말라'는 나눔의 말. 그리고 마음으로 일으켜 주는 부축의 말. 괜찮아.

그래서 세상 사는 것이 만만치 않다고 느낄 때, 죽을 듯이 노력해도 내 맘대로 일이 풀리지 않는다고 생각될 때, 나는 내 마음속에서 작은 속삭임을 듣는다. 오래전 내 따뜻한 추억 속 골목길 안에서 들은 말 ―

'괜찮아! 조금만 참아. 이제 다 괜찮아질 거야.'

아, 그래서 '괜찮아'는 이제 다시 시작할 수 있다는 희망의 말이다. *

완전한 선택

✏️ 작가와 작품 세계

강은교(1945~)

함경남도 홍원 출생. 1968년 〈사상계〉에 시 「순례자의 잠」이 당선되면서 작품 활동을 시작했다. 초기에는 허무주의적인 관점에서 존재의 의미를 탐구했고, 1970년대 이후에는 공동체의 문제에 관심을 가지며 역사의식을 강조하는 작품을 발표했다. 주요 수필집으로 『우리가 물이 되어 만난다면』, 『하나의 얼굴을 위하여』 등이 있다.

✏️ 작품 정리

> **갈래** : 현대 수필, 경수필
> **성격** : 철학적, 비유적, 성찰적
> **특징** : • 매 순간의 선택을 인간의 존재 근거로 설명함
>   • 거미와 인간의 삶을 대조함
> **주제** : 선택의 연속인 삶에서 느끼는 무력감

✏️ 생각해 볼 문제

1. 작가가 '분신자살'을 선택할 수 있어야 한다고 주장한 까닭은 무엇인가?

실존주의 철학자들은 인간을 우주 공간에 어떤 기준이나 근거도 없이 우연히 내팽개쳐진 존재라고 전제한 후 인간의 실존은 본질에 앞선다고 주장한다. 따라서 실존주의자들은 개인을 '선택하는 행위자, 자유로운 행위자, 그리고 책임을 지는 행위자'라고 규정한다. 자유롭게 선택하되, 그 선택에 대해 책임을 지도록 강조하는 것이다. 작가는 이러한 관점에서 인간이 자신의 죽음을 주체적으로 결정할 수 있어야 한다고 주장한다. 다시 말해 단순히 분신자살을 예찬한 것이 아니라 죽음의 방식을 스스로 결정할 수 있어야 한다는 말이다. 이는 그 책임이 전적으로 자신에게 있음을 의미한다.

2. 작가에게 '산양'이란 어떤 의미인가?

산양은 자살한 것이 아니라 타살되었다. 다시 말해 산양은 능동적으로 죽음을 선택한 것이 아니라 누군가에 의해 생명을 강제로 빼앗겼다. 누군가의 삶을 연장하기 위해 산양의 죽음이 필요했던 것이다. 따라서 이 작품에서 산양은 모든 수동적인 죽음을 상징한다. 살아가면서 점차 복종하는 일에 익숙해진 작가의 눈에 산양의 껍질이 들어오면서 삶에 대한 성찰이 시작되고 있다. '나'는 존재하고 싶기 때문에 '나'를 향해 카드를 던지고 싶다고 말한다. 이러한 성찰은 '나'라는 존재가 할 수 있는 다양한 선택에 대한 깨달음이다. '나'는 선택의 연속인 삶 속에서 무력감을 느끼지만 산양의 죽음을 통해 마지막 카드, 즉 죽음을 선택하는 몫은 오로지 자기 자신에게 있다는 것을 인식한 것이다.

완전한 선택

그래, 문제는 아직도 어떤 카드를 던지느냐, 하는 것이다. 아침에도, 저녁에도, 길을 건너는 순간에도 식당을 찾는 순간에도 살아 있는 자들은 하나의 카드를 던지지 않으면 안 된다.

무수한 카드가 우리 앞에 놓여 있다. 그것을 집는 순간 우리를 자기의 희망으로 구속하고, 또는 신세계를 펼쳐 주기 위하여 기다리고 있다.

어떤 카드엔 자유라고 씌어 있고, 다른 카드엔 속박이라고 씌어 있다.

어떤 카드엔 삶이라고 씌어 있고, 다른 카드엔 죽음이라고 씌어 있다.

어떤 카드엔 반항이라고 씌어 있고, 다른 카드엔 복종이라고 씌어 있다.

어떤 카드엔 일어남이라고 씌어 있고, 다른 카드엔 잠듦이라고 씌어 있다.

그리고 이 모든 카드의 어느 한 면에는 예스라고 씌어 있고, 다른 한 면에는 노우라고 씌어 있다.

이 중에서 어떤 카드를 삶을 향하여 던지느냐 하는 것, 그보다 던질 수 있느냐 하는 것, 이곳에서 살며 죽어 가고 있는 자에겐 아직도 중요한 문제이다.

우리가 진실로 존재하는 자들이라면 우리는 우리의 의사(意思 무엇을 하고자 하는 생각)로서 어느 것을 선택하지 않으면 안 된다. 선택당하지 않기 위하여 우리는 먼저 선택해야 하는 것이다. 선택할 수 있다는 것, 그것이야말로 존재의 증거가 되기 때문이다.

선택한다는 것은 자기의 의사로 서쪽으로 갈 수도 있고 또는 동쪽으로 갈 수도 있다는 것이다. 그렇지 않고 가랑잎처럼 동쪽으로 불려 가거나 서쪽으로 불려 갈 수밖에 없다면 그것을 감히 존재한다고 할 수는 없는 것이다. 원시 노예의 상태에서 우리는 한 치라도 진보(進步 정도나 수준이 나아지거나 높아짐)하였다고 할 수가 없는 것이다.

실로 존재한다면 우리는 죽음마저도 선택할 수 있어야 하는 것이다. 원하는 순간에 원하는 방법의 죽음을 가질 수 있어야 하는 것이다.

그것이 선택에 의해서라면 우리는 한강 다리에서 몇 시간 소방수를 괴롭히다가 죽을 수도 있어야 하는 것이다. 또는 분신자살을 택할 수도 있어야 하는 것이다. 불이 타오르는 순간 몸부림치든 안 치든 그런 것은 그때 사소한 문제에 불과할 것이다.

우리가 정당하게 선택할 수만 있다면 우리는 방공 연습(적의 공중 공격에 의한 피해를 막기 위해 실제 상황을 가정해 행하는 훈련) 날 같은 때 쥐 죽은 듯 고요한 어디 네거리 같은 곳에서, 한 개의 사이렌에 온 거리가 복종하는 그 순간에 자기의 몸에 성스러운 기름을 뿌림으로써 당당하게 사라질 수도 있는 것이다. 또는 모든 거짓된 법률에 배반할 자유와 모든 오염과 음식을 거부할 자유마저도 가지는 것이다.

이 새로운 노예의 시대에서 삶의 명예를 회복하는 길은 이렇게 하나의 위대한 선택에 자기를 바치는 방법밖엔 없는 것이다.

그러면, 그렇다면 나는 과연 어떤 카드를 집어야 할 것인가. 아니 그보다 나의 결단이 기다려지는 매 순간 나는 어떤 카드를 집을 수 있었던 것일까. 결국 나는 어떤 카드를, 나의 엄지손가락과 검지만 내뻗쳤다면 집을 수도 있었던 것을 놓쳐 버리고 만 것일까. 그것을 놓쳐 버린 뒤에도 나는 계속 존재한다고 말할 수 있을 것인가.

나는 잠시 수많은 카드 위에서 내 엄지손가락과 검지가 부끄럽게 떠돌고 있는 것을 본다. 그것들이 초조하고 간절하게 명령해 줄 것을 기다리고 있는 것을 본다. 나는 명령을 내리려고 애쓴다. 하나의 명령, 나의 존재함을 스스로 증명해 줄 하나의 결단을.

"집어라. 어서 한 장을 집어. 단 한 장만을 집으라구. 두 장은 안 돼. 한 장만이야. 선택은 언제나 한 가지뿐이야. 죽음이 아니면 삶이야. 자유가 아니면 부자유의 길, 복종의 길밖에 없어. 이들을 한 번에 다 집을 수는 없어. 그대의 주인은 야누스(로마 신화에 등장하는 전쟁과 평화의 신)가 아니야. 어느 한쪽만을 바라볼 수밖에 없지. 그러니 선택하라구. 결단, 언제나 결단이 필요해."

그러나 지난 주일도, 그 지난 주일도 나에게 불운한 날들뿐이었다. 한 장의 카드도 집어 보지 못한 채 내 손가락들은 공중에서 헤맸고, 밤은 모든 방향에서 달려와 어둠의 꺼풀을 씌워 놓곤 했다.

나는 다만 두 마리의 죽은 산양(山羊) 껍질을 보았을 뿐이었다.

두 마리의 산양 껍질, 그것은 분명 껍질이었다. 나는 그것을 시장을 지나오는 길에 채소 더미와 냄새나는 닭장과 공중변소 사이의 좁은 빈터에서 보았다. 그것들은 거기 습기 찬 땅바닥 위에 한 겹의 거적(짚을 두툼하게 엮어 자리처럼 만든 물건)을 깔고 누워 있었다.

잘 손질된 검고 번쩍이는 털은 살아 있을 때보다 더 탐스러웠고 산양다웠으며 내장을 훑어 낸 허전한 등허리 위쪽으로 악물듯이 다문, 누런 이빨이 뻗쳐 나온 입은 슬픔에 가득 차 세상을 향하고 있었다. 그러나 그 무엇보다도 산 자들을 감동시키는 것은 눈동자가 없는 공허한 그 눈이었다. 아니 그것은 눈이라고 할 수는 없고 그저 눈이 있던 구멍이라고 해야 옳을 것이다.

허물어진 서까래처럼 그것은 한없이 무너져 있었고 잠시 후엔 푸실푸실 웃을 것 같은 기분을 주었으며 그곳으로부터 암흑의 빛이 조금씩, 황혼의 거리로 새어 나왔다.

그 빛은 차츰차츰 주변의 사물들을 어둡게 하고, 그러면서 자기의 세력을 조금씩 넓혀 가는, 그리하여 모르는 사이에 전부를 점령해 버리는, 해결할 수 없는 암 조직처럼 보였다.

두 명의 사내가 그 죽은 산양을 경매에 부치고 있었다. 한 사내는 행인들을 향하여 연신,

"기가 막힙니다요. 기가 막혀요. 신경통에 걸린 분, 냉이 있는 분, 아주머니들에게 특히 기가 막힙죠."

라고 한쪽 눈을 은밀히 씰룩대면서 중얼거리고 있었다.

그 소리에 유혹된 사람들이 하나둘, 그의 주변에 모여들어 나중엔 자그만 원을 이루면서 일종의 특별히 격리된 집단을 만들고 있었다.

다른 한 사내는 쭈그리고 앉아 낡은 손저울에 무엇인가 무게를 달고 있었다. 그는 썩은 막대기 조각 같은 것을 저울 바구니 위에 올려놨다가는 내려놓고 다시 올려놨다가는 내려놓는 동작을 계속하고 있었다.

그것은 바로 죽은 산양의 말라빠진 등 뼈다귀였다. 그는 한 자루의 칼로 그것을 좀 더 잘게 잘라서는 다시 저울 위에 올려놓고는 침을 튀튀 뱉었다.

몇 사람이 그의 떨리는 손을 따라 아주 열중해서 저울 다는 양을 들여다보고 있었다. 그들은 모두 굉장한 화학 실험이라도 하는 듯이 그 일에 정신을 쏟고 있었다.

하늘은 점점 더 가라앉아 갔고, 두 마리의 산양 껍질 위에서 더욱 어둡게 물들어져 갔다. 이제 채소 더미에서는 풋풋하면서도 비린 냄새가 코를 간

질이기 시작했다. 누군가 그 뼈다귀를 향하여 손을 내밀었다. 세포들이 많이 죽은 늙고 힘없는 손이었다.

그 손은 천천히 공중을 휘젓다가는 토막진 등 뼈다귀 조각을 무슨 보물처럼 움켜쥐었다.

나는 돌아섰다. 그건 좀 참기 어려운 광경이었다. 그렇다고 어떻게 해 볼 수 있는 광경도 아니었다. 살기 위하여 누군가 죽은 산양을 향하여 무력한 카드를 던진 것뿐이었다.

그러나 나는 결코 어느 곳으로도 손을 내밀 수 없었다. 손을 내밀 수 없다는 것은 아무 카드도 던질 수 없다는 것을 의미한다. 나는 태엽이 풀린 인형처럼 연약해져 버려서 언제나 가장 중요한 순간에 선택을 포기할 수밖에 없는 것이다.

나는 그저 돌아서는 데에, 옷 어디에나 달려 있는 주머니에 손을 가두어 넣는 데에 익숙해 갈 뿐이었다.

내가 홀로 무엇인가를 결정한다는 것은 생각하기조차 어려웠으며 웃는 것마저 겁나는 일이었다. 나는 모두들 웃을 때 힘 안 들이고 따라 웃는 법을 습득했다. 모두들 일어설 때 슬쩍 따라 일어섰으며, 모두들 사라질 때 나도 소리 나지 않게 사라졌다.

이런 모든 상태를 거부한다는 것, 한 번쯤 노우(no)를 말해 본다는 것, 그러나 그것은 얼마나 부질없는 환상에 불과한 것인가. 더구나 죽은 산양 껍질 앞에선 말이다.

그것은, 그 검고 빛나는 텅 빈 시체는 모두 수동(受動)의 죽음을 대표하고 있었다. 공허하고, 무력하고, 선택의 여지가 없이 사라지고 또 생성되는 모든 삶들.

그것은 죽어 있을 때조차 죽은 것이 못 되었다. 내장은 멋대로 후벼지고 살은 말려졌으며 뼈다귀는 경매되고 있었다. 완전한 죽음에 이르기 위해선 아직도 많은 시간이 필요했다. 그처럼 나도 살아 있었지만 결코 '존재하는' 것은 아니었다. 나의 희망과는 달리 나는 존재에 미달해 있었다. 나는 몇 그램이 모자라는 존재에 불과했다.

나는 언제나 불량품이었고, 여기서 살아 있는 자들은 누구나 그랬다. 산양의 시체가 후벼지듯이, 그리고 그 살이 쉽사리 말려지듯이 그렇게 모든 삶은 모르는 사이에 해체되고 끌려가고 마지막엔 무참하게 버려졌다.

죽음은 어디서도 획득되어지는 것이 아니라 그 속에 삶이 버려지는 것이었다. 죽음은 살아 있음의 죽음 외에 아무것도 아니었다. 애초에 삶이 없었듯이 죽음의 현장에도 죽음은 없었다.

하긴 어느 날인가 정말 음식을 몇 끼쯤 거부해 볼까, 시도해 본 적도 있기는 있다. 그것으로써 그때 나는 나의 살아 있음을 확인해 보려고 해 보았다. 그러나 나는 곧 나에게 제공되는 모든 식사를 제때에 하고 말았으며 음식은 그럴 땐 마치 모래알이기라도 한 것처럼 영원하게 목구멍 속을 넘나들었다.

살기 위해선 아니 죽어 가고 있기 위해선 나는 한 끼도 거부해 볼, 거부의 카드를 멋있게 던져 볼 이유가 없었던 것이다.

나는 먹어야 했다. 돌이 씹히는 밥도, 머리카락이 들어 있는 국물도, 이곳에서 만들어지는 모든 먹이에 나 혼자 항거할 재주란 없었다.

나는 또 이 낡은, 무의미한 옷들에 대해 노우의 카드를 던져 보고 싶었지만 결국 아침마다 걸치고 말았고, 너무 깊숙이 주름이 진 것은 다리미로 펴 주기까지 했다.

해진 가방도, 닳아 버린 구두도 버리지 못했다. 어느 골목에선가 나는 내 가방을 살짝 모르는 돌 위에 앉혀 놓고 돌아서 본 때도 있었으나 열 발자국도 못 가서 나는 내 가방의 안위(安危 편안함과 위태함)가 궁금해서 견딜 수가 없었다.

나는 결정할 수가 없었다. 그것을 버리는 일이 옳은 것인지, 아닌지, 그보다 당장 그 속에 들어 있는 잡동사니들을 단념할 수가 없었기 때문이었다.

그 잡동사니들로부터 나는 절대로 자유가 될 수가 없었다. 어느새 그것들은 나를 소유하고 있었고 나는 그것들에 소속당하고 있었던 것이다.

나는 복종·속박·노예, 이런 카드를 집은 자였다. 이렇게 해서 나는 내가 상당히 거세되어 온(문맥상 '자유를 상실한'이라는 뜻) 자라는 사실을 조금씩 인정해야 했다. 나는 이미 복종하는 것에 익숙해 있었다.

첫째, 나는 나의 집의 노예였다. 가짜 비단의 벽, 몇 군데가 꺼멓게 부풀어 오른 방바닥, 스프링이 튀어나온 의자, 녹슨 창살, 때 묻은 이불, 등뼈를 불편하게 하는 잠자리 …… 그것들이 나의 주인이었다.

나는 매일 그것들의 몸을 씻어 주고 눈곱을 떼어 내 주고 기름걸레로 마사지시키면서 그것들에 봉사하고 있었다.

그 일에 나는 이미 철저히 길들여져 있어서 그 일들을 할 때면 콧노래마저 흥얼대는 자신을 발견하곤 했다. 불행은 이 콧노래에 거역하고자 할 때마다 일어나는 것이었다.

나의 최초의 저항은 이 집에 대해서였다. 옷이나 가방 정도가 아니라 나를 조종하는, 나로 하여금 언제나 선택당하게 하는 모든 벽으로부터의 해방, 자유…….

그리하여 어떤 새벽에 나는 나의 집을 떠났다. 나는 정거장에 나가서 때가 오기를 기다렸다. 나의 카드를 던질 때를.

그러나 그것은 결국 실천되지 못했다. 거기엔 너무 많은 카드가 있었다.

수많은 방향에서 버스가 왔고, 그것은 또 수많은 방향으로 떠나갔다.

"모든 방향으로 지금 나는 떠날 수가 있다!"

결국 나는 아무 곳으로도 떠날 수가 없었다. 희끄무레 밝아 오는 거리에 서서 나는 내가 닫아 버리고 온 집으로 올라가는 언덕을 그리움에 차서 바라보아야 했다.

나는 천천히 돌아섰다. 열쇠를 버린 자리에 가서 열쇠를 도로 집어내고 조그만 열쇠 구멍에 그것을 집어넣었다. 심장 안쪽으로부터 찰칵, 하고 열쇠 벗겨지는 소리가 울렸다.

그뿐이 아니라, 나는 오늘도 못 알아들을 소리를 하는 사람들에게 "다시 한 번 말씀해 주세요. 도대체 무슨 말씀이신지 잘 안 들렸습니다. 안 들렸어요. 발음을 똑똑히."라고 말해 주어야겠다고 마음먹었지만 결국 그렇게 하지 못했다.

나는 언제나,

"네네, 그럼요, 그렇죠. 무슨 말씀이신지 잘 알겠습니다. 알아듣구말구요. 그렇게 하겠습니다."

라는 대답을 버리지 못했다.

물론 언제나처럼 나는 아무것도 이해하지 못하고 있었고 어떤 순간엔 그들의 말이 전혀 들리지 않을 때조차 있었다. 왜냐하면 내 귀는 조금 나쁘기 때문이다.

근로자들을 위한 신체검사에서 내 귀는 평균 이하의 점수를 받았다. 뚱뚱한 의사는 어이없는 몸짓으로 나에게,

"귀가 잘 들리십니까?"
라고 고함쳤다.
"뭐라구요? 뭐라구요? 물론이죠. 들리구말구요."
라고 내가 황급히 대답하자 그는 의심스러운 눈으로 나를 노려보았다.
"아마 안 들리실 텐데요. 검사 결과를 보면 당신의 귀는 잘 안 들릴 게 분명합니다."
나는 "아니."라고 끝까지 변명했다.
"안 들리다니요. 들립니다, 들려요. 기계가 잠깐 고장 나거나 했겠죠. 잘 들린다구요. 무슨 말씀이든지 해 보세요. 가장 작은 소리로 해도 좋아요. 나는 어떤 명령도 잘 알아듣습니다. 결코 거부해 본 적은 없다니까요! 이거야말로 정말 나의 자랑거리라구요. 훈장을 타서 마땅하죠."
그래서 내 귀의 검사는 다시 시작되었고, 나는 있는 힘을 다해 나에게 던져지는 소리의 문제를 풀었다.
점수는 조금 나아졌다.
나는 또 모든 횡단보도에 대하여 반항의 카드를 던져 보려는 무모한 계획을 한 때도 있었다.
나는 어리석게도 이 이상 고양이처럼 살금살금 이 거리를 기어 다니고 싶지 않다고 생각했다. 적어도 인간이라면 바퀴벌레보다는 자유로워야 할 일이 아닌가 하고 들리지 않게 중얼대며 말이다.
하지만 그것도 실현되지 못한 채 끝나고 말았다. 차가 달려오면 나는 얼굴을 감추며 가장 먼저 구석으로 비켜섰고 순경이 보이면 머리를 숙였다. 미친개 같은 것이 뛰어다니면 미리 다른 길로 돌아가기까지 했다.
나는 어느 때도 싸움의 카드는 던질 수 없었고 스스로 죽음의 카드를 던질 수도 없었다.
나는 단식을 할 수도 없었고 분신자살을 할 수도 없었으며 한강 다리에 올라갈 수도 없었다.
모든 것은 나의 밖에서 제 갈 데로 가고 있었고 이루어져 버리고 있었다. 내가 선택할 수 있는 유일의 카드는 무력(無力)의 카드뿐이었다. 그것만을 간섭 없이 나는 나의 삶과 사물들을 향해 던질 수 있었다.
그러나 그것을 던질 때면 나는 한없이 부끄러웠다. 나의 사물들은 나에게
"그런 식으로 당신은 자유에 이를 순 없어."

라고 속삭였다.

하지만 그 외에 나는 무슨 일을 할 수 있었던가.

거미 중에는 어미가 된 다음에 자기의 몸뚱이는 후손에게 맡기는 것이 있다. 후손들은 그러니까 자기의 어미를 영양으로 자라나는 것이다. 그리고 그렇게 해서 성장한 다음에 그들은 다시 다음 세대의 밥이 된다. 거미들에게 있어선 삶이란 완전히 이러한 무의식적 원의 궤적 위에 있는 것이다. 그들은 선택하기 위해 괴로워할 필요도 없는 것이다.

그러나 나는 존재하고 싶다. 카드를 던지는 일. 사물을 향해서가 아니라, 나를 향해서, 나를 이 삶과 죽음의 벽으로부터 해방시키는 일. 죽은 산양은 나에게 이렇게 말했다.

"아직 시간은 있어요. 마지막 카드를 선택할 시간, 그리고 죽음에 이를 시간은." *

# 자식을 가르치는 정성

금장태(1944~)

경상남도 부산 출생. 퇴계 이황을 중심으로 한 성리학, 다산 정약용을 중심으로 한 실학, 화서 이항로를 중심으로 한 근대 유학을 연구하고, 유학을 현재화·종교화하는 데 노력을 기울이고 있다. 주요 수필집으로『줄 없는 거문고』, 『여백의 아름다움』 등이 있다.

작품 정리

> **갈래** : 현대 수필, 평전
>
> **성격** : 설득적, 교훈적, 회고적
>
> **특징** : • 여러 장의 편지로 구성됨
>
> • 두 아들에게 보낸 편지〔답이아(答二兒)〕에서는 배움에 대한 당부를, 둘째 아들에게 보낸 편지〔기유아(寄遊兒)〕에서는 독서의 방법을, 큰아들에게 보낸 편지〔시학연가계(示學淵家誡)〕에서는 임금을 섬기는 방법을 언급함
>
> **주제** : 자식을 잘 가르치고자 하는 아버지의 마음

생각해 볼 문제

1. 이 작품에 나타난 다산 정약용의 교육관에는 어떤 특징이 있는가?

학문은 인간답게 살아가는 데 꼭 필요한 지식이다. 따라서 학문은 삶과 분리될 수 없으며, 실천하지 않는 학문은 절름발이 학문이라고 할 수 있다. 이와 관련해 다산 정약용은 만물에서 배울 수 있다고 주장한다. 방에 들어앉아 옛사람의 글을 인용해 글을 짓거나 예의와 격식만을 차리는 선비가 되기보다는 닭을 키우거나 농사를 짓는 선비가 되라는 것이다. 이러한 삶 속에 중요한 가르침이 숨어 있기 때문이다.

2. 정약용의 독서법에는 어떤 특징이 있는가?

정약용이 아들 정학유에게 보낸 편지를 보면 그의 독서법을 알 수 있다. 편지 내용은 다음과 같다.

> 내가 최근 몇 년 이래 독서에 대해 자못 깨달은 점이 있다. 한갓 읽기만 해서는 비록 날마다 백 번 천 번을 읽는다 해도 읽지 않은 것과 마찬가지다. 무릇 독서란 매번 한 글자를 읽을 때마다 뜻이 분명치 않은 부분이 있게 되면 널리 살펴보고 자세히 궁구하여 그 근원되는 뿌리를 얻어야 한다. 그래야만 차례대로 글을 이룰 수 있게 된다. 날마다 언제나 이렇게 한다면 한 종류의 책을 읽더라도 곁으로 백 종류의 책을 아울러 살피게 될 뿐 아니라 그 책의 내용도 환하게 꿰뚫을 수 있게 될 터이니, 이 점을 알아 두지 않으면 안 된다.

이 말은 한 번을 읽어도 제대로 읽어야 하고, 모르는 부분이 나오면 이해할 때까지 자세히 살펴 헤아리라는 뜻이다.

자식을 가르치는 정성

정약용은 아홉 자식을 낳아 아들 둘과 딸 하나를 키웠다. 두 아들은 학연과 학유요, 딸은 강진에서 그가 가르친 제자 윤창모에게 출가하였다. 그래서 다산은 남은 두 아들을 훈계하고 가르치는 데 특별한 정성을 기울였다. 유배지인 강진에서도 거듭 편지를 보내 학문을 독려하기도 하고, 직접 강진으로 불러 곁에 두고 가르치기도 하였다.

절대로 자포자기하지 말고 성의를 다하고 부지런히 힘써서 책을 읽고 책을 베끼고 글을 짓는 일에 혹시라도 소홀함이 없어야 할 것이다. 벼슬길이 막힌 집안으로서 글을 배우지 않고 예의가 없다면 어찌하겠느냐? 모름지기 범상한 사람보다 노력을 백배 더하여야 겨우 사람 축에 들게 될 것이다.

– 「답이아(答二兒)」

강진에 유배된 다음 해(1802년) 2월에 두 아들에게 보낸 답장에서, 정약용은 형제 가운데 셋째 형이 처형을 당하고 둘째 형과 자신이 유배되는 불운에 빠지면서 집안이 무너지고 벼슬길이 막히는 폐족(廢族 조상이 큰 죄를 짓고 죽어 그 자손이 벼슬을 할 수 없게 됨)의 처지에 놓이자, 자식들에게 학문을 함으로써 비로소 집안의 명맥을 이어 갈 수 있음을 무엇보다 강조하여 간곡하게 당부하였다. 또한, 그는 독서 방법에 대해서도 자상하게 충고하고 있다.

책을 그냥 읽기만 하면 하루에 천백번을 읽어도 읽지 않은 것과 같다. 책을 읽을 때에는 한 글자를 볼 때마다 그 명칭과 의미를 분명하게 알아야 하며, 혹 알지 못하는 곳이 있으면 널리 고찰하고 자세히 연구해서 그 근본을 터득하고 따라서 그 글의 전체를 완전히 알 수 있어야 한다.

– 「기유아(寄遊兒)」

이렇게 정밀하게 고증하여 정독하는 훈련을 쌓음으로써 학문을 이룰 수 있는 길로 이끌어 주고 있다. 그는 두 아들에게 경전을 기본으로 하면서도 우리나라 역사에 관한 지식을 갖추도록 강조하였다. 곧 그는 "우리나라 사람들이 걸핏하면 중국의 일을 인용하는데, 이 또한 비루한 품격이다."라고 하여, 우리 자신의 역사와 옛 문헌을 소홀히 하는 태도를 경계하였다. 이에 따라 그는 『삼국사기』, 『고려사』, 『국조보감』, 『여지승람^(동국여지승람)』, 『징비록』, 『반계수록』, 『성호사설』, 『연려실기술』 등 우리나라 역사책과 선현들의 저술도 폭넓게 읽고 초록하여^(필요한 부분만 뽑아서 적어) 고증에 활용하고, 시를 짓는 데에도 우리나라 문헌을 활용하도록 당부하였다.

그는 몸과 마음을 닦아 인격을 성취하도록 훈계하면서, 수신^(修身 악을 물리치고 선을 북돋아서 마음과 행실을 바르게 닦아 수양함)의 방법은 효도와 우애가 근본임을 강조하고, 가정에서 행실이 어떠한지를 살펴보면 사람됨을 판단할 수 있음을 일깨워 주고 있다. 또한, 선행을 하는 것이 복을 받는 도리라 하고, 재물을 몰래 간직하기 위해서는 남에게 베푸는 것이 가장 좋은 방법이라 하여 선행으로 덕을 쌓아 가도록 타이르고 있다.

그는 자기 집안이 이미 벼슬길이 막힌 폐족이라 하면서도, 자식들에게 벼슬에 나간 사람처럼 당당할 것을 당부하였다. 또한, 그는 임금을 섬기는 방법으로써 임금의 사랑을 받는 신하가 아니라 임금의 존경을 받는 신하가 되어야 한다고 강조하여 벼슬길에 나간 신하의 도리를 깨우쳐 주고 있다.

> 임금을 섬기는 방법이란 임금에게 존경받는 사람이 되어야 하고, 임금에게 사랑받는 사람이 되어서는 안 되며, 임금에게 신임받는 사람이 되어야 하고, 임금이 좋아하는 사람이 되어서는 안 된다.
>
> ─「시학연가계^(示學淵家誡)」

임금을 가까이 모시고, 시 잘 짓고 글씨 잘 쓰며, 비위 잘 맞추는 신하는 임금이 사랑할지언정 존경하지는 않는다는 것이다. 그 자신이 정조의 극진한 사랑을 받았지만, 그가 바라는 군신 관계는 사랑으로 맺어지는 것이 아니라 존경과 신뢰로 맺어지는 것이었다. 아마 임금의 사랑을 받는다는 것은 다른 사람이 시기하는 대상이 되기 쉬워 위태롭고, 임금의 사랑을 받는 것으로는 한때 분주하게 부림을 받지만 끝내 크게 쓰이지 못하고 만다는 사실을 깊이 경계하고 있는 듯하다.

정약용은 자식들에게 벼슬길이 막힌 집안의 처지로 지켜야 할 일로서 독서와 병행하여 생활 기반을 확보하는 일을 중시하였다. 그리고 그 방법으로 과수를 심고 채마밭을 가꾸는 일에 힘쓰도록 거듭 당부하고 있다.

> 먹고 입는 근원으로는 오직 뽕나무와 삼을 심는 것과, 채소나 과일나무를 심는 것과, 부녀자가 부지런히 베 짜는 것이 조금 할 만한 일이다. ……공손하고 성실하게 경전을 연구하라. 부지런하고 검소하게 채마밭 가꾸기에 힘써라. 겸손하고 도를 지키며 일을 줄이고 경비를 절약하라. 이렇게 한다면 집안을 보존하는 어진 아들이 되리라.
>
> ─「시학연가계(示學淵家誡)」

정약용은 벼슬길이 막혔다고 자포자기하여 독서를 하지 않고 허랑방탕하여 놀고먹는다면 그 집안이 다시 일어설 수 없게 무너지고 말 것이라는 사실을 지적하여 자식들을 경계하였으며, 벼슬길이 막힌 집안을 보존하는 방법으로 독서와 생업 두 가지 일을 병행하도록 가르쳤다. 여기서 그는 생업을 위해 부지런함과 더불어 절약하는 검소한 생활 태도를 강조하였다.

> 나는 전원을 너희에게 남겨 줄 수 있을 만한 벼슬은 하지 않았다. 그러나 오직 두 글자의 신령한 부적이 있어서, 삶을 넉넉히 하고 가난을 구제할 수 있기에 이제 너희에게 주니, 너희는 소홀히 여기지 말아라. 한 글자는 부지런할 '근(勤)'이요, 또 한 글자는 검소할 '검(儉)'이다. 이 두 글자는 좋은 전답보다도 낫고, 평생 써도 다 쓰지 못할 것이다.
>
> ─「우시이자가계(又示二子家誡)」

정약용은 '근'과 '검'이라는 두 글자를 유산처럼 물려주면서 어떤 문전옥답을 물려주는 것보다 좋은 유산이라고 지적하였다. 아무리 좋은 전답을 많이 물려주어도 낭비하면 쉽게 탕진하고 말지만, 부지런함과 검소함은 이것을 쓰면 쓸수록 더 부유해질 수 있다는 가르침이다.

그는 '근검'의 훈계를 주자의 말에서 찾기도 한다. 곧 주자가 "화목하고 순종함(和順, 화순)은 집안을 안정시키는(齊家, 제가) 근본이요, 부지런하고 검소함(勤儉, 근검)은 집안 살림을 다스리는(治家, 치가) 근본이요, 글을 읽는(讀書, 독서) 것은 가문을 일으키는(起家, 기가) 근본이요, 이치를 따르는(循理, 순리) 것은 집안을 보존하는(保家, 보가) 근본이다."라고 언급한 구절을 매우 중시하였다. 그리고 이를 가정생활의 네 가지 근본, 곧 '거가사본(居家四本)'이라 하였다. 그는 여러 책에서 이 네 가지 조목에 연관된 명언들을 뽑아 책 한 권으로 편집하였는데, 어떤 사람에게 주었다가 잃어버리고 만 일이 있었다. 그래서 두 아들에게 다시 여러 책에서 뽑아 책 한 권으로 만들어 보기를 지시하였다. 이처럼 그는 자식들에게 벼슬이 막힌 집안이지만 집안을 다시 일으키고 보존하는 방법을 간곡하게 당부하는 자상한 아버지였다.

그는 두 아들이 과음하지 말도록 경계하면서, 제대로 술을 맛보는 방법이 술을 입술에 적시는 데 있으며, 술을 즐긴다는 것은 살짝 취하는 정도에 있다고 타이른다. 여기서 그는 소가 물 마시듯 술을 마시는 폭음의 무지함을 지적하고 있다.

너희들은 내가 술을 반 잔 이상 마시는 것을 본 적이 있느냐? 참으로 술의 맛이란 입술을 적시는 데 있다. 소가 물 마시듯 하는 사람들은 입술이나 혀는 적시지도 않고 곧바로 목구멍으로 넘기니, 무슨 맛이 있겠느냐? 술의 정취는 살짝 취하는 데 있는 것이다. ……나라를 망치고 가정을 파탄시키는 흉포한 행동은 모두 술로 말미암아 비롯된다.

–「기유아(寄遊兒)」 *

지란지교를 꿈꾸며

유안진(1941~)

경상북도 안동 출생. 1965년 〈현대문학〉에 시 「달」, 「별」, 「위로」 등을 발표하면서 등단했다. 1996년 펜문학상, 1998년 정지용문학상 등을 수상했다. 여성 특유의 유려한 문체를 통해 섬세하고 치밀한 필치를 구사했다. 주요 수필집으로 『내 영혼의 상처를 찾아서』, 『종이배』, 『바람 편지』 등이 있다.

✏ 작품 정리

> **갈래** : 현대 수필, 경수필
> **성격** : 감상적, 관조적, 사색적
> **특징** : 비유법을 사용해 인간관과 우정관을 세밀하게 묘사함
> **주제** : 참된 우정에 대한 소망

✏ 생각해 볼 문제

1. '지란지교(芝蘭之交)'란 무엇을 뜻하는 말인가?

공자는 "선한 사람과 함께 있으면 지초와 난초가 있는 방으로 들어가는 것과 같아서 오래되면 향기를 맡지 못하니 그 향기에 동화되기 때문이다. 선하지 못한 사람과 함께 있으면 마치 절인 생선 가게에 들어간 것과 같아서 오래되면 그 악취를 맡지 못하니 그 냄새에 동화되기 때문이다. 붉은 주사를 가지고 있으면 붉어지고, 검은 옷을 가지고 있으면 검어지게 되니 군자는 반드시 함께 있는 자를 삼가야 한다."라고 말했다. 이는 『명심보감』「교우(交友)」 편에 나오는 말이다. 즉, 지초와 난초의 사귐을 뜻하는 지란지교는 향기로운 두 꽃의 사귐처럼 맑고 고귀한 우정을 빗댄 말이다.

2. 작가는 어떤 친구를 좋은 친구라고 말하고 있는가?

2011년 캘리포니아 대학 연구팀은 '우리가 본능적으로 누군가를 좋은 친구라고 생각하거나 나쁜 친구라고 생각하는 것은 유전자 때문이다'라는 연구 결과를 발표했다. 이와 관련해 작가는 편안한 사람을 좋은 친구라고 말한다. 또한, 권력이나 재력, 인기를 얻기 위해 사는 사람보다 나답게 사는 사람, 즉 자신이 하고 싶어 하는 일에 미친 듯이 몰두하는 사람을 좋은 친구라고 말한다. 우정을 소중히 여기되 우정 때문에 목숨을 걸거나 우정을 과시하는 사람을 싫어한다. 또한, 작가는 눈물을 흘리거나 무엇인가를 소유하는 것도 지나친 것은 바람직하지 않다고 말한다. 늘 자연스럽게 제 모습을 지키고, 설령 약점이 드러나더라도 스스로의 선택에 후회하지 않으며, 다른 사람을 포용하며 살고자 한다. 이로 인해 이승뿐만 아니라 저승에서도 참된 우정이 지속되기를 바란다.

3. 친구 간의 우정을 나타내는 사자성어에는 어떤 것들이 있는가?

어릴 때 죽마를 타고 놀면서 사귄 친구를 죽마고우(竹馬故友) 또는 기죽지교(騎竹之交)라고 한다. 매우 친절한 사귐을 가리키는 말로, 아교풀로 붙이고 그 위에 옻칠을 한다는 뜻의 교칠지교(膠漆之交)와 물과 고기의 관계라는 뜻의 수어지교(水魚之交)가 있다. 또한, 금란지계(金蘭之契)는 그 사귐이 쇠보다 굳고 향기는 난초와 같다는 뜻이고, 문경지교(刎頸之交)는 상대를 위해 자신의 목이 잘려도 불만이 없다는 뜻이다. 간담상조(肝膽相照)는 간과 쓸개처럼 서로의 마음을 터놓고 지낼 때 사용하는 말이고, 단금지계(斷金之契)는 쇠라도 자를 만큼 두터운 신뢰가 있을 때 사용한다.

지란지교를 꿈꾸며

저녁을 먹고 나면 허물없이 찾아가 차 한잔을 마시고 싶다고 말할 수 있는 친구가 있었으면 좋겠다. 입은 옷을 갈아입지 않고, 김치 냄새가 좀 나더라도 흉보지 않을 친구가 우리 집 가까이에 있었으면 좋겠다.

비 오는 오후나, 눈 내리는 밤에 고무신을 끌고 찾아가도 좋을 친구, 밤 늦도록 공허한 마음도 마음 놓고 열어 보일 수 있고, 악의 없이 남의 얘기를 주고받고 나서도 말이 날까 걱정되지 않는 친구가…….

사람이 자기 아내나 남편, 제 형제나 제 자식하고만 사랑을 나눈다면 어찌 행복해질 수 있을까. 영원이 없을수록 영원을 꿈꾸도록 서로 돕는 진실한 친구가 필요하리라.

그가 여성이어도 좋고 남성이라도 좋다. 나보다 나이가 많아도 좋고 동갑이거나 적어도 좋다. 다만 그의 인품은 맑은 강물처럼 조용하고 은근하며 깊고 신선하며, 예술과 인생을 소중히 여길 만큼 성숙한 사람이면 된다. 그는 반드시 잘생길 필요가 없고, 수수하나 멋을 알고 중후한 몸가짐을 할 수 있으면 된다.

때로 약간의 변덕과 신경질을 부려도 그것이 애교로 통할 수 있을 정도면 괜찮고, 나의 변덕과 괜한 흥분에도 적절히 맞장구쳐 주고 나서, 얼마의 시간이 흘러 내가 평온해지거든, 부드럽고 세련된 표현으로 충고를 아끼지 않았으면 좋겠다.

나는 많은 사람을 사랑하고 싶진 않다. 많은 사람과 사귀기도 원치 않는다. 나의 일생에 한두 사람과 끊어지지 않는 아름답고 향기로운 인연으로 죽기까지 지속되길 바란다. 나는 여러 나라 여러 곳을 여행하면서, 끼니와 잠을 아껴 될수록 많은 것을 구경하였다. 그럼에도 지금은 그 많은 구경 중에 기막힌 감회로 남은 것은 거의 없다. 만약 내가 한두 곳 한두 가지만 제대로 감상했더라면, 두고두고 자산이 되었을걸.

우정이라 하면 사람들은 관포지교(管鮑之交 관중과 포숙처럼 아주 친한 친구 사이)를 말한다. 그러나 나는 친구를 괴롭히고 싶지 않듯이 나 또한 끝없는 인내로 베풀기만 할 재간이 없다. 나는 도 닦으며 살기를 바라지 않고, 내 친구도

성현(聖賢) 같아지기를 바라지 않는다.

나는 될수록 정직하게 살고 싶고, 내 친구도 재미나 위안을 위해서 그저 제자리에서 탄로 나는 약간의 거짓말을 하는 재치와 위트를 가졌으면 바랄 뿐이다. 나는 때로 맛있는 것을 내가 더 먹고 싶을 테고, 내가 더 예뻐 보이기를 바라겠지만, 금방 그 마음을 지울 줄도 알 것이다. 때로는 얼음 풀리는 냇물이나 가을 갈대숲 기러기 울음을 친구보다 더 좋아할 수 있겠으나, 결국은 우정을 제일로 여길 것이다.

우리는 흰 눈 속 참대(대나무의 일종) 같은 기상을 지녔으나 들꽃처럼 나약할 수 있고, 아첨 같은 양보는 싫어하지만 이따금 밑지며 사는 아량도 갖기를 바란다. 우리는 명성과 권세, 재력을 중시하지도 부러워하지도 경멸하지도 않을 것이며, 그보다는 자기답게 사는 데 더 매력을 느끼려 애쓸 것이다.

우리가 항상 지혜롭진 못하더라도, 자기의 곤란을 벗어나기 위해 비록 진실일지라도 타인을 팔진 않을 것이다. 오해를 받더라도 묵묵할 수 있는 어리석음과 배짱을 지니기를 바란다. 우리의 외모가 아름답지 않다 해도 우리의 향기만은 아름답게 지니리라.

우리는 시기하는 마음 없이 남의 성공을 얘기하며, 경쟁하지 않고 자기 하고 싶은 일을 하되, 미친 듯 몰두하게 되기를 바란다. 우리는 우정과 애정을 소중히 여기되, 목숨을 거는 만용은 피할 것이다. 그래서 우리의 우정은 애정과도 같으며, 우리의 애정 또한 우정과도 같아서 요란한 빛깔과 시끄러운 소리도 피할 것이다.

나는 반닫이(앞의 위쪽 절반이 문짝으로 되어 아래로 젖혀 여닫게 만든 전통 가구)를 닦다가 그를 생각할 것이며, 화초에 물을 주다가, 안개 낀 아침 창문을 열다가, 가을 하늘의 흰 구름을 바라보다가, 까닭 없이 현기증을 느끼다가 문득 그가 보고 싶어지며, 그도 그럴 때 나를 찾을 것이다.

그는 때로 울고 싶어지기도 하겠고, 내게도 울 수 있는 눈물과 추억이 있을 것이다. 우리에겐 다시 젊어질 수 있는 추억이 있으나, 늙는 일에 초조하지 않을 웃음도 만들어 낼 것이다. 우리는 눈물을 사랑하되 헤프지 않게, 가지는 멋보다 풍기는 멋을 사랑하며, 냉면을 먹을 때는 농부처럼 먹을 줄 알며, 스테이크를 자를 때는 여왕처럼 품위 있게, 군밤을 아이처럼 까먹고, 차를 마실 때는 백작 부인보다 우아해지리라.

우리는 푼돈을 벌기 위해 하기 싫은 일을 하지 않을 것이며, 천년을 늙어도 항상 가락을 지니는 오동나무처럼, 일생을 춥게 살아도 향기를 팔지 않는 매화처럼, 자유로운 제 모습을 잃지 않고 살고자 애쓰며 서로 격려하리라.

우리는 누구도 미워하지 않으며, 특별히 한두 사람을 사랑한다 하여 많은 사람을 싫어하진 않으리라. 우리가 멋진 글을 못 쓰더라도 쓰는 일을 택한 것에 후회하지 않듯이, 남의 약점도 안쓰럽게 여기리라.

내가 길을 가다가 한 묶음의 꽃을 사서 그에게 안겨 줘도, 그는 날 주책이라고 나무라지 않으며, 건널목이 아닌 데로 찻길을 건너도 나의 교양을 비웃지 않을 게다. 나 또한 더러 그의 눈에 눈곱이 끼더라도 이 사이에 고춧가루가 끼었다 해도 그의 숙녀 됨이나 그의 신사다움을 의심하지 않으며, 오히려 인간적인 유유함을 느끼게 될 게다.

우리의 손이 비록 작고 여리나 서로를 버티어 주는 기둥이 될 것이며, 우리의 눈에 핏발이 서더라도 총기가 사라진 것은 아니며, 눈빛이 흐리고 시력이 어두워질수록 서로를 살펴 주는 불빛이 되어 주리라.

그러다가 어느 날이 홀연히 오더라도 축복처럼, 웨딩드레스처럼 수의(壽衣 염습할 때 시체에 입히는 옷)를 입게 되리라, 같은 날 또는 다른 날이라도.

세월이 흐르거든 묻힌 자리에서 더 고운 품종의 지란(芝蘭 지초와 난초)이 돋아 피어, 맑고 높은 향기로 다시 만나지리라. *

무소유(無所有)

법정(1932~2010)

승려이자 수필가. 1954년 효봉 스님의 제자로 출가하고, 1970년대 후반 송광사 뒷산에 손수 불일암을 지어 홀로 수도했다. 법정 스님의 수필은 불교적 지성을 바탕으로 현실의 아이러니를 날카롭게 파헤치는 것이 특징이다. 수필집으로『서 있는 사람들』,『말과 침묵』,『무소유』등과 류시화 시인이 엮은『산에는 꽃이 피네』가 있고, 역서로는『깨달음의 거울(禪家龜鑑)』,『숫타니파나』,『불타 석가모니』,『진리의 말씀(法句經)』등이 있다.

✐ 작품 정리

> **갈래** : 현대 수필, 경수필
>
> **성격** : 교훈적, 사색적, 체험적
>
> **배경** : 시간 – 여름 / 공간 – 법정 스님의 집
>
> **특징** : 자신의 체험을 고백적 말하기를 통해 서술함
>
> **구성** : 간디의 무소유 정신, 난에 대한 집착의 체험, 무소유의 원리에 대한 깨달음이라는 세 부분으로 구성됨
>
> **주제** : 진정한 자유와 무소유의 의미

✐ 생각해 볼 문제

1. 법정 스님의 무소유는 어떤 의미를 지니고 있는가? 또한, 생활 속에서 진정한 무소유는 무엇인지 비판적 관점에서 생각해 보라.

이 작품에서 말하는 무소유란 생필품을 무조건 버리라는 의미는 아니다. 다 버려야 한다면 우리의 육체도 결국 버려야 하기 때문이다. 무소유란 과도한 집착과 욕심에서 벗어나야 한다는 뜻으로 받아들여야 한다. 그런데 무소유에도 과도하게 집착한다면 자기모순에 빠지기 쉽다. 부처님의 말씀

대로 쾌락과 고행을 떠나 중도를 찾아야 하듯, 소유와 무소유를 떠난 중도를 생활 속에서 실천하는 것이 필요하다. 이 작품에서 법정 스님은 난초처럼 말이 없는 친구에게 난초를 주고 나서 홀가분한 해방감을 느낀다. 난초처럼 말이 없는 친구는 난초를 소유하고, 스님은 무소유한 것이다. 하지만 한편으로 무소유는 소유를 전제로 하기에, 무소유에 대한 집착은 소유에 대한 집착의 또 다른 이면이다.

2. 법정 스님의 난초와 「어린 왕자」의 장미를 비교해 보라.

작은 별에서 장미와 단둘이 살던 어린 왕자는 장미가 까다롭게 구는 바람에 혼자 우주 여행길에 나선다. 어린 왕자는 자신이 버린 그 장미야말로 책임져야 할 존재라는 사실을 깨닫는다. 그 후 몸은 사막에 버려두고 영혼만 다시 자신이 살던 별로 돌아간다. 자신이 길들인 것에 대해 영원히 책임져야 한다는 '관계의 법칙'을 깨달은 것이다. 법정 스님에게 난초는 어린 왕자의 장미와 같은 존재다. 스님은 난초를 위해 관련 서적을 구해다 읽고, 비료를 주는가 하면 서늘한 그늘과 적정한 실내 온도를 제공한다. 어린 왕자가 장미에게 물을 주고 햇볕을 가리기 위해 고깔을 씌워 주었던 것처럼 말이다. 스님은 난초를, 어린 왕자는 장미를 길들인 것이다. 그런데 스님은 소유를 집착으로 여겨 난초를 남에게 주어 버렸지만, 어린 왕자는 자신이 길들인 것에 책임감을 느껴 장미에게 다시 돌아간다. 스님이 난초로부터의 해방을 즐거워하면서 동시에 장미에 대한 책임감을 강조하는 대목에서는 다소 모순되는 사유 체계가 엿보인다. 스님은 "자기를 길들인 것에 대해서는 영원히 자기가 책임을 지게 되는 것"이라고 말한다. 그러나 "집착이 괴로움인 것을. 이 집착에서 벗어나야겠다. 나는 난초에게 너무 집념해 버린 것이다."라고 말하며 괴로워하기도 한다. 문제는 집착하지 않으면서도 책임을 피하지 않는 접점을 찾는 것이지만 난초를 남에게 주는 것으로 문제에서 벗어나려는 해결 방식은 또 다른 의문을 갖게 한다.

무소유

우리 주변의 수많은 물건은 생활을 편리하게 해 주기도 하고 마음을 즐겁게 해 주기도 한다. 이렇게 고마운 물건들이 때로는 고민거리가 되기도 한다. 사람이든 물건이든 소유하게 되면 관리를 해 주어야 하기 때문이다. 우리가 소유한 것은 우리를 풍요롭게 해 주기도 하지만 동시에 우리를 구속하기도 한다.

법정 스님은 수필집 『무소유』에서 소유하지 않음으로써 자유인이 되라고 말한다. 스님은 어떤 스님이 자신의 방으로 보내 준 난초를 정성스레 길렀다.

혼자 사는 거처라 살아 있는 생물이라고는 나하고 그 애들뿐이었다. 그 애들을 위해 관계 서적을 구해다 읽었고, 그 애들의 건강을 위해 하이포넥스인가 하는 비료를 구해 오기도 했었다. 여름철이면 서늘한 그늘을 찾아 자리를 옮겨 주어야 했고, 겨울에는 그 애들을 위해 실내 온도를 내리곤 했다. 이렇듯 애지중지 가꾼 보람으로 이른 봄이면 은은한 향기와 함께 연둣빛 꽃을 피워 나를 설레게 했고, 잎은 초승달처럼 항시 청청했었다.

지난해 여름 장마가 갠 어느 날 봉선사로 운허 노사를 뵈러 간 일이 있었다. 한낮이 되자 장마에 갇혔던 햇빛이 눈부시게 쏟아져 내리고 앞 개울물 소리에 어울려 숲 속에서는 매미들이 있는 대로 목청을 돋우었다. 아차! 이때서야 문득 생각이 난 것이다. 난초를 뜰에 내놓은 채 온 것이다. 모처럼 보인 찬란한 햇빛이 돌연 원망스러워졌다. 뜨거운 햇볕에 늘어져 있을 난초 잎이 눈에 아른거려 더 지체할 수가 없었다. 허둥지둥 그 길로 돌아왔다. 아니나 다를까. 잎은 축 늘어져 있었다. 안타까워하며 샘물을 길어다 축여 주고 했더니 겨우 고개를 들었다. 하지만 어딘지 생생한 기운이 빠져나간 것 같았다.

나는 이때 온몸으로 그리고 마음속으로 절절히 느끼게 되었다. 집착이 괴로움인 것을. 그렇다. 나는 난초에게 너무 집념해 버린 것이다. 이 집착에서 벗어나야겠다고 결심했다. 난을 가꾸면서는 산철—승가의 유행기—에도 나그네 길을 떠나지 못한 채 꼼짝 못하고 말았다.

난초 기르기에 관한 글의 일부다. 스님은 난초처럼 말이 없는 친구가 놀러 왔기에 선뜻 그의 품에 분을 안겨 주었다고 한다. 그때의 기분을 스님은 "날아갈 듯 홀가분한 해방감"이라고 표현했다. 난을 통해 무소유의 의미 같은 것을 터득했다고 했다.

아름답고 청초한 난초조차 우리의 자유를 구속한다면, 다른 물건들은 말할 것도 없을 것이다. 그런데 한 가지 의문이 든다. 스님은 무소유를 실천했지만 난초를 선물 받은 사람은 또 다른 소유의 길에 접어들게 된다는 것이다.

난초에 대한 스님의 집착은 난초에 대한 애정을 의미한다. 스님은 난초를 애지중지했기 때문에 자신보다 난초를 더 잘 가꿀 수 있는 사람에게 난초를 맡겼을 것이다. 난초를 선물 받은 사람이 난초를 정말 좋아한다면, 그래서 사랑에 따른 책임감을 느끼게 된다면 그는 난초를 기르면서도 자유인이 될 수 있다. 난초가 스님을 설레게 해 주었듯이 난초가 그를 행복하게 해 줄 수 있기 때문이다.

무소유는 소유를 전제로 하기에, 무소유에 대한 집착은 소유에 대한 집착의 또 다른 이면이다. 무소유는 '소유하지 않은 상태를 소유하는 것'이라고 말한다면 지나친 역설일까.

법회에 모인 신도의 수에 대해 고민하는 것도, 자신의 생각과 글을 가두어 두는 것도 소유에 대한 집착으로 볼 수 있을 것이다. 재산적 가치만이 소유의 범주에 드는 것은 아니다. 무소유는 소유의 또 다른 이름이다. 무소유와 소유는 어떤 의미에서는 반대말이 아니라 동의어다. 우리에게 정작 필요한 점은 훌륭한 생각에 경사되는 것이 아니라 반듯한 생각을 세우는 것이다. 우리는 실천할 수 없는 무소유가 아닌 실천 가능한 소유에 대해 천착해야 한다. 바오바브나무가 장미를 먹어 치우는지, 햇빛이 난초를 말라 죽이는지에 대해 고민해야 한다. 장미가 죽으면, 난초가 죽으면 세상이 어떻게 달라지는지에 대해 고민해야 한다.

만약 두 권의 책을 고르라면 『화엄경』과 『어린 왕자』를 고르겠다는 스님은 「영혼의 모음—어린 왕자에게 보내는 편지」에서 길들인다는 것의 의미를 어린 왕자의 장미에 빗대어 이렇게 말한다.

길들인다는 뜻을 알아차린 어린 왕자, 너는 네가 그 장미꽃을 위해 보낸 시간 때문에 네 장미꽃이 그토록 소중하게 된 것이라고 했다. …… 자기를 길들인 것에 대해서는 영원히 자기가 책임을 지게 되는 거라고 했다.

여우는 어린 왕자에게 장미의 비유를 들며 길들인다는 것의 의미를 가르쳐 준다.

혼자 있는 나의 꽃은 수천수만의 다른 장미 모두를 합친 것보다 훨씬 더 소중해. 그건 내가 물을 준 꽃이니까. 내가 고깔을 씌워 주고 병풍으로 바람을 막아 준 꽃이니까. 내가 벌레를 잡아 준 것은 그 장미꽃이었으니까. 내 꽃이 불평했거나 자랑했을 때도, 심지어 아무것도 말하지 않았을 때도 귀를 기울였지. 그건 내 장미꽃이니까.

여기서 장미는 난초의 또 다른 이름이다.

법정 스님의 수필 「무소유」는 비록 읽어 보지 않은 사람이라도 그 제목은 들어서 알고 있을 정도로 널리 알려져 있다. 일단 그런 의미에서 한국 대표 수필에 포함돼야 하나 게재가 허락되지 않아 「무소유」에 대한 엮은이의 글(『성공과 행복을 부르는 좋은 습관 50가지』에 수록)로 대신한다. *

꼴찌에게 보내는 갈채

✏️ 작가와 작품 세계

박완서(1931~2011)

경기도(현 황해북도) 개풍 출생. 숙명여고를 졸업하고 서울대학교 국문학과에 입학했으나 6·25 전쟁으로 학업을 중단했다. 40세 되던 해인 1970년 〈여성동아〉에 장편 소설 『나목(裸木)』이 당선되어 등단했다. 박완서의 작품은 전쟁의 참상, 중산층의 삶의 실체에 대한 고발, 여성 문제 등을 주요 소재로 삼았다. 주요 작품으로는 『휘청거리는 오후』, 『그해 겨울은 따뜻했네』, 『미망』 등의 장편 소설과 『부끄러움을 가르칩니다』, 『엄마의 말뚝』, 『저문 날의 삽화』 등의 창작집이 있다. 수필집으로는 『꼴찌에게 보내는 갈채』, 『나는 왜 작은 일에만 분개하는가』, 『어른 노릇 사람 노릇』, 『그 많던 싱아는 누가 다 먹었을까』 등이 있다.

✏️ 작품 정리

갈래 : 현대 수필, 경수필

성격 : 주정적, 추보적, 교훈적, 예찬적

배경 : 시간 – 마라톤을 구경한 날 / 공간 – 시내 한복판

특징 : 문장의 호흡을 적절히 조절해 기승전결의 소설 형식으로 표현함

구성 : 마라톤을 구경하기 전의 별난 충동과 마라톤을 보고 나서 든 새로운 생각들이 크게 네 부분으로 나뉘어 전개됨

주제 : 관중의 환호가 없어도 끝까지 뛰는 꼴찌 주자에게 보내는 갈채

1. 일반적으로 '1등에게 보내는 갈채'와 '꼴찌에게 보내는 갈채'는 어떤 차이가 있는가?

1등에게 보내는 갈채는 영광스러운 승리에 대한 찬사이고, 꼴찌에게 보내는 갈채는 남들이 알아주지 않아도 묵묵히 자신의 길을 가는 정직성과 성실성에 대한 감동의 표현이다. 이 작품에는 모두가 앞서 가는 이에게만 환호하는 세상에서 꼴찌의 고통과 고독을 이해하고 그에게 박수갈채를 보내는 작가의 따뜻한 마음이 담겨 있다. 1등과 꼴찌를 구분해 순위를 가려야 하는 마라톤에서 선두권 선수는 스포트라이트를 받지만, 하위권 선수는 관심조차 받지 못한다. 하지만 작가는 환호 없이 달리는 꼴찌 주자가 더욱 위대해 보인다고 말한다. 무서운 고통과 고독을 이기며 끝까지 자신의 사명을 완수해 내는 의지를 지녔다면 그는 진정한 승리자인 것이다.

2. 작가는 꼴찌에게 갈채를 보내는 모습을 통해 무엇을 비판하고 있는가?

물질 만능주의, 성취 지상주의가 판치는 오늘날에는 오직 1등을 향해 내달리는 풍조가 만연하다. 그러나 누구나 1등이 될 수는 없다. 우리는 1등이 될 수도 있지만 꼴찌가 될 수도 있다. 모든 것을 결과로만 판단한다면 과정 중에 기울인 노력은 의미가 없어진다. 마라톤 꼴찌 주자들이 1등을 목표로 했다면 중도에 포기하고 말았을 것이다. 하지만 사람들은 꼴찌로 들어올지언정 끝까지 완주하는 그들의 모습에 더욱 감동을 받는다. 진정한 가치는 1등이 아니라 노력하는 자세인 것이다. 작가는 과정의 수고가 더욱 높이 평가받는 사회가 되길 바라는 마음에서 열렬히 응원한 것이다.

꼴찌에게 보내는 갈채

신나는 일 좀 있었으면

가끔 별난 충동을 느낄 때가 있다. 목청껏 소리를 지르고 손뼉을 치고 싶은 충동 같은 것 말이다. 마음속 깊이 잠재한 환호(歡呼)에의 갈망 같은 게 이런 충동을 느끼게 하는지도 모르겠다.

그러나 요샌 좀처럼 이런 갈망을 풀 기회가 없다. 환호가 아니라도 좋으니 속이 후련하게 박장대소라도 할 기회나마 거의 없다.

의례적인 미소 아니면 조소·냉소·고소가 고작이다. 이러다가 얼굴 모양까지 얄궂게 일그러질 것 같아 겁이 난다.

환호하고픈 갈망을 가장 속 시원하게 풀 수 있는 기회는 뭐니 뭐니 해도 잘 싸우는 운동 경기를 볼 때가 아닌가 싶다. 특히 국제 경기에서 우리 편이 이기는 걸 텔레비전을 통해서나마 볼 때면 그렇게 신이 날 수가 없다.

그러나 곰곰이 생각해 보니 그런 일로 신이 나서 마음껏 환성을 지를 수 있었던 기억이 아득하다. 아마 박신자(朴信子 1960년대 한국 농구를 세계 정상에 올려놓는 데 주역을 담당했던 여자 농구인. '백 년에 한 사람 있을까 말까 한 농구 천재'라는 찬사를 받았으며, 1999년 미국의 여자 농구 명예의 전당에 헌액됨) 선수가 한창 스타 플레이어였을 적, 여자 농구를 보면 그렇게 신이 났고, 그렇게 즐거웠고, 다 보고 나선 그렇게 속이 후련했던 것 같다.

요즈음은 내가 그 방면에 무관심해져서 모르고 있는지는 모르지만 그때처럼 우리를 흥분시키고 자랑스럽게 해 주는 국제 경기도 없는 것 같다.

지는 것까지는 또 좋은데 지고 나서 구정물 같은 후문(後聞)에 귀를 적셔야 하는 고역까지 겪다 보면 운동 경기에 대한 순수한 애정마저 식게 된다.

이렇게 점점 파인 플레이가 귀해지는 건 비단 운동 경기 분야뿐일까. 사람이 살면서 부딪치는 타인과의 각종 경쟁, 심지어는 의견의 차이에서 오는 사소한 언쟁에서까지 그 다툼의 당당함, 깨끗함, 아름다움이 점점 사라져 가는 느낌이다.

그래서 아무리 눈에 불을 밝히고 찾아도 내부에 가둔 환호와 갈채(喝采)에의 충동을 발산할 고장을 못 찾는지도 모르겠다.

뭐 마라톤?

요전에 시내에 나갔다가 집으로 돌아올 때의 일이다. 집을 다 와서 버스가 정류장 못 미쳐 서서 도무지 움직이지를 않았다. 고장인가 했더니 그게 아닌 모양이었다. 앞에도 여러 대의 버스가 밀려 있었고 버스뿐 아니라 모든 차량이 땅에 붙어 버린 듯이 꼼짝을 못하고 있었다.
　나는 그날 아침부터 괜히 걷잡을 수 없이 우울해 있었다. 그래서 버스가 정거장도 아닌데 서 있다는 사실을 참을 수가 없었다.
　"언제까지 이러고 있을 거요?"
　나는 부끄럽게도 안내양에게 짜증을 부렸다. 마치 이 보잘것없는 소녀의 심술에 의해서 이 거리의 온갖 차량이 땅에 붙어 버리기라도 했다는 듯이. 그러나 안내양은 탓하지 않고 시들하게 말했다.
　"아마 마라톤이 끝날 때까진 못 가려나 봐요."
　"뭐 마라톤?"
　그러니까 저 앞 고대에서 신설동으로 나오는 삼거리쯤에서 교통이 차단된 모양이고 그 삼거리를 마라톤의 선두 주자가 달려오리라. 마라톤의 선두 주자! 생각만 해도 우울하게 죽어 있던 내 온몸의 세포가 진저리를 치면서 생생하게 살아나는 것 같았다. 나는 그 선두 주자를 꼭 보고 싶었다. 아니, 꼭 봐야만 했다.
　나는 차비를 내고 나서 내려 달라고 했다. 안내양이 정류장이 아니기 때문에 안 된다고 했다. 나는 마음이 급한 김에 어느 틈에 안내양에게 시비를 걸고 있었다.
　"정류장이 아니기 때문에 못 내려 주겠다구? 그럼 정류장도 아닌데 왜 섰니? 응 왜 섰어?"
　"이 아주머니가, 정말……."
　안내양은 나를 험상궂게 쩨려보더니 획 돌아서서 바깥을 내다보며 상대도 안 했다.
　그래도 나는 선두로 달려오는 마라토너를 보고 싶다는 갈망을 단념할 수가 없었다. 나는 짐짓 발을 동동 구르며 안내양의 어깨를 쳤다.

"아가씨, 내가 화장실이 급해서 그러니 잠깐만 문을 열어 줘요, 응."

"아주머니도 진작 그러시지, 신경질 먼저 부리면 어떡해요."

안내양은 마음씨 좋은 여자였다. 문을 빠끔히 열고 먼저 자기 고개를 내밀어 이쪽저쪽을 휘휘 살피더니 재빨리 내 등을 길바닥으로 떠다밀어 주었다.

일등 주자(走者)를 기다리는 마음

나는 치마를 펄럭이며 삼거리 쪽으로 달렸다. 삼거리엔 인파가 겹겹이 진을 치고 있으리라. 그 인파는 저만치서 그 모습을 드러낸 선두 주자를 향해 폭죽 같은 환호를 터뜨리리라.

아아, 신나라. 오늘 나는 얼마나 재수가 좋은가. 오랫동안 가두었던 환호를 터뜨릴 수 있으니. 군중의 환호, 자기 개인적인 이해관계와 전혀 상관없는 환호, 그 자체의 파열인 군중의 환호에 귀청을 떨 수 있으니.

잘하면 나는 겹겹의 군중을 뚫고 그 맨 앞으로 나설 수도 있으리라. 그러면 제일 큰 환성을 지르고 제일 큰 박수를 쳐야지. 나는 삼거리 쪽으로 달음질치며 나의 내부에서 거대한 환호가 삼거리까지 갈 동안 미처 못 참고 웅성웅성 아우성을 치고 있는 것처럼 느꼈다.

그러나 숨을 헐떡이며 당도한 삼거리에 군중은 없었다.

할 일이 없어 여기 이렇게 빈둥거리고 있을 뿐이라는 듯 곧 하품이라도 할 것 같은 남자가 여남은 명, 그리고 장난꾸러기 녀석들이 대여섯 명 몰려 있을 뿐이었고 아무 데서고 마라토너가 나타나기 직전의 흥분은 엿보이지 않았다.

그러나 여전히 호루라기를 입에 문 순경은 차량의 통행을 금하고 있었다. 세 갈래 길에서 밀리고 밀린 채 기다리다 지친 차량들이 짜증스러운 듯이 부릉부릉 이상한 소리를 내며 바퀴를 조금씩 들먹이는 게 곧 삼거리의 중심을 향해 맹렬히 돌진할 것처럼 보이고 그럴 때마다 순경은 날카롭게 호루라기를 불어 댔다. 그때 나는 내가 전혀 예기치 않던 방향에서 쏟아지는 환호 소리를 들었다. 그것은 내 뒤쪽 조그만 라디오방 스피커에서 나는 환호 소리였다.

선두 주자가 드디어 결승점 전방 십 미터, 오 미터, 사 미터, 삼 미터, 골인! 하는 아나운서의 숨 막히는 소리가 들리고 군중의 우레와 같은 환호성이 들렸다.

비로소 일등을 한 마라토너는 이미 이 삼거리를 지난 지가 오래라는 걸 알 수 있었다. 이 삼거리에서 골인 지점까지는 몇 킬로미터나 되는지 자세히는 몰라도 상당한 거리다. 그런데도 아직까지 통행이 금지된 걸 보면 후속 주자들이 남은 모양이다. 꼴찌에 가까운 주자들이.

그러자 나는 그만 맥이 빠졌다. 나는 영광의 승리자의 얼굴을 보고 싶었던 것이지 비참한 꼴찌의 얼굴을 보고 싶었던 건 아니었다.

또 차들이 부르릉대며 들먹이기 시작했다. 차들도 기다리기가 지루해서 짜증을 내고 있었다. 다시 날카로운 호루라기 소리가 들리고 저만치서 푸른 유니폼을 입은 마라토너가 나타났다.

삼거리를 지켜보고 있던 여남은 구경꾼조차 라디오방으로 몰려 우승자의 골인 광경, 세운 기록 등에 귀를 기울이느라 아무도 그에게 관심을 갖지 않았다. 나도 무감동하게 푸른 유니폼이 가까이 오는 것을 바라보면서 저 사람은 몇 등쯤일까, 이십 등? 삼십 등? ……저 사람이 세운 기록도 누가 자세히 기록이나 해 줄까? 대강 이런 생각을 했다. 그리고 그 이십 등, 아니면 삼십 등의 선수가 조금쯤 우습고, 조금쯤 불쌍하다고 생각했다.

푸른 마라토너는 점점 더 나와 가까워졌다. 드디어 나는 그의 표정을 볼 수 있었다.

꼴찌 주자(走者)의 위대성

나는 그런 표정을 생전 처음 보는 것처럼 느꼈다. 여태껏 그렇게 정직하게 고통스러운 얼굴을, 그렇게 정직하게 고독한 얼굴을 본 적이 없다. 가슴이 뭉클하더니 심하게 두근거렸다. 그는 이십 등, 삼십 등을 초월해서 위대해 보였다. 지금 모든 환호와 영광은 우승자에게 있고 그는 환호 없이 달릴 수 있기에 위대해 보였다.

나는 그를 위해 뭔가 하지 않으면 안 된다고 생각했다. 왜냐하면 내가 좀

전에 그 이십 등, 삼십 등을 우습고 불쌍하다고 생각했던 것처럼 그도 자기의 이십 등, 삼십 등을 우습고 불쌍하다고 생각하면서 엣다 모르겠다 하고 그 자리에 주저앉아 버리면 어쩌나, 그래서 내가 그걸 보게 되면 어쩌나 싶어서였다.

어떡하든 그가 그의 이십 등, 삼십 등을 우습고 불쌍하다고 느끼지 말아야 느끼기만 하면 그는 당장 주저앉게 돼 있었다. 그는 지금 그가 괴롭고 고독하지만 위대하다는 걸 알아야 했다.

나는 용감하게 인도에서 차도로 뛰어내리며 그를 향해 열렬한 박수를 보내며 환성을 질렀다. 나는 그가 주저앉는 걸 보면 안 되었다. 나는 그가 주저앉는 걸 봄으로써 내가 주저앉고 말 듯한 어떤 미신적인 연대감마저 느끼며 실로 열렬하고도 우렁찬 환영을 했다.

내 고독한 환호에 딴 사람들도 합세를 해 주었다. 푸른 마라토너 뒤에도 또 그 뒤에도 주자는 잇따랐다. 꼴찌 주자까지를 그렇게 열렬하게 성원하고 나니 손바닥이 붉게 부풀어 올라 있었다.

그러나 뜻밖의 장소에서 환호하고픈 오랜 갈망을 마음껏 풀 수 있었던 내 몸은 날듯이 가벼웠다.

그전까지만 해도 나는 마라톤이란 매력 없는 우직한 스포츠라고밖에 생각 안 했었다. 그러나 앞으론 그것을 좀 더 좋아하게 될 것 같다. 그것은 조금도 속임수가 용납 안 되는 정직한 운동이기 때문에. 또 끝까지 달려서 골인한 꼴찌 주자도 좋아하게 될 것 같다. 그 무서운 고통과 고독을 이긴 의지력 때문에.

나는 아직 그 무서운 고통과 고독의 참맛을 알고 있지 못하다.

왜 그들이 그들의 체력으로 할 수 있는 하고많은 일들 중에서 그 일을 택했을까 의아스럽기까지 하다.

그러나 그날 내가 이십 등, 삼십 등에서 꼴찌 주자에게까지 보낸 열심스러운 박수갈채는 몇 년 전 박신자 선수한테 보낸 환호만큼이나 신나는 것이었고, 더 깊이 감동스러운 것이었고, 더 육친애적(肉親愛的 부모·자식·형제로서 느끼는 것과 같은 애정)인 것이었고, 전혀 새로운 희열을 동반한 것이었다. *

행복의 메타포

안병욱(1920~)

철학자이자 수필가. 호는 이당. 평안남도 용강 출생. 일본 와세다대학 철학과를 졸업한 후 〈사상계〉 주간, 숭실대학교 교수, 흥사단 이사장, 안중근 의사 기념 사업회 이사 등을 지냈다. 인간 교육을 위한 강연과 에세이, 철학 사상, 전기 등에 관련된 저서와 논문을 발표했고, 실존주의, 허무주의 등 현대 철학 연구에 기여했다. 그의 수필은 명상적이고 교훈적인 분위기가 주로 나타난다. 주요 수필집으로『사색인의 향연』,『행복의 메타포』등이 있다.

✏ 작품 정리

> **갈래** : 현대 수필, 중수필
> **성격** : 교훈적, 사색적, 비유적
> **특징** : 간결한 문장, 적절한 예시와 비유를 사용해 주제를 반복적으로 제시함
> **구성** : 자칫 평범해지기 쉬운 내용을 크게 세 가지의 이야기로 나누어 그 속에서 공통되는 행복의 의미를 발견함
> **주제** : 진정한 행복의 의미

✏ 생각해 볼 문제

1. 이 글의 제목에 '메타포'라는 용어를 쓴 이유는 무엇인가?

메타포는 대상 자체를 표현하는 것이 아니라 그것이 지닌 특정한 속성을 표현하는 비유법이다. 따라서 대상에 대한 주관적이고 정서적인 의미가 드러난다. 작가는 행복이란 현실에 대한 주관적 관점에 따라 결정된다고 말한다. 즉, 어떤 삶을 살더라도 그 속에서 보람을 찾는다면 행복한 삶을 누릴 수 있다는 것이다. 행복과 메타포의 공통점은 주관적 속성을 지녔다는 것

이다. '행복의 메타포'란 제목에는 행복이 가진 주관적 속성의 의미를 부각시키기 위한 의도가 깔려 있다.

2. 이 수필이 세 개의 이야기로 나뉜 것은 어떤 효과를 주는가?

세 가지 이야기는 단순히 독립된 내용으로 나열된 것이 아니다. 이 이야기들에는 작가의 사색 과정이 단계적으로 나타나 있다. 먼저 행복의 의미에 대해 생각하고, 진정한 행복의 조건을 제시한 뒤, 결과적으로 행복이란 무엇인가에 대한 해답에 접근하는 과정에서 작가의 신념을 엿볼 수 있다.

3. 이 작품의 구성상 특징은 어떠한가?

이 수필은 자칫 평범해지기 쉬운 내용을 세 개의 이야기로 나누어, 그 속에서 행복의 공통된 의미를 발견하고 있다. 그리고 진정한 행복의 의미를 강조하기 위해 다양한 예를 들고 있다. 세 사람의 석공, 괴테의 시, 밀레의 그림이 바로 그것이다. 또한, 세 이야기는 모두 설의법으로 끝나고 있다. 이는 단정적으로 결론을 내리지 않고 독자로 하여금 한 번 더 행복의 의미에 대해 생각하도록 유도하기 위한 것이다.

행복의 메타포

1. 앉은뱅이꽃의 노래

괴테(1749~1832 독일의 작가)의 시 가운데 「앉은뱅이꽃의 노래」라는 시가 있다. 어느 날, 들에 핀 한 떨기의 조그만 앉은뱅이꽃이 양의 젖을 짜는 순진 무구한 시골 처녀의 발에 짓밟혀서 시들어 버리고 만다. 그러나 앉은뱅이 꽃은 조금도 그것을 서러워하지 않는다. 추잡하고 못된 사내의 손에 무참히 꺾이지 않고 밝고 깨끗한 처녀에게 밟혔기 때문에 꽃으로 태어났던 보람이 있었다는 것이다.

나는 이 시의 상징을 좋아한다. 들에 핀 조그만 꽃 한 송이에도 꽃으로서의 보람, 생명으로 태어났던 보람이 있다는 것이다.

우리는 보람 있는 생을 원한다. 누구나 보람 있는 사람이 되고 싶고, 보람 있는 일을 하다 보람 있는 일생을 마치고 싶어 한다. 우리 인생의 희열과 행복을 주는 것은 진실로 보람이다.

화가가 아름다운 그림을 그리려고 캔버스 앞에 설 때, 작곡가가 좋은 노래를 지으려고 전심 몰두할 때, 어머니가 자식의 성공과 장래를 위해서 밤낮으로 수고할 때, 아내가 남편을 위하여 큰일, 작은 일에 정성스러운 노력을 기울일 때, 우리는 삶의 보람을 느낀다. 생의 보람을 느끼기 때문에 고생이 고생으로 느껴지지 않고 기쁨으로 변한다. 인간의 생(生)에 빛과 기쁨을 주는 것은 곧 보람이다. 보람이 크면 클수록 우리의 기쁨도 크다.

자기의 생에 보람을 못 느낄 때, 허무의 감정과 공허의 의식이 우리의 마음을 사로잡는다. 내가 하는 일이 보람 있는 일이라고 생각할 때 우리는 절대로 인생의 허무주의자가 될 수 없다. 생활에 대해서 회의의 어두운 그림자가 생기지 않는다.

행복은 만인의 원(願)이다. 행복에의 의지는 인간의 가장 근본적인 의지이다. 이것은 이론이 아니고 인생의 사실이다. 행복한 생을 원하거든 먼저 생의 보람을 찾아야 한다. 보람 있는 생을 살 때, 꽃의 향기가 짝하듯이 행복이 저절로 따른다.

나는 행복에 관해서 생각할 때마다 위대한 철학자 칸트(1724~1804 독일의 철학자)의 말을 언제나 연상한다. 칸트에 의하면 행복한 것도 물론 중요하지만, 그보다 더 중요한 것은 행복을 누리기에 합당한 사람이 되는 것이다. 행복을 직접 목적으로 삼지 말고 행복을 누릴 만한 자격이 있는 행동을 하고, 또 그런 인간이 되라는 것이다. 우리는 착한 사람이 행복하고 악한 사람이 불행한 것을 볼 때 그것이 당연한 인생의 질서라고 생각한다. 그러나 그와 반대로, 악한 사람이 행복하고 착한 사람이 불행한 것을 볼 때, 그것은 인생의 부당한 질서라고 생각한다. 어딘지 못마땅하게 느껴진다.

이것이 인간의 자연스러운 양심(良心)의 요구다. 착한 사람이 행복을 누리는 것이 인생의 자연이요, 또 필연이라고 우리는 생각한다. 우리는 그것을 믿기 때문에 이 세상에 대해서 또 인생에 대해서 정을 붙이고 살아가는 것이요, 또 살아갈 수 있는 것이다. 만일 악한 사람이 행복을 누리고 착한 사람이 불행해야 한다고 하면, 우리는 그런 세상에서 살기를 원하지 않는다. 그것이야말로 지옥의 질서다. 저주 받은 사회다. 그것은 인간의 사회가 아니고 악마의 나라다. 우리는 의식하건 안 하건 인생과 세계의 도덕적 질서를 굳게 믿고 살아가는 것이다.

행복이란 단어는 인생의 사전에서 가장 큰 캐피털 레터(Capital Letter 가장 중요한 단어, 즉 가장 핵심적인 문제라는 뜻)로 쓰인 말이다. 우리의 대화에 항상 오르내리고 우리의 생활에서 제일 중요한 위치와 무게와 의미를 차지하는 단어다. 행복은 인생의 알파요, 오메가[`알파(α)`는 그리스 문자의 첫째 자모, `오메가(Ω)`는 마지막 자모로서 처음과 끝, 즉 전체를 의미함]다.

서양 신화에 의하면 행복의 여신(女神)은 짓궂은 여신이다. 쫓아가면 도망한다. 냉정한 태도로 멀리하면 유혹하려고 든다. 단념하면 배후에서 사람을 조롱한다는 것이다. 행복의 여신은 이렇듯 다루기 어렵다는 것이다. 행복의 여신은 쫓기에도 안 되었고, 안 쫓기에도 안 되었다. 쫓으면 달아나고, 안 쫓으면 유혹하고, 단념하면 조롱한다.

너무 행복에 대해서 관심을 갖지 않는 편이 좋다. 행복에 개의치 않고 보람 있는 인생을 살려고 애쓰고, 또 인생의 보람을 위해서 정성스럽게 일하노라면 뜻밖에도 행복의 여신이 아름다운 미소를 지으면서 우리를 찾아올 것이다. 행복의 길은 행복에 해당하는 행동을 하는 것이요, 행복을 누릴 자격이 있는 사람이 되려고 애쓰는 일이다. 인생의 보람을 위해서 살고, 보람 있는 인생을 사는 것이다. 보람, 이것이 행복의 중요한 열쇠가 아닐까.

2. 세 사람의 석공

　20여 년 전에 배운 중학교 영어 교과서 삽화(挿話) 하나가 생각난다. 어떤 교회를 짓는데, 세 사람의 석공이 와서 날마다 대리석을 조각한다. 무엇 때문에 이 일을 하느냐고 물은즉, 세 사람의 대답이 각각 다르다.

　첫째 사람은 험상궂은 얼굴에 불평불만이 가득한 어조로,

　"죽지 못해서 이놈의 일을 하오."

하고 대답한다.

　둘째 사람은 담담한 어조로 이렇게 말한다.

　"돈 벌려고 이 일을 하오."

　그는 첫째 사람처럼 자기가 하는 일에 대해서 불평을 갖지 않는다. 그렇다고 별로 행복감과 보람을 느끼는 것도 아니다.

　셋째 사람은 평화로운 표정으로 만족스러운 대답을 한다.

　"신의 영광을 드러내기 위해서 이 대리석을 조각하오."

　그는 자기가 하는 일에 보람과 행복을 느끼는 사람이다.

　이 삽화의 상징적 의미는 설명할 필요조차 없다. 사람은 저마다 저다운 마음의 안경을 쓰고 인생을 바라본다. 그 안경의 빛깔이 검고 흐린 사람도 있고, 맑고 깨끗한 사람도 있다. 검은 안경을 쓰고 인생을 바라보느냐? 푸른 안경을 통해서 인생을 내다보느냐? 그것은 마음에 달린 문제다. 불평의 안경을 쓰고 인생을 내다보면 보고 듣고 경험하는 것이 모두 불평투성이요, 감사의 안경을 쓰고 세상을 바라보면 인생에서 축복하고 싶은 것이 한없이 많을 것이다.

　똑같은 달을 바라보면서도 바라보는 사람의 마음에 따라서 혹은 슬프게, 혹은 정답게, 혹은 허무하게 느껴진다. 행복의 문제도 마찬가지다. 인간의 육체를 쓰고 사는 정신인 이상, 또 남과 더불어 살아갈 수밖에 없는 사회적 존재인 이상, 누구든지 먹고살기 위한 의식주와 처자와 친구와 명성과 사회적 지위가 필요함은 말할 것도 없다. 돈·건강·가정·명성·쾌락 등은 행복에 필요한 조건이다. 이런 조건을 떠나서 우리는 결코 행복할 수 없다. 그러나 행복의 조건을 갖추었다고 곧 행복해지는 것은 아니다. 행복하다는 것과 행복의 조건을 갖는다는 것과는 엄연히 구별해야 할 별개의 문제다. 집을 지으려면 돌과 나무와 흙이 필요하지만, 그런 것을 갖추었다고 곧 집이 되는 것이 아님과 마찬가지의 논리다.

행복에 있어서 제일 중요한 것은 스스로 행복하다고 느끼는 것이다. 행복감을 떠나서 행복이 달리 있을 수 없다. 아무리 돈이 많고 명성이 높고 좋은 가정을 갖고 재능이 뛰어나다고 하더라도, 그 사람이 스스로 행복하다고 느끼지 않는다면 어떻게 할 도리가 없는 것이다. 얼마든지 행복할 수 있는 조건을 가지면서도 불행한 사람, 또 그와 반대로 행복할 수 있는 조건을 별로 갖지 못하면서도 사실상 행복한 사람을 우리는 세상에서 가끔 본다. 전자(前者)의 불행은 어디서 유래하며, 후자(後者)의 비결은 어디에 있을까.

"항산(恒産 살아갈 수 있는 일정한 재산)이 없으면 항심(恒心 언제나 변하지 않고 지니고 있는 마음)이 없다."라고 맹자는 말했다. 그러나 맹자는 다시, 선비는 항산이 없어도 항심이 있다고 단언했다. 맹자의 '항산'이란 말을 '행복의 조건'이란 말로 바꾸고, '항심'이란 말을 행복이란 말로 옮겨 놓아도 별로 의미에 큰 차이는 없을 것이다. 행복의 조건을 갖추지 못하면 행복할 수 없다. 그러나 선비는 행복의 조건을 못 갖추어도 행복할 수 있다. 이것이 맹자의 행복의 논리다. 행복의 조건이 행복의 객관적(客觀的) 요소라고 한다면, 행복감은 행복의 주관적(主觀的) 요소다. 행복은 이 두 가지 요소의 종합에 있다.

행복해질 수 있는 충분한 조건을 가지면서도 행복해지지 못하는 비극의 원인은 어디에 있으며, 또 행복해질 만한 조건은 별로 갖추지 못하면서도 행복을 누리는 비결은 무엇일까? 맹자의 표현을 빌려서 말한다면 항산이 없더라도 항심이 있을 수 있음은 어찌된 까닭일까? 그것은 요컨대 마음의 문제다.

"사람은 자신이 결심하는 만큼 행복해질 수 있다."라고 링컨은 말했다. 행복이 마음의 문제라고 한다면 마음의 어떠한 문제일까?

3. 밀레의 만종(晩鐘)

나는 어렸을 때부터 밀레(1814~1875 프랑스의 화가)의 그림을 좋아했다. 보리 이삭을 줍는 그림도 좋았고, 씨 뿌리는 그림도 마음에 들었다. 어린 아기를 문턱에 앉히고 엄마가 아가에게 밥술을 떠 넣어 주는데 두 언니가 앞에 앉아서 동생을 귀여운 표정으로 지켜보는 그림은 나의 어린 가슴에 행복의 이미지를 아로새겨 주었다. 어린 아기가 팔 벌린 엄마를 향해서 아장아장 걸어가는 그림은 인생의 사랑과 평화를 그대로 표현한 그림 같았다. 양 치는 목자가 들에서 기도하는 그림은 우리에게 경건을 가르쳐 준다.

미국 보스턴 미술관에서 밀레의 그림을 직접 눈앞에 보았을 때, 어린 시절의 아름다운 이미지가 가슴속에 그대로 되살아나는 것 같았다. 파리의 루브르 미술관에서 밀레의 '만종'의 그림 앞에 섰을 때, 나는 인생의 시와 진실에 부딪히는 것 같았다.

밀레는 렘브란트(1606~1669 네덜란드의 화가)나 고흐(1853~1890 네덜란드의 화가), 루벤스(1577~1640 벨기에의 화가)나 세잔(1839~1906 프랑스의 화가) 같은 대가에 비하면 이류의 화가밖에 안 된다. 그러나 나는 밀레 그림을 좋아한다. 그 소박성이 좋고, 그 진실성이 마음에 든다. 밀레 그림의 테마가 더욱 나의 마음을 사로잡는다.

가난한 농부의 아들로 태어난 밀레는 일생 동안 일하는 농부들을 그의 화제(畫題)로 삼았다. 동리 사람들이 푼푼이 모아 준 노자로 파리에 가서 그림 공부를 하였고, 고향에 돌아와서는 농사를 지으면서 그림을 그렸다.

밀레는 위대한 화가는 결코 아니다. 그러나 밀레의 소박하고 정직한 그림은 우리에게 인생의 시와 진실의 세계를 가르쳐 준다.

반다이크(1599~1641 플랑드르의 화가)는 밀레의 '만종'을 평하여, "사랑과 노동과 신앙을 그린 인생의 성화(聖畵 미술에서 종교적 사실·전설·인물 등을 제재로 하여 그린 종교화)"라고 했다. 나는 '만종'에서 행복의 메타포〔metaphor 수사학(修辭學)에서의 비유적 표현. 은유(隱喩) 또는 암유(暗喩)라고도 함〕를 발견한다.

인간은 밥만 먹고 사는 동물은 아니다. 사랑을 먹고 사는 동물이다. 나를 사랑해 주는 자가 필요한 동시에 내가 사랑할 생명이 필요하다. 사랑이 없는 생은 결코 행복한 생이 아니다. 사랑은 행복의 열쇠다. 사랑하는 기쁨과 사랑을 받는 보람을 가질 때 우리는 지상에 인간으로서 태어난 것을 감사하고 싶고 축복하고 싶어진다.

건강하게 일하는 기쁨은 행복에 없어서는 안 될 요소다. 남자는 사업에 살고 여자는 애정에 산다. 일은 우리에게 벗을 주고 건강을 주고 삶의 보람을 준다. 온 정열을 쏟을 수 있는 일을 인생에서 발견한 사람은 세상에 다시없는 행복자다.

행복한 인생을 살려면 하나의 굳건한 믿음이 필요하다. 종교의 신앙도 좋고 사상에 대한 신념도 좋다. 우리의 생을 의지할 든든한 기둥이 필요하다. 생에서 죽음에 이르는 인생의 긴 다리 위에서 우리는 뜻하지 않는 폭풍을 만나는 수도 있고, 불의의 비극을 당하는 경우도 있다. 모든 사람이 저마다 자기의 십자가를 짊어지고 인생을 살아간다. 어떤 이는 가난의 십자가를 짊어지고, 어떤 이는 병의 십자가를 짊어진다. 생의 십자가를 굳건히 짊어지려면 마음의 단단한 준비가 필요하다.

나의 분[分 분수(分數)]을 알고 나의 분을 지켜서 인생에 지나친 욕심을 갖지 않은 것이 슬기롭다. 지족(知足 분수를 지키며 만족할 줄 앎)은 행복에 이르는 지름길의 하나다. 자기의 분에 만족할 줄 모르는 사람은 행복과 담을 쌓는 사람이다.

행복은 감사의 문으로 들어오고 불평의 문으로 나간다. 행복을 원하거든 감사할 줄 아는 마음을 기르고 배워야 한다. 사랑과 노동과 신앙, 인생의 참된 행복은 그런 데 있지 아니할까. *

지조론(志操論) — 변절자(變節者)를 위하여

✏️ 작가와 작품 세계

조지훈(1920~1968)

시인이자 국문학자. 본명은 동탁(東卓). 경상북도 양양 출생. 혜화전문학교를 졸업하고 1939년 〈문장〉의 추천을 받아 등단했다. 「고풍 의상」, 「봉황수」 등 고전적 소재를 이용해 민족 정서를 표현한 작품들이 많다. 광복 이후부터 자유당 정권 말기에 이르기까지는 민족적 비분과 현실 비판을 담은 작품들을 발표하기도 했다. 1946년 박두진, 박목월과 함께 『청록집(靑鹿集)』을 간행해 '청록파'로 불렸다. 섬세한 언어로 자연과 민족 정서를 표현한 작품이 많다. 선적(禪的)인 깊이가 담긴 그의 시는 심오하고 아늑한 느낌을 주는 것이 특징이다. 주요 시집으로 『풀잎 단장』, 『조지훈 시선』, 『역사 앞에서』 등이 있다.

✏️ 작품 정리

갈래 : 현대 수필, 중수필

성격 : 논리적, 사회적, 공적(公的), 교훈적

배경 : 시간 – 1960년대

특징 : • 다양한 일화와 적절한 인용을 들어 지조와 변절의 의미를 전달함

      • 한문 투의 강건체를 주로 사용함

구성 : '기–승–전–결'의 4단계 구성

  – 기 : 변절자에 대해 경계함

  – 승 : 지조를 지킬 것을 권고함

  – 전 : 변절하지 말 것을 권고함

  – 결 : 지조는 지도자의 생명임을 강조함

주제 : 지조 있는 삶의 자세, 또는 정치인에게 요구되는 지조를 강조

1. 이 작품의 표현상 특징은 무엇인가?

1960년 3월 〈새벽〉에 발표된 이 수필은 사회적·정치적 혼란기에 쓰여진 작품이다. 이 작품에서는 한국인의 정신적 뿌리인 지조를 예시와 속담, 일화 등을 통해 적절하게 제시해 당시 부패한 사회상을 비판하고 있다. 또한, 옛 선비들의 지조를 현재의 정치가들의 변절과 대비하고, 단정적 어조와 강인한 문체를 통해 주제를 효과적으로 나타내고 있다.

2. 이 수필은 시대 상황과 연관 지어 볼 때 어떤 의미가 있는가?

작가는 이 글을 통해 친일파들이 정치 일선에 나서 득세를 하고, 정치인들이 독재 정권에 빌붙어 지조 없이 변절을 일삼는 모습을 적절한 일화를 들어 날카롭게 비판하고 있다. 지조란 역사를 객관적으로 냉철히 인식하고 올바른 길을 제시해 변함없이 이어가는 것이다. 또한, 상황에 따라 자신의 태도를 바꾸는 일이 있더라도 그것이 바람직한 것이라면 오히려 지조를 다시 찾은 것이라고 본다. 그렇다면 변절은 단순히 신념을 바꾸는 것을 의미하는 것이 아니라, 개인적인 출세를 위해 진정한 신념을 버리는 것을 의미한다. 이 글에는 '변절자를 위하여'라는 부제가 붙어 있다. 친일파들이 나라의 일을 좌지우지하고, 사이비 정치인들이 지조 없이 변절을 일삼는 당시의 세태를 개탄하고 있는 것이다. 하지만 민영환이나 이용익처럼 자신의 잘못을 반성하고 바른길을 간 경우는 변절이 아니라는 입장을 취함으로써, 지금 변절로 비난받고 있는 사람들이라도 올바른 선택을 할 것을 당부하고 있다.

지조론 — 변절자를 위하여

　지조(志操 곧은 뜻과 절조(節操))란 것은, 순일(純一 깨끗하고 한결같음)한 정신을 지키기 위한 불타는 신념이요, 눈물겨운 정성이며, 냉철한 확집(確執 자기의 주장을 끝까지 지켜 나감)이요, 고귀한 투쟁이기까지 하다. 지조가 교양인의 위의(威儀 엄숙한 태도나 차림새)를 위하여 얼마나 값지고, 그것이 국민의 교화에 미치는 힘이 얼마나 크며, 따라서 지조를 지키기 위한 괴로움이 얼마나 가혹한가를 헤아리는 사람들은 한 나라의 지도자를 평가하는 기준으로서 먼저 그 지조의 강도(强度)를 살피려 한다. 지조가 없는 지도자는 믿을 수가 없고, 믿을 수 없는 지도자는 따를 수가 없기 때문이다. 자기의 명리(名利 명예와 이익)만을 위하여 그 동지와 지지자와 추종자를 일조(一朝 하루아침)에 함정에 빠뜨리고 달아나는 지조 없는 지도자의 무절제와 배신 앞에 우리는 얼마나 많이 실망하였는가.

　지조를 지킨다는 것이 참으로 어려운 일임을 아는 까닭에, 우리는 지조 있는 지도자를 존경하고 그 곤고(困苦 곤란하고 고통스러움)를 이해할 뿐 아니라 안심하고 그를 믿을 수 있는 것이다. 이와 같이 생각하는 자이기 때문에 지조 없는 지도자, 배신하는 변절자들을 개탄하고 연민하며, 그와 같은 변절 위기의 직전에 있는 인사들에게 경성(警醒 타일러 깨우침)이 있기를 바라는 마음이 간절하다.

　지조는 선비의 것이요, 교양인의 것이다. 장사꾼에게 지조를 바라거나 창녀에게 지조를 바란다는 것은 옛날에도 없었던 일이지만, 선비와 교양인과 지도자에게 지조가 없다면 그가 인격적으로 장사꾼과 창녀와 다를 바가 무엇이 있겠는가. 식견(識見 '학식과 견문'이라는 뜻으로, 사물을 분별할 수 있는 능력을 일컫는 말)은 기술자와 장사꾼에게도 있을 수 있지 않는가 말이다. 물론 지사(志士 나라와 민족을 위하여 제 몸을 바쳐 일하려는 뜻을 가진 사람)와 정치가가 완전히 같은 것은 아니다. 독립운동을 할 때의 혁명가와 정치인은 모두 다 지사였고 또 지사라야 했지만, 정당 운동의 단계에 들어간 오늘의 정치가들에게 선비의 삼엄한 지조를 요구하는 것은 지나친 일인 줄은 안다. 그러나 오늘의 정치 — 정당 운동을 통한 정치도 국리민복(國利民福 나라와 국민의 복리(福利))을 위한 정책을 통해서의 정상(政商 정권을 이용하여 사사로운 이익을 취하는 무리들)인 이상 백성을 버리고 백성이 지지하는 공동 전선을 무너뜨리고 개인의 구복(口腹 '입과 배'라는 뜻으로 먹고사는 일을 의미함)과 명리를 위한 부동(浮動 여기저기 떠서 움직임)은 무지조(無志操)로 규탄되어 마땅하다고 하지 않을 수 없다. 더구나 오늘 우리가 당면한 현실과 이 난국을 수습할 지도자의 자격으로 대망(待望 기다리고 바람)하는 정치가는 권모술수(權謀術數)에 능한 직업 정치인보다 지사적 품격의 정치 지도자를 더 대망하는 것이 국민 전체의 충정(衷情 속에서 우러나는 참된 정)인 것이 속일 수 없는 사실이기에 더욱 그러하다. 염결공정(廉潔公正 청렴하고 결백하며 공평하고 올바름), 청백강의(淸白剛毅 청렴하고 결백하며 강직하여 굽힘이 없음)한 지사 정치만이 이 국운을 만회할 수 있다고 믿는 이상, 모든 정치 지도자에 대하여 지조의 깊이를 요청하고 변절의 악풍을 타매(唾罵 아주 더럽게 생각하고 경멸히 여겨 욕함)하는 것은 백성의 눈물겨운 호소이기도 하다.

지조와 정조는 다 같이 절개에 속한다. 지조는 정신적인 것이고, 정조는 육체적인 것이라고 하지만, 알고 보면 지조의 변절도 육체 생활의 이욕[利慾 사리(私利)를 탐하는 마음]에 매수된 것이요, 정조의 부정도 정신의 쾌락에 대한 방종에서 비롯된다. 오늘의 정치인의 무절제를 장사꾼적인 이욕의 계교와 음부적(淫婦的 음탕한 여인과 같은) 환락의 탐혹(耽惑 마음이 빠져 미혹됨)이 합쳐서 놀아난 것이라면 과연 극언(極言 극단적인 말)이 될 것인가.

하기는, 지조와 정조를 논한다는 것부터가 오늘에 와선 이미 시대착오의 잠꼬대에 지나지 않는다고 할 사람이 있을지 모른다. 하긴 그렇다. 왜 그러냐 하면, 지조와 정조를 지킨다는 것은 부자연스러운 일이요, 시세를 거역하는 일이기 때문이다. 과부(寡婦)나 홀아비가 개가(改嫁)하고 재취(再娶)하는 것은 생리적으로나 가정생활로나 자연스러운 일이므로 아무도 그것을 막을 수 없고, 또 그것을 막아서는 안 된다. 그러나 우리는 그 개가와 재취를 지극히 당연한 것으로 승인하면서도, 어떤 과부나 환부(鰥夫 홀아비)가 사랑하는 옛 짝을 위하여 개가나 속현(續絃 아내를 여읜 뒤 아내를 다시 맞음)의 길을 버리고 일생을 마치는 그 절제에 대하여 찬탄하는 것을 또한 잊지 않는다. 보통 사람이 능히 하기 어려운 일을 했대서만이 아니라, 자연으로서의 인간의 본능고(本能苦 본능적 욕구에 의해 발생되는 고통)를 이성과 의지로써 초극(超克 난관을 극복함)한 그 정신의 높이를 보기 때문이다. 정조의 고귀성이 여기에 있다. 지조도 마찬가지다. 자기의 사상과 신념과 양심과 주체는 일찌감치 집어던지고 시세에 따라 아무 권력에나 바꾸어 붙어서 구복의 걱정이나 덜고 명리의 세도에 참여하여 꺼덕거리는 것이 자연한 일이지, 못나게 꼬를 부린다고 굶주리고 얻어맞고 짓밟히는 것처럼 부자연한 일이 어디 있겠냐고 하면 얼핏 들어 우선 말은 되는 것 같다.

여름에 아이스케이크 장사를 하다가, 가을바람만 불면 단팥죽 장사로 간판을 남보다 먼저 바꾸는 것을 누가 욕하겠는가. 장사꾼, 기술자, 사무원의 생활 방도는 이 길이 오히려 정도(正道)이기도 하다. 오늘의 변절자도 자기를 이 같은 사람이라 생각하고 또 그렇게 자처한다면 별 문제다. 그러나 더러운 변절의 정당화를 위한 엄청난 공언(空言 내용에 근거나 현실성이 없는 헛말)을 늘어놓은 것은 분반(噴飯 입속에 있는 밥을 내뿜는다는 뜻으로, 웃음을 참을 수가 없음을 의미함)할 일이다. 백성들이 그렇게 사람 보는 눈이 먼 줄 알아서는 안 된다. 백주 대로(白晝大路 한낮의 큰길)에 돌아앉아 볼기짝을 까고 대변을 보는 격이라면 점잖지 못한 표현이라 할 것인가.

지조를 지키기란 참으로 어려운 일이다. 자기의 신념에 어긋날 때면 목숨을 걸어 항거하여 타협하지 않고, 부정과 불의한 권력 앞에는 최저의 생활, 최악의 곤욕을 무릅쓸 각오가 없으면 섣불리 지조를 입에 담아서는 안 된다. 정신의 자존(自尊)·자시(自恃 자기 자신의 능력이나 가치를 믿음)를 위해서는 자학과도 같은 생활을 견디는 힘이 없이는 지조는 지켜지지 않는다. 그러므로 지조의 매운 향기를 지닌 분들은 심한 고집과 기벽(奇癖 이상야릇한 버릇. 남과 다른 특이한 버릇)까지도 지녔던 것이다. 신단재[申丹齋 구한말의 문인인 신채호(申采浩 1880~1936) 선생. '단재'는 그의 호임] 선생은 망명 생활 중 추운 겨울에 세수를 하는데, 꼿꼿이 앉아서 두 손으로 물을 움켜다 얼굴을 씻기 때문에 찬물이 모두 소매 속으로 흘러들어 갔다고 한다. 어떤 제자가 그 까닭을 물으매, 내 동서남북 어느 곳에도 머리 숙일 곳이 없기 때문이라고 했다는 일화가 있다.

무서운 지조를 지킨 분의 한 분인 한용운(韓龍雲) 선생의 지조 때문에 낳은 많은 기벽의 일화(한용운은 평생 자신의 방에 불을 지피지 않았다. 그는 조선의 국토 전체를 커다란 감옥으로 생각했기 때문에 따뜻한 온돌에서 지내는 일을 과분한 일이라고 여겼다. 만년에는 일체의 배급을 거부한 결과 영양실조로 사망하였다)도 마찬가지다.

오늘 우리가 지도자와 정치인들에게 바라는 지조는 이토록 삼엄한 것은 아니다. 다만 당신 뒤에는 당신들을 주시하는 국민이 있다는 것을 잊지 말고 자신의 위의와 정치적 생명을 위하여 좀 더 어려운 것을 참고 견디라는 충고 정도다. 한때의 적막을 받을지언정 만고에 처량한 이름이 되지 말라는 『채근담』(菜根譚 중국 명나라 말엽의 학자 홍자성의 저서. 유교 사상이 중심이 되면서 불교·도교 사상이 가미된 처세 철학서)의 한 구절을 보내고 싶은 심정이란 것이다. 끝까지 참고 견딜 힘도 없으면서 뜻있는 백성을 속여 야당의 투사를 가장함으로써 권력의 미끼를 기다리다가 후딱 넘어가는 교지(狡智 교활한 재주와 꾀)를 버리라는 말이다. 욕인(辱人 남을 욕함)으로 출세의 바탕을 삼고 항거로써 최대의 아첨을 일삼는 본색을 탄로시키지 말라는 것이다. 이러한 충언의 근원을 캐면 그 바닥에는 변절하지 말라, 지조의 힘을 기르란 뜻이 깃들어 있다.

변절이란 무엇인가, 절개를 바꾸는 것, 곧 자기가 심신(心身)으로 이미 신념하고 표방했던 자리에서 방향을 바꾸는 것이다. 그러므로 사람이 철이 들어서 세워 놓은 주체의 자세를 뒤집는 것은 모두 다 넓은 의미의 변절이다. 그러나 사람들이 욕하는 변절은 개과천선(改過遷善 지나간 허물을 고치고 착하게 됨)의 변절이 아니고 좋고 바른 데서 나쁜 방향으로 바꾸는 변절을 변절이라 한다.

일제 때 경찰에 관계하다 독립운동으로 바꾼 이가 있거니와 그런 분을 변절이라고 욕하진 않았다. 그러나 독립운동을 하다가 친일파로 전향한 이는 변절자로 욕하였다. 권력에 붙어 벼슬하다가 야당이 된 이도 있다. 지조에 있어 완전히 깨끗하다고는 못 하겠지만 이들에게도 변절자의 비난은 돌아가지 않는다.

나머지 하나, 협의의 변절자, 비난·불신의 대상이 되는 변절자는 야당 전선에서 이탈하여 권력에 몸을 파는 변절자다. 우리는 이런 사람의 이름을 역력히 기억할 수 있다.

자기 신념으로 일관한 사람은 변절자가 아니다. 병자호란 때 남한산성의 치욕에 김상헌[金尙憲(1570~1652) 조선 중기의 문신]이 찢은 항서(降書 항복하겠다는 뜻을 담은 글)를 도로 주워 모은 주화파(主和派) 최명길[崔鳴吉 조선의 문관. 1636년, 병자호란 때 모든 신하들이 주전론(主戰論)을 주장하는 분위기에서 홀로 주화론(主和論)을 고수함. 주전론을 주장하며 최명길을 비난하던 사람들은 형세가 불리해지자 모두 주화론으로 돌아서는 기회주의적인 태도를 보임]은 당시 민족정기의 맹렬한 공격을 받았으나, 심양(瀋陽 선양. 중국 만주 랴오닝 성에 있는 도시)의 감옥에 김상헌과 같이 갇혀 오해를 풀었다는 일화는 널리 알려진 얘기다.

최명길은 변절의 사(士)가 아니요, 남다른 신념이 한층 강했던 이였음을 알 수 있다. 또 누가 박중양(朴重陽), 문명기(文明琦) 등 허다한 친일파를 변절자라고 욕했는가. 그 사람들은 변절의 비난을 받기 이하의 더러운 친일파로 타기(唾棄 침을 뱉어 버린다는 뜻으로, 업신여기거나 더럽게 생각하여 돌아보지 않고 버림)되기는 하였지만 변절자는 아니다.

민족 전체의 일을 위하여 몸소 치욕을 무릅쓴 업적이 있을 때는 변절자로 욕하지 않는다. 앞에 든 최명길도 그런 범주에 들거니와, 일제 말기, 말살되는 국어의 명맥을 붙들고 살렸을 뿐 아니라 국내에서 민족 해방의 날을 위한 유일의 준비가 되었던 『맞춤법 통일안』, 『표준말 모음』, 『큰사전』을 편찬한 '조선 어학회'가 '국민 총력 연맹 조선어 학회 지부'의 간판을 붙인 것을 욕하는 사람은 없었다.

아무런 하는 일도 없었다면, 그 간판은 족히 변절의 비난을 받고도 남음이 있었을 것이다. 이런 의미에서 좌옹(佐翁), 고우(古友), 육당(六堂), 춘원(春園) 등 잊을 수 없는 업적을 지닌 이들의 일제 말의 대일 협력의 이름은 그 변신을 통한 아무런 성과도 없었기 때문에 애석하나마 변절의 누명을 씻을 수 없었다. 그분들의 이름이 너무나 컸기 때문에 그에 대한 실망이 컸던 것은 우리의 기억이 잘 알고 있다. 그 때문에 이분들은 '반민 특위(反民特委 반민족 행위 특별 조사 위원회)'에 불리었고, 거기서 그들의 허물을 벗겨 주지 않았던가. 아무것도 못하고 누명만 쓸 바에야 무위(無爲 아무것도 하지 않음)한 채로 민족정기의 사표(師表 학식·덕행이 높아 모범이 될 만한 사람)가 됨만 같지 못한 것이다.

변절자에게는 저마다 그럴듯한 구실이 있다. 첫째, 좀 크다는 사람들은 말하기를, 백이(伯夷)·숙제(叔薺)(은나라가 망하고 주나라가 들어서자 주나라에서 주는 벼슬을 사양하고 수양산에 들어가 고사리를 캐 먹으며 지내다가 굶어 죽은 중국의 현인들)는 나도 될 수 있다. 나만이 깨끗이 굶어 죽으면 민족은 어쩌느냐가 그것이다. 범의 굴에 들어가야 범을 잡는다는 투의 이론이요, 그다음에 바깥에선 아무 일도 안 되니 들어가 싸운다는 것이요, 가장 하치(품질이 낮은 것)가, 에라 권력에 붙어 이권이나 얻고 가족이나 고생시키지 말아야겠다는 것이다. 굶어 죽기가 쉽다거나 들어가 싸운다거나 바람이 났거나 간에 그 구실을 뒷받침할 만한 일을 획책(劃策 계책을 세움)도 한 번 못해 봤다면 그건 변절의 낙인밖에 얻을 것이 없는 것이다.

우리는 일찍이 어떤 선비도 변절하여 권력에 영합해서 들어갔다가 더러운 물을 뒤집어쓰지 않고 깨끗이 물러 나온 예를 역사상에서 보지 못했다.

연산주(燕山主)의 황음(荒淫 함부로 음탕한 짓을 함)에 어떤 고관의 부인이 궁중에 불리어 갈 때 온몸을 명주로 동여매고 들어가면서, 만일 욕을 보면 살아서 돌아오지 않겠다고 해 놓고 밀실에 들어가서는 그 황홀한 장치와 향기에 취하여 제 손으로 명주를 풀고 눕더라는 야담이 있다. 어떤 강간(强姦)도 나중에는 화간(和姦 부부가 아닌 남녀가 합의하여 육체적으로 관계함)이 된다는 이치와 같지 않은가.

만근(輓近 몇 해 전으로부터 지금까지. 근래) 30년래에 우리나라는 변절자가 많은 나라였다. 일제 말의 친일 전향, 해방 후의 남로당 탈당, 또 최근의 민주당의 탈당, 이것은 20이 넘은, 사상적으로 철이 난 사람들의 주책없는 변절임에 있어서는 완전히 동궤(同軌 같은 궤도, 같은 선상에 있음)다. 감당도 못할 일을, 제 자신도 율(律)하지(다스리지) 못하는 주제에 무슨 민족이니 사회니 하고 나섰더라는 말인가. 지성인의 변절은 그것이 개과천선이든 무엇이든 인간적으로 일단 모욕을 자취(自取 제 스스로 만들어서 됨)하는 것임을 알 것이다.

우리가 지조를 생각하는 사람에게 주고 싶은 말은 다음의 한 구절이다. '기녀(妓女)라도 늘그막에 남편을 좇으면 한평생 분 냄새가 거리낌이 없을 것이요, 정부(貞婦 슬기롭고 정조가 곧은 아내)라도 머리털 센 다음에 정조(貞操)를 잃고 보면 반생의 깨끗한 고절(苦節 곤란을 겪으면서도 마음을 바꾸지 않고 꿋꿋이 지키는 절개)이 아랑곳없으리라.' 속담에 말하기를, '사람을 보려면 다만 그 후반을 보라' 하였으니 참으로 명언이다.

차돌에 바람이 들면 백 리를 날아간다는 우리 속담이 있거니와, 늦바람이란 참으로 무서운 일이다. 아직 지조를 깨뜨린 적이 없는 이는 만년(晩年)을 더욱 힘쓸 것이니, 사람이란 늙으면 더러워지게 마련이기 때문이다. 아직 철이 안 든 탓으로 바람이 났던 이들은 스스로의 후반을 위하여 번연히 깨우치라. 한일 합방 때 자결한 지사 시인 황매천〔黃梅泉 황현(黃玹 1855~1910). 구한말의 시인·우국지사. 호는 매천(梅泉). 1910년 한일 합방으로 나라가 망하자 유시(遺詩) 네 수를 남기고 음독 순절함〕은 정탈(定奪 임금의 재결. 여기서는 '옳고 그름을 가리어 결정함'의 의미로 쓰임)이 매운 분으로 매천필하무완인(梅泉筆下無完人 매천의 붓 아래에서는 온전한 사람이 없음)이란 평을 듣거니와 그 『매천야록(梅泉野錄)』에 보면, 민충정공〔閔忠正公 민영환(閔泳煥 1861~1905). 구한말의 정치가·순국 지사. 충정공(忠正公)은 그의 시호. 개화사상으로 나라를 개혁하고자 애썼으나 1905년 을사조약이 체결되자 자결함〕, 이용익(李容翊 조선의 대신. 일본의 축출을 위해 프랑스·러시아 세력과 제휴를 꾀하라는 고종의 밀령을 받고 프랑스로 향하다가 발각되어 모든 권한을 박탈당한 후 러시아에 망명했다가 병사함) 두 분의 초년 행적을 헐뜯은 곳이 있다. 오늘에 누가 민충 정공, 이용익 선생을 욕하는 이 있겠는가. 우리는 그분들의 초년을 모른다. 역사에 남은 것은 그분들의 후반이요, 따라서 그분들의 생명은 마지막에 길이 남게 된 것이다.

도도히 밀려오는 망국의 탁류 ― 이 금력과 권력, 사악 앞에 목숨으로써 방파제를 이루고 있는 사람들은 지조의 함성을 높이 외치라. 그 지성 앞에 는 사나운 물결도 물러서지 않고는 못 배길 것이다. 천하의 대세가 바른 것 을 향하여 다가오는 때에, 변절이란 무슨 어처구니없는 말인가. 이완용(李完用)은 나라를 팔아먹어도 자기를 위한 36년의 선견지명(?)은 가졌었다. 무 너질 날이 얼마 남지 않은 권력에 뒤늦게 팔리는 행색은 딱하기 짝이 없다. 배고프고 욕된 것을 조금 더 참으라. 그보다 더한 욕이 변절 뒤에 기다리고 있다.

'소인기(小忍飢)하라(배고픔을 좀 참으라).'

이 말에는 뼈아픈 고사(故事)가 있다. 광해군의 난정(亂政 어지러운 정치) 때, 깨끗한 선비들은 나가서 벼슬하지 않았다.

어떤 선비들이 모여 바둑과 청담(淸談 명리를 떠난 청아한 이야기)으로 소일하는 데, 그 집 주인[이위경(李偉卿 1586~1623). 조선의 문관. 광해군 때 계축옥사(癸丑獄事)가 일어나자 인목 대비(仁穆大妃) 관련설을 주장하며 유폐를 상소함. 후에 이이첨(李爾瞻)의 사주를 받아 경운궁에 유폐 (幽閉)된 인목 대비를 살해하고자 했음]은 적빈(赤貧)이 여세(如洗)라(가난하기가 마치 물로 씻은 듯 심하여 아무것도 가진 것이 없다), 그 부인이 남편의 친구들을 위하여 점심에는 수 제비라도 끓여 드리려 하니 땔나무가 없었다. 궤짝을 뜯어 도마 위에 놓고 식칼로 쪼개다가 잘못되어 젖을 찍고 말았다.

바둑 두던 선비들은 갑자기 안에서 나는 비명을 들었다. 주인이 들어갔 다가 나와서 사실 얘기를 하고 초연히 하는 말이, 가난이 죄라고 탄식하 였다.

그 탄식을 듣고 선비 하나가 일어서며, 가난이 원순 줄 이제 처음 알았느 냐고 야유하고 간 뒤로, 그 선비는 다시 그 집에 오지 않았다. 몇 해 뒤, 그 주인은 첫 뜻을 바꾸어 나아가 벼슬하다가 반정(反正 인조반정을 가리킴) 때 몰리 어 죽게 되었다.

수레에 실려서 형장으로 가는데 길가 숲 속에서 어떤 사람이 나와 수레 를 잠시 멈추게 한 다음 가지고 온 닭 한 마리와 술 한 병을 내놓고 같이 나누며 영결(永訣 죽은 사람과 산 사람의 영원한 이별)하였다.

그때 친구의 말이, 자네가 새삼스레 가난을 탄식할 때 나는 자네가 마음이 변한 줄 이미 알고 발을 끊었다고 했다. 고기 밥맛에 끌리어 절개를 팔고 이 꼴이 되었으니, 죽으면 고기 맛을 못 잊어서 어쩌겠느냐는 야유가 숨었는지도 모른다. 그러나 이렇게 찾는 것은 우정이었다.

죄인은 수레에 다시 타고 형장으로 끌려가면서 탄식하였다. "소인기 소인기(小忍飢 小忍飢)하라."고……

변절자에게도 양심은 있다. 야당에서 권력에로 팔린 뒤 거드럭거리다 이내 실세(失勢)한 사람도 있고, 갓 들어가서 애교를 떠는 축도 있다. 그들은 대개 성명서를 낸 바 있다. 표면으로 성명은 버젓하나 뜻 있는 사람을 대하는 그 얼굴에는 수치의 감정이 역연(歷然 분명히 알 수 있도록 또렷함)하다. 그것이 바로 양심이란 것이다. 구복과 명리를 위한 변절은 말없이 사라지는 것이 좋다. 자기 변명은 도리어 자기를 깎는 것이기 때문이다. 처녀가 아기를 낳아도 핑계는 있다는 법이다. 그러나 나는 왜 아기를 배게 됐느냐 하는 그 이야기 자체가 창피하지 않은가.

양가(良家 지체가 있는 집안)의 부녀가 놀아나고 학자 문인까지 지조를 헌신짝같이 아는 사람이 생기게 되었으니, 변절하는 정치가들은 우리쯤이야 괜찮다고 자위할지 모른다. 그러나 역시 지조는 어느 때나 선비의, 교양인의, 지도자의 생명이다. 이러한 사람들이 지조를 잃고 변절한다는 것은 스스로 그 자임(自任)하는 바를 포기하는 것이다. *

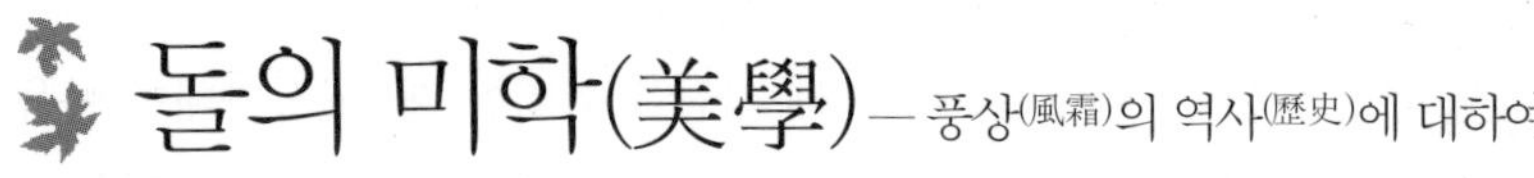

돌의 미학(美學) — 풍상(風霜)의 역사(歷史)에 대하여

✎ 작품 정리

작가 : 조지훈(62쪽 '작가와 작품 세계' 참조)

갈래 : 현대 수필, 중수필

성격 : 서정적, 불교적, 사색적

특징 : 한자 어구를 주로 사용함

구성 : 각각의 다른 장소에서 발견한 돌의 모습과 의미를 내용상으로 명확하게 구분하여 변화되는 작가의 가치관을 분명하게 드러냄

주제 : 돌에서 찾은 생명의 아름다움

✎ 생각해 볼 문제

1. 작가는 돌에서 어떤 미학을 발견하고 있는가?

작가는 동양 정신의 진수를 돌에서 찾고 있다. 동양미의 가치 기준은 '살아 있음'이라고 볼 수 있는데, 돌은 추상성 안에 생명감의 무한한 파동을 가지고 있다. 즉, 돌의 미학은 동양적 추상의 미이자, 영원한 생명의 미라고 할 수 있다. 이런 맥락에서 작가가 '돌의 미학'을 발견하는 과정을 따라가다 보면 자연히 동양 정신의 진수를 접할 수 있다.

2. 이 작품에서 돌에 대한 세 가지 인상은 어떻게 서술되어 있는가?

이 수필은 돌에 대한 세 가지 인상을 역사적 흐름에 따라 서술하고 있다. 첫째는, 일본 교토의 묘심사와 오대산 월정사의 돌로서 선(禪)을 하면서 찾아가 본 돌이다. 둘째는, 경주 토함산 석굴암의 돌이다. 셋째는, 피난 시절 대구에서 보았던 큰 바위다. 묘심사의 돌에서 온아적정의 인공미와 동양적 예지를, 오대산 월정사에서 자연의 아름다움은 물론 온갖 풍상을 겪으면서도 변하지 않는 돌의 엄위와 정다움을 찾는다. 토함산 석굴암의 서가상에서는 예술미와 자연미가 한데 어우러진 아름다움의 극치를 보게 된다. 작가는 단순한 물질이 아닌, 살아서 피가 도는 돌에서 위대한 예술의 근원을 발견한다. 또한, 예술의 극치를 보이는 석상에서 영원한 신라의 꿈과 힘이 서려 있음을 본다. 대구의 큰 바위에서는 맹렬한 의욕과 사나운 의지를 본다. 세상 사람들은 전쟁과 가뭄으로 극심한 고통을 겪고 있지만, 왕모래 사토(砂土) 길 언덕에 서 있던 큰 바위에는 사나운 의욕이 꿈틀대고 있다. 이처럼 작가는 처음에는 인공적이고 정적인 돌을 보다가, 나중에는 맹렬한 의욕과 사나운 의지를 지닌 돌을 보게 된다. 돌에 대한 이와 같은 인상은 작가의 정신세계가 성숙되어 가는 과정을 보여 준다.

돌의 미학 — 풍상의 역사에 대하여

1

돌의 맛—그것도 낙목한천(落木寒天 나뭇잎이 모두 떨어진 추운 날씨)의 이끼 마른 수석(瘦石 오랜 세월 비바람에 씻기고 할퀴어 앙상해진 돌)의 묘경(妙境 말할 수 없을 정도로 경치가 좋은 곳)을 모르고서는 동양의 진수를 얻었달 수가 없다. 옛사람들이 마당귀에 작은 바위를 옮겨다 놓고 물을 주어 이끼를 앉히는 거라든가, 흰 화선지(畵仙紙) 위에 붓을 들어 아주 생략되고 추상된 기골이 늠연한 한 덩어리의 물체를 그려 놓고 이름하여 석수도(石壽圖)라고 바라보고 좋아하던 일을 생각하면 가슴이 흐뭇해진다. 무미한 속에서 최상의 미(美)를 맛보고, 적연부동(寂然不動 아주 고요하여 움직임이 없음)한 가운데서 뇌성벽력을 듣기도 하고, 눈 감고 줄 없는 거문고를 타는 마음이 모두 이 돌의 미학에 통해 있기 때문이다.

동양화, 더구나 수묵화의 정신은 애초에 사실이 아니었다. 파초 잎새 위에 백설을 듬뿍 실어 놓기도 하고, 십 리 둘레의 산수풍경을 작은 화폭에다 거두기도 하고, 소쇄(瀟灑 기운이 맑고 깨끗함. 속세를 떠난 느낌이 있음)한 산봉우리 밑, 물을 따라 감도는 오솔길에다 나무꾼이나 산승(山僧)이나 은자(隱者)를 그리되 개미 한 마리만큼 작게 그려 놓고 미소하는 그 화경(畵境)은 사실이기보다는 꿈을 그린 것이었다. 이 정신이 사군자, 석수도(石壽圖), 서예로 추상의 길을 달린 것이 아니던가.

괴석(怪石)이나 마른 나무뿌리는 요즘의 추상파 화가들의 훌륭한 오브제(objet 미술에서 객체, 목적, 제목 등 표현의 대상이 되는 모든 것)가 되는 모양이다. 추상의 길을 통하여 동양화와 서양화가 융합의 손길을 잡은 것은 본질적으로 당연한 추세라 할 수 있다. '살아 있다'는 한마디는 동양미의 가치 기준이거니와 생명감의 무한한 파동이 바위보다 더한 것이 없다면 웃을는지 모른다. 그러나 돌의 미(美)는 영원한 생명의 미(美)이다. 바로 그것이 추상이다.

2

내가 돌의 미(美)를 처음 맛본 것은, 차를 마시다가 우연히 바라본 그 바위에서부터였다. 선사(禪寺 참선을 주로 하는 절)의 다실(茶室)에 앉아 내다본 정원의 돌이었다. 나의 20대의 일이다. 나는 한때 일본 교토(京都)의 묘심사(妙心寺)에서 선(禪)에 든 적이 있었다. 천칠백 측(則) 공안〔公案 선종(禪宗)에서 도를 깨치기 위하여 연구하고 추구하여 후세에 규범이 되게 한 불교 연구상의 문제〕을 차례로 깨쳐 간다는 지극히 형식화된 일본 선은 가소로웠지만, 선의 현대화를 위해선 새로운 묘미가 아주 없는 것도 아니었다. 특히 흥미로웠던 것은 사뭇 유도처럼 메다 꼰지기도('메어꽂다'의 방언) 하고, 공부가 모자라 벌을 설 때는 한겨울이라도 마당에 앉혀 놓고 밤을 새워 좌선을 강행시키는 그 수련에서 준열한 임제종〔臨濟宗 불교의 선가(禪家) 5종의 하나. 중국 당나라의 고승 임제 의현(臨濟 義玄)의 종지(宗旨)를 근본으로 하여 일어난 종파. 우리나라에서는 고려 시대 때부터 시작됨〕 풍의 살활검(殺活劍 사람을 죽이고 살리는 칼)의 고조(古調 예스러운 풍조)를 볼 수 있던 일이다.

그러나 얼마 가지 않아 나는 이 선의 수행에도 싫증이 났었다. 그래서 틈만 있으면 다실에 가서 다도를 즐기며 정원을 내다보는 것이 낙이 되었다. 일본의 정원 미술(庭園美術)은 다실과 떠나서 생각할 수 없고, 다도는 선과 떼어서 생각할 수가 없는 것은 다 아는 사실이다. 묘심사에는 다도의 종장〔宗匠 경서(經書)에 능통하고 글을 잘 짓는 사람〕 한 분이 있었다. 나는 가끔 이 노화상(老和尙)과 대좌하여 다도를 즐기며 화경 청적(和敬淸寂 온화하고 경건하며 맑고 고요함)의 맛을 배우곤 하였다. 녹차를 찻종(차를 따라 마시는 종지)에 넣는 작은 나무 국자를 찻종 전에다 땅땅땅 두드리는 것은 벌목정정(伐木丁丁 도끼로 나무를 찍을 때 온 산이 울리도록 힘차고 통쾌하게 나는 소리)의 운치요, 찻주전자를 높이 들고 소리 높여 물을 따르는 것은 바로 산골의 폭포 소리를 가져오는 것이라 한다. 일본 예술의 인공성(人工性) — 그 자연을 비틀어 먹는 천박한 상징의 바탕이 여기 있구나 싶어서, 나는 미소를 머금기도 했다. 어쨌든, 나는 빈객으로서 다완(茶碗 차를 우려 마실 때 사용하는 그릇)을 받아 좌우의 사람에게 인사하는 법에서부터 잔을 들고 마시는 법, 나중에 골동으로서의 다완을 감상하며 주인을 추어주는(남의 비위를 맞추기 위하여 일부러 추어올리는) 법을 배웠다. — 다완이 고려자기인 경우에는 주인의 어깨가 으쓱해진다. 이 사장(師匠 학문이나 기예에 있어서의 스승)이 시키는 대로 차를 권하는 주인으로서의 예의 작법(禮儀作法)을 시험해 보기도 하였다.

그것뿐이다. 나는 그 다도에는 흥미가 없었고, 그 뒤에 이 다도를 스스로 행해 본 적도 없다. 그러면서도 내가 이 다실에 자주 놀러 간 것은 그 사장과 더불어 파한(破閑 심심풀이)으로 농담의 선문답(禪問答)을 하는 재미에서였다. 실상은 그것보다도 다실의 정적미(靜寂美)에 매료되었다는 것이 더 적절할 것이다. 아담한 정원을 앞에 놓은 지극히 소박하고 단순한 이 다실은 무척 맑고 따뜻하였다. 미닫이(障子)는 젊은 중들이 길거리에서 주워 온 종이를 표백하여 곱게 바른 것이어서 더욱 운치가 있었다. 나중에는 이 다실에서 사장과 대좌해도 피차 무언의 행(行)을 하는 사이가 되었다.

이럴 때 항상 내 눈을 빼앗아 가는 것은 정원 가장귀에 놓인 작은 바위기가 일쑤였다. 나의 선은 이 이끼 앉은 바위를 바라보며 시를, 민족을, 죽음을 화두로 삼고 있었다. 바위는 그 어떠한 문제에도 계시를 주는 성싶었다. 잔디 속에 묻혀 있는 불규칙한 징검돌(飛石)은 사념의 촉수(觸手)를 어느 방향으로든 끌고 비약하였다. 이리하여 나는 선도, 다도도 아닌 돌의 미학을 자득하여 가지고 이 이방(異邦)의 절을 떠났던 것이다. 떠나던 전날, 사장은 7, 8명의 귀족 영양(令孃 남의 딸을 높여 이르는 말)을 불러 다회(茶會)를 열고 젊은 방랑객을 전별[餞別 떠나는 사람에게 잔치로써 이별하여 보냄. 전송(餞送)]하였다.

3

그것도 이른바 인연인지 모른다. 그 1년 뒤, 나는 오대산 월정사에 있는 불교 전문 강원에서 교편을 잡게 되었고, 거기서 우리의 선과 우리의 돌의 진미를 맛보게 되었다. 내가 머물고 있는 월정사의 동향(東向)한 일실(一室)은 창만 열면 산이요, 숲이었고 밤이면 물소리 바람 소리가 사철 가을이었다. 여기서 보는 바위는 인공으로 다스리지 않은 자연 그대로의 암석이었다. 기골과 풍치가 사뭇 대륙적이요, 검푸르고 마른 이끼가 드문드문 앉은 거창한 것이어서 묘심사의 인공적이요, 온아적정(溫雅寂靜 온화하고 아담하며 고요함)하던 돌과는 그 맛이 판이하였다. 일진의 바람을 몰고 홀연한 자세로 부동하던 그 바위의 모습은 나의 심안의 발상을 다르게 하였다. 나는 여기서 1년 동안 차보다도 술을 마셨고, 나물만 먹는 창자에 애주무량(愛酒無量 술을 좋아하여 마시는 양이 끝이 없음)해서 뼈만 남은 몸이 되어 내가 스스로 바위가 되어 가고 있었다. 나의 선(禪)도 상심낙사(賞心樂事 마음을 기쁘게 갖고 일을 즐김)하는 화경 청적의 다선(茶禪)에서 방우이목우(放牛而牧牛 소를 풀어 놓고 먹여 기름)하는 불기분방(不羈奔放 남에게 얽매이지 않고 자유로움)의 주선(酒禪)이 되고 말았다.

오대산은 동서남북중대(東西南北中臺)에 절이 있다. 서대(西臺) 절은 초옥수간(草屋數間 몇 칸 되지 않는 작은 초가집. 수간초옥) 잡풀이 우거진 마당에 누우면, 부처도 없는 곳에 향을 사르고 정에 들어 있는 선승은 사람이 온 줄도 몰랐다. 그를 구태여 깨울 것이 없었다. 구름을 바라보고 새소리를 들으면 1,700측 공안(公案)이 아랑곳없이 나도 그대로 현모지경(玄妙之境 기예나 이치가 심오하고 미묘한 경지)에 들어가는 것이었다. 오대산 월정사에는 방한암(方漢岩) 종정(宗正)이 선연(禪筵 선(禪)의 도를 강론하는 자리나 모임)을 열고 있었다.

이따금 마음이 내키면 나는 그 말석(末席 맨 끝자리)에 참(參)을 하였다.

구름 노을 깊은 골에
샘물이 흐르노니
우짖는 산새 소리
길이 다시 아득해라
일없는 늙은 중은
바위 아래 잠든 것을
청천백일(靑天白日)에
꽃잎이 흩날린다

좌선을 쉴 때면 역시 바위를 내다보며 시를 생각하는 것이 좋았다. 바위를 내다보는 것은 내 마음을 들여다보는 것이었다.

우리 선방에서도 차를 마신다. 오가피 차나 맥차(麥茶), 그것도 아무런 형식이 없이 아주 자유롭고 흐뭇하게 둘러앉아 농담을 나누면서 마시는 품이 까다롭지 않아서 별취였다. 창을 열면 산이 그대로 정원이요, 소동파(蘇東坡 중국 북송(北宋) 때의 시인. 호는 동파거사(東坡居士), 본명은 소식. 송나라 제1의 시인이자 당송 8대가의 한 사람임)의 '계성편시광장설 산색기비청정신(溪聲便是廣長舌 山色豈非淸淨身 개울물 소리 이렇게 거침없이 줄기찬데, 산색이 어찌 청정한 몸이 아니랴)'이라는 시구 그대로 화엄(華嚴 불교 용어. 만행(萬行)과 만덕(萬德)을 닦아서 덕과(德果)를 장엄하게 함)의 세계였다. "차(茶)는 찬데, 왜 뜨거울까?" ― 차(茶)와 차다(冷)의 동음을 이용하여 농담 선문(禪問)을 나에게 던지는 노승이 있었다. 나는 웃으면서, "예, 보리찹니다."라고 대답한다. 역시 麥(보리)과 菩提(불교 최고의 이상인 불타정각(佛陀正覺)의 지혜. '보제'로 읽어야 하지만, 속음(俗音)으로 '보리'라 읽음)의 동음을 이용한 것 ― 이쯤 되면 농담도 선미(禪味 선(禪)의 취미. 탈속할 취미)가 있어서 파안대소(破顔大笑)였다.

'풍진열뇌증삼계 법우청량주오대(風塵熱惱烝三界 法雨淸凉洒五臺 속세 때 들끓는 번

뇌는 삼계를 삶을 듯한데, 법우(法雨 부처님 말씀의 비, 즉 불법(佛法)의 은혜)가 청량하게 오대(烏臺)에 뿌려지네, 원래 글자는 뿌릴 쇄(灑) 자인데 술 주(酒) 자로 바꾼 것임)의 구(句)로 연구(聯句)에 끼이기도 하던 월정사의 생활도 미일 전쟁(美日戰爭 태평양 전쟁)이 터지고, 싱가포르가 함락되고 하면서부터는 숨어서 살 수 있는 암혈(岩穴 바위 굴. 여기서는 '은신처'의 의미로 쓰임)은 아니고 말았다. 과음(過飮)의 나머지, 나는 구멍 뚫린 괴석과 같은 추상의 육체를 이끌고 오대산을 떠나고 말았다. 뿐만 아니라, 월정사는 6·25 동란에 회신(灰燼 '불타고 남은 끄트머리나 재'라는 뜻으로, 남김없이 다 타 버림을 의미함)했다 한다. 내가 거처하던 동향 일실 방우산장도 물론 오유(烏有 사물이 아무것도 없이 됨. 무(無)]로 돌아갔던 것이다. 그러나 나의 젊은 꿈이 깃든 숲 속의 그 바위는 아직도 남아 있을 것이다. 인세(人世)의 풍상에 아랑곳없는 것이 아니라, 그 풍상을 사람으로 더불어 같이 열력(閱歷 여러 가지 일을 겪음)하면서 변하지 않는 데에 바위의 엄위와 정다움이 함께 있는 것은 아닐까.

4

돌에도 피가 돈다. 나는 그것을 토함산 석굴암에서 분명히 보았다. 양공(良工 솜씨가 좋은 기술자)의 솜씨로 다듬어 낸 그 우람한 석상의 위용은 살아 있는 법열(法悅)의 모습 바로 그것이었다. 인공이 아니라 숨결과 핏줄이 통하는 신라의 이상적 인간의 전형이었다. 그러나 이 신라인의 꿈속에 살아 있던 밝고 고요하고 위엄 있고 너그러운 모습에 숨결과 핏줄이 통하게 한 것은, 이 불상을 조성한 희대의 예술가의 드높은 호흡과 경주(傾注 힘이나 정신을 한곳에만 기울임)된 심혈이었다. 그의 마음 위에 빛이 되어 떠오른 이상인(理想人)의 모습을 모델로 삼아 거대한 화강석괴를 붙안고(두 팔로 부둥켜 안고) 밤낮을 헤아림 없이 조아 내고 깎아 낸 끝에 탄생된 이 불상은 벌써 인도인의 사상도 모습도 아닌 신라의 꿈과 솜씨였다.

석굴암의 중앙에 진좌(鎭坐 자리 잡아 앉음)한 석가상은 내가 발견한 두 번째의 돌이다. 선사의 돌에서 나는 동양적 예지(叡智)를 발견하였다. 그것은 지혜의 돌이었다. 그러나 석굴암의 돌은 나에게 한국적 정감(情感)의 계시를 주었다. 그것은 예술의 돌이었다. 선사의 돌은 자연 그대로의 돌이었으나 석굴암의 돌은 인공이 자연을 정련하여 깎고 다듬어서 오히려 자연을 연장 확대한 돌이었다. 나는 거기서 예술미와 자연미의 혼융의 극치를 보았고, 인공으로 정련된 자연, 자연에 환원된 인공이 아니면 위대한 예술이 될 수 없다는 것을 배웠다.

예술은 기술을 기초로 한다. 바탕에 있어서는 예술이나 기술이 다 아트 (art)이다. 그러나 기술이 예술로 승화하려면 자연을 얻어야 한다. 다시 말하면, 인공을 디디고서 인공을 뛰어넘어야 한다. 몸에 밴 기술을 망각하고 일거수일투족이 무비법(無非法 법도에 맞지 않음이 없음)이 될 때, 예도가 성립되고 조화와 신공(神功)이 체득된다는 말이다.

나는 석굴암에서 그것을 보았던 것이다. 돌에도 피가 돈다는 것을 말이다. 나는 그 앞에서 찬탄과 황홀이 아니라 감읍(感泣 감격하여 욺)하였다. 그것이 불상이었기 때문이 아니었다. 한국 예술의 한 고전이었기 때문이다. 나는 몇 번이고 그 자비로운 입모습과 수련히(자연스러우며 순하고 곱게) 내민 젖가슴을 우러러보았고, 풍만한 볼깃살과 넓적다리께를 얼마나 어루만졌는지 모른다.

내가 석굴암을 처음 가던 날은 양력 4월 8일, 이미 복사꽃이 피고 버들이 푸른 철에 봄눈이 흩뿌리는 희한한 날씨였다. 눈 내리는 도화불국(桃花佛國 '복숭아꽃이 피어 있는 부처의 나라'라는 뜻으로, 극락정토(極樂淨土)를 일컫는 말)—그 길을 걸어가며 나는 '벽장운외사 홍로설변춘(碧藏雲外寺 紅露雪邊春 구름 밖 절집은 푸름 속에 잠기고, 눈 내리는 봄 언저리에는 붉은 이슬이 맺혔네)'의 즉흥 일구(卽興一句)를 얻었다. 이 무렵은 내가 오대산에서 나와서 조선어 학회의 『큰사전』 편찬을 돕고 있을 때여서, 뿌리 뽑히려는 민족 문화를 붙들고 늘어진 선배들을 모시고 있을 때라, 슬프고 외로울 뿐 아니라 그저 가슴속에서 불길이 치솟고 있을 때였다. 이때에 나는 신앙인의 성지 순례와도 같은 심경으로 경주(慶州)를 찾았던 것이다. 우리 안에 살아 있는 신라는 서구의 희랍 바로 그것이었다. 그리하여 나는 피가 돌고 있는 석상에서 영원한 신라의 꿈과 힘을 보고 돌아왔다.

5

돌에는 맹렬한 의욕, 사나운 의지가 있다. 나는 그것을 피난 때 대구에서 보았다. 왕모래 사토(砂土) 길 언덕에 서 있는 집채보다 큰 바위였다. 그 옆에는 삐쩍 마른 소나무가 하나 송충이가 솔잎을 다 갉아먹어서 하늘을 가리울 한 점의 그늘도 지니지 못한 이 소나무는 용의 비늘을 지닌 채로 이미 상당히 늙어 있었다. 또 그 옆에는 이 바위보다도 작은 판잣집이 하나 있을 뿐이었다. 이 살풍경한 언덕길을 가끔 나는 석양배(夕陽盃 석양에 마시는 술)에 취하여 찾아오곤 하였다. 그 무렵은 부산에서 백골단(白骨團 시위를 진압하는 사복 경찰을 속되게 일컫는 말. 원래는 1952년, 이승만 정권의 재집권을 위해 '대통령 직선제를 요지로 한 개헌안'을 통과시키려고 국회 의사당을 포위하고 국회 해산을 강요했던 정치 폭력단을 가리킴), 땃벌('땅벌'의 방언. 여기서는 1952년, 백골단과 같이 국회 해산을 주동했던 정치 폭력단을 가리킴) 떼가 나돌고, 경찰이 국회를 포위하여 발췌 개헌안을 강제 통과시키던 소위 정치 파동이 있던 임진년 여름이다. 드물게 보는 가뭄에 균열(龜裂)된 논이랑에서 농부가 앙천자실(仰天自失 하늘을 쳐다보며 자신을 잊고 멍하니 있음)한 사진이 신문에 실린 무렵이었다. 그저 목이 타서 자꾸 막걸리를 마셨지만, 술이란 원래 물이긴 해도 불기운이라서 가슴은 더욱 답답하기만 하였다. 막걸리집에 앉아 기우문(祈雨文)을 쓴 것도 무슨 풍류만이 아니었다. 이 무렵에 나는 이 사나운 의지의 돌을 발견하였던 것이다. 이 세 번째 돌은 혁명의 돌이었다. 그 바위에는 큰 나방이(蛾)가 한 마리 붙어 있었다. 나는 그것이 자꾸만 열리지 않는 돌문 앞에 매달려 울고 있는 것으로 느껴졌다. 주먹으로 꽝꽝 두드려 보면, 그 바위는 무슨 북처럼 울리는 것도 같았다. 이 석문(石門)을 열고 들어가면, 맷방석만 한 해바라기 꽃송이가 우거지고 시원한 바다가 열려지는 딴 세상이 있을 것도 같았다.

　　나는 이 바위 앞에서 바위의 내력을 상상해 본다. '태초에 꿈틀거리던 지심(地心 지구의 중심)의 불길에서 맹렬한 폭음과 함께 튕겨 나온 이 바위는 비록 겉은 식고 굳었지만, 그 속은 아직도 사나운 의욕이 꿈틀대고 있을 것이다'라고……. 그보다는 처음 놓인 그 자리 그대로 앉아 풍우상설(風雨霜雪)에 낡아 가는 그 자세가 그지없이 높이 보였다. 바위도 놓인 자리에 따라 사상이 한결같지 않다. 이 각박한 불모의 미(美)가 또한 나에게 인상적이었다.

6

　　성북동은 어느 방향으로나 5분만 가면 바위와 숲이 있어서 좋다. 요즘 낙목한천(落木寒天)의 암석미(岩石美)를 맘껏 완상(玩賞 즐겨 구경함)할 수 있는 나의 산보로(散步路)는 번화의 가태(假態 거짓으로 꾸민 자태)를 벗고 미지의 진면목을 드러낸 풍성한 상념의 길이다. 나는 이 길에서 지나간 세월을 살피며 돌의 미학, 바위의 사상사에 침잠한다. 내가 성북동 사람이 된 지 스물세 해, 그것도 같은 자리, 같은 집에서고 보니 나도 암석의 생리를 닮은 모양이나. 전석불생태(前席不生苔)라고, 구르는 돌에 이끼가 앉지 않는다는 것이 암석미의 제1장이다.

성북동은 산골 맛에 사는데, 내 집은 산 밑이 아니어서 내가 좋아하는 천석(泉石 물과 돌, 즉 자연의 경치를 이름)은 찾아가야만 만날 수 있는 것이 일대한사(一大恨事 몹시 한스러운 일)다. 집 장수가 지은 집이라서 20여 년을 살아도 정든 구석이라곤 없는 몰운치(沒韻致)한 집이고 보니, 다른 욕심은 별로 없어도 산 가까운 곳에 자연스러운 정원이 있는 집 하나 가지고 싶은 꿈은 버리지 못한다. 그래서 나는 내가 좋아하는 산장의 설계를 공상하는 것으로 낙사(樂事)를 삼는 것이다. 아무리 좋은 집일지라도 산이 멀고 전차, 자동차 소리가 시끄러운 동리에서는 살 것 같지가 않기 때문이다. 이른바 천석고황(泉石膏肓 자연을 즐기는 것이 정도에 지나쳐 마치 불치의 고질병과 같다는 말)인지도 모른다. 그러니 그렁저렁 수석에 대한 그리움이나 지니면서 예대로 살아가는 셈이다.

혜화동 고개에 올라서서 성(城)돌에 앉아 우이동 연봉(連峰 이어진 산봉우리)을 바라보는 맛, 삼선교에서 성북동 뒷산을 보며 황혼 길을 걸어오는 맛은 동양화의 운치가 있다. 석산(石山)과 송림(松林) 위로 지나는 사계(四季)의 산기(山氣) 기운과 바람 소리의 변화를 보고 들으며, 내 암석 사상의 풍상(風霜)의 열력(閱歷)을 샅샅이 알고 있는 옛집에서 조용히 늙게 될까 보다. 예지와 정감과 의지의 혼융체 — 이제야 전체로서의 바위의 묘경(妙境)이 알아질 듯도 하다. *

# 산정무한(山情無限)

✏️ 작가와 작품 세계

정비석(1911~1991)

평안북도 의주 출생. 1936년 〈동아일보〉에 단편 「졸곡제」가 당선되면서 등단
했다. 1954년 사회적으로 큰 논란을 불러일으켰던 『자유 부인』을 통해 대중
작가로 자리를 굳혔다. 정비석의 문체나 문학적인 취향은 다분히 대중적이어
서 재미있게 읽히는 장점이 있다. 1984년 『소설 손자병법』으로 베스트셀러 작
가가 되었다. 수필집으로 『비석(飛石)과 금강산의 대화』가 있다.

✏️ 작품 정리

갈래 : 현대 수필, 기행 수필
성격 : 낭만적, 회고적, 서경적
배경 : 시간 – 가을 무렵 / 공간 – 내금강에서 외금강에 이르는 금강산
특징 : 서정시 같은 기행문임
구성 : 선경후정과 순행적 구성
주제 : 금강산의 뛰어난 풍경과 여정

✏️ 생각해 볼 문제

1. 이 작품의 여정은 어떻게 되는가?

이 수필은 작가가 금강산을 여행하며 쓴 기행 수필이다. 첫째 날은 내금강
역사에 도착한 뒤 장안사로 향한다. 그 후 문선교를 건너며 일정을 마무리
한다. 둘째 날은 산의 자태와 단풍, 그리고 산색을 보며 경치를 만끽한다.
작가는 계속 산을 걷다가 장안사 근처의 계곡 찻집에서 쉬기도 하고, 명경
대를 보며 그곳에 얽힌 전설을 떠올리기도 한다. 그러다가 황천 계곡과 망
군대를 지나 마하연사가 있는 마하연에서 둘째 날을 마무리한다. 셋째 날
은 비로봉을 등반하며 정상에 오른다.

2. 이 수필의 표현상 특징은 무엇인가?

작가는 금강산의 절경을 보고 느낀 낭만적 정감을 감각적이고 섬세한 언어로 표현했다. 그리고 다양한 수사법을 동원해 서경과 서정이 잘 조화된 문학으로 승화시켰다. 특히 화려체의 현란한 느낌을 살려서 자연이 엮어 내는 장관에 대한 감탄, 지명에 얽힌 일화와 전설에 관한 회고, 나그네로서의 객창감(客窓感 나그네가 객창, 곧 객지에서 느끼는 쓸쓸하고 낭만적인 정서) 등을 잘 드러냈다. 이러한 표현상의 특징 때문에 이 작품은 단순한 기행 수필 이상의 작품으로 평가된다.

3. 이 작품이 이광수의 「금강산유기(金剛山遊記)」와 다른 점은 무엇인가?

이광수는 객관적인 묘사로 명경대와 황류담의 모습을 표현했다. 즉, 「금강산유기」에서는 참신한 비유나 시적인 표현을 찾아보기 어렵다. 이에 반해 정비석은 주관적인 묘사로 내금강 역에서부터 문선교-장안사-명경대-황천 계곡과 망군대-마하연, 비로봉-마의 태자의 묘로 이어지는 여정을 참신한 비유를 사용해 개성적으로 표현하고 있다.

산정무한

산길 걷기에 알맞도록 간편히만 차리고 떠난다는 옷 치장이, 정작 푸른 하늘 아래에 떨치고 나서니 멋은 제대로 들었다. 스타킹과 닉카아 팬츠(무릎 근처를 졸라매는 품이 넓은 등산용 바지)와 점퍼로 몸을 거뿐히 단속한 후, 등산모 제쳐 쓰고 배낭을 걸머지고 고개를 드니, 장차 우리의 발밑에 밟혀야 할 만 이천 봉이 천리로 트인 창공에 뚜렷이 솟아 보이는 듯하다.

그립던 금강으로, 그리운 금강산으로! 떨치고 나선 산장에서는 어느새 산의 향기가 서리서리 풍긴다. 산뜻한 마음으로 활개를 쳐 가며 산으로 떠나는 지완과 나는 이미 본정통(충무로)에 방황하던 창백한 인텔리가 아니라, 역발산기개세(力拔山氣蓋世 산을 뽑을 만한 힘과 세상을 덮을 만한 기세)의 기개를 가진, 갈 데 없는 야인 문 서방이요, 정 생원이었다.

경원선 기차에 몸을 실었다. 차 안에서 무슨 홀게 빠진 체모(體貌 몸차림이나 몸가짐)란 말이냐? 우리 조상들의 본을 떠서 우리도 할 소리, 못할 소리 남 꺼릴 것 없이 성량껏(목청껏) 떠들었으면 그만이 아닌가? 스스로 야인의 긍지에 도취되어서, 뒤로 흘러가는 창밖의 경개(景槪 경치)를 우리는 호화로운 심정으로 영접하였다. 고리타분한 생활을 항간(巷間 일반 사람들 사이)에 남겨 두고, 잠시나마 자연인으로 돌아간다는 것이 이처럼 쾌사(快事 기쁜 일)였던가? 인간 생활이 코답지근하고(고리타분하고) 답답하기 한없음을 인제서 깨달은 듯하였다. 잠시나마 악착스러운 생활을 벗어나 순수한 자연의 품안으로 들어 본다는 것은 항상 오만한 인간 생활의 순화를 위하여 얼마나 긴요한(중요한) 일일까? 허심탄회, 인화지와 같은 마음으로, 앞으로 전개될 자연들을 우리는 해면(海綿 정제한 해면동물의 뼈. 수분을 잘 빨아들임)처럼 흡수했으면 그만이었다.

철원서 금강 전철로 차를 바꿔 탄 것이 저무는 일곱 시쯤―먼 산골에는 황혼이 어리고, 대지는 각일각(刻―刻 시간이 지나감) 회색으로 용해되어 가는데, 개성을 추상(抽象)당한 산령들이 묵직한 윤곽만으로 서녘 하늘에 웅크렸다. 고요하기 태고 같은 이 풍경 속에서 순시도 멎음 없이 변화를 조종하는 기막힌 조화는, 대체 누가 부리는 요술이던가? 창명히(슬프고 막막하게) 저물이 가는 경개에 심취하여, 창가에 기대인 채 마음의 평화를 즐기다가, 우리는 어느덧 저 모르게 가슴 깊이 지녔던 비밀들을 서로 이야기하고 있었다. 보배로 여기던 비밀을 아낌없이 털어놓도록 그만큼 우리를 에워싼 분위기는 순수했던 것이다.

유리창 밖으로 비치는 지완의 얼굴을 하염없이 바라보며, 그의 청춘사에서도 가장 깨끗하고 아름다웠을 사랑담을 허심히 들어 넘기며, 나는 몇 번이고 담배를 피웠다. 침착한 여인네가 장롱에 옷가지 챙겨 놓듯 차근차근 조리 있게 얽어 나가는 지완의 능숙한 화술은 맑은 그의 음성과 어울려서 귓가에 도란도란 향기로웠다. 사랑이 그처럼 담담할 수 있을까? 세상에 사랑처럼 쓰라린 것, 매운 것은 없다는데, 지완의 것은 아침 이슬같이 담결했다니(맑고 깨끗했다니), 그도 그의 성격의 소치(까닭)일까? 창밖에 금풍(金風 가을바람)이 소슬해서, 그 사람이 유난히 고매하게(인격이 훌륭하게) 느껴졌다.

내금강 역사에 닿으니 밤 열 시. 어느 사찰을 연상시키는, 순 조선식 거하(巨廈 큰 집)가 달빛 속에 우리를 반기는 듯 맞는다. 내금강 역사(驛舍 역으로 사용하는 건물)다.

어느 외국인의 산장을 그대로 떠다 놓은 듯이 멋진 양관(洋館 양옥)의 외금강 역과 아울러 이 조선식 내금강 역은 산을 찾아오는 사람에게 무한 정다운 호대조(好對照 대조하기 좋음)의 두 건물이다. 내(內)와 외(外)를 여실히 상징한 것이 더 좋았다.

십삼 야월의 달빛(보름에 가까운 달빛) 차갑게 넘실거리는 역 광장에 나서니, 심산(深山 깊은 산)의 밤이라 과시(果是 과연) 바람은 세찬데, 별안간 계간(溪澗 산골짜기에 흐르는 시냇물)을 흐르는 물소리가 정신을 빼앗을 듯 소란하여 추위는 한층 뼈에 스민다. 장안사로 향하여 몇 걸음 걸어가며 고개를 드니, 산과 산들이 병풍처럼 사방에 우쭐우쭐 둘러선다. 기 쓰고 찾아온 바로 저 산이 아니었던가 하고 금세 어루만져 보고 싶은 충동을 느끼며, 힘껏 호흡을 들이마시니, 어느덧 간장도 청수에 씻기운 듯 맑아 온다. 청계(淸溪 맑고 깨끗한 시내)를 끼고 물소리를 즐기며 걸어가기 십 분쯤, 문득 발부리에 나타나는 단청(丹靑) 된 다리는 이름부터 격에 어울려 함부로 건너기조차 외람된 문선교(問仙橋)!

문선교! 어느 때 어떤 은사가 예까지 찾아와서, 선경(仙境)이 어디냐고 목동에게 차문(借問 남에게 모르는 것을 물어봄)한 고사라도 있었던가? 있을 법한 일이면서 깜짝 소문에조차 듣지 못한 것은, 역시 선경과 속계가 스스로 유별한 탓이었던가?

　　차문주가하처재(借問酒家何處在 주막이 어느 곳에 있느냐고 물으니)
　　목동요지행화촌(牧童遙指杏花村 목동이 멀리 살구꽃 핀 마을을 가리키네)

은 속계의 노래로, 속계에서는 이만하면 풍류객이었다. 동양류의 선경이란 풍류객들이 사는 고장을 일컬음이니, 선경과 속계는 백지 한 겹밖에 아닐 듯이 믿어지니, 이미 세진(世塵 세상의 잡다한 일)을 떨치고 나선 몸이라 서슴지 않고 문선교를 건너기로 하였다.

　이튿날 아침, 고단한 마련해선(피곤함에도 불구하고) 일찌감치 눈이 떠진 것은 몸이 지닌 기쁨이 하도 컸던 탓이었을까. 안타깝게도 간밤에 볼 수 없던 영봉(靈峯 신령스러운 산봉우리)들을 대면하려고 새댁같이 수줍은 생각으로 밖에 나섰으나, 계곡은 여태 짙은 안개 속에서, 준봉(峻峯 높고 험한 산봉우리)은 상기(아직) 깊은 구름 속에서 용이하게(쉽게) 자태를 엿보일 성싶지 않았고, 다만 가까운 데의 전나무, 잣나무들만이 대장부의 기세로 활개를 쭉쭉 뻗고, 하늘을 찌를 듯이 솟아 있는 것이 눈에 뜨일 뿐이었다.

　모두 근심 없이 자란 나무들이었다. 청운의 뜻을 품고 하늘을 향하여 밋밋하게 자란 나무들이었다. 꼬질꼬질 뒤틀어지고 외틀어지고(비뚤게 틀어지고) 한 야산(野山) 나무밖에 보지 못한 눈에는, 귀공자와 같이 기품이 있어 보이는 나무들이었다.

　조반(朝飯) 후 단장(短杖 지팡이) 짚고 험난한 전정(前程 앞길)을 웃음경 삼아(웃음을 주는 경치로 삼아) 탐승(探勝 경치 좋은 곳을 찾음)의 길에 올랐을 때에는, 어느덧 구름과 안개가 개어져 원근(遠近) 산악이 열병식(閱兵式) 하듯 점잖이들 버티고 서 있는데, 첫눈에 비치는 만산(萬山)의 색소는 홍(紅)! 이른바 단풍이란 저런 것인가 보다 하였다.

　만학천봉(萬壑千峯 수많은 골짜기와 산봉우리)이 한바탕 흐드러지게 웃는 듯, 산색은 붉을 대로 붉었다. 자세히 보니, 홍만도 아니었다. 청이 있고, 녹이 있고, 황이 있고, 등(橙 오렌지색)이 있고, 이를테면 산 전체가 무지개와 같이 복잡한 색소로 구성되었으면서, 얼른 보기에 주홍만으로 보이는 것은 스펙트럼의 조화던가?

　복잡한 것은 색만이 아니었다. 산의 용모는 더욱 다기(多岐 갈래가 많음)하다.

혹은 깎은 듯이 준초(峻梢 가파르게 험함)하고, 혹은 그린 듯이 온후(溫厚)하고, 혹은 막 잡아 빚은 듯이 험상궂고, 혹은 틀에 박은 듯이 단정하고……. 용모, 풍취가 형형색색인 품이 이미 범속(凡俗 평범하고 속됨)이 아니다.

산의 품평회를 연다면, 여기서 더 호화로울 수 있을까? 문자 그대로 무궁무진(無窮無盡)이다. 장안사(長安寺) 맞은편 산에 울울창창(鬱鬱蒼蒼) 우거진 것은 다 잣나무뿐인데, 모두 이등변 삼각형으로 가지를 늘어뜨리고 서 있는 품이, 한 그루 한 그루의 나무가 흡사히 괴어 놓은 차례탑(茶禮塔 차례 때 높이 괴어 올린 제물) 같다. 부처님은 예불상(禮佛床 예불할 때 음식물을 차려 놓은 상)만으로는 미흡해서, 이렇게 자연의 진수성찬을 베풀어 놓은 것일까? 얼른 듣기에 부처님이 무엇을 탐낸다는 것이 천만부당한 말 같지만, 탐내는 그것이 물욕 저편의 존재인 자연이고 보면, 자연을 맘껏 탐낸다는 것이 이미 불심이 아니고 무엇이랴.

장안사 앞으로 흐르는 계류(溪流)를 끼고 돌며 몇 굽이의 협곡(峽谷)을 거슬러 올라가니 산과 물이 어울리는 지점에 조그마한 찻집이 있다.

다리를 쉴 겸 스탬프북(탐방한 곳을 기념하기 위해 도장을 받을 수 있도록 만든 책)을 한 권 사서, 옆에 구비된 기념인장을 찍으니, 그림과 함께 지면에 나타나는 세 글자가 명경대(明鏡臺)! 부앙(俯仰 굽어보고 우러러봄)하여 천지에 참괴(慙愧 부끄러움)함이 없는 공명(公明)한 심경을 명경지수(明鏡止水 맑은 거울과 잔잔한 물처럼 맑고 깨끗한 심경)라고 이르나니, 명경대란 흐르는 물조차 머무르게 하는 곳이란 말인가! 아니면, 지니고 온 악심(惡心)을 여기서만은 정(淨)하게 하지 아니하지 못하는 곳이 바로 명경대란 말인가!

아무려나 아름다운 이름이라고 생각하며 찻집을 나와 수십 보를 바위로 올라가니, 깊고 푸른 황천담(黃泉潭)을 발밑에 굽어보며 반공(半空 땅으로부터 그리 높지 않은 허공)에 외연히(매우 높고 우뚝하게) 솟은 층암절벽이 우뚝 마주 선다. 명경대였다. 틀림없는 화장경(化粧鏡) 그대로였다. 옛날에 죄의 유무를 이 명경에 비추면, 그 밑에 흐르는 황천담에 죄의 영자(影子 그림자)가 반영되었다고 길잡이는 말한다.

명경! 세상에 거울처럼 두려운 물건이 다신들 있을 수 있을까! 인간 비극은 거울이 발명되면서 비롯했고, 인류 문화의 근원은 거울에서 출발했다고 하면 나의 지나친 억설(臆說 근거나 이유가 없는 억측)일까? 백번 놀라도 유부족(猶不足 오히려 부족함)일 거울의 요술을 아무런 두려움도 없이 일상으로 대하게 되었다는 것은 또 얼마나 가경할(가히 놀랄 만한) 일인가?

신라조(新羅朝) 최후의 왕자인 마의 태자(麻衣太子)는 시방 내가 서 있는 바로 이 바위 위에 꿇어 엎드려, 명경대를 우러러보며 오랜 세월을 두고 나무아미타불을 염송(念誦 마음속으로 부처를 생각하고 불경을 외움)했다니, 태자도 당신의 업죄(業罪 전생에 지은 죄)를 명경에 영조해(밝게 비추어) 보시려는 뜻이었을까! 운상기품(雲上氣稟 속됨을 벗어난 고상한 기품)에 무슨 죄가 있으랴만, 등극하실 몸에 마의를 감지 않으면 안 되었다는 것이 이미 불법이 말하는 전생의 연(緣 업보)일는지 모른다.

두고 떠나기 아쉬운 마음에 몇 번이고 뒤를 돌아다보며 계곡을 돌아 나가니, 앞으로 염마(閻魔 염라대왕)처럼 막아서는 웅자(雄姿 늠름하고 씩씩한 모습)가 석가봉(釋迦峯)! 뒤로 맹호(猛虎)같이 덮누르는 신용(神容)이 천진봉(天眞峯)! 전후좌우를 살펴봐야 협착(狹窄 매우 좁음)한 골짜기는 그저 그뿐인 듯. 진퇴유곡(進退維谷 앞으로 나아갈 수도 없고 뒤로 물러설 수도 없음)의 절박감을 느끼며 그대로 걸어 나가니, 간신히 트이는 또 하나의 협곡!

몸에 감길 듯이 정겨운 황천강(黃泉江) 물줄기를 끼고 돌면, 길은 막히는 듯 나타나고, 나타나는 듯 막히고, 이 산에 흩어진 전설과, 저 봉에 얽힌 유래담(由來談 사물의 내력에 대한 이야기)을 길잡이에게 들어 가며 쉬엄쉬엄 걸어 나가는 동안에, 몸은 어느덧 심해(深海)같이 유수한(깊숙하고 그윽한) 수목(樹木) 속을 거닐고 있음을 깨닫게 된다.

천하에 수목이 이렇게도 지천(至賤 너무 많아 조금도 귀할 것이 없음)으로 많던가! 박달나무, 엄나무, 피나무, 자작나무, 고로쇠나무. 나무의 종족은 하늘의 별보다도 많다고 한 어느 시의 구절을 연상하며 고개를 드니, 보이는 것이라고는 그저 단풍뿐, 단풍의 산이요, 단풍의 바다다.

산 전체가 요원(燎原 불타고 있는 언덕) 같은 화원이요, 벽공(碧空)에 외연히 솟은 봉봉(峯峯)은 그대로가 활짝 피어오른 한 떨기의 꽃송이다. 산은 때 아닌 때에 다시 한 번 봄을 맞아 백화난만(百花爛漫 온갖 꽃이 피어 한창 무르익어 곱게 흐드러짐)한 것일까? 아니면, 불의(不意)의 신화(神火 도깨비불)에 이 봉 저 봉이 송두리째 붉게 타고 있는 것일까? 진주홍(眞珠紅)을 함빡 빨아들인 해면같이, 우러러볼수록 찬란하다.

산은 언제 어디다 이렇게까지 많은 색소를 간직해 두었다가, 일시에 지천으로 내뿜는 것일까?

　단풍이 이렇게 고운 줄은 몰랐다. 문 형은 몇 번이고 탄복하면서, 흡사히 동양화의 화폭 속을 거니는 감흥(感興 마음에 느끼어 일어나는 흥취)을 그대로 맛본다는 것이다. 정말 우리도 한 떨기 단풍에 지나지 않아 보인다. 다리는 줄기요, 팔은 가지인 채, 피부는 단풍으로 물들어 버린 것 같다. 옷을 훨훨 벗어 꽉 쥐어짜면, 물에 헹궈 낸 빨래처럼 진주홍 물이 주르르 흘러내릴 것만 같다.

　그림 같은 연화담(蓮花潭) 수렴폭(垂簾瀑)을 완상(玩賞 즐겨 구경함)하며, 몇십 굽이의 석계(石階 돌계단)와 목잔(木棧 나무로 사다리처럼 놓은 길)과 철삭(鐵索 철사로 꼬아 만든 줄)을 답파(踏破 끝까지 다 걸어감)하고 나니, 문득 눈앞에 막아서는 무려 3백 단의 가파른 사닥다리 — 한 층계 한 층계 한사코 기어오르는 마지막 발걸음에서 시야는 일망무제(一望無際 멀고 넓어서 바라보는 데 막힘이 없음)로 탁 트인다. 여기가 해발 5천 척의 망군대(望軍臺) — 아! 천하는 이렇게도 광활하고 웅장하고 숭엄하던가!

　이름도 정다운 백마봉(白馬峯)은 바로 지호지간(指呼之間 아주 가까운 거리)에 서 있고, 내일 오르기로 예정된 비로봉(毘盧峯)은 단걸음에 건너뛸 정도로 가깝다. 그 밖에도 유상무상(有象無象 세상 물건을 이것저것 구별하지 않음)의 허다한 봉들이 전시(戰時 전쟁 중)에 할거(割據 제각기 땅을 차지해 자리를 잡음)하는 군웅(群雄)들처럼 여기에서도 불끈 저기에서도 불끈, 시선을 낮춰 아래로 굽어보니, 발밑은 천인단애(千仞斷崖 천 길이나 되는 낭떠러지), 무한제(無限際)로 뚝 떨어진 황천계곡(黃泉溪谷)에 단풍이 선혈처럼 붉다. 우러러보는 단풍이 새색시 머리의 칠보단장(七寶丹粧 여러 패물로 단장함) 같다면, 굽어보는 단풍은 치렁치렁 늘어진 규수의 붉은 치마폭 같다고나 할까. 수줍어 수줍어 생글 돌아서는 낮 붉힌 아가씨가 어느 구석에서 금방 튀어나올 것도 같구나!

　저물 무렵에 마하연(摩訶衍)의 여사(旅舍 여관)를 찾았다.

　산중에 사람이 귀해서였던가. 어서 오십사는 상냥한 안주인의 환대도 은근하거니와, 문고리 잡고 말없이 맞아 주는 여관집 아가씨의 정성은 무르익은 머루알같이 고왔다.

　여장(旅裝)을 풀고 마하연암(摩訶衍庵)을 찾아갔다. 여기는 선원(禪院 참선하는 절)이어서, 공부하는 승려뿐이라고 한다. 크지도 않은 절이건만, 늙은 승려만도 실로 삼십 명은 됨 직하다. 이런 심산(深山)에 노승이 그렇게도 많을까?

무한청산행욕진(無限淸山行欲盡 한없는 청산 끝나 가려 하는데)

백운심처노승다(白雲深處老僧多 흰 구름 깊은 곳에 노승도 많아라)

– 당승(唐僧) 영일(靈一)의 시

옛글 그대로다.

노독(路毒 먼 길에 지치고 시달려서 생긴 피로나 병)을 풀 겸 식후에 바둑이나 두려고 남포등 아래에 앉으니, 온고지정(溫故之情 옛것을 살피고 생각하는 마음)이 불현듯 새로워졌다.

"남포등은 참말 오래간만인데."

하며, 불을 바라보는 문 형의 말씨가 하도 따뜻해서, 나도 장난삼아 심지를 돋우어 보았다 줄여 보았다 하며, 까맣게 잊었던 옛 기억을 되살렸다. 그리운 얼굴들이, 흐르는 물의 낙화(落花) 송이같이 떠돌았다.

밤 깊어 뜰에 나가니, 날씨는 흐려 달은 구름 속에 잠겼고, 음풍(陰風 음산한 바람)이 몸에 선선하다. 어디서 쏼쏼 소란히 들려오는 소리가 있기에 바람 소린가 했으나 가만히 들어 보면 바람 소리만도 아니요, 물소린가 했더니 물소리만도 아니요, 나뭇잎 갈리는 소린가 했더니 나뭇잎 갈리는 소리만은 더구나 아니다. 아마 바람 소리와 물소리와 나뭇잎 갈리는 소리가 함께 어울린 교향악인 듯싶거니와, 어쩌면 곤히 잠든 산의 호흡인지도 모를 일이다.

달빛에 젖으며 뜰을 어정어정 거닐다 보니, 여관집 아가씨가 등잔 아래에 외로이 앉아서 책을 읽고 있다. 무슨 책일까? 밤 깊은 줄조차 모르고 골똘히 읽는 품이, 춘향이 태형(笞刑 매로 볼기를 치는 형벌) 맞으며 백(百)으로 아뢰는 대목(백 번째 볼기를 맞으며 백으로 시작하는 말을 하는 대목)일 것도 같고, 누명 쓴 장화가 자결을 각오하고 원한을 하늘에 고축(告祝 천지신명에게 고하여 빎)하는 대목일 것도 같고, 시베리아로 정배(定配 귀양) 가는 카추샤의 뒤를 네플류도프 백작이 쫓아가는 대목(톨스토이의 장편 소설 『부활』의 한 장면)일 것도 같기도 하고…… 궁금한 판에 제멋대로 상상해 보는 동안에 산속의 밤은 처량히 깊어 갔다.

다음 날 아침 다시 산을 찾아 나섰다. 자꾸 깊은 산속으로만 들어갔기에, 어느 세월에 이 골을 다시 헤어나 볼까 두렵다. 이대로 친지와 처자를 버리고 스님이 되는 수밖에 없나 보다고 생각하며 고개를 돌이키니, 몸은 어느새 구름을 타고 두리둥실 솟았는지, 군소봉(群小峯)이 발밑에 절하여 아뢰는 비로봉 중허리에 나는 서 있었다. 여기서부터 날씨는 급격히 변화되어 이 골짝 저 골짝에 안개가 자욱하고 음산한 구름장이 산허리에 감기더니, 은제(銀梯), 금제(金梯)에 다다랐을 때, 기어이 비가 내렸다. 젖빛 같은 연무(煙霧)가 짙어서 지척을 분별할 수 없다. 우장(雨裝 비를 피하기 위해서 차려입은 옷) 없이 떠난 몸이기에 그냥 비를 맞으며 올라가노라니까, 돌연 일진광풍(一陣狂風 한바탕 부는 사나운 바람)이 어디서 불어왔는가 획 소리를 내며 운무(雲霧)를 몰아가자, 은하수같이 정다운 은제와, 주홍 주단 폭같이 늘어놓은 붉은 진달래 단풍이, 몰려가는 연무 사이로 나타나 보인다. 은제와 단풍은 마치 이랑이랑으로 섞바꾸어(서로 번갈아 차례를 바꾸어) 가며 짜 놓은 비단결같이 봉에서 골짜기로 퍼덕이며 흘러내리는 듯하다. 진달래는 꽃보다 단풍이 배승(倍勝 갑절이나 나음)함을 이제야 깨달았다.

오를수록 우세(雨勢 비가 내리는 기세)는 맹렬했으나, 광풍이 안개를 헤칠 때마다 농무(濃霧) 속에서 홀현홀몰(忽顯忽沒 갑자기 나타났다가 갑자기 사라짐)하는 영봉을 영송하는 것도 과히 장관이었다.

산마루가 가까울수록 비는 폭주(暴注)로 내리붓는다. 만이천봉이 단박에 창해(滄海)로 변해 버리는 것일까? 우리는 갈데없이 물에 빠진 쥐 모양을 해 가지고 비로봉 절정에 있는 찻집으로 찾아드니, 유리창 너머로 내다보고 섰던 동자(童子)가 문을 열어 우리를 영접하였고, 벌겋게 타오른 장독 같은 난로를 에워싸고 둘러앉았던 선착객(先着客)들이 자리를 사양해 준다. 인정이 다사롭기 온실 같은데, 밖에서는 몰아치는 빗발이 뒤집히는 듯하다. 용호(龍虎)가 싸우는 것일까? 산신령이 대노하신 것일까? 경천동지(驚天動地 하늘이 놀라고 땅이 울린다는 뜻)도 유만부동(類萬不同 정도에 넘침)이지, 이렇게 만상(萬象)을 뒤집을 법이 어디 있으랴고, 간담을 죄는 몇 분이 지나자, 날씨는 삽시간에 잠든 양같이 온순해진다. 변환(變幻)도 이만하면 극치에 달한 듯싶다.

비로봉 최고점이라는 암상(巖上)에 올라 사방을 조망했으나, 보이는 것은 그저 뭉게뭉게 피어오르는 운해뿐 — 운해는 태평양보다도 깊으리라 싶었다. 내·외·해(內外海) 삼금강(三金剛)을 일망지하(一望之下)에 굽어 살필 수 있다는 한 지점에서 허무한 운해밖에 볼 수 없는 것이 가석(可惜)하나, 돌이켜 생각건대 해발 육천 척에 다시 신장 오 척을 가하고 오연히(거만하게 보일 정도로 담담히) 저립(佇立 우두커니 섬)해서, 만학천봉을 발밑에 꿇어 엎드리게 하였으면 그만이지, 더 바랄 것이 무엇이랴. 마음은 천군만마(千軍萬馬)에 군림하는 쾌승장군(快勝將軍)보다도 교만해진다.

비로봉 동쪽은 아낙네의 살결보다도 흰 자작나무의 수해(樹海 울창한 숲을 바다에 비유한 말)였다. 설 자리를 삼가, 구중심처(九重深處 깊은 산속을 대궐에 비유함)가 아니면 살지 않는 자작나무는 무슨 수중 공주(樹中公主 나무 중의 공주)이던가! 길이 저물어, 지친 다리를 끌며 찾아든 곳이 애화(哀話) 맺혀 있는 용마석(龍馬石)—마의 태자의 무덤이 황혼에 고독했다. 능(陵)이라기에는 너무 초라한 무덤. 철책(鐵柵)도 상석(床石 무덤 앞에 제물을 차려 놓기 위하여 넓적한 돌로 만들어 놓은 상)도 없고, 풍림(風霖 바람과 비)에 시달려 비문조차 읽을 수 없는 화강암 비석이 오히려 처량하다.

무덤가 비에 젖은 두어 평 잔디밭 테두리에는 잡초가 우거지고, 석양이 저무는 서녘 하늘에 화석(化石) 된 태자의 애기(愛騎 애마) 용마(龍馬 매우 잘 달리는 말)의 고영(孤影 외롭게 보이는 그림자)이 슬프다. 무심히 떠도는 구름도 여기서는 잠시 머무르는 듯, 소복한 백화(百花 자작나무)는 한결같이 슬프게 서 있고, 눈물 머금은 초저녁달이 중천에 서럽다.

태자의 몸으로 마의를 걸치고 스스로 험산(險山)에 들어온 것은, 천 년 사직(千年社稷)을 망쳐 버린 비통을 한 몸에 짊어지려는 고행이었으리라. 울며 소맷귀 부여잡는 낙랑 공주의 섬섬옥수(纖纖玉手 가냘프고 고운 여자의 손)를 뿌리치고 돌아서 입산할 때에, 대장부의 흉리(胸裡 마음)가 어떠했을까? 흥망이 재천(在天)이라. 천운을 슬퍼한들 무엇하랴만, 사람에게는 스스로 신의가 있으니, 태자가 고행으로 창맹(蒼氓 세상의 모든 백성)에게 베푸신 도타운 자혜(慈惠)가 천 년 후에 따습다.

천 년 사직이 남가일몽(南柯一夢 덧없는 부귀영화)이었고, 태자 가신 지 또다시 천 년이 지났으니, 유구(悠久)한 영겁(永劫)으로 보면 천년도 수유(須臾 잠시 동안)던가!

고작 칠십 생애에 희로애락을 싣고 각축(角逐)하다가 한 움큼 부토(腐土 한 줌의 흙)로 돌아가는 것이 인생이라 생각하니, 의지 없는 나그네의 마음은 암연히(슬프고 침울하게) 수수(愁愁 마음이 서글프고 심란함)롭다. *

 # 인연(因緣)

✎ 작가와 작품 세계

피천득(1910~2007)

호는 금아(琴兒). 문인이자 영문학자. 중국 상해 호강대학교 영문과를 졸업한 후 서울대학교 교수를 지냈다. 1930년 〈신동아〉에 시 「서정 소곡(抒情小曲)」을 발표하면서 등단했다. 그의 문학의 진수는 시보다는 오히려 수필에 있다고 평가받는다. 피천득의 수필은 서정적이고 명상적인 세계를 섬세하고 다감한 문체로 표현함으로써 예술과 인생의 향취와 여운을 함축하고 있다. 대표 작품으로는 수필집 『산호와 진주』, 『인연』, 시집 『금아시문선』, 번역서 『소네트의 시집』, 평론 「노산 시조집을 읽고」, 「춘원 선생」 등이 있다.

✎ 작품 정리

갈래 : 현대 수필, 경수필

성격 : 회상적, 서정적

특징 : 우산, 꽃 등 회상의 매개물을 적절하게 사용해 회고적 수필의 특징을 잘 드러냄

구성 : 소재의 성격으로 말미암아 소설적인 구성 요소가 나타남

주제 : 한 소녀와 얽힌 인연

✎ 생각해 볼 문제

1. 이 작품에 나타난 소설적 특성은 무엇인가?

이 수필은 작가가 학생 시절에 만났던 한 일본 소녀와의 인연을 회상하며 쓴 것이다. 비교적 오랜 시간에 걸쳐 지속된 두 사람의 관계를 서술하기 위해서는 단편적인 사건과 사물을 묘사하는 일반적인 수필 형식보다는 소설 형식을 취하는 편이 더 적절했을 것이다. 이 작품에는 소설의 구성 요소인 인물, 배경, 사건이 '현재 – 과거 – 현재'의 액자 형식과 함께 나타나 있고,

마치 한 편의 소설처럼 뚜렷한 서사 구조가 드러나 있다. 소설과 다른 점이라면 작가 자신의 체험이 있는 그대로 서술되어 있다는 것이다. 아사코와의 만남이 결국 이별로 맺어짐을 암시하는 '쉘부르의 우산'과 같은 복선 역시 소설적 효과를 주기 위해 사용한 소재다. 또한, 이 글에는 피천득 수필의 특징인 서정성이 잘 나타나 있다.

2. 이 수필에 사용된 표현법 중 점강법에 대해 설명해 보라.

작가와 아사코와의 만남에 늘 한결같은 정서가 있는 것은 아니다. 세월의 흐름과 환경의 변화에 따라 조금씩 서먹함이 생겨나는 상황은 점강법을 통해 표현되고 있다. 우선 아사코는 '스위트피', '목련', '시드는 백합' 등 꽃에 비유되었는데, 시간이 지남에 따라 아사코에 대해 느끼는 신선함과 아름다움이 점점 감소되고 있다. 또 두 사람 사이의 친밀감도 만남의 횟수가 더할수록 점점 줄어들고 있다. 친밀도의 감소는 '입맞춤', '악수', '악수도 없이 인사만 하는' 등과 같이 신체적 접촉 정도가 줄어드는 것으로 표현되어 있다.

인연

　　지난 사월, 춘천에 가려고 하다가 못 가고 말았다. 나는 성심여자대학
(1962~1981년까지 강원도 춘천시 교동에 있었던 가톨릭여자대학교. 이후 부천시로 이전했다가 1995년 가톨
릭대학교에 흡수·통합됨. 현재의 명칭은 가톨릭대학교 성심캠퍼스)에 가 보고 싶었다. 그 학교
에, 어느 가을 학기, 매주 한 번씩 출강한 일이 있다. 힘이 드는 출강을 한
학기 하게 된 것은, 주 수녀님과 김 수녀님이 내 집에 오신 것에 대한 예의
도 있었지만, 나에게는 사연이 있었다.

　　수십 년 전, 내가 열일곱 되던 봄, 나는 처음 도쿄에 간 일이 있다. 어떤
분의 소개로 사회 교육가 미우라(三浦) 선생 댁에 유숙(留宿 남의 집에서 묵음)을
하게 되었다. 시바꾸 시로가네(芝區白金)에 있는 그 집에는 주인 내외와 어린
딸, 세 식구가 살고 있었다. 하녀도 서생(書生 남의 집에서 일해 주며 공부하는 사람)도
없었다. 눈이 예쁘고 웃는 얼굴을 하는 아사코(朝子)는 처음부터 나를 오빠
같이 따랐다. 아침에 낳았다고 아사코라는 이름을 지어 주었다고 하였다.
그 집 뜰에는 큰 나무들이 있었고, 일년초 꽃도 많았다. 내가 간 이튿날 아
침, 아사코는 '스위트피(sweet pea 콩과의 한해살이풀. 높이는 1~2m이고 5월에 담홍색·흰색·자
주색 및 얼룩점이 있는 나비 모양의 꽃이 피는데, 향기가 있고 꼬투리는 완두와 비슷함)'를 따다가 꽃병
에 담아, 내가 쓰게 된 책상 위에 놓아 주었다. '스위트피'는 아사코같이 어
리고 귀여운 꽃이라고 생각하였다.

　　성심여학원(聖心女學院) 소학교(小學校) 1학년인 아사코는 어느 토요일 오
후, 나와 같이 저희 학교까지 산보를 갔었다. 유치원부터 학부까지 있는 가
톨릭 교육 기관으로 유명한 이 여학원은 시내에 있으면서 큰 목장까지 가
지고 있었다. 아사코는 자기 신발장을 열고 교실에서 신는 하얀 운동화를
보여 주었다.

　　내가 도쿄를 떠나던 날 아침, 아사코는 내 목을 안고 내 뺨에 입을 맞추
고, 제가 쓰던 작은 손수건과 제가 끼던 작은 반지를 이별의 선물로 주었
다. 옆에서 보고 있던 선생 부인은 웃으면서, "한 십 년 지나면 좋은 상대가
될 거예요." 하였다. 나는 얼굴이 뜨거워지는 것을 느꼈다. 나는 아사코에
게 안데르센의 동화책을 주었다.

그 후, 십 년이 지나고 삼사 년이 더 지났다. 그동안 나는, 초등학교 1학년 같은 예쁜 여자아이를 보면 아사코 생각을 하였다.

내가 두 번째 도쿄에 갔던 것도 4월이었다. 도쿄 역 가까운 데 여관을 정하고 즉시 미우라 선생 댁을 찾아갔다. 아사코는 어느덧 청순하고 세련되어 보이는 영양(令孃 남의 집 딸에 대한 높임말)이 되어 있었다. 그 집 마당에 피어 있는 목련꽃과 같이. 그때 그는 성심여학원 영문과 3학년이었다. 나는 좀 서먹서먹했으나, 아사코는 나와의 재회를 기뻐하는 것 같았다. 아버지, 어머니가 가끔 내 말을 해서 나의 존재를 기억하고 있었나 보다.

그날도 토요일이었다. 저녁 먹기 전에 같이 산책을 나갔다. 그리고 계획하지 않은 발걸음은 성심여학원 쪽으로 옮겨졌다. 캠퍼스를 두루 거닐다가 돌아올 무렵, 나는 아사코 신발장은 어디 있느냐고 물어보았다. 그는 무슨 말인가 하고 나를 쳐다보다가, 교실에는 구두를 벗지 않고 그냥 들어간다고 하였다. 그러고는 갑자기 뛰어가서 그날 잊어버리고 교실에 두고 온 우산을 가지고 왔다. 지금도 나는 여자 우산을 볼 때면, 연두색이 고왔던 그 우산을 연상한다. '쉘부르의 우산(쉘부르 항을 배경으로 한 카트린느 드뇌브 주연의 프랑스 영화. 두 연인이 결혼을 약속하지만, 남자가 군대에 입대하면서 사랑이 깨어지고 만다는 내용으로 「인연」의 결말을 암시하는 복선의 역할을 함)'이라는 영화를 내가 그렇게 좋아한 것도 아사코의 우산 때문인가 한다. 아사코와 나는 밤늦게까지 문학 이야기를 하다가 가벼운 악수를 하고 헤어졌다. 새로 출판된 버지니아 울프(영국의 작가이자 비평가)의 소설 『세월』에 대해서도 이야기한 것 같다.

그 후, 또 십여 년이 지났다. 그동안 제2차 세계 대전이 있었고, 우리나라가 해방이 되고, 또 한국 전쟁이 있었다. 나는 어쩌다 아사코 생각을 하곤 했다. 결혼은 하였을 것이요, 전쟁 통에 어찌 되지나 않았나, 남편이 전사하지나 않았나 하고 별별 생각을 다 하였다. 1954년, 처음 미국 가던 길에 나는 도쿄에 들러 미우라 선생 댁을 찾아갔다. 뜻밖에 그 동네가 고스란히 그대로 남아 있었다. 그리고 미우라 선생네는 아직도 그 집에 살고 있었다. 선생 내외분은 흥분된 얼굴로 나를 맞이하였다. 그리고 한국이 독립이 되어서 무엇보다도 잘됐다고 치하를 하였다.

아사코는 전쟁이 끝난 후, 맥아더 사령부에서 번역 일을 하고 있다가, 거기서 만난 일본인 2세와 결혼을 하고 따로 나서 산다는 것이었다. 아사코가 전쟁미망인이 되지 않은 것이 다행이었다. 그러나 2세와 결혼하였다는 것이 마음에 걸렸다. 만나고 싶다고 그랬더니, 어머니가 아사코의 집으로 안내해 주었다.

뽀족 지붕에 뽀족 창문들이 있는 작은 집이었다. 이십여 년 전, 내가 아사코에게 준 동화책 걸장에 있는 집도 이런 집이었다.

"아, 예쁜 집! 우리 이담에 이런 집에서 같이 살아요."

아사코의 어린 목소리가 지금도 들린다.

십 년쯤 미리 전쟁이 나고 그만큼 일찍 한국이 독립되었더라면, 아사코의 말대로 우리는 같은 집에서 살 수 있게 되었을지도 모른다. 뽀족 지붕에 뽀족 창문들이 있는 집이 아니라도. 이런 부질없는 생각이 스치고 지나갔다.

그 집에 들어서자 마주친 것은 백합같이 시들어 가는 아사코의 얼굴이었다. 『세월』이란 소설 이야기를 한 지 십 년이 더 지났었다. 그러나 그는 아직 싱싱하여야 할 젊은 나이다. 남편은 내가 상상한 것과 같이 일본 사람도 아니고, 미국 사람도 아닌, 그리고 진주군〔進駐軍 제2차 세계 대전 후 일본을 점령하고 있던 주일(駐日) 외국 군대〕 장교라는 것을 뽐내는 것 같은 사나이였다. 아사코와 나는 절을 몇 번씩 하고 악수도 없이 헤어졌다.

그리워하는데도 한 번 만나고는 못 만나게 되기도 하고, 일생을 못 잊으면서도 아니 만나고 살기도 한다. 아사코와 나는 세 번 만났다. 세 번째는 아니 만났어야 좋았을 것이다.

오는 주말에는 춘천에 갔다 오려 한다. 소양강 가을 경치가 아름다울 것이다. *

# 나의 사랑하는 생활

> **작가** : 피천득(93쪽 '작가와 작품 세계' 참조)
> **갈래** : 현대 수필, 경수필
> **성격** : 서정적, 감각적, 예찬적
> **특징** : 소박하고 평범한 바람들을 부드럽고 감각적인 문체로 묘사함
> **구성** : 하고 싶은 것, 촉각·시각·청각·후각·미각적인 것, 그리고 한가하고
> 여유로운 생활과 아름다운 인간관계에 대한 소망을 병렬식 구성으로
> 차례로 나열함
> **주제** : 일상에서 발견하는 기쁨과 행복

생각해 볼 문제

1. 이 작품은 '나는 ~를 좋아한다'의 단조로운 문장 구조로 전개된다. 이러한 구성은 어떤 효과를 주는가?

작가가 사랑하는 생활은 크고 화려한 것이 아니라 작고 소박한 것이다. 그것들은 일상생활 속에 숨겨진 사소한 것들이라 대부분의 사람은 하찮게 여기곤 한다. 꼭 비싼 대가를 치러야만 얻을 수 있는 것이 아니라 친구와 이웃, 주변의 모습에서 스스로 만들어 내고 발견하는 것들이다. 그것들은 소리, 냄새, 맛, 빛깔, 감촉 등을 통해 얻을 수 있는 지극히 개인적인 것일 수도 있지만, 바쁘게 살아가느라 잊고 있던 삶의 가치를 일깨워 주는 것들이다. 이 수필에서 '나는 ~를 좋아한다'라고 말하는 작가의 모습은 꼭 천진스러운 어린아이 같다. 작가가 좋아하는 것들은 자연과의 친화에서 얻어지는 삶의 여유와 향취다. 그것들은 생활 속에서 자유와 여유를 누리는 가운데 얻을 수 있다. 또한, 그것들은 외적인 조건이 가져다주는 것이 아니라 내적인 만족을 통해 누리는 것이다. 이 작품은 인간을 행복하게 하는 것은 거창한 것이 아니라 주변에 있는 작은 것이라는 평범한 진리를 소박하고 잔잔한 문장 속에 담고 있다.

나의 사랑하는 생활

　나는 우선 내 마음대로 쓸 수 있는 돈이 지금 돈으로 한 오만 환(대한 제국 때와 1953년부터 1962년까지의 우리나라 화폐 단위의 하나. 1환은 100전임) 생기기도 하는 생활을 사랑한다. 그러면 그 돈으로 청량리 위생 병원에 낡은 몸을 입원시키고 싶다. 나는 깨끗한 침대에 누웠다가 하루에 한두 번씩 덥고 깨끗한 물로 목욕하고 싶다. 그리고 우리 딸에게 제 생일날 사 주지 못한 비로드(거죽에 고운 털이 돌게 짠 비단으로 우단 또는 벨벳이라고도 함) 바지를 하나 사 주고, 아내에게는 비하이브 털실 한 폰드(pound, 1파운드는 452.592g) 반을 사 주고 싶다.

　그리고 내 것으로 점잖고 산뜻한 넥타이를 몇 개 사고 싶다. 돈이 없어서 적조(積阻 서로 오랫동안 소식이 막힘)하여진 친구들을 우리 집에 청해 오고 싶다. 아내는 신이 나서 도마질을 할 것이다. 나는 오만 환, 아니 십만 환쯤 마음대로 쓸 수 있는 돈이 생기는 생활을 가장 사랑한다. 나는 나의 시간과 기운을 다 팔아 버리지 않고, 나의 마지막 십분지 일이라도 남겨서 자유와 한가를 즐길 수 있는 생활을 하고 싶다.

　나는 잔디 밟기를 좋아한다. 나는 젖은 시새('모래'의 방언. 보드랍고 고운 모래)를 밟기 좋아한다. 고무창 댄 구두를 신고 아스팔트 위를 걷기를 좋아한다. 아가의 머리칼 만지기를 좋아한다. 새로 나온 나뭇잎을 만지기 좋아한다. 나는 보드랍고 고운 화롯불 재를 만지기 좋아한다. 나는 남의 아내의 수달피 목도리를 만져 보기 좋아한다. 그리고 아내에게 좀 미안한 생각을 한다.

　나는 아름다운 얼굴을 좋아한다. 웃는 아름다운 얼굴을 더 좋아한다. 그러나 수수한 얼굴이 웃는 것도 좋아한다. 서영이 엄마가 자기 아이를 바라보고 웃는 얼굴도 좋아한다. 나 아는 여인들이 인사 대신으로 웃는 웃음을 나는 좋아한다. 그리고 이를 가는 우리 딸 웃는 얼굴을 나는 사랑한다.

　나는 아름다운 빛을 사랑한다. 골짜기마다 단풍이 찬란한 만폭동(萬瀑洞 금강산 내금강에 있는 명승지. 수많은 폭포와 연못이 있어 '만폭동'으로 불림) 앞을 바라보면 걸음이 급하여지고, 뒤를 돌아다보면 더 좋은 단풍을 두고 가는 것 같아서 어쩔 줄 모르고 서 있었다. 예전 우리 유치원 선생님이 주신 색종이 같은 빨강색·보라·자주·초록 이런 황홀한 색깔을 나는 좋아한다. 나는 우리나라 가을 하늘을 사랑한다. 나는 진주빛·비둘기빛을 좋아한다. 나는 오래된 가구의 마호가니빛을 좋아한다. 늙어 가는 학자의 희끗희끗한 머리칼을 좋아한다.

나는 이른 아침 종달새 소리를 좋아하며, 꾀꼬리 소리를 반가워하며, 봄 시냇물 흐르는 소리를 즐긴다. 갈대에 부는 바람 소리를 좋아하며, 바다의 파도 소리를 들으면 아직도 가슴이 뛴다. 나는 골목을 지나갈 때에 발을 멈추고 한참이나 서 있게 하는 피아노 소리를 좋아한다.

나는 젊은 웃음소리를 좋아한다. 다른 사람 없는 방 안에서 내 귀에다가 귓속말을 하는 서영이 말소리를 좋아한다. 나는 비 오시는 날 저녁때, 뒷골목 선술집에서 풍기는 불고기 냄새를 좋아한다. 새로운 양서^(洋書) 냄새, 털옷 냄새를 좋아한다. 커피 끓이는 냄새, 라일락 짙은 냄새, 국화·수선화·소나무의 향기를 좋아한다. 봄 흙냄새를 좋아한다. 나는 사과를 좋아하고, 호두와 잣과 꿀을 좋아하고, 친구와 향기로운 차를 마시기를 좋아한다. 군밤을 외투 주머니에다 넣고 길을 걸으면서 먹기를 좋아하고, 겨울날 찰스 강변^(미국 보스턴에 있는 강)을 걸으면서 핥던 콘 아이스크림을 좋아한다.

나는 아홉 평 건물에 땅이 오십 평이나 되는 나의 집을 좋아한다. 재목은 쓰지 못하고 흙으로 지은 집이지만 내 집이니까 좋아한다. 화초를 심을 뜰이 있고, 집 내어놓으라는 말을 아니 들을 터이니 좋다. 내 책들은 언제나 제자리에 있을 수 있고, 앞으로 오랫동안 이 집에서 살면 집을 몰라서 놀러 오지 못할 친구는 없을 것이다. 나는 삼일절이나 광복절 아침에는 실크 해트^(hat)를 쓰고 모닝^(morning coat 남자가 낮 동안에 입는 서양식 예복)을 입고 싶은 충동을 느낀다. 그러나 그것은 될 수 없는 일이다. 여름이면 베 고의적삼^(남자의 여름 바지와 여름 저고리)을 입고 농립^(農笠 '농립모'의 준말. 여름에 농사일을 할 때 쓰는 맥고모자)을 쓰고 짚신을 신고 산길을 가기 좋아한다.

나는 신발을 좋아한다. 태사^(太史)신^(남자의 마른신의 일종. 울을 비단이나 가죽으로 하고 코와 뒤축 부분에 흰 줄무늬를 새겨 놓았음), 이름을 쓴 까만 운동화, 깨끗하게 씻어 놓은 파란 고무신, 흙이 약간 묻은 탄탄히 삼은 짚신, 나의 생활을 구성하는 모든 작고 아름다운 것들을 사랑한다. 고운 얼굴을 욕망 없이 바라다보며, 남의 공적을 부러움 없이 찬양하는 것을 좋아한다. 여러 사람을 좋아하며 아무도 미워하지 아니하며, 몇몇 사람을 끔찍이 사랑하며 살고 싶다. 그리고 나는 점잖게 늙어 가고 싶다. 내가 늙고 서영이가 크면 눈 내리는 서울 거리를 같이 걷고 싶다. *

 # 권태(倦怠)

작가와 작품 세계

이상(1910~1937)

서울에서 태어났다. 1931년 〈조선과 건축〉에 「이상한 가역 반응」 등 6편의 시를 발표하면서 작품 활동을 시작했다. 실험적이고 초현실적인 시와 내면세계를 독백체로 묘사한 소설을 주로 썼다. 작품이 난해하다는 평가를 받는 까닭은 자의식과 내면 심리 묘사에 심취했기 때문이다. 주요 수필로 「산촌여정(山村餘情)」, 「조춘점묘(早春點描)」 등이 있다.

작품 정리

갈래 : 현대 수필, 경수필

성격 : 사념적, 주지적, 심리적, 주관적

배경 : 시간 – 어느 여름날 / 공간 – 벽촌

특징 : • 역설법과 설의법 등의 수사법을 사용함

　　　　• 하루의 생활이 뛰어난 심리 묘사로 제시됨

구성 : 전체 7개의 장으로 구성됨

주제 : 단조로운 일상과 주변 환경에서 느끼는 권태감

생각해 볼 문제

1. 작가가 느끼는 권태의 원인은 무엇인가?

이 작품의 공간적 배경인 산골은 문명의 혜택과 완전히 단절된 곳이다. 작가는 초록 일색의 풍경에서 권태가 비롯되었다고 말한다. 하지만 작가의 권태는 아무것도 하지 않는 '무위(無爲)'에 기인하는데, 이는 당시의 암울한 시대 상황과 관련이 있다. 구체적인 삶의 목표를 상실한 일제 강점기의 지식인들은 아무런 희망도 가질 수 없었다. "도적의 도심(盜心)을 도적맞기 쉬운 위험한 지대" 등 가난한 농촌의 모습을 표현한 문장에서는 작가의 연민

과 냉소가 드러나고, "밥상에는 마늘장아찌와 날된장과 풋고추조림이 관성의 법칙처럼 놓여 있다."라는 표현에서는 작가의 권태감이 잘 드러난다.

2. 작가에게 '불나비'는 어떤 존재인가?

불나비(불나방의 원말)는 불을 보면 죽는 줄도 모르고 뛰어든다. 하지만 작가는 이러한 불나비를 어리석고 한심한 존재로 보지 않는다. 불을 보고 뛰어든다는 것은 불을 찾아다닐 만큼 열정이 넘친다는 것을 의미하기 때문이다. 작가는 스스로 불을 찾으러 다닐 만큼의 열정도 없고, 죽음을 각오하고 뛰어들 불도 찾지 못했다고 말한다.

3. 이 작품의 각 장에서는 권태로운 상황이 어떻게 나타나고 있는가?

이 수필은 모두 7개의 장으로 구성되어 있는데, 각 장마다 권태로운 상황이 묘사되어 있다. 1장에서 '나'는 한없이 펼쳐진 벌판과 최 서방의 조카와 두는 장기에서 권태로움을 느낀다. 2장에서는 초록색의 자연과 단조로운 노동을 하는 농민을 보고 권태를 느낀다. 3장에서는 짖지 않는 개들을 보고, 4장에서는 짐승의 교미와 '나'가 세수하는 것을 흉내 내는 아이들을 보고 권태롭다고 느낀다. 5장에서는 먹는 즐거움조차 잃어버린 소를, 6장에서는 노는 아이들을 보며 권태를 느낀다. 마지막 장에서 '나'는 멍석 위에 누워 자는 사람들을 '먹고 잘 줄 아는 시체'라고 생각한다. 또한, 이렇게 보내는 생활을 '권태의 극권태'라고 느낀다.

권태

1

어서 ─ 차라리 ─ 어둬(어두어) 버리기나 했으면 좋겠는데 ─ 벽촌(僻村 도시에서 떨어져 있는 한적한 마을)의 여름 ─ 날은 지리해서 죽겠을 만치 길다.

동에 팔봉산, 곡선은 왜 저리도 굴곡이 없이 단조로운고?

서를 보아도 벌판, 남을 보아도 벌판, 북을 보아도 벌판, 아 ─ 이 벌판은 어쩌자고 이렇게 한이 없이 늘어놓였을꼬? 어쩌자고 저렇게까지 똑같이 초록색 하나로 되어 먹었노?

농가가 가운데 길 하나를 두고 좌우로 한 10여 호씩 있다. 휘청거린 소나무 기둥, 흙을 주물러 바른 벽, 강낭대(옥수숫대)로 둘러싼 울타리, 울타리를 덮은 호박 넝쿨, 모두가 그게 그것같이 똑같다.

어제 보던 댑싸리(가을에 베어서 빗자루를 만들 때 사용하는 여러해살이풀) 나무, 오늘도 보는 김 서방, 내일도 보아야 할 신둥이(흰둥이) 검둥이.

해는 백 도 가까운 볕을 지붕에도 벌판에도 뽕나무에도 암탉 꼬랑지에도 나려쪼인다. 아침이나 저녁이나 뜨거워서 견딜 수가 없는 염서(炎暑 몹시 심한 더위)가 계속이다.

나는 아침을 먹었다. 할 일이 없다. 그러나 무작정 널따란 백지 같은 '오늘'이라는 것이 내 앞에 펼쳐져 있으면서 무슨 기사라도 좋으니 강요한다. 나는 무엇이고 하지 않으면 안 된다. 무엇을 해야 할 것인가를 연구해야 된다. 그럼 ─ 나는 최 서방네 집 사랑 툇마루로 장기나 두러 갈까. 그것 좋다.

최 서방은 들에 나갔다. 최 서방네 사랑에는 아무도 없나 보다. 최 서방의 조카가 낮잠을 잔다. 아하 ─ 내가 아침을 먹은 것은 열 시나 지난 후니까 최 서방의 조카로서는 낮잠 잘 시간임에 틀림없다.

나는 최 서방의 조카를 깨워 가지고 장기를 한판 벌이기로 한다. 최 서방의 조카와 열 번 두면 열 번 내가 이긴다. 최 서방의 조카로서는, 그러니까 나와 장기 둔다는 것은 그것부터가 권태이다. 밤낮 두어야 마찬가질 바에는 안 두는 것이 차라리 낫지 ─ 그러나 안 두면 또 무엇을 하나? 둘 수밖에 없다.

지는 것도 권태이거늘 이기는 것이 어찌 권태 아닐 수 있으랴? 열 번 두어서 열 번 내리 이기는 장난이란 열 번 지는 이상으로 싱거운 장난이다. 나는 참 싱거워서 견딜 수 없다.

한 번쯤 져 주리라. 나는 한참 생각하는 체하다가 슬그머니 위험한 자리에 장기 조각을 갖다 놓는다. 최 서방의 조카는 하품을 쓱 한 번 하더니 이윽고 둔다는 것이 딴전이다. 으레 질 것이니까 골치 아프게 수를 보고 어쩌고 하기도 싫다는 사상이리라. 아무렇게나 생각나는 대로 장기를 갖다 놓고는 그저 얼른얼른 끝을 내어 져 줄 만큼 져 주면 이 상승장군(常勝將軍 적과 싸워서 늘 이기는 장군)은 이 압도적 권태를 이기지 못해 제풀에(저 혼자 저절로) 가 버리겠지 하는 사상이리라. 가고 나면 또 낮잠이나 잘 작정이리라.

나는 부득이 또 이긴다. 인제 그만두잔다. 물론 그만두는 수밖에 없다.

일부러 져 준다는 것조차가 어려운 일이다. 나는 왜 저 최 서방 조카처럼 아주 영영 방심 상태가 되어 버릴 수가 없나? 이 질식할 것 같은 권태 속에서도 사세한(사소한) 승부에 구속을 받나? 아주 바보가 되는 수는 없나?

내게 남아 있는 이 치사스러운 인간 이욕(利慾 사사로운 이익을 탐내는 욕심)이 다시없이 밉다. 나는 이 마지막 것을 면해야 한다. 권태를 인식하는 신경마저 버리고 완전히 허탈해 버려야 한다.

2

나는 개울가로 간다. 가물어서 너무나 빈약한 물이 소리 없이 흐른다. 뼈처럼 앙상한 물줄기가 왜 소리를 치지 않나?

너무 덥다. 나뭇잎들이 다 축 늘어져서 허덕허덕하도록 덥다. 이렇게 더우니 시냇물인들 서늘한 소리를 내어 보는 재간도 없으리라.

나는 그 물가에 앉는다. 앉아서 자—무슨 제목으로 나는 사색해야 할 것인가 생각해 본다. 그러나 물론 아무런 제목도 떠오르지 않는다. 그렇다면 아무것도 생각 말기로 하자. 그저 한량없이 넓은 초록색 벌판, 지평선, 아무리 변화하여 보았댔자 결국 치열(稚劣 유치하고 못남)한 곡예의 역(域 영역)을 벗어나지 않는 구름, 이런 것을 건너다본다.

지구 표면적의 백 분의 99가 이 공포의 초록색이리라. 그렇다면 지구야말로 너무나 단조 무미한 채색이다. 도회에는 초록이 드물다. 나는 처음 여기 표착(漂着 표류하여 도착함)하였을 때 이 신선한 초록에 놀랐고 사랑하였다.

그러나 닷새가 못 되어서 이 일망무제(一望無際 한눈에 다 바라볼 수 없을 만큼 멀고 넓어서 끝이 없음)의 초록색은 조물주의 몰취미(沒趣味 취미가 전혀 없음)와 신경의 조잡성으로 말미암은 무미건조한 지구의 여백인 것을 발견하고, 다시금 놀라지 않을 수 없었다.

어쩔 작정으로 저렇게 퍼러냐. 하루 온종일 저 푸른빛은 아무 짓도 하지 않는다. 오직 그 푸른 것에 백치와 같이 만족하면서 푸른 채로 있다.

이윽고 밤이 오면 또 거대한 구렁이처럼 빛을 잃어버리고 소리도 없이 잔다. 이 무슨 거대한 겸손이냐.

이윽고 겨울이 오면 초록은 실색(失色 본래의 푸른색을 잃어버림)한다. 그러나 그것은 남루(襤褸 헌 누더기)를 갈기갈기 찢은 것과 다름없는 추악한 색채로 변하는 것이다. 한겨울을 두고 이 황막하고 추악한 벌판을 바라보고 지내면서 그래도 자살민절(自殺悶絶 스스로 목숨을 끊거나 정신을 잃고 기절함)하지 않는 농민들은 불쌍하기도 하려니와 거대한 천치다.

그들의 일생이 또한 이 벌판처럼 단조한 권태 일색으로 도포(塗布 뒤덮음)된 것이리라. 일할 때는 초록 벌판처럼 더워서 숨이 칵칵 막히게 싱거울 것이요, 일하지 않을 때에는 겨울 황원(荒原 황폐하여 쓸쓸한 땅)처럼 거칠고 구지레하게(지저분할 정도로 더럽게) 싱거울 것이다.

그들에게는 흥분이 없다. 벌판에 벼락이 떨어져도 그것은 뇌성 끝에 가끔 있는 다반사(茶飯事 차를 마시고 밥을 먹는 일처럼 예사롭게 자주 있는 일)에 지나지 않는다. 촌동(村童 시골에 사는 아이)이 범에게 물려 가도 그것은 맹수가 사는 산촌에 가끔 있는 신벌(神罰 신이 내리는 벌)에 지나지 않는다. 실로 전선주 하나 없는 벌판에서 그들이 무엇을 대상으로 흥분할 수 있으랴.

팔봉산 등을 넘어 철골 전신주가 늘어섰다. 그러나 그 동선(銅線 전깃줄)이 촌락에 엽서 한 장을 내려뜨리지 않고 섰는 채다. 동선으로는 전류도 통하리라. 그러나 그들의 방이 아직도 송명(松明 '관솔'에 붙인 불)으로 어둠침침한 이상 그 전신주들은 이 마을 동구에 늘어선 포플러와 조금도 다를 것이 없다.

그들에게 희망은 있던가? 가을에 곡식이 익으리라. 그러나 그것은 희망은 아니다. 본능이다.

내일, 내일도 오늘 하던 계속의 일을 해야지, 이 끝없는 권태의 내일은 왜 이렇게 끝없이 있나? 그러나 그들은 그런 것을 생각할 줄 모른다. 간혹 그런 의혹이 전광(電光 번갯불)과 같이 그들의 흉리(胸裏 가슴속)를 스치는 일이 있어도 다음 순간 하루의 노역(勞役 괴롭고 힘든 노동)으로 말미암아 잠이 오고 만다. 그러니 농민은 참 불행하도다. 그럼—이 흉악한 권태를 자각할 줄 아는 나는 얼마나 행복된가.

3

댑싸리 나무도 축 늘어졌다. 물은 흐르면서 가끔 웅뎅이('웅덩이'의 북한어)를 만나면 썩는다.

내가 앉아 있는 데는 그런 웅뎅이 가이다. 내 앞에서 물은 조용히 썩는다.

낮닭 우는 소리가 무던히 한가롭다. 어제도 울던 낮닭이 오늘도 또 울었다는 외에 아무 흥미도 없다. 들어도 그만 안 들어도 그만이다. 다만 우연히 귀에 들려 왔으니까 그저 들었달 뿐이다.

닭은 그래도 새벽, 낮으로 울기나 한다. 그러나 이 동리의 개들은 짖지를 않는다. 그러면 모두 벙어리 개들인가, 아니다. 그 증거로는 이 동리 사람 아닌 내가 돌팔매질을 하면서 위협하면 십 리나 달아나면서 나를 돌아다보고 짖는다. 그렇건만 내가 아무 그런 위험한 짓을 하지 않고 지나가면 천 리나 먼 데서 온 외인, 더구나 안면이 이처럼 창백하고 봉발(蓬髮 마구 흐트러진 머리털)이 작소(鵲巢 까치 둥지)를 이룬 기이한 풍모를 쳐다보면서도 짖지 않는다. 참 이상하다. 어째서 여기 개들은 이런 나를 보고 짖지를 않을까? 세상에도 희귀한 겸손한 겁쟁이 개들도 다 많다.

이 겁쟁이 개들은 이런 나를 보고도 짖지를 않으니 그럼 대체 무엇을 보아야 짖으랴?

그들은 짖을 일이 없다. 여인(旅人 나그네)은 이곳에 오지 않는다. 오지 않을 뿐만 아니라, 국도 연변에 있지 않은 이 촌락을 그들은 지나갈 일도 없다. 가끔 이웃 마을의 김 서방이 온다. 그러나 그는 여기 최 서방과 똑같은 복장과 피부색과 사투리를 가졌으니 개들이 짖어 무엇하랴. 이 빈촌에는 도적이 없다. 인정 있는 도적이면 여기 너무나 빈한(貧寒 살림이 가난함)한 새악시들을 위하여, 훔친 비녀나 반지를 가만히 놓고 가지 않으면 안 되리라. 도적에게는 이 마을은 도적의 도심(盜心 남의 물건을 훔치려는 마음)을 도적맞기 쉬운 위험한 지대리라.

그러니 실로 개들이 무엇을 보고 짖으랴. 개들은 너무나 오랫동안—아마 그 출생 당시부터—짖는 버릇을 포기한 채 지내 왔다. 몇 대를 두고 짖지 않은 이곳 견족(犬族)들은 드디어 짖는다는 본능을 상실하고 만 것이리라. 인제는 돌이나 나무토막으로 얻어맞아서 견딜 수 없을 만큼 아파야 겨우 짖는다. 그러나 그와 같은 본능은 인간에게도 있으니 특히 개의 특징으로 쳐들 것은 못 되리라.

개들은 대개 제가 길리우고 있는 집 문간에 가 앉아서 밤이면 밤잠, 낮이면 낮잠을 잔다. 왜? 그들은 수위(守衛 지키어 호위함)할 아무 대상도 없으니까다.

최 서방네 집 개가 이리로 온다. 그것을 김 서방네 집 개가 발견하고 일어나서 영접한다. 그러나 영접해 본댔자 할 일이 없다. 양구(良久 한참 있음)에 그들은 헤어진다.

설레설레 길을 걸어 본다. 밤낮 다니던 길, 그 길에는 아무것도 떨어진 것이 없다. 촌민들은 한여름 보리와 조를 먹는다. 반찬은 날된장 풋고추다. 그러니 그들의 부엌에조차 남는 것이 없겠거늘, 하물며 길가에 무엇이 족히 떨어져 있을 수 있으랴.

길을 걸어 본댔자 소득이 없다. 낮잠이나 자자. 그리하여 개들은 천부(天賦 타고날 때부터 지님)의 수위술(守衛術 집을 지키는 기술)을 망각하고 낮잠에 탐닉하여 버리지 않을 수 없을 만큼 타락하고 말았다.

슬픈 일이다. 짖을 줄 모르는 벙어리 개, 지킬 줄 모르는 게으름뱅이 개, 이 바보 개들은 복날 개장국을 끓여 먹기 위하여 촌민의 희생이 된다. 그러나 불쌍한 개들은 음력도 모르니 복날은 몇 날이나 남았나 전연 알 길이 없다.

4

이 마을에는 신문도 오지 않는다. 소위 승합자동차라는 것도 통과하지 않으니 도회의 소식을 무슨 방법으로 알랴?

오관이 모조리 박탈된 것이나 다름없다. 답답한 하늘, 답답한 지평선, 답답한 풍경, 답답한 풍속 가운데서 나는 이리 디굴 저리 디굴 굴고 싶을 만치 답답해하고 지내야만 된다.

아무것도 생각할 수 없는 상태 이상으로 괴로운 상태가 또 있을까. 인간은 병석에서도 생각한다. 아니 병석에서는 더욱 많이 생각하는 법이다.

끝없는 권태가 사람을 엄습하였을 때, 그의 동공은 내부를 향하여 열리리라. 그리하여 망쇄(忙殺 정신 차릴 사이도 없이 매우 바쁨)할 때보다도 몇 배나 더 자신의 내면을 성찰할 수 있을 것이다.

현대인의 특질이요, 질환인 자의식 과잉은 이런 권태치 않을 수 없는 권태 계급의 철저한 권태로 말미암음이다. 육체적 한산, 정신적 권태, 이것을 면할 수 없는 계급이 자의식 과잉의 절정을 표시한다.

그러나 지금 이 개울가에 앉은 나에게는 자의식 과잉조차도 폐쇄되었다.

이렇게 한산한데, 이렇게 극도의 권태가 있는데, 동공은 내부를 향하여 열리기를 주저한다.

아무것도 생각하기 싫다. 어제까지도 죽는 것을 생각하는 것 하나만은 즐거웠다. 그러나 오늘은 그것조차가 귀찮다. 그러면 아무것도 생각하지 말고 눈뜬 채 졸기로 하자.

더워 죽겠는데 목욕이나 할까. 그러나 웅덩이 물은 썩었다. 썩지 않은 물을 찾아가는 것이 귀찮은 일이고…….

썩지 않은 물이 여기 있다기로서니 나는 목욕하지 않았으리라. 옷을 벗기가 귀찮다. 아니, 그보다도 그 창백하고 앙상한 수구(瘦軀 빼빼 마른 몸)를 백일(白日 대낮) 아래 널어 말리는 파렴치를 나는 견디기 어렵다.

땀이 옷에 배이면? 배인 채 두자. 그렇다 하더라도 이 더위는 무슨 더위냐. 나는 내가 있는 집으로 돌아와서 세수를 하기로 한다. 나는 일어나서 오던 길을 돌치는(되돌아오는) 도중에서 교미하는 개 한 쌍을 만났다. 그러나 인공의 기교가 없는 축류(畜類 가축의 종류. 또는 집에서 기르는 모든 짐승)의 교미는, 풍경이 권태 그것인 것같이 권태 그것이다. 동리 아해(兒孩 아이들)에게도, 젊은 촌부들에게도 흥미의 대상이 못 되는 이 개들의 교미는 또한 내게 있어서도 흥미의 대상이 되지 않는다.

함석 대야는 그 본연의 빛을 일찍이 잃어버리고, 그들의 피부색과 같이 붉고 검다. 아마 이 집 주인아주머니가 시집올 때 가져온 것이리라.

세수를 해 본다. 물조차가 미지근하다. 물조차도 이 무지한 더위에는 견딜 수 없었나 보다. 그러나 세수의 관례대로 세수를 마친다. 그리고 호박 넝쿨이 축 늘어진 울타리 밑 호박 넝쿨의 뿌리 돋친 데를 찾아서 그 물을 준다. 너라도 좀 생기를 내라고.

땀내 나는 수건으로 얼굴을 훔치고 툇마루에 걸터앉았자니까, 내가 세수할 때 내 곁에 늘어섰던 주인집 아이들 넷이 제각기 나를 본받아 그 대야를 사용하여 세수를 한다.

저 애들도 더워서 저러는구나, 하였더니 그렇지 않다. 그 애들도 나처럼 일거수일투족을 어찌하였으면 좋을까 당황해하고 있는 권태들이었다. 다만 내가 세수하는 것을 보고, 그럼 우리도 저 사람처럼 세수나 해 볼까 하고 따라서 세수를 해 보았다는 데 지나지 않는다.

5

원숭이가 사람의 흉내를 내는 것이 내 눈에는 참 밉다. 어쩌자고 여기 아이들이 내 흉내를 내는 것일까? 귀여운 촌동들을 원숭이를 만들어서는 안 된다.

나는 다시 개울가로 가 본다. 썩은 물, 늘어진 댑싸리 외에 아무것도 없다. 그러나 나는 거기 앉아서 이번에는 그 썩고 있는 웅덩이 속을 들여다본다.

순간 나는 진기한 현상을 목도한다. 무수한 오점이 방향을 정돈해 가면서 움직이고 있는 것이다. 이것은 생물임에 틀림없다. 송사리 떼임에 틀림없다. 이 부패한 소택(沼澤 늪과 못) 속에 이런 앙증스러운 어족(魚族)이 서식하리라고는 나는 참 꿈에도 생각하지 못했다.

요리 몰리고 조리 몰리고 역시 먹을 것을 찾음이리라. 무엇을 먹고 사누. 버러지('벌레'의 방언)를 먹겠지. 그러나 송사리보다도 더 작은 버러지라는 것이 있을까, 잠시를 가만히 있지 않는다. 저물도록 움직인다. 대략 같은 동기와 같은 모양으로들 그러는 것 같다. 동기! 역시 송사리의 세계에도 시급한 목적이 있는 모양이다.

차츰차츰 하류를 향하여 군중적으로 이동한다. 저렇게 하류로 하류로만 가다가 또 어쩔 작정인가. 아니, 그들은 중로에서 또 상류를 향하여 거슬러 올라오는지도 모른다. 그러나 당장 하류로 향하여 가고 있는 것이 확실하다. 하류로, 하류로!

5분 후에는 그들의 모양이 보이지 않을 만치 그들은 멀리 하류로 내려갔다. 그리고 웅덩이는 아까와 같이 도로 썩은 물의 웅덩이로 조용해지고 말았다.

나는 그 자리에서 일어나서 풀밭으로 가 보기로 한다. 풀밭에는 암소 한 마리가 있다.

고 웅덩이 속에 고런 맹랑한 현상이 잠복해 있을 수 있다니—하고 나는 적잖이 흥분했다. 그러나 그 현상도 소낙비처럼 지나가고 말았으니 잊어버리고 그만두는 수밖에.

소의 뿔은 벌써 소의 무기는 아니다. 소의 뿔은 오직 안경의 재료일 따름이다. 소는 사람에게 얻어맞기로 위주니까 소에게는 무기가 필요 없다. 소의 뿔은 오직 동물학자를 위한 표지이다. 야우(野牛 들소) 시대에는 이것으로 적을 돌격한 일도 있습니다—하는 마치 폐병(廢兵 전쟁 중에 다쳐 불구자가 된 병사)의 가슴에 달린 훈장처럼 그 추억성이 애상적이다.

암소의 뿔은 수소의 그것보다도 더 한층 겸허하다. 이 애상적인 뿔이 나를 받을 리 없으니, 나는 마음 놓고 그 곁 풀밭에 가 누워도 좋다. 나는 누워서 우선 소를 본다.

소는 잠시 반추(反芻 되새김)를 그치고 나를 응시한다.

'이 사람의 얼굴이 왜 이리 창백하냐? 아마 병인(病人)인가 보다. 내 생명에 위해를 가하려는 거나 아닌지 나는 조심해야 되지.'

이렇게 소는 속으로 나를 심리(審理 사실을 자세히 조사함)하였으리라. 그러나 5분 후에는 소는 다시 반추를 계속하였다. 소보다도 내가 마음을 놓는다.

소는 식욕의 즐거움조차 냉대할 수 있는 지상 최대의 권태자다. 얼마나 권태에 지질렸기에(내리눌렸기에) 이미 위에 들어간 식물을 다시 게워 그 시금털털한 반소화물의 미각을 역설적으로 향락하는 체해 보임이리요?

소의 체구가 크면 클수록 그의 권태도 크고 슬프다. 나는 소 앞에 누워 내 세균같이 사소한 고독을 겸손해하면서, 나도 사색의 반추는 가능할는지 불가능할는지 몰래 좀 생각해 본다.

6

길 복판에서 6, 7인의 아이들이 놀고 있다. 적발동부(赤髮銅膚 붉은색 머리카락과 구릿빛 피부)의 반라군(半裸群 반벌거숭이 무리)이다. 그들의 혼탁한 안색, 흘린 콧물, 두른 베두렝이(배와 아랫도리를 둘러서 가릴 수 있도록 치마같이 만든 어린아이의 옷), 벗은 웃통만을 가지고는 그들의 성별조차 거의 분간할 수 없다.

그러나 그들은 여아가 아니면 남아요, 남아가 아니면 여아인, 결국에는 귀여운 5, 6세 내지 7, 8세의 '아이들'임에는 틀림이 없다. 이 아이들이 여기 길 한복판을 선택하여 유희하고 있다.

돌멩이를 주워 온다. 여기는 사금파리(사기그릇의 깨어진 작은 조각)도 벽돌 조각도 없다. 이 빠진 그릇을 여기 사람들은 버리지 않는다.

그러고는 풀을 뜯어 온다. 풀—이처럼 평범한 것이 또 있을까, 그들에게 있어서는 초록빛의 물건이란 어떤 것이고 간에 다시없이 심심한 것이다. 그러나 하는 수 없다. 곡식을 뜯는 것도 금제(禁制 금지된 법규나 제도)니까 풀밖에 없다.

돌멩이로 풀을 짓찧는다. 푸르스레한 물이 돌에 가 염색된다. 그러면 그 돌과 그 풀은 팽개치고 또 다른 풀과 돌멩이를 가져다가 똑같은 짓을 반복한다. 한 10분 동안이나 아무 말이 없이 잠자코 이렇게 놀아 본다.

10분 만이면 권태가 온다. 풀도 싱겁고 돌도 싱겁다. 그러면 그 외에 무엇이 있나? 없다.

그들은 일제히 일어선다. 질서도 없고 충동의 재료도 없다. 다만 그저 앉았기 싫으니까 이번에는 일어서 보았을 뿐이다.

일어서서 두 팔을 높이 하늘을 향하여 쳐든다. 그리고 비명에 가까운 소리를 질러 본다. 그러더니 그냥 그 자리에서들 경중경중 뛴다. 그러면서 그 비명을 겸한다.

나는 이 광경을 보고 그만 눈물이 났다. 여북하면(오죽하면) 저렇게 놀까. 이들은 놀 줄조차 모른다. 어버이들은 너무 가난해서 이들 귀여운 아기들에게 장난감을 사다 줄 수가 없었던 것이다.

이 하늘을 향하여 두 팔을 뻗치고, 그리고 소리를 지르면서 뛰는 그들의 유희가 내 눈에는 암만해도 유희같이 생각되지 않는다. 하늘은 왜 저렇게 어제도 오늘도 내일도 푸르냐. 산은, 벌판은 왜 저렇게 어제도 오늘도 내일도 푸르냐는 조물주에게 대한 저주의 비명이 아니고 무엇이랴.

아이들은 짖을 줄조차 모르는 개들과 놀 수는 없다. 그렇다고 모이 찾느라고 눈이 벌건 닭들과 놀 수도 없다. 아버지도 어머니도 너무나 바쁘다. 언니 오빠조차 바쁘다. 역시 아이들은 아이들끼리 노는 수밖에 없다. 그런데 대체 무엇을 가지고 어떻게 놀아야 하나. 그들에게는, 장난감 하나가 없는 그들에게는 영영 엄두가 나지를 않는 것이다. 그들은 이렇듯 불행하다.

그 짓도 5분이다. 그 이상 더 길게 이 짓을 하자면 그들은 피로할 것이다. 순진한 그들이 무슨 까닭에 피로해야 되나? 그들은 우선 싱거워서 그 짓을 그만둔다.

그들은 도로 나란히 앉는다. 앉아서 소리가 없다. 무엇을 하나. 무슨 종류의 유희인지, 유희는 유희인 모양인데—이 권태의 왜소 인간들은 또 무슨 기상천외의 유희를 발명했나.

5분 후에 그들은 비키면서 하나씩 둘씩 일어선다. 제각각 대변을 한 무더기씩 누어 놓았다. 아―이것도 역시 그들의 유희였다. 속수무책의 그들 최후의 창작 유희였다. 그러나 그중 한 아이가 영 일어나지를 않는다. 그는 대변이 나오지 않는다. 그럼 그는 이번 유희의 못난 낙오자임에 틀림없다. 분명히 다른 아이들 눈에 조소의 빛이 보인다. 아―조물주여, 이들을 위하여 풍경과 완구를 주소서.

7

날이 어두웠다. 해저(海底)와 같은 밤이 오는 것이다. 나는 자못 이상하다. 가만히 생각해 보면 나는 배가 고픈 모양이다. 이것이 정말이라면, 그럼 나는 어째서 배가 고픈가, 무엇을 했다고 배가 고픈가. 자기 부패 작용이나 하고 있는 웅덩이 속을 실로 송사리 떼가 쏘다니고 있더라. 그럼 내 장부(臟腑 오장육부) 속으로도 나로서 자각할 수 없는 송사리 떼가 준동(蠢動 불순한 세력이나 보잘것없는 무리가 법석을 부림)하고 있나 보다. 아무렇든 밥을 아니 먹을 수는 없다.

밥상에는 마늘장아찌와 날된장과 풋고추조림이 관성의 법칙처럼 놓여 있다. 그러나 먹을 때마다 이 음식이 내 입에 내 혀에 다르다. 그러나 나는 그 까닭을 설명할 수 없다.

마당에서 밥을 먹으면 머리 위에서 그 무수한 별들이 야단이다. 저것은 또 어쩌라는 것인가. 내게는 별이 천문학의 대상이 될 수 없다. 그렇다고 시상(詩想)의 대상도 아니다. 그것은 다만 향기도 촉감도 없는, 절대 권태의 도달할 수 없는 영원한 피안(彼岸 이승의 번뇌를 해탈하여 도달하는 열반의 세계)이다. 별조차가 이렇게 싱겁다.

저녁을 마치고 밖으로 나와 보면 집집에서는 모깃불의 연기가 한창이다. 그들은 마당에서 멍석을 펴고 잔다. 별을 쳐다보면서 잔다. 그러나 그들은 별을 보지 않는다. 그 증거로는 그들은 멍석에 눕자마자 눈을 감는다. 그러고는 눈을 감자마자 쿨쿨 잠이 든다. 별은 그들과 관계없다.

나는 소화를 촉진시키느라고 길을 왔다 갔다 한다. 돌칠(돌아볼) 적마다 멍석 위에 누운 사람의 수기 늘어 간다.

이것이 시체와 무엇이 다를까? 먹고 잘 줄 아는 시체―나는 이런 실례로운 생각을 정지해야만 되겠다. 그리고 나도 가서 자야겠다.

방에 돌아와 나는 나를 살펴본다. 모든 것에서 절연된 지금의 내 생활ㅡ 자살의 단서조차 찾을 길이 없는 지금의 내 생활은 과연 권태의 극권태(極倦怠) 그것이다.

그렇건만 내일이라는 것이 있다. 다시는 날이 새지 않는 것 같기도 한 밤 저쪽에 또 내일이라는 놈이 한 개 버티고 서 있다. 마치 흉맹(凶猛 흉악하고 사나움)한 형리(刑吏 교도소 관리)처럼ㅡ나는 그 형리를 피할 수 없다. 오늘이 되어 버린 내일 속에서 또 나는 질식할 만치 심심해해야 되고, 기막힐 만치 '답답해해야' 된다.

그럼 오늘 하루를 나는 어떻게 지냈던가 이런 것은 생각할 필요가 없으리라. 그냥 자자ㅡ자다가 불행히ㅡ아니 다행히 또 깨거든 최 서방의 조카와 장기나 또 한판 두지. 웅덩이에 가서 송사리를 볼 수도 있고ㅡ몇 가지 안 남은 기억을 소처럼ㅡ반추하면서 끝없는 나태를 즐기는 방법도 있지 않느냐.

불나비가 달려들어 불을 끈다. 불나비는 죽었든지 화상을 입었으리라. 그러나 불나비라는 놈은 사는 방법을 아는 놈이다. 불을 보면 뛰어들 줄도 알고ㅡ평상에 불을 초조히 찾아다닐 줄도 아는 정열의 생물이니 말이다.

그러나 여기 어디 불을 찾으려는 정열이 있으며 뛰어들 불이 있느냐. 없다. 나에게는 아무것도 없고, 아무것도 없는 내 눈에는 아무것도 보이지 않는다.

암흑은 암흑인 이상, 이 좁은 방의 것이나 우주에 꽉 찬 것이나 분량상 차이가 없으리라. 나는 이 대소 없는 암흑 가운데 누워서 숨 쉴 것도 어루만질 것도, 또 욕심나는 것도 아무것도 없다. 다만 어디까지 가야 끝이 날지 모르는 내일, 그것이 또 창밖에 등대(等待 윗사람의 명령이나 지시 등을 준비하고 기다림)하고 있는 것을 느끼면서 오들오들 떨고 있을 뿐이다.

ㅡ12월 19일 미명, 동경서 *

산촌 여정(山村餘情)

> 작가 : 이상(101쪽 '작가와 작품 세계' 참조)
> 갈래 : 편지글
> 성격 : 비유적, 체험적, 묘사적
> 배경 : 시간 – 전날 밤부터 다음 날 밤 / 공간 – 어느 산촌
> 특징 : • 감각적인 문체를 사용함
> 　　　• 한 사물을 대립되는 두 가지로 묘사하는 독특한 은유법을 사용함
> 구성 : 시작과 끝의 구분 없이 순환되는 원형의 서사 구조임
> 주제 : 도시적 감수성으로 바라본 시골의 자연 현상

✏️ 생각해 볼 문제

1. 이 작품에 사용된 외국어와 외래어는 어떤 이미지와 효과를 창출하는가?

이 글에 사용된 외국어와 외래어는 시골 풍경을 이국적으로 표현하는 데 기여하고 있다. MJB 커피, 하도롱빛, 파라마운트, 그라비아, 세피아, 아스파라거스, 셀룰로이드 등의 외국어와 외래어는 시골의 풍경과 대비되는 신선한 이미지를 형성하고 있다. 외국어와 외래어를 통해 나타낸 독특한 특징들이 어울릴 것 같지 않은 산골 분위기와 묘한 조화를 이루고 있는 것이다. 이에 대해 이어령은 "외래어와 토착어의 자연스러운 배합, 장식이 아니라 이질적인 것을 통합하는 기능적인 비유, 그리고 문장을 꿰매 가는 구성력이 모두 남이 모방할 수 없는 섬세한 감성과 풍부한 상상력에 의해서 표상된다. 한마디로 「산촌 여정」은 20세기 한국의 수많은 묘사 가운데 가장 높은 마루를 차지하고 있는 명문(名文) 중의 명문이라고 할 것이다."라고 평했다.

2. 이 글은 어떤 형식과 구성으로 짜여 있는가?

이 작품은 이상의 시와 소설 그리고 수필을 모두 통합해 놓은 글이다. 실제

로 시와 일기, 편지글의 형식이 모두 등장하는 이 작품은 이상의 필력과 심리 상태를 있는 그대로 보여 준다. 내용에서도 도시 생활에 익숙한 작가가 시골 생활을 사실적으로 묘사함으로써 도시와 전원의 체험이 이종 배합^(異種配合)되어 있다. 서울에 있는 친구에게 보내는 편지 형식을 취하고 있는 이 글은 전날 밤에 시작해 다음 날 밤에 끝나는 순환적인 구성을 취하고 있다. 시작과 끝의 구분이 없는 구성은 작가의 독특한 감각을 보여 준다.

3. 이 작품 안에 등장하는 다음의 시가 의미하는 바는 무엇인가?

> 그저께신문을찢어버린
> 때묻은흰나비
> 봉선화는아름다운애인의귀처럼생기고
> 귀에보이는지난날의기사

「산촌 여정」은 작가가 평안남도 성천에서 한 달가량 머물며 쓴 수필이다. 이 작품 안에 등장하는 시는 이상의 다른 시와 마찬가지로 띄어쓰기가 되어 있지 않은 실험적이고 독특한 방식으로 전개된다. "그저께신문을찢어버린"이란 구절은 사건이 끊이지 않는 도시의 이야기를 담은 신문을 찢었으므로 도시를 떠나왔음을 의미한다. "때묻은흰나비"는 도시의 삶 속에서 때묻은 자기 자신, 즉 작가 자신을 나타내며 '봉선화'는 도시를 떠나 자연과 함께하는 삶을 표현하고 있다. 그러나 "귀에보이는지난날의기사"를 통해 비록 도시의 때 묻은 삶을 떠나 자연 속에서 살고 있지만 가끔은 지난날의 추억을 떠올리는 작가의 모습을 짐작할 수 있다.

산촌 여정

1

향기로운 '엠제이비(MJB 커피의 상표)'의 미각을 잊어버린 지도 20여 일이나 됩니다. 이곳에는 신문도 잘 아니 오고 체전부(遞傳夫 '우편집배원'의 전 용어)는 이 따금 '하도롱(옛날 노란 편지지 봉투)'빛 소식을 가져옵니다. 거기는 누에고치와 옥수수의 사연이 적혀 있습니다. 마을 사람들은 멀리 떨어져 사는 일가 때 문에 수심이 생겼나 봅니다. 나도 도회에 남기고 온 일이 걱정이 됩니다.

건너편 팔봉산에는 노루와 멧도야지가 있답니다. 그리고 기우제 지내던 개골창까지 내려와서 가재를 잡아먹는 곰을 본 사람도 있습니다. 동물원에 서밖에 볼 수 없는 짐승, 산에 있는 짐승들을 사로잡아다가 동물원에 갖다 가둔 것이 아니라, 동물원에 있는 짐승들을 이런 산에다 내어놓아 준 것만 같은 착각을 자꾸만 느낍니다. 밤이 되면 달도 없는 그믐 칠야(漆夜 아주 캄캄한 밤)에 팔봉산도 사람이 침소(寢所 잠을 자는 곳)로 들어가듯이 어둠 속으로 아주 없어져 버립니다.

그러나 공기는 수정처럼 맑아서 별빛만으로라도 넉넉히, 좋아하는 누가 복음도 읽을 수 있을 것 같습니다. 그리고 또 참 별이 도회에서보다 갑절이 나 더 많이 나옵니다. 하도 조용한 것이 처음으로 별들의 운행하는 기척이 들리는 것도 같습니다.

객줏집 방에는 석유 등잔을 켜 놓습니다. 그 도회지의 석간(夕刊 석간신문)과 같은 그윽한 내음새가 소년 시대의 꿈을 부릅니다. 정 형! 그런 석유 등잔 밑에서 밤이 이슥하도록 호까(연초갑지. 담뱃갑 종이) 붙이던 생각이 납니다. 베짱 이가 한 마리 등잔에 올라앉아서 그 연둣빛 색채로 혼곤한 내 꿈에 마치 영 어 '티(T)'자를 쓰고 건너긋듯이 유다른(여느 것과는 아주 다른) 기억에다는 군데군 데 '언더라인'을 하여 놓습니다. 슬퍼하는 것처럼 고개를 숙이고 도회의 여 차장이 차표 찍는 소리 같은 그 성악을 가만히 듣습니다. 그러면 그것이 또 이발소 가위 소리와도 같아집니다. 나는 눈까지 감고 가만히 또 자세히 들 어 봅니다. 그리고 비망록을 꺼내어 머룻빛 '잉크'로 산촌의 시징(詩情 시적인 정취)을 기초합니다.

그저께신문을찢어버린
때묻은흰나비
봉선화는아름다운애인의귀처럼생기고
귀에보이는지난날의기사

얼마 있으면 목이 마릅니다. 자리물 ─ 심해처럼 가라앉은 냉수를 마십니다. 석영(石英 이산화규소로 이루어진 규산염 광물)질 광석 내음새가 나면서 폐부에 한난계(寒暖計 '온도계'의 북한어) 같은 길을 느낍니다. 나는 백지 위에 그 싸늘한 곡선을 그리라면 그릴 수도 있을 것 같습니다.

청석(靑石) 얹은 지붕에 별빛이 나려쪼이면 한겨울에 장독 터지는 것 같은 소리가 납니다. 벌레 소리가 요란합니다. 가을이 이런 시간에 엽서 한 장에 적을 만큼씩 오는 까닭입니다. 이런 때 참 무슨 재조(才操 재주)로 광음(光陰 낮과 밤이라는 뜻으로 시간이나 세월을 이르는 말)을 헤아리겠습니까? 맥박 소리가 이 방 안을 방째 시계로 만들어 버리고 장침과 단침의 나사못이 돌아가느라고 양짝 눈이 번갈아 간질간질합니다. 코로 기계기름 내음새가 드나듭니다. 석유 등잔 밑에서 졸음이 오는 기분입니다.

'파라마운트' 회사(미국의 영화 제작사) 상표처럼 생긴 도회 소녀가 나오는 꿈을 조곰 꿉니다. 그러다가 어느 사이에 도회에 남겨 두고 온 가난한 식구들을 꿈에 봅니다. 그들은 포로들의 사진처럼 나란히 늘어섭니다. 그리고 내게 걱정을 시킵니다. 그러면 그만 잠이 깨어 버립니다.

벽 못에 걸린 다 해어진 내 저고리를 쳐다봅니다. 서도 천리(西道千里)를 나를 따라 여기 와 있습니다그려!

등잔 심지를 돋우고 불을 켠 다음 비망록에 철필(鐵筆)로 군청빛 모를 심어갑니다. 불행한 인구가 그 위에 하나하나 탄생합니다. 조밀한 인구가 ─.

내일은 진종일 화초만 보고 놀리라, 탈지면(脫脂綿 불순물이나 지방 따위를 제거하고 소독한 솜)에다 '알코올'을 묻혀서 온갖 근심을 문지르리라, 이런 생각을 먹습니다. 너무도 꿈자리가 뒤숭숭하여서 그러는 것입니다. 화초가 피어 만발하는 꿈 '그라비아(사진 제판에 이용되는 인쇄법의 하나)'원색판 꿈, 그림책을 보듯이 즐겁게 꿈을 꾸고 싶습니다. 그러면 간단한 설명을 위하여 상쾌한 시를 지어서 7 '포인트' 활자로 배치하는 것도 좋습니다.

도회에 화려한 고향이 있습니다. 활엽수만으로 된 산이 고향의 시각을 가려 버린 이 산촌에 팔봉산 허리를 넘는 철골 전신주가 소식의 제목만을 부호로 전하는 것 같습니다.

아침에 볕에 시달려서 마당이 부스럭거리면 그 소리에 잠을 깨입니다. 하루라는 짐이 마당에 가득한 가운데 새빨간 잠자리가 병균처럼 활동합니다. 끄지 않고 잔 석유 등잔에 불이 그저 켜진 채 소실된 밤의 흔적이 낡은 조끼 단추처럼 남아 있습니다. 작야(昨夜 어젯밤)를 방문할 수 있는 '요비링(초인종)'입니다. 지난밤의 체온을 방 안에 내어던진 채 마당에 나서면 마당 한 모퉁이에는 화단이 있습니다. 불타오르는 듯한 맨드라미꽃, 그리고 봉선화.

지하에서 빨아올리는 이 화초들의 정열에 호흡이 더워 오는 것 같습니다. 여기 처녀 손톱 끝에 물들일 봉선화 중에는 흰 것도 섞였습니다. 흰 봉선화도 붉게 물들까—조금 이상스러울 것 없이 흰 봉선화는 꼭두서니(꼭두서닛과의 여러해살이 덩굴풀)빛으로 곱게 물듭니다.

수수깡 울타리에 '오렌지'빛 여주(박과의 한해살이풀)가 열렸습니다. 당콩('강낭콩'의 북한어) 넝쿨과 어우러져서 '세피아(sepia 검은색에 가까운 흑갈색)'빛을 배경으로 하는 한 폭의 병풍입니다. 이 끝으로는 호박 넝쿨, 그 소박하면서도 대담한 호박꽃에 '스파르타'식 꿀벌이 한 마리 앉아 있습니다. 녹황색에 반영되어 '세실 비(B). 데밀(미국의 유명한 영화 제작자)'의 영화처럼 화려하며 황금색으로 사치합니다. 귀를 기울이면 '르네상스' 응접실에서 들리는 선풍기 소리가 납니다.

야채 사라다('샐러드'의 일본식 표현)에 놓이는 '아스파라거스' 잎사귀 같은 또 무슨 화초가 있습니다. 객줏집 아이에게 물어봅니다. 기상꽃—기생화란 말입니다. 무슨 꽃이 피나—진홍 비단꽃이 핀답니다.

선조가 지정하지 아니한 '조셋트(우아한 여름 옷감)' 치마에 '웨스트민스터' 권연(궐련. 얇은 종이로 말아 놓은 담배)을 감아 놓은 것 같은 도회의 기생의 아름다움을 연상하여 봅니다.

박하보다도 훈훈한 '리그레추윙껌(미국의 껌 이름)' 내음새, 두꺼운 장부를 넘기는 듯한 그 입맛 다시는 소리—그러나 아마 여기 필 기생꽃은 분명히 혜원(화가 신윤복의 호) 그림에서 보는 것 같은—혹은 우리가 소년 시대에 보던 떨떨 인력거에서 홍일산(붉은색 큰 양산) 받은 지금은 지난날의 삽화인 기생일 것 같습니다.

청둥호박(늙어서 겉이 굳고 씨가 잘 여문 호박)이 열렸습니다. 호박꼬자리(호박고지. 애

호박을 얇게 썰어 말린 찬거리)에 무시루떡 — 그 훅훅 끼치는 구수한 김에 좇아서 증
조할아버지의 시골뜨기 망령들은 정월 초하룻날 한식날 오시는 것입니다.
그러나 저 국가 백 년의 기반을 생각케 하는 넓적하고도 묵직한 안정감과
침착한 색채는 '럭비' 구(球)를 안고 뛰는 이 '제너레숀(세대)'의 젊은 용사의
굵직한 팔뚝을 기다리는 것도 같습니다.

유자가 익으면 껍질이 벌어지면서 속이 삐져나온답니다. 하나를 따서 실
끝에 매어서 방에다가 걸어 둡니다. 물방울저 떨어지는 풍염(豐艷 생김새가 살지
고 아름다움)한 미각 밑에서 연필같이 수척하여 가는 이 몸에 조곰식 조곰식(조
금씩 조금씩) 살이 오르는 것 같습니다. 그러나 이 야채도 과실도 아닌 '유모러
스'한(유머러스한) 용적에는 향기가 없습니다. 다만 세숫비누에 한 겹씩 한 겹
씩 해소되는 내 도회의 육향(肉香)이 방 안에 배회할 뿐입니다.

2

팔봉산 올라가는 초경(草逕 수풀로 덮인 지름길) 입구 모퉁이에 최×× 송덕비
와 또 ×××× 아무개의 영세 불망비(永世不忘碑 후세 사람들이 잊지 않도록 어떤 사실을
적어 세우는 비석)가 항공 우편 '포스트(우체통)'처럼 서 있습니다. 듣자니 그들은
다 아직도 생존하여 계시다 합니다. 우습지 않습니까.

교회가 보고 싶었습니다. 그래서 '예루살렘' 성역을 수만 리 떨어져 있는
이 마을의 농민들까지도 사랑하는 신 앞으로 회개하고 싶었습니다. 발길이
찬송가 소리 나는 곳으로 갑니다. '포푸라(포플러)' 나무 밑에 염소 한 마리를
매어 놓았습니다. 구식으로 수염이 났습니다. 나는 그 앞에 가서 그 총명한
동공을 들여다봅니다. '세루로이드(셀룰로이드)'로 만든 정교한 구슬을 '오브
라—드(oblato 녹말질로 만든 포장지)'로 싼 것같이 맑고 투명하고 깨끗하고 아름답
습니다. 도색(桃色 복숭아꽃의 빛깔과 같이 연한 분홍색) 눈자위가 움직이면서 내 삼정
(三停 머리와 이마의 경계·코끝·턱 끝 세 곳을 가리킴)과 오악이 고르지 못한 빈상(貧相 가난한
관상)을 업수여기는 중입니다.

옥수수밭은 일대 관병식(觀兵式 군대의 행진 등을 지켜보는 예식)입니다. 바람이 불
면 갑주(甲胄 갑옷과 투구) 부딪치는 소리가 우수수 납니다. '카—마인(carmine 깍지
벌레에서 뽑아낸 붉은색 색소)'빛 꼭구마(꼬고마. 군졸이 벙거지에 꽂던 붉은 털)가 뒤로 휘면서
너울거립니다. 팔봉산에서 총소리가 들렸습니다. 장엄한 예포 소리가 분명
합니다. 그러나 그것은 내 곁에서 소조(小鳥 작은 새)의 간을 떨어뜨린 공기총

소리였습니다. 그러면 옥수수밭에서 백, 황, 흑, 회, 또 백, 가지각색의 개가 퍽 여러 마리 열을 지어서 걸어 나옵니다. '센슈알(sensual)'한 계절의 흥분이 이 '코삭크(cossack 카자흐의 영어식 이름. 카스피 해의 북동쪽)' 관병식 지휘관이 군대를 사열하는 방식을 한층 더 화려하게 합니다.

산삼이 풀어져 흐르는 시내 징검다리 위에는 백채(白茱 하얀 야채) 씻은 자취가 있습니다. 풋김치의 청신(淸新 푸릇푸릇하고 풋풋함)한 미각이 안약 '스마일'을 연상시킵니다. 나는 그 화성암으로 반들반들한 징검다리 위에 삐뚜러진 N 자로 쪼그리고 앉았노라면 시아에 물동이를 이고 주저하는 두 젊은 새악시가 있습니다. 나는 미안해서 일어나기는 낳으면서도 일부러 마주 보면서 그리로 걸어갑니다. 스칩니다. '하도롱'빛 피부에서 푸성귀 내음새가 납니다. '코코아'빛 입술은 머루와 다래로 젖었습니다. 나를 아니 보는 동공에는 정제된 창공이 '간쓰메'('통조림'의 일본어)가 되어 있습니다.

M백화점 '미소노(1930년대 일제 화장품 이름)' 화장품 '스위-트 껄(sweet girl)'이 신은 양말은 이 새악시들의 피부색과 똑같은 소맥(밀)빛이었습니다. 빼뜨름히 붙인 초유선형 모자 고양이 배에 '화-스너(fastener 분리되어 있는 것을 잠그는 데 쓰는 기구의 총칭. 지퍼나 클립 등)'를 장치한 갑붓한 '핸드빽'—이렇게 도회의 참신하다는 여성들을 연상하여 봅니다. 그리고 새벽 '아스팔트'를 구르는 창백한 공장 소녀들의 회충과 같은 손가락을 연상하여 봅니다. 그 온갖 계급의 도회 여인들 연약한 피부 위에는 그네들의 빈부를 묻지 않고 온갖 육중한 지문을 느끼지 않습니까.

3

그러나 가난하나마 무명같이 튼튼한 피부 위에 오점이 없고 '추잉껌', '초콜레이트' 대신에 응어리는 빼어 먹고 달절지근한 꼬아리(꽈리)를 불며 숭굴숭굴한 이 시골 새악시들을 더 나는 끔찍이 알고 싶습니다. 축복하여 주고 싶습니다. 교회는 보이지 않습니다. 도회인의 교활한 시선이 수줍어서 수풀 사이로 숨어 버리고 종소리의 여운만이 근처에 내음새처럼 남아서 배회하고 있습니다. 혹 그것은 안식을 잃은 내 혼이 들은 바 환청에 지나지 않았는지도 모릅니다.

조밭 한복판에 높은 뽕나무가 있습니다. 뽕 따는 새악시가 전공부처럼 높이 나무 위에 올랐습니다. 순백의 가장 탐스러운 과실이 열렸습니다. 둘

이서는 나무에 오르고 하나는 나무 밑에서 다랭이(대야)를 채우고 있습니다. 한두 잎만 따도 다랭이가 철철 넘는 민요의 무대면(舞臺面)입니다.

조 이삭은 다 말라 죽었습니다. '콜크'처럼 가벼운 이삭이 근심스럽게 고개를 숙였습니다. 오—비야 좀 오려무나 해면처럼 물을 빨아들이고 싶어 죽겠습니다. 그러나 하늘은 금한 듯이 구름이 없고 푸르고 맑고 또 부슝부슝하니 깊지 못한 뿌리의 SOS의 암반 아래를 흐르는 지하수에 다다르겠습니다.

두 소년이 고무신을 벗어 들고 시냇물에 발을 담가 고기를 잡습니다. 지상의 원한이 스며 흐르는 정맥—그 불길하고 독한 물에 어떤 어족이 살고 있는지—시내는 대지의 신열을 뚫고 벌판 기울어진 방향으로 흐르고 있습니다. 그것은 가을의 풍설(風說 실상이 없이 떠돌아다니는 말)입니다.

가을이 올 터인데 와도 좋으냐고 쏘근쏘근하지 않습니까. 조 이삭이 초례청 신부가 절할 때 나는 소리같이 부수수 구깁니다. 노회한 바람이 조 잎새에게 난숙(欄熟 너무 익음)을 최촉(催促 재촉)하는 것입니다. 그러나 조의 마음은 푸르고 초조하고 어립니다.

조밭을 어지러뜨린 자는 누구냐—기왕 한 될 조여든—그런 마음으로 그랬나요, 몹시 어지러뜨려 놓았습니다. 누에—호호(戶戶 집집)에 누에가 있습니다. 조 이삭보다도 굵직한 누에가 삽시간에 뽕잎을 먹습니다. 이 건강한 미각은 왕후와 같이 지존스러우며 치사(侈奢 사치)스럽습니다. 새악시들은 뽕 심부름하는 것으로 몸의 마지막 광영을 삼습니다. 그러나 뽕이 떨어졌습니다. 온갖 폐백이 동이 난 것과 같이 새악시들의 정열은 허둥지둥하는 것입니다.

야음을 타서 새악시들은 경장(輕裝 가볍게 입음)으로 나섭니다. 얼굴의 홍조가 가리키는 방향으로—뽕나무에 우승배(우승컵)가 놓여 있습니다. 그리로만 가면 되는 것입니다. 조밭을 짓밟습니다. 자외선에 맛있게 끄실른 새악시들의 발이 그대로 조 이삭을 무찌르고 '스크람(scrum 여럿이 팔을 끼고 뭉치는 것)'입니다. 그리하여 하늘에 닿을 지성이 천고마비 잠실(蠶室 누에가 있는 방) 안에 있는 성스러운 귀족 가축들을 살찌게 하는 것입니다. '코렛트(프랑스의 여류 소설가 콜레트)' 부인의 '빈묘(牝猫 암고양이)'를 생각게 하는 말캉말캉한 '로맨스'입니다.

4

간이 학교 곁집 길가에서 들여다보이는 방에 틀이 떠들고 있습니다. 편발 처녀(머리를 땋아 내린 처녀)가 맨발로 기계를 건드리고 있습니다. 그러면 기계는 허리를 스치는 가느다란 실이 간지럽다는 듯이 깔깔깔깔 대소하는 것입니다. 웃으며 지근대이며 명산 ×× 명주가 짜여 나오니 열대자 수건이 성묘 갈 때 입을 때때를 만들고 시집살이 설움을 씻어 주고 또 꿈과 꿈을 말소하는 쓰레받기도 되고 — 이렇게 실없는 내 환희입니다.

담뱃가게 곁방 안에는 오늘 황혼을 미리 가져다 놓았습니다. 침침한 몇 '가론(gallon 갤런. 부피의 단위)'의 공기 속에 생생한 침엽수가 울창합니다. 황혼에만 사는 이민 같은 이국 초목에는 순백의 갸름한 열매가 무수히 열렸습니다. 고치 — 귀화한 '마리아'들이 최신 지혜의 과실을 단려(端麗 단정하고 아름다움)한 맵시로 따고 있습니다. 그 아들의 불행한 최후를 슬퍼하며 '크리스마스츄리'를 헐어 들어가는 '피에다(pieta 예수의 시체를 안고 슬퍼하는 마리아상)' 화폭 전도입니다.

학교 마당에는 '코스모스'가 피어 있고 생도들은 글을 배우고 있습니다. 그들은 열심히 간단한 산술을 놓아 그들의 정직과 순박을 지혜와 교활로 환산하고 있습니다. 탄식할 이식산(利息算 이자 계산)이 아니겠습니까. 족보를 찢어 버린 것과 같은 흰나비 두어 마리 백묵 내음새 나는 화단 위에서 번복(飜覆 고치거나 바꾸는 일)이 무상합니다. 또 연식 '테니스' 공의 마개 뽑는 소리가 음향의 흔적이 되어서는 등고선의 각점 모양으로 남아 있는 것 같습니다. 이 마당에서 오늘 밤에 금융 조합 선전 활동사진회가 열립니다. 활동사진? 세기의 총아 — 온갖 예술 위에 군림하는 '넘버' 제8예술의 승리. 그 고답적(高踏的 속세에 초연하며 현실과 동떨어진 것을 고상하게 여기는 것)이고도 탕아적인 매력을 무엇에다 비하겠습니까? 그러나 이곳 주민들은 활동사진에 대하여 한낱 동화적인 꿈을 가진 채 있습니다. 그림이 움직일 수 있는 이것은 참 홍모(紅毛 붉은 머리) 오랑캐의 요술을 배워 가지고 온 것 같으면서도 같지 않은 동포의 부러운 재간입니다.

활동사진을 보고 난 다음에 맛보는 담백한 허무 — 장주(莊周 장자)의 호접몽이 이러하였을 것입니다. 나의 동글납짝한 머리가 그대로 '카메라'가 되어 피곤한 '따불 렌즈(double lens 이중 렌즈)'로 나마 몇 번이니 이 옥수수 무르익어 가는 초추(初秋 초가을)의 정경을 촬영하였으며 영사하였던가 — '후래슈빽

(flashback 영화의 과거 회상 장면)'으로 흐르는 엷은 애수―도회에 남아 있는 몇 고독한 '팬'에게 보내는 단장(斷腸 애를 끊음)의 '스틸(still 영화의 한 장면을 확대 인화한 사진)'이다.

5

밤이 되었습니다. 초열흘 가까운 달이 초저녁이 조금 지나면 나옵니다. 마당에 멍석을 펴고 전설 같은 시민이 모여듭니다. 축음기 앞에서 고개를 갸웃거리는 북극 '펭귄' 새들이나 무엇이 다르겠습니까. 짧고도 기다란 인생을 적어 내려갈 편전지(便箋紙 편지지)―'스크린'이 박모(薄暮 땅거미) 속에서 '바이오그래피(biography 전기)'의 예비 표정입니다. 내가 있는 건너편 객줏집에 든 도회풍 여인도 왔나 봅니다. 사투리의 합창이 마당 안에서 들립니다.

시작입니다. 부산 잔교(棧橋 선박에 걸쳐 놓은 다리)가 나타납니다. 평양 모란봉입니다. 압록강 철교가 역사적으로 돌아갑니다. 박수와 갈채―태서(泰西 서양)의 명감독이 바야흐로 ×(産과 頁로 결합된 해독 불가능한 한자)色이 없습니다. 십분 휴식 시간에 조합 이사의 통역부(통역 딸린) 연설이 있었습니다.

달은 구름 속에 있습니다. 금연―이라는 느낌입니다(어두운 영화관 안에 불 밝힌 금연 등을 구름 속에 뜬 달과 연결함). 연설하는 이사 얼굴에 전등의 '스폿트(spotlight)'도 비쳤습니다. 산천초목이 다 경동할 일입니다. 전등―이곳 촌민들은 ×× 행 자동차 '헷드라이트' 외에 전등을 본 일이 없습니다. 그 눈이 부시게 밝은 광선 속에서 창백한 이사는 강단(降壇 단상에서 내려옴)하였습니다. 우매한 백성들은 이 이사의 웅변에 한 사람도 박수 치지 않았습니다. 물론 나도 그 우매한 백성 중의 하나일 수밖에 없었습니다만―.

밤 열한 시나 지나서 영화 감상의 밤은 '해피엔드'였습니다. 조합원들과 영사 기사는 이 촌 유일의 음식점에서 위로회를 열었습니다. 나는 객사로 돌아와서 죽어 가는 등잔 심지를 돋우고 독서를 시작하였습니다. 그것은 이웃 방에 묵고 계신 노신사께서 내 나타(懶惰 게으름)와 우울을 훈계하는 뜻으로 빌려 주신 고우다 로한 박사의 지은 바 『人의 道』라는 진서(珍書 귀중한 책)입니다. 개가 멀리서 끊일 사이 없이 이어 짖어 댑니다. 그윽한 '하이칼라' 방향(芳香 향기)을 못 잊어 군중은 아직도 헤어지지 않았나 봅니다.

구름이 걷히고 달이 나왔습니다. 버래(벌레)가 무도회의 창문을 열어 놓은 것처럼 와짝 요란스럽습니다. 알지 못하는 노방(路傍 길가)의 인(人)을 사색하는 도회인적인 향수가 있습니다. 신간 잡지의 표지와 같이 신선한 여인들—'넥타이'와 동갑인 신사들, 그리고 창백한 여러 동무들—나를 기다리지 않는 고향—도회에 내 나체의 말씀을 번안(飜案 원작의 내용이나 줄거리는 그대로 두고 풍속, 인명, 지명 따위를 시대나 풍토에 맞게 바꾸어 고침)하여 보내 주고 싶습니다. 잠—성경을 채자(採字 인쇄하기 위해 활자를 뽑음)하다가 엎질러 버린 인쇄 직공이 아무렇게나 주워 담은 지리멸렬한(이리저리 흩어지고 찢기어 갈피를 잡지 못한) 활자의 꿈, 나도 갈갈이 찢어진 사도(使徒 거룩한 일을 위하여 헌신하는 사람)가 되어서 세 번 아니라 열 번이라도 굶는 가족을 모른다고 그립니다.

근심이 나를 제한 세상보다 큽니다. 내가 갑문(閘門 수문)을 열면 폐허가 된 이 육신으로 근심의 조수가 스며 들어옵니다. 그러나 나는 나의 '메소이스트' 병마개를 아직 뽑지는 않습니다. 근심은 나를 싸고돌며 그리는 동안에 이 육신은 풍마우세(風磨雨洗 바람에 갈리고 비에 씻김)로 저절로 다 말라 없어지고 말 것입니다.

밤의 슬픈 공기를 원고지 위에 깔고 창백한 동무에게 편지를 씁니다. 그 속에는 자신의 부고도 동봉하여 있습니다. *

가을의 나상(裸像)

김기림(1908~?)

함경북도 성진 출생. 1931년 〈신동아〉에 시 「고대(苦待)」를 발표하면서 등단했다. 1933년 이효석, 조용만, 정지용 등과 구인회(九人會)를 창립해 동인으로 활동하면서 모더니즘의 대표 주자로 활약했다. 광복 이후 조선 문학가 동맹에 가담한 뒤 정치색이 강한 작품을 주로 발표했고, 6·25 전쟁 당시 납북되었다. 수필집으로 『바다와 육체』가 있다.

작품 정리

갈래 : 현대 수필, 경수필

성격 : 예찬적, 사색적, 비유적

배경 : 시간 – 가을 / 공간 – 강이 흐르는 들판

특징 : 가을에 순수한 계절의 이미지를 새롭게 부여함

주제 : 순수한 존재가 되고 싶은 의지와 소망

생각해 볼 문제

1. '여름의 위선'이란 어떤 의미인가?

신록의 계절인 여름이 가면 어김없이 낙엽의 계절인 가을이 찾아온다. 이는 거스를 수 없는 자연의 순리다. 따라서 '여름의 위선'이란 앙상한 가지밖에 없는 본래 나무의 모습을 온갖 알록달록한 이파리로 감춘 것을 비꼰 말이다. 작가가 비유했듯이 '가면무도회'라고 할 수 있다. 그렇다면 가면을 뒤집어쓴 '나무의 위선'이라고 하지 않고 '여름의 위선'이라고 한 까닭은 무엇일까? 여름은 우리의 감성과 몸을 자극하지만 가을은 우리의 이성과 머리를 자극하기 때문이다.

2. 이 작품에서 가을은 어떤 의미를 지니는가?

작가는 '옛 자취는 그림자조차 남아 있지 않다', '활기를 잃어버리고 힘없이 움직일 뿐', '지금은 여위고 보잘것없는', '앙상한 가지' 등의 표현을 통해 가을의 분위기를 쓸쓸한 이미지로 형상화했다. 작품에 인용된 베를렌의 「가을의 노래」와, 본문 중에 간략히 언급한 폴 포르의 「사랑의 처녀」는 이러한 가을의 애상적인 분위기를 한층 더 부각시키는 역할을 한다. 하지만 이 글에서 제시하는 가을의 이미지는 한 발 더 나아간다. 가을은 '벌거벗은 자연'이기에 굳세고 정직하며 거짓이 없는 계절인 것이다. 또한, 가을은 지위와 명예, 우월감 등을 벗어 던지고 순수한 자아를 찾을 수 있게 한다고 말한다.

3. 김기림 수필의 특징은 무엇인가?

김기림은 전통이나 권위에 반기를 든 모더니즘 계열의 시인이자 비평가였으며 기자였다. 이 때문에 그는 1930년대 경성의 세태와 풍속의 변화에 누구보다 민감하게 반응했다. 실제로 김기림은 저널리스트의 관점에서 도시의 거리 풍경과 일상을 비판적으로 묘사했다. 또한, 여행과 바다, 어린 시절 고향에 대한 추억, 시사 비평 등 다양한 주제로 글을 썼다. 그럼에도 김기림 작품의 특징을 이야기할 때 도시적 감각과 모더니즘을 빼놓을 수 없는 이유는 작품 대부분을 근대적이고 세련된 어휘로 표현했기 때문이다. 또한, 그는 유머와 패러독스 등의 요소를 강조하기도 했다.

가을의 나상

　산더미처럼 높이 쌓인 조단들을 실은 수레가 언덕을 내려와서 개천가에 멈춰 섰다. 무거운 짐을 끄는 황소는 아마도 갈증을 느끼나 보다. 그렇지만 한여름 동안 이 개천을 넉넉하게 적시며 흐르던 물은 한 방울도 남지 않았다. 얕은 하상(河床 하천 바닥)에서는 메마른 돌멩이들이 엷은 석양볕에 하얗게 빛난다. 어디서 불어오는지도 모르는 나뭇잎 하나가 하상 위를 굴러 온다. 빨갛게 말라서 꼬부라진 그 잎사귀의 모양 속에는 그 풍만한 푸른빛을 담고 있던 옛 자취는 그림자조차 남아 있지 않다.

　한 마리의 알롱달롱한 잠자리가 돌멩이들 위에 앉으려고 하나, 그 어느 돌멩이도 모두 여름 동안의 정열이 식어져 이 작은 생물을 따스하게 맞아 주지 아니하였던지, 그는 아무 데도 앉지 않고 그만 방향 없이 공중으로 날아가 버린다. 그렇지만 그놈의 비단결 같은 화사한 날개는 어족들과 같이 활발하게 찌는 듯한 8월의 볕 속을 무리 지어 쏘다니던 그 시절의 활기를 전연 잃어버리고 힘없이 움직일 뿐이며, 깨어질 듯이 두터운 살갗 위에서 인상파(印象派 19세기 후반 프랑스에서 활동한 인상주의를 신봉한 유파)의 그림 같은 빨갛고 파랗고 노란 아름다운 빛들을 자랑하던 피녀(彼女 그녀)의 동체(胴體 몸통)는 지금은 여위어 보잘것없다. 불란서 상징파의 거장 베를렌(Paul Verlaine 프랑스의 시인)의 애수가 흐르는 「가을의 노래」가 생각난다.

　가을날
　비오롱(바이올린)의 긴 흐느낌
　지치인 듯 서러워
　내 마음 쓰리다
　울려오는 종소리에
　이 가슴 아득하여 얼굴빛 없다
　눈물만 잦게 하는
　지나간 시절의 옛 기억이여

오―나는
뜻 없는 바람에 불려
정처 없이 이리저리
날아다니는 나뭇잎인가

참으로 가을은 폴 포르(Paul Fort 프랑스의 시인)의 「사랑의 처녀」가 긴 누병(癆病 고질병)의 끝에 천국으로 떠나가기에 알맞은 시절이다. 첫눈과 같이 차디찬 감촉을 가진 구르몽(Rémy de Gourmont 프랑스의 평론가이자 시인)의 「시몬의 노래」나 부르고 싶은 시절이다.

바닷가의 삼각주까지 기어가는 긴 모래 방천(둑) 위에 행렬을 짓고 늘어서 있는 포플러들 속에 나는 끼어 앉았다. 하나씩 둘씩 노랗게 단풍이 든 포플러 잎들이 바람에 휘날려 백금빛 늦은 볕이 녹아내리는 투명한 유리와 같은 대기 속을 오슬오슬 몸을 떨면서 떨어진다.

쳐다보니 탐욕스럽고 검푸른 잎사귀를 잃어버린 앙상한 가지들은 흰 구름을 빗질하고 있고, 양초와 같은 흰 포플러의 나체 위를 플라티나(platina 백금)의 석양볕이 기어간다.

어디까지든지 참혹하고 냉정한 볕이다. 그것이 벌써 포플러의 푸른 머리채 위에 수없는 키스를 퍼붓던 7월의 태양이 아니다. 병든 나무의 흰 표피는커녕(문맥상 '표피는 물론이고'를 뜻함) 본질의 내부까지 벌레와 같이 파먹고 들어가려는 잔인한 햇볕이다. 가을바람은 지금 포플러들의 잎사귀를 춤추게 하며, 먼 남국의 노래를 부르던 여름 바람의 아유(阿諛 아첨)를 본받지 않고 쌀쌀한 황금의 막대를 휘두르며 가지가지를 덮고 있던 잎사귀를 떨어뜨려서 컴컴한 개골창(작은 도랑)으로 몰아넣는다.

그는 지금 나의 울성(鬱盛 초목이 울창하고 무성함)한 마음에서도 야심·선망·정열·사상·애욕, 그러한 잎사귀들을 그 굳센 나래로 휩쓸어 떨어뜨린다.

그는 또한 나의 마음을 찬란하게 장식하고 있던 온갖 색채를 하나씩 둘씩 증발시켜 버린다. 그리고 다만 희미한 나의 혼의 나상(裸像 나체상)만을 남긴다.

가을은 거짓이 없다. 정직하다. 여름의 위선을 그는 본받지 않는다. 여름에는 사람들의 눈을 속이는 온갖 푸르고 두터운 장식 속에서 살벌성의 자연이 그 추악한 정체를 감춘다. 하지만 가을은 안심하고 있던 무성한 잎사귀들을 지구의 표면에서 주저 없이 벗겨 버린다.

벌거벗은 자연 — 그렇다. 생명의 나체가 대지 위에서 떨고 있다. 나는 뱀의 피부와 같이 쌀쌀한 가을의 감촉을 사랑한다. 뭇 여름의 위선과 미(美)와 유혹의 정체를 폭로하는 가을의 진리처럼 굳세게 나의 마음을 때리는 것은 없다.

사랑하는 사람들이여, 인제는 가면무도회는 끝났다. 우리들의 눈을 현혹하게 하던 다채(多彩)한 가장(假裝)·지위·명예·우월감·의식 등등을 우리는 벗어 버리지 아니하려는가.

우리들은 서로서로 자신의 특권을 용감하게 포기하고 서로서로의 벌거벗은 나체를 바라봄이 좋다. 인류는 역사의 첫 볕이 지상에 비친 이래 얼마나 오랫동안 그들의 순백의 나체 위에 가지각색의 가장을 정교하게 덮음으로써 나체를 감추려고 애썼는가. 오늘날 인류 자신이 그 손으로 꾸며 놓은 작은 울타리 속에서 어떻게 그는 옹색한(답답하고 옹졸한) 느낌을 받으며 자신을 구속하며 괴롭히고 있는가.

이윽고 흰 눈이 이들 위에 내려서 벌거벗은 대지를 고이고이 포용할 때까지는 나는 용서 없이 자연과 내 자신의 나체를 응시하련다. 그리고 들 위에 내려 덮인 높은 하늘의 속삭임에 귀를 기울이련다.

"나의 마음을 쳐다보아라." *

# 가난한 날의 행복

✏️ 작가와 작품 세계

김소운(1907~1981)

시인이자 수필가. 13세 때 옥성학교를 중퇴하고 일본으로 건너가 34년간 체류했다. 20세 전후부터 일본 시단에서 활동한 그는 『조선 민요집』, 『조선 시집』 등을 통해 한국 문학을 일본에 소개하는 데 크게 공헌했다. 장편 수필 『목근통신』이 일본어로 번역되어 양국 문단의 주목을 받기도 했다. 1952년 이승만 정권을 비방한 것이 빌미가 되어 귀국이 지연되었으며, 1965년에야 비로소 한국에서 본격적으로 수필 문학에 몰두할 수 있었다. 그는 주변에 대한 관찰을 통해 삶의 의미를 깊이 생각하는 경향의 수필을 썼다. 대표작으로 「물 한 그릇의 행복」, 「특급품」, 「피딴 문답」 등이 있다.

✏️ 작품 정리

갈래 : 현대 수필, 경수필

성격 : 희곡적, 교훈적, 낭만적, 회고적

특징 : • 부드럽고 간결한 문체로 삶의 진실을 감동적으로 제시함

　　　 • 희곡적·소설적 구성이 돋보임

구성 : 몇 개의 독립적인 이야기를 모아 놓은 옴니버스식 구성

주제 : 가난 속의 사랑과 행복

✏️ 생각해 볼 문제

1. 이 작품의 구성상 특징은 무엇인가?

이 글은 '옴니버스(omnibus)'식 구성으로 이루어져 있다. 이 구성은 하나의 주제를 중심으로 몇 개의 독립된 이야기를 배치하여 한 편의 작품으로 만드는 것이다. '옴니버스'는 원래 합승 마차 또는 합승 자동차를 뜻하는 말로, '여러 가지 항목을 포함하고 있다'라는 뜻이 있다. 또한, 하나의 주제를

중심으로 몇 개의 단편을 결합한 것뿐만 아니라 한 명의 인물이 각각 다른 역으로 출연하여 전편을 구성하는 등 여러 가지 형식이 있다.

2. 각각의 이야기 안에서 그 이야기 전체를 함축하는 대표적인 문장을 찾아보라.

첫 번째 이야기의 '왕후의 밥, 걸인의 찬', 두 번째 이야기의 '늙어서 얘깃거리가 되잖아요', 그리고 마지막 이야기의 '춘천서 서울까지 손을 놓지 않았던 그이의 손길'이 바로 상대방을 감동시키는 결정적인 말이다. 이 세 개의 독립된 이야기는 '가난 속의 사랑과 행복'이라는 공통된 주제를 형상화하고 있다.

3. 이 작품에 나타난 시점의 특징은 무엇인가?

이 수필은 세 개의 이야기로 구성되어 있는데, 각각의 이야기에는 저마다의 사연을 가진 부부가 등장한다. 작가는 전지적 작가 시점을 사용해 세 부부의 일화를 독자에게 전달하고 있다. 자신의 감정이나 사건 등을 전달하는 대신 이야기꾼의 역할에 충실하고 있는 것이다. 글의 서두와 결말 부분에서는 1인칭의 서술 방식을 통해 '행복이 반드시 부와 일치하는 것은 아니다'라는 이 작품의 주제를 강조하고 있다.

가난한 날의 행복

먹을 만큼 살게 되면 지난날의 가난을 잊어버리는 것이 인지상정(人之常情 사람이면 누구나 가지는 보통의 마음)인가 보다. 가난은 결코 환영할 것이 못 되니, 빨리 잊을수록 좋은 것일지도 모른다. 그러나 가난하고 어려웠던 생활에도 아침 이슬같이 반짝이는 아름다운 회상이 있다. 여기에 적는 세 쌍의 가난한 부부 이야기는, 이미 지나간 옛날이야기지만, 내게 언제나 새로운 감동을 안겨다 주는 실화들이다.

그들은 가난한 신혼부부였다. 보통의 경우라면, 남편이 직장으로 나가고 아내는 집에서 살림을 하겠지만, 그들은 반대였다. 남편은 실직으로 집 안에 있고, 아내는 집에서 가까운 어느 회사에 다니고 있었다.

어느 날 아침, 쌀이 떨어져서 아내는 아침을 굶고 출근했다.

"어떻게든지 변통(變通 돈이나 물건 따위를 이리저리 융통함)을 해서 점심을 지어 놓을 테니, 그때까지만 참으오."

출근하는 아내에게 남편은 이렇게 말했다. 마침내 점심시간이 되어서 아내가 집에 돌아와 보니, 남편은 보이지 않고, 방 안에는 신문지로 덮인 밥상이 놓여 있었다. 아내는 조용히 신문지를 걷었다. 따뜻한 밥 한 그릇과 간장 한 종지……. 쌀은 어떻게 구했지만, 찬까지는 마련할 수 없었던 모양이다. 아내는 수저를 들려고 하다가 문득 상 위에 놓인 쪽지를 보았다.

"왕후(王侯)의 밥, 걸인(乞人)의 찬……. 이걸로 우선 시장기만 속여 두오."

낯익은 남편의 글씨였다. 순간, 아내는 눈물이 핑 돌았다. 왕후가 된 것보다도 행복했다. 만금(萬金)을 주고도 살 수 없는 행복감에 가슴이 부풀었다.

다음은 어느 시인 내외의 젊은 시절 이야기다. 역시 가난한 부부였다.

어느 날 아침, 남편은 세수를 하고 들어와 아침상을 기다리고 있었다. 그때, 시인의 아내가 쟁반에다 삶은 고구마 몇 개를 담아 들고 들어왔다.

"햇고구마가 하도 맛있다고 아랫집에서 그러기에 우리도 좀 사 왔어요.

맛이나 보셔요."

남편은 본래 고구마를 좋아하지도 않는 데다가 식전에 그런 것을 먹는 게 왠지 부담스럽게 느껴졌지만, 아내를 대접하는 뜻에서 그중 제일 작은 놈을 하나 골라 먹었다. 그리고 쟁반 위에 함께 놓인 홍차를 들었다.

"하나면 정이 안 간대요. 한 개만 더 드셔요."

아내는 웃으면서 또 이렇게 권했다. 남편은 마지못해 또 한 개를 집었다. 어느새 밖에 나갈 시간이 가까워졌다. 남편은,

"인제 나가 봐야겠소. 밥상을 들여요."

하고 재촉했다.

"지금 잡숫고 있잖아요. 이 고구마가 오늘 우리 아침밥이어요."

"뭐요?"

남편은 비로소 집에 쌀이 떨어진 줄을 알고, 무안하고 미안한 생각에 얼굴이 화끈했다.

"쌀이 없으면 없다고 왜 좀 미리 말을 못 하는 거요? 사내 봉변을 시켜도 유분수지."

뿌루퉁해서 한마디 쏘아붙이자, 아내가 대답했다.

"저의 작은아버님이 장관이셔요. 어디를 가면 쌀 한 가마가 없겠어요? 하지만 긴긴 인생에 이런 일도 있어야 늙어서 얘깃거리가 되잖아요."

잔잔한 미소를 지으면서 이렇게 말하는 아내 앞에, 남편은 묵연(默然 말없이 잠잠함)할 수밖에 없었다. 그러면서도 가슴속에는 형언 못 할 행복감이 밀물처럼 밀려왔다.

다음은 어느 중로〔中老 초로(初老)는 넘었으나 아주 늙지는 않은 사람. 중노인〕의 여인에게서 들은 이야기다. 여인이 젊었을 때였다. 남편이 거듭 사업에 실패하자, 이들 내외는 갑자기 가난 속에 빠지고 말았다.

남편은 다시 일어나 사과 장사를 시작했다. 서울에서 사과를 싣고 춘천에 갔다 넘기면 다소의 이윤이 생겼다. 그런데 한번은, 춘천으로 떠난 남편이 이틀이 되고 사흘이 되어도 돌아오지를 않았다. 제날로 돌아오기는 어렵지만, 이틀째에는 틀림없이 돌아오는 남편이었다. 아내는 기다리다 못해 닷새째 되는 날, 남편을 찾아 춘천으로 떠났다.

"춘천에만 닿으면 만나려니 했지요. 춘천을 손바닥만 하게 알았나 봐요.

정말 막막하더군요. 하는 수 없이 여관을 뒤졌지요. 여관이란 여관은 모조리 다 뒤졌지만, 그이는 없었어요. 하룻밤을 여관에서 뜬눈으로 새웠지요. 이튿날 아침, 문득 그이의 친한 친구 한 분이 도청에 계시다는 것이 생각나서, 그분을 찾아 나섰지요. 가는 길에 혹시나 하고 정거장에 들러 봤더니……"

매표구 앞에 늘어선 줄 속에 남편이 서 있었다. 아내는 너무 반갑고 원망스러워 말이 나오지 않았다.

트럭에다 사과를 싣고 춘천으로 떠난 남편은, 가는 길에 사람을 몇 태웠다고 했다. 그들이 사과 가마니를 깔고 앉는 바람에 사과가 상해서 제값을 받을 수 없었다. 남편은 도저히 손해를 보아서는 안 될 처지였기에 친구의 집에 기숙(寄宿 남의 집에 머묾)하면서, 시장 옆에 자리를 구해 사과 소매를 시작했다. 그래서 어젯밤 늦게야 겨우 다 팔 수 있었다는 것이다. 전보도 옳게 제구실을 하지 못하던 8·15 직후였으니…….

함께 춘천을 떠나 서울로 향하는 차 속에서 남편은 아내의 손을 꼭 쥐었다. 그때만 해도 세 시간은 남아 걸리던 경춘선, 남편은 한 번도 그 손을 놓지 않았다. 아내는 한 손을 남편에게 맡긴 채 너무도 너무도 행복해서 그저 황홀에 잠길 뿐이었다.

그 남편은 그러나 6·25 때 죽었다고 한다. 여인은 어린 자녀들을 이끌고 모진 세파(世波 모질고 거센 세상의 풍파)와 싸우지 않으면 안 되었다.

"이제 아이들도 다 커서 대학엘 다니고 있으니, 그이에게 조금은 면목이 선 것도 같아요. 제가 지금까지 살아올 수 있었던 것은, 춘천서 서울까지 제 손을 놓지 않았던 그이의 손길, 그것 때문일지도 모르지요."

여인은 조용히 웃으면서 이렇게 말을 맺었다.

지난날의 가난은 잊지 않는 게 좋겠다. 더구나 그 속에 빛나던 사랑만은 잊지 말아야겠다. '행복은 반드시 부와 일치하지 않는다'는 말은 결코 진부한 한 편의 경구(驚句)만은 아니다. *

낙엽을 태우면서

✏️ 작가와 작품 세계

이효석(1907~1942)

강원도 평창 출생. 1928년 〈조선지광〉에 단편 「도시와 유령」을 발표하면서 작품 활동을 시작했다. 초기에는 신경향파적인 작품 활동을 했지만, 직접적으로 카프(KAPF)에 가담한 적은 없다. 이후 이효석 문학의 핵심은 자연주의와 심미주의를 거쳐 애욕으로 옮겨 갔다. 이효석의 에로티시즘은 자연주의와 마찬가지로 현실 도피라는 한계를 가진 것으로 평가된다. 수필집으로 『독서』가 있다.

✏️ 작품 정리

갈래 : 현대 수필, 경수필

성격 : 주관적, 감각적, 사색적

배경 : 시간 - 어느 가을날 / 공간 - 집 안과 밖

특징 : 서정적인 내용을 비유와 점층법을 통해 감각적으로 표현함

구성 : '처음-중간-끝'의 3단계 구성

    - 처음 : 낙엽을 태우면서 느끼는 삶의 의욕을 표현함

    - 중간 : 물과 불이 일으키는 삶의 의욕이 나타남

    - 끝 : 가을에 문득 느끼는 삶의 보람을 표현함

주제 : 낙엽을 태우면서 느끼는 삶의 보람

✏️ 생각해 볼 문제

1. 작가는 가을을 어떻게 생각하는가?

흔히 가을 하면 초겨울로 접어드는 소멸의 계절로 인식하지만, 작가는 의욕이 가장 왕성한 계절로 평가한다. 다시 말해 낙엽을 태우는 행위는 시간이 소멸하는 일이 아니라 또 다른 생활의 활력을 찾아오는 일이라는 것이다. 그래서 손수 목욕물을 길어 불을 지피고 목욕을 한다. 이 과정에서 작가

는 생활의 활기가 충만해지는 것을 느낀다.

2. 이 작품 속에 드러난 작가의 한계는 무엇인가?

이 수필의 시간적 배경은 일제의 식민 통치를 받던 시기다. 이 점을 감안하면 "백화점에서 원두커피를 찧어 오고, 크리스마스트리를 색 전등으로 장식하고, 스키를 시작해 볼까."라는 작가의 말은 민족의 현실과 동떨어져 있다는 비난을 피하기 어렵다. 하지만 이와 관련해 당시 암울한 시대적 상황을 역설적으로 드러내기 위한 장치로 보는 견해도 있다.

3. 박두진의 「가을 나무」와 이 수필의 차이점은 무엇인가?

박두진은 「가을 나무」에서 "가을을 일 년 중에서 가장 좋아하게 되었다."라고 말한다. 이효석은 이 작품에서 "난로는 새빨갛게 타야 하고, 화로의 숯불은 이글이글 피어야 하고, 주전자의 물은 펄펄 끓어야 된다."면서 낙엽을 태우며 즐기는 가을날의 삶을 가장 의욕적이라고 말한다. 전자를 계절이 주는 대자연의 법칙, 조락과 죽음, 또 하나의 새로운 삶 등을 알게 해 준 계절에 대한 경외라고 한다면, 후자는 생활인으로 살게 해 주는 계절에 대한 유쾌하고도 즐거운 자기 고백이다.

낙엽을 태우면서

　가을이 깊어지면, 나는 거의 매일 뜰의 낙엽을 긁어모으지 않으면 안 된다. 날마다 하는 일이건만, 낙엽은 어느새 날아 떨어져서, 또다시 쌓이는 것이다. 낙엽이란 참으로 이 세상의 사람의 수효보다도 많은가 보다. 삼십여 평에 차지 못하는 뜰이건만 날마다 시중이 조련치(만만하지) 않다.

　벚나무, 능금나무 — 제일 귀찮은 것이 담쟁이다. 담쟁이란 여름 한철 벽을 온통 둘러싸고, 지붕과 굴뚝의 붉은빛만 남기고, 집 안을 통째로 초록의 세상으로 변해 줄 때가 아름다운 것이지, 잎을 다 떨어뜨리고 앙상하게 드러난 벽에 메마른 줄기를 그물같이 둘러칠 때쯤에는, 벌써 다시 거들떠볼 값조차 없는 것이다. 귀찮은 것이 그 낙엽이다. 가령, 벚나무 잎같이 신선하게 단풍이 드는 것도 아니요, 처음부터 칙칙한 색으로 물들어, 재치 없는 (볼품없는) 그 넓은 잎은 지름길 위에 떨어져 비라도 맞고 나면 지저분하게 흙 속에 묻히는 까닭에, 아무래도 날아 떨어지는 족족 그 뒷시중을 해야 한다. 벚나무 아래에 긁어모은 낙엽의 산더미를 모으고 불을 붙이면, 속의 것부터 푸슥푸슥 타기 시작해서 가는 연기가 피어오르고, 바람이나 없는 날이면, 그 연기가 낮게 드리워서, 어느덧 뜰 안에 가득히 자욱해진다. 낙엽 타는 냄새같이 좋은 것이 있을까? 갓 볶아 낸 커피의 냄새가 난다. 잘 익은 개암(개암나무 열매. 도토리와 비슷하며 맛이 고소함) 냄새가 난다. 갈퀴(마른풀이나 나뭇잎을 긁어모을 때 쓰는 기구)를 손에 들고는 어느 때까지든지 연기 속에 우뚝 서서, 타서 흩어지는 낙엽의 산더미를 바라보며 향기로운 냄새를 맡고 있노라면, 별안간 맹렬한 생활의 의욕을 느끼게 된다. 연기는 몸에 배서 어느 결엔지 옷자락과 손등에서도 냄새가 나게 된다.

　나는 그 냄새를 한없이 사랑하면서 즐거운 생활감에 잠겨서는, 새삼스럽게 생활의 제목을 진귀한 것으로 머릿속에 떠올린다. 음영과 윤택과 색채가 빈곤해지고, 초록이 전혀 그 자취를 감추어 버린 꿈을 잃은 허전한 뜰 한복판에 서서, 꿈의 껍질인 낙엽을 태우면서 오로지 생활의 상념에 잠기는 것이다. 가난한 벌거숭이의 뜰은 벌써 꿈을 꾸기에는 적당하지 않은 탓일까? 화려한 초록의 기억은 참으로 멀리 까마득하게 사라져 버린다. 벌써 추억에 잠기고 감상에 젖어서는 안 된다.

가을이다! 가을은 생활의 시절이다. 나는 화단의 뒷자리를 깊게 파고, 다 타 버린 낙엽의 재를—죽어 버린 꿈의 시체를—땅속 깊이 파묻고, 엄연한 생활의 자세로 돌아서지 않으면 안 된다. 이야기 속의 소년같이 용감해지지 않으면 안 된다.

전에 없이 손수 목욕물을 긷고 혼자 불을 지피게 되는 것도, 물론 이런 감격에서부터다. 호스로 목욕통에 물을 대는 것도 즐겁거니와, 고생스럽게, 눈물을 흘리면서 조그만 아궁이에 나무를 태우는 것도 기쁘다. 어두컴컴한 부엌에 웅크리고 앉아서, 새빨갛게 피어오르는 불꽃을 어린아이의 감동을 가지고 바라본다. 어둠을 배경으로 하고 새빨갛게 타오르는 불은, 그 무슨 신성하고 신령스러운 물건 같다. 얼굴을 붉게 태우면서 긴장된 자세로 웅크리고 있는 내 꼴은, 흡사 그 귀중한 선물을 프로메테우스(그리스 신화에 나오는 티탄 족의 영웅. 제우스가 감추어 둔 불을 훔쳐서 인간에게 줌)에게서 막 받았을 때, 태곳적(太古的) 원시의 그것과 같을는지 모른다.

나는 새삼스럽게 마음속으로 불의 덕을 찬미하면서, 신화 속의 영웅에게 감사의 마음을 바친다. 좀 있으면 목욕실에는 자욱하게 김이 오른다. 안개 깊은 바다의 복판에 잠겼다는 듯이 동화(童話)의 감정으로 마음을 장식하면서 목욕물 속에 전신을 깊숙이 담글 때, 바로 천국에 있는 듯한 느낌이 난다. 지상 천국은 별다른 곳이 아니라, 늘 들어가는 집 안의 목욕실이 바로 그것인 것이다. 사람은 물에서 나서 결국 물속에서 천국을 구하는 것이 아닐까?

물과 불과—이 두 가지 속에 생활은 요약된다. 시절의 의욕이 가장 강렬하게 나타나는 것은 이 두 가지에 있어서다. 어느 시절이나 다 같은 것이기는 하나, 가을부터의 절기가 가장 생활적인 까닭은 무엇보다도 이 두 가지의 원소의 즐거운 인상 위에 서기 때문이다. 난로는 새빨갛게 타야 하고, 화로의 숯불은 이글이글 피어야 하고, 주전자의 물은 펄펄 끓어야 된다.

백화점 아래층에서 커피의 알을 찧어 가지고는 그대로 가방 속에 넣어 가지고, 전차 속에서 진한 향기를 맡으면서 집으로 돌아온다. 그러는 내 모양을 어린애답다고 생각하면서 그 생각을 또 즐기면서 이것이 생활이라고 느끼는 것이다.

싸늘한 넓은 방에서 차를 마시면서, 그제까지 생각하는 것이 생활의 생각이다. 벌써 쓸모 적어진 침대에는 더운 물통을 여러 개 넣을 궁리를 하고, 방구석에는 올겨울에도 또 크리스마스트리를 세우고 색 전등으로 장식할 것을 생각하고, 눈이 오면 스키를 시작해 볼까 하고 계획도 해 보곤 한다. 이런 공연한 생각을 할 때만은 근심과 걱정도 어디론지 사라져 버린다. 책과 씨름하고, 원고지 앞에서 궁싯거리던(어떻게 할 바를 몰라 이리저리 머뭇거리던) 그 같은 서재에서, 개운한 마음으로 이런 생각에 잠기는 것은 참으로 유쾌한 일이다.

책상 앞에 붙은 채, 별일 없으면서도 쉴 새 없이 궁싯거리고, 생각하고, 괴로워하면서, 생활의 일이라면 촌음(寸陰 매우 짧은 시간)을 아끼고, 가령 뜰을 정리하는 것도 소비적이니, 비생산적이니 하고 멸시하던 것이, 도리어 그런 생활적 사사(些事 자질구레한 일)에 창조적, 생산적인 뜻을 발견하게 된 것은 대체 무슨 까닭일까? 시절의 탓일까? 깊어 가는 가을이, 이 벌거숭이의 뜰이 한층 산 보람을 느끼게 하는 탓일까? *

부끄러움

✏️ 작가와 작품 세계

윤오영(1907~1976)

수필가이자 교육자. 1959년 〈현대문학〉에 「측상락」을 발표하면서 등단했다. 주로 토속적인 제재를 사용해 한국적이고 동양적인 정신을 형상화했다. 50세 가 넘은 나이에 글을 쓰기 시작해 20여 년 동안 수필과 평론을 끊임없이 발표 했으며, 필봉에 신이 들었다는 소리를 들을 정도로 문단의 화제가 되기도 했 다. 『수필문학입문』과 같은 수필 문학 이론서를 통해 수필 문학의 이론 정립에 도 앞장섰다. 그는 이 책에서 수필은 문학의 한 장르이므로 잡문이나 만필(漫 筆)과 구분해야 하며, 다른 장르의 작가들처럼 습작과 문장 수련이 필요하다고 주장했다. 주요 작품으로 「고독의 반추」, 「방망이 깎던 노인」, 「달밤」, 「마고자」, 「양잠설」, 「온돌의 정」 등이 있다.

✏️ 작품 정리

갈래 : 현대 수필, 경수필

성격 : 개인적, 서사적, 고전적, 일화적

배경 : 시간 - 과거 여름 방학 / 공간 - 소녀의 집

특징 : 고전적 정서를 절제된 감정과 정갈한 문체로 표현함

구성 : '처음-중간-끝'의 3단계 구성

　　－ 처음 : 친척 누이뻘 되는 소녀를 소개 받음

　　－ 중간 : 소녀의 곤때 묻은 적삼에 얽힌 정감

　　－ 끝 : 숨어서 나를 보던 소녀의 붉은 뺨에서 한국적 부끄러움을 발견함

주제 : 가장 한국적이고 고전적인 부끄러움의 멋

✐ 생각해 볼 문제

1. 이 작품에서 '부끄러움'은 어떻게 나타나는가?

이 글에서 부끄러움은 먼저 소년과 소녀의 사춘기적 감정으로 나타난다. 앞부분에서는 화자가 소녀의 방에서 '곤때 묻은 적삼'을 발견하기까지의 상황이 서술된다. 소녀는 노파를 시켜 그 옷을 감추며 부끄러워하는데, 여기서 소녀의 깔끔한 마음씨가 드러난다. 그러나 이 작품에 나타난 부끄러움은 사춘기적 감정으로만 제시되지 않는다. 이러한 사춘기적 감정은 한국적인 정서와 은은한 멋으로 자연스럽게 연결되기 때문이다. 마지막 부분에서 화자를 배웅하지 않는다고 소녀를 나무라는 듯한 아주머니의 태도에서도 소녀의 감정을 배려해 주는 한국적인 정서를 엿볼 수 있다.

2. 이 작품의 표현상 특징은 어떠한가?

전체적으로 별다른 부연 설명이나 감정의 과다한 노출 없이 담담하게 서술한 어조가 한국의 전통적 정조인 부끄러움을 효과적으로 묘사하고 있다. 정결하고 '깔밋'한 밀국수에 대한 묘사 역시 소녀의 따뜻한 마음씨와 깔끔한 성격을 보여 주는 동시에 소박한 서민들의 생활을 은연중에 보여 주고 있다. 특히 화자를 직접 전송하지 못하고 숨어서 바라보던 소녀의 홍조 띤 얼굴은 한국적 부끄러움을 표현하는 대표적 이미지라고 할 수 있다. 이와 같이 직접적인 속내를 표현하지 않음으로써 오히려 긴 여운을 남기고, 독자로 하여금 잔잔한 미소를 머금게 한다.

부끄러움

고개 마루턱에 방석 소나무가 하나 있었다. 예까지 오면 거진 다 왔다는 생각에 마음이 홀가분해진다. 이 마루턱에서 보면 야트막한 산 밑에 올망졸망 초가집들이 들어선 마을이 보이고 오른쪽으로 넓은 마당 집이 내 진외가로 아저씨뻘 되는 분의 집이다.

나는 여름 방학이 되어 집에 내려오면 한 번씩은 이 집을 찾는다. 이 집에는 나보다 한 살 아래인, 열세 살 되는 누이뻘 되는 소녀가 있었다. 실상 촌수(寸數)를 따져 가며 통내외(通內外 먼 친척, 또는 절친한 친구 사이의 남녀가 내외 없이 지냄)까지 할 절척(切戚 동성동본이 아닌 가까운 친척)도 아니지만 서로 가깝게 지내는 터수(서로 사귀는 분수)라, 내가 가면 여간 반가워하지 아니했고, 으레 그 소녀를 오빠가 왔다고 불러내어 인사를 시키곤 했다. 소녀의 몸매며 옷매무새는 제법 색시꼴이 박히어 가기 시작했다. 그때만 해도 시골서 좀 범절 있다는 가정에서는 열 살만 되면 벌써 처녀로서의 예모(禮貌 예의를 지키는 태도나 행동)를 갖추었고 침선(針線 바늘과 실. 곧 바느질하는 일)이나 음식 솜씨도 나타내기 시작했다.

집 문 앞에는 보리가 누렇게 패어 있었고, 한편 들에서는 일꾼들이 보리를 베기 시작했다. 나는 사랑에 들어가 어른들을 뵙고 수인사 겸 이런 이야기 저런 이야기로 얼마 지체한 뒤에, 안 건넌방으로 안내를 받았다. 점심 대접을 하려는 것이다. 사랑방은 머슴이며, 일꾼들이 드나들고 어수선했으나, 건넌방은 조용하고 깨끗하다. 방도 말짱히 치워져 있고, 자리도 깔려 있었다. 아주머니는 오빠에게 나와 인사하라고 소녀를 불러냈다.

소녀는 미리 준비를 차리고 있었던 모양으로 옷도 갈아입고 머리도 곱게 매만져 있었다. 나도 옷고름을 매만지며 대청(大廳 집 몸채의 방과 방 사이에 있는 넓은 마루)으로 마주 나와 인사를 했다. 작년보다는 훨씬 성숙해 보였다. 지금 막 건넌방에서 옮겨 간 것이 틀림없었다. 아주머니는 일꾼들을 보살피러 나가면서 오빠 점심 대접하라고 딸에게 일렀다.

조금 있다가 딸은 노파에게 상을 들려 가지고 왔다. 닭국에 말은 밀국수다. 오이소박이와 호박눈썹나물(호박 껍질을 벗기지 않고 채 썰어 만든 나물)이 놓여 있었다. 상차림은 간소하나 정결하고 깔밋했다(아담하고 깨끗했다). 소녀는 촌이라

변변치는 못하지만 많이 들어 달라고 친숙하고 나직한 목소리로 짤막한 인사를 남기고 곱게 문을 닫고 나갔다.

남창으로 등을 두고 앉았던 나는 상을 받느라고 돗자리 길이대로 자리를 옮겨야 했다. 맞은편 벽 모서리에 걸린 분홍 적삼(윗도리에 입는 홑옷)이 비로소 눈에 띄었다. 곤때(겉으로는 그다지 표시 나지 않으나 약간 오래된 때)가 묻은 소녀의 분홍 적삼이.

나는 야릇한 호기심으로 자꾸 쳐다보지 아니할 수 없었다. 밖에서 무엇인가 수런수런하는 기색이 들렸다. 노파의 은근한 웃음 섞인 소리도 들렸다. 괜찮다고 염려 말라는 말 같기도 했다. 그러더니 노파가 문을 열고 들어왔다. 밀국수도 촌에서는 별식이니 맛없어도 많이 먹으라느니 너스레를 놓더니, 슬쩍 적삼을 떼어 가지고 나가는 것이었다.

상을 내어 갈 때는 노파 혼자 들어오고, 으레 따라올 소녀는 나타나지 아니했다. 적삼 들킨 것이 무안하고 부끄러웠던 것이다. 내가 올 때 아주머니는 오빠가 떠난다고 소녀를 불렀다. 그러나 소녀는 안방에 숨어서 나타나지 아니했다. 아주머니는 "갑자기 수줍어졌니, 애도 새롭기는." 하며 미안한 듯 머뭇머뭇 기다렸으나 이내 소녀는 나오지 아니했다. 나올 때 뒤를 흘낏 훔쳐본 나는 숨어서 반쯤 내다보는 소녀의 뺨이 확실히 붉어 있음을 알았다. 그는 부끄러웠던 것이다. *

달밤

> **작가** : 윤오영(140쪽 '작가와 작품 세계' 참조)
> **갈래** : 현대 수필, 경수필
> **성격** : 서정적, 회고적, 담화적, 함축적
> **배경** : 시간 – 달 밝은 어느 날 밤 / 공간 – 윗마을 김 군의 집
> **특징** : 정적인 구도와 압축 및 생략법으로 달밤의 정경을 서정적으로 표현함
> **구성** : 달밤의 외출, 달을 보고 있는 노인과의 만남, 작별의 세 단락으로 구성됨
> **주제** : 달밤에 이루어진 한 노인과의 인정 어린 만남

✿ 생각해 볼 문제

1. 이 작품에는 어떤 의미가 함축되어 있는가?

이 수필에서 마치 한 폭의 정물화(靜物畵)처럼 제시된 시골 풍경을 통해 독자는 따뜻한 인정을 느낄 수 있다. 달빛, 밤의 고요함, 노인의 정(情), 이 세 가지 요소가 선적이고 도교적인 이미지를 형성하고 있다. 그러므로 이 작품을 제대로 감상하려면 소재들 자체가 연출하는 분위기와 정서에 초점을 두고 음미해야 한다. 이 글의 목적은 의미의 전달보다는 정서의 환기에 있기 때문이다.

2. 이 수필의 표현상의 특징은 무엇인가?

짧고 간결한 형식이 돋보이는 이 작품은 일상성의 전달보다는 풍경이나 정서 전달에 중점을 두고 있다. 따라서 작가 고유의 개성적 문체가 뚜렷하게 드러나는데, 군더더기 없는 내용은 절제의 미학을 보여 준다. 또한, 밤이라는 시간적 배경과 달빛의 고요함이 조화롭게 어우러져 마치 한 폭의 동양화를 감상하는 듯한 느낌을 준다.

3. 문학 작품에서 '달'은 주로 어떤 이미지로 그려지며, 이 작품에서는 달이 어떤 의미를 지니는가?

'달'은 문학 작품에서 주로 '소망이나 기원의 대상'으로 나타난다. 또한, 달을 통해 숭배와 존경의 대상이나 그리움의 대상을 형상화하기도 한다. 사랑에 빠진 수많은 연인이 달을 바라보며 애타는 사랑의 마음을 고백하는 장면은 상투적이기까지 하다. 그뿐만 아니라 달은 충신처럼 고귀한 기품을 지닌 사람을 상징하기도 한다. 그러나 이 작품에서 달은 특별한 의미를 지니고 있다기보다는 정감 어린 풍경을 연출하는 역할을 한다.

달밤

내가 잠시 낙향(落鄕)해서 있었을 때 일.

어느 날 밤이었다. 달이 몹시 밝았다. 서울서 이사 온 윗마을 김 군을 찾아갔다. 대문은 깊이 잠겨 있고 주위는 고요했다. 나는 밖에서 혼자 머뭇거리다가 대문을 흔들지 않고 그대로 돌아섰다.

맞은편 집 사랑 툇마루엔 웬 노인이 한 분 책상다리를 하고 앉아서 달을 보고 있었다. 나는 걸음을 그리로 옮겼다. 그는 내가 가까이 가도 별 관심을 보이지 아니했다.

"좀 쉬어 가겠습니다."

하며 걸터앉았다. 그는 이웃 사람이 아닌 것을 알자,

"아랫마을서 오셨소?"

하고 물었다.

"네, 달이 하도 밝기에……."

"음! 참 밝소."

허연 수염을 쓰다듬었다. 두 사람은 각각 말이 없었다. 푸른 하늘은 먼 마을에 덮여 있고, 뜰은 달빛에 젖어 있었다. 노인이 방으로 들어가더니, 안으로 통한 문소리가 나고 얼마 후에 다시 문소리가 들리더니, 노인은 방에서 상을 들고 나왔다. 소반에는 무청 김치 한 그릇, 막걸리 두 사발이 놓여 있었다.

"마침 잘됐소, 농주(農酒 농사일을 할 때에 먹기 위해 농가에서 빚은 술) 두 사발이 남았더니……."

하고 권하며, 스스로 한 사발을 죽 들이켰다. 나는 그런 큰 사발의 술을 먹어 본 적은 일찍이 없었지만 그 노인이 마시는 바람에 따라 마셔 버렸다.

이윽고,

"살펴 가우."

하는 노인의 인사를 들으며 내려왔다. 얼마쯤 내려오다 돌아보니, 노인은 그대로 앉아 있었다. *

방망이 깎던 노인

작가 : 윤오영(140쪽 '작가와 작품 세계' 참조)

갈래 : 현대 수필, 경수필

성격 : 교훈적, 신변잡기적, 회고적, 서사적

배경 : 시간 – 40여 년 전(과거), 오늘(현재)

공간 – 청량리 역 앞(과거), 집(현재)

특징 : • 일상적 체험을 간결한 문장과 회고적 기법으로 표현함

• 대화, 묘사, 서술을 적절히 활용해 생생한 느낌을 살림

구성 : '과거 – 현재 – 과거 – 현재'의 시간에 따른 4단계 구성

주제 : 장인 정신의 숭고함과 전통적인 장인 정신에 대한 예찬

✎ **생각해 볼 문제**

1. 이 작품은 어떤 대비를 통해 노인의 자세를 예찬하고 있는가?

이 글에서는 두 번의 대비가 나온다. 우선 맡은 일에 최선을 다해, 비록 느릴지언정 최고의 물건을 만들고자 하는 방망이 깎던 노인과 이기적이고 조급해하는 작가 자신을 대비하고 있다. 또한, 노인의 여유 있는 자세를 통해 옛날 장인들의 성실한 삶의 태도를 부각시키고, 사라져 가고 있는 전통에 대해 아쉬워하고 있다. 두 번째는 옛날의 죽기와 지금의 죽기, 그리고 옛날의 숙지황과 지금의 숙지황의 대비다. 죽기를 만들 때 며칠씩 걸려서 만든 부레를 접착제로 사용하고, 숙지황을 아홉 번 쪄서 말리는 수고를 들였던 옛사람들의 자세는 매사를 졸속으로 처리하고 눈앞의 이익에 급급해하는 현대인의 자세와 선명하게 대립된다. 이 작품에서 노인은 점점 뒷전으로 밀려나는 옛 전통과 장인 정신을 상징한다. 작가는 방망이라는 토속적인 소재를 사용해 장인 정신의 소중함을 일깨워 준다.

방망이 깎던 노인

벌써 40여 년 전이다. 내가 갓 세간 난 지 얼마 안 돼서 의정부에 내려가 살 때다. 서울 왔다 가는 길에, 청량리 역으로 가기 위해 동대문에서 일단 전차를 내려야 했다.

동대문 맞은쪽 길가에 앉아서 방망이를 깎아 파는 노인이 있었다. 방망이를 한 벌 사 가지고 가려고 깎아 달라고 부탁을 했다. 값을 굉장히 비싸게 부르는 것 같았다.

"좀 싸게 해 줄 수 없습니까?" 했더니,

"방망이 하나 가지고 에누리하겠소? 비싸거든 다른 데 가 사우."

대단히 무뚝뚝한 노인이었다. 더 값을 흥정하지도 못하고 잘 깎아나 달라고만 부탁했다. 그는 잠자코 열심히 깎고 있었다. 처음에는 빨리 깎는 것 같더니, 저물도록 이리 돌려 보고 저리 돌려 보고 굼뜨기 시작하더니, 이내 마냥 늑장이다. 내가 보기에는 그만하면 다 됐는데, 자꾸만 더 깎고 있었다. 인제 다 됐으니 그냥 달라고 해도 못 들은 척이다. 차 시간이 바쁘니 빨리 달라고 해도 통 못 들은 체 대꾸가 없다. 점점 차 시간이 빠듯해 왔다. 갑갑하고 지루하고 인제는 초조할 지경이었다.

"더 깎지 않아도 좋으니 그만 주십시오."

라고 했더니, 화를 버럭 내며,

"끓을 만큼 끓어야 밥이 되지, 생쌀이 재촉한다고 밥이 되나."

한다. 나도 기가 막혀서,

"살 사람이 좋다는데 무얼 더 깎는다는 말이오? 노인장, 외고집이시구먼, 차 시간이 없다니까요."

노인은 퉁명스럽게,

"다른 데 가 사우. 난 안 팔겠소."

하고 내뱉는다. 지금까지 기다리고 있다가 그냥 갈 수도 없고, 차 시간은 어차피 틀린 것 같고 해서, 될 대로 되라고 체념할 수밖에 없었다.

"그럼, 마음대로 깎아 보시오."

"글쎄, 재촉을 하면 점점 거칠고 늘어진다니까. 물건이란 제대로 만들어야지, 깎다가 놓치면 되나."

좀 누그러진 말씨다. 이번에는 깎던 것을 숫제 무릎에다 놓고 태연스럽게 곰방대(짧은 담뱃대)에 담배를 담아 피우고 있지 않는가. 나도 그만 지쳐 버려 구경꾼이 되고 말았다. 얼마 후에, 노인은 또 깎기 시작한다. 저러다가는 방망이는 다 깎아 없어질 것만 같았다. 또 얼마 후에, 방망이를 들고 이리저리 돌려 보더니 다 됐다고 내준다. 사실 다 되기는 아까부터 다 돼 있던 방망이다.

차를 놓치고 다음 차로 가야 하는 나는 불쾌하기 짝이 없었다.

'그따위로 장사를 해 가지고 장사가 될 턱이 없다. 손님 본위가 아니고 제 본위다. 그래 가지고 값만 되게 부른다. 상도덕(商道德)도 모르고, 불친절하고 무뚝뚝한 노인이다.'

생각할수록 화증(火症 화가 벌컥 나는 증세)이 났다. 그러다가 뒤를 돌아다 보니 노인은 태연히 허리를 펴고 동대문 지붕 추녀를 바라보고 섰다. 그때, 어딘지 모르게 노인다워 보이는, 그 바라보고 있는 옆모습, 그리고 부드러운 눈매와 흰 수염에 내 마음은 약간 누그러졌다. 노인에 대한 멸시와 증오도 감쇄된(줄어 없어진) 셈이다.

집에 와서 방망이를 내놨더니, 아내는 예쁘게 깎았다고 야단이다. 집에 있는 것보다 참 좋다는 것이다. 그러나 나는 전의 것이나 별로 다른 것 같지가 않았다. 그런데 아내의 설명을 들어 보면, 배가 너무 부르면 다듬이질할 때 옷감이 잘 치이고 같은 무게라도 힘이 들며, 배가 너무 안 부르면 다듬잇살이 펴지지 않고 손에 헤먹기(들어 있는 물건보다 구멍이 헐거워서 어울리지 않기) 쉽다는 것이고, 요렇게 꼭 알맞은 것은 좀체 만나기가 어렵다는 것이다. 나는 비로소 마음이 확 풀렸다. 그리고 그 노인에 대한 내 태도를 뉘우쳤다. 참으로 미안했다.

옛날부터 내려오는 죽기(竹器 대로 만든 그릇)는, 혹 대쪽이 떨어지면 쪽을 대고 물수건으로 겉을 씻고 곧 뜨거운 인두로 다리면 다시 붙어서 좀체 떨어지지 않는다. 그러나 요새 죽기는 대쪽이 한 번 떨어지기 시작하면 걷잡을 수가 없다. 예전에는 죽기에 대를 붙일 때, 질 좋은 부레('부레풀'의 준말. '부레'는 물고기의 배 속에 있는 공기주머니)를 잘 녹여서 흠뻑 칠한 뒤에 볕에 조여 말린다. 이렇게 하기를 세 번 한 뒤에 비로소 붙인다. 이것을 '소라 붙인다'고 한다. 물론 날짜가 걸린다. 그러나 요새는 접착제를 써서 직접 붙인다. 금방 붙는다.

그러나 견고하지가 못하다. 그렇지만 요새 남이 보지도 않는 것을 며칠씩 걸려 가며 소라 붙일 사람이 있을 것 같지 않다.

약재(藥材)만 해도 그렇다. 옛날에는 숙지황(熟地黃 한약의 재료)을 사면 보통의 것은 얼마, 윗길(보통보다 훨씬 나은 품질)은 얼마의 값으로 구별했고, 구증구포(九蒸九曝)한 것은 세 배 이상 비싸다. 구증구포란, 찌고 말리기를 아홉 번 한 것이다. 눈으로 보아서는 다섯 번을 쪘는지 열 번을 쪘는지 알 수가 없었다. 단지 말을 믿고 사는 것이다. 신용이다.

지금은 그런 말조차 없다. 어느 누가 남이 보지도 않는데 아홉 번씩 찔 이도 없고, 또 그것을 믿고 세 배씩 값을 줄 사람도 없다.

옛날 사람들은 흥정은 흥정이요, 생계는 생계지만, 물건을 만드는 그 순간만은 오직 아름다운 물건을 만든다는 그것에만 열중했다. 그리고 스스로 보람을 느꼈다. 그렇게 순수하게 심혈을 기울여 공예 미술품을 만들어 냈다. 이 방망이도 그런 심정에서 만들었을 것이다. 나는 그 노인에 대해서 죄를 지은 것 같은 괴로움을 느꼈다. "그따위로 해서 무슨 장사를 해 먹는담." 하던 말은, "그런 노인이 나 같은 젊은이에게 멸시와 증오를 받는 세상에서, 어떻게 아름다운 물건이 탄생할 수 있담." 하는 말로 바뀌어졌다.

나는 그 노인을 찾아가서 추탕(鰍湯 추어탕. 여기서는 소탈한 음식을 말함)에 탁주라도 대접하며 진심으로 사과해야겠다고 생각했다. 그래서 그다음 일요일에 상경하는 길로 그 노인을 찾았다. 그러나 그 노인이 앉았던 자리에 노인은 와 있지 아니했다. 나는 그 노인이 앉았던 자리에 멍하니 서 있었다. 허전하고 서운했다. 내 마음을 사과드릴 길이 없어 안타까웠다. 맞은쪽 동대문의 지붕 추녀를 바라보았다. 푸른 창공에 날아갈 듯한 추녀 끝으로 흰 구름이 피어나고 있었다. 아, 그때 그 노인이 저 구름을 보고 있었구나. 열심히 방망이를 깎다가 유연히 추녀 끝의 구름을 바라보던 노인의 거룩한 모습이 떠올랐다. 나는 무심히,

채국동리하(採菊東籬下)

유연견남산(悠然見南山)

(동쪽 울타리 아래서 국화를 캐다가

　여유 있게 남산을 바라보노라)

도연명〔陶淵明 중국 동진(東晉)·송대(宋代)의 시인〕의 시구가 새어 나왔다.

오늘, 안에 들어갔더니 며느리가 북어 자반을 뜯고 있었다. 전에 더덕북어〔덜 부풀어 더덕처럼 마른 북어. 빛이 누르고 살이 연한 상품(上品)의 북어〕를 방망이로 쿵쿵 두들겨서 먹던 생각이 난다. 방망이 구경한 지도 참 오래다. 요새는 다듬이질 하는 소리도 들을 수가 없다. '만호에 다듬이질 소리'니, '그대 위해 가을밤에 다듬이질하는 소리'니 애수를 자아내던 그 소리도 사라진 지 이미 오래다. 문득 40년 전 방망이 깎던 노인의 모습이 떠오른다. *

# 쓰고 싶고 읽고 싶은 글

작가 : 윤오영(140쪽 '작가와 작품 세계' 참조)

갈래 : 현대 수필, 중수필

성격 : 의고적, 사색적

특징 : • 한문 투의 현학적인 문장 속에서 서정적인 분위기를 살림

　　　　• 역설적인 표현을 통해 주제를 효과적으로 드러냄

　　　　• 참신한 비유를 통해 자신의 생각을 구체적으로 표현함

구성 : 주관적인 생각과 바람을 정해진 형식 없이 자유롭게 서술함

주제 : 작가와 독자 사이에 이루어지는 좋은 글의 의미

생각해 볼 문제

1. 이 작품에 나타난 표현상의 특징은 어떠한가?

이 글은 "옛사람이 높은 선비의 맑은 향기를 그리려 하되, 향기가 형태 없기로 난(蘭)을 그렸던 것이다. 아리따운 여인의 빙옥(氷玉) 같은 심정을 그리려 하되, 형태 없으므로 매화를 그렸던 것이다."라는 문구로 시작된다. 그런데 선비의 향기와 여인의 심정이 형태가 없기 때문에 난과 매화를 통해 그린다는 표현은 일견 모순된다. 하지만 작가는 선비의 향기와 여인의 심정을 육안으로 직접 확인할 수는 없어도 심안(心眼)을 통해 볼 수 있다고 말한다. 또한 심안(心眼), 문심(文心), 문정(文情)과 같은 어휘나, 시대의 공민(共悶), 사회의 공분(公憤), 인생의 공명(共鳴) 등의 표현을 통해 중수필의 중후하고 품격 있는 분위기를 잘 살리고 있다. 그리고 문답법이나 영탄법을 사용해 자신의 생각이나 느낌을 분명하고 구체적으로 나타내고 있다.

쓰고 싶고 읽고 싶은 글

옛사람이 높은 선비의 맑은 향기를 그리려 하되, 향기가 형태 없기로 난(蘭)을 그렸던 것이다. 아리따운 여인의 빙옥(氷玉 얼음과 옥. 맑고 깨끗하여 아무 티가 없음을 비유함) 같은 심정을 그리려 하되, 형태 없으므로 매화를 그렸던 것이다. 붓에 먹을 듬뿍 찍어 한 폭 대(竹)를 그리면, 늠름한 장부, 불굴의 기개가 서릿발 같고, 다시 붓을 바꾸어 한 폭을 그리면 소슬(蕭瑟)한 바람이 상강(湘江 순임금의 두 왕비인 아황과 여영)의 넋을 실어 오는 듯했다. 갈대를 그리면 가을이 오고, 돌을 그리면 고박(古樸 예스러운 맛이 있고 순수함)한 음향이 그윽하니, 신기(神技)가 아니고 무엇인가. 그러기에 예술인 것이다.

종이 위에 그린 풀잎에서 어떻게 향기를 맡으며, 먹으로 그린 들에서 어떻게 소리를 들을 수 있는가. 이것이 심안(心眼)이다. 문심(文心)과 문정(文情)이 통하기 때문이다. 그러기에 백아(伯牙)가 있고, 또 종자기(鍾子期 백아와 함께 자기를 알아주는 참다운 벗의 죽음을 슬퍼한다는 고사의 주인공)가 있는 것이 아닌가. 이 뜻을 알면 글을 쓰고 글을 읽을 수 있다.

글을 잘 쓰는 사람은 결코 독자(讀者)를 저버리지 않는다. 글을 잘 읽는 사람 또한 작자(作者)를 저버리지 않는다. 여기에 작자와 독자 사이에 애틋한 사랑이 맺어진다. 그 사랑이란 무엇인가. 시대(時代)의 공민(共悶 함께 번민하고 괴로워함)이요, 사회(社會)의 공분(公憤 공적인 일로 느끼는 분노)이요, 인생(人生)의 공명(共鳴 함께 공감함)인 것이다.

문인(文人)들이 흔히 대단할 것도 없는 신변잡사(身邊雜事)를 즐겨 쓰는 이유는 무엇인가. 인생의 편모(片貌 단편적인 모습)와 생활의 정회(情懷)를 새삼 느꼈기 때문이다.

속악(俗惡)한 시정잡사(市井雜事)도 때로는 꺼리지 않고 쓰려는 것은 무슨 까닭인가. 인생의 모순과 사회의 부조리를 여기서 뼈아프게 느꼈기 때문이다.

자연은 자연 그대로의 자연이 아니요, 내 프리즘을 통하여 재생된 자연인 까닭에 새롭고, 자신은 주관적인 자신이 아니요, 응시(凝視)해서 얻은 객관적인 자신일 때 하나의 인간상으로 떠오르는 것이다.

감정은 여과된 감정이라야 아름답고, 사색은 발효된 사색이라야 정(情)이 서리나니, 여기서 비로소 사소하고 잡다한 모든 것이 모두 다 글이 되는 것이다.

의지가 강렬한 남아는 과묵(寡默)한 속에 정열이 넘치고, 사랑이 깊은 여인은 밤새도록 하소연하던 사연도 만나서는 말이 적으니, 진실하고 깊이 있는 문장이 장황(張皇)하고 산만(散漫)할 수가 없다. 사진의부진(辭盡意不盡 말은 다 하였으나 말하고 싶은 뜻은 아직 그대로 남아 있음)의 여운이 여기 있는 것이다.

깊은 못 위에 연꽃과 같이 뚜렷하게 나타나면서도 바닥에 찬 물과 같은 그림자가 어른거리고, 물 밑의 흙과 같이 그림자 밑에 더 넓은 바닥이 있어 글의 배경을 이룸으로써 비로소 음미(吟味)에 음미를 거듭할 맛이 나는 것이다. 그러고는 멀수록 맑은 향기가 은은히 퍼지며, 한 송이 뚜렷한 연꽃이 다시 우아하게 떠오르는 것이다.

나는 이런 글이 쓰고 싶고, 이런 글이 읽고 싶다. *

꽃송이 같은 첫눈

✎ 작가와 작품 세계

강경애(1906~1943)

황해도 송화 출생. 1931년 〈혜성〉에 장편 『어머니와 딸』로 등단했다. 1932년 간도로 이주한 뒤에 용정 이주민의 삶을 사실주의적인 관점에서 묘사했다. 이후 사회의식을 바탕으로 민족, 민중, 여성 해방을 지향하는 작품을 발표했다. 주요 작품으로 「간도 풍경」, 「간도를 등지면서」, 「간도야 잘 있거라」 등이 있다.

✎ 작품 정리

갈래 : 현대 수필, 경수필

성격 : 서정적, 서사적, 감각적

배경 : 시간 – 첫눈 오는 날 / 공간 – '나'의 집

특징 : • 흰색과 붉은색의 색채 대비가 나타남

　　　　• 실제 대화를 인용함

구성 : 한 가지 이야기만으로 이루어진 단순 구성임

주제 : 첫눈이 내린 날의 감동과 자아 성찰

✎ 생각해 볼 문제

1. 이 작품에서 '첫눈'의 상징적 의미는 무엇인가?

우리의 삶을 지배하는 원칙 가운데 하나가 관성이다. 관성이란 물체가 현재 상태를 그대로 유지하려는 성질을 말한다. 이를 우리 삶에 적용하면 주어진 현실에 안주하며 매일 똑같은 일상을 살고 있는 상황을 나타낸다고 할 수 있다. 작가는 첫눈이 내리는 모습을 보다가 바늘에 손가락을 찔리면서 비로소 무감각하게 살았던 일상에서 깨어난다. 즉, 첫눈을 통해 깨달음을 얻은 것이다.

2. **"너는 언제까지나 바늘과만 싸우려느냐?"라는 구절의 의미는 무엇인가?**

강경애는 1930년대 간도에서 활동했던 대부분의 작가들처럼 사회의식이 강하게 드러나는 소설을 주로 발표했다. 또한, 서사성이 강한 수필을 발표했는데, 민중의 저항 정신을 강조한 것들이 많다. 작가는 이 구절을 통해 자신은 물론이고 동시대의 여성들에게 언제까지 집 안에 틀어박혀 바느질만 할 것인지를 묻고 있다. 즉, 작가는 여성에게 가사 노동이라는 굴레를 벗어던지고 주체적인 삶을 살아갈 것을 요구하고 있는 것이다.

3. **이 수필의 표현상 특징은 무엇인가?**

이 글은 첫눈이 내린 날과 바느질이라는 일상적인 체험을 통해 작가의 느낌과 생각을 표현하고 있다. 또한, 인물에 대한 묘사나 배경에 대한 장황한 설명 대신 간결한 문체와 대화체를 사용해 자아 성찰이라는 주제를 압축적으로 제시하고 있다. 마지막으로 흰색과 붉은색의 색채 대비와 '우르릉우르릉', '방울방울', '보슬보슬' 등과 같은 시각적·청각적 이미지는 여성 특유의 섬세한 감각을 보여 준다.

꽃송이 같은 첫눈

오늘은 아침부터 해가 안 나는지 마치 촛불을 켜 대는 것처럼 발갛게 피어오르던 우리 방 앞문이 종일 컴컴했다. 그리고 이따금씩 문풍지가 우릉릉우릉릉했다.

잔기침 소리가 나며 마을(이웃에 놀러 다니는 일) 갔던 어머니가 들어오신다.

"어머니, 어디 갔댔어?"

바느질하던 손을 멈추고 어머니를 쳐다보았다. 치마폭에 풍겨 들어온 산뜻한 찬 공기며 발개진 코끝.

"에이, 춥다."

어머니는 화로를 마주 앉으며 부저(화로의 불을 헤집는 데 사용하는 쇠젓가락)로 손끝이 발개지도록 불을 헤치신다.

"잔칫집에 갔댔다."

"응, 잔치 잘해?"

"잘하더구나."

"색시 고와?"

"쓸 만하더라."

무심히 나는 어머니의 머리를 쳐다보니 물방울이 방울방울 서렸다.

"비 와요?"

"비는 왜. 눈이 오는데."

"눈? 벌써 눈이 와. 어디."

어린애처럼 뛰어 일어나자 손끝이 따끔해서 굽어보니 바늘이 반짝 빛났다.

"에그, 아파라. 고놈의 바늘."

나는 이렇게 중얼거리며 옥양목(玉洋木 발이 고운 무명) 오라기(천 조각)로 손끝을 동이고 밖으로 뛰어나갔다.

하늘은 보이지 않고 눈송이로 뽀하다(뽀얗다). 그리고 새로 한 수숫대 바자(대나무나 갈대 따위로 엮어 만든 울타리) 갈피에는 눈이 한 줌이나 두 줌이나 되어 보이도록 쌓인다.

보슬보슬 눈이 내린다. 마치 내 가슴속까지도 눈이 내리는 듯했다. 그리고 나는 듯 마는 듯한 냄새가 나의 코끝을 깨끗하게 한다.

무심히 나는 손끝을 굽어보았다. 하얀 옥양목 위에 발갛게 피가 배었다.

'너는 언제까지나 바늘과만 싸우려느냐?'

이런 질문이 나도 모르게 내 입속에서 굴러떨어졌다.

나는 싸늘한 대문에 몸을 기대고 어디를 특별히 바라보는 것도 없이 언제까지나 움직이지 않았다.

꽃송이 같은 눈은 떨어진다. 떨어진다. *

 # 내가 좋아하는 솔

> **작가** : 강경애(155쪽 '작가와 작품 세계' 참조)
> **갈래** : 현대 수필, 경수필
> **성격** : 회상적, 서정적
> **배경** : 시간 – 봄
> **특징** : • 의인법이 사용됨
> • 소나무와 장미를 대조함
> • 소나무가 자라는 땅(고향)과 자라지 않는 땅(간도)을 대조함
> **주제** : 어머니에 대한 사랑과 고향에 대한 그리움

✎ **생각해 볼 문제**

1. 이 작품에서 '소나무'의 상징적 의미는 무엇인가?

해마다 진달래가 피는 3월이 되면 농촌에서는 가을에 추수한 곡식이 다 떨어지고, 보리를 수확하기 전까지 초근목피(草根木皮) 맛이나 영양이 없는 거친 음식으로 굶주린 배를 채워야 했다. 작가는 땔감을 마련하기 위해 소나무에서 떨어진 솔가리를 긁어모으고, 솔가지의 하얀 속껍질을 벗겨 소나무의 진액을 빨아 먹고 자랐다. 작가에게 소나무는 가난한 유년 시절의 추억이자 고향 마을에 대한 그리움이다. 나아가 소나무는 일제의 온갖 위협에도 지조를 굽히지 않는 한민족의 정신을 상징하기도 한다.

2. 작가가 강조한 소나무의 품격은 무엇인가?

소나무는 겉모습이 화려하지 않기 때문에 나비와 벌은 물론이고 사람들의 시선도 제대로 받지 못한다. 하지만 소나무의 거친 껍질을 볼 때마다 기나긴 세월의 풍상을 이겨 낸 노인 앞에 선 것처럼 절로 머리가 숙여진다. 또한, 사시사철 푸른 솔잎에서는 어떤 시련에도 굴하지 않는 강직한 기상이

묻어나고, 가지런히 한데 모여 사방으로 뻗어 나간 날카로운 솔잎에서는
지칠 줄 모르는 도전 정신과 저항 정신을 엿볼 수 있다.

3. 작가의 간도 체험이 작품에 끼친 영향은 무엇인가?

강경애는 1931년 결혼과 동시에 간도로 이주한 뒤 당시의 체험을 바탕으로
여러 작품을 발표했다. 1939년 〈조선일보〉 간도 지국장을 지내기도 한 강
경애는 주로 체험을 통해 자신의 사상을 표출했다는 평을 받는다. 간도에
서의 가난한 생활과 사회주의 의식이 잘 드러나 있는 「원고료 이백 원」, 가
난한 농민의 생활을 본 청년이 만주에서 투쟁하다가 사형당하는 내용을 담
은 「파금」, 소금 밀수를 소재로 간도 이주민의 생활을 그린 「소금」 등은 모
두 만주(간도)를 배경으로 한 소설이다. 즉, 작가는 간도 체험을 바탕으로 당
시의 암울한 모습과 가난한 사람들의 사실적이고 구체적인 생활상을 작품
을 통해 나타냈다.

내가 좋아하는 솔

나는 언제부터인가 솔을 좋아한다. 아마 썩 어려서부터인가 짐작된다. 봄만 되면 지금도 가끔 떠오르는 것은 내가 여섯 살인가 되어 어머니와 같이 뒷산 솔밭에 올라 누렇게 황금빛 나는 솔가래기(말라서 땅에 떨어져 쌓인 솔잎)를 긁던 것이다. 때인즉 봄이었던가 싶으다. 온 산에 송림(松林)이 울창하였고 흐뭇한 냄새를 피우는 솔가래기가 발이 빠질 지경쯤 푹 쌓여 있었다. 솔은 전년(前年) 겨울 난 잎을 이 봄에 죄다 떨구기 때문이다.

당시 아버지를 여읜 우리 모녀는 어느 산골에 사는 고모를 찾아갔고 고모네 집 옆방살이를 하게 되었으며 그만큼 우리는 곤궁히 지내므로 해서 하루의 두 끼니조차도 배불리 먹지 못하였던가 싶다.

봄철을 만난 송림은 그 잎이 푸름을 지나서 거멓게 성이 올랐고 눈가루 같은 꽃을 뿌려 숨이 막힐 지경, 향기가 요란스러웠다. 그리고 솔가지 속에 숨어 빠끔히 내다보는 하늘은 도라지꽃인 양 그 빛이 짙었으며 어디서인가 푸르릉거리는 이름 모를 새들은 별빛 같은 몽롱한 노래를 흘려서 고요한 적막을 깨뜨리곤 하였다. 거기서 우리 모녀는 부스럭부스럭 솔가래기를 긁어모았다.

나는 조그만 몸을 토끼처럼 날려서 솔방울을 주워 내가 가지고 간 빨갛고 파란 띠를 두른 조그만 바구니에 채우고, 노란 꽃잎을 따 가지고 곧잘 놀다가도, 배만 고프면 어머니 곁으로 달려가서 못 견디게 졸라 대었다. 그때마다 어머니는 딱하여서 나를 어르고 달래다 못해서 나의 뺨을 찰싹 때리면, 나는 죽는 듯이 울었고 어머니는 하는 수 없이 나를 업으시고 소나무에 기대어서 한참씩이나 우두커니 섰던 기억이 지금도 새롭다.

어떤 날은 하도 조르니까 물오른 솔가지를 뚝 꺾어서 껍질을 벗기고 하얀 가락 같은 대를 나의 입에 물려 주었다. 거기에는 달콤한 진액이 발려 있었다.

고향에 있을 때는 송림이 가득 차 있는 앞뒷산에 늘 오르게 되니까 그리 솔의 진가를 알지 못하겠더니 일단 고향을 등지게 되고 멀리 간도 땅을 밟게 되니 솔이란 얼마나 귀한 것인지 가히 짐작할 수가 있게 된다. 고향 …… 하면 벌써 머리에 떠오르는 것은 두렵게 굴곡이 진 고산준령(高山峻嶺 높은 산과 험한 고개)이요, 그 위를 구름처럼 감돌아 있는 솔밭이요, 또한 무지개처럼 그 사이를 달리는 폭포수다.

솔은 본래부터 그 근성이 결백하여서 시커먼 진흙땅을 피하는 것이 아닐까? 그러기에 간도에서는 한 그루의 솔을 대할 수가 없지 않은가 한다. 언제 보아도 하늘을 찌를 듯이 높은 준령에 까맣게 무리를 지었고 하늘의 영기(靈氣)를 혼자 맛보고 있으며 또한 눈빛같이 흰 사장(沙場)을 끼고 예쁘게 몸매를 가지지 않았나.

경원선(京元線) 방면으로 여행해 보신 이는 누구나 다 보셨을 것이지만 동해안에 그 송전(松田 소나무가 많이 들어서 있는 땅)이란 극히 드문 절경(絶景 훌륭한 경치) 중의 하나이라 하지 않을 수가 없다.

망망한 푸른 바다는 하늘을 따라 멀리 달려 나갔고 한두 척의 어선이 수평선 위에 비스듬히 걸려서 슬픈 노래를 자욱이 뿌리고 있다. 갈매기 날개를 펴서 천천히 나를 제, 나래(날개) 끝에 노래 가사가 하나둘 그려지고 있다.

철썩철썩 들리는 파도 소리 ─그 파도에 씻기고 닦인 사장은 옥 같아 백포(白布 흰 무명천)처럼 희게 널렸고 그곳에 아담하게 서서 있는 솔포기들! 그 자손이 어찌 그리 퍼졌는고. 작은 애기 솔, 큰 어른 솔, 흡사히 내가 집에 두고 온 내 애기의 그 다방머리(여러 가지가 한데 뭉쳐 있는 머리 모양) 같았고 차창을 와락 열고 손짓해서 부르고 싶구나.

솔은 장미처럼 요염한 꽃을 피울 줄도 모르며 화려한 향취를 뿌려 오고 가는 뭇 나비들을 부를 줄도 모른다. 그러기에 많은 사람들의 시선을 끌지 못하며 그만큼 그는 적적한 편이라 할 것이다.

허나 오랜 풍우에 시달리고 볶인 노숙한 체구는 마치 화가의 신비로운 붓끝에서 빚어진 듯 스스로 머리를 숙여 옷깃을 여밀 만큼 그 색채가 엄숙하여 좋고, 침형(針形 끝으로 갈수록 가늘어지는 바늘 모양)으로 된 잎이 서로 얽히어 난잡스러울 듯하건만 그렇지 않고 의좋게 짝을 지어 한 줄기에 질서 있게 붙어서, 맵고 거센 설한(雪寒)에도 이를 옥물고('악물고'의 북한어) 뜻을 변치 않는 그 기개가 좋고, 나는 듯 마는 듯, 그러나 다시 한 번 맡으면 확실히 무거운 저력을 가지고 내 코끝을 압박하는 그 향취가 솔의 품격을 여실히 드러내어 좋다.

　지금은 봄, 춘풍이 파 뿌리 냄새를 가득히 싣고 이 거리를 범람한다. 나는 신병(身病 몸에 생긴 병)으로 인하여 며칠 전에 상경하였다. 아침이면 분주히 대학 병원으로 달리면서 원내에 우뚝우뚝 서 있는 노송(老松)을 바라본다. 비록 몸은 늙어 딴 받침나무를 의지해 섰지만 그 잎의 지조만은 서슬이 푸르다. 암담한 세상에서 너 혼자 호올로 …… 이렇게 중얼거리지 않을 수 없다. 문득 내 어머님께서 뚝 꺾어 주시던 그 솔가지, 달콤한 물이 쪼르르 흐르던 그 가지가 이것이 아니었던가 싶어지면서 내 입속이 환해진다. 마치 가오리같이 까맣게 오래된 것도 모르고. *

🍁 신록 예찬

✏️ 작가와 작품 세계

이양하(1904~1963)

수필가이자 영문학자. 평안남도 강서 출생. 일본 도쿄대학 영문과를 졸업하고 동 대학원을 수료한 후 서울대학교 교수를 지냈다. 1930년 최재서 등과 함께 주지주의(主知主義) 문학 이론을 소개했고, 〈문장〉 등에 직접 시를 발표하기도 했다. 그는 자연과 생활 속에서 수필의 소재를 찾아, 자연을 다양한 수사법으로 예찬하고 인간관계를 세심하게 관찰했다. 주요 저서로 수필집 『이양하 수필집』, 『나무』 등이 있다.

✏️ 작품 정리

> **갈래** : 현대 수필, 경수필
>
> **성격** : 주정적, 관조적, 예찬적, 사색적, 자연 친화적
>
> **특징** : • 서술과 묘사를 적절히 배합함
>
>   • 다양한 수사법으로 대상에 대한 뚜렷한 이미지를 드러냄
>
> **구성** : 5월의 자연이 주는 아름다움과 혜택에 몰입되는 과정을 자유로운 형식으로 서술함
>
> **주제** : 신록의 아름다움에 대한 예찬

✏️ 생각해 볼 문제

1. 이 작품은 인간 사회와 자연을 어떻게 대비하고 있는가?

이 글에는 인생에 대한 의미와 자연에 대한 심미적인 통찰력이 잘 나타나 있다. 작가는 자연이 주는 혜택과 아름다움을 예찬하고, 인간의 가치를 자연보다 비속한 것으로 정의한다. 또한, 오월의 신록에서 경이로움을 발견하고 현실에서 잠시 벗어나 숲을 찾아가 자연과 일체감을 맛본다. 이것이 인간에 대한 부정을 의미하는 것은 아니다. 하지만 신록의 계절에는 자연

의 아름다움이 인간의 아름다움을 앞선다고 생각한 것이다. 그리고 작가는 신록의 아름다움을 극찬하면서도 지위와 명예에 집착하는 인간의 행태를 경계한다. 자연의 아름다움을 즐길 줄 아는 풍요로운 마음으로 살아가기를 기대하는 것이다.

2. 다음은 이양하의 수필 「나무」 중 일부분이다. 「신록 예찬」과 비교해 볼 때 공통점과 차이점은 무엇인가?

> 나무는 덕(德)을 지녔다. 나무는 주어진 분수에 만족할 줄을 안다. 나무로 태어난 것을 탓하지 아니하고, 왜 여기 놓이고 저기 놓이지 않았는가를 말하지 아니한다. 등성이에 서면 햇살이 따사로울까, 골짜기에 내려서면 물이 좋을까 하여, 새로운 자리를 엿보는 일도 없다.

「나무」에서 나무는 '안분지족의 현인', '고독한 철인', '훌륭한 견인주의자' 등으로 비유된다. 이러한 나무처럼 인간도 만족할 줄 알고, 참을 줄 알고, 자연에 동화될 줄 아는 유유자적한 모습을 되찾자는 것이다. 이는 작가가 「신록 예찬」과 마찬가지로 자연의 아름다움을 예찬하는 것으로 볼 수 있다. 또 나무와 세속적인 인간의 모습이 대비되고 있는 것은 「신록 예찬」에서 신록의 아름다움과 비속한 인간의 행태를 대비한 것과 같은 맥락이다. 하지만 「신록 예찬」에서 인간의 가치를 자연에 비해 보잘것없는 것으로 그리는 것과 달리, 「나무」에서는 인간에 대한 직접적인 언급이 나오지 않는다. 다만 독자는 완전한 덕성을 갖춘 나무의 모습을 통해 이와 대조적인 인간의 모습을 떠올리게 되는 것이다.

신록 예찬

봄, 여름, 가을, 겨울 두루 사시(四時 사계절)를 두고 자연이 우리에게 내리는 혜택에는 제한이 없다. 그러나 그중에도 그 혜택을 풍성히 아낌없이 내리는 시절은 봄과 여름이요, 그중에도 그 혜택이 가장 아름답게 나타나는 것은 봄, 봄 가운데도 만산에 녹엽(綠葉 푸른 잎)이 싹트는 이때일 것이다.

눈을 들어 하늘을 우러러보고 먼 산을 바라보라. 어린애의 웃음같이 깨끗하고 명랑한 5월의 하늘, 나날이 푸르러 가는 이 산 저 산, 나날이 새로운 경이를 가져오는 이 언덕 저 언덕, 그리고 하늘을 달리고 녹음을 스쳐 오는 맑고 향기로운 바람 — 우리가 비록 빈한하여 가진 것이 없다 할지라도, 우리는 이러한 때 모든 것을 가진 듯하고, 우리의 마음이 비록 가난하여 바라는 바, 기대하는 바가 없다 할지라도, 하늘을 달리어 녹음을 스쳐 오는 바람은 다음 순간에라도 곧 모든 것을 가져올 듯하지 아니한가?

오늘도 하늘은 더할 나위 없이 맑고, 우리 연전(延專 연희전문대학교. 현 연세대학교의 전신) 일대를 덮은 신록은 어제보다도 한층 더 깨끗하고 신선하고 생기 있는 듯하다. 나는 오늘도 나의 문법 시간이 끝나자, 큰 무거운 짐이나 벗어 놓은 듯이 옷을 훨훨 털며, 본관 서쪽 숲 사이에 있는 나의 자리를 찾아 올라간다. 나의 자리래야 솔밭 사이에 있는, 겨우 걸터앉을 만한 조그마한 소나무 그루터기에 지나지 못하지마는, 오고 가는 여러 동료가 나의 자리라고 명명(命名)하여 주고, 또 나 자신이 소나무 그루터기에 앉아 솔잎 사이로 흐느끼는 하늘을 우러러볼 때 하루 동안에도 가장 기쁜 시간을 이 자리에서 가질 수 있으므로, 시간의 여유가 있을 때마다 나는 한 특권이나 차지하는 듯이, 이 자리를 찾아 올라와 하염없이 앉아 있기를 좋아한다.

물론, 나에게 멀리 군속(群俗 속세의 무리)을 떠나 고고한 가운데 처하기를 원하는 선골(仙骨 신선 같은 기질과 풍모)이 있다거나, 또는 나의 성미가 남달리 괴팍하여 사람을 싫어한다거나 하는 것은 아니다. 나는 역시 사람 사이에 처하기를 즐거워하고, 사람을 그리워하는 갑남을녀(甲男乙女 평범한 사람)의 하나요, 또 사람이란 모든 결점이 있음에도 불구하고, 역시 가장 아름나운 존재의 하나라고 생각한다. 그리고 또, 사람으로서도 아름다운 사람이 되려면 반드시 사람 사이에 살고, 사람 사이에서 울고 웃고 부대껴야 한다고 생각한다.

그러나 이러한 때—푸른 하늘과 찬란한 태양이 있고, 황홀한 신록이 모든 산, 모든 언덕을 덮는 이때, 기쁨의 속삭임이 하늘과 땅, 나무와 나무, 풀잎과 풀잎 사이에 은밀히 수수(收受 주고 받음)되고, 그들의 기쁨의 노래가 금시라도 우렁차게 터져 나와, 산과 들을 흔들 듯한 이러한 때를 당하면, 나는 곁에 비록 친한 동무가 있고, 그의 재미있는 이야기가 있다 할지라도, 이러한 자연에 곁눈을 팔지 않을 수 없으며, 그의 기쁨의 노래에 귀를 기울이지 아니할 수 없게 된다.

그리고 또, 어떻게 생각하면, 우리 사람이란—세속에 얽매여, 머리 위에 푸른 하늘이 있는 것을 알지 못하고, 주머니의 돈을 세고, 지위를 생각하고, 명예를 생각하는 데 여념이 없거나, 또는 오욕 칠정(汚辱七情)에 사로잡혀, 서로 미워하고 시기하고 질투하고 싸우는 데 마음의 영일(寧日 걱정 없이 평안한 날)을 가지지 못하는 우리 사람이란, 어떻게 비소(卑小)하고(보잘것없이 작고) 어떻게 저속한 것인지, 결국은 이 대자연의 거룩하고 아름답고 영광스러운 조화를 깨뜨리는 한 오점 또는 한 잡음밖에 되어 보이지 아니하여, 될 수 있으면 이러한 때를 타서, 잠깐 동안이나마 사람을 떠나, 사람의 일을 잊고, 풀과 나무와 하늘과 바람과 한가지로 숨 쉬고 느끼고 노래하고 싶은 마음을 억제할 수가 없다.

그리고 또, 사실 이즈음의 신록에는, 우리의 마음에 참다운 기쁨과 위안을 주는 이상한 힘이 있는 듯하다. 신록을 대하고 있으면, 신록은 먼저 나의 눈을 씻고, 나의 머리를 씻고, 나의 가슴을 씻고, 다음에 나의 마음의 구석구석을 하나하나 씻어 낸다. 그리고 나의 마음의 모든 티끌—나의 모든 욕망과 굴욕과 고통과 곤란이 하나하나 사라지는 다음 순간, 별과 바람과 하늘과 풀이 그의 기쁨과 노래를 가지고 나의 빈 머리에, 가슴에, 마음에 고이고이 들어앉는다. 말하자면, 나의 흉중(胸中 가슴)에도 신록이요, 나의 안전(眼前 눈앞)에도 신록이다. 주객일체(主客一體), 물심일여(物心一如), 황홀하다 할까, 현요(眩耀 눈이 부시게 빛나고 찬란함)하다 할까, 무념무상, 무장무애(無障無礙 마음에 아무런 집착이 없는 평온한 상태), 이러한 때 나는 모든 것을 잊고, 모든 것을 가진 듯이 행복스럽고, 또 이러한 때 나에게는 아무런 감각의 혼란도 없고, 심정의 고갈도 없고, 다만 무한한 풍부의 유열(愉悅 유쾌하고 즐거움)과 평화가 있을 따름이다.

그리고 또, 이러한 때에 비로소 나는 모든 오욕과 모든 우울에서 완전히 자유로울 수 있고, 나의 마음의 상극과 갈등을 극복하고 고양하여(높이 올려), 조화 있고 질서 있는 세계에까지 높인 듯한 느낌을 가질 수 있다.

그러기에, 초록에 한하여 나에게는 청탁(淸濁 좋고 싫음)이 없다. 가장 연한 것에서 가장 짙은 것에 이르기까지 나는 모든 초록을 사랑한다. 그러나 초록에도 짧으나마 일생이 있다. 봄바람을 타고 새 움과 어린잎이 돋아 나올 때를 신록의 유년이라 한다면, 삼복염천(三伏炎天 여름의 몹시 더운 날씨) 아래 울창한 잎으로 그늘을 짓는 때를 그의 장년 내지 노년이라 하겠다. 유년에는 유년의 아름다움이 있고, 장년에는 장년의 아름다움이 있어 취사하고 선택할 여지가 없지마는, 신록에 있어서도 가장 아름다운 것은 역시 이즈음과 같은 그의 청춘 시대—움 가운데 숨어 있던 잎의 하나하나가 모두 형태를 갖추어 완전한 잎이 되는 동시에, 처음 태양의 세례를 받아 청신하고 발랄한 담록(淡綠 연한 녹색)을 띠는 시절이라 하겠다. 이 시대는 신록에 있어서 불행히 짧다. 어떤 나무에 있어서는 혹 2, 3주일을 셀 수 있으나, 어떤 나무에 있어서는 불과 3, 4일이 되지 못하여, 그의 가장 아름다운 시절은 지나가 버린다.

그러나 이 짧은 동안의 신록의 아름다움이야말로 참으로 비할 데가 없다. 초록이 비록 소박하고 겸허한 빛이라 할지라도, 이러한 때의 초록은 그의 아름다움에 있어, 어떤 색채에도 뒤서지 아니할 것이다. 예컨대, 이러한 고귀한 순간의 단풍 또는 낙엽송을 보라. 그것이 드물다 하면, 이즈음의 도토리, 버들, 또는 임간(林間 숲 속)에 있는 이름 없는 이 풀 저 풀을 보라. 그의 청신한 자색(姿色 고운 얼굴), 그의 보드라운 감촉, 그리고 그의 그윽하고 아담한 향훈(香薰 향기), 참으로 놀랄 만한 자연의 극치의 하나가 아니며, 또 우리가 충심으로 찬미하고 감사를 드릴 만한 자연의 아름다운 혜택의 하나가 아닌가? *

페이터의 산문

> **작가** : 이양하(164쪽 '작가와 작품 세계' 참조)
> **갈래** : 현대 수필, 중수필
> **성격** : 관조적
> **특징** : 상대 높임법인 해라체와 2인칭 '너'를 사용해 개성적 문체로 전개함
> **구성** : 즐겨 읽는 책을 간단하게 소개하는 내용과 페이터가 번역한 『명상록』
> 의 내용으로 구성됨
> **주제** : 욕망에 대한 인간의 부질없는 집착

생각해 볼 문제

1. 이 작품의 구성상 특징은 무엇인가?

이 글은 도입부만 이양하의 글이고, 나머지는 영국의 작가 페이터의 글이다. 그런데 자세히 들여다보면 페이터의 글이라고 하기도 어렵다. 왜냐하면 페이터 또한 로마의 황제 아우렐리우스의 『명상록』을 발췌해 썼기 때문이다. 따라서 이 글은 아우렐리우스와 페이터, 그리고 이양하 세 사람의 공동작이라고 할 수 있다. 아우렐리우스의 글은 페이터가, 페이터의 글은 이양하가 개인적인 경험과 가치관에 따라 의미를 부여했기 때문이다.

2. 이양하의 수필에서 발견되는 문제점은 무엇인가?

기행문의 성격을 가지고 출발한 근대적 성격의 수필은 1930년대에 와서야 본격적인 문학의 한 장르로 인정받기 시작했다. 당시에 이양하는 김진섭 등과 함께 전문 수필가로 활동했는데, 식민 통치를 받고 있던 시대적 한계 때문에 순수 문학을 선택할 수밖에 없었다. 이양하가 문체를 중시했던 것은 바로 이 때문이다. 이양하는 19세기 후반에 등장한 유미주의 작가 월터 페이터를 존경했으며, 그의 글을 번역해 소개하기도 했다. 이런 이유로 이양하의 초기 수필에서는 미문과 외국어식 표현이 넘쳐 났다.

페이터의 산문

　만일 나의 애독하는 서적을 제한하여 2, 3권 내지 4, 5권만을 들라면, 나는 그중의 하나로 옛날 로마의 철학자, 황제 마르쿠스 아우렐리우스의 『명상록』을 들기를 주저하지 아니하겠다. 혹은 설움으로 혹은 분노로, 혹은 욕정으로 마음이 뒤흔들리거나, 또는 모든 일이 뜻같이 아니하여, 세상이 귀찮고, 아름다운 동무의 이야기까지 번거롭게 들릴 때 나는 흔히 이 견인주의(堅忍主義 욕망 따위를 참고 억제하려는 도덕적이고 종교적인 태도)자 황제를 생각하고, 어떤 때는 직접 조용히 그의 『명상록』을 펴 본다.

　그리하면 그것은 대강의 경우에 있어, 어느 정도 마음의 평정을 회복해 주고, 당면한 고통과 침울을 많이 완화해 주고, 진무(鎭撫 진정시키고 어루만짐)해 준다. 이러한 위안의 힘이 어디서 오는지는 확실하지 않다. 모르거니와, 그것은 '모든 것을 어떻게 생각하는가는 내 마음에 달렸다', '행복한 생활이란 많은 물건에 의존하는 것이 아니라는 것을 항상 기억하라', '모든 것을 사리(捨離 모든 것을 버리고 집착하지 않아 번뇌에서 떠나는 일)하라. 그리고 물러가 네 자신 가운데 침잠하라', 이러한 현명한 교훈에서만 오는 것은 아닐 것이다.

　그것은 도리어 그 가운데 읽을 수 있는 외로운 마음, 끊임없는 자기 자신과의 대화가 생활의 필요조건이 되어 있는 마음, 행복을 단념하고 오로지 마음의 평정만을 구하는 마음에서 오는 것인지도 모른다. 다시 말하면, 목전(目前 눈앞)의 현실에 눈을 감음으로써, 현실과의 일정한 거리를 유지할 수 있고, 또 어떤 때는 현실을 아주 무시하고 망각할 수 있는 마음에서 오는 편이 많을지도 모른다.

　이러한 의미에 있어, 그 위안은 건전한 성질의 것이 아니라고도 할 수 있겠다. 사실, 일종의 지적 오만 또는 냉정한 무관심이 황제의 견인주의의 자연한 귀결이요, 동시에 생활 철학으로서의 한 큰 제한이 된다는 것은 거부할 수 없는 일이다. 그러나 그 반면, 견인주의가 황제의 생활에 있어 가장 아름답게 구현되고, 견인주의자의 추구하는 마음의 평정이, 행복을 구할 수 있는 마음의 한 기본적 자체가 된다는 것만은 또 수긍하지 아니할 수 없는 사실이다.

다음에 번역해 본 것은 직접 『명상록』에 번역한 것이 아니요, 월터 페이터가 그의 『쾌락주의자 메어리어스』의 일 장(一章)에 있어서, 황제의 연설이라 하여, 『명상록』에 임의로 취재한 데다 자기 자신의 상상과 문식(文飾 학문과 지식)을 가하여 써 놓은 몇 구절을 번역한 것이다. 페이터는 다 아는 바와 같이 세기말 영국의 유명한 심미 비평가로, 아름다운 것을 관조하고 아름다운 글을 쓰는 데 일생을 바친 사람이다.

나는 그의 『문예 부흥』의 찬란한 문체도 좋아하니, 이 몇 구절의 간소하고 장중한 문체도, 거기 못지아니하게 좋아한다. 그리고 황제의 생각도 페이터의 붓을 빌려 읽은 것이 없을 뿐 아니라, 한층 아름다운 표현을 얻었다 할 수 있지 아니한가 한다.

인용 부분

사람의 칭찬받기를 원하거든, 깊이 그들의 마음에 들어가, 그들이 어떠한 판관(判官 심판관. 재판관)인가, 또 그들이 그들 자신에 관한 일에 대하여 어떠한 판단을 내리는가를 보라. 사후에 칭찬받기를 바라거든, 후세에 나서, 너의 위대한 명성을 전할 사람들도, 오늘같이 살기에 곤란을 느끼는 너와 다름없는 것을 생각하라. 진실로 사후의 명성에 연연해하는 자는 그를 기억해 주기를 바라는 사람의 하나하나가 얼마 아니하여 이 세상에서 사라지고, 기억 자체도 한동안 사람의 마음의 날개에 오르내리나, 결국은 사라져 버린다는 것을 알지 못하는 사람이다.

네가 장차 볼 일 없는 사람들의 칭찬에 그렇게도 마음을 두는 것은 무슨 이유인고? 그것은 마치 너보다 앞서 이 세상에 났던 사람들의 칭찬을 구하는 것이나 다름이 없는 어리석은 일이 아니냐?

참다운 지혜로 마음을 가다듬은 사람은, 저 인구에 회자하는 호머(호메로스. 고대 그리스의 시인)의 시구 하나로도 이 세상의 비애와 공포에서 자유로울 수 있을 것이다.

사람은 나뭇잎과도 흡사한 것
가을바람이 땅에 낡은 잎을 뿌리면

봄은 다시 새로운 잎으로
숲을 덮는다

잎, 잎, 조그만 잎. 너의 어린애도 너의 아유자(阿諛者 남에게 잘 보이려고 아첨하는 사람)도, 너의 원수도 너를 저주하여 지옥에 떨어뜨리려 하는 자나, 이 세상에 있어 너를 나쁘게 말하고 비웃는 자나, 또는 사후에 큰 이름을 남긴 자나, 모두가 다 가지고 바람에 휘날리는 나뭇잎. 그들은 참으로 호머가 말한 바와 같이 봄철을 타고 난 것으로, 얼마 아니하여서는 바람에 불리어 흩어지고 나무에는 다시 새로운 잎이 돋아나는 것이다.

그리고 이들에게 공통한 것이라고는 다만 그들의 목숨이 짧다는 것뿐이다. 그럼에도 불구하고, 너는 마치 그들이 영원한 목숨을 가진 것처럼, 미워하고 사랑하려고 하느냐? 얼마 아니하여서는 네 눈도 감겨지고, 네가 죽은 몸을 의탁하였던 자 또한 다른 사람의 짐이 되어 무덤에 가는 것이 아닌가? 때때로 현존하는 것, 또는 인제 막 나타나려 하는 모든 것이 어떻게 신속히 지나가는 것인지를 생각하여 보라. 그들의 실체는 끊임없는 물의 흐름, 영속하는 것이라고는 하나도 없다. 그리고 바닥 모를 때의 심연은 바로 네 곁에 있다. 그렇다면 이러한 것들 때문에 혹은 기뻐하고, 혹은 괴로워한다는 것이 어리석은 일이 아니냐?

무한한 물상(物象 자연계의 사물) 가운데서 네가 향수한(어떤 혜택을 받아 누린) 부분이 어떻게 작고, 무한한 시간 가운데 네게 허용된 시간이 어떻게 짧고, 운명 앞에 네 존재가 어떻게 미소한(아주 작은) 것인가를 생각하라. 그리고 기꺼이 운명의 직녀 클로토(그리스 신화에서 실을 짜는 운명의 여신)의 베틀에 몸을 맡기고, 여신이 너를 실 삼아 어떤 베를 짜든 마음을 쓰지 말라.

공사를 막론하고 싸움에 휩쓸려 들어갔을 때에는 때때로 그들의 분노와 격렬한 패기로 오늘까지 알려진 사람들 저 유명한 격노와 그 동기를 생각하고, 고래(古來)의 큰 싸움의 성패를 생각하라. 그들은 지금 모두 어떻게 되었으며 그들의 전진의 자취는 어떻게 되었는가! 그야말로 먼지요, 재요, 이야기요, 신화, 아니 어떡하면 그만도 못한 것이다. 일어나는 이런 일 저런 일을 중대시하여, 혹은 몹시 다투고 혹은 몹시 화를 내던 네 신변의 사람들을 상기하여 보라. 그들은 과연 어디 있는가? 너는 이들과 같아지기를 원하는가?

죽음을 염두에 두고, 네 육신과 영혼을 생각해 보라. 네 육신이 차지한 것은 만상 가운데 하나의 미진(微塵 아주 작은 티끌이나 먼지), 네 영혼이 차지한 것은 이 세상에 충만한 마음의 한 조각, 이 몸을 둘러보고 그것이 어떤 것이며 노령과 애욕과 병약 끝에 어떻게 되는 것인지를 생각해 보라. 또는 그 본질, 원형에 상도(想到 생각이 어떤 곳에 미침)하여 가상(假想)에서 분리된 정체를 살펴보고, 만상의 본질이 그의 특수한 원형을 유지할 수 있는 제한된 시간을 생각해 보라. 아니 부패한 만상의 원리 원칙에도 작용하는 것으로 만상은 곧 진애(塵埃 티끌과 먼지)요, 수액이요, 악취요, 골편(骨片 뼈의 조각). 너의 대리석은 흙의 경결(硬結 단단하게 굳음), 너의 금은은 흙의 잔사(殘渣 남은 찌꺼기)에 지나지 못하고 너의 명주옷은 벌레의 잠자리, 저의 자포(紫袍 자줏빛 도포)는 깨끗지 못한 물고기 피에 지나지 못한다. 아! 이러한 물건에서 나와 다시 이러한 물건으로 돌아가는 네 생명의 호흡 또한 이와 다름이 없느니라.

천지에 미만해(널리 가득 차) 있는 큰 영(靈)은 만상을 초와 같이 손에 넣고 분주히 차례차례로 짐승을 빚어내고 초목을 빚어내고 어린애를 빚어낸다. 그리고 사멸하는 것도 자연의 질서에서 아주 벗어져 나가는 것은 아니요, 그 안에 남아 있어 역시 변화를 계속하고 자연을 구성하고 또 너를 구성하는 요소로 다시 배분되는 것이다. 자연은 말없이 변화한다. 느티나무 궤짝은 목수가 꾸며 놓을 때 아무런 불평도 없었던 것과 같이 부서질 때도 아무런 불평을 말하지 아니한다.

사람이 있어 네가 내일, 길어도 모레 죽으리라고 명언한다(분명히 말한다) 할지라도 네게는 내일 죽으나 모레 죽으나 별로 다름이 없을 것이다. 따라서 너는 내일 죽지 아니하고 일 년 후, 이 년 후, 또는 십 년 후에 죽는 것을 다행한 일이라고 생각지 않도록 힘써라.

만일 너를 괴롭히는 것이 있다면, 그것은 네 마음이 그렇게 생각하는 때문이니까. 너는 그것을 쉬 물리칠 수 있을 것이다. 죽음이란 무엇인가? 만일 죽음에 부수되는 여러 가지 외관과 관념을 사리하고 죽음 자체를 직시한다면, 죽음이란 자연의 한 이법(理法 원리와 법칙)에 지나지 아니하고, 사람은 그 이법 앞에 겁을 집어먹는 어린애에 지나지 못하는 것을 알 것이다. 아니, 죽음은 자연의 이법이요, 작용일 뿐 아니라 자연을 돕고 이롭게 하는 것이다.

활동을 중지하는 데, 생각하고 행하는 데, 노력을 중지하는 데 아무런 해도 없다. 사람의 일생의 여러 가지 단계, 유년·청년·성년·노년을 생각해 보라. 이 하나하나의 변천 역시 한 죽음이나, 거기도 아무런 해도 없다. 너는 배를 타고 물을 건너 언덕에 다다랐다. 그러니 배에서 내리라! 피생(彼生 저세상)이 있다 하자, 그렇다면 거기도 신의 섭리가 있을 것이요, 영원한 망각이 있다 하자, 그렇다면 너는 적어도 오관(五官 다섯 가지 감각 기관)에 사무치는 모든 고통에서 자유로울 수 있고, 무감각한 괴뢰(傀儡 꼭두각시)와 같이 너를 이리 흔들고 저리 흔들어 놓는 모든 정욕을 해탈하고 이지(理智 이성과 지혜)의 멀고 먼 길, 육신에의 수고로운 예속에서 자유로울 수 있을 것이다.

철인이나 법학자나 장군이 우러러 보이면 이러한 사람으로 이미 사거(死去 죽어서 세상을 떠남)한 사람을 생각하라. 네 얼굴을 거울에 비추어 볼 때에는 네 조선(祖先 조상)의 하나, 옛날의 로마 황제의 한 사람을 생각해 보라. 그러면 너는 도처에 네 현신(現身)을 볼 수 있을 것이다. 그러고는 이러한 것을 생각하여 보라. 그들이 지금 어디 있는가? 대체 어디 있을 수 있는가? 그리고 너 자신 얼마나 오래 머물러 있을 수 있는가? 너는 네 생명의 속절없고 너의 직무, 너의 경영이 험하다는 것을 알지 못하느냐?

그러나 머물러 있으라. 적어도 치열한 불길이 그 가운데 던져지는 모든 것을 열과 빛으로 변화시키는 것과 같이, 이러한 세상의 속사(俗事 일상생활의 잡다한 일)나마 그것을 네 본성에 맞도록 동화시키는.

한때 통용되던 말이 폐어(廢語)가 되는 것과 같이, 모든 사람의 입에 오르던 이름도 마침내는 잊혀진다. 카밀루스, 볼레수스, 레오나투스, 조금 내려와서는 스키피오와 카토, 그리고 다음에는 아우구스투스, 하드리안, 안토니누스 피우스, 이러한 큰 이름이 모두 그러하다. 또 수미(愁眉 근심에 잠겨 찌푸린 눈썹. 또는 그런 얼굴이나 기색)를 가지고 다른 사람의 병상 옆에 섰던 얼마나 많은 의사가 그들 자신 병들어 죽었는가! 다른 사람의 운명을 신중하게 예언하던 저 현명한 칼데아(Chaldea 바빌로니아 남쪽의 옛 지명)의 복자(卜者 점쟁이)들도 자기 자신의 최후는 알지 못하였다. 그리고 아름다운 집에 살던 모든 사람, 티베리우스와 같이 카프리의 섬을 사랑하고 정원과 탕욕(湯浴 온수욕)을 즐기던 사람들, 불멸에 관하여 정리한 철리(哲理)를 말하던 피타고라스와 소크라테스, 또는 자기의 생명만은 영속할 듯이 다른 사람의 생명을 가볍게 무찌른 알렉산더, 그와 그의 마부가 지금 다른 것이 무엇인가. — 이러한 모든 사람들도 다 한가지로 다음다음 가 버리지 아니하였는가! 안토니우스의 궁신(宮臣)도 태반은 죽었다. 판테아도 페르가무스도 벌써 그녀들의 임자의 분묘 옆에 앉아 있지 아니한 지 오래다. 하드리안의 묘지기도 이미 사라졌다. 아직까지 남아 있었다면 도리어 우스운 일일 것이다. 그들이 혹 아직 남아 있어 묘를 지킨다 한들 죽은 사람이 그것을 알고 기뻐하며, 또 그들이 영구히 지켜 주는 것을 즐겨 하랴? 그들도 결국은 늙고 병들어 이 세상을 떠날 때가 있을 것이다. 그러면 그때는 누가 있어 군왕의 분묘를 지킬 것인가? 이것이 무덤의 종말로 무덤에도 정명(定命 날 때부터 정해진 수명)이 있는 것이다.

세상은 한 큰 도시, 너는 이 도시의 한 시민으로 이때까지 살아왔다. 아! 온 날을 세지 말며, 그날의 짧음을 한탄하지 말라. 너를 여기서 내보내는 것은 부정한 판관이나 폭군이 아니요, 너를 여기 데려온 자연이다. 그러니 가라. 배우가 그를 고용한 감독이 명령하는 대로 무대에서 나가듯이 아직 5막을 다 끝내지 못하였다고 하려느냐? 그러나 인생에 있어서는 3막으로 극 전체가 끝나는 수가 있다.

그것은 작자(作者)가 상관할 일이요, 네가 간섭할 일이 아니다. 기쁨을 가지고 물러가라. 너를 물러가게 하는 것도 선의(善意)에서 나오는 일인지도 모를 일이니까. *

물

이태준(1904~?)

강원도 철원 출생. 1920년 〈시대일보〉에 단편 「오몽녀」를 발표하면서 작품 활동을 시작했다. 초기에는 구인회를 조직해 활동하면서 예술 지향적 색채가 강한 작품을 주로 발표했다. 인간의 심리와 사건을 섬세하게 묘사함으로써 단편 소설의 서정성을 높였다는 평가를 받는다. 광복 이후에는 조선 문학가 동맹에 가담하면서 사회주의적 색채가 강한 작품을 주로 발표했다. 수필집으로 『무서록(無序錄)』이 있다.

✎ 작품 정리

> **갈래** : 현대 수필, 경수필
>
> **성격** : 서정적, 교훈적
>
> **특징** : 사물을 의인화해 간결하면서도 담담한 어조로 표현함
>
> **구성** : 물의 성격을 별다른 형식이나 기준 없이 특징별로 나열함
>
> **주제** : 모든 것을 감싸고 포용하는 물에 대한 예찬

✎ 생각해 볼 문제

1. 작가가 예찬하고 있는 물의 덕성이란 무엇인가?

물의 특성을 크게 두 가지로 나누면, 있는 그대로 흘러가는 자연적인 특성과 주변을 이롭게 하는 이타적인 특성을 꼽을 수 있다. 본래 물은 자연스러운 흐름 자체로 사람들에게 즐거움을 선사할 뿐 아니라 자신의 아름다움을 훼손하면서까지 남의 더러움을 씻어 주는 어진 덕을 지녔다. 또한, 물은 독에 넣으면 독 속에서, 땅속의 철관에 넣으면 몰아넣는 그대로 아무 불평 없이 자리를 잡는다. 자신을 내놓아 물고기와 자라를 기르며 논과 밭에서 곡물을 키운다. 노자는 이런 물의 특성을 가리켜 "최상의 선은 물과 같다."라

고 했다. 결국 작가는 인간도 물과 같이 순리를 거스르지 않고 주변을 포용
하며 살아가야 함을 교훈적으로 빗대고 있다.

2. 이태준의 문장 이론서인 『문장 강화』에서는 수필의 어떤 점을 강조하고 있는가?

이태준은 수필이란 자신의 모든 것을 알몸을 드러내듯 보여 줘야 한다고
주장하며 수필에 대해 다음과 같이 말했다.

> 작가의 면목이 첫마디부터 드러나는 글이 수필이다. 그 사람의 자연관,
> 인생관, 습성, 취미, 지식, 이상 이런 모든 '그 사람의 것'이 직접 재료
> 가 되어 나오기 때문이다. 누구에게나 수필은 자기의 심적 알몸이다.
> 그러므로 수필을 쓰려면 먼저 '자기의 풍부'가 있어야 하고, '자기의 미
> (美)'가 있어야 할 것이다.

이 말은 수필을 쓰려면 자신의 이야기를 솔직하게 써야 한다는 뜻이다. 또
한, 수필이란 누구나 쓸 수 있는 무형식의 문학 장르이지만 소설 못지않은
진실성을 가져야 한다는 의미이기도 하다.

물

나는 물을 보고 있다. 물은 아름답게 흘러간다. 흙 속에서 스며 나와 흙 위에 흐르는 물, 그러나 흙물이 아니요 정(淨)한 유리그릇에 담긴 듯 진공 같은 물, 그런 물이 풀잎을 스치며 조각돌에 잔물결을 일으키며 푸른 하늘 아래에 즐겁게 노래하며 흘러가고 있다.

물은 아름답다. 흐르는 모양, 흐르는 소리도 아름답거니와 생각하면, 이의 맑은 덕, 남의 더러움을 씻어는 줄지언정, 남을 더럽힐 줄 모르는 어진 덕이 이에게 있는 것이다. 이를 대할 때 얼마나 마음을 맑힐 수 있고 이를 사귈 때 얼마나 몸을 깨끗이 할 수 있는 것인가!

물은 보면 즐겁기도 하다. 이에겐 언제든지 커다란 즐거움이 있다. 여울을 만나 노래할 수 있는 것만 이의 즐거움은 아니다. 산과 산으로 가로막되 덤비는 일 없이 고요한 그대로 고이고 고이어 나중 날 넘쳐 흘러가는 그 유유무언(悠悠無言 유유한 가운데 말이 없음)의 낙관, 얼마나 큰 즐거움인가! 독에 퍼 넣으면 독 속에서, 땅속 좁은 철관에 몰아넣으면 몰아넣는 그대로 능인자안(能忍自安 잘 참아 내어 스스로 편안함)한다.

물은 성스럽다. 무심히 흐르되 어별(魚鼈 바다 동물)이 이의 품에 살고 논, 밭, 과수원이 이 무심한 이로 인해 윤택하다.

물의 덕을 힘입지 않는 생물이 무엇인가!

아름다운 물, 기쁜 물, 고마운 물, 지자 노자(老子)는 일즉(일찍) 상선약수(上善若水 노자의 『도덕경』에 나오는 말로, '최고의 선은 물과 같다'는 뜻)라 하였다. *

 책(册)

✏ 작품 정리

> **작가** : 이태준(176쪽 '작가와 작품 세계' 참조)
> **갈래** : 현대 수필, 경수필
> **성격** : 주관적, 사색적, 비유적
> **특징** : 여성을 책에 비유해 책에 대한 애정과 속성을 표현함
> **구성** : 책에 대한 주관적인 느낌과 이미지를 특정한 형식 없이 자유롭게 서술함
> **주제** : 책에 대한 예찬

✏ 생각해 볼 문제

1. 작가가 생각하는 책의 가치와 의미는 무엇인가?

이 작품에는 미사여구가 동원된 비유법이 특히 많이 쓰였다. 이는 책의 속성을 다양한 각도에서 추측해 볼 수 있게 한다. 작가에게 책은 읽는 대상에만 그치지 않는다. 책은 보고 어루만지는 물질 이상의 아름다움과 생명을 간직한 존재다. 이러한 존재적 의미 때문에 작가는 책을 여성으로 의인화한 것이다.

2. 이 작품에서 책의 속성은 어떻게 비유되고 있는가?

이 글에서 책은 그 속성에 따라 소녀, 미망인 혹은 '노라', 영양(令孃), 귀부인에 비유되고 있다. '소녀'는 갓 출간된 신간을, '미망인'은 고서점의 때 묻은 고서(古書)를, 『인형의 집』에 나오는 '노라'는 누군가 빌려 가서 돌려주지 않은 책을 의미한다. 이 세 가지 비유는 책의 외형적인 모습을 나타낸 것이다. 반면에 '영양'이나 '귀부인'은 책의 가치를 비유한 것이라고 할 수 있다. 이처럼 이 작품에는 책이라는 무생물을 생명을 지닌 존재로 유추해 내는 작가적 상상력이 잘 드러나 있다.

책

책(冊)만은 '책'보다 '冊'으로 쓰고 싶다. '책'보다 '冊'이 더 아름답고 더 '冊'답다.

책은, 읽는 것인가? 보는 것인가? 어루만지는 것인가? 하면 다 되는 것이 책이다. 책은 읽기만 하는 것이라면, 그건 책에게 너무 가혹하고 원시적인 평가다. 의복이나 주택은 보온만을 위한 세기(世紀)는 벌써 아니다. 육체를 위해서도 이미 그렇거든 하물며 감정의, 정신의, 사상의 의복이요, 주택인 책에 있어서랴! 책은 한껏 아름다워라, 그대는 인공으로 된 모든 문화물 가운데 꽃이요, 천사요, 또한 제왕이기 때문이다.

물질 이상인 것이 책이다. 한 표정 고운 소녀와 같이, 한 그윽한 눈매를 보이는 젊은 미망인처럼 매력은 가지가지다. 신간 난에서 새로 뽑을 수 있는 잉크 냄새 새로운 것은, 소녀라고 해서 어찌 다 그다지 신선하고 상냥스러우랴! 고서점에서 먼지를 털고 겨드랑 땀내 같은 것을 풍기는 것들은 자못 미망인다운 함축미인 것이다.

서점에서는 나는 늘 급진파다. 우선 소유하고 본다. 정류장에 나와 포장지를 끄르고 전차에 올라 첫 페이지를 읽어 보는 맛. 전찻길이 멀수록 복되다. 집에 갖다 한번 그들 사이에 던져 버리는 날은 그제는 잠이나 오지 않는 날 밤에야 그의 존재를 깨닫는 심히 박정한 주인이 된다.

가끔 책을 빌리러 오는 친구가 있다. 나는 적이 질투를 느낀다. 흔히는 첫 한두 페이지밖에는 읽지 못하고 둔 책이기 때문이다. 그가 나에게 속삭여 주려던 아름다운 긴 이야기를 다른 사나이에게 먼저 해 버리려 하기 때문이다. 가면 여러 날 뒤에, 나는 아주 까맣게 잊어버렸을 때, 그는 한껏 피로해져서 초라해져서 돌아오는 것이다. 친구는 고맙다는 말만으로 물러가지 않고 그를 평가까지 하는 것이다. 나는 그런 경우에 그 책에 대해선 전혀 흥미를 잃어버리는 수가 많다.

빌려 나간 책은 영원히 '노라(노르웨이의 극작가 입센이 쓴 『인형의 집』의 여주인공. 극의 결말 부분에서 남편과 결별하고 가출하여 돌아오지 않음)'기 되어 버리는 것도 있나.

이러는 나도 남의 책을 가끔 빌려 온다. 약속한 기간을 넘긴 것도 몇 권

있다. 그러기에 책은 빌리는 사람도 도적이요, 빌려 주는 사람도 도적이란 서적 논리가 따로 있는 것이다. 일생에 천 권을 빌려 보고 999권을 돌려보내고 죽는다면 그는 최우등의 성적이다.

그러나 남은 한 권 때문에 도적은 도적이다. 책을 남에게 빌려만 주고 저는 남의 것을 한 권도 빌리지 않기란 천 권에서 999권을 돌려보내기보다 더 어려운 일이다. 그러므로 빌리는 자나 빌려 주는 자나 책에 있어서는 다 도적 됨을 면치 못한다.

그러나 책은 역시 빌려야 한다. 진리와 예술을 감금해서는 안 된다.

그러나 책은 물질 이상이다. 영양〔令孃 남의. 특히 윗사람의 딸을 높여 부르는 말. 영애(令愛)〕이나 귀부인을 초대한 듯 결코 땀이나 때가 묻은 손을 대어서는 실례다. 책은 세수는 할 줄 모르는 미인이다.

책에만은 나는 봉건적인 여성관이다. 너무 건강해선 무거워 안 된다. 가볍고, 얄팍하고, 뚜껑도 예전 능화지(菱花紙 마름꽃의 무늬가 있는 종이. 마름꽃은 바늘꽃과에 속하는 다년생 풀로, 뿌리는 마름모 모양의 삼각형이고 7~8월에 흰 꽃이 핌)처럼 부드러워 한 손에 말아 쥐고, 누워서도 읽기 좋기를 탐낸다. 그러나 덮어 놓으면 떠들리거나 구김살이 잡히지 않고 이내 고요히 제 태(態)로 돌아가는 인종(忍從 참고 복종함)이 있기를 바란다고 할까. *

작품애(作品愛)

📝 작품 정리

> **작가** : 이태준(176쪽 '작가와 작품 세계' 참조)
> **갈래** : 현대 수필, 경수필
> **성격** : 자성적, 주정적, 교훈적
> **배경** : 시간 – 어제 / 공간 – 경성역에서 신촌으로 오는 기동차 안
> **특징** : • 세심한 추론을 통해 소녀의 감정을 잘 표현함
>   • 소녀의 일과 자신의 글쓰기를 적절하게 대비함
> **구성** : '기–서–결'의 3단계 구성
> **주제** : 작품에 대한 추억과 치열한 작품 활동에의 추구

📝 생각해 볼 문제

1. 작가가 소녀의 슬픔에 공감할 수 있었던 이유는 무엇인가?

작가가 소녀의 슬픔에 공감할 수 있었던 것은 자신도 작품을 잃어버렸던 경험이 있기 때문이다. 작가는 소녀의 일을 통해 〈현대평론〉에 실릴 나도향 추도문과 장편 소설 『성모(聖母)』 중 일부를 잃어버렸던 일을 회상한다. 그래서 어느 처녀가 "애, 울문 뭘 허니? 운다구 찾아지니? 울어두 안 될 걸 우는 건 바보야."라며 달래는 말이 이치에 맞다고 생각하면서도 재봉한 작품을 잃어버린 소녀의 마음이 자신의 마음에 더 가깝다고 느낀다.

2. 이 작품에서 말하는 '작품애'란 무엇인가?

작가는 『성모』를 잃어버렸던 당시에 기동차에서 만난 소녀처럼 울지 않았던 자신을 자책한다. 왜냐하면 자신이 울지 않은 것은 잃어버린 작품들에 대해 그만큼 애착이 없었거나, 충실하지 못했기 때문이라고 생각한 것이다. 이러한 반성으로 '잃어버리면 울지 않고는 견딜 수 없는 그런 작품을 써야 옳을 것이다'라고 말한 것이다. 즉, 소녀를 동해 작품에 대한 애정은 치열한 작가 정신에 비례한다는 사실을 깨달았음을 보여 준다.

작품애

어제 경성역(京城驛)으로부터 신촌(新村) 오는 기동차(汽動車 철도 차량의 일종으로 기관에 석탄을 쓰지 않고 전기나 석유, 또는 경유를 사용하여 운행하는 객차나 화물차)에서다. 책보를 메기도 하고, 끼기도 한 소녀들이 참새 떼가 되어 재깔거리는(나직한 소리로 조금 떠들썩하게 자꾸 이야기하는) 틈에서 한 아이는 얼굴을 무릎에 파묻고 흑흑 느껴 울고 있었다.

다른 아이들은 우는 동무에게 잠깐씩 눈은 던지면서도 달래려 하지 않고, 무슨 시험이 언제니, 아니니, 내기를 하자느니 하고 저희끼리만 재깔인다. 우는 아이는 기워 입은 적삼 등어리('등'의 방언)가 그저 들먹거린다. 왜 우느냐고 묻고 싶은데, 마침 그 애들 뒤에 앉았던 큰 여학생 하나가 나보다 더 궁금하였던지 먼저 물었다. 재재거리던 참새 떼는 딱 그치더니 하나가 대답하기를, "개 재봉한 걸 잃어버렸어요." 한다.

"학교에 바칠 걸 잃었니?"

"아니야요. 바쳐서 잘했다구 선생님이 칭찬해 주신 걸 잃어버렸어요. 그래 울어요."

큰 여학생은 이내 우는 아이의 등을 흔들며 달랜다.

"애, 울문 뭘 허니? 운다구 찾아지니? 울어두 안 될 걸 우는 건 바보야."

이 달래는 소리는 기동차 달아나는 소리에도 퍽 맑게 들리어, 나는 그 맑은 소리의 주인공을 다시 한 번 돌려 보았다. 중학생은 아니게 큰 처녀다. 분이 피어 그런지 흰 이마와 서늘한 눈은 기동차의 유리창들보다도 신선한 처녀다.

나는 이내 굴속으로 들어온 기동차의 천장을 쳐다보면서 그가 우는 소녀에게 한 말을 생각해 보았다.

"애, 울문 뭘 허니? 운다구 찾아지니? 울어두 안 될 걸 우는 건 바보야."

이치에 맞는 말이다. 울기만 하는 것으로 찾아질 리 없고, 또 울어서 이루어지지 않을 것을 우는 것은 확실히 어리석은 일이다. 그러나 사람들은 울음에 있어 곧잘 어리석어진다. 더욱 이 말이 여자로도 눈물에 제일 빠른 처녀로 한 말임에 생각할 재미도 있다. 그 희망에 찬 처녀를 저주해서가 아니라, 그도 이제부터 교복을 벗고 한번 인간 제복으로 갈아입고 나서는 날, 감정 때문에, 혹은 이해 상관으로 '울어도 안 될 것'을 울어야 할 일이 없다 하지 못할 것이다.

나는 신촌 역에 내려서도 이 '울문 뭘 허니? 울어두 안 될 걸 우는 건 바보야' 소리를 생각하며 걸었다.

그러나 이 말이나 이 말의 주인공은 점점 내 마음속에서 멀어 가는 대신 점점 가까이 떠오르는 것은 그 재봉한 것을 잃어버렸다는 소녀이다. 그는 오늘도 울고 있을 것 같고, 또 언제든지 그 잃어버린 조그마한 자기 작품이 생각날 때마다 서러울 것이다. 등어리를 조각조각 기워 입은 것을 보아 색 헝겊 한 오리 쉽게 얻을 수 있는 아이는 아니었다. 어머니께 조르고 동무에게 얻고 해서 무엇인지 모르나 구석을 찾아 앉아 동생 보지 않는다고 꾸지람을 들어 가며 정성껏, 솜씨껏, 마르고(치수에 맞추어 베고 자르고), 호고(헝겊을 여러 겹 겹쳐서 성기게 꿰매고), 감치고(실로 감아 꿰매고) 했을 것이다.

그것이 여러 동무의 것을 제쳐 놓고 선생님의 칭찬을 차지하게 될 때, 소녀는 세상일에 그처럼 가슴이 뛰어 본 적은 일찍이 없었을 것이다. 이제 하학만 하면 어서 가지고 집으로 가서 부모님께도, 좋은 끗수(어떤 성적의 결과를 나타내는 수. 점수) 받은 것을 자랑하며 보여 드리려던 것이 그만 없어지고 말았다.

소녀에게 있어선 결코 작은 사건이 아니요, 작은 슬픔이 아닐 것이다.

나도 작품을 더러 잃어 보았다. 도향(稻香 소설가 나도향)의 죽은 이듬햇가 서해(曙海 소설가 최서해) 형이 〈현대평론〉에 도향 추도호를 낸다고 추도문을 쓰라 하였다. 원고 청이 별로 없던 때라 감격하여 여름 단열밤(짧은 밤)을 새어 썼다. 고치고 고치고 열 번도 더 고쳐 현대평론사로 보냈더니, 서해 형이 받기는 받았는데 잃어버렸으니 다시 쓰라는 것이다. 같은 글을 다시 쓸 정열이 나지 않았다. 마지못해 다시 쓰기는 썼지만 아무래도 처음에 썼던 것만 못한 것 같아 찜찜한 것을 참고 보냈다.

신문, 잡지에 났던 것도 미처 떼어 두지 않아서, 또 떼어 뒀던 것도 어찌어찌해 없어진다. 누가 와 어느 글을 재미있게 읽었노라 감상을 말하면, 그가 돌아간 뒤에 나도 그 글을 다시 한 번 읽어 보고 싶어 찾아본다. 찾아보아 찾아내지 못한 것이 이미 서너 가지 된다. 다시 그 신문, 잡지를 찾아가오려 오기란 거의 불가능한 일이다. 꽤 섭섭하게 그날 밤을 자곤 하였다.

이 '섭섭'을 꽤 심각하게 당한 것은 장편 『성모(聖母)』다. 그 소설의 주인공 순모가 아이를 낳아서부터, 어머니로서의 애쓰는 것은 나도 상당히 애를 쓰며 썼다. 책으로는 못 나오나 스크랩채로라도 내 자리 옆에 두고 싶은 애정이 새삼스럽게 끓었다.

그러나 울지는 않았다. 위에 기동차의 소녀처럼 울지는 않았다. 왜 울지 않았는가? 아니 왜 울지 못하였는가? 그 작품들에게 울 만치 애착, 혹은 충실하지 못한 때문이라 할 수밖에 없다.

잃어버리면 울지 않고는, 몸부림을 치지 않고는 견딜 수 없는, 그런 작품을 써야 옳을 것이다. *

🍁 화단

✏️ 작품 정리

> **작가** : 이태준(176쪽 '작가와 작품 세계' 참조)
> **갈래** : 현대 수필, 경수필
> **성격** : 비판적, 사색적, 관찰적
> **특징** : 의태어와 의고체를 사용함
> **구성** : 화초를 아끼는 노인의 이야기와 이에 대한 견해로 나뉨
> **주제** : 자연 상태 그대로의 아름다움을 추구

✏️ 생각해 볼 문제

1. 작가는 노인의 화단을 통해 무엇을 말하고자 했는가?

이 글에서 작가는 자연 그 자체를 신의 완벽한 창조물이라고 여긴다. 더욱이 이러한 신의 작품들 가운데 인간이 손을 대야만 하는 졸작은 있을 리가 없다고 말한다. 아무리 공을 들여 탐스럽게 꽃을 피워 낸다 해도 작가의 눈에는 응달 구석에서 되는대로 자라는 봉선화 몇 떨기가 더 아름답게 보인다. 노인의 재공에 눌려 불구나 기형으로 변하지 않았기 때문이다. 작가는 화단을 인위적으로 변형하는 노인의 모습을 비판한다. 즉, 자연을 끊임없이 개조하려는 현대인의 모습과 자신의 참다운 모습을 버리는 몰개성화를 비판한 것이다.

2. 이 작품의 표현상 특징은 무엇인가?

이 수필은 의태어와 예스러운 어투를 사용해 작가의 개성을 드러내고 있다. 특히, '누릇누릇', '벌벌', '성큼성큼', '도닥도닥' 등의 의태어는 훼손된 화단의 모습과 있는 그대로의 자연미를 효과적으로 대비시킨다. 또한, '고이었다', '열리었다' 등 예스러운 표현을 사용해 고아한 분위기를 자아내고 있다.

화단

찰찰하신(지나치게 꼼꼼하고 자세하신) 노(老)주인이 조석으로 물을 준다, 거름을 준다, 손아(孫兒)들을 데리고 일삼아 공을 들이건마는 이러한 간호만으로는 병들어 가는 화단을 어찌하지 못하였다.

그 벌벌하고 탐스럽던 수국과 옥잠화의 넓은 잎사귀가 모두 누릇누릇하게 뜨기 시작하고 불에 데인 것처럼 부풀면서 말라 들었다.

"빗물이나 수돗물이나 물은 마찬가질 텐데……."

물을 주고 날 때마다, 화단에서 어정거릴 때마다 노인은 자못 섭섭해하였다.

비가 왔다. 소나기라도 한줄기 쏟아졌으면 하던 비가 사흘이나 순조로 내리어 화분마다 맑은 물이 가득가득 고이었다.

노인은 비가 개인 화단 앞을 거닐며 몇 번이나 혼자 수군거리었다.

"그저 하늘 물이라야……. 억조창생(億兆蒼生 수많은 백성)이 다 비를 맞아야……."

만지기만 하면 가을 가랑잎 소리가 날 것 같던 풀 잎사귀들이 기적과 같이 소생하였다. 노랗게 뜸이 들었던 수국잎들이 시꺼멓게 약이 오르고 나오기도 전에 옴츠러지던 꽃봉오리들이 부르튼 듯 탐스럽게 열리었다. 노인은 기특하게 여기어 잎사귀마다 들여다보며 어루만지었다.

원래 서화를 좋아하는 어른으로 화초를 끔찍이 사랑하는 노인이라, 가만히 보면 그의 손이 가지 않은 나무가 없고 그의 공이 들지 않은 가지가 없다. 그중에도 석류나무 같은 것은 철사를 사다 층층이 테를 두르고 곁가지 샛가지를 자르기도 하고 휘어 붙이기도 하여 사 층 나무도 되고 오 층으로 된 나무도 있다. 장미는 홍예문같이 틀어 올린 것도 있고 복숭아나무는 무슨 비방으로 기른 것인지 키가 한 자도 못 되는 어린나무에 열매가 도닥도닥 맺히었다. 노인은 가끔 안손님들까지 사랑 마당으로 청하여 이것들을 구경시켰다. 구경하는 사람마다 희한해하였다.

그러나 다행히 이러한 화단이 우리 방 앞에 있음에도 불구하고 나는 한 번도 노주인의 재공(才功 지난 재주로 이룬 공적)을 치하하지 못한 것은 매우 서운

한 일이라고 생각한다.

그가 있는 재주를 다 내어 기르는 그 사 층 나무 오 층 나무의 석류보다도 나의 눈엔 오히려 한편 구석 응달 밑에서 주인의 일고 지혜(一顧之惠)도 없이 되는대로 성큼성큼 자라나는 봉선화 몇 떨기가 더 몇 배 아름답게 보이기 때문이다.

무럭무럭 넘치는 기운에 마음대로 뻗고 나가려는 가지가 그만 가위에 잘리우고 철사에 묶이어 채반처럼 뒤틀려 있는 것은 아무리 보아도 괴로운 꼴이다. 불구요 기형이요 재변이라 안 할 수 없다.

노인은 푸른 채반에 붉은 꽃송이를 늘어놓은 것 같다고 하나 우리의 무딘 눈으로는 도저히 그런 날카로운 감상을 즐길 수 없을 뿐 아니라 도리어 불유쾌를 느낄 뿐이었다.

자연은 신이다. 이름 없는 한 포기 작은 잡초에 이르기까지 신의 창조가 아닌 것이 없다. 신의 작품으로서 우리 인간이 손을 대지 않으면 안 될 만한 그러한 졸작, 그러한 미완품이 있을까? 이것은 생각만으로도 어리석은 일일 것이다.

우리는 자연을 파괴하고 불구되게 할 수는 있다. 그러나 그것을 창조하거나 개작할 재주는 없을 것이다. *

구두

✏️ 작가와 작품 세계

계용묵(1904~1961)

본명은 하태용. 평안북도 선천 출생. 1927년 〈조선문단〉에 단편 「최서방」이 당선되면서 작품 활동을 시작했다. 초기에는 현실성이 강한 경향파적인 작품을 발표했으나, 1935년 이후에는 예술의 자율성을 강조하는 예술 지향적인 작품을 발표했다. 수필로는 콩트풍의 단편을 주로 썼으며, 기교를 중시한 작품들을 많이 남겼다. 수필집으로 『상아탑』이 있다.

✏️ 작품 정리

갈래 : 현대 수필, 경수필

성격 : 희곡적, 체험적

배경 : 시간 – 해 질 무렵 / 공간 – 골목길

특징 : • 희곡적 구성임

　　　　• 간결체와 의성어를 적절히 사용해 긴장감을 고조시킴

구성 : '기–서–결'의 3단계 구성

주제 : 현대 사회의 왜곡된 인간관계에 대한 풍자

✏️ 생각해 볼 문제

1. '구두 소리'를 통해 작가가 궁극적으로 말하고자 했던 것은 무엇인가?

작가는 엉뚱한 오해 때문에 인간관계가 왜곡되는 현대 사회의 단면을 꼬집기 위해 구두 소리를 작품에 도입했다. 구두의 '또각또각' 하는 날카로운 소리는 짚신이나 고무신과는 달리 폭력적이고 차가운 느낌을 준다. 이 작품은 구두의 징 소리가 귓전에 맴돌면서 여운을 남기듯이 일상의 작은 사건을 통해 현대 사회에 대한 비판 의식을 일깨우고 있다.

2. 현대 사회의 고질적인 병폐인 '불신'의 가장 큰 원인은 무엇인가?

현대의 많은 사람들은 경쟁을 발전의 원동력이자 행복의 윤활유라고 인식한다. 인간은 경쟁을 통해서 성취감을 맛보고, 한 단계 더 나아갈 수 있다. 하지만 경쟁이 과열되거나 왜곡되면 '우리'라는 의식은 희박해지고, '너'와 '나'의 대결에만 급급하게 된다. 급기야 "나만 아니면 돼!"라는 이기주의적인 사고가 판을 치게 되고, 점점 남을 믿지 못하게 된다. 그 결과 다른 사람을 이기기 위해 수단과 방법을 가리지 않게 되고, 이로 말미암아 사회의 긴장과 불안은 심화될 수밖에 없다.

3. 이 작품의 형식상 특징은 무엇인가?

이 수필은 '체험과 깨달음'이라는 큰 테두리 안에서 '기-서-결'을 통한 극적 반전의 내용이 짜임새 있게 전개되어 있다. 작가는 구두 징 소리에 얽힌 체험 앞부분에 사건의 배경을 서술하고, 뒷부분에는 깨달음을 서술했다. 또한, 마치 구두 징 소리를 듣는 듯한 간결한 문체는 고조된 긴장감을 잘 나타내 준다.

구두

　구두 수선을 주었더니, 뒤축에다가 어지간히는 큰 징을 한 개씩 박아 놓았다. 보기가 흉해서 빼어 버리라고 하였더니, 그런 징이래야 한동안 신게 되구, 무엇이 어쩌구 하며 수다를 피는 소리가 듣기 싫어 그대로 신기는 신었으나, 점잖지 못하게 저벅저벅, 그 징이 땅바닥에 부딪치는 금속성 소리가 심히 귓맛에 역했다(듣기에 거북했다). 더욱이 시멘트 포도(鋪道 포장도로)의 딴딴한 바닥에 부딪쳐 낼 때의 그 음향이란 정말 질색이었다. 또그닥또그닥, 이건 흡사 사람이 아닌 말발굽 소리다.

　어느 날 초어스름이었다. 좀 바쁜 일이 있어 창경원(昌慶苑 일제가 창경궁의 격을 낮추기 위해 붙인 이름) 곁담을 끼고 걸어 내려오노라니까, 앞에서 걸어가던 이십 내외의 어떤 한 젊은 여자가 이 이상히 또그닥거리는 구두 소리에 안심이 되지 않는 모양으로, 슬쩍 고개를 돌려 또그닥 소리의 주인공을 물색하고 나더니, 별안간 걸음이 빨라진다.

　그러는 걸 나는 그저 그러는가 보다 하고, 내가 걸어야 할 길만 그대로 걷고 있었더니, 얼마큼 가다가 이 여자는 또 뒤를 한번 힐끗 돌아다본다. 그리고 자기와 나와의 거리가 불과 지척 사이임을 알고는 빨라지는 걸음이 보통이 아니었다. 뛰다 싶은 걸음으로 치맛귀(치마의 모서리 부분)가 옹이하게(바람 소리를 일으킬 정도로) 내닫는다. 나의 이 또그닥거리는 구두 소리는 분명 자기를 위협하느라고 일부러 그렇게 따악딱 땅바닥을 박아 내며 걷는 줄로만 아는 모양이다.

　그러나 이 여자더러, 내 구두 소리는 그건 자연이요, 인위가 아니니 안심하라고 일러 드릴 수도 없는 일이고, 그렇다고 어서 가야 할 길을 아니 갈 수도 없는 일이고 해서, 나는 그 순간 좀 더 걸음을 빨리하여 이 여자를 뒤로 떨어뜨림으로 공포에의 안심을 주려고 한층 더 걸음에 박차를 가했더니, 그럴 게 아니었다. 도리어 이것이 이 여자로 하여금 위협이 되는 것이었다. 내 구두 소리가 또그닥또그닥, 좀 더 재어지자(빨라지자) 이에 호응하여 또각또각, 굽 높은 뒤축이 어쩔 바를 모르고 걸음과 싸우며 유난히도 몸을 일어내는(일으켜 나가게 하는) 그 분주함이란, 있는 마력(馬力)은 다 내 보는 동작에 틀림없었다. 그리하여 또그닥또그닥, 또각또각 한참 석양 놀이 내려 퍼지기 시작하는 인적 드문 포도 위에서 이 두 음향의 속 모르는 싸움은 자못 그 절정에 달하고 있었다. 나는 이 여자의 뒤를 거의 다 따랐던 것이다. 2, 3보(步)만 더 내어 디디면 앞으로 나서게 될 그럴 계제였다. 그러나 이 여자 역시 힘을 다하는 걸음이었다. 그 2, 3보라는 것도 그리 용이히(쉽게) 따라지지 않았다. 한참 내 발부리에도 풍진(風塵 바람에 날리는 티끌)이 일었는데, 거기서 이 여자는 뚫어진 옆 골목으로 살짝 빠져 들어선다. 다행한 일이었다. 한숨이 나간다. 이 여자도 한숨이 나갔을 것이다. 기웃해 보니, 기다랗게 내뚫린 골목으로 이 여자는 휭하니 내닫는다. 이 골목 안이 저의 집인지, 혹은 나를 피하느라고 빠져 들어갔는지, 그것은 알 바 없으나, 나로서 이 여자가 나를 불량배로 영원히 알고 있을 것임이 서글픈 일이다.

여자는 왜 그리 남자를 믿지 못하는 것일까. 여자를 대하자면, 남자는 구두 소리에까지도 세심한 주의를 가져야 점잖다는 대우를 받게 되는 것이라면, 이건 이성에 대한 모욕이 아닐까 생각을 하며, 나는 그다음으로 그 구두 징을 뽑아 버렸거니와 살아가노라면 별(別 문맥상 '구두 소리'를 뜻함)한 데다가다 신경을 써 가며 살아야 되는 것이 사람임을 알았다. *

웃음설

작가와 작품 세계

양주동(1903~1977)

시인, 수필가, 국어국문학자. 호는 무애(无涯). 경기도 개성 출생. 와세다대학 영문과를 졸업하고 연세대학교와 동국대학교 교수를 역임했다. 1922년 〈금성〉 동인으로 문단에 등단했다. 초기에는 민족주의적인 경향의 시를 많이 발표했으나, 염상섭과 함께 〈문예 공론〉을 발간해 「조선의 맥박」 같은 시들을 발표하면서 민족 문학과 프로 문학을 절충한 문학론을 펴기도 했다. 1935년 이후 향가와 고려 가요 연구로 초기 국어학계에 큰 업적을 남겼다. 해박한 지식과 문장력에 힘입어 자칭, 타칭 '국보'로 일컬어진다. 시집으로 『조선의 맥박』이, 수필집으로 『문주반생기』, 『인생잡기』 등이 있으며, 『조선고가연구』, 『여요전주』, 『국학연구논고』 등 다수의 저서가 있다.

작품 정리

갈래 : 현대 수필, 경수필

성격 : 풍자적, 교훈적, 관조적

특징 : • 웃음과 관련된 일화들을 현학적으로 서술함

　　　　• 부정적 세태의 모습을 간접적으로 비판함

구성 : 전반부의 웃음에 관한 통찰과 후반부의 가식적인 웃음에 대한 비판으로 구성됨

주제 : 웃음의 여러 양상을 통한 세태 비판

✎ 생각해 볼 문제

1. 이 작품의 표현상 특징은 무엇인가?

이 글은 웃음을 제재로 하여 세태를 풍자한 작품으로, 작가만의 해박함과 풍자가 돋보인다. 양주동의 수필은 대체로 만연체이고, 독특한 생각과 관점이 전면에 드러나 있다는 것이 특징이다. 공리적인 속담과 시적인 표어를 현학적으로 늘어놓은 서두에서는 호방한 기개를 느낄 수 있다. 또한, 이중환의 『택리지』를 인용해 당시에도 거짓 웃음이 있었음을 보여 준다. 위트와 기지가 넘치는 글의 전체적인 분위기는 작가의 낙천적이고 자부심 강한 성품을 잘 드러낸다.

2. 이 수필에 나타난 웃음의 의미는 무엇인가?

이 글은 솔직한 웃음을 금기시하는 사회의 경직성과 웃음의 본질을 호도하는 작위적인 웃음이 만연한 세태를 비판하고 있다. 이러한 비판에는 당당하고 솔직한 자신의 웃음에 대한 긍지와 자부심이 내포되어 있다고 할 수 있다. 또한, 마땅히 의논과 다툼이 있어야 할 대목에서 익살과 재담으로 호도하려는 ‘범벅 웃음’, 무슨 생각을 하는지 알 수 없는 사이비 ‘모나리자의 웃음’, 우르르 몰려가며 겉으로만 떠드는 ‘만담의 홍소’에 대한 비판은 진정한 웃음에 대한 반성과 성찰을 이끌어 낸다.

웃음설

백 사람이 앉아 즐기는 중에 혹 한 사람이 모퉁이를 향하여 한숨지으면 다들 마음이 언짢아지고, 그와 반대로 여러 사람이 침울한 얼굴을 하고 있는 사이에도 어느 한 사람의 화창한 웃음을 대하면 금시 모두 기분이 명랑해짐이 사실이다.

그러기에 '웃음'에는 '소문만복래(笑門萬福來 웃는 집안에 온갖 복이 들어옴)'란 공리적인 속담이 있고, '웃는 낯에 침 못 뱉는다'는 타산적인 잠언도 있고, 또 누구의 말인지는 잊었으나 '웃음은 인생의 꽃'이라는 사뭇 시적(?)인 표어도 있다. 사람과 동물과의 구별이 연모 사용 여부에 있다고 학자들은 말하거니와, 그것보다는 차라리 '웃음의 능부(能否 할 수 있는가 없는가의 여부)'에 달렸다(소가 웃음이 약간 문제이나) 함이 더 문학적이라 할까. 또한, 문학이나 정치의 요는 결국 전자는 독자로 하여금 입가에 은근한 회심의 미소를 발하게 하고, 후자는 민중으로 하여금 얼굴에 명랑한 안도의 웃음을 띠게 함에 있다 하면 어떠할까.

'웃음'의 능력—또 그 양과 질에 있어서 나는 선천적으로, 또는 여간한 '수양'의 덕으로 남보다 좀 더 은혜를 받았음을 고맙게 생각한다. 우리 겨레가 워낙 옛날부터 하늘만 쳐다보는 낙천적인 농업 국민으로서 좋은 일에나 궂은일에나 노상 '웃음'을 띠는 갸륵한 민족성을 가졌거니와, 나는 그러한 겨레의 후예로서도 특히 풍요한 '웃음'을 더 많이 물려받아, 내 자신 웃기를 무척 좋아하고, 또한 남이 웃는 것을 사뭇 즐기고 축복하는 자이다. 그것도 결코 '조소'나 '빈소(嚬笑 찡그림과 웃음)'나 '첨소(諂笑 아첨하여 웃음)'나 '고소(苦笑 쓴웃음)'가 아닌—작으면 '미소', 크면 '가가대소(呵呵大笑 소리를 내어 크게 웃음)', 어디까지나 '해해·호호'류가 아닌, 당당한 '하하·허허' 식의 무릇 남성적인, 쾌활·명랑하고 솔직한 웃음인 것이다.

이러한 나의 '웃음'이고 보매, 결코 남에게 비웃음, 빈정 웃음, 또는 부자연·불성실한 웃음으로 오해 혹은 간주되어 비난받을 까닭은 없다. 하기는 극단의 독재 국가에서는 웃음의 종류 여하를 막론하고 애초부터 그것을 악의로 해석하여 형법 제 몇 조에 '웃음의 죄'를 규정할는지도 모르며, 고사

(古史)를 정밀히 조사한다면, 동·서의 폭군으로서 신하의 '무허가 웃음'을 일체 금지하여 무단히 이를 드러내어 웃는 자를 극형에 처한 예가 적지 않게 발견되리라. 말이 났으니 말이지, 내가 아는 '웃음의 죄'로서는 독재 국가나 폭군 치하의 그것 외에 시골 천진한 색시에게도 없는 것은 아니다. 어느 민요 시인(김동환을 가리킴. 대표작으로 「국경의 밤」이 있음)의 단시(短詩)에 바로 「웃은 죄」라 제(題 제목)한 한 편이 있지 않은가.

지름길 묻길래
웃고 대답하고
물 한 모금 달라기에 웃고 떠 주었지요

평양성(城)에 해 안 뜬대도
난 모르오
웃은 죄밖에

산촌의 어느 집 며느리가 시냇가 버들나무 밑에서 빨래를 하고 있는데, 마침 하이킹 온 젊은 대학생이 지나다가 길을 물었것다. 쳐다보니, 제 어린 남편인 '노랑대가리, 범벅 상투(뒤엉키어 갈피를 잡을 수 없이 된 상투)'와는 아주 딴판인 '핸섬 나이스 보이'. 얼굴을 잠깐 붉혔다가 살며시 웃으며 여린 손끝으로 묻는 길을 가리켜 주고, 조그만 바가지에 정성스레 물을 떠서 두 손으로 받들어 드렸다. 이야기는 이뿐이었는데, 그 장면을 누가 어디서 본 사람이 있었던지, 색시가 젊은이와 남몰래 정을 주었다는 소문이 동리에 퍼져서 시어머니가 불러다 사실을 문초하니, 그녀가 공술(供述 진술함)하는 말…….

이러한 정도의 '웃은 죄'라면 참으로 달가운 '오해'요 '간주'이겠지마는, 나는 전술한 바와 같은 쾌활·솔직·자연스러운 당당한 남성적 '웃음'임에도 불구하고 생애에 여러 번 남에게 '죄'를 당한 적이 있으니, 억울하기 짝이 없다. 그런 얄궂은 경험은, 내 기억에 의하면 무릇 다음과 같은 세 번의 '케이스'가 있다.

첫 번 일은 어려서 시골서 어느 상가(喪家)에 갔더니, 상주가 '스틱'을 양손에 맞쥐고 서서 소위 '곡'을 하는데, 그 '아이고아이고' 소리가 울음이 아니라 단조로운 '베이스'의 유장한 '노래'였다. 그러면서 한편으로 사람들에게 조상을 받으며, 한편으로 부의금 수입 상황을 집사자에게 물어보며, 또 가인(家人 집안사람)들에게 잔일 기타 무엇을 지휘하며, 그러다가 문득 생각이 나면 또 '아이고아이고', 끝날 줄 모르는 경음악이다. 내가 그것이 하도 우스워서 그야말로 나도 모르게, 만당(滿堂 방에 가득 찬 사람)의 조객이 모두 침통한 얼굴로 묵묵히 앉아 있는 중에, 돌연히 '하하하하' ― 한자로 번역하자면 '가가대소'를 그대로 발한 것이다. 그래 동리 늙은이에게 단단히 꾸중을 듣고 자리를 쫓겨 나와 뒷산에 올라 또 한바탕 남은 웃음을 실컷 웃은 기억이 있다.

뒤에 문학서를 보다가 중국 진대(晋代)에도 완적(阮籍)·계강(稽康) 등이 이른바 청담자류(淸談者流 깨끗하고 고상한 사람류)들이 이 비슷한 언동을 한 것을 알았고, 그 사상이 멀리 노장(老莊)에 연원됨과 그들과 내가 모두 공자의 이른바 '광견(떠버리와 고집쟁이)'의 무리에 속함을 알았다.

둘째 번의 경험은 8·15 해방 직후, 그러니까 약 10여 년 전, 한창 정치적·사회적으로 혼돈(渾沌)·다난(多難)하였던 시기. 아마 그때 사상적으로 좌우의 심각한 대립이 있고, 학계에도 '국대안(國大案)'이니 무어니 시끄러운 문제가 겹쳐서, 양편의 상황이 모두 '시리어스(serious 심각함)'하였던 때라 기억한다. 어느 날 아침 학교에 나가다가 길가에서 지우(知友) C군을 만났다. 내가 느닷없이 예의 쾌활한 웃음을 웃으며 그에게 손을 내밀었다. 그러나 그는 내 손을 맞쥐지 않고 대뜸 하는 말 ―

"자네, 웃긴 왜 웃나?"

"반가워서. 웃으면 안 되나?"

"무엇이 좋아서 밤낮 싱글벙글 웃고 다니느냐 말이야."

대화는 이에 그쳤다. 그는 그때 아마 그 국대안 찬·부 어느 한편에 심각한 관심을 걸고 있었던 듯하다. 그래 내가 그저 책가방이나 들고 싱글벙글 웃고 다니는 것이 대성실, 내지 비학자적인 '태도'로 보여 사뭇 증오를 느꼈던 모양이다. 그로서야 내 '웃음'이 그렇게 보였는지 모르지마는, 아침에 무심코 등교하다가 지우를 만나 반가운 인사로 쾌활히 웃는 나를 그다지 너무나 지나치게 시리어스하게 '평안'하여 백안(白眼 흘겨보는 눈)과 야유로 대하다니!

그의 논(論)대로 따른다면, 애국자·사상인·혁명가 등등은 노상 '웃음'도 아니 웃는가? 때로 웃지도 못하는가? '웃음의 자유'도 없는가? 그의 벼락

같이 대들던 진지한 태도와 창처럼 찌르던 날카로운 질문은 미상불(未嘗不 아닌 게 아니라 과연) 그 뒤 오랫동안 내 기억 속에, 아니, 폐부 안에 깊이 남았었지마는, 나는 역시 나대로 '미소'를 지을 수밖에. 그리고 역시 시어머니에게 문초받는 촌색시와 함께 혼자서 전인(前引 앞에서 인용)한 「웃은 죄」란 민요시 한 절을 중얼거리며 읊조릴 수밖에.

세 번째는 몇 해 전, 어느 현상(懸賞) 한시(漢詩) 백일장회에서 몇 천 수나 모인 응모 시를 책상 위에 놓고 여러 '시관(시험관)'들이 고선(考選 고사하여 뽑음)하는데, 내가 웬 셈인지 흥이 나서 시권(試券 글이 적힌 종이)들을 별 불처럼 휘넘기며, 연신 "걸작이다! 낙방이다!" 외치며 곁에 있는 모 젊은 동관을 향하여 껄껄거리며 웃어 댔것다! 이것을 본, 나와 초면인 모 늙은 '시관감(試官監)'이 문득 정색하고 나를 향하여,

"여보! 모 선생, 웃지 마시오!"

물론 '시감'님의 뜻은, 선의로 해석하면, 내가 혹시 웃어 대며 경솔히 시권을 되는대로 넘기다가 고선을 소홀히 하거나 잘못하거나 하지 않을까 하는 친절한 '파심(노파심)'이나 '기우(杞憂)'요, 또 어찌 보면 연소한 시관이 방약무인(傍若無人 말과 행동에 어렴성이 없음)으로 웃고 떠드는 것이 불쾌하거나 괘씸스러웠을 것이요, 또는 단순히 남들이 모두 조용히 무언중에 고선을 하는데 자꾸 시끄럽게 웃어 대니 그 진지한 '사업'에 방해된다 하여서 그랬을 것이나, 나로서는 그의 '꾸중'이 자못 불쾌하게 들려서 또 한 번 더 크게 웃는 무례를 감행하고야 말았다.

깃동 철늦은 '백일장'이 대관절 무엇이며, 그까짓 고시(考試)가 무슨 그리 지난(至難 몹시 어려움)한 '사업'이며, 시관 내지 '시감'이 또 무슨 그리 높고 귀한 '지위'이길래 '웃음'조차 일절 금단(禁斷 딱 잘라 끊음)되어야 하며 '웃음 금지령'을 말하는가 하는 심사이었다. 물론 나는 뒤에 그의 명령대로 '웃음'을 꾹 참고 그 거창한 '사업'에 웃음의 자유도 없이, 또 보수도 없이〔고시료(考試料)는 없었다〕묵묵히 종사할 만한 아량과 수양을 가졌었으나, 그 노 선비의 '웃지 마시오!'란 한 말씀은 여러 가지 의미로 나를 두어 밤 불면증에 빠뜨렸다.

상기 '웃음의 죄' 세 건에 있어서 나는 어지간히 '웃음의 자유'와 그 '무죄성'을 역설한 셈이다. 그러나 이러한 '소권(笑權 웃을 권리)' 옹호론지인 나로서도 코웃음, 알랑 웃음, 더구나 조조·이임보〔당 현종 때의 재상. 세상 사람은 그의 위선

적인 모습을 가리켜 구밀복검(口蜜腹劍)이라고 함]류의 간소(奸笑 간사한 웃음)·검소(劍笑) 따위는 단언 증오·거척(拒斥 거절하여 배척함)함이 물론이요, 한 걸음 나아가 일체의 작위·허구의 웃음─기실 '웃음 아닌 웃음'에 대하여는 결정적으로 '보이콧(거부)'의 태도로 임함이 나의 확고한 입장이다. 그중에도 두드러진 한 가지 예는─맘속에는 모두 딴생각, 딴 배짱으로 서로 해칠 적대적인 의사를 품고도 한자리에 모여 앉으면 사뭇 형제·지기(知己)인 양 '하하·허허·호호·후후' 내지 '흐흐·히히·해해·헤헤' 또는 급기야 '하하·헤헤' 등 우리말 후음(喉音 목구멍소리)·기음(氣音 거센소리)한 자음(子音)에 온갖 모음을 모조리 돌려 가며 배합·발음하여서, 드디어 시비(是非)·곡직(曲直)·선악·흑백을 모두 뒤범벅으로 섞어 반죽하고, 간물(奸物 간사한 인물)·호걸, 소인·군자를 뽀얗게 분간치 못하도록 애매한 '웃음'으로써 모든 '사실'을 호도(糊塗 우물쭈물 덮어 버림)·미봉(彌縫 임시변통으로 처리함)하려는, 소위 당좌적(當座的)·사교적인 '떼거리 웃음'을 일삼는 일이다.

　이 풍습은 내가 알기에는 요즘 문단·학계·정치·사회 온갖 계층을 휩쓸고 있거니와, 그 유래는 이 겨레에 있어서 그리 오랜 것은 아니나 어떻든 전통적인 듯싶다. 왜냐하면 이러한 '풍습'이 진작 한양조 후엽 사색 당쟁의 와중에 있던 상류 사회에서 남상(濫觴 사물이 생겨 나온 처음), 유행되었기 때문이다.

　이중환의 『택리지』 중 '인심' 조에서 그는 당시 경향 '사대부' 간의 사색 분파의 '괴패(乖敗 어그러지고 무너짐)' 상(相)을 통론하면서 특히 이 유풍에 언급하고 있다. 다음 그 주요한 몇 단을 인용한다.

　무릇 사대부가 있는 곳에 인심이 모두 괴패하여서 …… 붕당을 세워 패거리를 만들고 권리를 벌여 백성들을 침노하며, 이미 제 행실을 단속치 못하매 남이 자기를 의논할까 싫어하여 다 저 혼자 한쪽에서 젠체하기를 좋아한다. ……조정에서는 노론·소론·남인 세 색(色)의 원수가 날로 깊어 심지어 역명(逆名 반역의 누명)을 덮어씌우며 …… 사대부의 인품의 높낮음이 다만 자기 '색' 중에만 행세되고 다른 '색'에는 통용되지 않아, 갑색 사람이 을색에게 배척을 당하면 갑색에서는 더욱 그를 존중히 여기며, 을색도 마찬가지다. 또 그와 반대로 비록 극악의 죄가 있더라도 그가 일단 다른 '색'의 공격을 받으면 시비·곡직을 물론하고 떼를 지어 일어나 붙들어서 도리어 허물없는 사람을 만들며, 비록 훌륭한 행실이나 덕이 있어도 같은 '색'이 아니면 먼저 그 옳지 못한 점을 찾아낸다…….

요즘에 와서는 네 '색'이 다 나와서 오직 벼슬만을 취하는데 …… 기를 쓰고 피투성이로 쌈하는 버릇은 전보다 좀 덜하여졌으나, 그런 풍속 중에 나른하고, 게으르고, 말씬말씬하고, 매끄러운 새 병을 더하여, 그 속마음은 워낙 다르면서도 밖으로 입에 나타낼 때에는 모두 한 '색'인 듯하다. 그래서 공석이나 회합에 조정 간의 이야기가 나오면 일체 모난 말을 하지 않고 대답하기 어려우면 곧 익살과 웃음으로 얼버무려 버린다. 그러므로 상류 인사들이 모인 곳에는 오직 당(堂 대청)에 가득한 홍소(哄笑 입을 크게 벌리고 웃는 웃음)가 들릴 뿐이로되, 정작 정치·법령·시책을 할 때에는 오직 이기만을 도모하고 참으로 나라를 근심하여 공공에 봉사하는 사람은 적다. 재상은 중용을 어질다 하고, 삼사는 말 없음을 높다 하고, 외관은 청검(淸儉 청렴하고 검소함)함을 바보라 하여, 끝내는 모두 차츰 어쩔 수 없는 지경에 젖고 만 것이다.

대저 천지가 생긴 이후 천하만국 중에 인심이 괴패하고 타락하여 제 본성을 잃은 것이 지금 세상 같은 적이 없으니, 붕당의 병통이 이대로 나가 고침이 없다면, 과연 어떠한 세상이 될 것인가. …… 슬픈 일이다.

붕당의 폐(弊 폐단)를 논한 점이 이즈음의 시국과 비슷하여 자못 '타산(他山)의 돌'이 될 만도 하나, 내가 여기 이 긴 설을 인용한 주요한 목적은 그것에 있음이 아니라, 실은 인문(引文 인용한 글) 중간의 '만당홍소(滿堂哄笑 대청에 가득한 웃음소리)'의 일절 — 곧 상인문(上引文) 중 내가 일부러 방점·권점을 더한 대문이다.

그런데 이러한 풍습은 지금이 또 당시보다 몇 배나 더 널리 유행하니, 원론자(『택리지』의 저자 이중환을 가리킴)가 오늘날의 사회·문단 기타의 공사(公私) 회석에 참석한다면 그 소감이 과연 어떠할까.

돌이켜 나는 본디 '사대부'도 아니요, 또한 공사 요직에도 있지 않은, 이른바 한낱 백면의 서생(글만 읽고 세상일에 경험이 없는 사람) — 더구나 몸에 지닌 작은 병양(病恙 병으로 인한 근심)과 게으른 천성 때문에 이즈음 워낙 공사·대소의 모임에 나가는 일이 적고, 따라서 그 '만당의 홍소'에 참가할 '영광'스러운 기회가 애초부터 드물거니와, 설령 정단·상계(商界)의 무슨 크나큰 잔치가 아닌 단순한 시인·묵객(墨客)들의 조그마한 사석에서리도, 진지한 의논과 다툼이 있어야 할 곳에 모든 것을 '익살'과 '농담'과 '장난의 말'로써 호도·범벽하려는 '웃음'. 정체 모를 것은 비슷하나 그 의도가 본질적으로 다른 사이비 '모나리자의 웃음' 및 그것들과 병창(竝唱 함께 부름)되는—속살론 딴판인 것을 거죽으로만 허화롭게(겉으로만 화려하게) 얼버무려 떠드는, 기실 텅 빈 '만당의 홍소'를 배청(拜聽 공손히 들음)할 때에는, 나는 그만 일종의 명상(名狀 사물의 상태를 말로 나타냄)키 어려운 '분노'에 휩쓸려, 나만은 내가 그리도 좋아하는 '웃음'을 잔인스럽게 압살하고(눌러 죽이고) 만다.

이에 비추어 내가 지난날에 몇 번 겪은 '웃음의 죄'도 아마 나를 핀잔한 사람들에게는 워낙 아무런 허물이 없었고, 내가 먼저 일종의 개인적인 '만당홍소'를 했던 탓이 아니었던가 생각된다. ＊

면학(勉學)의 서(書)

✏️ 작품 정리

작가 : 양주동(193쪽 '작가와 작품 세계' 참조)

갈래 : 현대 수필, 중수필

성격 : 예화적, 주관적, 논리적, 교훈적

특징 : • 난해한 한자어를 적절히 구사해 중후한 멋을 풍김

        • 해박하고 탁월한 문장력이 잘 드러남

구성 : '기-승-전-결'의 4단계 구성

    - 기 : 독서는 인생에 즐거움을 더해 줌

    - 승 : 독서와 만학의 즐거움을 생활 속에서 체험함

    - 전 : 바람직한 독서의 방법을 제시함

    - 결 : 독서와 학습을 위해서는 노력이 필요함을 역설함

주제 : 독서와 면학의 참된 즐거움

✏️ 생각해 볼 문제

1. 독서를 할 때는 어떤 마음가짐을 가져야 하는가?

이 작품은 독서의 즐거움에 관한 옛 성현들의 글로 시작된다. 작가는 독서에서 가장 중요한 요소는 '즐거움'이라고 말한다. 독서의 목적이 아무리 실리적인 것에 있다 하더라도 독서의 즐거움이 없으면 바라던 목적을 달성할 수 없다. 또한, 작가는 독서의 즐거움은 '발견의 기쁨'에 있다고 보고 그 기쁨을 영국의 시인 키츠의 「채프먼의 호머를 처음 보았을 때」라는 시를 통해 보여 준다. 즉, 즐거운 마음으로 독서를 할 때 우리는 새로운 사실과 지식의 영역의 발견, 혹은 영감이나 경건의 발견, 자아의 발견 등을 할 수 있다는 말이다.

2. 작가가 주장하는 바람직한 독서의 방법은 무엇인가?

이 글은 올바른 독서 방법에 대해 조언하고 있다. 먼저 작가는 고서와 신서를 같은 비율로 읽을 것을 권하고 있다. 동서양의 대표 고전은 필히 섭렵해야 하고, 문화인으로서 초현대적인 교양에 조금도 낙오되어서는 안 된다는 것이다. 또한, 다독(多讀)과 정독(精讀)을 겸하는 '박이정(博而正)'의 자세가 바람직하다고 말함으로써 치우치지 않는 중용의 자세를 권하고 있다. 학습과 독서의 과정이 처음부터 즐거움을 주는 것은 아니다. 따라서 독서에서 진정한 즐거움을 발견하기 위해서는 '애씀의 땀'이 필연적으로 따른다. 독서를 통해 진리를 탐구하고 깨달음을 얻으려면 수고의 과정을 겪어야 한다는 것이다. 괴롭고 힘든 과정을 거치다 보면 진정한 독서의 즐거움을 얻게 될 것이다.

면학의 서

독서(讀書)의 즐거움! 이에 대해서는 이미 동서 전배〔前輩 선배(先輩)〕들의 무수한 언급이 있으니, 다시 무엇을 덧붙이랴. 좀 과장하여 말한다면, 그야말로 맹자(孟子)의 인생삼락(人生三樂 '인생에 있어서의 세 가지 즐거움'이라는 뜻으로서, 첫째는 부모 형제가 함께 살아 있는 것, 둘째는 하늘을 우러러 한 점 부끄러움이 없는 것, 셋째는 천하의 영재를 얻어 가르치는 것임)에 모름지기 '독서(讀書), 면학(勉學 배움에 힘씀)'의 제4일락(第四一樂)을 추가(追加)할 것이다. 진부한 인문(引文 인용문)이나 만인주지(萬人周知 모든 사람이 두루 앎)의 평범한 일화 따위는 일체 그만두고, 단적으로 나의 실감(實感) 하나를 피력하기로 하자.

열 살 전후 때에 『논어(論語)』를 처음 보고, 그 첫머리에 나오는,

"학이시습지 불역열호(學而時習之 不亦說乎)?"

운운(云云)이 대성현(大聖賢)의 글의 모두〔冒頭 글의 머리말 또는 그 첫 부분. 허두(虛頭)〕로 너무나 평범한 데 놀랐다.

"배우고 때로 익히면 또한 기쁘지 아니한가?"

이런 말씀이면 공자(孔子) 아닌 소·중학생도 넉넉히 말함 직하였다. 첫 줄에서의 나의 실망은 그 밑의 정자(程子 중국 북송의 대유학자)인가의 약간 현학적(衒學的)인 주석(註釋)에 의하여 다소 그 도를 완화하였으나, 논어의 허두(虛頭)가 너무나 평범하다는 인상은 오래 가시지 않았다. 그랬더니 그 후 배우고, 익히고, 또 무엇을 남에게 가르친다는 생활이 어느덧 20, 30년, 그동안에 비록 대수로운 성취는 없었으나, 몸에 저리게 느껴지는 것은 다시금 평범한 그 말의 진리이다.

"배우고 때로 익히면 또한 기쁘지 아니한가?"

정씨(程氏)의 주(註)는 워낙 군소리요, 공자의 당초(當初) 소박(素朴)한 표현이 그대로 고마운 말이 아닐 수 없다. 더구나 현세와 같은 명리(名利)와 허화(虛華 실속은 없고 겉으로만 화려함)의 와중(渦中)을 될 수 있는 한 초탈하여, 하루에 단 몇 시, 몇 분이라도 오로지 진리와 구도(求道)에 고요히 침잠(沈潛)하는 여유를 가질 수 있음이, 부생 백년(浮生百年 덧없이 떠돌다 기는 한평생), 더구나 현대인에게 얼마나 행복된 일인가! 하물며, 난후(亂後 한국 전쟁 후) 수복(收復 잃었던 땅을

되찾음)의 구차(苟且)한 생활 속에서 그래도 나에게 삼척 안두(三尺案頭 '석 자 크기의 책상'이라는 뜻으로, 공부할 수 있는 기본적인 환경을 의미함)가 마련되어 있고, 일수(一穗 한 가닥. 한 이삭. 여기서는 '청등'을 세는 단위로 쓰임)의 청등(靑燈)이 희미한 채로 빛을 내고 있으니, 얼마나 다행한 일인가! 일전(日前) 어느 문생(門生)이 내 저서에 제자(題字 책의 제목으로 쓴 글자)를 청하기로, 나는 공자의 이 평범하고도 고마운 말을 실감(實感)으로 서증(書贈 글씨를 써서 증정함)하였다.

독서란 즐거운 마음으로 할 것이다. 이것이 나의 지설(持說 늘 간직하고 있는 의견. 지론(持論))이다. 세상에는 실제적 목적을 가진, 실리실득(實利實得 실질적인 이득)을 위한 독서를 주장할 이가 많겠지마는 아무리 그것을 위한 독서라도, 기쁨 없이는 애초에 실효를 거둘 수 없다. 독서의 효과를 가지는 방법은 요컨대 그 즐거움을 양성함이다. 선천적으로 그 즐거움에 민감한 이야 그야말로 다생(多生)의 숙인(宿因 전생으로부터 맺어진 인연. 다생지연(多生之緣))으로 다복(多福)한 사람이겠지만, 어렸을 적부터 독서에 재미를 붙여 그 습관을 잘 길러 놓은 이도, 그만 못지않은 행복한 족속(族屬)이다.

독서의 즐거움은 현실파에게나 이상가(理想家)에게나, 다 공통히 발견의 기쁨에 있다. 콜럼버스적인 새로운 사실과 지식의 영역의 발견도 좋고, "하늘의 무지개를 바라보면 내 가슴은 뛰노나." 식의 워즈워스(William Wordsworth, 영국의 낭만파 시인)적인 영감(靈感), 경건(敬虔)의 발견도 좋고, 더구나 나와 같이, 에머슨(Ralph Waldo Emerson 미국의 사상가이자 시인)의 말에 따라, '천재의 작품에서 내버렸던 자아를 발견함'은 더 좋은 일이다. 요컨대, 부단(不斷)의 즐거움은 맨 처음 '경이감(驚異感)'에서 발원되어 진리의 바다에 흘러가는 것이다. 주지하는 대로 「채프먼의 호머를 처음 보았을 때(희랍어를 몰랐던 키츠가 고대 그리스의 시인 호머의 작품을 읽기를 고대하다가, 영국의 시인 채프먼이 번역한 호머의 시들을 읽고 나서 그 기쁨을 쓴 시)」에서 키츠(John Keats 영국의 시인)는 이미 우리의 느끼는 바를 대변하였다.

"그때 나는 마치 어떤 천체의 감시자가 시계(視界) 안에 한 새 유성(遊星)의 헤엄침을 본 듯, 또는 장대한 코르테스(Hemán Cortés 에스파냐의 멕시코 정복자)가 독수리 같은 눈으로 태평양을 응시하고 ― 모든 그의 부하들은 미친 듯 놀라 피차에 바라보는 듯 ― 말없이 다리엔(중앙아메리카 남단. 파나마 동부와 콜롬비아 북서부 사이에 있는 만(灣)의 이름)의 한 봉우리를."

혹은 이미 정평 있는 고전을 읽으라. 혹은 가장 새로운 세대를 호흡한 신서(新書)를 더 읽으라. 각인(各人)에게는 각양의 견해와 각자의 권설(勸說 권하여

타이르는 말)이 있다. 전자(前者)는 가로되,

"온고이지신(溫故而知新 옛것을 익히고 그것을 미루어 새로운 것을 앎)."

후자(後者)는 말한다.

"생동하는 세대를 호흡하라."

그러나 아무래도 한편으로만 기울어질 수 없는 일이요, 또 그럴 필요도 없다. 지식인으로서 동서의 대표적인 고전은 필경 섭렵하여야 할 터이요, 문화인으로서 초현대적인 교양에 일보라도 낙오될 수는 없다. 문제는 각자의 취미와 성격과 목적과 교양에 의한 비율뿐인데, 그것 역시 강요하거나 일률로 규정할 것은 못 된다. 누구는 '고칠현삼제(古七現三制 옛것을 7, 현재의 것을 3의 비율로 취함. 독서를 할 때 고서(古書)를 7, 현대서(現代書)를 3의 비율로 하는 방식을 이름)'를 취하는 버릇이 있으나, 그것도 오히려 치우친 생각이요, 중용(中庸)이 좋다고나 할까?

다독(多讀 많이 읽음)이냐 정독(精讀 자세히 읽음)이냐가 또한 물음의 대상이 된다. '남아수독오거서(男兒須讀五車書 남자는 모름지기 다섯 수레에 실을 만한 많은 책을 읽어야 한다는 뜻)'는 전자의 주장이나 '박이부정(博而不精 널리 알되 능란하거나 정밀하지 못함을 일컬음. 여기서는 다독(多讀)의 단점을 말함)'이 그 통폐(通弊 일반적인 폐단)요, '안광(眼光)이 지배(紙背)를 철(徹)함('눈빛이 종이를 뚫는다'라는 뜻으로, 독서할 때 깊은 뜻을 통찰하는 힘이 뛰어남을 비유한 말. 본문에서는 정독의 지나침을 표현함)'이 후자의 지론(持論)이로되, '나무를 보고 숲을 보지 못함'이 또한 그 약점이다. 아무튼, 독서의 목적이 '모래를 헤쳐 금을 캐어 냄'에 있다면, 필경(畢竟) '다(多)'와 '정(精)'을 겸하지 않을 수 없으니, 이것 역시 평범하나마 '박이정(博而精 널리 알면서 정밀함)' 석 자를 표어로 삼아야 하겠다. '박(博)'과 '정(精)'은 차라리 변증법(辨證法 어떤 인식이나 존재에 있어서 정(正)과 반(反) 사이의 모순이 종합, 통일되어 합(合)의 단계에 이르는 3단계적 전개의 논리)적으로 통일되어야 할 것—아니, 우리는 양자의 개념을 궁극적으로 초극하여야 할 것이다. 송인(宋人)의 다음 시구는 면학에 대해서도 그대로 알맞은 경계이다.

벌판 다한 곳이 청산인데(平蕪盡處是靑山)
행인은 다시 청산 밖에 있네(行人更在靑山外)

나는 이 글에서 독서의 즐거움을 종시(終始) 역설하여 왔거니와, 그 즐거움의 흐름은 왕양(汪洋 미루어 헤아리기 어려울 정도로 광대함)한 심충(深衷 깊고 참된 속마음)

의 바다에 도달하기 전에, 우선 기구(崎嶇 인생 행로가 평탄하지 못하고 가탈이 많음), 간난(艱難 몹시 힘이 들고 어려움), 칠전팔도(七顚八倒 일곱 번 넘어지고 여덟 번째 또 넘어짐)의 괴로움의 협곡을 수없이 경과함을 요함이 무론이다. 깊디깊은 진리의 탐구나 구도적인 독서는 말할 것도 없겠으나, 심상(尋常 대수롭지 않음)한 학습에서도 서늘한 즐거움은 항시 '애씀의 땀'을 씻은 뒤에 배가된다. 비근한 일례로, 요새는 그래도 스승도 많고 서적도 흔하여 면학의 초보적인 애로는 적으니, 학생 제군은 나의 소년 시절보다는 덜 애쓴다고 본다. 나는 어렸을 때에 그야말로 한적(漢籍 중국의 서적) 수백 권을 모조리 남에게 빌어다가 철야(徹夜), 종일(終日) 베껴서 읽었고, 한문은 워낙 무사독학(無師獨學 스승 없이 홀로 배움), 수학(數學)조차도 혼자 애써서 깨쳤다. 그 괴로움이 얼마나 하였을까마는, 독서 연진(研眞 진리를 연마함)의 취미와 즐거움은 그 속에서 터득, 양성되었음을 솔직히 고백한다.

끝으로 소화 일편(笑話一片 우스운 이야기 한 편) ─ 내가 12, 13세 때이니, 거금(距今 지금으로부터) 50년 전의 일이다. 영어(英語)를 독학하는데, 그 즐거움이야말로 한문만 일로 삼던 나에게는 칼라일(Thomas Carlyle 영국의 비평가이자 역사가)의 이른바 '새로운 하늘과 땅(new heaven and earth)'이었다. 그런데 그 독학서(獨學書) 문법 설명의 '3인칭 단수(三人稱單數)'란 말의 뜻을 나는 몰라, '독서백편의자현(讀書百遍義自見 글을 백 번을 되풀이해서 읽으면 뜻을 저절로 알게 된다는 말)'이란 고언(古諺 예부터 전해 오는 속담)만 믿고 밤낮 며칠을 그 항목만 자꾸 염독(念讀 정신을 차리고 읽음)하였으나, 종시 '의자현(義自見)'이 안 되어, 마침내 어느 겨울날 이른 아침, 눈길 30리를 걸어 읍내에 들어가 보통학교(普通學校) 교장을 찾아 물어보았으나, 그분 역시 모르겠노라 한다. 다행히 젊은 신임 교원에게 그 말뜻을 설명받아 알았을 때의 그 기쁨이란! 나는 그날, 왕복 60리와 피곤한 몸으로 집으로 돌아와, 하도 기뻐서 저녁도 안 먹고 밤새도록 책상에 마주 앉아, 적어 가지고 온 그 말뜻의 메모를 독서하였다. 가로되,

"내가 일인칭(一人稱), 너는 이인칭(二人稱), 나와 너 외엔 우수마발(牛溲馬勃 '소의 오줌과 말의 똥'이라는 뜻으로, 가치나 의미가 없는 모든 것을 가리킴. 여기서는 너와 나 외의 모든 사람과 사물을 가리킴)이 다 삼인칭야(三人稱也)라." ＊

 # 명명 철학(命名哲學)

✎ **작가와 작품 세계**

김진섭(1903~?)

전라남도 목포 출생. 1926년 〈해외문학〉을 창간하는 데 참여해 독일 문학을 주로 소개했다. 이후 극예술 연구회를 조직하면서 수필을 쓰기 시작했다. 김진섭의 수필은 삶에 대한 관조를 재치 있고 꾸밈없는 문체로 엮어 냈다는 평가를 받는다. 또한, 한국 수필 문학이 나아갈 방향을 제시하고, 수필을 문학의 경지로 끌어올리는 데 큰 공헌을 했다. 수필집으로 『인생 예찬』, 『생활인의 철학』 등이 있다.

✎ **작품 정리**

> **갈래** : 현대 수필, 경수필
>
> **성격** : 비평적, 수사적, 관조적, 논리적
>
> **특징** : • 현상에 대한 지적 성찰을 담고 있음
>
>   • 번역 투 문장과 만연체를 구사함
>
>   • 관념어의 사용으로 현학적인 분위기가 나타남
>
> **구성** : '본론 – 결론'의 2단계 구성
>
> **주제** : 이름과 존재의 의미에 대한 성찰

✎ **생각해 볼 문제**

1. 작가가 생각하는 '이름'이란 무엇인가?

'나'는 세계를 인식한다. 이것은 '나'와 세계를 중재하는 이름이 있음을 뜻한다. 이때 이름은 단순한 호출 부호가 아니라 세계에 대한 이해를 전제로 한다. 그리고 어떻게 이해하느냐에 따라 전혀 다른 의미로 환기된다. 예컨대 갯벌을 생명의 보고로 이해하느냐, 아니면 놀고 있는 땅으로 이해하느냐에 따라 다르게 대응하는 것이다. 이와 관련해 김진섭은 생물이 다른 것

들과 구별되기 위해서는 한 개의 명목을 갖지 않으면 안 된다고 말한다. 이처럼 한 세계를 구성하는 모든 것에는 이름이 붙고, 의미가 부여되는 과정을 통해 비로소 존재하게 된다.

2. 김춘수의 시 「꽃」에서 "내가 그의 이름을 불러 주기 전에는 / 그는 다만 / 하나의 몸짓에 지나지 않았다"라는 구절은 무엇을 뜻하는가?

꽃은 누구에게나 동일한 꽃으로 인식되지 않는다. 누군가에게는 꽃이 되기도 하지만, 또 누군가에게는 몸짓에 불과하기도 하다. 이러한 차이는 이름을 불러 주는 행위와 관련이 있다. 즉, 이름을 불러 주면 꽃이 되지만 이름을 불러 주지 않으면 몸짓이 되는 것이다. 이때 꽃의 이름을 부르는 것은 꽃과 관계를 맺는 것을 의미한다. 관계는 일방적인 것이 아니라 쌍방적인 것이라는 점에서 꽃의 이름을 제대로 부르는 것이 중요하다. 다시 말해 꽃의 이름을 불러 준다고 꽃이 되는 것이 아니라, 꽃을 진심으로 이해하는 이에게만 비로소 꽃이 되는 것이다.

명명 철학

'죽은 아이 나이 세기'란 말이 있다. 이미 가 버린 아이의 나이를 이제 새삼스레 헤아려 보면 무얼 하느냐, 지난 것에 대한 헛된 탄식을 버리라는 것의 좋은 율계(律戒 계율)로서 보통 이 말은 사용되는 듯하다.

그것이 물론 철없는 탄식임을 모르는 바 아닐 것이다. 그러나 어떤 기회에 부닥쳐 문득 죽은 아이의 나이를 헤어 봄도 또한, 사람의 부모 된 자의 어찌할 수 없는 깊은 애정에서 유래하는 눈물겨운 감상에 속한다.

"그 아이가 살았으면 올해 스물 — 아, 우리 철현이가……."

자식을 잃은 부모의 애달픈 원한이, 그러나 이제는 없는 아이의 이름을 속삭일 때 부모의 자식에 대한 추억은 얼마나 영원할 수 있는지 알 수가 없다. 우리가 만일에 우리의 자질들에게 한 개의 명명(命名 이름을 붙이는 것)조차 실행치 못하고 그들을 죽어 버리고 말았을 때, 우리는 그때 과연 무엇을 매체로 삼고 그들에 대한 좋은 추억을 가슴에 품을 수 있을까?

법률의 명명하는 바에 의하면 출생계는 2주 이내에 출생아의 성명을 기입하여 당해 관서에 제출해야 할 것으로 규정되어 있다. 어떠한 것이 여기 조그만 공간이라도 점령했다는 것은 결코 단순한 일이 아니다.

고고(呱呱 아이가 막 태어나면서 처음으로 우는 소리)의 성을 발하며 비장히도 출현하는 이러한 조그마한 존재물에 대하여 대체 이것을 무어라고 명명해야 될까 하고 머리를 갸우뚱거리지 않는 부모는 아마도 없을 터이지만, 그가 그의 존재를 작은 형식으로서라도 주장한 이상엔 그날로 그가 다른 모든 것과 구별되기 위해서는 한 개의 명목을 갖지 않으면 아니 될 것은 두말할 것이 없다.

모든 것이 그 자신의 이름을 가지듯이 아이들도 또한 한 개의 이름을 가지지 않으면 아니 된다.

만일에 그가 이름을 가지지 않는다면 그는 실로 전연히 아무것도 아닌 생물임을 면할 수 없겠기 때문이니, 한 개의 이름을 가지고 그 이름을 자기의 이름으로 인식할 수 있을 만큼 성장치 못한 아이의 불행한 죽음이, 한 개의 명명을 이미 받고 그 이름을 자기의 명의(名義)로서 알아들을 만큼 성장한, 말하자면 수일지장(數日之長 며칠 안에 몰라보게 자람)이 있는 그러한 아이의 죽음에 비하여 오랫동안 추억될 수 없는 사실 ― 이 속에 이름의 신비로운 영적 위력은 누워 있는 것이라 할 수 있다. 세상의 모든 부모는 장차 나올 터인 자녀를 위하여 그 이름을 미리미리 생각해 두는 것이 좋을 것이다.

일찍이 로마 황제 마르쿠스 아우렐리우스가 마르코만니 인들과 싸우게 되었을 때, 그는 군대를 적지에 파견함에 제(際 즈음) 하여 그의 병사들에게 말하되,

"나는 너희에게 내 사자를 동반시키노라!"
라고 하였다. 이에 그들은 수중지대왕(獸中之大王 동물의 왕 '사자'를 일컬음)이 반드시 적지 않은 조력을 할 것임을 확신하였다. 그러나 많은 사자가 적군을 향하여 돌진하였을 때 마르코만니 인들은 물었다.

"저것이 무슨 짐승인가?"
하고. 대장이 그 질문에 대하여 말하기를,

"그것은 개다. 로마의 개다!"
하였다. 여기서 마르코만니 인들은 미친개를 두드려 잡듯이 사자를 쳐서 드디어 싸움에 이겼다. 마르코만니 인들의 장군은 확실히 현명하였다. 그가 사자를 개라 하고 속였기 때문에 그의 졸병들은 외축(畏縮 두려워서 몸을 움츠림)됨이 없이 용감히 싸울 수 있었던 것이다. 그는 사람이 얼마나 많이 그 실체를 알기 전에 그 이름에 의하여 지배되고 있는가를 이해하고 있었던 것이다.

가만히 생각해 보면 우리는 그 이름 이외에는 아무것도 모르는 얼마나 많은 것을 가지고 있는지 알 수가 없다. 모든 것의 내용은 물론 그 이름을 통하여 비로소 이해될 수가 있는 것이지만, 그러나 그 이름이 그 이름으로서만 그치고 만다는 것은 너무나 애달픈 일이다. 그러나 우리가 만일 그 이름조차 알 수 없다면 이것은 더욱 애달픈 일이다.

가령 사람이 병상에 엎드려 알 수 없는 열 속에 신음할 때 그의 최대의 불안은 그 병이 과연 무슨 병이냐 하는 것에 있다. 의사의 진단에 의하여 그 병명이 지적될 때에 그 병의 반은 치료된 병이라 할 수 있다.

우리는 파리라는 도회를 잘 알 수 없는 것이지만, 파리라는 이름을 기억함으로 인하여 파리를 대강은 짐작할 수 있다 생각하는 것이요, 사옹(沙翁

'셰익스피어'의 한자식 표기)이라는 인물을 그 내용에 있어서 전연 이해치 못하는 것이지만, 우리는 이 불후의 기호를 통하여 어느 정도까지 그 사람과 그 사람의 예술을 알고 있다고 오신(誤信 잘못 믿음)하는 것이다.

나는 얼마나 많이 이름을 알고 있는가! 그러나 그 이름을 내가 잊을 때, 나는 무엇에 의하여 이 많은 것을 기억해야 될까? 모든 것은 그 자신의 이름을 가지지 않으면 아니 된다. 우리에게 있어서 그 이름을 안다는 것은 그것의 태반을 이해한다는 것을 의미하기 때문이다. 참으로 이름이란 지극히도 신성한 기호다. *

백설부(白雪賦)

작가 : 김진섭(208쪽 '작가와 작품 세계' 참조)

갈래 : 현대 수필, 중수필

성격 : 낭만적, 예찬적, 주관적, 관념적

특징 : • 풍부한 어휘와 유려한 문체가 돋보임

　　　• 다양한 비유를 통해 대상을 생동감 있게 표현함

구성 : '처음-중간-끝'의 3단계 구성

　　 - 처음 : 눈은 모든 사람이 좋아함

　　 - 중간 : 눈과 관련된 갖가지 감정과 추억을 떠올림

　　 - 끝 : 다양한 눈을 체험하지 못한 아쉬움을 토로함

주제 : 삭막해진 도시인들에게 위로와 아름다움을 주는 눈에 대한 예찬

✐ 생각해 볼 문제

1. 이 작품의 형식과 문체는 어떤 특징을 띠고 있는가?

눈을 제재로 한 이 글은 사색적이고 관념적인 성격을 띤다. 김진섭의 수필에는 '부(賦), 찬(讚), 송(頌)' 등의 제목이 붙어 중후한 분위기를 자아내는 것들이 많다. 이 글 역시 그런 작품에 속한다. 작가는 은유법, 의인법, 과장법 등 다양한 수사법을 사용해 눈을 예찬했다. 그리고 한문 투의 만연체로 표현해 중후한 느낌을 준다. 또한, '앨러배스터', '킬리만자로 산의 눈', '안타르크티스', '상부 이태리' 등의 외국어를 사용해 이국적인 정서를 부각시켰다. 하지만 지나친 외국어의 사용으로 글이 다소 현학적(衒學的)이라는 단점도 있다.

2. 작가가 예찬하는 눈의 세계와 도시 생활을 비교해 보라.

눈은 시각적인 즐거움을 줄 뿐만 아니라 각박한 도시 생활에 지친 사람들에게 잠시나마 위안을 준다. 그리고 눈은 어떤 것에도 속박되지 않는 자유

로운 존재다. 이 작품에서 눈은 상상과 동경의 세계에 속한 성스러운 존재로서, 세상의 모든 것을 순화하고 승화시킨다. 작가가 추구하는 이상적인 세계를 상징하는 순결한 눈의 세계는 세속적인 도시와 선명한 대조를 이룬다.

3. 이 작품에 나타난 눈의 속성은 어떠한가?

이 글은 은유법과 직유법 등 다양한 비유법을 사용해 눈의 속성을 표현하고 있다. 작가는 추운 겨울날에 내리는 눈은 '한없이 부드럽고 깨끗한 영혼'이라고 말한다. 이는 눈의 '순결함'을 나타낸다. 또한, '아침이면 흔적도 없이 사라지는 감미한 꿈과 같이' 내리는 눈은 '단명함'을 나타낸다. 그리고 모든 것을 '새롭고, 정결하고, 젊고 정숙한 가운데 소생되게' 하는 눈은 '아름다움'과 '신성함'을 나타낸다.

백설부

　말하기조차 어리석은 일이나, 도회인으로서 비를 싫어하는 사람은 많을지 몰라도, 눈(雪)을 싫어하는 사람은 아마 거의 없을 것이다. 눈을 즐겨하는 것은 비단 개와 어린이들뿐만이 아닐 것이요, 겨울에 눈이 내리면 온 세상이 일제히 고요한 환호성을 소리 높이 지르는 듯한 느낌이 난다.

　눈 오는 날에 나는 일찍이 무기력하고 우울한 통행인을 거리에서 보지 못하였으니, 부드러운 설편(雪片 눈송이)이, 생활에 지친 우리의 굳은 얼굴을 어루만지고 간질일 때, 우리는 어찌된 연유인지 부지중(不知中) 온화하게 된 마음과 인간다운 색채를 띤 눈을 가지고 이웃 사람들에게 경쾌한 목례를 보내지 않을 수 없게 되는 것이다.

　나는 겨울을 사랑한다. 겨울의 모진 바람 속에 태고(太古)의 음향을 찾아 듣기를 나는 좋아하는 자이기 때문이다. 그러나 무어라 해도 겨울이 겨울다운 서정시는 백설, 이것이 정숙히 읊조리는 것이니, 겨울이 익어 가면 최초의 강설(降雪)에 의해서 멀고 먼 동경의 나라는 비로소 도회에까지 고요히 고요히 들어오는 것인데, 눈이 와서 도회가 잠시 문명의 구각(舊殼 '낡은 껍질'이란 뜻으로, 옛 제도와 관습 등을 이르는 말. 여기서는 '일상적인 모습' 정도를 의미)을 탈(脫)하고 현란한 백의(白衣)를 갈아입을 때, 눈과 같이 온, 이 넓고 힘세고 성스러운 나라 때문에 도회는 문득 얼마나 조용해지고 자그마해지고 정숙해지는지 알 수 없지만, 이때 집이란 집은 모두가 먼 꿈속에 포근히 안기고 사람들 역시 희귀한 자연의 아들이 되어 모든 것은 일시에 원시 시대의 풍속을 탈환(奪還 도로 빼앗음)한 상태를 정(呈)한다(어떤 모양, 빛깔 등을 나타낸다).

　온 천하가 얼어붙어서 찬 돌과 같이 딱딱한 겨울날의 한가운데, 대체 어디서부터 이 한없이 부드럽고 깨끗한 영혼은 아무 소리도 없이 한들한들 춤추며 내려오는 것인지, 비가 겨울이 되면 얼어서 눈으로 화한다는 것은 참으로 고마운 일이다.

　만일에 이 삭연(索然 외롭고 쓸쓸함)한 삼동(三冬)이 불행히도 백설을 가질 수 없다면, 우리의 적은 위안은 더욱이 그 양을 줄이고야 말 것이니, 가령 우리가 아침에 자고 일어나서, 추위를 참고, 열고 싶지 않은 창을 가만히 밀고 밖을 한번 내다보면, 이것이 무어랴! 백설 애애(皚皚 눈의 희고 무성한 모양)한 세계가 눈앞에 전개되어 있을 때, 그때 우리가 마음에 느끼는 것은 과연 무엇일까? 말할 수 없는 환희 속에 우리가 느끼는 감상은 물론, 우리가 간밤에 고운 눈이 이같이 내려서 쌓이는 것도 모르고, 이 아름다운 밤을 헛되이 자 버렸다는 것에 대한 후회의 정이요, 그래서 설사 우리는 어젯밤에 잘 적엔 인생의 무의미에 대해서 최후의 단안(斷案 옳고 그름을 판단함)을 내린 바 있었다 하더라도 적설(積雪)을 조망(眺望)하는 이 순간에만은 생의 고요한 유열(愉悅 기뻐하고 즐거워함)과 가슴의 가벼운 경악을 아울러 맛볼지니, 소리 없이 온 눈이 소리 없이 곧 가 버리지 않고, 마치 그것은 하늘이 내리어 주신 선물인 거나 같이 순결하고 반가운 모양으로 우리의 마음을 즐겁게 하고, 또 순화시켜 주기 위해서 아직도 얼마 사이까지는 남아 있어 준다는 것은, 흡사 우리의 애인이 우리를 가만히 몰래 습격함으로 의해서 우리의 경탄과 우리의 열락을 더 한층 고조하려는 그것과도 같다고나 할는지!

우리의 온밤을 행복스럽게 만들어 주기는 하나, 아침이면 흔적도 없이 사라지는 감미한 꿈과 같이 그렇게 민속(敏速 날쌔고 빠름)하다고는 할 수 없어도 한번 내린 눈은, 그러나 그다지 오랫동안은 남아 있어 주지는 않는다.

이 지상의 모든 아름다운 것은 슬픈 일이나 얼마나 단명하며, 또 얼마나 없어지기 쉬운가! 그것은 말하자면 기적같이 와서는 행복같이 달아나 버리는 것이다.

변연(便娟 민첩하고 아름다운 자태) 백설이 경쾌한 윤무(輪舞 원무. 둥글게 원을 이루어 추는 춤으로, 여기서는 눈 내리는 모습을 비유함)를 가지고 공중에서 편편히(가볍고 날래게) 지상에 내려올 때, 이 순치(馴致 길들임) 할 수 없는 고공(高空) 무용(舞踊)이 원거리에 뻗친 과감한 분란(紛亂 어수선하고 소란함)은, 이를 보는 사람으로 하여금 거의 처연(悽然 쓸쓸하고 구슬픔)한 심사를 가지게까지 하는데, 대체 이들 흰 생명들은 이렇게 수많이 모여선 어디로 가려는 것인고? 이는 자유의 도취 속에 부유(浮游 떠돌아다님)함을 말함인가, 혹은 그는 우리의 참여하기 어려운 열락에 탐닉하고 있음을 말함인가? 백설이여! 잠시 묻노니, 너는 지상의 누가 유혹했기에 이곳에 내려오는 것이며, 그리고 또 너는 공중에서 무질서의 쾌락을 배운 뒤에, 이곳에 와서 무엇을 시작하려는 것이냐?

천국의 아들이요, 경쾌한 족속이요, 바람의 희생자인 백설이여! 과연 뉘라서 너희의 무정부주의(일체의 정치 권력을 부정하고 절대적 자유가 행해지는 사회를 실현하려는 주의)를 통제할 수 있으랴! 너희들은 우리들 사람까지를 너희의 혼란 속에 휩쓸어 넣을 작정인 줄은 알 수 없으되, 그리고 또 사실상 그 속에 혹은 기꺼이, 혹은 할 수 없이 휩쓸려 들어가는 자도 많이 있으리라마는, 그러나 사람이 과연 그런 혼탁한 와중에서 능히 견딜 수 있으리라고 너희는 생각하느냐?

백설의 이 같은 난무(亂舞 어지럽게 추는 춤)는 물론 언제까지나 계속되는 것은 아니다. 일단 강설의 상태가 정지되면, 눈은 지상에 쌓여 실로 놀랄 만한 통일체를 현출(現出 두드러지게 드러남)시키는 것이니, 이와 같은 완전한 질서, 이와 같은 화려한 장식을 우리는 백설이 아니면 어디서 또다시 발견할 수 있을까? 그래서 그 주위에는 또한 하나의 신성한 정밀(靜謐 고요하고 편안함)이 진좌(鎭坐 자리 잡아 앉는 것)하여, 그것은 우리에게 우리의 마음을 엿듣도록 명령하는 것이니, 이때 모든 사람은 긴장한 마음을 가지고 백설의 계시(啓示 깨우쳐 보여 줌. 사람으로서는 알 수 없는 진리를 신이 가르쳐 알게 함)에 깊이 귀를 기울이지 않을 수 없는 것이다.

보라! 우리가 절망 속에서 기다리고 동경하던 계시는 참으로 여기 우리 앞에 와서 있지는 않는가? 어제까지도 침울한 암흑 속에 잠겨 있던 모든 것이 이제는 백설의 은총에 의하여 문득 빛나고 번쩍이고 약동하고 웃음 치기를 시작하고 있기 때문이다.

말라붙은 풀포기, 앙상한 나뭇가지들조차 풍미한(풍만하고 아름다운) 백화를 달고 있음은 물론이요 괴벗은(발가벗은) 전야(田野)는 성자(聖子)의 영지(領地)가 되고 공허한 정원은 아름다운 선물로 가득하다. 모든 것은 성화(聖化) 되어 새롭고 정결하고 젊고 정숙한 가운데 소생되는데, 그 질서, 그 정밀은 우리에게 안식을 주며, 영원의 해조(諧調 잘 조화됨)에 대하여 말한다.

이때 우리의 회의는 사라지고, 우리의 두 눈은 빛나며, 우리의 가슴은 말할 수 없는 무엇을 느끼면서, 위에서 온 축복을 향해서 오직 감사와 찬탄을 노래할 뿐이다.

눈은 이 지상에 있는 모든 것을 덮어 줌으로 의해서, 하나같이 희게 하고 아름답게 하는 것이지만, 특히 그중에도 눈에 높이 덮인 공원, 눈에 안긴 성사(城숨 성곽), 눈 밑에 누운 무너진 고적(古蹟), 눈 속에 높이 선 동상 등을 봄은 일단으로 더 흥취의 깊은 것이 있으니, 그것은 모두가 우울한 옛 시를 읽는 것과도 같이, 그 배후에는 알 수 없는 신비가 숨 쉬고 있는 듯한 느낌을 준다. 눈이 내리는 공원에는 아마도 늙을 줄을 모르는 흰 사슴들이 떼를 지어 뛰어다닐지도 모르는 것이고, 저 성사(城舍) 안 심원(深園 깊숙하고 그윽한 정원)에는 이상한 향기를 가진 앨러배스터〔alabaster 설화 석고(雪花石膏). 석고의 일종으로 눈을 흩뿌린 것과 같은 흰색의 치밀한 작은 알맹이의 덩어리로 암염(巖鹽), 석회암 등에 붙어서 층을 이룸. 설화석〕의 꽃이 한 송이 눈 속에 외로이 피어 있는지도 알 수 없는 것이며, 저 동상은 아마도 이 모든 비밀을 저 혼자 알게 되는 것을 안타까이 생각하고 있을지도 모르기 때문이다.

그러나 무어라 해도 참된 눈은 도회에 속할 물건이 아니다. 그것은 산중 깊이 천인만장(千仞萬丈 천 길이나 되도록 아주 높거나 깊음)의 계곡에서 맹수를 잡는 자의 체험할 물건이 아니면 아니 된다.

생각하여 보라! 이 세상에 있는 눈으로서는 여러 가지가 있을 것이니, 가령 열대의 뜨거운 태양에 쪼임을 받는 저 킬리만자로 산의 눈, 멀고 먼 옛날부터 아직껏 녹지 않고 안타르크티스〔독일어로 '남극(南極)'을 뜻함〕에 잔존해 있다는 눈, 우랄과 알래스카 주의 고원에 보이는 적설, 또는 오자마자 순식간에 없어져 버린다는 상부(上部) 이탈리아의 눈 등……. 이러한 여러 가지 종류의 눈을 보지 않고는 도저히 눈에 대해서 말할 수 없다고 아니할 수 없다.

그러나 불행히 우리의 눈에 대한 체험은 그저 단순히 눈 오는 밤에 서울 거리를 술집이나 몇 집 들어가며 배회하는 정도에 국한되는 것이니, 생각하면 사실 나의 백설부(白雪賦)란 것도 근거 없고, 싱겁기가 짝이 없다 할밖에 없다. *

생활인의 철학

✏️ 작품 정리

> **작가** : 김진섭(208쪽 '작가와 작품 세계' 참조)
>
> **갈래** : 현대 수필, 중수필
>
> **성격** : 교훈적, 사색적, 논리적
>
> **특징** : • 만연체의 중후한 문체임
>
>   • 화려한 수식 없이 자신의 생각을 담백하게 전함
>
> **구성** : '기-서-결'의 3단계 구성
>
>   - 기 : 철학자들만 철학을 하는 것이 아니라 생활인 모두가 철학을 할
> 수 있음
>
>   - 서 : 생활 속에서의 철학의 작용과 유용함을 설명함
>
>   - 결 : 생활의 예지와 철학은 일반인에게서 더 잘 발견됨
>
> **주제** : 생활에서 우러나오는 삶의 예지의 소중함

✏️ 생각해 볼 문제

1. 이 작품에서 '생활인의 철학'이 지닌 의미는 무엇인가?

지금처럼 학문과 생활이 유리된 풍토에서는 철학이 학문적 대상으로만 존재하고 생활과는 멀어져 버린 느낌을 준다. 작가는 생활 속에서 더 이상 철학이 필요 없게 되고 철학자들 또한 철학을 인생에 접목시키지 못하는 현실을 안타깝게 여긴다. 그러나 우리가 철학에 대해 인식하고 있지 않다 해도 우리의 삶 속에는 분명히 철학이 깃들어 있다. 작가는 바로 이것을 '생활인의 철학'이라고 말한다. 사람들이 하는 일에는 그 나름대로 철학적 판단과 삶에 대한 예지가 작용한다. 학문과는 무관한 이러한 예지가 삶에서는 중요한 요소가 된다. 따라서 진정한 철학이란 평범한 삶 속에서 발현되는 예지와 통찰력이라고 할 수 있다.

2. 이 수필의 형식상 특징은 무엇인가?

이 글은 일상생활의 느낌이나 체험을 다룬 다른 수필과 달리 논리적이고 사색적이다. 주변에서 일어나는 사소한 일을 소재로 가볍게 쓴 수필을 경수필(輕隨筆)이라고 하고, 무거운 주제를 다룬 논리적이고 객관적인 내용의 수필을 중수필(重隨筆)이라고 한다. 중수필에 속하는 이 작품은 만연체를 사용해 중후한 느낌을 주지만, 화려한 수사나 기교 없이 자신의 생각을 담백하게 전달하고 있다. 이를 통해 작가는 삶의 예지와 철학이라는 주제를 효과적으로 드러내고 있다.

3. 일제 강점기하의 수필 문학의 특징은 어떠한가?

이 작품은 1930년대 이후 우리나라 수필의 대표작이다. 수필 문학의 초창기인 1910~1920년대에는 주로 기행문 형식의 글이 많았다. 그러나 1930년대부터 광복에 이르기까지 수필 문학 이론이 소개되고 전문 작가가 출현하면서 수필은 문학의 한 갈래로 자리 잡았다. 당시에는 일제의 탄압과 검열 때문에 시대의 아픔과 분노를 노골적으로 드러낼 수 없었다. 따라서 이 시기의 수필은 순수 문학의 성격과 서정적이고 사색적인 경향을 보인다. 이 작품 역시 이러한 문학 사조의 흐름 아래 쓰여졌다.

생활인의 철학

철학을 철학자의 전유물인 것처럼 생각하고 있는 사람들이 많이 있다. 그러나 그렇게 생각하는 것도 결코 무리한 일은 아니니, 왜냐하면 그만큼 철학은 오늘날 그 본래의 사명—사람에게 인생의 의의와 인생의 지식을 교시(敎示 가르쳐서 보임)하려 하는 의도를 거의 방기(放棄 아주 버리고 돌아보지도 아니함)하여 버렸고, 철학자는 속세와 절연(絶緣 인연을 끊음)하고, 관외(管外 어떤 기관이 관할하는 구역의 밖)에 은둔하여 고일(高逸 학식과 덕망이 높이 빼어남)한 고독경에서 오로지 자기의 담론(談論 담화와 이론)에만 경청하고 있기 때문이다. 이와 같이, 철학과 철학자가 생활의 지각을 온전히 상실하여 버렸다는 것은 참으로 슬픈 일이다. 그러므로 생활 속에서 부단히 인생의 예지를 추구하는 현대 중국의 '양식(良識)의 철학자' 임어당〔林語堂 린위탕(1895~1976). 중국의 소설가이자 문명 비평가〕이 일찍이, "내가 임마누엘 칸트를 읽지 않는 이유는 간단하다. 석 장 이상 더 읽을 수 있었던 적이 없기 때문이다."라고 말했는데, 이 말은 논리적 사고가 과도(過度 정도에 지나침)의 발달을 성수(成遂 어떤 일을 이루어 냄)하고 전문적 어법이 극도로 분화한 필연의 결과로서, 철학이 정치·경제보다도 훨씬 후면에 퇴거(退去 물러감)되어, 평상인은 조금도 양심의 가책을 느끼지 않고 철학의 측면을 통과하고 있는 현대 문명의 기묘한 현상을 지적한 것으로서, 사실상 오늘에 있어서는 교육이 있는 사람들도, 대개는 철학이 있으나 없으나 별로 상관이 없는 대표적 과제가 되어 있는 것을 부정하기는 어렵다.

그러나 나는 물론 여기서 소위 사변적(思辨的 경험이나 실천을 바탕으로 하지 않고 오로지 이론이나 사유에 의한 상태), 논리적, 학문적 철학자의 철학을 비난하거나 공격하는 것이 목적이 아니다. 나는 오직 이러한 체계적인 철학에 대하여 인생의 지식이 되는 철학을 유지하여 주는 현철(賢哲 지혜가 깊고 사리에 밝음)한 일군(一群 한 무리)의 철학자가 있었던 것을 알고 있으며, 그러한 의미에서 철학자만이 철학을 가지고 있는 것이 아니요, 어느 정도로 인간적 통찰력과 사물에 대한 판단력을 가지고 있는 이상, 모든 생활인은 그 특유의 인생관, 세계관, 즉 통속적 의미에서의 철학을 가질 수 있다는 것을 다음에 말하고자 함에 불과하다.

철학자에게 철학이 필요한 것과 같이 속인(俗人)에게도 철학은 필요하다. 왜 그러냐 하면, 한 가지 물건을 사는 데에 그 사람의 취미가 나타나는 것 같이, 친구를 선택하는 데 있어서도 그 사람의 세계관, 즉 철학은 개재(介在) 되어야 할 것이요, 자기의 직업을 결정하는 경우에도, 그 근본적 계기가 되 는 것은 물론 그 사람의 인생관이 아니어서는 아니 되겠기 때문이다. 가령, 우리들이 결혼이라는 것을 한 번 생각해 볼 때, 한 남자로서 혹은 한 여자 로서 상대자를 물색함에 제(際)하여[(행위 등을) 함에 있어서] 실로 철학은 우리들 이 상상할 수 있는 것보다는 훨씬 많이 지배적이고도 결정적인 역할을 하 게 됨을 알 수 있을 것이요, 우리들이 어떠한 방식으로 생활을 설계하느냐 하는 것도, 결국은 넓은 의미에서 우리들이 부지중(不知中)에 채택한 철학에 의거하여 실행하게 되는 것이다. 우리들이 생활권 내에서 취하게 되는 모 든 행동의 근저에는 일반적으로 미학적 내지 윤리적 가치 의식이 횡재(橫在 가로놓여 있음)하여 있는 것이니, 생활인의 모든 행동은 반드시 어느 종류의 의 미와 목적에 대한 관념을 내포하고 있다. 모든 사람은 소위 이상이라는 것 을 가지고 있고, 그러한 이상이 각인의 행동과 운명의 척도가 되고 목표가 되는 것은 물론이려니와, 이상이란 요컨대 그 사람의 철학적 관점을 말하 는 것이며, 그 사람의 일반적 세계관과 인생관에서 온 규범의 한 파생체(派 生體)를 말하는 것이다.

"내 마음이 선택의 주인공이 된 이래 그것이 그대를 천 사람 속에서 추려 내었다."라고 햄릿은 그의 우인(友人) 호레이쇼에게 말하였다. 확실히 우인 의 선택은 임의로운 의지적 행동이라고는 하나, 그러나 그것은 인생철학에 기초를 두는 한, 이상(理想)의 지배를 받지 않을 수 없는 것이다. 햄릿은 그 에 대하여 가치가 있는 인격체이며, '천지지간 만물(天地之間萬物)'에 대한 이 해력을 가지고 있으며, 그리하여 이 인생 생활을 저 천재적이나 극히 불운 한 정말(丁抹 '덴마크'의 한자식 표기)의 공자(公子 햄릿을 가리킴)보다도 그 근본에 있어 서 보다 잘 통어(統御 어떤 대상을 거느려 다스림)할 줄 아는 까닭으로, 호레이쇼를 우인으로서 택한 것이다. 비단 이뿐이 아니요, 모든 종류의 심의 활동(心意活 動 마음의 움직임)은 가치관의 지도를 받아 가며 부단히, 그리고 결정적으로 그 운명을 형성하여 가는 것이니, 적어도 동물적 생활의 우매성을 초극(超克 이 겨 나감. 극복함)한 모든 사람은 좋든 궂든(사물이 언짢고 거칠든) 하나의 철학을 가지 는 것이다. 사람은 대개 이 인생에 대하여 무엇을 요구해야 할까를 알며,

그의 염원이 어느 정도로 당위(當爲)와 일치하며, 혹은 배치(背馳)될지를 아는 것이니, 이것은 실로 사람이 인간 생활의 의의에 대하여 사유하는 능력을 가지기 때문에 오직 가능할 수 있는 것이다.

두말할 것 없이 생활 철학은 우주 철학의 일부분으로서, 통상적인 생활인과 전문적인 철학자와의 세계관 사이에는, 말하자면 소크라테스와 트라지엔의 목양자(牧羊者 양치기)의 사이에 볼 수 있는 것과 같은 현저한 구별과 거리가 있을 것은 물론이나, 많은 문제에 대하여 그 특유의 견해를 가지는 점에서는 동일한 철학자인 것이다.

나는 흔히 철학자에게서 생활에 대한 예지의 부족을 인식하고 크게 놀라는 반면에는, 농산어촌(農山漁村)의 백성 또는 일개의 부녀자에게 철학적인 달관을 발견하여 깊이 머리를 숙이는 일이 불소(不少 적지 않음)함을 알고 있다. 생활인으로서의 나에게는 필부필부(匹夫匹婦 평범한 남녀를 가리키는 말)의 생활 체험에서 우러난 소박, 진실한 안식(眼識)이 고명한 철학자의 난해한 칠봉인(七封人)의 서(書)(볼 수 없도록 일곱 번이나 봉인을 찍은 책. 여기서는 난해한 책을 의미함)보다는 훨씬 맛이 있다는 것을 고백하지 않을 수 없다. 원래 현실적 정세를 파악하고 투시하는 예민한 감각과 명확한 사고력은, 혹종(或種 '어떤 종류의', '일종의'라는 뜻)의 여자에 있어서 보다 더 발견되고 있으므로, 나는 흔히 현실을 말하고 생활을 하소연하는 부녀자의 아름다운 음성에 경청하여, 그 가운데서 또한 많은 가지가지의 생활 철학을 발견하는 열락(悅樂 기쁨과 즐거움)은 결코 적은 것이 아니다.

하나의 좋은 경구는 한 권의 담론서(談論書 사리에 맞는 이야기나 이론을 적어 놓은 책)보다 나은 것이다. 그리하여 언제나 인생의 지식인 철학의 진의(眞意)를 전승하는 현철(賢哲)이 존재한다는 것은 고마운 일이다. 그래서 이러한 무명의 현철은 사실상 많은 생활인의 머릿속에 숨어 있는 것이다. 생활의 예지(叡智) — 이것이 곧 생활인의 귀중한 철학이다. *

# 매화찬(梅花讚)

✎ 작품 정리

작가 : 김진섭(208쪽 '작가와 작품 세계' 참조)

갈래 : 현대 수필, 경수필

성격 : 주관적, 사색적, 주정적

특징 : • 구체적인 관찰을 통해 매화의 속성을 파악함

　　　　• 한문 투의 만연체를 사용함

구성 : 매화의 기품 있는 모습에 대한 경탄과, 매화의 속성과 수성의 효용, 매화의 고결한 인상이라는 세 부분으로 구성됨

주제 : 매화 예찬

✎ 생각해 볼 문제

1. 매화가 사군자의 으뜸으로 여겨지는 이유는 무엇인가?

작가는 매화만큼 동양적인 인상을 주는 꽃은 없다고 말한다. 예부터 동양 문화권에서 많은 학자와 문인, 선비는 이러한 매화의 덕을 예찬해 왔다. 매화는 추위를 타지 않고 구태여 한풍을 택해 핀다. 그리고 매화는 다른 꽃들과 달리 눈의 기질과 아름다움을 닮았다. 또한, 매화는 향기와 아취가 다른 것과 비교할 수 없어 선구자적 기품을 느끼게 한다. 이처럼 매화는 높은 지조와 맑고 깨끗한 인상, 강인함과 인내 등의 속성을 지녔기에 사군자의 으뜸으로 여겨진 것이다.

2. 매화에 대해 '굴복감'을 느낀다는 말은 무슨 뜻인가?

작가는 매화에게 '친화한 동감(同感)'보다는 '굴복감'을 느낀다고 말한다. 일반적으로 굴복은 힘이 모자라 복종하는 것을 의미하지만, 여기서 '굴복감'은 부정적인 의미가 아니다. 이는 세상에서 가장 절개가 굳고 숭고한 꽃인 매화에 대한 경외감을 표현한 것이라고 볼 수 있다.

매화찬

　나는 매화를 볼 때마다 항상 말할 수 없이 놀라운 감정에 붙들리고야 마는 것을 어찌할 수가 없으니, 왜냐하면, 첫째로 그것은 추위를 타지 않고 구태여 한풍(寒風)을 택해서 피기 때문이요, 둘째로 그것은 그럼으로써 초지상적(超地上的)인, 비현세적인 인상을 내 마음속에 던져 주기 때문이다.

　가령, 우리가 혹은 눈 가운데 완전히 동화된 매화를 보고, 혹은 찬 달 아래 처연(悽然 마음이 쓸쓸하고 처량함)히 조응된 매화를 보게 될 때, 우리는 과연 매화가 사군자의 필두(筆頭 서열의 첫머리)로 꼽히는 이유를 잘 알 수 있겠지만, 적설(積雪)과 한월(寒月)을 대비적 배경으로 삼은 다음에라야만 고요히 피는 이 꽃의 한없이 장엄하고 숭고한 기세에는, 친화(親和)한 동감(同感)이라기보다는 일종의 굴복감을 우리는 품지 않을 수 없는 것이니, 매화는 확실히 춘풍이 태탕(駘蕩 봄의 경치가 화창함)한 계절에 난만(爛漫 화려한 광채가 넘쳐흐르는 모양)히 피는 농염한 백화(百花)와는 달라, 현세적인, 향락적인 꽃이 아님은 물론이요, 이 꽃이야말로 이 세상에서 우리가 찾을 수 있는 가장 초고(超高 혼자 뛰어나게 높음)하고 견개(狷介 지조가 굳음)한 꽃이 아니면 안 될 것이다.

　모든 것이 얼어붙어서 찬 돌같이 딱딱한 엄동(嚴冬), 모든 풀, 온갖 나무가 모조리 눈을 굳이 감고 추위에 몸을 떨고 있을 즈음, 어떠한 자도 꽃을 찾을 리 없고 생동(生動)을 요구할 바 없을 이때에, 이 살을 저미는 듯한 한기를 한기로 여기지 않고 쉽사리 피는 매화, 이는 실로 한때를 앞서서 모든 신산(辛酸 힘들고 고생스러움)을 신산으로 여기지 않는 선구자의 영혼에서 피어오르는 꽃이랄까?

　그 꽃이 청초하고 가향(佳香 아름다운 향기)이 넘칠 뿐 아니라, 기품과 아취(雅趣 고상하고 담박한 정취)가 비할 곳 없는 것도 선구자적 성격과 상통하거니와, 그 인내와 그 패기와 그 신산에서 결과된 매실(梅實 매화 열매)은 선구자로서의 고충을 흠뻑 상징함이겠고, 말할 수 없이 신산한(쓴) 맛을 극(極)하고 있는 것마저 선구자다워 재미있다.

　매화가 조춘만화(早春萬花 이른 봄에 피는 온갖 꽃)의 괴(魁 우두머리. 여기서는 제일 먼저 꽃을 피움)로서 엄한(嚴寒)을 두려워하지 않고 발화하는 것은, 그 수성(樹性 나무의 성질) 자체가 비할 수 없이 강인한 것을 말하는 것으로, 이 동양 고유의 수종이 그 가지를 풍부하게 뻗치고 번무(繁茂 번성. 나무나 풀이 무성함)하는 상태를 보더라도, 이 나무가 다른 과수(果樹 과실나무)에 비해서 얼마나 왕성한 식물인가 하는 것을 알 수 있거니와, 그러므로 또한 매실이 그 독특한 산미(酸味 신맛)와 특종의 성분을 가지고 고래로 귀중한 의약(醫藥)의 자(資 재료)가 되어 효험이 현저한 것도 마땅한 일이라 할밖에 없다.

여하간에 나는 매화만큼 동양적인 인상을 주는 꽃을 달리 알지 못한다. 특히 영춘(迎春 봄을 맞이함) 관상용(觀賞用)으로 재배되는 분매(盆梅 분재 매화)에는 담담한 가운데 창연(蒼然 물건이 오래되어 예스러운 빛이 그윽함)한 고전미가 보이는 것이 말할 수 없이 청고(淸高 맑고 고결함)해서 좋다. *

# 모송론(母頌論)

✏️ 작품 정리 --------------------------------------

작가 : 김진섭(208쪽 '작가와 작품 세계' 참조)

갈래 : 현대 수필, 중수필

성격 : 철학적, 논리적, 사색적

특징 : 경어체의 강연문 형식으로 권유와 설득이 직접적으로 드러남

구성 : '기-승-전-결'의 4단계 구성

주제 : 절대적인 모성애의 예찬

✏️ 생각해 볼 문제 --------------------------------------

1. 작가가 정의한 모성애의 다섯 가지 특성은 무엇인가?

이 글에서 모성은 망아적(忘我的) 애정, 심각한 자비(慈悲), 최대한의 동정(同情), 끝이 없는 긴밀한 연민(憐憫), 절대적 관념(觀念)이라는 다섯 가지 특성으로 정의된다. 망아적 애정은 자신을 돌보지 않는 어머니의 이타적인 사랑을, 심각한 자비는 한없는 너그러움을, 최대한의 동정은 인간으로서 지닐 수 있는 최후의 동정심을, 긴밀한 연민은 자신과 한몸처럼 여기는 애틋한 마음을, 절대적 관념은 어떤 상황에도 변하지 않는 확고한 생각과 사상을 의미한다.

2. 이 작품을 통해 부모와 자식의 관계에 대해 생각해 보라.

자식은 성장하면서 어머니의 곁을 떠나거나, 어머니의 가슴에 못을 박는 경우도 있다. 하지만 어머니의 사랑은 변함이 없다. 그래서 아무리 불효막심한 아들이라고 할지라도 마음속에는 어머니에 대한 신앙을 간직하고 있다. 이 글에서 어머니는 고향이나 조국으로 표현된다. '고향'은 생명을 부여해 주고 '조국'은 말과 글, 그리고 정신을 가르쳐 준다. 그러므로 인간이 고향이나 조국과 분리될 수 없듯이 어머니와 자식 역시 결코 분리될 수 없는 관계에 있다고 볼 수 있다.

모송론

사람이면 사람이 모두 그가 이 세상에 나오게 된 것을 누구에게 감사할 이유는 물론 없을 것입니다. 사람이란 흔히 다른 사람이 뿌린 씨를 자기 스스로 거두지 아니하면 아니 되는 괴로운 운명을 슬퍼하기도 하는 까닭이올시다.

자기의 뜻에는 오로지 없는 일이지만, 그러나 이왕 사람이 이 세상에 나온 바에야 구태여 무엇을 슬퍼하오. 될수록이면 기쁨을 찾음이 보다 현명한 방도가 아닐까요? 인생(人生)이 너무나 불행한 가운데 있다 하더라도, 모든 사람이 어머니를 모실 수 있다는 점만은 행복한 일입니다.

이 세상에 생(生)을 받은 우리의 찬송(讚頌)은, 그러므로 무엇보다도 첫째 우리들의 어머니 위에 지향(志向)되어야 할 것입니다. 어려서 이미 어머니를 잃고, 클수록 커지는 동경(憧憬)의 마음을 채울 수 없는 아들의 신세가 이 세상에서 다시 볼 수 없는 큰 불행이라면, 어려서는 어머니의 품 안에 안기고, 커서는 어머니의 덕을 받들어 모자(母子)가 한가지로 늙는 사람의 팔자는, 이 세상에서는 다시 구할 수 없는 큰 행복일 것입니다. 아니지요. 이러한 구구한 경우를 떠나서도 모든 사람이 어머니의 배 속에서 나왔다는 단순한 사실, 그것이 벌써 한없이 행복스러운 일입니다.

생각만이라도 해 보십시오. 만일에 어머니라 하는 이 아름답고 친절한 종족이 없다면, 대체 이 세상은 어떻게나 되어 갈까요? 이 괴로운 세상을 찬란하게까지 장식하고 있는 모든 감정, 가령 말하자면 저 망아적(忘我的) 애정(자신을 잊어버릴 만큼 지극한 사랑), 저 심각한 자비(慈悲 한없는 자애로움), 저 최대한의 동정, 끝이 없이 긴밀한 연민, 저 절대한 관념―이 모든 것은 이곳에서 사라져 버리고야 말 터이지요.

그리하여 이때, 이 세상이 돌연히 한없이도 어두워지고 우울해지고, 고달파질 터이지요. 참으로 어머니와 아들의 결합과 같이 힘차며, 순수하며, 또 신비로운 결합은 어떠한 인간관계 속에서도 찾아낼 수 없습니다. 이 세상에서 우리가 고향이라 부를 만한 것이 있다면 새로 생긴 자에 대해 그에게 영양을 제공하고, 그에게 생명을 부여하는 어머니야말로 참된 향토(鄕土)

가 아닐까요? 어린아이뿐만 아니라 성장하여 가는 아동에 있어서도 어머니는 영원히 그들의 괴로워할 때의 좋은 피난소이며, 그들의 즐거워할 때의 좋은 동감자(同感者)입니다.

어린아이가 어찌하여야 할 바를 모를 때, 그는 반드시 어머니를 향해 웁니다. 아프고 괴로워 위안이 필요할 때, 그는 바삐 어머니의 무릎 위로 기어갑니다. 어머니에 대한 그의 신뢰는 참으로 한이 없습니다. 어머니에게는 도움이 있을 것을, 어머니에게는 귀의심[歸依心 불교에서 '불도(佛道)에 돌아가 의지하는 마음'을 가리키는 말. 이 글에서 돌아가 의지하고자 하는 대상은 '어머니'임]이 있고 이해력이 있는 것을 알고 있는 까닭입니다. 사실에 있어서 어머니의 손이 한 번 가기만 하면 모든 장애물은 가벼움게 무너지고, 모든 것은 좋게 되는 것입니다. 또한, 성인(成人)의 어머니에게 대한 신빙(信憑 믿어서 근거나 증거로 삼음)이 이에 못할 수 없겠지요.

어머니가 생존하여 계시는 동안 우리에게는 고요히 웃는 마음의 고향이 있는 것입니다. 우리는 결코 외로울 수 없으며, 우리는 결코 어두움 속에 살 수 없습니다.

참으로 어머니는 저 하늘에 빛나는 맑은 별과 같이 순수합니다. 그것이 무엇이 이상할 것이 있겠습니까? 아무것도 이상할 것이 없습니다. 왜 그러냐 하면, 우리는 어머니 피로부터, 어머니 정신으로부터, 어머니의 진통으로부터 나온 까닭이올시다. 어머니는 우리의 뿌리인 것입니다. 어머니는 인간의 참된 조국인 것입니다.

어린아이는 어머니에게 말하는 것을 배웁니다. 우리는 자기 나라 말을 가르치고 모어(母語)라 부르는 것은, 이 점에 있어서 결코 우연한 일이 아닙니다. 아이는 어머니에게서 도덕과 지식 일반의 최초의 개념, 저 재미있는 옛날이야기, 지극히도 자극적인 노래와 유희(遊戲)를 처음 배우는 것입니다.

사람과 사람의 결합에 있어서 어머니와 아들의 사이와 같은 그렇게도 긴밀한 인간적 결합은 실로 어느 곳에서도 발견되지 않습니다. 사람은 여기에 있어서 곧 아버지의 엄연한 존재를 생각할 터이지요. 그러나 아버지는 집 안에 앉아 계시기보다는 집 밖에 많이 나가 계십니다. 아버지라는 이들은 흔히 어머니 가까이 있어 한 가지 아이를 애무하기에는 너무나 바쁜 몸입니다. 그는 가정 밖에 직업을 가지고 있고, 또 밖에 나서서 사업을 해야 하는 까닭입니다. 그러므로 아버지는 아이에게 사랑할 인물이라기보다는 차라리 존경할 인물이 되는 것입니다. 암만 친절한 아버지라도 아이들은 거의 예민한 식별력(識別力)으로 아버지를 어머니같이 만만하게는 보지 않는 것입니다. 그것은 말하자면, 어머니가 '친밀(親密)의 원리'를 가지고 항상 아이들을 양육하는 입장에 서 있는 데 대해서, 아버지는 '엄격(嚴格)의 원리'에 사는 하나의 교훈적 존재인 까닭이겠지요.

커 가는 아이가 사랑하는 어머니를 떨어져 자기의 길을 자기 홀로 걸어가려 할 때, 세상의 모든 어머니는 이때, 반드시 퍽이나 괴로운 시간을 체험하지 않을 수 없습니다. 아이의 디디는 발은 처음엔 위태로워 보이고 무색(撫索)하는 듯이 보이지마는, 그러나 나중에는 확고한 의식을 가지고 일정한 목적을 향하여 용감하게 걸어가는 것입니다. 그러나 어머니의 눈에는 언제든지 아들이란 그가, 얼마나 나이를 먹었어도 결국 어린아이로서밖에는 비치지 않는 까닭으로, 어머니는 이때 적지 않은 불안을 느끼기 시작하는 것입니다.

어머니 없이는 한시를 살 수 없는 것 같은 아이가, 이제는 어머니를 필요로 하지 않을 뿐 아니라, 어떤 경우에는 무용(無用)의 장물(長物 거치적거리기만 하고 아무 쓸모없는 물건)로서까지 여김을 받을 때, 즉 이제까지는 말하자면 어머니의 일부분이던 아이가 나중에는 어머니를 완전히 떨어져 자기 혼자서 생활을 꾀할 때, 어머니 되는 사람의 근심과 슬픔은 비할 곳 없이 크다 아니할 수 없습니다. 더욱이나 나이 젊은 아들이 택할 길과, 어머니가 그네들의 사랑하는 아들을 위하여 꿈꾸고 있는 길이 전혀 다를 때, 어머니의 실망이 일시에 커져 갈 것은 두말할 것도 없습니다.

여기 모자간에 서로 다리를 걸 수 없는 한 개의 큰 분열은 생기고야 마는 것입니다. 여기서 사랑하는 어머니와 사랑하는 아들 사이에 피할 수 없는 하나의 두터운 소원(疏遠 사이가 껄끄럽고 멀어짐)이 일어나고야 마는 수도, 물론 이 넓은 세상에는 드물지 않는 것입니다.

물론 모두가 아들을 진정으로 사랑하는 마음으로부터이겠지요. 어머니는 자기와 그리고 자기 견해에 아들을 복종시키려고 만반의 책(策 계책이나 대책)을 강구하여 봅니다. 그러나 대개 이 방법은 수포로 돌아가고야 마는 것입니다. 이때, 어머니는 고적(孤寂 외롭고 쓸쓸함)을 느끼고, 냉대(冷待)를 느끼고, 모욕(侮辱)을 느낄 터이지요. 왜 그러냐 하면, 원래 성정의 시기에 있는 아이들이란 은덕(恩德)을 알지 못하는 까닭입니다. 그들은 자기네의 길만 이기적으로 걸어가는 것입니다. 그러나 우리는 이러한 그들의 이기주의를 어찌 나쁘다고만 할 수 있겠습니까? 참으로 이기주의는 모든 새로운 시대가 자기 자신의 독특한 이상(理想)을 가지는 데 유래하여 있는 까닭이올시다. 즉 하나의 새로운 시대에 속하고 있는 이 젊은이들은, 청년의 의기(義氣)를 가지고 그들 자신의 이상을 실시하려 함에 문제는 그치는 것입니다.

시대와 시대 사이에는 항상 격렬한 투쟁은 계속되었던 것입니다. 그러나 시대가 다를 때마다 싸움은 새로운 것입니다. 이들은 이리하여 어머니의 영향을 철두철미(徹頭徹尾 처음부터 끝까지 철저하게) 물리치고 드디어 이로부터 벗어나려고 애를 쓰는 것입니다. 어머니의 인격이 강하면 강할수록 아들의 반항은 크고, 아들의 태도는 적의를 품은 듯이 보이는 것입니다. 어려서는 어머니의 치마를 밟는 것이지마는, 커서는 어머니의 가슴속을 박차는 것입니다. 이것은 확실히 현명한 아들들의 큰 비애에 틀림없습니다만 애정과 정의와는 스스로 별자(別者 구별되는 것)인 것을 사람은 인정하여야 되겠지요.

그러나 아들의 발에 아무리 짓밟힌 어머니도, 어머니는 결코 그네들의 아들을 버림이 없습니다. 이 세상에는 참으로 이른바 인생의 황야를 잘못 방황하고 있는 많은 사람의 무리가 있습니다. 어떠한 자는 악한이 될 수도 있습니다. 어떠한 자는 도적이 될 수도 있습니다. 어떠한 자는 모반자(謀反者 나라를 전복시키려고 도모하는 사람)가 될 수도 있습니다. 어떠한 자는 범인(犯人 범죄인)이 되고, 어떠한 자는 살인수(殺人囚)가 될 수도 있겠지요. 이때, 이렇게까지 된 아들에 대한 어머니 심중(心中)은 어떻겠습니까? 최후의 한 사람까지도 이 범죄자를 벌써 용서하여 주지 않을 때라도 어머니만은 그를 용서하여 주는 것입니다. 모든 사람이 이 타락자에 대해 넘칠 듯한 증오와 기피(忌避)의 정을 보낼 때라도 어머니의 사랑만은 실로 부동(不動)입니다.

어머니는 오직 아들의 심사를 이해하려 할 따름입니다. 참으로 어머니의 마음같이 이같이도 감동적인, 이같이도 숭배에 값할 것은 없겠지요. 참으로 어머니의 마음같이 이같이도 그 움직일 수 없는 암석연(岩石然)한(암석처럼 단단한) 물건도 이 세상에는 없겠지요.

모든 사람의 마음속 깊이는, 설사 그가 픽은 흉맹(凶猛 흉악하고 사나움)한 자라 할지라도, 어머니에 대한 신앙(信仰)만은 끊어짐이 없이 존속되어 있습니다. 저 어머니의 사랑에 대한 신앙, 저 어머니의 한도 없는 연민에 대한 불요불굴(不撓不屈 흔들리거나 굽히지 않음)의 신앙이 말이지요.

보십시오. 가령, 교살〔絞殺 목을 졸라 죽임. 교수(絞首)〕 대상의 사형수는 그의 목
위로 도끼가 떨어지기 직전에 과연 누구를 찾아 부르짖습니까? 물론 그것
은 어머니올시다. 보십시오. 가령, 전지에 죽어 넘어지는 청년은 구원을 비
는 최후의 비장한 규환(叫喚 큰 소리를 지르며 부르짖음)을 누구에게 향하여 발하는
겁니까? 물론, 그것은 어머니올시다. 최후의 고민과 최후의 절망에 있어서
사람은 될수록 그들의 낯을 어머니에 향해 돌리려 합니다. 그들이 어렸을
때에 하던 그 모양으로 말이지요. 어떠한 다른 수단으로써는 벌써 구제할
수 없는 경우에라도, 어머니는 일개 신성(神性)의 자격을 가지고, 오히려 또
한 아들의 최후를 건지는 수가 있는 까닭이올시다. 운명의 손에 이미 버림
을 받은 몸이지만, 아들에 대한 무한애(無限愛)의 전능적 역한(力限)에 의하여
어머니는 아들의 천명(天命 타고난 수명)을 다시 한 번 연장시킬 수도 없지 않는
것입니다.

어머니의 타오르는 심장의 불꽃이 역시 운명의 매를 막을 수 없을 때엔
모든 희망은 간 것입니다. 여기 결국 최후의 공포는 슬픔에 찬 밤에 싸여
오고야 맙니다.

세상의 많은 어머니시여! 당신네들은 이미 우리가 당신네들로부터 멀리
떨어져 버린 줄 알고 계시겠지요만, 우리들 마음속 깊이는, 그러나 아직도
오히려 말살할 수 없는 세력을 가지고 당신네에게 얽혀 있습니다.

이 세상의 모든 여성(女性)은, 그들이 사람의 어머니가 될 수 있는 점에 있
어서 참으로 이 위에도 없이 신성(神聖)한 존재입니다. *

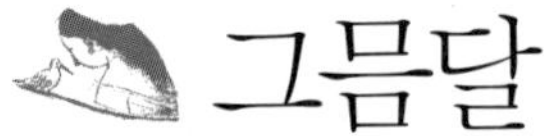 # 그믐달

✎ 작가와 작품 세계

나도향(羅稻香, 1902~1927)

서울 출생. 경성의학전문학교를 중퇴하고 일본으로 건너가 학업을 계속하려 했으나 학비 문제로 귀국했다. 19세에 장편 소설『환희』를 발표해 주목을 받았고, 1921년 〈백조〉 동인으로 참여하면서 본격적인 활동을 시작했다. 초기에는 감상적 색채의 작품을 선보이다가 뒤로 갈수록 사실적인 경향을 띤 작품을 발표했다. 작가로서 완숙의 경지로 접어들 무렵인 20대 중반에 요절했다. 초기 주요 작품으로는 장편『젊은이의 시절』,『별을 안거든 울지나 말걸』등이 있고, 후기작으로는『17원 50전』,『행랑 자식』,『물레방아』,『뽕』,『벙어리 삼룡이』등이 있다.

✎ 작품 정리

갈래 : 현대 수필, 경수필

성격 : 감상적, 낭만적, 주관적, 묘사적

특징 : 달을 여인으로 의인화해 그믐달을 예찬함

구성 : '기-승-전-결'의 4단계 구성

　　－기 : 그믐달에 대한 각별한 애정

　　－승 : 초승달, 보름달, 그믐달을 서로 비교함

　　－전 : 그믐달을 사랑하는 이유를 설명함

　　－결 : 그믐달과 같은 여자로 태어나기를 바람

주제 : 그믐달에 대한 사랑과 예찬

🖉 생각해 볼 문제

1. 이 작품은 그믐달에 대한 인상을 어떤 방법으로 표현하고 있는가?

이 글은 나도향의 소설 속에 드러나는 낭만적이고 감상적인 정서가 그대로 묻어 나오는 작품이다. 또한, 우유체의 빼어난 문장과 화려한 수사로 그믐달에 대한 작가의 애정을 잘 표현하고 있다. 이 글의 가장 큰 특징은 자신의 감정을 달에 이입시켜 달을 여인으로 의인화한 것이다. 또 달의 모습을 생생하게 묘사하기 위해 직유법, 대조법 등의 수사법을 적절하게 사용했다. 그믐달은 '깜찍하게 예쁜 계집', '원한을 품고서 애처롭게 쓰러지는 원부', '애인을 잃고 쫓겨난 공주', '머리를 풀어 뜨리고 우는 청상', '날카로운 비수' 등으로 비유했고, 보름달은 '영화와 숭배를 받는 여왕', '하얀 얼굴'로 비유했다. 또한, 초승달은 '독부', '철모르는 처녀', '황금빛, 날카로운 쇳소리'로 표현했다.

2. 작가가 그믐달을 사랑하는 이유는 무엇인가?

작가가 그믐달을 사랑하는 이유는 그믐달이 우리 민족의 오래된 정서인 '한'과 맞닿아 있기 때문이다. 작가는 그믐달을 보는 이가 적은 외로운 달이고, 밑바닥 인생을 사는 한 많은 사람들이 주로 쳐다보는 달로 여긴다. 작가가 그믐달을 각별히 사랑하는 이유는 한을 지니고 살아가는 사람들에 대해 애정을 갖고 있기 때문이다.

그믐달

나는 그믐달을 몹시 사랑한다.

그믐달은 요염(妖艶)하여 감히 손을 댈 수도 없고, 말을 붙일 수도 없이 깜찍하게 예쁜 계집 같은 달인 동시에 가슴이 저리고 쓰리도록 가련한 달이다.

서산(西山) 위에 잠깐 나타났다 숨어 버리는 초승달은 세상을 후려 삼키려는 독부(毒婦 몹시 악독한 여자)가 아니면 철모르는 처녀 같은 달이지마는, 그믐달은 세상의 갖은 풍상(風霜 세상의 모진 고난이나 고통)을 다 겪고, 나중에는 그 무슨 원한을 품고서 애처롭게 쓰러지는 원부〔怨婦 남편이 없음을 원망하는 여자. 과부(寡婦)를 이르는 말〕와 같이 애절하고 애절한 맛이 있다. 보름의 둥근달은 모든 영화와 끝없는 숭배를 받는 여왕(女王)과 같은 달이지마는, 그믐달은 애인을 잃고 쫓겨남을 당한 공주와 같은 달이다. 초승달이나 보름달은 보는 이가 많지마는, 그믐달은 보는 이가 적어 그만큼 외로운 달이다.

객창(客窓 나그네가 객지에서 묵는 방) 한등(寒燈 쓸쓸히 비치는 등불) 정든 임 그리워 잠 못 들어 하는 분이나, 못 견디게 쓰린 가슴을 움켜잡은 무슨 한(恨) 있는 사람이 아니면, 그 달을 보아 주는 이가 별로 없을 것이다. 그는 고요한 꿈나라에서 평화롭게 잠든 세상을 저주하며, 홀로이 머리를 풀어 뜨리고 우는 청상〔靑孀 젊은 나이에 남편을 여읜 여자. 청상과부(靑孀寡婦)의 준말〕과 같은 달이다. 내 눈에는 초승달 빛은 따뜻한 황금빛에 날카로운 쇳소리가 나는 듯하고, 보름달은 쳐다보면 하얀 얼굴이 언제든지 웃는 듯하지마는, 그믐달은 공중에서 번뜻 하는 날카로운 비수와 같이 푸른빛이 있어 보인다.

내가 한 있는 사람이 되어서 그러한지는 모르되, 내가 그 달을 많이 보고 또 보기를 원하지만, 그 달은 한 있는 사람만 보아 주는 것이 아니라, 늦게 돌아가는 술주정꾼과 노름하다 오줌 누러 나온 사람도 보고, 어떤 때는 도둑놈도 보는 것이다.

어떻든지, 그믐달은 가장 정(情) 있는 사람이 보는 중에, 또는 가장 한 있는 사람이 보아 주고, 또 가장 무정한 사람이 보는 동시에 가장 무서운 사람들이 많이 보아 준다. 내가 만일 여자로 태어날 수 있다 하면, 그믐달 같은 여자로 태어나고 싶다. *

🍁 들사람 얼(野人精神)

✎ 작가와 작품 세계

함석헌(1901~1989)

종교 사상가, 민권 운동가, 문필가. 평안북도 용천 출생. 일본 도쿄(東京)고등사범학교 문과를 졸업한 후 귀국해 오산 학교에서 10여 년간 교직 생활을 했다. 폭력에 대한 거부와 권위에 대한 저항 등 일관된 사상과 신념으로 평생 동안 항일과 반독재에 앞장섰다. 한국의 대표적인 퀘이커 교도이기도 한 함석헌은 학교나 단체에서 성경 강론을 하고, 「한국 기독교에 할 말이 있다」라는 글로 신부 윤형중과 신랄한 논쟁을 벌이기도 했다. 〈사상계〉를 통해 주로 사회 비평적인 글을 쓰기 시작했고, 1958년 「생각하는 백성이라야 산다」라는 글로 자유당 독재 정권을 통렬히 비판해 투옥되기도 했다. 1970년 〈씨알의 소리〉를 발간해 민중 계몽 운동을 이끌었다. 저서로는 『뜻으로 본 한국 역사』, 『수평선 너머』 등이 있다.

✎ 작품 정리

갈래 : 현대 수필, 중수필

성격 : 비판적, 냉소적, 호소적, 비분적

특징 : • 구어체를 사용함

　　　　• 예화를 통해 주장을 효과적으로 드러냄

구성 : 네 개의 일화를 들려주는 앞부분과 들사람 정신이 결핍된 요즘 시대를 개탄하는 뒷부분으로 구성됨

주제 : 들사람 정신이 없음을 개탄함

🖉 생각해 볼 문제

1. 이 작품에서 말하는 '문명인'과 '들사람'은 무엇인가?

이 글에서는 세상을 살아가는 방식을 크게 '문명인'과 '들사람'으로 나누고 있다. 문명인은 제도권 안에서 국가와 사회에 직접적으로 영향을 미칠 수 있는 사람이고, 들사람은 제도권 밖에서 자신의 신념을 지키며 간접적으로 주변에 영향을 미치는 사람이다. 역사적으로 볼 때 요임금, 초나라 임금, 알렉산더 대왕, 후한 광무제는 문명인을 대변하고, 소부와 허유, 장자, 디오게네스, 엄자릉은 들사람을 대변한다고 볼 수 있다. 작가는 언뜻 보면 세상은 문명인에 의해 움직이는 것처럼 보이지만, 사실 들사람이 있기 때문에 세상이 원만하게 돌아가는 것이라고 말한다.

2. 이 수필의 제목인 '들사람 얼'이란 무엇을 뜻하는가?

들사람 얼, 즉 들사람의 정신은 네 개의 일화에서 나타난다. 요임금이 소부와 허유에게 국사를 함께하자고 제안했던 이야기, 초나라 임금이 장자에게 벼슬을 권했던 일, 알렉산더 대왕의 권위 앞에서도 당당하게 행동했던 디오게네스, 후한 광무제도 기를 펼 수 없었던 엄자릉 등 네 개의 일화에 등장하는 인물들은 모두 왕의 제안을 거절한다는 공통점을 지닌다. 결국 들사람 정신이란 허황된 권력과 부에 대한 욕심을 버리고 자신의 이상을 실천하면서 내면을 갈고닦는 사람들의 정신이라고 할 수 있다. 이와 같이 이 글에는 평생 한결같은 신념으로 폭압과 권위에 항거해 온 작가의 삶의 태도와 세계관이 잘 반영되어 있다.

들사람 얼

호랑이 담배

옛날엔 호랑이가 담배를 먹었단다. 그때는 사람과 호랑이가 마주 앉아 맞불질을 했을 것이다. 이것은 싸움의 맞불질이 아니고 평화의 맞불질이다. 본래 담배는 평화의 심볼이다. 담배가 아메리카 인디언에서 비로소 나온 것인데, 그들의 신화에 의하면 사람의 자식들이 너무 파가 갈라져 쌈을 하기 때문에 천지 지은 신이 평화의 담배를 피웠다.

모든 족속이 무럭무럭 올라가는 그 연기를 보고 모여 들자, 신은 엄숙하고도 간곡한 말로 타이르고 "너희는 다 한배 새끼니 싸움 말라, 가서 이 담배를 서로 피고 평화로 살아라." 했다는 것이다. 나는 담배는 싫어하는 사람이요, 깨끗이 길러 낸 자식 담배 빠는 입엔 넘겨주기 싫어 사돈을 하려 할 때는 술 담배 먹나 아니 먹나 그것부터 물어, 만일 먹는다면 무조건 퇴짜를 놓으려는 사람이지만, 그런 평화의 담배라면 나도 이제라도 빨아도 좋다.

담배를 망우초(忘憂草)라 하기도 하고, 객대(客對)에 초인사[初(草)人事]라는 소리도 하지만, 담배에 확실히 사람의 맘을 가라앉히고 느꾸는(누그러뜨리는) 것이 있으며 사람과 사람을 접촉시키는 것이 있다. 내가 세계 문제를 의논하려 외교 회의에 간다 하여도 우선 담배를 끄집어 낼 법도 하다. 싸움을 하려고 약이 털끝까지 오른 놈도 "우선 담배나 한 대 피우고 봅시다." 하면 좀 누그러지는 것이 있을 것이다.

그러나 담배에 또 나쁜 것이 있다. 담배를 피우고 맘이 맑을 수는 없다. 그 연기가 자욱한 것은 그 정신의 표시다. 나는 이런 의미에서 국제회의를 신용하지 않는다. 술 마시고 담배 피우면서 무슨 인류의 장래를 의논하잔 말인가? 취중에 된 교섭, 연막(煙幕) 속에서 나온 조약이 옳을 리가 없다. 언제 가서라도 정치가 술·담배 아니 먹는 입으로 되는 날이 오지 않는 한, 세계 문제는 결코 해결되지 않을 것이다. 그것은 취해서, 마비돼서, 한때 잊어서 될 일이 아니고, 똑똑한 정신, 심각한 생각, 기도하는 마음으로만 될 일이기 때문이다.

담배 그 자체에 있는 것 아니다. 사람은 맘에 있지. 담배가 인디언에게 있어서는 좋다. 하나, 문명인에게는 독이다. 백두산 천지 가에 단군 할아버지와 백두산 호랑이가 턱 마주 앉아 주먹 같은 대통에 쓴 담배를 잔뜩 담아 산돼지 가죽 주머니에서 부싯돌을 꺼내어 제꺽 불을 쳐 맞불을 빨아 붙여 문 다음 퍽퍽 피는 연기를 길게 내뿜으며, 곤륜산·대행산·우수리·송아리를 뛰어 다니던 이야기를 한다 해 봐, 그 얼마나 시원하고 재미있고 신나는 일이겠나? 그 뒤에 이어 천하 일 의논하면 어지간히 되지 않겠나? 담배가 우리나라에 들어온 지 불과 몇백 년이지만, 그때까지만 해도 '호랑이 담배 먹는 시절'을 그리던 것을 보면 아직 기상이 남아 있다. 그것은 평화요, 관대요, 침착이요, 의젓이다.

하지만, 또 다른 한편 이런 것을 생각해 봐. 스무 살·서른 살 붉은 얼굴이 공부해 벼슬한답시고, 글 써 이름 내고 돈 번답시고 책상에 엎디어 담배를 팍팍 피어 손가락은 새빨갛게 이빨은 시꺼멓게 타지, 토했던 것 먹는 개보다 더 더러운 놈들이 양담배값에 팔려 선거 운동을 하지, 돼지같이 뚱뚱 살이 찐 것들이 달리는 자동차 창으로 반도 채 피지 않은 것을 내던지면, 또 사람이라고는 할 수 없는 형상을 한 물건들이 뒤로 따라가며 그것을 줍지. 제 영혼 구하고 남의 영혼 구하기 위해 독신을 지키노란 신부가 이미 버리고 난 향락이면 무엇이 또 연연해 눈시울이 붉게 술을 마시고 입술이 퍼렇게 담배를 피우지(그래도 거룩, 정결, 곧음을 말하나?).

너나 나나 이게 무슨 꼴이냐? 담배의 종 아닌가? 아니, 담배의 종이 아니다. 문명의 종이요 발달의 병이다! 호랑이가 담배를 먹을 때는 '칼을 쳐서 보습을 만들고, 창을 쳐서 낫을 만들며'(이사야 2장 41절) '사자가 풀을 먹고 어린이가 독사의 굴에 손을 넣고 놀'(이사야 11장 7~8절) 것을 이상하며 살 수가 있었지만, 담배가 문명인의 표가 된 오늘엔 그들의 얼굴에서 뵈는 것은 취함이요, 기운 빠짐이요, 간사요, 음험이요, 신경질이요, 비겁뿐 아닌가? 백두산, 히말라야산, 록키산, 우랄산에서 담배를 먹던 호랑이들은 어디로 다 갔을까?

맞서는 두 계급

평화의 담배 벗 호랑이를 잃고 그를 무서워 피하게 된 것은 사람들이 산을 떠나 내려와 저희끼리 울타리 안에 살게 되던 때에 시작이 됐다. 그때부터 겁쟁이가 되고, 겁이 나기 때문에 꾀가 늘고, 꾀가 늘기 때문에 믿음성이 없어지고, 믿음성이 없기 때문에 속이 어두워지고, 약해지게 되었다. 사람은 산에서 나서 골짜기에 내려왔고, 골짜기에서 버덩(높고 평평하며 나무는 없이 풀만 우거진 거친 들)으로 뻗었다가 그만 성안에 갇히게 된 역사다. 성안에서는 그전의 평화와 슬기와 날쌤(仁·智·勇)의 하나 됨을 다 잊어버리고 호랑이만 온다면 벌벌 떠는 겁쟁이가 되었다. 문명인처럼 겁쟁이가 어디 있나? 이야기가 이렇다.

요(堯 중국 전설상의 성군(聖君)으로 뒤를 이은 순(舜)과 더불어 '요순(堯舜)의 치(治)'라 함)가 천하를 얻어 임금이 된 다음, 세상에서 자기의 다스림을 어찌 아나 알아보려고 한번은 시골을 나갔다. 밭에서 노래를 부르며 일하는 농사꾼을 보고 슬쩍, "당신 우리나라 임금을 아시오?" 했다. 농부가 그 말을 듣고 거들떠보지도 않고 흙덩이만 깨면서 하는 말이 "아, 내가 해 뜨면 나오구, 해 지면 들어가구, 내 손으로 우물 파 물 마시구, 밭 갈아 밥 먹구. 임금이구 뭐구 내게 상관이 뭐야?" 했다. 요가 속으로 내가 나 있는 줄을 모르리만큼 했으니 어지간히 하기는 했구나 하면서도 아무래도 맘이 시원치 못했다.

어디까지나 백성을 위하자는 맘이요, 가르치잔 생각이므로 호강이나 세력을 부리잔 뜻은 없어, 집을 지어도 백성보다 나은 것이 겨우 흙으로 쌓은 새 층대에서 더한 것이 없음을 자기도 스스로 알지만, 그래도 어쩐지 맘의 한 구석에 불안이 있었다. 그래 사람을 영천(潁川) 냇가에 보내어 거기서 농사를 짓고 있는, 전에 도를 같이 닦던 시절의 친구인 소부(巢父 중국 고대의 전설에 나오는 선비. 탁한 세상의 물결에 따르지 않고 산속의 나무 위에서 살았기 때문에 '소부'라는 이름이 생겼다 함. '소(巢)'는 '새둥지'라는 뜻) · 허유(許由 '소부'와 같은 시대에 살았던 중국 고대의 전설에 나오는 이름 높은 선비. 요임금이 왕의 자리를 물려주려 했으나 거절한 것으로 유명함)에게 가서, 나와서 벼슬을 하고 같이 일을 하자고 권했다. 그랬더니 허유가 그 말을 듣고는 "에이 더러운 소리를 들었군." 하고 그 영천수 흐르는 물에 귀를 씻었다. 소부가 송아지를 먹이면서 마침 송아지에게 물을 먹이려다가 그 모양을 보고, "야, 그 물 더러워졌다. 그것 먹이면 내 송아지 더러워진다." 하고 끌고 위로 올라갔다.

장자(莊子)가 초나라엘 갔다가 어느 냇가에서 낚시질을 했더니, 그 나라 임금이 듣고 신하를 보내어 예물을 잔뜩 가지고 와 하는 말이 "우리나라 임금이 선생님의 어지신 소문을 듣고 꼭 오시어 우리나라를 위해 일을 해 주시기를 청합니다." 했다. 장자가 그 이야기를 듣더니 하는 말이, "이애, 여기 제사 돼지가 있다. 그놈 살았을 때 진창 속에 뒹굴고 있지만 제삿날이 오면 비단으로 입히고 정한 자리를 깔고 도마 위에 눕히고, 칼을 들어 잡는다. 그때 돼지가 되어 생각한다면 그렇게 죽는 것이 좋겠느냐? 진창 속에서나마 살고 싶겠느냐?

또 너의 나라 사당 안에 점치는 거북껍질 있지? 그놈이 살았을 때 바닷가 감탕(곤죽처럼 된 흙) 속에 꼬리를 끌고 놀던 것인데 한번 잡힌즉 죽어 그 껍질을 미래를 점치는 신령이라 하여 비단보로 싸서 장안에 간직해 두게 되니, 거북이 되어 생각한다면 죽어서 그 영광을 받고 싶겠느냐? 감탕 속에 꼬리를 끌면서라도 살고 싶겠나?" 했다. 왔던 사신의 대답이 "그야 물론 진창·감탕 속에서 뒹굴고 꼬리를 끌면서라고 살고 싶지요." "그렇다면, 가서 너의 임금 보고, 나도 감탕 속에 꼬리를 치고 싶단다고 해라. 천하니 임금질이니 그게 다 뭐라더냐?" 하고 장자는 물 위에 낚시를 획 던졌다.

마케도니아의 한 절반 야만의 자식인 알렉산더가 천하를 정복할 적에 당시 문화의 동산인 그리스를 말발굽 밑에 두루 짓밟았다. 감히 머리를 들 놈이 없었다. 오는 놈마다 말 앞에 무릎을 꿇었다. 들려오는 소문에 디오게네스(고대 그리스의 철학자. 스토아학파의 대표적인 인물)란 유명한 어진 이가 있다는 말을 들었다. 젊은 아이의 영웅심·자만심에, 으레 제가 나를 보러 오겠거니 했다. 기다려도 기다려도 아니 왔다. 약도 올랐고, 호기심도 일어나고, 부하를 데리고 디오게네스 있는 곳을 찾아갔다. 가 보니 늙은이 하나가 몸에는 누더기를 입고 머리는 언제 빗질을 했는지 메두사의 머리의 뱀처럼 흐트러졌는데, 바야흐로 나무통 옆에 앉아 볕을 쬐고 있었다. 이 나무통은 그의 소유의 전부인데 낮에는 어디나 가고 싶은 데로 그것을 굴려 가지고 가고, 밤에는 그 안에 들어가 자는 것이었다.

디오게네스는 누가 왔거나 거들떠보지도 않았다. 젊은 영웅은 화가 났다. "너 알렉산더를 모르나?" 제 이름만 들으면 나는 새도 떨어지고, 울던 애기도 그치는 줄만 아는 알렉산더는 맘속에 "저놈의 영감쟁이가 몰라 그러지, 제가 정말 나인 줄을 알면야 질겁을 해 벌떡 일어설 테지." 하는 기대를 가지고 한 소리었다. 그러나 디오게네스는 놀라지도, 코를 찡긋하지도 않고 기웃해 알렉산더를 물끄러미 보고 하는 말이 "너 디오게네스를 모르나?" 그러고는 목구멍에 침이 타 마르고 있는 젊은 정복자를 보고 "비켜, 해 드는 데 그림자 져." 했다.

후한(後漢) 광무제(光武帝)가 한개 선비로서 일어나 어지러워 가던 한나라를 다시 일으켰다. 전쟁이 다 끝나고 천하가 완전히 제 손아귀에 들어온 줄을 알게 된 다음, 맘에 좀 불안을 느꼈다. 이제 천하에 나를 칭찬 아니할 놈이 없고 내게 복종 아니할 놈이 없건만, 단 하나 한 사내만이 맘에 걸린다. 그것은 엄자릉(嚴子陵)이다. 그는 광무제의 동창 벗이었다. 한가지 성현의 도를 닦는 시절 서로 마음을 알아주는 벗(知己之友)으로 허락을 했었고, 높은 이상과 도타운 덕에 있어 그가 자기보다 한 걸음을 내켜 디딘 줄을 아는 광무제는, 처음의 선비의 뜻을 버리고 권세의 길을 탐해 천자가 되기는 했지만 자릉이가 자기를 속으로 인정해 주지 않을 줄을 알았다. 그 생각을 하면 앞에서 네발로 기며 아첨하는 소위 만조백관(滿朝百官)이란 것들이 보기도 싫었다. 그래 사람을 부춘산(富春山)에 보내 냇가에 낚시질하는 엄자릉을 데려오라 하였다. 자릉이 따라왔다.

대신이요 무어요 하는 물건들이 뜰아래 두 줄로 벌려 서서 감히 우러러도 못 보는 데를 자릉이 성큼성큼 걸어 광무 앉은 곳으로 쑥 올라갔다. "아, 문숙(文叔)이, 이게 얼마 만인가?" 그동안에 몇 해의 전쟁이요, 나라요, 정치요, 천자요 그런 것은 당초에 코끝에 거는 것 같지도 않았다. 신하들은 어쩔 줄을 몰랐다. 광무도 도량이 넓다고는 하나 짐승처럼 부려먹는 신하들 앞에서 제 위에 또 권위가 있는 것을 허락해 보여 주는 것이 그리 기분 좋은 일이 아니었다. 그렇다고 자릉이를 신하 대접을 했다가는 당장에 무슨 벼락이 떨어질지 모르고, 물론 자릉이 그럴 리도 없겠지만 광무의 마음에 그럴 수밖에 없었다. 그는 스스로 무엇인지 모르는 기(氣)에 눌림을 스스로 인정하지 않을 수 없었다.

그래 신하들 보고는 "너희들은 물러가라, 내 친구를 오랜만에 만나 서로 정을 좀 풀련다." 했다. 밤새 이야기를 하다 잤다. 천문을 보는 신하가 허방지방 들어와 "큰일났습니다. 객성(客星)이 태백(太白)을 범했으니 무슨 일이 있삽는지 모르겠습니다." 했다. 태백이란 지금 말로 금성인데 옛사람 생각에 그것은 임금을 표시한다 했다. 객성이란 다른 별이란 말이다. 임금은 절대 신성하여 범할 수 없다고 믿었기 때문이다. 알고 보니 엄자릉이 자면서 광무의 배 위에다 다리를 턱 올려놓고 잤더라는 것이다. 그래서 후의 시인이 자릉의 그 기상을 대신 말하여,

萬事無心一釣竿(만사무심일조간)
三公不換此江山(삼공부환차강산)
平生誤識劉文叔(평생오식유문숙)
惹起虛名滿世間(야기허명만세간)

일만 일에 생각 없고 다만 하나 낚싯대라
삼공 벼슬 준다 한들 이 강산을 놓을쏘냐
평생에 잘못 봤던 유문숙이 너 때문에
쓸데없는 이름 날려 온 세상에 퍼졌구나

했다〔대복고(戴復古, 1167~1252?)의 「조대(釣臺)」. 대복고는 절강(浙江) 황암(黃岩) 사람으로, 일생 동안 벼슬하지 않고 천하를 유람하며 시를 남김〕.

이것은 다 호랑이 담배 먹던 시대가 그리워서 하는 이야기들이다.

누가 한 수 더 위냐

호랑이 담배를 먹는 이야기를 왜 이 우주 시대라는 지금에도 하며, 하면 왜 '루니크'(소련의 달 무인 탐사기) 제2호가 달에 갔다는 소리를 듣는 것보다 더 상쾌함을 느낄까?

그것이 역사적으로 있었더냐 없었더냐가 문제 아니다. 없다면 없을수록, 없는 일인데도 불구하고 자꾸 전해 오게 되는데, 그 사실을 뛰어넘는 진실성이 있다. 사실, 사실은 사실의 전부가 아니다. 소위 사실이란 것은 현실을 가지고 말하는 것인데, 현실은 결코 참이 아니다. 현실이라지만 현(現)이야말로 실(實)은 아니다. 씨는 언제나 뵈지 않는 속에 있다. Things are not what they seem! 씨가 피어 나온 것이 잎이요 꽃이지만, 잎과 꽃이 그 씨

가 품었던 전부는 아니다. 씨가 품은 것은 영원이요 무한이다. 그러므로 꽃마다 잎마다 열매를 내기 위하여는 떨어져야 하고(현실은 없어지고), 그 씨는 또 더 많은, 더 새로운 씨를 위해 땅속에 들어가야 한다. 사실이 중요하지만 사실(事實)은 사실(史實)이 되어야 하고 사실(死實)에 이르러야 한다.

참에서 있음이 나오지만 '있는' 것이 참도 아니요 '있던' 것이 참도 아니다. '있을 것, 있어야 할' 것이 정말 참이다. 시(始)가 종(終)을 낳는 것이 아니라 종(終)이 시(始)를 낳는다. 신화는 있던 일이 아니요, 있어야 할 일이다. 신화를 잃어버린 20세기 문명은 참혹한 병이다. 신화는 이상(理想)이다. 이상이므로 처음부터 있었을 것이다. 알파 안에 오메가가 있고, 오메가 안에 알파가 있다. 이 문명이란 것은 알파도 오메가도 잃고 중간이다. 중간은 죽은 거요, 거짓이다. 이 사실에 붙는 문명은 죽은 문명이요, 거짓 문명이다.

호랑이는 담배를 먹었을 것이요, 사람과 서로 맞불을 붙이고야 말 것이요, 지금도 어디서 마시고 있을 것이다. 호랑이가 담배를 먹었다면 사람은 선악과를 먹었다. 먹고야 말 것이다. 선악과를 먹던 에덴동산 이야기를 그리워서 하는 것은 사람이 선과 악을 참 아는 지혜를 얻고야 말 것을 뜻한다. 사람의 딸들이 하나님의 아들들과 결혼을 했을 것이요, 네피림(巨人 구약 성서에 나오는 체격이 장대한 거인으로서 노아의 홍수 이전에 존재했던 것으로 나타나 있음. '장부'라는 뜻이 있지만, '타락한 자, 습격하는 자' 등으로도 추측됨)을 낳았을 것이요(창세기 6장 4절), 또 낳는 날이 오고야 말 것이다. 모든 신화는 요컨대 하나다. 사람과 하나님과 만물이 서로 통했다는 것이다. 그것이 근본이요 또 구경(究竟 맨 마지막 궁극) 이상이다. 그 신화가 타락하여 전설이 되고, 전설이 타락해 사화(史話)가 되고, 사화가 타락해 사건이 된다. 사건이 나면 죽는다. 문명은 사건의 공동 묘실 아닌가?

그러므로 소부·허유가 사실로 있었거나 없었거나, 자릉이 정말 광무의 배때기를 눌렀거나 아니 눌렀거나, 디오게네스가 과연 알렉산더를 눈깔을 빨았거나 말았거나 그것은 문제가 아니다. 그것과는 별문제로 이 이야기들은 참이다. 따지고 들어가면 다른 것 아니요, 두 편이 있다는 말이다. 요·초왕·알렉산더·한광무 등등으로 대표되는 소위 문명인과 소부·허유·장자·디오게네스·엄자릉 등으로 대표되는 '들사람'과, 그리고 이 세상이 보기에는 문명인의 세상 같지만 사실은 들사람이 있으므로 되어 간다는 말이다. 그것을 주장하자는 것이 이들 신화 전설의 끊이지 않고 전해 내려오는 이

유다.

중국 민족같이 실제적인 민족은 없다. 거기서 난 성인 공자는 주로 한 것이 집과 나라와 사회를 어떻게 받들어 나갈 거냐 거기 관한 실지 도덕의 가르침이 있지, 우주의 근본이나 생명의 신비 같은 것을 그리 말하지 않았다. 그런데, 그리하여 그 가르침이 표준이 되어 임금을 하늘 아들이라 높였는데 그 중국 역사에 어찌하여 내리내리 잊지 않고 세상을 초탈하는 인물을 늘 그 위에 앉히는 사상이 있을까? 또 그리스도 역시 마찬가지이다. '폴리스'란 말이 정치를 뜻하듯이 그들은 정치적인 민족이요 또 과학 발달이 그들에게서 나왔는데, 어찌하여 디오게네스 같은 인물을 알렉산더보다 높이는 사상이 있을까?

그렇게 보면 하필 중국이나 그리스만이 아니라 어떤 민족·어떤 나라의 역사에도 이 두 계급의 대립이 있고, 그리고 현실에 있어서는 하나 틀림없이 다 임금을 높이고 신이라고까지 하면서도 그 뒷면의 정신의 세계에선 늘 그 위에 관 없는 왕을, 왕 위에 왕을 앉혀 놓는다. 이스라엘 역사에서 양치는 소년 다윗은 골리앗을 조약돌로 때려 눕혔고, 그 다윗은 선지자 사무엘이 어린애처럼 가져다 왕 위에 놓았으며, 인도에서는 임금이 왕의 자리를 버리고 출가를 하여 거지 같은 고행자 앞에 겸손한 제자가 되는 일이 수두룩하였다. 맹자는 임금이 불러도 "저는 벼슬 한 가지 높지만 나는 나이도 높고 덕으로도 높으니 제가 어찌 나를 불러?" 하고 아니 갔고, 천작^{(天爵 남의} ^{존경을 받을 만한 타고난 덕행)} · 인작^[人爵 작위(爵位)·관록(官祿) 등 사람이 정한 영예]을 말했다.

뼈다귀가 빠질 대로 다 빠지고 살이 썩을 대로 다 썩은 우리나라 이씨^{(李} ^{氏)}네 5백년에 있어서도 그래도 무슨 기백^(氣魄)이 남은 것이 있다면, 상투밑^(배코. 상투를 앉히려고 머리털을 깎아 낸 자리)에서 고린내는 났을망정 한 줌 되는 산림학자^(山林學者)에 있지 않았나? 정몽주^(鄭夢周)를 때려죽였는데도 불구하고 아직도 선죽교^(善竹橋)에 피가 흐른다는 것은 무엇인가? 이성계·이방원을 만고의 죄인으로 규정짓는 민중의 판단이지, 왕 위에 또 왕이 있단 말이지 무언가? 야차^{[夜叉 민속에서 말하는 사나운 귀신의 하나로서 '두억시니'라고도 함. 불교에서는 매우 추하고} ^{괴이하게 생긴 귀신으로 하늘을 날아다니면서 사람을 잡아먹고 상해를 입히는 잔인한 악마를 가리킴]} 같은 수양으로도 미친 녀석 같은 김시습^(金時習)을 어떻게나 모셔 보려 애를 쓴 것은 무언가? 칼보다는 더 무서운 칼이 있고 곤룡포보다는 더 아름다운 옷이 있단 말이지.

이태조·세조는 왜 또 들추느냐? 그밖엔 할 말이 없느냐? 하고 그의 자손과 그의 종들은 강아지처럼 앙절거려 항의를 할 거다. 그렇다, 나는 무식해서 할 말이 그것밖엔 모른다. 나는 무지한 백성의 한 알이다. 내가 이 꼴밖에 못된 것은 그들 때문이다. 한이 뼈에 사무쳤다. 그러나 내가 개인 이성계나 수양을 나무라겠느냐? 다 죽어 썩어져 백골도 없는 그들을 욕해서는 무엇하리오? 그들은 민중을 다스리는 권력, 구속하는 제도의 상징 아닌가? 그의 정신적 권속(眷屬 자기 집안에 딸린 식구. 여기서는 이성계·이방원과 같은 부류의 사람들을 가리킴)은 오늘도 씨글거리지(사람이나 짐승이 많이 모여 자꾸 움직이지) 않나? 내 말도 못 알아듣는 가엾은 사람아, 너희 같은 것을 위해 최영이 목을 잘리고 정몽주가 맞아 죽고, 성삼문·박팽년이 죽고, 유응부가 서서 껍데기를 벗기우고, 김옥균이 총에 맞아 죽고 시체도 평안치 못해 오차(중국 상해에서 암살당한 뒤 시체는 본국으로 옮겨져 능지처참을 당했다는 기록이 있음. 죽은 후 다시 능지처참당하는 것을 의미함)당했단다.

개성에 가면 덕물산이란 조그만 산이 있어 거기는 무당만 몇십 호가 굿을 해 먹고살아 갔는데, 그거는 뭐냐 하면 최영 장군의 영을 뫼신 곳이다. 지금은 물론 미신이지만 당초의 그 유래를 찾으면 태종 때에 비가 아니 와서 사방 기우제를 지내다 못해 누가 말이 최 장군의 영이 노해 그런다 하여 그 묘에 제사를 지냈더니 곧 큰비가 와서 그때부터 그리됐다는 것이다. 이태조와 최 장군이 원수로 대립이 되던 이상 태종의 맘으로 그 묘에 제사하는 것을 허하고 싶지 않았겠지만 민중의 생명이 관계되는데 어쩔 수 없었을 것이다.

그럼 뭐야? 목은 잘랐지만 도리어 졌단 말 아닌가? 민중은 최 장군을 더 존경한단 말 아닌가? 과학적으로 보아, 비 온 것이 우연이거나 영검이거나 그것은 별문제로 민중의 맘이 최 장군을 위해 절대 받든 것만은 사실이 아닌가? 살고 죽는, 화복의 마지막 결정권은 민중에 있다.

또 김시습이 미친 모양을 하고 다니며 길가에서 오줌을 쌌다. 그것이 누구냐? 그가 길을 가다가는 주저앉아 "이 백성이 무슨 죄가 있소." 하고 통곡하던 바로 민중 그 자신이 아닌가? 오줌을 쌌다니 어디다 싼 것인가? 세조의 정치에 대해, 바로 세조의 얼굴에 대고 싼 것이지 뭐냐? 칼을 뽑아 물을 잘라도 물은 오히려 흐른다고, 사람의 모가지는 자를 수 있어도 민중의 오줌인 신화·전설·여론은 못 자를 것이다. 봐라! 두고 봐라! 한이 뼈에 사무쳤다니 원수라도 갚을까 봐 겁이 나 그러나? 비겁하다! 그게 아니다. 미친 체 오줌을 싸는 것은 원수 갚을 마음 없기 때문에 하는 것이다. 비겁하거나 미워하는 맘에서 싸는 오줌이 아니야. 오줌 쌈을 받는 놈보다는 스스로 좀 넓고 큰 것이 있기 때문에 하는 거야. 소원이야 예수처럼 죽으면서도 죽이는 놈을 위해 복 빌고 싶은 마음이지만, 그만한 얼의 실력은 없으니, 오줌이라도 싸는 것이다.

매월당(梅月堂)의 오줌 한번 구경하려나? 서거정(徐居正)이 그와 친구였다. 찾아온 김시습을 보고 그림 한 폭을 내놓으며 거기다 뭐라 글을 하나 써 달라 했다. 그림은 강태공이 문왕을 만나기 전 위천에서 낚시질하는 것을 그린 것이었다. 시습은 붓을 들더니 곧 단숨에 내리갈겼다.

風雨瀟瀟拂釣磯(풍우소소불조기)

渭川魚鳥學忘機(위천어조학망기)

如何老作鷹揚將(여하노작응양장)

空使夷齊餓採薇(공사이제아채미)

비바람 들이치는 위천 물가 낚싯돌에

저 고기 새 너를 배워 세상일 꽤 잊었더니

어쩌다 늘그막엔 난다 긴다 장수 되어

쓸데없이 백이숙제 굶어 죽게 했단 말가

거정(居正)이 이것을 보더니 "이거 나를 죄 주는 소리로구나." 했다. 옳은 말이다. 본래 벼슬이라도 해 먹는 놈들에게 맞지도 않는 그림이었다. "내가 진리의 왕이다."는 못할망정 매월당이 쌌던 세종로·종로에 대고 대낮에 오줌을 한 번 갈기고 싶은 일이다. 그만한 '들사람' 얼이 있었으면!

글월과 바탈

카를 마르크스는 계급 싸움을 주장한다. 즉, 역사는 있는 놈 없는 놈, 다스리는 놈 다스림 받는 놈이 대립되어 싸우는 동안에 변증론적(辯證論的), 즉 묻거니 대답하거니 하는 식으로 번져 나간다는 것이다. 역사를 묻고 대답하는 것으로 보아 그러는 동안에 자꾸 부정됨에 의하여 차차 높아진다고 본 것은 옳은 생각이다. 그러나 마르크스의 잘못 본 점이 있다. 역사는 묻고 대답함이지만 계급 사이의 문답은 아니다. 또 계급이란 말은 해도 좋다. 그러나 그것이 있고 없음, 누름 눌림의 관계가 아니다. 또다시, 있고 없음, 누름 눌림이라 해도 좋으나, 그것이 경제·정치적인 것은 아니다. 물론 겉에 나타난 것은 그거지만 그것은 속에 보다 깊은 것이 있어서 나오는 현상뿐이다. 그러므로 정치·경제의 싸움으로만 알아서는 해결될 수 없다. 역사에 맞섬이 있지만 그것은 평면적인 맞섬이 아니다. 묻고 대답함이 있지만 문답은 동무 사이에는 없다. 아버지와 아들, 선생과 제자 사이, 즉 위아래 관계에서만 정말 발전시키는 문답은 있을 수 있다.

말씀은 구경에 있어서 윤리적일 수밖에 없다. 그러므로 이것은 바탈의 맞섬(質的對立)이요, 영과 영 사이의 문답이다. 구경을 따져 말하면 역사는 하나님과 사람의 대화다. 정신과 물질의 대화라 할 수도 있고, 한(全)과 낱(個)의 대화라 해도 좋다.

마르크스는 유물 변증법이라 해서 과학적이노라 하지만 그야말로 비과학적이다. 말씀은 물질에는 있을 수 없다. 뜻은 정신에만 있는 것이요, 문답은 뜻 때문에 나온다. 그러므로 물질이란 말과 변증이란 말은 맞붙을 수 없는 말이다. 역사는 영과 영의 문답이다. 어미 영과 새끼 영이 있어서 문답이 일어나는 것이다. 그러므로 그것을 사랑의 말씀이라 혹은 교(敎)라 하는 것이다. 그것은 '브라만'과 '아트만'의 문답이다. 절대와 상대의 문답이다. 하늘과 백성의 문답이다.

문답이 일어나는 것은 뜻 때문이다. 빤히 뵈는 형상을 물을 필요는 없었다. 뜻은 숨는 것이므로, 숨었기 때문에 뜻이므로, 그것은 현상을 뜯어보아야 안다. 그래 묻고 대답이다. 말씀은 현상을 뜯어 제낌이다. 현상을 뜯어 제끼면 뜻의 샘이 저절로 솟아 나오고 피어 나오고 자라 나온다. 그러므로 뜻엔 처음도 나중도 없기 때문에 처음과 나중을 지어낼 수 있다. 그것이 삶(生)이요, 숨(命)이요, 돼감(歷史)이다.

얼은 한 얼이지 둘이 있을 리 없다. 허나 무슨 까닭인지 이성으로는 알 수 없는 신비론 법칙에 의하여 '한'인 얼은 갈라진 것, 맞선 것으로 보인다. 위아래, 선악, 고움·미움 …… 이것을 왜 그러냐 물어도 소용이 없다. 그것은 그대로 '있음'이지 '왜'가 없다. '왜'의 그물에 걸리는 것은 참이 아니다.

허지만 우리 이성은 이 할 수 없는 것, 소용없는 것을 묻는다. 옛날 말에, 대가리 둘 가진 뱀을 보면 죽는다 했다지만 있음이야말로 대가리 둘 가진 뱀인지 모른다. 대가리가 둘이 아니고 꽁지가 둘인지 모르지, 얼은 '한'일 수밖에 없으니. 대가리거나 꽁지거나 간에 이것을 보았다 하는 순간 이성의 아이는 죽어 버린다. 죽어 버리건만 기어이 아니 보곤 못 견디는 것이 이성의 버릇이다. 먹지 말란 선악과를 혀가 갈라진(두말하는) 뱀의 소리를 듣고 기어이 먹고 죽었다 하지 않던가?

'한'인 얼이 스스로 하는 데서 이 이성이란 것이 나왔는데 요 당돌한 것이 감히 저 나온 근본을 알아보겠다는 데서 말썽이 생긴다. 역사요, 문명이요, 철학이요, 종교요.

이성은 빛이다. 빛이지만 그것이 하나님의 얼이 운동하던 그 깊음의 어둠을 비쳐 낼 수는 없다. "빛이 어두운 데 비치되 어둠이 받지 않더라." 사람의 모든 정신적 산물이란, 요 이성의 당돌한 등불이 바탈의 동굴 속을 더듬어 보자고 애를 쓰는 데서 나온 것이다. 그러므로 그 하는 소리가 항상 모순이 있을 수밖에 없다.

아마 모르긴 하거니와 바탈의 얼이 두 얼굴이 아니고 이성, 제가 눈이 두 알이 돼서 모든 것이 이원(二元)으로 보일 것이다. 눈이 두 알이라 하는 것이 좋을지 하나는 제 모양이고 하나는 그림자라 할지. 어쨌건 사람은 '한'을 찾으면서도 둘밖에 못 본다.

그리하여 모든 것이 맞섬으로 된다. 상대적이다. 우리는 반대적이다. 우리는 반대 없이는 생각할 수도 살 수도 없다. 이 소리조차도 이성이 할 수 없어 하는 말이다. 천 번을 되풀이해도 결국 무극(無極)이 태극(太極), 태극이 양의(兩儀)라는 설명, '브라만'이 '아트만', '아트만'이 '브라만' 그 중간에 있는 구나스[性 '구나스(Gunas)'는 인도의 산캬(Sankhya) 학파 및 베단타(Vedanta) 학파의 철학에서 덕(德)을 가리킴. 물질적 원리인 자성(自性), 즉 근본 원리를 구성하는 세 가지 요소인 라자스·타마스·사트바를 말함]에서 만물이 나온다는 설명, 하나님이 천지를 창조했고, 사탄의 유혹으로 잘못됐으며 그 중간에 하나님이면서 사람, 사람이면서 하나님인 인격이 서서 문제를 해결한다는 설명, 그 밖을 나갈 것이 없을 것이다. 사람의 몸이 돼먹음도 맞섬으로 되는 것은 우연이 아닐 것이다. 팔다리가 대립, 왼편 바른편이 대립, 눈 둘, 귀 둘, 콧구멍 둘, 들어가는 구멍 나가는 구멍, 입 하나로 먹고 말을 하는가 하면 또 다른 하나로 배설과 생산을 겸해 그것도 대립, 그런데 이상한 것은 골통은 하나다. 인생과 역사는 대립에 있고, 구경은 하나 됨에 있다.

이것을 사람의 문화사 위에서 말하면 문(文)과 야(野) 곧 글월과 바탈〔성(性), 근본(根本), 본성(本性)〕의 관계로 설명할 수 있다. 역사는 마르크스가 주장하는 것같이 지배 계급·피지배 계급의 싸움이 아니라, 문인(文人)과 야인(野人)의 문답이요 싸움이다. 가진 놈 못 가진 놈의 대립도, 누르는 놈 눌린 놈의 대립도, 이 문(文)과 야(野)의 대립에서 나온다.

글월을 주장하느냐? 바탈을 주장하느냐? 물론 바탈이 있어서 글월이요, 글월 아니고는 모르는 바탈이지만 실지에 있어서는 늘 싸움이 있다. 글월이란 무늬란 말이다. 비단을 짜고 거기 군데군데 무슨 형상을 그려 놓으면 보기가 더 좋다. 그것이 무늬다. 한문의 문(文) 자는 그 금을 이리저리 그어 놓은 형상이다. 그러므로 글과 그림이 하나다. 우리말에 '글', '그림'이 한 말인 것은 이 때문이요, 옛날 글자가 그림으로 시작된 것은 우리가 다 아는 이야기다.

그림은 왜 그리나? 생각이 있기 때문이다. 사랑하는 사람을 그립다 한다. 사랑하기 때문에, 생각하는 맘속에 그를 생각하기 때문에 그 얼굴을 그려 본다. 그래 그리운 사람이다. 그리우면 그 감정을 나타내고 싶어진다. 그것이 글이다. 노래·시·편지. 글은 그것 하기 위해 발달된 것이다. 그러면 글월은 속에 있는 뜻을 나타낸 것이다. 나타내는 것은 무엇으로나 나타낼 수 있다.

꽃이 물 위에 뚝 떨어지는 것을 볼 때 거기 말할 수 없이 좋은 것을 느낀다. 낙화수면개문장〔落花水面皆文章 주자의 「사시독서락(四時讀書樂)」 '춘구(春句)'의 한 구절. '수면에 떨어진 꽃은 모두 문장의 풍미로구나'라는 뜻〕이다. 가을날 맑은 물 위를 바람이 슬쩍 불어 갈 때 거기 아름다운 무늬가 나온다. 추수문장(秋水文章)이다. 어슬터슬한 도끼로 깎으면 나무의 결에 무늬가 돋혀 나온다. 두보(杜甫 중국 당나라 때의 시인)가 고백행(古柏行 제갈공명의 묘 앞에 우뚝 선 오래된 측백나무를 바라보고 읊은 시)에서 불로문장세기경(不露文章世己驚)이라 한 것은 이것이다. 이 모든 것을 보고 좋은 느낌을 하는 것은 거기 무슨 보람을 느끼기 때문이요, 보람을 느끼는 것은 그 꽃·나무·물·바람을 타서 우리 속에 있는 무엇이 잡혀지고 나오고 자라기 때문이다. 즉, 자아가 실현되기 때문이다.

그 실현되어 나온 것이 문(文), 곧 글이다. 하늘의 천체를 통해 나오면 천문(天文), 땅의 것을 통해 나오면 지문(地文), 사람 자기의 일을 통해 나오면 인문(人文), 그러나 무엇을 알았든지 결국 안 것은 자기요, 드러낸 것은 제 속에 있는 얼이다. 자기의 실현이란 곧 참의 실현이다. 내가 곧 부처요, 하늘나라가 내 안에 있기 때문이다.

문(文)에 대해 야(野)는 뭐냐? 무늬에 대한 바탕이다. 질소(質素)라 하는데 질(質)도 바탕이요, 소(素)도 바탕이다. 질(質)은 형(形)에 대해 하는 말이다. 나타나면 형(形), 나타나지 않은 것은 질(質), 소(素)는 희다는 뜻으로도 쓰는데, 무늬 놓지 않은 비단 그것이 소(素)다. 회사후소(繪事後素)라, 그림은 바탕 뒤에 온다.

또 박[朴(樸)]이라는 자가 있다. 박은 다듬지 않은 나무다. 나무를 다듬으면 고운 무늬가 나오고 아로새기면 아름다운 형상이 되지만 그렇게 하기 전 나무대로 있는 것이 박이다. 또 순(醇), 순(淳) 하는 글자들이 있다. 순(醇)은 진한 술이다. 순(淳)은 순(醇)과 통해 쓴다. 이 말들이 다 바탕이라는 뜻이다. 사람의 손질이 가지 않은 그대로 있는 것이란 뜻이다. 그 바탕이 좋다는 뜻에서 '질소(質素)·질박(質朴)·순박(醇朴)' 하는 말들이 있다.

야(野), 곧 들은 도(都), 읍(邑)에 대해 쓰는 말이다. 사람이 많이 모여 사는 곳이 읍, 그 읍 중에서도 나라 임금 있는 곳이 도(都)다. 야(野)는 그 도읍 밖에 나와서 있는 들, 교외(郊外)다. 시골, 농촌이다. 야인, 들사람은 시골 사람, 두메 사람이다. 야인헌근(野人獻芹)이란 말이 있다. 시골 놈이 제 입에 가장 맛있는 것이 미나리니까 그것을 가지고 임금께 바치겠다고 가지고 간단 말이다. 야인은 또 벼슬하지 않는 사람이란 뜻으로도 쓴다. 여당·야당 할 때의 야는 그것이다.

야는 그렇듯 본래 문(文)에 대한 바탕을 가르치는 말이건만 문을 좋게 여기는 사람이 바탕을 나쁘게 보기 시작하여서 '야비(野卑)·야심(野心)·야만(野蠻)·조야(粗野)' 하는 말들이 나왔다.

논어에 "질승문즉야(質勝文則野), 문승질즉사(文勝質則史), 문질빈빈연후군자(文質彬彬然後君子)"〔『논어(論語)』 옹야편(雍也篇)에 나오는 말로, "바탕이 문채(文彩)보다 승(勝)하면 거칠고 문채가 바탕보다 승하면 사치스럽다. 형식과 내용이 고루 어울린 후라야 군자다."라는 뜻〕란 말이 있다. 질(質)이 문(文)보다 지나친 것, 즉 글월을 돋히지 못하고 바탈대로만 있으면 야(野)해 못쓰고 반대로 글월이 너무 지나치면 사(史)해 못쓴다. 사는 지금은 역사란 뜻으로만 쓰이지만 본래는 관청에서 무엇을 기록하는 서류를 가리키는 말이다. 그런데 관청의 기록이란 언제나 형식적인 것이다. 여기 사라 한 것은 그런 뜻으로 쓰인 것이다. 그렇지 않고 문과 질이 빈빈(彬彬)해, 알맞게 조화해야 한다는 뜻이다.

그러나 그 공자로도 이상적인 지경을 못 얻을진댄 차라리 질, 바탕편이 낫다 했기 때문에 위에서 말한 "회사후소(繪事後素)"라는 말을 했다. 그래 자공(子貢)이 그 뜻을 알아듣고 "네, 그럼 예(禮)가 뒤에 온단 말씀입니까." 했다. 그 뜻은 사람의 글월인 예가 중요하지만 아무래도 바탕 되는 충(忠)이요, 신(信)이요, 성(誠)이 있고 말이지, 그것 없이 해서는 도리어 해란 말이다. 그래서 공자는 또 다른 데서 "예여기사야영검(禮與其奢也寧儉)"〔『논어』 팔일편(八佾篇)에 나오는 말〕이라 했다. 사(奢)는 꾸밈이 너무 지나친 것인데, 예(禮)는 그것보다는 차라리 검(儉)한 것이 낫다는 말이다. 검이란 '검소·검약' 하는 말들이 표시하는 대로 수수한 바탕대로 함이다.

공자는 문을 퍽 중요하게 생각했으므로 사람의 정신적인 지음 왼통을 문(文) 한자로 표하여 사문(斯文)이라 했고, 자기의 사명이 그 글월을 지키고 빛내 후세에 전하는 데 있다고 느껴서 어느 때 신변의 위험을 느꼈을 때 제자들이 걱정하니, "하늘이 이 글월을 없애신담 몰라도 그렇지 않으면이야 무슨 걱정이 있느냐."라고 말한 일까지 있고, 사람을 가르치는 과목을 넷으로 나눠 하는데 문을 첫째로 넣어 '문(文)·행(行)·충(忠)·신(信)'이라 했다. 오늘날도 동양에선 '문화·문명' 해서 사람의 정신적·물질적 힘써 만든 모든 것을 문으로 표시하는 것은 이렇게 해서 된 일이다.

하지만 '문·행·충·신'에서 보면 아는 대로 문은 그 하나에 지나지 않고 그다음 점점 높은 지경은 다 사람의 속, 바탕에 관한 것임을 볼 때 공자의 뜻을 짐작할 수 있다. 그래 그는 "술이부작(述而不作)"〔『논어』 술이편(述而篇)에 나오는 말〕이라 한 것이다. 이것은 대단히 겸손한 말이다. 바탈을 중요시하기 때문에 하는 말이다. 문화 활동이라 해서 현대 사람은 창작이란 말을 헤피 쓰지만 공자는 그러지 않았다. "내가 감히 짓는다 할 수 있느냐? 나는 본래부터 있는 것을 펴서 설명할 뿐이다." 하는 말이다. 본래부터 있는 것은 바탈이다. 천명이요 성(性)이다. 문(文)은 그것을 내 처지에 따라 내 힘대로 드러낸 것이다. 'realize' 한 것이다.

문명은 실현이다. 문명·문화의 명(明)이나 화(化)는 그 뜻을 표시하는 말이다. 바탈 곧 실(實), 참이 있어서 그것을 드러내는 것이기 때문에 그것은 밝힘이요 됨이다. 서양 말에 'culture'라는 말도 같은 뜻을 나타낸다. '길들이다', '재배하다'는 뜻인데 이것은 사람이 자연에 붙어 사냥질을 하며 왔다 갔다 하며 살던 것을 버리고 한곳에 자리를 잡고 살며 짐승을 기르고 곡식을 재배하던 때부터 이른바 문명이 발달하기 시작했으므로 하는 말일 것이다. 야생의 식물·동물을 길들이고 기름으로 그 속에 들어 있는 바탈을 점점 드러내게 됐다. 그것이 발달, 그 발달을 시키므로 사람은 자기 속에 있는 무엇을 또 드러낸다. 모여 사는 가운데 사람과 사람 사이의 관계가 복잡해지고 그것을 알맞춰 고루어 가기 위해 여러 가지 풍속·법·규칙·제도가 생겼다. 그것이 시(市), 시민(市民), 정치(政治)다. 'civil'이다. 그래 'civilization'이다.

문명은 병이다

사람은 나르시스다. 저 한 일에 취하는 것이 대부분 사람의 일이다. 제게 취하지 않은, 제 지은 것에 종이 되지 않은 개인도 시대도 별로 없다. 문명인은 제 글에 취한 사람이요, 제 만든 기계에 종이 된 죄수다. 타골(Tagore 타고르. 인도의 시인이자 사상가)이,

　죄수야, 말해 봐, 이 끊을 수 없는 사슬을 만든 것은 누구냐?
　죄수 대답하는 말, 나입니다. 내가 이것을 공력 들여 만들었습니다. 나는 아무도 내 힘을 당할 자 없다 생각했고, 그 힘으로 온 세계를 잡아 가두면 아무도 내 자유를 방해할 놈은 없으리라 했습니다. 그리하여 나는 밤낮으로 무서운 불길에 지독한 메질로 이 사슬을 만들었습니다. 마지막에 일을 다하고 고리를 끊어지지 않도록 다 이어 놓고 보니 꼭 붙들어 매인 것은 나였습니다.

할 때 그것은 20세기 문명인을 그린 것이다. 에드워드 카펜터(Edward Carpenter 영국의 작가)의 말대로 문명은 병이다. 역사상의 어느 문명도 제 속에서 난 원인 때문에 망하지 않은 문명이 없다. 이집트가 그렇고, 바빌론이 그렇고, 앗시리아가 그렇고 아테네, 스파르타, 로마, 옛날의 인도, 중국이 다 그렇다. 그리고 그 원인은 언제나 다름없이 꼭 같이 문명으로 인하여 정신이 약

해지는 데 있다.

그럴 때면 반드시 소수의 들사람이 나타나서 썩어져 가는 백성을 책망하여 맘속에 잃어버린 야성(野性)을 도로 찾도록 부르짖는다. 그 말을 들으면 살아났고, 아니 들으면 죽었다. 중국의 노자, 장자는 다 야인(野人) 정신을 부르짖는 사람이다. 주나라 시대에 와서 고대의 소박을 잃고, 춘추 전국 시대에 온즉 점점 더 세상은 재주와 꾀만 숭상하고 형식적인 제도의 폐해가 심했다. 그러므로 그 풍을 고치려고 외친 것이 그들의 문명주의에 반대하는 무위자연(無爲自然)이었다.

서양에서 하면 그리스의 옛날 씩씩한 정신이 없어지고 궤변만 늘어 가려 할 때 불쑥 차고 일어난 것이 소크라테스였다. 허술한 옷에 발을 벗고 아테네 길거리를 큰 걸음으로 걸으며 만나는 젊은이거든 붙잡고 닦아세운 그는 확실히 야인이었다. 그는 제 손으로 기록도 아니 남겼다. 그랬기에 그도 문화의 저자 무리들한테 잡혀 독살을 당하지 않았나?

미국의 휘트먼, 소로도 야인이다. 맨발을 벗고 가슴을 풀어 헤치고 큰길을 걸으며 운도 없이 곡조도 없이 부르는 「풀잎」 노래, 월든 호숫가에 막을 치고 사는 그 이야기를 들으면 지금도 원시림 속의 공기를 마시는 것 같다. 그들의 사상이 아니었더라면 미국은 더 썩었을 것이다.

그러나 야인의 가장 좋은 역사는 이스라엘에서 볼 수 있다. 그 나라의 종교·정치·교육의 터를 잡아 놓은 모세부터 야인이었다. 이집트 문명 속에서 40년을 자란 그건만 그것으로 민족 구원이 될 수 없음을 알자, 그는 시나이 산에 가서 문화인의 때를 벗기고 명상 가운데 바탈을 찾아내기에 40년의 세월이 걸렸다. 완전히 들사람이 된 후 그는 지팡이 하나를 들고 이집트 문명에 맞섰으며 거기서 민족을 해방시켰다. 그러나 그는 그 이집트 문명의 폐해에 중독이 된 민중을 훈련하여 새 역사를 짓는 정신을 길러 주고 목적지인 가나안에 들어가 이미 있는 문명과 싸워 이기게 하기 위하여 빈 들에서 또 40년을 야인 생활을 시켰다.

그의 제도가 어떻게 간결한 것이며 그 정신이 어떻게 굳굳한 것임은 구약 성경을 보면 알 수 있다. 거기서는 시나이 산 산화산의 연기와 아라비아 사막 냄새가 난다.

그랬건만 그래도 가나안에 들어가면 이미 있는 문화에 젖어 썩으려 했으므로 예언자가 이어 이어 일어났다. 예언자란 거의 다 야인이다. 예레미아,

엘리사, 아모스, 호세아, 세례 요한은 다 그중에서도 두드러진 사람이요, 예수는 순수한 들사람이었다. 그는 들의 백합을 솔로몬의 옷보다 더 아름다이 알았고, 생활 방식을 공중에 나는 까마귀에 배웠으며, 그의 눈엔 당시에 서슬이 시퍼런 헤롯도 한 마리 여우로밖에 아니 보였다. 무엇을 먹을까, 걱정하지 말라 할 때 그는 온전히 문화인의 테두리 밖에 섰다.

그래 내 나라는 이 땅에 있지 않다 했다.

역사를 말하는 사람들이 매양 기독교를 말하려 할 때 유대의 위치가 이집트와 메소포타미아 두 문명의 통하는 길에 놓여 있는 것을 힘써 말하지만 옅은 소견이다. 기독교의 기독교 된 것은 당시의 먼저 있던 문화를 배웠다는 데보다 능히 거기 물들지 않고 그와 전면적으로 겨뤄 싸워 온 데 있다.

예언자의 공로는 거기 있다. 기독교가 서양 문명의 등떠리뼈^{(등어리 뼈. 등뼈,} ^{즉 척추뼈를 가리킴)} 노릇을 했다면 그것은 문명 긍정주의로서가 아니요, 문명 부정주의로서일 것이다.

들사람이여 오라!

지금 우리나라에 필요한 것은 들사람이다. 우리는 지금 문명의 해독을 가장 심히 받고 있는 나라다.

그 원인은 우리가 급작히 남의 문명을 받아들이기 때문이다. 본래 문명은 제가 스스로 낳아야 하는 것이다. 문명은 정신이 아니고 지식이요 기술이기 때문에 남의 것을 받으면 반드시 해가 된다. 받아도 천천히, 달리던 차를 정지하는 모양으로, 브레이크를 대면서 하지 않으면 안 된다. 남의 문명을 급작히 받고 망하지 않은 민족 있나 보라!

아시아가 물질문명에서 떨어진 것이 죄가 아니다. 차이가 심한 서양 것을 급히 받게 된 것이 불행의 원인이다. 토인에게 총을 주면 그 토인은 반드시 망한다. 왜? 기술 지식이란 정신이 능히 그것을 자유로 쓰리만큼 발달한 후에 받아야 하는 것이다. 어린이에게 기계를 주면 상할 것은 정한 일 아닌가? 정신이 서기 전에 기술 문명이 먼저 들어오면 그 사회의 자치적인 통일을 깨뜨린다. 그러기 때문에 망한다. 간디가 물레질을 주장한 것은 그 때문이다. 기계가 덮어놓고 나쁘단 건 아니다. 원시적인 인도 사회에 영국

의 고도로 발달된 기계와 공장 조직이 들어오면 반드시 인도 사회는 파괴
될 것이므로 기계를 써도 물레질을 하여 자립하는 토대를 만든 후 끌어오
자는 것이다.

그것이 어진 일 아닌가? 지금 우리는 해방 후 급작히 미국 문명이 홍수
처럼 들이밀렸다. 미국 기계를 가져다 공장을 시설하는 사람은 한때 돈을
모으겠지만, 우리 경제는 반드시 파괴된다. 사실을 보고 있지 않나? 미국
사교풍을 모방하는 사람은 일시 쾌락을 느낄 것이지만 우리 사회 질서는
깨진다. 지금 우리 당하는 혼란은 이것이지 다른 것 아니다.

그럼 달리는 차 같은 이 시대 풍조에 어떻게 하나? 누가 죽을 각오를 하
고라도 그 차에 브레이크를 대는 이가 있어야 할 것이다. 자기는 미쳤다는
소리를 듣다 죽더라도 휩쓰는 이 물결을 막으려 홀몸으로 나서는 야인, 들
사람이 있어야 한다. 지금 우리나라엔 영리한, 약은 문화인만 있고 어리석
은 들사람이 없어 이 꼴이다.

교사도 목사도 다 약다. 다 제 몸을 보호할 줄 안다.

"저 봐, 저 봐! 차가 내리닫는다. 저러다는 깨질 거야!"

하고 보고 서 있는 것이 우리 종교가요 교육가다. 소크라테스처럼, 세례 요
한처럼, 예수처럼 어리석은 사람이 없다. 막 대드는 청년들이 강도 살인을
자꾸 하는데 막으려 드는 사람이 없다.

이 백성만, 이 시대만 더 악해 그런 것이 아니다. 속에서 뒤끓는 혼을 누
가 불러내 주지 않기 때문이다. 그들은 다 바로 불리기만 하면 좋은 개척자
가 될 사람이다. 산 범이라도 잡을 기운을 어디다 쓰게 해 주지 않으니 그
사회에 대해 복수를 할밖에 없지 않은가? 학생 놈들이 벌써 감투싸움을 하
고 권세 있는 집 문간 드나들고, 춤추러 다니고, 그 꼴을 차마 볼 수 없지만
학생이 본래 그런 것은 아니다. 아무도 고상한 사상을 주는 사람도 없고,
속에 자고 질식하려는 혼을 불러일으켜 주지 않으니 그리되는 것이다. 사
람의 혼은 아무리 타락이 됐다가도 정말 하늘 소리를 들으면 깨는 법이다.
하늘 소리까진 몰라도 나라의 목소리라도 들으면 좀 감격하는 법이다. 지
금 우리나라 젊은이는 나라의 부르는 소리도 못 듣고 있다. 왜, 정부 관청
의 명령이 날마다 쏟아져 나오지 않나, 학교의 훈화가 시간마다 있지 않나,
종교가의 설교가 늘 있지 않나 할 것이다.

그러나 그래, 나라가 거기 있느냐?

하나님이 거기 있느냐? 나라도 하나님도 피 뛰는 심장 속에만 있다.

혼은 빈말엔 아니 움직인다.

남의 혼을 부르려면 내 혼부터 나서야 한다.

혼은 어떻게 하면 나서게 되나? 혼을 가둔 몸이 찢어져야지. 간디가 죽어서 그 공명자를 더 얻고, 예수가 죽어서 그를 믿는 자가 세계에서 일어난 까닭을 모르나? 그 혼이 육신의 가둠을 터치고 완전히 해방됐기 때문이다. 들사람이란 다른 것 아니고 스스로 제 육을 찢는 자다. 그는 문화를 모른다, 기술을 모른다, 수단을 모른다, 꾀를 모른다, 인사를 모른다, 체면을 아니 돌아본다. 그는 자연의 사람이요, 기운의 사람이요, 직관의 사람, 시의 사람, 독립 독행의 사람이다. 그는 아무것도 보지 않는 사람, 아무것도 듣지 않는 사람, 아무것도 거리끼지 않는 사람, 다만 한 가지 천지에 사무치는 얼의 소리를 들으려 모든 것을 돌아보지 않는 사람이다.

들사람이여, 옵시사! 와서 이 다 썩어져 가는 가슴에 싱싱한 숨을 불어넣어 줍시사!

사람의 삶이 싸움인 줄을 모르나 봐! 싸움을 주먹으로 하는 줄, 무기로 하는 줄, 꾀로 하는 줄만 알고 기(氣)로 하는 것인 줄, 얼로 하는 것인 줄을 모르나 봐. 삶은 싸움이요 싸움은 정신이다. 힘이 없고, 생각이 아니 나고, 지식이 떨어지고, 꾀가 모자라는 것은 정신이 죽었기 때문이다.

사람의 혼은 우주의 근본 되는 절대의 정신과 그 바탈이 하나이기 때문에 바로만 하면 거의 무한한 능력이 나올 수 있다.

그것을 믿어야 한다. 문명인의 잘못은 문명을 믿는 나머지 근본정신을 잊는 일이다.

시베리아에 있는 야만이라는 추쿠치 족(시베리아 북동쪽 끝에 있는 추코트 반도에 사는 소수 민족)의 말이 있다. 그들의 말이 옛날엔 사냥을 하면 몇십 리 밖에 있는 짐승도 보고 들을 수가 있고 창이나 활을 쏘면 백발백중이었는데 웬일인지 이놈의 홀레바(러시아 사탕 빵)를 먹게 된 다음부터는 도무지 잘되지 않는다고 했다는 것이다.

문명, 더구나 제 마음이 연구해 내지 못하고, 남의 한 것 받아들인 문명은 분명히 혼의 힘을 해친다. 생명의 법칙은 '스스로'에 있기 때문이다. 이제라도 자고 병들고 줄어져 있는 혼을 깨워 일으켜야 한다.

우주여행이라지만, 그것은 결코 기술 문제가 아니다. 정신의 문제지. 요

지구에서 생긴 곰팡이 같은 정신으로 달나라에 가서도 영토 운운하고, 국기고 뭐고 그런 것을 가지고 갈 생각을 해서는, 한동안 설혹 되는 것이 있다 하더라도 그것은 인류 멸망의 원인밖에 아니 될 것이다.

바벨탑 이야기를 모르나? 반대로 이제 우리가 아무리 지식 기술로 떨어졌다 하더라도 정말 우주적인 크고 높은 정신에 철저하다면, 소련이나 미국의 지금 앞선 것쯤은 문제가 아닐 것이다. 하면 이렇게 할 수 있는데, 생각과 정력을 몇 해나 더 민중을 누르고 짜 먹을 수 있나 거기만 쓴단 말이냐? 너희 생각이 그렇게 작고 비루하니까 너희 자식들이 저렇게 망나니가 되지.

그러나 이제라도 아니 늦다! *

조선의 영웅

심훈(1901~1936)

소설가이자 영화인. 서울 출생. 상하이 위안장대학(元江大學)을 졸업했다. 〈동아일보〉, 〈조선일보〉, 〈조선중앙일보〉에서 기자 생활을 하면서 작품 활동을 시작했다. 〈동아일보〉에 영화 소설 『탈춤』을 연재한 것이 계기가 되어 영화 제작자로 활동하기도 했다. 1935년 농촌 계몽 소설 『상록수』가 〈동아일보〉에 당선되면서부터 작가로서 입지를 굳혔다. 어려운 생활 속에서도 민족정신을 고무하는 순수하고 열정적인 작품들을 썼던 심훈은 한창 왕성하게 활동할 시기에 열병으로 사망했다. 주요 작품으로는 『직녀성』, 『영원의 미소』 등의 소설과, 시집 『그날이 오면』 등이 있다.

✎ **작품 정리**

갈래 : 현대 수필, 중수필

성격 : 교훈적, 예찬적, 사실적, 고백적

배경 : 시대 - 1930년대 / 공간 - 농촌

특징 : 강건체의 문장으로 농촌 청년들의 영웅적인 행위를 부각시킴

구성 : '기-승-전-결'의 4단계 구성

　　　 - 기 : 농촌 야학당의 열악한 현실

　　　 - 승 : 직접 나서지 못하는 지식인으로서 자괴감을 느낌

　　　 - 전 : 예술가 무리는 비생산적 존재임을 자각함

　　　 - 결 : 농촌 청년들이 보여 주는 열정적 실천을 예찬함

주제 : 지식인으로서의 자괴감과 실천의 중요성에 대한 인식

1. 이 작품에 나타난 시대적 배경은 어떠한가?

이 글의 배경은 1930년대에 유행했던 농촌 계몽 운동이다. 당시 일제는 문맹 정책과 우민 정책을 통해 조선의 교육 기회를 통제했다. 이에 지식인과 학생들은 농민의 무지를 계몽하고 각성하기 위해 농촌으로 들어갔다. 이들은 농촌이 가난에서 벗어나려면 문맹 퇴치가 가장 우선되어야 한다고 생각해 야학을 시작했다. 농촌 계몽 운동은 일제의 식민 교육 정책에 맞서 민족 교육을 강화하는 방향으로 나아갔다. 작가는 소설 『상록수』를 통해 당시의 현실을 그렸는데, 이 글에도 농촌 계몽 운동에 대한 자신의 생각이 담겨 있다.

2. 작가가 농촌 청년들을 '조선의 영웅'이라고 예찬한 이유는 무엇인가?

이 작품은 보통학교 졸업 정도의 학력에 불과한 청년들이 열심히 아이들을 가르치는 모습을 사실적으로 그림으로써 청년들의 농촌 계몽에 대한 열정을 예찬하고 있다. 하지만 작가는 직접 현장에 뛰어들어 농촌 청년들과 함께하지 못하고 배후에서 동정자나 후원자 노릇밖에 하지 못하는 것을 부끄러워한다. 또한, 현실의 어려움을 무릅쓰고 미래를 일구어 가는 농촌 청년에 비해 예술가는 한없이 보잘것없는 존재라고 생각한다. 예술가의 역할은 추상적이고 비생산적이라는 것이다. 따라서 침을 뱉어야 마땅한 히틀러나 무솔리니가 영웅이 아니라, 작은 실천을 통해 농촌의 문맹 퇴치 운동에 앞장서고 있는 농촌 청년들이야말로 진정한 영웅이라고 할 수 있다.

조선의 영웅

우리 집과 등성이 하나를 격한 야학당에서 종 치는 소리가 들린다. 우리 집 편으로 바람이 불어오는 저녁에는 아이들이 떼를 지어 모여 가는 소리와, 아홉 시 반이면 파해서 흩어져 가며 재잘거리는 소리가 들린다. 이틀에 한 번쯤은 보던 책이나 들었던 붓을 던지고 야학당으로 가서 둘러보고 오는데, 금년에는 토담으로 쌓은 것이나마 새로 지은 야학당에 남녀 아동들이 80명이나 들어와서 세 반에 나누어 가르친다. 물론 5리 밖에 있는 보통학교에도 입학하지 못하는 극빈자의 자녀들인데, 선생들도 또한 보교^{(普校} '보통학교'의 준말로 일제 강점기 때의 초등학교 이름)를 졸업한 정도의 청년들로 밤에 가마때기('가마니때기'의 준말로 '가마니'의 속어)라도 치지 않으면 잔돈푼 구경도 할 수 없는 처지에 있는 사람들이다. 그러나 그네들은 시간과 집안 살림을 희생하고 하루 저녁도 빠지지 않고 와서는 교편을 잡고('교편'은 교사가 학생들을 가르칠 때 가지는 회초리를 가리킴. 교사가 수업을 하는 것을 이름) 아이들과 저녁내 입씨름을 한다. 그중에는 겨울철에 보리밥을 먹고, 보리도 떨어지면 시래기죽을 끓여 먹고 와서는 이밥(흰쌀로 지은 밥)이나 두둑이 먹고 온 듯이 목소리를 높여 글을 가르친다. 서너 시간 동안이나 칠판 밑에 꼿꼿이 서서 선머슴 아이들과 소견 좁은 계집애들과 아귀다툼을 하고 나면, 상체의 피가 다리로 내려 몰리고 허기가 심해져서 나중에는 아이들의 얼굴이 돋보기안경을 쓰고 보는 듯하다고 한다. 그러한 술회를 들을 때, 그네들을 직접으로 도와줄 시간과 자유가 아울러 없는 나로서는 양심의 고통을 느낄 때가 많다.

표면에 나서서 행동하지 못하고 배후에서 동정자나 후원자 노릇을 할 수밖에 없는 처지에 놓여 있기 때문에 곁의 사람이 엿보지 못할 고민이 있다. 그네들의 속으로 벗고 뛰어들어서 동고동락^(同苦同樂)을 하지 못하는 곳에 시대의 기형아인 창백한 인텔리로서의 탄식이 있다.

나는 농촌을 제재^(題材)로 한 작품을 두어 편이나 썼다. 그러나 나 자신은 농민도 아니요, 농촌 운동자도 아니다. 이른바, 작가는 자연과 인물을 보고 느낀 대로 스케치판에 옮기는 화가와 같이 아무것에도 구애되지 않는 자유로운 처지에 몸을 두어 오직 관조^(觀照)의 세계에만 살아야 하는 종류의 인간인지 모른다. 또는 눈에 보이는 그대로의 현실 세계에 입각해서 전적 존재의 의의를 방불케 하는 재주가 예술일는지도 모른다.

그러나 물 위에 기름처럼 떠돌아다니는 예술가의 무리는, 실사회에 있어서 한 군데도 쓸모가 없는 부유층(하루살이와 같은 계층)에 속한다. 너무나 고답적(高踏的 실사회와 동떨어진 것을 고상하게 여김)이요, 비생산적이어서 몹시 거추장스러운 존재다. 시각(視角)의 어느 한 모퉁이에서 호의로 바라본다면, 세속의 누(累)를 떨어 버리고 오색구름을 타고서 고왕독맥(孤往獨驀 외로이 가고 홀로 달림)하려는 기개가 부러울 것도 같으나, 기실은 단 하루도 입에 거미줄을 치고는 살지 못하는 나약한 인간이다. '귀족들이 좀 더 젠체하고 뽐내지 못하는 것은 저희들도 측간(화장실) 오르기 때문이다'라고 뾰족한 소리를 한 아쿠타가와(芥川 일본의 소설가 아쿠타가와 류노스케)의 말이 생각나거니와 예술가라고 결코 특수 부락의 백성도 아니요, 태평성대(泰平聖大)의 일민(逸民 학문과 덕행이 있으면서도 묻혀 사는 사람)도 아닌 것이다.

적잖이 탈선이 되었지만 백 가지, 천 가지 골이 아픈 이론보다도 한 가지나마 실행하는 사람을 숭앙하고 싶다. 살살 입술 발림만 하고 턱 밑의 먼지만 톡톡 털고 앉은 백 명의 이론가, 천 명의 예술가보다도 우리에게는 단 한 사람의 농촌 청년이 소중하다. 시래기죽을 먹고 겨우내 '가갸거겨'를 가르치는 것을 천직이나 의무로 여기는 순진한 계몽 운동자는 히틀러, 무솔리니만 못지않은 조선의 영웅이다.

나는 영웅을 숭배하기는커녕 그 얼굴에 침을 뱉고자 하는 자이다. 그러나 아, 농촌의 소영웅들 앞에서는 머리를 들지 못한다.

그네들을 쳐다볼 면목이 없기 때문이다. *

옥중에서 어머니께 올리는 글월

> 작가 : 심훈(259쪽 '작가와 작품 세계' 참조)
>
> 갈래 : 편지글
>
> 성격 : 의지적, 고백적, 교훈적
>
> 배경 : 시간 – 일제 강점기 / 공간 – 서대문 형무소
>
> 특징 : ・어머니를 위로하기 위해 쓴 편지글임
>
> ・부드러우면서도 강한 어조로 단호한 의지를 드러냄
>
> 구성 : '서두–사연–결미'의 3단계 구성
>
> 주제 : 조국 독립에 대한 강한 의지와 어머니에 대한 위로

생각해 볼 문제

1. 이 작품에 나타난 작가의 처지 및 태도는 어떠한가?

심훈은 3·1 운동에 가담했다가 일본 경찰에 체포되어 수감되었다. 이러한 상황에서도 어머니를 위로하고 안심시키는 한편, 조국의 독립을 위해 희생하겠다는 각오를 다지고 있다. 비록 감옥에 갇혀 있는 신세지만 일제에 저항하다가 잡혀 온 것이므로 조금도 수치심을 느끼지 않는다. 오히려 편지에 쓴 표현처럼 개선문에 들어선 사람인 듯 행동하고 있다.

2. 죽음을 앞둔 노인의 얼굴을 '앞날을 점치는 선지자'에 비유한 이유는 무엇인가?

경찰서에서 갖은 고문을 당해 다리를 못 쓰게 된 노인은 뜨겁게 달아오르는 화로 속 같은 감옥에서 죽음과 싸우고 있었다. 하지만 노인의 얼굴에서 고통이나 두려움의 그림자를 찾아볼 수는 없었다. 마지막까지도 결연한 태도로 투쟁을 당부하고 있는 듯한 노인의 얼굴에서 작가는 민족을 이끄는 선지자의 모습을 본 것이다.

옥중에서 어머니께 올리는 글월

어머님!

오늘 아침에 고의적삼 차입(교도소나 구치소에 갇힌 사람에게 음식, 의복, 돈 따위를 들여보냄)해 주신 것을 받고서야 제가 이곳에 와 있는 것을 집에서도 아신 줄 알았습니다. 잠시도 엄마의 곁을 떠나지 않던 막내둥이의 생사를 한 달 동안이나 아득히 아실 길 없으셨으니 그동안에 오죽이나 애를 태우셨겠습니까?

그러하오나 저는 이곳까지 굴러 오는 동안에 꿈에도 생각지 못하던 고생을 겪었건만, 그래도 몸 성히 배포 유하게 큰집에 와서 지냅니다. 고랑을 차고 용수(죄수의 얼굴을 보지 못하도록 머리에 씌우는 둥근 통)는 썼을망정 난생처음으로 자동차에다가 보호 순사를 앉히고 거들먹거리며 남산 밑에서 무악재 밑까지 내려 굶는 맛이란 바로 개선문으로나 들어가는 듯하였습니다.

어머님!

제가 들어 있는 방은 28호실인데 성명 3자도 떼어 버리고 2007호로만 행세합니다. 두 간도 못 되는 방 속에 열아홉 명이나 비웃('청어'를 식료품으로 이르는 말) 두름 엮이듯 했는데 그중에는 목사님도 있고 시골서 온 상투쟁이도 있구요, 우리 할아버지처럼 수염 잘난 천도교(天道敎 '동학'의 다른 이름) 도사도 계십니다. 그 밖에는 그날 함께 날뛰던 저의 동무들인데 제 나이가 제일 어려서 귀염을 받는답니다.

어머님!

날이 몹시도 더워서 풀 한 포기 없는 감옥 마당에 뙤약볕이 내리쪼이고, 주황빛의 벽돌담은 화로 속처럼 달고, 방 속에는 똥통이 끓습니다. 밤이면 가뜩이나 다리도 뻗어 보지 못하는데 빈대, 벼룩이 다투어 가며 진물을 살살 뜯습니다. 그래서 한 달 동안이나 쪼그리고 앉은 채 날밤을 새웠습니다. 그렇건만 대단히 이상한 일이 있지 않겠습니까? 생지옥 속에 있으면서 괴로워하는 사람이 하나도 없습니다. 누구의 눈초리에도 뉘우침과 슬픈 빛이 보이지 않고, 도리어 그 눈들이 샛별과 같이 빛나고 있습니다.

더구나 노인네의 얼굴은 앞날을 점치는 선지자처럼, 고행하는 도승처럼 그 표정조차 엄숙합니다. 날마다 이른 아침 전등불이 꺼지는 것을 신호 삼아 몇 천 명이 같은 시간에 마음을 모아서 정성껏 발원으로 기도를 올릴 때면, 극성맞은 간수도 칼자루 소리를 내지 못하며, 감히 들여다보지도 못하고 발꿈치를 돌립니다.

어머님!
우리가 천 번 만 번 기도를 올리기로서니 굳게 닫힌 옥문이 저절로 열려질 리는 없겠지요. 우리가 아무리 목을 놓고 울며 부르짖어도 크나큰 소원이 하루아침에 이루어질 리도 없겠지요. 그러나 마음을 합하는 것처럼 큰 힘은 없습니다. 한데 뭉쳐 행동을 같이하는 것처럼 무서운 것은 없습니다. 우리들은 언제나 그 큰 힘을 믿고 있습니다.
생사를 같이할 것을 누구나 맹세하고 있으니까요……. 그러기에 나이 어린 저까지도 이러한 고초를 그다지 괴로워하여 하소연해 본 적이 없습니다.

어머님!
어머님께서는 조금도 저를 위하여 근심하지 마십시오. 지금 조선에는 우리 어머님 같으신 어머니가 몇천 분이요, 또 몇만 분이나 계시지 않습니까? 그리고 어머님께서도 이 땅의 이슬을 받고 자라나신 공로 많고 소중한 따님의 한 분이시고 저는 어머님보다도 더 크신 어머님(문맥상 '조국'을 뜻함)을 위하여 한 몸을 바치려는 영광스러운 이 땅의 사나이외다.

콩밥을 먹는다고 끼니때마다 눈물겨워 하지도 마십시오. 어머님이 마당에서 절구에 메주를 찧으실 때면 그 곁에서 한 주먹씩 주워 먹고 배탈이 나던, 그렇게도 삶은 콩을 좋아하던 제가 아닙니까? 한 알만 마루 위에 떨어지면 흘금흘금 치어다보고 다른 사람이 먹을세라 주워 먹기 한 버릇이 되었습니다.

어머님!
오늘 아침에는 목사님한테 사식(私食 교도소에 갇힌 사람에게 사사로이 들여보내는 음식)이 들어왔는데 첫술을 뜨다가 목이 메어 넘기지를 못합니다. 그도 그럴 것이외다. 아내는 태중에 놀라서 병들어 눕고 열두 살 먹은 어린 딸이 아침마다 옥문 밖으로 쌀을 날라다가 지어 드리는 밥이라 합니다. 저도 돌아앉으며 남모르게 소매를 적셨습니다.

어머님!

며칠 전에는 생후 처음으로 감방 속에서 죽는 사람의 임종을 같이하였습니다. 돌아간 사람은 먼 시골의 무슨 교를 믿는 노인이었는데 경찰서에서 다리 하나를 못 쓰게 되어 나와서 이곳에 온 뒤에도 밤이면 몹시 앓았습니다. 병감(病監 병든 죄수를 수용하는 감방)은 만원이라고 옮겨 주지도 않고 쇠잔한 몸에 그 독은 나날이 뼈에 사무쳐 그날에는 아침부터 신음하는 소리가 더 높았습니다.

밤은 깊어 악박골 약물터에서 단소 부는 소리도 끊어졌을 때 그는 가슴에 손을 얹고 가쁜 숨을 몰아쉬기 시작했습니다. 우리는 모두 일어나 그의 머리맡을 에워싸고 앉아서 죽음의 그림자가 시시각각으로 덮쳐 오는 그의 얼굴을 묵묵히 지키고 있었습니다.

그는 희미한 눈초리로 5촉밖에 안 되는 전등을 멀거니 처다보면서 무슨 깊은 생각에 잠긴 듯 추억의 날개를 펴서 기구한 일생을 더듬는 듯하였습니다. 그의 호흡이 점점 가빠지는 것을 본 저는 제 무릎을 베개 삼아 그의 머리를 괴었더니 그는 떨리는 손을 더듬더듬하여 제 손을 찾아 쥐더이다. 금세 운명을 할 노인의 손아귀 힘이 어쩌면 그다지도 굳셀까요. 전기나 통한 듯이 뜨거울까요?

어머님!

그는 마지막 힘을 다하여 몸을 벌떡 솟구치더니 "여러분!" 하고 큰 목소리로 무겁게 입을 열었습니다. 찢어질 듯이 긴장된 얼굴의 힘줄과 표정이 그날 수천 명 교도 앞에서 연설을 할 때에 그 목소리가 이와 같이 우렁찼을 것입니다. 그러나 우리는 마침내 그의 연설을 듣지 못했습니다. "여러분!" 하고는 뒤미처 목에 가래가 끓어올랐기 때문에……

그러면서도 그는 우리에게 무엇을 바라는 것 같았습니다. 그래서 어느 한 분이 유언할 것이 없느냐 물으매 그는 조용히 머리를 흔들어 보이나 그래도 흐려져 가는 눈은 꼭 무엇을 애원하는 듯합니다마는, 그의 마지막 소청을 들어줄 그 무엇이나 우리가 가졌겠습니까. 우리는 약속이나 한 듯이 나직나직한 목소리로 그날에 여럿이 떼 지어 부르던 노래를 일제히 부르기 시작했습니다. 떨리는 목소리로 첫 소절도 다 부르기 전에 설움이 북받쳐서 그와 같은 신도인 상투 달린 사람은 목을 놓고 울더이다.

어머님!
그가 애원하던 것은 그 노래가 틀림없었을 것입니다. 우리가 최후의 일각의 원혼을 위로하기에는 가슴 한복판을 울리는 그 노래밖에 없었습니다. 후렴이 끝나자 그는 한 덩이 시뻘건 선지피를 제 옷자락에 토하고는 영영 숨이 끊어지고 말더이다. 그러나 야릇한 미소를 띤 그의 영혼은 우리가 부른 노래에 고이고이 싸이고 받들려 쇠창살을 새어 나가서 새벽하늘로 올라갔을 것입니다. 저는 감지 못한 그의 두 눈을 쓰다듬어 내리고 날이 밝도록 그의 머리를 제 무릎에서 내려놓지 않았습니다.

어머님!
생각하면 생각할수록 사록사록이 아프고 쓰라렸던 지난날의 모든 일을 큰 모험 삼아 몰래몰래 적어 두는 이 글월에 어찌 다 시원스러이 사뢰올 수가 있사오리까? 이제야 겨우 가시밭을 밟기 시작한 저로서는 어느새부터 이만 고생을 호소할 것이오리까?
오늘은 아침부터 창대같이 쏟아지는 비에 더위가 씻겨 내리고 높은 담 안에 시원한 바람이 휘돕니다. 병든 누에같이 늘어졌던 감방 속의 여러 사람도 하나둘 생기가 나서 목침돌림(여럿이 모인 자리에서 목침을 돌려, 차례가 된 사람이 옛이야기나 노래를 하며 즐김) 이야기에 꽃이 핍니다.

어머님!
며칠 동안이나 비밀히 적은 이 글월을 들키지 않고 내보낼 궁리를 하는 동안에 비는 어느덧 멈추고 날은 오늘도 저물어 갑니다.
구름 걷힌 하늘을 우러러 어머님의 건강을 비올 때 비 뒤의 신록은 담 밖에 더욱 아름답사온 듯 먼촌의 개구리 소리만 철창에 들리나이다.

- 1919. 8. 29 *

# 담요

작가와 작품 세계

최서해(1901~1932)

본명 최학송. 함경북도 성진 출생. 가난한 환경에서 태어나 어려서부터 각지를 전전하며 품팔이·나무장수·두부 장수 등 밑바닥 생활을 뼈저리게 체험했다. 1924년 단편 「고국」이 〈조선 문단〉에 추천되면서 문단에 데뷔했다. 「탈출기」, 「기아와 살육」을 발표하면서 신경향파 문학의 대표 작가로 주목을 받았다. 그의 작품은 대부분 빈곤의 참상과 체험을 토대로 한 것이다. 간결하고 직선적인 문체는 이러한 작품들에 더욱 호소력을 실어 주었다. 하지만 예술적인 형상화가 미흡해 초기의 인기를 지속하지는 못했고, 짧은 여생마저도 불우하게 보냈다. 주요 작품으로는 「십삼 원」, 「금붕어」, 「홍염」, 「박돌의 죽음」 등이 있다.

작품 정리

갈래 : 현대 수필, 경수필

성격 : 회고적, 묘사적, 개인적, 비극적

배경 : 시간 – 3년 전 집 떠나던 해 / 공간 – '나' 의 집과 큰절

특징 : 현재 시제와 흉내말의 사용으로 자신의 체험을 생동감 있게 서술함

구성 : 현재 시점에서 과거 시점으로 옮겨 가는 소설적 구성을 취함

　　– 현재 : 글을 쓰기 위해 담요를 꺼냄

　　– 과거 : 가난한 시절 담요에 얽힌 가족과의 슬픈 추억과 가족과 뿔뿔이 흩어진 가혹한 현실을 떠올림

주제 : 담요에 얽힌 슬픈 추억을 떠올리며 현재의 비참한 상황을 탄식함

✏️ 생각해 볼 문제

1. 이 작품에서 '담요'는 어떤 의미를 갖는가?

이 글은 담요에 얽힌 가족과의 슬픈 추억을 소설 형식으로 쓴 작품이다. 옆집 아이의 담요를 부러워하던 딸아이가 담요 때문에 옆집 아이와 다투다가 옆집 아이가 휘두른 인두에 머리가 터진다. 이 모습을 본 작가는 한달치 양식의 돈을 털어 딸에게 줄무늬 담요를 사 준다. 자식에 대한 도리를 다해야겠다는 자존심이 굶주림까지도 감내하게 만든 것이다. 이 글의 마지막에 나오는 "유래가 깊은 담요를 손수 접어 깔고 앉으니, 무량한 감개가 가슴에 복받치어서 풀 길이 망연하다."라는 구절은 자신의 힘으로는 어찌할 수 없는 무력감과 좌절이 나타나 있다.

2. '빈궁 문학'의 대표 주자로 꼽히는 최서해의 삶은 어떠했는가?

1920년대 한국 소설의 내용은 식민지 현실에 대한 문제로 집약된다. 최서해는 당시 문단에 범람했던 허무주의와 퇴폐주의를 극복하고 자신의 체험을 문학적으로 형상화했다. 그는 빈농의 외아들로 태어나 아버지보다는 주로 어머니의 사랑을 받으며 성장했다. 어릴 때부터 한문을 많이 읽은 그는 12, 13세 때부터 문학에 관심을 쏟기 시작했지만, 생계를 위해 닥치는 대로 일을 할 수밖에 없었다. 그의 작품에는 일제 강점기에 극한의 고통에서 벗어나기 위해 방화, 살인, 강도질 등을 하며 삶을 연명해 가는 민중의 모습이 실감 나게 묘사되어 있다. 최서해는 빈궁의 원인을 개인의 문제가 아닌 불합리한 사회 구조에서 찾았다. 이런 그의 작품에는 강한 저항 의식이 담겨 있다.

담요

　나는 이 글을 쓰려고 종이를 펴 놓고 붓을 들 때까지, '담요'란 생각은 털 끝만치도 하지 않았다. 꽃 이야기를 써 볼까, 요새 이내 살림살이 꼴을 적어 볼까, 이렇게 뒤숭숭한 생각을 거두지 못하다가, 일전에 누가 보내 준 어떤 여자의 일기에서 몇 절 뽑아 적으려고 하였다.

　그래 그 일기를 찾아서 뒤적거려 보고 책상과 마주 앉아서 펜을 들었다. '××과 ××'라는 제목을 붙여 놓고, 몇 줄 내려쓰노라니, 딴딴한 장판에 복사뼈가 어떻게 박히는지 몸을 움직일 때마다 그놈이 따끔따끔해서 견딜 수 없고, 또 겨우 빨아 입은 흰옷이 까만 장판에 뭉개져서 걸레가 되는 것이 마음에 켕기었다.

　따스한 봄볕이 비치고 사지는 나른하여 졸음이 오는데, 이런 생각 저런 생각 신경이 들먹거리고 게다가 복사뼈까지 따끔거리니, 글도 써지지 않고 그대로 앉아 있을 수도 없었다. 그러나 기일이 급한 글을 맡아 놓고, 그저 있을 수도 없는 일이다. 나는 한 계책을 생각하였다. 그것은 별 계책이 아니라 담요를 깔고 앉아서 쓰려고 한 것이다. 담요야 그리 훌륭한 것도 아니요 깨끗한 것도 아니지만 그것이나마 깔고 앉으면 복사뼈도 따끔거리지 않을 것이요, 또한 의복도 장판에 덜 검게 될 것이라고 생각한 까닭이었다.

　이불 위에 접어 놓은 담요를 내려서 네 번 접어서 깔고 보니 너무 넓고 얇어서 마음에 들지 않았다. 다시 펴서 길이로 세 번 접고 옆으로 세 번 접었다. 이렇게 접혀서 여섯 번 접을 때, 내 머리에 언뜻 떠오르는 생각과 같이 내 눈앞을 슬쩍 지나가는 그림자가 있다.

　나는 담요 접던 손으로 찌르르한 가슴을 부둥켜안았다. 이렇게 멍하니 앉은 내 마음은, 층계를 밟아 멀리멀리 옛적으로 달아나는 이 마음을 그대로 놓쳐 버리기는 너무도 아쉬워서 그대로 여기에 쓴다. 이것이 지금 '담요'라는 제목을 붙이게 된 동기이다.

　3년 전 내가 집을 떠나던 해 겨울에, 나는 어떤 깊숙한 큰절에 있었다. 흩고의적삼을 입고 이 절 큰방 구석에서 우두커니 쭈그리고 지낼 때에, 고향에 계신 늙은 어머니가 보내 주신 것이 지금 이 글 제목으로 붙인 '담요'

였다. 그 담요가 오늘날까지 나를 싸 주고 덮어 주고 받쳐 주고 하여, 한시도 내 몸을 떠나지 않고 있다. 나는 때때로 이 담요를 만질 때마다 느끼는 감정이 있으니 그것이 즉 이 글에 나타나는 감정이다.

집 떠나던 해였다.

나는 국경 어떤 정거장에서 일하고 있었다. 그때는 그 일이 괴로웠지만, 지금 생각하면 그것이 오히려 사람다운 일이었을는지 모른다. 어머니와 아내가 있었고 어린 딸년까지 있어서 헐었거나 성하거나 철찾아 깨끗이 빨아 주는 옷을 입었고, 새벽부터 밤까지 일자리에서 껄떡거리다가는, 내 집에서 지은 밥에 배를 불리고 편안히 쉬던 그때가, 바람에 불리는 갈꽃 같은 오늘에 비기면 얼마나 행복이었던가 하고 생각해 보는 때도 많다. 더구나 어린 딸년이 아침저녁 일자리에 따라와서 방긋방긋 웃어 주던 기억은 지금도 새롭다.

그러나 그때에도 풍족한 생활은 못되었다. 그날 벌어 그날 먹는 생활이었고 그리되고 보니 하루만 병으로 쉬게 되면 그 하루 양식값은 빚이 되었다. 따라서 잘 입지도 못하였다. 아내는 어디 나가려면 딸년 싸 업을 포대기조차 변변한 것이 없었다.

그때 우리와 같이 이웃에 셋집을 얻어 가지고 있는 K란 사람이 있었다. 그 사람도 나와 같이 정거장에서 일하고 있었는데, 그 부인은 우리 집에 놀러오는 때마다 그때 세 살 나는 어린 아들을 붉은 담요에 싸 업고 왔다.

K의 부인이 와서 그 담요를 끄르고 어린것을 내어 놓으면, 내 딸년은 어미 무릎에서 젖을 먹다가도 텀벅텀벅 달려가서 붉은 담요를 끄집어 오면서,

"엄마, 곱다, 곱다."

하고 방긋방긋 웃었다. 그 웃음은 담요가 부럽다, 가지고 싶다, 나도 하나 사 달라고 하는 듯하였다. 그러면 K의 아들은,

"이놈아, 남의 것을 왜 가져가니?"

하는 듯이 내게 찡기고 달려들어서 그 담요를 빼앗았다. 그러나 내 딸년은 순순히 뺏기지 않고, 이를 악물고 힘써서 잡아당긴다. 이렇게 서로 잡아당기고 밀치다가는 나중에 서로 때리고 싸우게 된다. 처음 어린것들이 담요를 밀고 당기게 되면 어른들은 서로 마주 보고 웃게 된다. 그러나 어머니, 아내, 나, 이 세 사람의 웃음 속에는 알 수 없는 어색한 빛이 흘러서 극히 부

자유스런 웃음이었다. K의 아내만이 상글상글 재미있게 웃었다. 담요를 서로 잡아당길 때에, 내 딸년이 끌리게 되면, 얼굴이 발개서 어른들을 보면서 비죽비죽 울려 하는 것은 후원을 청하는 것이었다. 이것은 K의 아들도 끌리게 되면 하는 표정이었다.

그러다가 서로 어울려서 싸우게 되면 어른들 낯에 웃음이 스러진다. "이 계집애, 남의 애를 왜 때리느냐?"

K의 아내는 낯빛이 파래서 아들의 담요를 끄집어다가 싸 업는다. 그러면 내 아내도 낯빛이 푸르러서, "우지 마라, 우지 마라. 이담에 아버지가 담요를 사다 준다."

하고 내 딸년을 끄집어다가 젖을 물린다. 딸년의 울음은 좀처럼 그치지 않았다.

"아니! 응 흥!"

하고 발버둥을 치면서 K의 아내가 어린것을 싸 업은 담요를 가리키면서, 섧게 섧게 눈물을 흘린다. 이렇게 되면, 나는 차마 그것을 볼 수 없었다. 같은 처지에 있건마는, K의 아내와 아들은 낮에는 우월감이 흐르는 것 같고, 우리 그 가운데 접질리는 것 같은 것도 불쾌하지만 어린것이 서너 살이 나도록 포대기 하나 변변히 못 지어 주는 것을 생각하면 너무도 못생긴 느낌도 없지 않았다. 그리고 그 어린것이 말은 잘할 줄 모르고, 그 담요를 손가락질하면서 우는 양은 차마 눈으로 볼 수 없었다. 그 며칠 뒤에 나는 일 삯전을 받아 가지고 집으로 가니 아내가 수건으로 머리를 싼 딸년을 안고 앉아서 쪽쪽 울고 있었다. 어머니는 그 옆에서 아무 말 없이 담배만 피우시고, "××(딸년 이름) 머리가 터졌단다." 어머니는 겨우 울려 나오는 목소리로 말씀하시었다. "예? 머리가 터지다뇨?" "K의 아들애가 담요를 만졌다고 인두로 때려……."

이번은 아내가 울면서 말하였다. 나는 나로서도 알 수 없는 힘에 문밖으로 나아갔다. 어머니가 쫓아 나오시면서,

"얘, 철없는 어린것들 싸움인데, 그것을 탓해 가지고 어른 싸움이 될라."

하고 나를 붙잡았다. 나는 그만 오도 가도 못하고 가만히 서 있었다. 그때 나는 분한지 슬픈지 그저 멍한 것이 얼빠진 사람 같았다. 모든 감정이 점점 가라앉고, 비로소 내 의식에 돌아왔을 때, 내 눈은 눈물에 젖었고 가슴은 미어지는 것 같았다. 나는 그길로 거리에 달려가서 붉은 줄, 누른 줄, 푸른

줄 간 담요를 4원 50전이나 주고 샀다. 무슨 힘으로 그렇게 달려가 샀는지, 사 가지고 돌아설 때, 양식 살 돈 없어진 것을 생각하고 이마를 찡기는 동시에 흥! 하고 냉소도 하였다. 내가 지금 깔고 앉아서 이 글을 쓰는 이 담요는 그래서 산 것이었다.

담요를 사 들고 집에 들어서니, 이미 무릎에 앉아서, "엄마, 아파! 여기 아파!" 하면서 뚝뚝 뛸 듯이 좋아라고 웃는다. 아내, 나는 소리 없는 눈물을 씻으면서, 서로를 쳐다보고 울었다.

아, 그때 찢기던 그 가슴! 지금도 그렇게 찢긴다.

그 뒤에 얼마 안 되어 몹쓸 비바람은 우리 집을 치웠다. 우리는 서로 동서로 갈리게 되었다. 어머니는 내 딸년을 데리고 고향으로 가시고, 아내는 평안도로 가고, 나는 양주의 어떤 절로 들어갔다. 내가 종적을 감추고 다니다가 절에 들어가서 어머니께 편지하였더니, "추운 겨울을 어찌 지내느냐? 담요를 보내니 덮고 자거라. ××(딸년 이름)가 담요를 밤낮 예쁘다고, 남은 만지게도 못하더니, '아버지께 보낸다'고 하니, '할머니 이거 아버지가 덮어?' 하면서 군말 없이 내어놓는다. 어서 뜻을 이루어 돌아오기를 바란다." 하는 편지와 같이 담요를 주시었다.

그것이 벌써 3년 전 일이다. 그사이 담요의 주인공인 내 딸은 땅속에 묻힌 혼이 되고, 늙은 어머니는 의지가지없이 뒤쪽 나라 눈 속에서 헤매시고 이 몸이 또한 푸른 생각을 안고 끝없이 흐르니, 언제나 어머니 슬하에 뵈일까?

봄뜻(봄이 오는 기운)이 깊어 이때에, 유래가 깊은 담요를 손수 접어 깔고 앉으니, 무량한 감개가 가슴에 복받치어서 풀 길이 망연하다. *

불국사 기행

✏️ 작가와 작품 세계

현진건(1900~1943)

소설가. 대구 출생. 일본 도쿄 독일어학교를 졸업하고 중국 상하이 외국어학교에서 수학했다. 1920년 〈개벽〉에 단편 소설 「희생자」를 발표하면서 등단했다. 1921년 단편 소설 「빈처」로 작가로서의 입지를 굳히기 시작했다. 〈백조〉 동인으로서 염상섭과 함께 사실주의 문학을 개척한 현진건은 김동인과 더불어 한국 근대 단편 소설의 선구자로 평가받는다. 그의 작품에는 일제 치하에서 핍박받는 우리 민족의 수난과 빈곤의 참상이 그려져 있다. 1935년 〈동아일보〉 사회부장으로 재직하던 시절 일장기 말소 사건으로 1년간 복역하기도 했다. 주요 작품으로는 「술 권하는 사회」, 「할머니의 죽음」, 「B사감과 러브레터」 등의 단편 소설과, 『적도』, 『무영탑』 등의 장편 소설이 있다.

✏️ 작품 정리

갈래 : 현대 수필, 경수필, 기행 수필

성격 : 서사적, 묘사적, 탐미적, 주정적

배경 : 시간 – 1929년 7월 여름 / 공간 – 경주 지방

특징 : • 전설이나 시조 등을 삽입해 재미를 더함

　　　　• 사실적이고 치밀한 묘사가 돋보임

구성 : '처음–중간–끝'의 3단계 구성

　　　– 처음 : 경주를 떠나 불국사로 향하는 감회를 표현함

　　　– 중간 : 불국사와 석굴암을 돌아보며 느끼는 감회를 묘사함

　　　– 끝 : 석굴암 앞에서 바라본 동해에 대한 감동을 읊음

주제 : 불국사와 석굴암에 나타난 선인들의 뛰어난 예술 감각

✏️ **생각해 볼 문제** --

1. 이 작품이 다른 기행 수필과 구별되는 점은 무엇인가?

이 글은 유적과 유물에 얽힌 전설을 인용하고 시조를 삽입해 단조로운 내용에 그칠 수 있는 기행 수필에 재미를 더해 주었다. 여정 곳곳에는 섬세한 예술관이 스며들어 있고, 치밀한 묘사는 사실주의 작가의 진면목을 보여 준다. 화려체와 만연체 문장 또한 눈길을 끈다. 작가는 문학성까지 글 속에 살려 놓았다. 석가탑 축조에 참여했던 당나라 석공과 아사녀의 이야기를 한 편의 소설처럼 소개하는가 하면, 치술령을 바라보면서 의연하게 죽음을 맞이했던 박제상과 남편을 기다리다가 망부석이 된 그의 아내에 관한 이야기를 들려주면서 연시조를 읊어 주기도 한다.

2. 이 수필은 현진건의 문학적 활동과 어떤 관련이 있는가?

이 글은 현진건이 1929년 여름에 경주 지방을 다녀온 후 〈동아일보〉에 연재한 「고도 순례 경주(古都巡禮慶州)」에서 발췌한 것이다. 이 작품에는 불국사와 석굴암에 나타난 선인들의 뛰어난 예술 감각을 칭송하는 작가의 견문이 다채롭게 펼쳐진다. 현진건은 날로 극심해져 가는 일제의 탄압과 폭압을 극복하기 위해 민족사의 원동력을 찾고자 했다. 경주 불국사를 찾아간 것도 이런 이유 때문이었다. 불국사와 석굴암을 바라보는 작가의 시선은 전문가처럼 날카롭고 치밀하다. 한때 손기정의 일장기 말소 사건으로 복역하기도 했던 현진건의 민족의식이 문화재에 대한 정교한 안목과 역량을 갖게 했는지도 모른다. 당나라 석공과 그의 아내 아사녀의 애달픈 사연이 담긴 다보탑 이야기는 10년 뒤에 쓴 소설 『무영탑』의 모티프가 되기도 했다.

불국사 기행

7월 12일, 아침 첫차로 경주를 떠나 불국사(佛國寺)로 향했다. 떠날 임시에 봉황대(鳳凰臺 경상북도 경주시에 있는 신라 때의 무덤)에 올랐건만, 잔뜩 찌푸린 일기에 짙은 안개는 나의 눈까지 흐리고 말았다. 시포(屍布 시체를 싸는 흰 삼베)를 널어놓은 듯한 희미한 강줄기, 몽롱한 무덤의 봉우리, 쓰러질 듯한 초가집 추녀가 눈물겹다. 어젯밤에 나를 부여잡고 울던 옛 서울은 오늘 아침에도 눈물을 거두지 않은 듯. 그렇지 않아도 구슬픈 내 가슴이어든 심란한 이 정경에 어찌 견디랴? 지금 떠나면 1년, 10년, 혹은 20년 후에나 다시 만날지 말지! 기약 없는 이 작별을 앞두고 눈물에 젖은 임의 얼굴! 내 옷소매가 촉촉이 젖음은 안개가 녹아내린 탓만은 아니리라.

장난감 기차는 반시간이 못 되어 불국사 역까지 실어다 주고, 역에서 등대(等待 미리 준비하고 기다림)했던 자동차는 십 리 길을 단숨에 껑청껑청 뛰어서 불국사에 대었다. 뒤로 토함산(吐含山)을 등지고 왼편으로 울창한 송림을 끌며 앞으로 광활한 평야를 내다보는 절의 위치부터 풍수쟁이 아닌 나의 눈에도 벌써 범상치 아니했다.

더구나 돌층층대를 쳐다볼 때에 그 굉장한 규모와 섬세한 솜씨에 눈이 어렸다. 초창(初創 절을 처음 세우는 것) 당시엔 낭떠러지가 있는 곳을 돌로 쌓아 올리고, 그리고 이 돌층층대를 지었음이리라. 동쪽과 서쪽으로 갈리어 위아래로 각각 둘씩이니 전부는 네 개인데, 한 개의 층층대가 대개 열일곱 여덟 계단이요, 길이는 오십칠팔 척으로 양 가에 놓인 것과 가운데에 뻗친 놈은 돌 한 개로 되었으니, 얼마나 끔찍한 인력을 들인 것인가를 짐작할 것이요, 오늘날 돌로 지은 대건축물에도 이렇듯이 대패로 민 듯한 돌은 못 보았다 하면, 얼마나 그때 사람이 돌을 곱게 다루었는가를 깨달을 것이다.

돌층층대의 이름은, 동쪽 아래의 것은 청운교(靑雲橋), 위의 것은 백운교(白雲橋)요, 서쪽 아래의 것은 연화교(蓮花橋), 위의 것은 칠보교(七寶橋)라 한다. 층층대라 하였지만, 아래와 위가 연결되는 곳마다 요샛말로 네모난 발코니가 되고 그 밑은 아치가 되었는데, 인도자의 설명을 들으면 옛날에는 오늘날의 잔디밭 자리에 깊은 연못을 팠고, 아치 밑으로 맑은 물이 흐르며 그림배(畫船)가 드나들었다 하니, 돌층층대를 다리라 한 옛 이름의 유래를 터득할 것이다.

층층대 상하에는 손잡이 돌이 우뚝우뚝 서고 쇠사슬인지 은사슬인지 둘러 꿴 흔적이 아직도 남았다. 귀인이 이 절을 찾을 때엔 저 연못가에 내려 그림배를 타고 들어와 다시 보교(步轎 가마의 하나. 정자 지붕 모양으로 가운데를 솟게 하고 사면을 장막으로 둘러침)를 타고 이 돌층층대를 지나 절 안으로 들어가기도 하였단다. 너른 못에 연꽃이 만발한데, 다리 밑으로 돌아드는 맑은 흐름엔 으리으리한 누각과 석불의 그림자가 용의 모양을 그리고 그 위로 소리 없이 떠나가는 그림배! 나는 당년의 광경을 머릿속에 그리며 스스로 황홀하였다. 활동사진('영화'의 옛 용어)에서 본 물의 도시, 베니스의 달 비낀 바닷가에 그림배를 저어 가는 청춘 남녀의 광경이 선하게 나타난다.

이 돌층층대를 거치어 문루(門樓 대궐이나 성(城) 등의 문 위에 지은 다락집)를 지나서니, 유명한 다보탑(多寶塔)과 석가탑(釋迦塔)이 눈앞에 나타난다. 이 두 탑은 물론 돌로 된 것이다. 그렇다! 그것은 만져 보아도 돌이요, 두들겨 보아도 돌임에 틀림이 없다. 그러나 석가탑은 오히려 그만둘지라도 다보탑이 돌로 되었다는 것은 아무리 하여도 눈을 의심치 않을 수 없었다. 연한 나무가 아니요, 물씬물씬한 밀가루 반죽이 아니고, 육중하고 단단한 돌을 가지고 어떻게 저다지도 곱고 어여쁘고 의젓하고 아름답고 빼어나고 공교롭게 잔손질을 할 수 있으랴.

만일, 그 탑을 만든 원료가 정말 돌이라면, 신라 사람은 돌을 돌같이 쓰지 않고 마치 콩고물이나 팥고물처럼 마음대로 뜻대로 손가락 끝에 휘젓고 주무르고 하는 신통력을 가졌던 것이다. 귀신조차 놀래고 울리는 재주란 것은 이런 솜씨를 두고 이름이리라.

탑의 네 면엔 자그마한 어여쁜 돌층층대가 있고, 그 층층대를 올라서니 가운데는 위층을 떠받치는 중심 기둥이 있고, 네 귀에도 병풍을 겹쳐 놓은 듯한 돌기둥이 또한 섰는데, 그 기둥과 두 층대의 석반(石盤 돌을 얇게 깔아 만든 판)을 받은 어름(두 물건의 끝이 닿은 자리)에는 나무로도 오히려 깎아 내기가 어려울 만한 소로(건축·토목에서 화반 등의 사이에 틈틈이 끼우는 네모진 나무. 접시받침)가 튼튼하게 아름답게 손바닥을 벌리었다.

지붕 위에 이중의 네모난 돌난간이 둘러 쟁반 같은 2층 지붕을 받들었고, 그 위엔 팔모 난 돌난간과 세상에도 진기한 꽃잎 모양을 수놓은 듯한 돌 쟁반이 탑의 팔모 난간을 받들었다. 석공이 기절(奇絶 기막히게 기이함)했던 것은 물론이거니와, 이런 기상천외의 의장(意匠 물품에 외관상의 미감을 주기 위해 그 형상·색채·맵시 또는 그들의 결합 등을 연구하여 거기에 응용한 장식적인 고안)은 또 어디서 온 것인고! 바람과 비에 시달린 지 천여 년이 지난 오늘날에도 조금도 기울어지지 않고, 이지러지지 않고, 옛 모양이 변하지 않았으니, 당대의 건축술 또한 놀랄 것이 아니냐!

들으매 이 탑의 네 귀에는 돌사자가 있었는데, 두 마리는 일본 도쿄 모 요리점의 손에 들어갔다 하나, 숨기고 내어놓지 않아 사실 진상을 알 길이 없고, 한 마리는 지금 영국 런던에 있는데 다시 찾아오려면 5백만 원을 주어야 내어놓겠다 한다던가? 소중한 물건을 소중한 줄도 모르고 함부로 굴리며, 어느 틈에 도둑을 맞았는지도 모르니, 이런 기막힐 일이 또 있느냐? 이 탑을 이룩하고 그 사자를 새긴 이의 영(靈)이 만일 있다 하면 지하에서 목을 놓아 울 것이다.

석가탑은 다보탑 서쪽에 있는데, 다보탑의 현란한 잔손질과는 딴판으로, 수법이 매우 간결하나마 또한 정중한 자태를 잃지 않았다. 다보탑을 능라(온갖 비단)와 주옥(구슬과 옥돌)으로 꾸밀 대로 꾸민 성장 미인(盛裝美人 훌륭하게 몸단장을 한 미인)에 견준다면, 석가탑은 수수하게 차린 담장 미인(淡粧美人 수수하고 엷게 화장한 미인)이라 할까? 높이 2척, 층은 역시 3층으로 한 층마다 수려한 돌 병풍을 두르고, 병풍 네 귀에 병풍과 한데 어울러 놓은 기둥이 있는데, 설명자의 말을 들으면 이 탑은 한 층마다 돌 하나로 되었다 하니, 그 웅장하고 거창한 규모에 놀랄 만하다. 이 탑의 별명은 무영탑, 곧 그림자가 없다는 것으로 여기에는 저 사랑과 예술에 얽힌 눈물겨운 로맨스가 숨어 있다 한다.

제35대 경덕왕(景德王) 시절, 당시 재상 김대성(金大成)은 왕의 명을 받들어 토함산 아래에 불국사를 이룩할 새, 나라의 힘을 기울이고 천하의 명공(名工)을 모아들였는데, 그 명공 가운데는 멀리 당나라에서 불러온 젊은 석수(石手) 한 명이 있었다. 이 절의 중심으로 말하면 두 개의 석탑으로, 이 두 탑의 역사(役事 토목·건축 등의 공사)가 가장 거창하고 까다로웠던 것은 물론이다. 젊은 당나라 석수는 그 두 탑 중의 하나인 석가탑을 맡아 짓기로 되었다. 예술의 감격에 뛰는 젊은 가슴의 피는, 수륙 수천 리 고국에 남기어 두고 온 사랑하는 아내도 잊어버리고, 오직 맡은 석가탑을 완성하기에 끓고 말았다. 침식도 잊고, 세월 가는 것도 잊어버리고, 그는 온 마음을 오직 이 역사에 바치었다.

덧없는 세월은 어느덧 몇 해가 흘러가고 흘러왔다. 수만 리 타국에 남편을 보내고 외로이 공규(空閨 오랫동안 남편이 없이 아내 혼자서 거처하는 방)를 지키던 그의 아내 아사녀(阿斯女)는 동으로 흐르는 구름에 안타까운 회포(懷抱 마음속에 품어 온 온갖 생각이나 정)를 붙이다 못하여 필경 남편을 찾아 신라로 건너오게 되었다. 머나먼 길에 피곤한 다리를 끌고 불국사 문 앞까지 찾아왔으나, 큰 공역(工役 토목·건축 공사)을 마치기도 전이요, 더러운 여인의 몸으로 신성한 절 문 안에 들어서지 못한다 하여 차디찬 거절을 당하고 말았다.

절 문을 지키던 사람도 거절을 하기는 하였으되, 그 정성에 동정하였음이리라. 아사녀에게 이르기를,

"여기서 얼마 아니 가면 큰 못이 있는데, 그 맑은 물속에는 시방 짓는 절의 그림자가 뚜렷이 비칠지니, 그대 남편이 맡아 짓는 석가탑의 그림자도 응당 거기 비치리라. 그림자를 보아 역사가 끝나거든 다시 찾아오라." 하였다.

아사녀는 그 말대로 그 못가에 가서 전심전력으로 비치는 절 모양을 들여다보며 하루바삐, 아니 한시바삐 석가탑의 그림자가 나타나기를 기다리었다. 달빛에 흐르는 구름 조각에도 그는 몇 번이나 석가탑의 그림자로 속았으랴. 하루 이틀, 한 달 두 달, 일 년 이태, 지리하고도 조마조마한 찰나(刹那 극히 짧은 시간. 1찰나는 75분의 1초에 해당한다고 함) 찰나를 지내는 동안 절 모양이 뚜렷이 비치고, 다보탑이 비치고, 가고 오는 사람의 그림자도 비치건마는, 오직 자기 남편이 맡은 석가탑의 그림자는 찾으려야 찾을 길이 없었다. 사랑하는 아내가 멀리멀리 찾아왔다는 소식을 뒤늦게야 들은 당나라 석수는, 밤을 낮에 이어 마침내 역사를 마치고 창황히(어떻게 할 겨를도 없이 다급하게) 못가로 뛰어 왔건마는, 아내의 양자(樣姿 얼굴의 생긴 모습)는 보이지 않았다. 그도 그럴 일, 아무리 못 속을 들여다보아도 석가탑의 그림자는 끝끝내 나타나지 않는 데 실망한 그의 아내는 남편의 이름을 부르며 그만 못 가운데에 몸을 던진 까닭이다. 그는 망연히 물속을 바라보며 몇 번이나 아내의 이름을 불렀으랴. 그러나 찰랑찰랑하는 물소리만 귓가를 스칠 뿐, 비가 오거나 바람이 불거나 이슬이 내리는 새벽, 달빛 솟는 저녁에도 그는 못가를 돌고 또 돌며 사랑하는 아내를 그리며 찾았다. 오늘도 못가를 돌 때에 그는 문득 못

옆 물가에 사람의 그림자가 어련히 나타났다.

"아, 저기 있구나!" 하며 그는 이 그림자를 향해 뛰어들었다. 그러나 벌린 그의 팔 안에 안긴 것은 아내가 아니요, 사람이 아니요, 사람만 한 바위덩이다. 그는 바위를 잡은 찰나에 문득 제 눈앞에 나타난 아내의 모양을 길이길이 잊지 않으려고 그 바위를 새기기 시작하였다. 제 환상(幻想)에 떠오른 사랑하는 아내의 모양은 다시금 거룩한 부처님의 모양으로 변하였다. 그는 제 예술로 죽은 아내를 살리고 아울러 부처님에까지 천도(薦度 죽은 사람의 넋을 부처와 인연을 맺어 주어 극락세계로 인도함)하려 한 것이다. 이 조각이 완성되면서 자기 역시 못 가운데에 몸을 던져 아내의 뒤를 따랐다.

불국사 남서방에 영지(影池 그림자 연못)란 못이 있으니, 여기가 곧 아사녀와 당나라 석수가 빠져 죽은 데다. 내가 찾을 때엔 장마가 막 그친 뒤라 누런 물결이 산기슭의 소나무 가지에까지 넘실거리는데, 부처님을 새긴 천연의 돌은 지난날의 애화(哀話 슬픈 이야기)를 다시금 일러 주는 듯, 그 새김의 선이 자못 섬세한 것은 부처님을 새기면서도 알뜰한 자기 아내의 환영이 머리를 지배한 탓인가?

다보탑과 석가탑에 무한한 감탄과 감개를 마지않다가 대웅전(大雄殿)을 들여다보니 정면에 엄연히 선 삼위불(三位佛)의 입상(立像)이 보통 부처님보다는 어마어마하게 크다마는, 당시의 유물은 아니고 영묘조(英廟朝 조선 후기의 왕 영조를 가리키는 말) 때 개축할 당시에 만들어 놓은 것이라 하며, 다만 경탄할 것은 개축할 때에 천장과 벽에 올린 휘황찬란한 단청이 3백여 년을 지난 오늘날에도 조금도 빛이 변하지 않았다는 것이다. 무슨 물감을 어떻게 풀어서 썼는지 채색 학자의 연구 문제이리라.

앞길이 바쁘매 아침도 굶은 채로 석굴암(石窟庵)을 향해 또다시 걸음을 옮기었다. 여기서 십 리 안팎이라니 그리 멀지도 않은데, 가는 길이 토함산을 굽이굽이 돌아 오르는 잿길(높은 산의 고개나 언덕배기로 난 길)이요, 날은 흐리어 빗발까지 오락가락하건마는, 이따금 모닥불을 담아 붓는 듯하는 햇발이 구름을 뚫고 얼굴을 내미는 바람에 두어 모퉁이도 못 접어들어 나는 벌써 숨이 차고 전신에 땀이 흐른다.

창울한 송림은 볼 수 없건마는, 우거진 잡목 사이에 다람쥐가 넘나드는 것도 또한 버리지 못할 정취이다. 거친 상봉을 다 올라와서 동해 가에 다가앉은 치술령(致述嶺)을 손가락질할 때에 장렬하던(씩씩하고 열렬하던) 박제상(朴堤

上 신라 눌지왕 때의 충신. 고구려에 볼모로 가 있는 왕의 동생 복호를 지략과 계교로 데려오고, 이어서 왜에 볼모로 잡혀 간 왕의 동생 미사흔을 돌려보낸 뒤 자신은 죽임을 당함)의 의기가 다시금 가슴을 친다. 저 치술령이야말로 박제상의 아내가 남편을 보내며 울던 곳이다. 단신 홀몸으로 적국에 들어가는 남편을 부르고 또 불렀지만, 박제상은 다만 손을 저어 보이고 의연(毅然 꿋꿋함)히 동해에 배를 띄웠다. 물과 하늘이 한데 어우러진 곳에 남편의 탄 배가 가물가물 사라질 때에 그의 안타까운 마음은 어떠하였으리! 피눈물로 울고 울다가 그만 잦아지고(차츰 말라 들어가서 없어지고) 말았다. 거기에는 지금도 그 부인의 망부석(望夫石)이 그대로 남아 있어 행인의 발길을 멈춘다 하거니와, 천추(千秋 매우 길고 오랜 세월. 아득한 미래)에 빛나는 의기를 남기고 왜국 기시마(木島)에서 연기로 사라진 박제상의 의혼의백(義魂毅魄 의롭고 꿋꿋한 혼백)은 지금 어디서 헤매는고?

끓는 물도 차다시고 모진 매도 달다시네
살을 찝는 쇠가락도 헌 새끼만 여기시네
비수(匕首)가 살을 오려도 태연자약하시다

온몸에 불이 붙어 지글지글 타오르되
웃음 띤 환한 얼굴 봄바람이 넘노는 듯
이 몸이 연기 되거든 고국으로 날아라

동해에 배 떠나니 가신 임을 어이하리
속절없는 피눈물에 잦아지니 목숨이라
사후에 넋이 곧 있으면 임의 뒤를 따르리라

치술재 빼어난 봉을 묻어 넘은 이 빗발아
열녀(烈女)의 남은 한을 이제도 실었느냐
나그네 소매 젖으니 눈물인가 하노라

숨이 턱에 닿고 온몸이 땀에 멱을 감는 한 시간 남짓의 길을 허비하여 나는 겨우 석굴암 앞에 섰다. 멀리 오는 순례자를 위하여 미리 준비해 놓은 듯한 석간수(石澗水 돌 틈에서 흘러나오는 샘. 돌샘)는 얼마나 달고 시원한지! 연거푸

두 구기(술이나 기름 따위를 풀 때 사용하는 국자와 비슷한 물건)를 들이켜매, 피로도 잊고 더위도 잊고 상쾌한 맑은 기운이 심신을 엄습하여 표연(飄然)히(바람에 나부끼듯이 훌쩍) 티끌세상을 떠난 듯도 싶다. 돌층층대를 올라서니 들어가는 좌우 돌벽에 새긴 인왕(仁王 금강신. 불법(佛法)의 수호신으로 절 문 좌우에 안치하는 한 쌍의 금강역사)과 사천왕(四天王 수미산(須彌山)의 사방에서 불법을 지킨다는 네 신상)이 흡뜬 눈과 부르걷은 팔뚝으로 나를 위협한다. 어깨는 엄청나게 벌어지고, 배는 홀쭉하고, 사지는 울퉁불퉁한 세찬 근육! 나는 힘의 예술의 표본을 본 듯하였다.

한번 문 안으로 들어서매, 석련대(石蓮臺) 위에 올라앉으신 석가의 석상은 그 의젓하고도 봄바람이 도는 듯한 화(和)한 얼굴이 저절로 보는 이의 불심을 불러일으킨다. 한 군데 빈 곳 없고, 빠진 데 없고, 어디까지나 원만하고 수려한 얼굴, 알맞게 벌어진 어깨, 슬며시 내민 가슴, 퉁퉁하고도 점잖은 두 팔의 곡선미, 장중한 그 모양은 천추에 빼어난 걸작이라 하겠다.

좌우 석벽의 허리는 열다섯 칸으로 구분되었고, 각 칸마다 보살(菩薩 부처 다음 가는 성인)과 나한(羅漢 수행자가 깨달아 오를 수 있는 최고의 경지에 오른 부처의 제자들)의 입상을 병풍처럼 새겼는데, 그 모양은 다 각기 달라, 혹은 어여쁘고, 혹은 영성 궂고(신령스럽게 총명한 품성이 있고), 늠름한 기상과 온화한 자태는 참으로 성격까지 빈틈없이 표현하였으니, 신품(神品 아주 뛰어난 작품이나 물품)이란 말은 이런 예술을 두고 이름이리라.

더구나 뒷벽 중앙에 새긴 십일 면 관음보살은 더할 나위 없는 여성미(女性美)와 육체미(肉體美)까지 나타내었다. 어디까지나 아름답고 의젓한 얼굴판은 그만두더라도, 곱고도 부드러운 곡선을 그리며 드리운 왼편 팔, 엄지와 장지 사이로 살며시 구슬 줄을 들었는데, 그 어여쁜 손가락이 곰실곰실 움직이는 듯, 병을 치키어 쥔 포동포동한 오른 팔뚝! 종교 예술품으로 이렇게 곡선미를, 여성미를 영절스럽게도(실제인 것처럼 그럴듯하게도) 나타낼 수 있으랴? 그나 그뿐인가! 수없이 늘인 구슬 밑에 하늘하늘하는 옷자락은 서양 여자의 야회복을 생각나게 한다.

그 아른아른 옷자락 밑으로 알맞게 볼록한 젖가슴, 좁은 듯하면서도 슬밋한(거침새 없이 길고 곧은) 허리를 대어 둥그스름하게 떠오른 허벅지, 토실토실한 종아리가 뚜렷이 드러났다. 그는 살아 움직인다! 그의 몸엔 분명히 맥이 뛰고 피가 흐른다. 지금이라도 선뜻 벽을 떠나 지그시 감은 눈을 뜨고 빙그레 웃을 듯. 고금의 예술품을 얼마쯤 더듬어 보았지만, 이 묵묵한 돌부처처럼 나에게 감흥을 주고 법열(法悅 진리를 깨달았을 때와 같이 느낌에 사무치게 되는 기쁨)을 자아낸 것은 드물었다.

나는 마치 일생을 두고 그리고 그리던 고운 님(보살님이시여! 그릇된 말씨의 모독을 용서하사이다. 보살님이 내 가슴에 붙여 주신 맑은 불길은 이런 모독쯤은 태우고야 말았습니다)을 만난 것처럼 나는 그 팔뚝을 만지고, 손을 쓰다듬고, 가슴을 어루만지며, 어린 듯 취한 듯, 언제까지고 차마 발길을 돌릴 수가 없었다.

벽 위에는 둘러 가며 좌우 각각 다섯 곳에 불좌(佛座)를 만들었고, 왼편엔 네 분 보살님, 오른편엔 두 분 보살님과 지장보살(地藏菩薩)과 유마거사(維摩居士)의 좌상(坐像)을 모시었는데, 그 솜씨도 또한 심상치 않았다.

석굴암의 옛 이름은 석불사(石佛寺)로, 신라 경덕왕 때에 이룩한 절이라 한다. 석굴암이라 함은 곧 돌을 파내어 절을 지은 것이며, 부처님을 새기고 모신 것도 모두 돌이요, 땅바닥도 돌이요, 천장도 물론 돌이다.

굴의 구조는 동남으로 향하여 평면 원형(平面圓形)으로 좌우 지름이 22척(尺 '치'의 열 배. 곧 30.303cm) 6촌(寸 '척'의 10분의 1. 곧 3.0303cm. '치'라고도 함), 앞뒤 지름이 11척 7촌 2푼(分 '치'의 10분의 1. 곧 0.303cm), 들어가는 데 너비는 11척 1촌 5푼, 옆 벽의 두께 약 9척이라 한다. 1천여 년의 바람과 비에 귀중한 옛 솜씨가 더러 이지러지고(한 귀퉁이가 떨어지거나 찌그러지고) 무너진 것은 아깝기 그지없지마는, 15년 전에 크게 수리한 탓으로 도리어 옛것과 이제 것을 분간하기 어렵게 된 것은 더욱 한할 노릇이다.

그러나 앞문은 지금 손질이 많았지만 정작 굴속은 별로 수선한 것이 없고, 아직도 옛 윤곽이 뚜렷이 남았음은 불행 중 다행이라 할까. 그 안에 모신 부처님, 관세음보살, 나한님네들의 좌상과 입상이 어느 것 하나 세상에 뛰어나는 신품이 아님이 없다는 것은 좀된(뜀뜀이나 행동이 너무 작은) 붓끝이 적이 끄적거린 바로되, 석가님이 올라앉으신 돌연대(蓮臺 연꽃 모양의 대. 연화대)도 훌륭하거니와, 더구나 천장의 장치에 이르러서는 정말 찬란하다 할밖에 없다. 하늘 모양으로 궁릉상(한가운데가 높고 그 주위는 차차 낮은 하늘 형상)을 지었고, 그 복판에 탐스러운 연꽃 모양을 떠 놓은 것은 또 얼마나 그 의장이 빼어나고 솜씨가 능란한가? 온전히 돌이란 한 가지의 원료로 이렇도록 공교하고 굉걸(宏傑 굉장하고 웅장함)하고 아름다운 건축물을 낳은 것은, 모르면 몰라도 동양, 서양의 건축사에 가장 영광스러운 한 장을 점령할 것이다.

굴 문을 나서니, 밖에는 선경(仙境)이 또한 나를 기다린다. 훤하게 터진 눈 아래, 어여쁜 파란 산들이 띄엄띄엄 둘레둘레 머리를 조아리고, 그 사이사이로 흰 물줄기가 굽이굽이 골안개에 쌓였는데, 하늘 끝 한 자락이 꿈결 같은 푸른빛을 드러낸 어름이 동해 바다라 한다. 오늘같이 흐리지 않은 날이면 동해 바다의 푸른 물결이 공중에 달린 듯이 떠 보이고, 그 위를 지나가는 큰 돛, 작은 돛까지 나비의 날개처럼 곰실곰실 움직인다 한다. 더구나 이 모든 것을 배경으로 아침 햇발이 둥실둥실 동해를 떠나오는 광경은 정말 선경 중에도 선경이라 하나, 화식(火食 불에 익힌 음식) 하는 나 같은 속인(俗人)엔 그런 선연(仙緣 신선과의 인연)이 있을 턱이 없다. *

🍁 어린이 찬미

✏️ 작가와 작품 세계

방정환(1899~1931)

호는 소파(小波). 아동 문학가. 보성전문학교를 마친 후 도요대학 철학과를 졸업했다. 최초의 아동 문화 운동 단체인 '색동회'를 조직했다. 국내 최초의 순수 아동 잡지 〈어린이〉를 창간한 것을 비롯해 〈신청년〉, 〈신여성〉, 〈학생〉 등의 잡지를 발간했다. 아동 문화 운동에 앞장선 방정환은 동화 대회나 소년 문제 강연회 등을 주재하고, 창작 동화, 번역·번안 동화, 수필 평론 등을 통해 아동 문학의 보급에 힘썼다. 주요 저서로는 『소파 전집』과 『소파 동화 독본』 전 5권이 있다. 한편 한국 아동 문학의 발전과 복리 증진을 목적으로 창립된 새싹회에서는 '소파상(小波賞)'을 제정해 해마다 수여하고 있다.

✏️ 작품 정리

갈래 : 현대 수필, 중수필

성격 : 영탄적, 찬미적

특징 : 부드럽고 약동적인 문체를 펼침

구성 : 네 가지의 특성을 들어 어린이를 찬미함

- 첫 번째 : 온갖 평화와 고요를 안고 잠든 아이의 얼굴을 찬미함
- 두 번째 : 아이들은 모든 것을 기쁨으로 반응함
- 세 번째 : 아이들은 부정적인 모든 감정들을 순화시켜 줌
- 네 번째 : 있는 그대로를 시로 읊고 그림으로 그리는 아이들의 순수한 모습을 찬미함

주제 : 어린이 예찬

1. 방정환은 어린이를 천사로 생각하는 '천사주의 아동관'을 지니고 있다. 이 작품에서 어린이는 어떻게 그려지고 있는가?

누구나 어린이가 잠든 얼굴을 보면 작가와 같은 감동을 받을 것이다. 또한, 세상의 모든 절망도 어린이의 순진하고 천진스러운 모습 앞에서는 힘을 쓰지 못할 것이다. 이 작품에서는 있는 그대로를 받아들이며 즐거워할 줄 아는 것도 어린이만의 특권이자 아름다움이라고 말한다. 작가는 어린이가 슬픔과 근심을 모르고 음울한 것을 싫어한다고 생각한다. "어느 때 보아도 유쾌하고 …… 아무 데를 건드려도 한없이 가진 기쁨과 행복이 쏟아져 나온다."라는 것이다. 다소 과장된 면이 없지 않지만, 긍정적인 면을 강조함으로써 세상을 밝게 할 수 있다는 관점을 고려할 때 작가의 어린이 예찬은 요즘에도 시사하는 바가 크다고 볼 수 있다.

2. 요즘의 어린이는 이 작품에 나타난 어린이와 어떻게 다른가?

보고, 듣고, 경험할 것이 현저하게 많아진 요즘, 어린이에 대해 작가와 같은 생각을 갖는 사람은 드물 것이다. 오늘날처럼 정보 접근이 용이한 사회에서는 경험과 사고의 폭이 넓어지는 반면, 그만큼 유해 환경에 쉽게 노출되어 어린이다운 순수함과 천진함을 잃을 수 있기 때문이다. 만약 방정환이 요즘 시대의 아동 운동가였다면 이 글보다는 훨씬 담담한 어조로 어린이를 찬미했을지도 모른다.

어린이 찬미

1

어린이가 잠을 잔다. 내 무릎 앞에 편안히 누워서 낮잠을 자고 있다. 볕 좋은 첫여름 조용한 오후다.

고요하다는 고요한 것을 모두 모아서 그중 고요한 것만을 골라 가진 것이 어린이의 자는 얼굴이다. 평화라는 평화 중에 그중 훌륭한 평화만을 골라 가진 것이 어린이의 자는 얼굴이다. 아니 그래도 나는 이 고요한, 자는 얼굴을 잘 말하지 못하였다. 이 세상의 고요하다는 고요한 것은 모두 이 얼굴에서 우러나는 것 같고, 이 세상의 평화라는 평화는 모두 이 얼굴에서 우러나는 듯싶게 어린이의 잠자는 얼굴은 고요하고 평화스럽다.

고운 나비의 날개, 비단 같은 꽃잎, 아니 아니, 이 세상에 곱고 보드랍다는 아무것으로도 형용할 수가 없이 보드랍고 고운, 이 자는 얼굴을 들여다보라. 그 서늘한 두 눈을 가볍게 감고 이렇게 귀를 기울여야 들릴 만치 가늘게 코를 골면서 편안히 잠자는 이 좋은 얼굴을 들여다보라. 우리가 종래에 생각해 오던 하느님의 얼굴을 여기서 발견하게 된다.

어느 구석에 먼지만큼이나 더러운 티가 있느냐? 어느 곳에 우리가 싫어할 한 가지 반 가지나 있느냐? 죄 많은 세상에 나서 죄를 모르고, 부처보다도 예수보다도 하늘 뜻 그대로의 산 하느님이 아니고 무엇이랴!

아무 꾀도 갖지 않는다. 아무 획책(劃策 어떤 일을 꾸미거나 꾀함)도 모른다. 배고프면 먹을 것을 찾고, 먹어서 부르면 웃고 즐긴다. 싫으면 찡그리고, 아프면 울고, 거기에 무슨 꾸밈이 있느냐? 시퍼런 칼을 들고 협박하여도, 맞아서 아프기까지는 벙글벙글 웃으며 대하는 것이다. 이 넓은 세상에 오직 이이가 있을 뿐이다.

오오! 어린이는 지금 내 무릎 위에서 잠을 잔다. 더할 수 없는 참됨과 더할 수 없는 착함과 더할 수 없는 아름다움을 갖추고, 그 위에 또 위대한 창조의 힘까지 갖추어 가진, 어린 하느님이 편안하게도 고요한 잠을 잔다. 옆에서 보는 사람의 마음까지, 생각이 다른 번추(煩醜 번잡하고 더러움)한 곳에 미칠 틈을 주지 않고 고결하게 순화시켜 준다. 사랑스럽고 부드러운 위엄을 가지고 곱게 순화시켜 준다.

나는 지금 성당에 들어간 이상의 경건한 마음으로 모든 것을 잊어버리고, 사랑스러운 하느님의 자는 얼굴에 예배하고 있다.

2

어린이는 복되다!

이때까지 모든 사람들은 하느님이 우리에게 복을 준다고 믿어 왔다. 그 복을 많이 가져온 이가 어린이다. 그래, 그 한없이 많이 가지고 온 복을 우리에게도 나누어 준다. 어린이는 순 복덩어리다.

마른 잔디에 새 풀이 나고, 나뭇가지에 새 움이 돋는다고, 제일 먼저 기뻐 날뛰는 이도 어린이다. 봄이 왔다고 종달새와 함께 노래하는 이도 어린이고, 꽃이 피었다고 나비와 함께 춤을 추는 이도 어린이다. 볕을 보고 좋아하고, 달을 보고 노래하는 이도 어린이요, 눈 온다고 기뻐 날뛰는 이도 어린이다.

산을 좋아하고 바다를 사랑하고, 큰 자연의 모든 것을 골고루 좋아하고, 진정으로 친애하는 이가 어린이요, 태양과 함께 춤추며 사는 이가 어린이다.

그들에게는 모든 것이 기쁨이요, 모든 것이 사랑이요, 또 모든 것이 친한 동무다. 자비와 평등과 박애와 환희와 행복과 이 세상 모든 아름다운 것만 한없이 많이 가지고 사는 이가 어린이다. 어린이의 살림, 그것 그대로가 하늘의 뜻이다. 우리에게 주는 하늘의 계시(啓示)다.

3

어린이의 살림에 친근할 수 있는 사람, 어린이 살림을 자주 들여다볼 수 있는 사람—배울 수 있는 사람—은 그만큼 행복을 얻을 것이다.

어린이와 얼굴을 마주 대하고는, 우리는 찡그리는 얼굴, 성낸 얼굴, 슬픈 얼굴을 못 짓게 된다. 아무리 성질 곱지 못한 사람일지라도, 어린이와 얼굴을 마주하고는 험상한 얼굴을 못 가질 것이다. 어린이와 마주 앉을 때—적어도 그 잠깐 동안은, 모르는 중에 마음의 세례를 받고, 평상시에 가져 보지 못하는 미소를 띤 부드러운 좋은 얼굴을 갖게 된다. 잠깐 동안일망정 그 동안 순화된다. 깨끗해진다. 어떻게든지 우리는 그동안 순화되는 동안을 자주 가지고 싶다.

하루라도 3천 가지 마음 지저분한 세상에서, 우리의 맑고도 착하던 마음은 얼마나 쉽게 굽어 가려고 하느냐? 그러나 때로 은방울을 흔들면서 참됨이 있으리라고 일깨워 주고 지시해 주는 어린이의 소리와 행동은 우리에게 큰 구제의 길이 되는 것이다.

우리가 피곤한 몸으로 일에 절망하고 늘어질 때에, 어둠에 빛나는 광명의 빛깔이 우리 가슴에 한 줄기 빛을 던지고, 새로운 원기와 위안을 주는 것도 어린이만이 가진 존귀한 힘이다. 어린이는 슬픔을 모른다. 근심을 모른다. 그리고, 음울한 것을 싫어한다. 어느 때 보아도 유쾌하고 마음 편하게 논다. 아무데를 건드려도 한없이 가진 기쁨과 행복이 쏟아져 나온다. 기쁨으로 살고, 기쁨으로 놀고, 기쁨으로 커 간다. 뻗어 나가는 힘! 뛰노는 생명의 힘! 그것이 어린이다. 온 인류의 진화와 향상도 여기에 있는 것이다.

어린이에게서 기쁨을 빼앗고, 어린이 얼굴에다 슬픈 빛을 지어 주는 사람이 있다 하면, 그보다 더 불행한 사람이 없을 것이요, 그보다 더 큰 죄인은 없을 것이다. 어린이의 기쁨을 상해 주어서는 못쓴다. 그럴 권리도 없고, 그럴 자격도 없건마는……. 무지한 사람들이 어떻게 많이 어린이들의 얼굴에 슬픈 빛을 지어 주었느냐?

어린이들의 기쁨을 찾아 주어야 한다. 어린이들의 기쁨을 찾아 주어야 한다.

어린이는 아래의 세 가지 세상에서 온갖 것을 미화시킨다.

이야기 세상—노래의 세상—그림의 세상.

어린이 나라에 세 가지 예술이 있다. 어린이들은 아무리 엄격한 현실이라도, 그것을 이야기로 본다. 그래서 평범한 일도 어린이의 세상에서는 그것이 예술화하여 찬란한 미(美)와 흥미를 더하여 가지고 어린이 머릿속에 다시 전개된다. 그래, 항상 이 세상 모든 것을 아름답게 본다.

어린이들은 또 실제에 경험하지 못한 일을 아름답게 본다.

어린이들은 또 실제에 경험하지 못한 일을 이야기 세상에서 훌륭히 경험한다. 어머니와 할머니 무릎에 앉아서 재미있는 이야기를 들을 때, 그는 아주 이야기에 동화해 버려서, 이야기 세상 속에 들어가서 이야기에 따라 왕자도 되고, 고아도 되고, 또 나비도 되고, 새도 된다. 그렇게 해서 어린이들은 자기의 가진 행복을 더 늘려 가고, 기쁨을 더 늘려 가는 것이다.

어린이는 모두 시인이다. 본 것, 느낀 것을 그대로 노래하는 시인이다. 고운 마음을 가지고 어여쁜 눈을 가지고 아름답게 보고 느낀 그것이 아름다운 말로 굴러 나올 때, 나오는 모두가 시가 되고, 노래가 된다. 여름날 성한 나무숲이 바람에 흔들리는 것을 보고, 바람의 어머니가 아들을 보내어 나무를 흔든다 하는 것도 그대로 시요, 오색이 찬란한 무지개를 보고, 하느님 따님이 오르내리는 다리라고 하는 것도 그대로 시다.

갠 밤, 밝은 달의 검은 점을 보고는,

저기 저기 저 달 속에
계수나무 박혔으니
금도끼로 찍어 내고
옥도끼로 다듬어서
초가삼간 집을 짓고
천년만년 살고 지고

고운 소리를 높이어 이렇게 노래를 부른다. 밝디밝은 달님 속에 계수나무를 금도끼, 옥도끼로 찍어 내고 다듬어서 초가삼간 집을 짓자는 생각이 얼마나 곱고 어여쁜 생활의 소지자^(所持者)이냐?

새야 새야 파랑새야
녹두밭에 앉지 마라
녹두꽃이 떨어지면
청포 장수 울고 간다

이러한 고운 소리를 기꺼운 마음으로 소리 높여 부를 때, 그들의 고운 넋이 얼마나 아름답게 우쭐우쭐 자라갈 것이랴? 위에 두 가지 노래는 어린이 자신의 속에서 우러나오는 것이 아니고, 큰사람이 지은 것일지도 모른다. 그러하나, 몇 해 몇십 년 동안 어린이들의 나라에서 불러 내려서, 어린이의 것이 되어 내려온 거기에 그 노래에 스며진 어린이의 생각, 어린이의 살림, 어린이의 넋을 볼 수 있는 것이다.

어린이는 그림을 좋아한다. 그리고 또, 그리기를 좋아한다. 조금도 기교가 없는 순진한 예술을 낳는다. 어른의 상투를 재미있게 보았을 때, 어린이는 몸뚱이보다 큰 상투를 그려 놓는다. 순사의 칼을 이상하게 보았을 때, 어린이는 순사보다 더 큰 칼을 그려 놓는다. 얼마나 솔직한 표현이냐? 얼마나 순진한 예술이냐?

지나간 해 여름이다. 서울 천도교 당에 여섯 살 된 어린이에게 이 집 교당(내부 전체를 가리키면서)을 그려 보라 한 일이 있었다. 어린이는 서슴지 않고 종이와 붓을 받아 들더니, 거침없이 네모 번듯한 사각 하나를 큼직하게 그려서 나에게 내밀었다. 얼마나 놀라운 일이냐? 그 어린 동무가 그 큰 집에 들어앉아서 그 집을 보기는, 크고 네모 번듯한 넓은 집은 집이라고밖에 더 달리 복잡하게 보지 아니한 것이었다. 얼마나 순진스럽고 솔직한 표현이냐? 거기에 아직 더럽혀지지 아니한, 이윽고는 큰 예술을 낳아 놓을 무서운 참된 힘이 숨겨 있다고 나는 믿는다. 한 포기 풀을 그릴 때, 어린 예술가는 연필을 잡고 거리낌 없이 쭉쭉 풀 줄기를 그린다. 그러나 그 한 번에 쭉 내어 그은 그 선이 얼마나 복잡하고 묘하게 자상한 설명을 주는지 모른다.

위대한 예술을 품고 있는 어린이여! 어떻게도 이렇게 자유로운 행복만을 갖추어 가졌느냐?

어린이는 복되다. 어린이는 복되다. 한이 없는 복을 가진 어린이를 찬미하는 동시에, 나는 어린이 나라에 가깝게 있을 수 있는 것을 얼마든지 감사한다. *

딸깍발이

이희승(1896~1989)

국어학자, 수필가, 시인. 호는 일석(一石). 경기 개풍(開豊) 출생. 경성제국대학 조선어학과를 졸업했다. 1932년 이화여자전문학교 교수로, 조선어 학회 간사 및 한글 학회 이사로 취임했다. 일본 도쿄대학 대학원에서 언어학을 연구했으며, 1942년 조선어 학회 사건에 연루, 검거되어 광복 전까지 복역했다. 이희승은 한글 운동에 헌신하여 국어학의 초석을 닦는 한편, 시와 수필 창작에도 힘썼다. 저서로『국어대사전』,『역대 국문학정화』,『국문학 연구초』등이 있고, 시집에『박꽃』,『심장의 파편』, 수필집에『벙어리 냉가슴』,『소경의 잠꼬대』등이 있다.

✏️ **작품 정리**

갈래 : 현대 수필, 중수필

성격 : 교훈적, 비판적, 해학적, 사회적

특징 : • 해학적 문체로 딸깍발이의 인간성과 생활상을 생생하게 드러냄
　　　　 • 한문 투의 예스러운 분위기를 통해 전통적인 선비상을 잘 그려 냄

구성 : '기-승-전-결'의 4단계 구성

　　 - 기 : 딸깍발이라는 별명의 유래를 설명함

　　 - 승 : 딸깍발이의 궁핍한 생활상을 그림

　　 - 전 : 딸깍발이의 의기와 선비 정신을 예찬함

　　 - 결 : 딸깍발이의 정신을 계승할 것을 권고함

주제 : 현대인이 배워야 할 선비의 의기와 강직

1. 이 작품에서 남산골샌님의 별명이 '딸깍발이'인 이유는 무엇인가?

남산골샌님은 가난한 생활 속에서도 항상 의관을 정제하고 사서오경(四書五經) 등 유교 서적을 읽는 것이 일과인 선비다. 청렴함과 인의를 다하다 죽는 것을 삶의 신조로 삼고 살아가는 남산골샌님은 날씨와 상관없이 항상 나막신을 신고 다닌다. 그런데 마른날에는 나막신 굽이 땅에 부딪쳐 내는 '딸깍딸깍' 소리가 유난히 크다고 해서, '딸깍발이'라는 별명이 붙었다. 작가는 고지식하고 자존심 센 남산골샌님만의 고유한 특징이 이 '딸깍발이'라는 별명 속에 내포되어 있다고 말한다.

2. '딸깍발이' 남산골샌님을 통해 배워야 할 정신은 무엇인가?

이 작품은 신발이 없을 만큼 가난한 남산골샌님의 궁상맞은 생활을 해학적으로 묘사하고, 이들에게 청렴을 생명으로 삼는 선비 정신이 있음을 보여 주고 있다. 남산골샌님은 권력과 재물을 탐내지 않고 인(仁)과 의(義)를 지키며 사는 것을 자랑으로 여기며, 나라와 민족을 위해 끝까지 지조를 지키는 의기를 지닌 사람들이다. 작가는 "사육신도 이 샌님의 부류요, 삼학사(三學士)도 딸깍발이의 전형인 것이다. 올라가서는 포은(圃隱) 선생도 그요, 근세로는 민충정(閔忠正)도 그다."라고 딸깍발이의 예를 제시하고 있다. 또한, 작가는 이들이 있었기 때문에 올곧은 정신이 우리나라에 이어져 내려왔다고 말한다. 딸깍발이는 함석헌의 '들사람'에 해당한다고 볼 수 있다. 눈앞의 이익에만 급급한 현대인의 속성을 꼬집으면서 딸깍발이의 의기와 강직함을 배우자는 것이 작가의 바람이다.

딸깍발이

   '딸깍발이'란 것은, '남산골샌님(보수적이고 고루하여 융통성이 없는 사람을 놀림조로 일컫는 말)'의 별명이다. 왜 그런 별호(別號)가 생겼느냐 하면, 남산골샌님은 지나마르나 나막신을 신고 다녔으며, 마른날은 나막신 굽이 굳은 땅에 부딪쳐서 딸깍딸깍 소리가 유난하였기 때문이다. 요새 청년들은 아마 그런 광경을 구경 못하였을 것이니, 좀 상상하기에 곤란할지는 알 수 없다. 그러나 일제 시대에 일인(日人)들이 '게다(일본의 나막신)'를 끌고 콘크리트 길바닥을, 걸어 다니던 꼴을 기억하고 있다면 딸깍발이라는 명칭이 붙게 된 까닭도 이해할 수 있을 것이다.

   그런데 이 남산골샌님이 마른날 나막신 소리를 내는 것은 그다지 얘깃거리가 될 것은 없다. 그 소리와 아울러 그 모양이 퍽 초라하고, 유별난 궁상(곤궁한 상태. 또는 그 모습)이 다닥다닥 달려 있는 것이 문제인 것이다.

   인생으로서 한 고비가 겨워서(때가 지나거나 기울어서) 머리가 희끗희끗할 지경에 이르기까지, 변변치 못한 벼슬이나마 한자리 얻어 하지 못하고(그 시대에는 소위 양반으로서 벼슬 하나 얻어 하는 것이 유일한 욕망이요, 영광이요, 사업이요, 목적이었던 것이다), 다른 일 특히 생업에는 아주 손방(도무지 할 줄 모르는 솜씨)이어서 아예 손을 댈 생각조차 아니하였기 때문에, 경제적으로는 극도로 궁핍한 구렁텅이에 빠져서 글자 그대로 삼순구식(三旬九食 삼십 일 동안 아홉 끼니밖에 먹지 못함)의 비참한 생활을 해 가는 것이다. 그 꼬락서니라든지 차림차림이야 여간 장관(壯觀 아주 훌륭한 광경. 여기서는 반어적으로 쓰임)이 아니다.

   두 볼이 야월 대로 야위어서, 담배 모금이나 세차게 빨 때에는 양 볼의 가죽이 입안에서 서로 맞닿을 지경이요, 콧날은 날카롭게 오똑 서서 꾀와 이지만이 내발릴(속마음이나 감정 등이 겉으로 환히 드러나 보일) 대로 발려 있고, 사철 없이 말간 콧물이 방울방울 맺혀 떨어진다. 그래도 두 눈은 개개풀리지(졸리거나 술에 취해 눈의 정기가 없어지지) 않고 영채(환하게 빛나는 고운 빛깔. '눈에 영채가 돈다'는 말은 눈이 반짝반짝 빛난다는 뜻)가 돌아서, 무력이라든지 낙심의 빛을 나타내지 않고 있다. 아래위 입술이 쪼그라질 정도로 굳게 다문 입은 그 의지력을 더욱 두드러지게 나타내고 있다. 많지 않은 아랫수염이 뾰쪽하니 앞으로 향하여 휘어

뻗쳤으며, 이마는 대개 툭 소스라져 나오는 편보다 메뚜기 이마로 좀 편편하게 버스러진(벗겨져서 해어진) 것이 흔히 볼 수 있는 타입이다. 이러한 화상(畵像 '얼굴'의 속어, 또는 어떤 사람을 마땅찮게 여겨 홀하게 일컫는 말)이 꿰맬 대로 꿰맨 헌 망건을 도토리같이 눌러쓰고, 대우(갓의 밑 둘레 밖으로 넓게 바닥이 된 부분 위의 우뚝 솟은 부분)가 쪼글쪼글한 헌 갓을 좀 뒤로 젖혀 쓰는 것이 버릇이다. 서리가 올 무렵까지 베 중의 적삼(남자의 여름 바지와 여름 저고리)이거나 복(伏)이 들도록 솜바지 저고리의 거죽을 벗겨서 여름살이를 삼는 것은 그리 드문 일이 아니다. 그리고 자락이 모지라고(모지라지고. 끝이 닳거나 갈라져 무지러지고), 때가 꾀죄죄하게 흐르는 도포나 중치막(소매가 넓고 길이가 길며 앞은 두 자락, 뒤는 한 자락으로 된, 옆이 터진 네 폭으로 된 웃옷. 옛날에 벼슬하지 않는 양반이 입었음)을 입은 후, 술이 다 떨어지고, 몇 동강을 이은 띠를 흉복(가슴과 배)통에 눌러 띠고, 나막신을 신었을망정, 행전(行纏 바지·고의를 입을 때 정강이에 감아 무릎 아래에 매는 물건)은 잊어버리는 일이 없이 치고 나선다. 걸음을 걸어도 일인들 모양으로 경망스럽게 발을 옮기는 것이 아니라 느럭느럭 갈 지(之) 자 걸음으로, 뼈대만 엉성한 호리호리한 체격일망정 그래도 두 어깨를 턱 젖혀서 가슴을 뻐기고, 고개를 희번덕거리기는새레('새로에'의 방언. '커녕'의 뜻을 나타내는 보조사) 곁눈질 하나 하는 법 없이 눈을 내리깔아 코끝만 보고 걸어가는 모습, 이 모든 특징이 '딸깍발이'라는 말 속에 전부 내포되어 있다.

그러나 이런 샌님들은 그다지 출입하는 일이 없다. 사랑이 있든지 없든지 방 하나를 따로 차지하고 들어앉아서, 폐포파립(弊袍破笠 해어진 옷과 부서진 갓. 곧 초라한 차림새를 말함)이나마 의관을 정제하고, 대개는 꿇어앉아서 사서오경(四書五經)을 비롯한 수많은 유교 전적을 얼음에 박 밀듯이 백 번이고 천 번이고 내리 외는 것이 날마다 그의 과업이다. 이런 친구들은 집안 살림살이와는 아랑곳없다. 게다가 굴뚝에 연기를 내는 것도, 안으로서 그 부인이 전당을 잡히든지, 빚을 내든지, 이웃에서 꾸어 오든지 하여 겨우 연명이나 하는 것이다. 그러노라니 쇠털같이 허구한(하고많은) 날, 그 실내(室內 '남의 아내'를 점잖게 일컫는 말)의 고심이야 형용할 말이 없을 것이다. 이런 샌님의 생각으로는, 청렴개결(淸廉介潔 마음이 깨끗하고 욕심이 없으며, 성질이 곧음)을 생명으로 삼는 선비로서 재물을 알아서는 안 된다. 어찌 감히 이해를 따지고 가릴 것이냐. 오직 예의, 염치(廉恥 결백하고 정직하여 부끄러움을 아는 마음)가 있을 뿐이다. 인(仁)과 의(義) 속에 살다가 인과 의를 위하여 죽는 것이 떳떳하다. 백이(伯夷)와 숙제(叔齊)(중국 은

나라 말기에서 주나라 초기의 현인들. 은나라가 망하고 주나라가 세워지자, 주나라에서 주는 벼슬을 사양하고 수양산에 들어가 고사리를 캐 먹으며 지내다가 굶어 죽음)를 배울 것이요, 악비〔岳飛 중국 남송(南宋)의 무장. 고종(高宗) 때 반역을 일으킨 강회(江淮)의 무리를 토벌함〕와 문천상〔文天祥 중국 남송(南宋) 말기의 충신. 1276년 수도 임안이 함락되자 단종을 받들고 원나라에 대항하다가 사로잡혀 참수당함〕을 본받을 것이다. 이리하여 마음에 음사〔淫邪 음탕하고 사악함〕를 생각하지 않고, 입으로 재물을 말하지 않는다. 어디 가서 취대〔取貸 돈을 꾸어 주기도 하고 꾸어 쓰기도 함〕하여 올 주변도 못 되지만, 애초에 그럴 생각을 염두에 두는 일이 없다.

겨울이 오니 땔나무가 있을 리 만무하다. 동지 설상(雪上) 삼척 냉돌〔사방이 석 자인 작고 차가운 온돌방〕에 변변치도 못한 이부자리를 깔고 누웠으니, 사뭇 뼈가 저려 올라오고, 다리팔 마디에서 오도독 소리가 나도록 온몸이 곤아〔추위에 얼어서 움직임이 자유롭지 못하여〕 오는 판에, 사지를 웅크릴 대로 웅크리고 안간힘을 꽁꽁 쓰면서 이를 악물다 못해 이를 박박 갈면서 하는 말이,

"요놈, 요 괘씸한 추위란 놈 같으니! 네가 지금은 이렇게 기승을 부리지만, 어디 내년 봄에 두고 보자!" 하고 벼르더란 이야기가 전하지만, 이것이 옛날 남산골 '딸깍발이'의 성격을 단적으로 가장 잘 표현한 이야기다. 사실로는 졌지만, 마음으로 안 졌다는 앙큼한 자존심, 꼬장꼬장한 고지식, 양반은 얼어 죽어도 겻불〔겨를 태우는 불〕을 안 쬔다는 지조, 이 몇 가지가 그들의 생활신조였다.

실상 그들은 가명인〔假明人 사대주의에 젖어 중국 명나라 사람인 듯이 처신하는 사람〕이 아니었다. 우리나라를 소중화(小中華)로 만든 것은 어줍지 않은 관료들의 죄요, 그들의 허물이 아니었다. 그들은 너무 강직하였다. 목이 부러져도 굴하지 않는 기개, 사육신도 이 샌님의 부류요, 삼학사〔三學士 병자호란 때 청나라에 항복하는 것을 반대하고 주전론을 펴다가 청나라에 잡혀가 참혹한 죽음을 당한 홍익한, 윤집, 오달제를 지칭하는 말〕도 '딸깍발이'의 전형인 것이다. 올라가서는 포은〔圃隱 고려 말의 충신 정몽주의 호〕 선생도 그요, 근세로는 민충정〔閔忠正 구한말의 우국지사 민영환의 시호가 충정공(忠正公)임〕도 그다. 국호와 왕의 계승에 있어서 명·청의 응낙을 얻어야 했고, 역서(曆書)의 연호를 그들의 것으로 하지 않으면 안 되었지만, 역대 임금의 시호〔諡號 임금이나 재상, 덕망 있는 사람에게 죽은 뒤에 그 공덕을 기려 주는 이름〕를 제대로 올리고, 행정면에 있어서 내정의 간섭을 받지 않은 것은 그래도 이 샌님 혼의 덕택일 것이다. 국사에 통탄할 사태가 벌어졌을 적에, 직언으로써 지존〔至尊 제왕〕에게 직소한 것도 이 샌님의 족속인 유림에서가 아니고 무엇인가. 임란 당년에

국가의 운명이 단석(旦夕 위급한 시기나 상태가 절박함)에 박도(迫到 닥쳐 옴)되었을 때, 각지에서 봉기한 의병의 두목들도 다 이 '딸깍발이' 기백의 구현인 것을 의심할 수 없다.

구한국 말엽에 단발령(斷髮令 1895년에 종래의 상투 풍속을 폐하고 머리를 짧게 깎도록 한 명령)이 내렸을 적에, 각지의 유림들이 맹렬하게 반대의 상서(上書 신하가 임금에게 올리는 글)를 올려서,

"이 목은 잘릴지언정 이 머리는 깎을 수 없다(此頭可斷 此髮不可斷)."
라고 부르짖고 일어선 일이 있었으니, 그 일 자체는 미혹하기 짝이 없었지만, 죽음도 개의치 않고 덤비는 그 의기야말로 본받음 직하지 않은 바도 아니다.

이와 같이 '딸깍발이'는 온통 못생긴 짓만 하고 있었던 것이 아니라, 훌륭한 점도 적지 않게 가지고 있었던 것이다. 쾨쾨한 샌님이라고 넘보고 깔보기만 하기에는 너무도 좋은 일면을 지니고 있었던 것이다.

현대인은 너무 약다. 전체를 위하여 약은 것이 아니라, 자기중심, 자기 본위로만 약다. 백년대계를 위하여 영리한 것이 아니라 당장 눈앞의 일, 코앞의 일에만 아름아름하는(일을 적당히 하고 눈을 속여 넘기는) 고식지계(姑息之計 당장 편한 것만 취하는 계책)에 현명하다. 염결(廉潔 청렴하고 결백함)에 밝은 것이 아니라 극단의 이기주의에 밝다. 실상 이것은 현명한 것이 아니요, 우매하기 짝이 없는 일이다. 제 꾀에 제가 빠져서 속아 넘어갈 현명이라고나 할까. 우리 현대인도 '딸깍발이'의 정신을 좀 배우자.

첫째, 그 의기(義氣 정의감에서 생기는 기개)를 배울 것이요, 둘째, 그 강직을 배우자. 그 지나치게 청렴한 미덕은 오히려 분간하여 가며 배워야 할 것이다. *

 청춘 예찬(靑春禮讚)

민태원(1894~1935)

충청남도 서산 출생. 1920년대 초기에 낭만주의 운동의 선구자격인 〈폐허〉의 동인이었고, 번안 소설 작가로 활동했다. 1918년 『레미제라블』을 『애사(哀史)』라는 제목으로 번안하여 〈매일신보〉에 연재하기도 했다. 그는 강건체와 화려체를 주로 사용했으며, 식민지 시대 지식인의 울분을 문학의 형태가 아니라 절규의 형태로 그려 냈다는 평가를 받았다. 주요 작품으로 「화단에 서서」, 「백두산행」, 「황야의 나그네」, 「추억과 희망」 등이 있다.

✏ 작품 정리

> **갈래** : 현대 수필, 중수필
> **성격** : 예찬적, 관념적, 남성적, 웅변적
> **배경** : 시간 – 일제 강점기
> **특징** : • 다양한 수사법과 질의응답의 형식을 사용함
>   • 강건체와 화려체의 사용으로 생동감과 박진감이 넘침
> **주제** : 청춘과 이상에 대한 예찬

✏ 생각해 볼 문제

1. 이 작품은 몇 단락으로 나눌 수 있는가?

이 글은 네 단락으로 나눌 수 있다. 첫째 단락에서는 청춘의 속성을 '끓는 피'에 비유하며 이 시기에 가장 큰 삶의 기쁨을 누릴 수 있다고 말하고 있다. 둘째 단락에서는 청춘의 본질을 '이상'으로 꼽고 있다. 이상을 좇은 성인의 삶을 제시하고 '이상'이야말로 삶의 본질로서 인생을 풍요롭게 만드는 원천임을 강조했다. 셋째 단락에서는 청춘의 생명력을 삶의 가장 큰 축복이라고 단언했고, 넷째 단락에서는 약동하는 청춘을 당부하고 있다.

2. 작가가 '청춘'에게 바라는 것은 무엇인가?

작가는 젊은 세대의 특징을 열정과 패기, 그리고 도전 정신에서 찾고 있다. '청춘'의 피가 끓는다고 표현한 것은 바로 이 때문이다. 이는 젊은 세대에게 기성세대와 달리 현실과 불의에 타협하지 말고, 도전을 두려워하지 말 것을 당부하는 말이기도 하다. "도전하지 않는 자는 실패하지 않지만 성공도 할 수 없다."라는 말이 있다. 모름지기 젊은 세대라면 뜨거운 열정을 최고의 자산으로 여겨야 한다.

3. 한용운의 「조선 청년에게 고함」과 이 작품의 공통점은 무엇인가?

한용운은 「조선 청년에게 고함」에서 온갖 역경이 조선 청년들을 둘러싸고 있지만 이를 헤치고 낙원을 건설할 기회를 만났기 때문에 시련이 곧 행운이라고 말한다. 민태원은 이 글에서 청춘의 끓는 피를 봄바람에 비유하며 겨울을 이겨 낼 수 있다고 예찬한다. 그러므로 두 작품의 공통점은 그 어떤 시련 앞에서도 당당하며 좌절하지 않는 힘을 가진 청춘을 독려하고 있다는 것이다.

4. 이 수필의 표현상 특징은 무엇인가?

이 글은 은유와 직유를 적절히 구사하고, 대조와 열거를 통해 사고를 구체화하고 있다. 대표적으로 '얼음'은 청춘의 열정과 대비되는 이성을, '사막'은 사랑과 대비되는 비정함을 상징한다. 구조 또한 짜임새가 있다. 특히 서두에서는 영탄법을 사용해 주의를 환기시키고, 예수나 성인의 예를 통해 자신의 논지를 뒷받침했다. 또 독자를 2인칭인 '너희'로 호명해 작품 속으로 끌어들이고, 뒷부분에서는 '우리'라는 대명사로 전환해 정서적 공감을 이끌어 냈다. 이처럼 뛰어난 수사와 힘찬 문체는 청춘의 열정과 순수함을 찬양하기에 적절하지만, 내용이 다소 추상적이고 관념어를 남용했다는 지적을 받기도 한다.

청춘 예찬

청춘!

이는 듣기만 하여도 가슴이 설레는 말이다. 청춘! 너의 두 손을 가슴에 대고 물방아 같은 심장의 고동을 들어 보라. 청춘의 피는 끓는다. 끓는 피에 뛰노는 심장은 거선(巨船 커다란 배)의 기관같이 힘 있다. 이것이다. 인류의 역사를 꾸며 내려온 동력은 바로 이것이다. 이성은 투명하되 얼음과 같으며, 지혜는 날카로우나 갑 속에 든 칼이다. 청춘의 끓는 피가 아니더면 인간이 얼마나 쓸쓸하랴? 얼음에 싸인 만물은 죽음이 있을 뿐이다.

그들에게 생명을 불어넣는 것은 따뜻한 봄바람이다. 풀밭에서 속잎 나고, 가지에 싹이 트고, 꽃 피고 새 우는 봄날의 천지는 얼마나 기쁘며, 얼마나 아름다우냐? 이것을 얼음 속에서 불러내는 것이 따뜻한 봄바람이다. 인생에 따뜻한 봄바람을 불어 보내는 것은 청춘의 끓는 피다. 청춘의 피가 뜨거운지라, 인간의 동산에는 사랑의 풀이 돋고, 이상(理想)의 꽃이 피고, 희망의 노을이 뜨고, 열락(悅樂 기뻐하고 즐거워함)의 새가 운다.

사랑의 풀이 없으면 인간은 사막이다. 오아시스도 없는 사막이다. 보이는 끝까지 찾아다녀도, 목숨이 있는 때까지 방황하여도, 보이는 것은 거친 모래뿐인 것이다. 이상의 꽃이 없으면 쓸쓸한 인간에 남는 것은 영락(零落 세력이나 살림이 줄어들어 보잘것없이 됨)과 부패뿐이다. 낙원을 장식하는 천자만홍(千紫萬紅 여러 가지 빛깔의 꽃이 만발함)이 어디 있으며, 인생을 풍부하게 하는 온갖 과실이 어디 있으랴?

이상! 우리의 청춘이 가장 많이 품고 있는 이상! 이것이야말로 무한한 가치를 가진 것이다. 사람은 크고 작고 간에 이상이 있음으로써 용감하고 굳세게 살 수 있는 것이다.

석가는 무엇을 위하여 설산(雪山 눈이 쌓인 산)에서 고행을 하였으며, 예수는 무엇을 위하여 광야에서 방황하였으며, 공자(孔子)는 무엇을 위하여 천하를 철환(撤還 수레를 타고 온 세상을 돌아다님)하였는가? 밥을 위하여서, 옷을 위하여서, 미인을 구하기 위하여서 그리하였는가? 아니다. 그들은 커다란 이상, 곧 만

천하의 대중을 품에 안고, 그들에게 밝은 길을 찾아 주며, 그들을 행복스럽고 평화스러운 곳으로 인도하겠다는 커다란 이상을 품었기 때문이다. 그러므로 그들은 길지 아니한 목숨을 사는가 싶이 살았으며, 그들의 그림자는 천고에 사라지지 않는 것이다. 이것은 가장 현저하여 일월과 같은 예가 되려니와, 그와 같지 못하다 할지라도 창공에 반짝이는 뭇별과 같이, 산야에 피어나는 군영(群英 여러 가지 꽃)과 같이 이상은 실로 인간의 부패를 방지하는 소금이라 할지니, 인생에 가치를 주는 원질(原質 본래의 성질)이 되는 것이다.

이상! 빛나는 귀중한 이상, 그것은 청춘이 누리는 바 특권이다. 그들은 순진한지라 감동하기 쉽고 그들은 점염(點染 어떤 것에 조금씩 물들음)이 적은지라 죄악에 병들지 아니하였고, 그들은 앞이 긴지라 착목(着目 어떤 일을 주의하여 봄)하는 곳이 원대하고, 그들은 피가 더운지라 실현에 대한 자신과 용기가 있다. 그러므로 그들은 이상의 보배를 능히 품으며, 그들의 이상은 아름답고 소담스러운 열매를 맺어, 우리 인생을 풍부하게 하는 것이다.

보라, 청춘을!

그들의 몸이 얼마나 튼튼하며, 그들의 피부가 얼마나 생생하며, 그들의 눈에 무엇이 타오르고 있는가? 우리의 눈이 그것을 보는 때에 우리의 귀는 생의 찬미를 듣는다. 그것은 웅대한 관현악이며, 미묘한 교향악이다. 뼈끝에 스며 들어가는 열락의 소리다.

이것은 피어나기 전인 유소년에게서 구하지 못할 바이며, 시들어 가는 노년에게서 구하지 못할 바이며, 오직 우리 청춘에서만 구할 수 있는 것이다.

청춘은 인생의 황금시대다. 우리는 이 황금시대의 가치를 충분히 발휘하기 위하여, 이 황금시대를 영원히 붙잡아 두기 위하여, 힘차게 노래하며 힘차게 약동하자! *

우덕송(牛德頌)

✎ 작가와 작품 세계

이광수(1892~1950)

소설가. 호는 춘원(春園). 평안북도 정주 출생. 소작농 가정에서 태어나 1902년 고아가 된 후, 동학(東學)에 들어가 서기가 되었다. 메이지학원과 와세다대학 철학과에서 수학했고, 〈독립신문〉 주필, 〈조선일보〉 부사장 등을 지냈다. 이광수는 한국 최초의 근대 장편 소설인 『무정』으로 한국 소설 문학의 새로운 장을 열었다는 평가를 받는다. 그러나 1938년 이후, '황도문화(皇道文化)' 선양에 앞장서 일본 유학생의 학병 지원 권고 강연을 하는 등 친일 행위를 하기도 했다. 6·25 전쟁 때 납북돼 1950년에 병사했다. 주요 작품으로는 『유정』, 『흙』, 『단종애사』, 『사랑』 등이 있다.

✎ 작품 정리

> **갈래** : 현대 수필, 중수필
>
> **성격** : 비유적, 사색적, 교훈적, 예찬적
>
> **배경** : 시간 - 을축년, 소의 해
>
> **특징** : 만연체의 문장으로 소를 다른 동물과 대비하며 소의 장점을 효과적으로 드러냄
>
> **구성** : '처음-중간-끝'의 3단계 구성
>
>   - 처음 : 검은색에 대한 사람들의 보편적인 정서와 소의 빛깔에 대해 언급함
>
>   - 중간 : 다른 동물과 대비되는 소의 덕성을 설명함
>
>   - 끝 : 소의 행동에 나타난 덕성을 설명함
>
> **주제** : 소의 덕성을 예찬

1. 작가가 말하는 소의 덕성은 무엇인가?

이 글은 소의 해를 맞이하여 쓴 교훈적인 수필이다. 소의 여유로운 걸음걸이처럼 느긋한 만연체의 문장으로 소의 다양한 모습, 특히 덕스럽고 본받을 만한 점들을 나열했다. 우리 민족은 오래전부터 신화나 전설, 꿈풀이 등을 통해 소와의 친밀한 관계를 표현해 왔다. 작가는 소가 짐승 중에서 군자라 할 만하고 부처나 성자로도 예찬받을 만하다고 치켜세운다. 다른 동물과 비교해 보면 소는 그 겉모습부터 덕성스럽고 복성스럽다. 살아 있는 동안에는 인간을 위해 열심히 일하다가, 도살장으로 끌려가 죽은 후에는 자신의 살과 피와 뼈까지 인간에게 제공한다. 소는 자신의 모든 것을 다 바쳐 인간을 유익하게 해 주는 것이다.

2. 이 작품에서 소와 대비되는 다른 동물들의 모습은 어떻게 나타나고 있는가?

이 글에 등장하는 수많은 동물은 인간의 여러 가지 모습을 비유한 것이다. 말은 믿음성이 적고, 당나귀와 노새는 경망스러우며, 족제비는 요망스럽다. 두꺼비는 능청스럽고 벼룩은 얄밉다. 호랑이는 엉큼하고, 곰은 무지하며, 코끼리는 능글능글하고, 기린은 음란하다. 소가 성자로서의 면모를 지니고 있는 것에 반해 인간은 다른 동물들처럼 믿을 수 없고 경망스러우며 요망스럽다. 능청스럽고 얄미울 뿐 아니라 엉큼하고, 무지하고, 능글능글하며, 음란하다. 즉, 작가는 소를 다른 동물들과 대비해 성자와 같은 소의 덕성을 부각시키고, 소의 좋은 점을 본받아야 함을 권고하고 있다.

우덕송

　금년은 을축년(乙丑年)이다. 소의 해라고 한다. 만물에는 각각 다소의 덕이 있다. 쥐 같은 놈까지도 밤새도록 반자(방이나 마루의 천장을 평평하게 만드는 시설) 위에서 바스락거려서 사람에게,

　"바쁘다!"

하는 교훈을 주는 덕이 있다. 하물며 소는 짐승 중에 군자(君子)다. 그에게서 어찌해 배울 것이 없을까. 사람들아! 소해의 첫날에 소의 덕을 생각하여, 금년 삼백육십오 일은 소의 덕을 배우기에 힘써 볼까나.

　특별히 우리 조선 민족과 소와는 큰 관계가 있다. 우리 창조 신화에는 하늘에서 검은 암소가 내려와서 사람의 조상을 낳았다 하며, 또 꿈에서 소가 보이면 조상이 보인 것이라 하고, 또 콩쥐 팥쥐 이야기에도 콩쥐가 밭을 갈다가 호미를 분지르고(부러뜨리고) 울 때에 하늘에서 검은 암소가 내려와서 밭을 갈아 주었다. 이 모양으로 우리 민족은 소를 사랑하였고, 특별히 또 검은 소를 사랑하였다.

　검은 소를 한문으로 쓰면, '청우(靑牛)' 즉 푸른 소라고 한다. 검은빛은 북방 빛이요, 겨울빛이요, 죽음의 빛이라 하여 그것을 꺼리고 동방 빛이요, 봄빛이요, 생명 빛인 푸른빛을 끌어다 붙인 것이다. 동방은 푸른빛, 남방은 붉은빛, 서방은 흰빛, 북방은 검은빛, 중앙은 누른빛이라 하거니와, 이것은 한족들이 생각해 낸 것이 아니요, 기실은 우리 조상들이 생각해 낸 것이라고 우리 역사가(歷史家) 육당(六堂 최남선의 호)이 말하였다고 믿는다. 어쨌거나 금년은 을축년이니까, 푸른 소 즉 검은 소의 해일시 분명하다. 육갑[六甲 육십 갑자. 천간(天干)의 갑(甲), 을(乙), 병(丙), 정(丁), 무(戊), 기(己), 경(庚), 신(辛), 임(壬), 계(癸)에 지지 (地支)의 자(子), 축(丑), 인(寅), 묘(卯), 진(辰), 사(巳), 오(午), 미(未), 신(申), 유(酉), 술(戌), 해(亥)를 순차로 배합하여 60가지로 늘어놓은 것]으로 보건대, 을축년은 우리 민족에게 퍽 인연이 깊은 해라고 할 수밖에 없다.

　검은빛 말이 났으니 말이거니와, 검은빛은 서양 사람도 싫어한다. 그들은 사람이 죽은 때에 검은빛을 쓴다. 심리학자의 말을 듣건대, 검은빛은 어

두움의 빛이요, 어두움은 무서운 것의 근원이기 때문에 모든 동물이 다 이 빛을 싫어한다고 한다. 아이들도 어두운 것이나 꺼먼 것을 무서워한다.

어른도 그렇다. 캄캄한 밤에 무서워 아니하는 사람은 도둑질하는 양반밖에는 없다. 검은 구름은 농부와 뱃사공이 무서워하고, 검은 까마귀는 염병(전염하는 병. 특히 '장티푸스'의 속칭) 앓는 사람이 무서워하고, 검은 돼지, 검은 벌레, 모두 좋은 것이 아니다. 검은 마음이 무서운 것은 누구나 아는 일이요, 요새 활동사진에는 검은 손이 가끔 구경꾼의 가슴을 서늘케 한다. 더욱이 우리 조선 사람들은 수십 년 이래로 검은 옷을 퍽 무서워했다.

그러나 검은 것이라고 다 흉한 것은 아니다. 어떤 것은 검어야만 하고, 검을수록 좋은 것이 있다. 처녀의 머리채가 까매야 할 것은 물론이거니와, 이렇게 추운 때에 빨간 불이 피는 숯도 까매야 좋다. 까만 숯이 한끝만 빨갛게 타는 것은 심히 신비하고 아름다운 것이다. 처녀들의 까만 머리채에 불 같은 빨간 댕기를 드린 것도 이와 같은 의미로 아름답거니와, 하얀 저고리에 까만 치마와 하얀 얼굴에 까만 눈과 눈썹도 어지간히 아름다운 것이다.

빛 타령은 그만하자. 어쨌거나 검은 것이라고 반드시 흉한 것이 아니다. 먹은 검을수록 좋고, 칠판도 검을수록 하얀 분필 글씨와 어울려 건조무미한 학교 교실을 아름답게 꾸민다. 까만 솥에 하얀 밥이 갓 잦아 구멍이 송송 뚫어진 것은 더 말할 것도 없고, 하얀 간지(間紙 우리나라에서 만든 조선 종이의 일종으로 두껍고 질기며 질이 매우 좋은 편지지)에 사랑하는 이의 솜씨로 까만 글씨가 꿈틀거린 것은 누구나 알 일이다.

이렇게 생각하면 구태여 검은 소라고 부르기를 꺼려서 푸른 소라고 할 필요는 조금도 없다. 푸른 하늘, 푸른 풀 할 때에는, 또는 이팔청춘이라 하여 젊은 것을 푸르다고 할 때에는 푸른 것이 물론 좋고, 풋고추의 푸른 것, 오이지에 오이 푸른 것도 다 좋지마는, 모처럼 사온 귤 궤를 떼고 본즉, 겉은 누르고 큰 것이나 한 갈피만 떼면 파란 놈들이 올망졸망한 것이라든지, 할멈이 놀림 빨래(한 번 빨았다가 다시 빠는 빨래)를 망하게 하여 퍼렇게 만든 것이며, 남편과 싸운 아씨의 파랗고 뾰족하게 된 것은 물론이요, 점잖은 사람이 순사한테 얻어맞아서 뺨따귀가 퍼렇게 된 것 같은 것은 그리 좋은 퍼렁이는 못 된다.

그러니까 우리는 구태여 검은 소를 푸른 소로 고칠 필요는 없다. 검은 소는 소대로 두고 우리는 소의 덕이나 찾아보자.

외모로 사람을 취하지 마라 하였으나, 대개는 속마음이 외모에 나타나는 것이다. 아무도 쥐를 보고 후덕(厚德 어질고 무던함)스럽다고 생각은 아니할 것이요, 할미새를 보고 진중(珍重 점잖고 무게가 있음)하다고는 생각지 아니할 것이요, 돼지를 소담한 친구라고는 아니할 것이다. 토끼를 보면 방정맞아는 보이지만 고양이처럼 표독스럽게는 아무리 해도 아니 보이고, 수탉을 보면 걸걸은 하지마는 지혜롭게는 아니 보이며, 뱀은 그림만 보아도 간특하고 독살스러워 구약(舊約) 작자의 저주(성경의 창세기에 뱀이 하와를 유혹하여 선악과를 먹게 한 죄로 창조주 여호와로부터 '죽는 날까지 배로 기어 다니면서 흙먼지를 먹으며 여자와 원수가 되게 하리라'는 저주를 받음)를 받은 것이 과연이다 ― 해 보이고, 개는 얼른 보기에 험상스럽지마는 간교한 모양은 조금도 없다. 그는 충직하게 생겼다.

말은 깨끗하고 날래지마는 좀 믿음성이 적고, 당나귀나 노새는 아무리 보아도 경망꾸러기다. 족제비가 살랑살랑 지나갈 때에 아무래도 그 요망스러움을 느낄 것이요, 두꺼비가 입을 넓적넓적하고 쭈그리고 앉은 것을 보면, 아무가 보아도 능청스럽다. 이 모양으로 우리는 동물의 외모를 보면 대개 그의 성질을 짐작한다. 벼룩의 얄미움이나 모기의 도심질이나 다 그의 외모가 말하는 것이 아닌가.

그런데 소는 어떠한가. 그는 말의 못 믿음성도 없고, 여우의 간교함, 사자의 교만함, 호랑이의 엉큼스러움, 곰이 우직하기는 하지마는 무지한 것, 코끼리의 추하고 능글능글함, 기린의 오입쟁이(아내 아닌 다른 여자와 놀아나는 남자) 같음, 하마의 못 생기고 제 몸 잘 못 거둠, 이런 것이 다 없고, 어디로 보더라도 덕성스럽고 복성스럽다. '음매' 하고 송아지를 부르는 모양도 좋고, 우두커니 서서 시름없이 꼬리를 휘휘 둘러,

"파리야, 달아나거라, 내 꼬리에 맞아 죽지는 말아라."

하는 모양도 인자하고, 외양간에 홀로 누워서 밤새도록 슬근슬근 새김질을 하는 양은 성인이 천하사(天下事)를 근심하는 듯하여 좋고, 장난꾼 아이놈의 손에 고삐를 끌리어서 순순히 걸어가는 모양이 예수께서 십자가를 지고 가시는 것 같아서 거룩하고, 그가 한 번 성을 낼 때에 '으앙' 소리를 지르며 눈을 부릅뜨고 뿔이 불거지는지 머리가 바수어지는지 모르는 양은 영웅이 천하를 취하여 대로(大怒)하는 듯하여 좋고, 풀밭에 나무 그늘에 등을 꾸부리고 누워서 한가히 낮잠을 자는 양은 천하를 다스리기에 피곤한 대인(大人)이 쉬는 것 같아서 좋고, 그가 사람을 위하여 무거운 멍에를 메고 밭을 갈아

넘기는 것이나 짐을 지고 가는 양이 거룩한 애국자나 종교가가 창생(蒼生 세상의 모든 사람. 백성)을 위하여 자기의 몸을 바치는 것과 같아서 눈물이 나도록 고마운 것은 물론이거니와, 세상을 위하여 일하기에 등이 벗어지고 기운이 지칠 때에, 마침내 푸줏간으로 끌려 들어가 피를 쏟고 목숨을 버려 내가 사랑하던 자에게 내 살과 피를 먹이는 것은 더욱 성인(聖人)의 극치인 듯하여 기쁘다. 그의 머리에 쇠메(쇠로 만든 메. 메는 무엇을 치거나 박을 때에 쓰는 물건)가 떨어질 때, 또 그의 목에 백정의 마지막 칼이 푹 들어갈 때, 그가 '으앙' 하고 큰 소리를 지르거니와, 사람들아! 이것이 무슨 뜻인 줄을 아는가.

"아아! 다 이루었다." 하는 것이다.

소를 느리다고 하는가. 재빠르기야 벼룩 같은 짐승이 또 있으랴. 고양이는 그다음으로나 갈까. 소를 어리석다고 마라, 약빠르고 꾀 있기로야 여우 같은 놈이 또 있나. 쥐도 그다음은 가고, 뱀도 그만은 하다고 한다.

"아아! 어리석과저('-과저'는 고어에서 동사의 어간에 붙어 '~하고 싶다'의 뜻을 나타내는 종결 어미). 끝없이 어리석과저. 어린애에게라도 속과저. 병신 하나라도 속이지는 말과저."

소더러 모양 없다고 말지어다. 모양내기로야 다람쥐 같은 놈이 또 있으랴. 평생에 하는 일이 도둑질하기와 첩 얻기밖에는 없다고 한다. 소더러 못났다고 말지어다. 걸핏하면 발끈하고 쌕쌕 소리를 지르며 이를 악물고 대드는 것이 고양이, 족제비, 삵 같은 놈이 있으랴. 당나귀도 그다음은 가고, 노새도 그다음은 간다. 그러나 소는 인욕(忍辱 욕되는 일을 참음)의 아름다움을 안다. '일곱 번씩 일흔 번 용서하기'와, '원수를 사랑하며, 나를 미워하는 자를 위하여 기도'할 줄을 안다.

소! 소는 동물 중에 인도주의자다. 동물 중에 부처요, 성자다. 아리스토텔레스의 말마따나 만물이 점점 고등하게 진화되어 가다가 소가 된 것이니, 소 위에 사람이 있는지 없는지는 모르거니와, 아마 소는 사람이 동물성을 잃어버리는 신성(神性)에 달하기 위하여 가장 본받을 선생이다. *

금강산 유기(金剛山遊記)

> **작가** : 이광수(302쪽 '작가와 작품 세계' 참조)
> **갈래** : 현대 수필, 경수필, 기행 수필
> **성격** : 낭만적, 서정적, 예찬적, 교술적
> **배경** : 시간 – 1921년 8월 11일 / 공간 – 금강산
> **특징** : • 중간에 시를 삽입해 산문의 내용을 함축적으로 정리함
>   • 대화체의 경어를 사용함
> **구성** : 장소의 이동에 따라 비로봉에 등정하는 처음 부분, 비로봉 정상에서의
>   감회를 읊은 둘째 부분, 내려오는 길을 서술한 마지막 부분으로 구성됨
> **주제** : 비로봉의 날씨 변화와 장쾌한 조망에 대한 감회

✏️ 생각해 볼 문제

1. 이 작품은 문학사적으로 어떤 의미를 지니는가?

이광수의 「금강산 유기」는 최남선의 「금강 예찬」, 이은상의 「금강행」, 정비석의 「산정무한」 등의 전범이 되었다. 동시대에 나온 최남선의 『심춘 순례』, 『백두산근참기』와 더불어 「금강산 유기」에는 민족의식과 국토 사랑의 정신이 잘 나타나 있다. 이는 개화기에 서양 문물을 소개한 유길준의 작품 『서유견문』의 계몽주의적 성향을 계승하고 있기 때문이다. 또한, 이 작품은 기행 수필임에도 서정적인 분위기를 가미해 현대 수필의 출현에 선구적 역할을 한 것으로 평가받는다.

2. 이 수필에 삽입된 시는 어떤 역할을 하는가?

이 글에 삽입된 시는 금강산의 정경과 감회를 예찬하는 내용을 담고 있다. 작가는 본문 중간에 시를 삽입해 산문의 단조로움을 피하고, 주제를 보다 효과적으로 드러내고 있다. 또한, 비유법, 영탄법, 설의법 등 다양한 표현 기법을 사용해 금강산을 바라보는 작가의 감회를 생생히게 표현했다.

금강산 유기

길 찾으러 갔던 안내자가,

"여보오, 여기 길이 있소." 하고 외칩니다. 소리 오는 방향은 동쪽인 줄 짐작하겠으나 그 사람의 모양은 보일 리가 없습니다. 우리는,

"어디요?" 하고 외쳤습니다. 그 대답이

"여기요, 이리로 오시오." 합니다. 우리는 여러 번 속은 열이 나서,

"그것은 정말 길이오?" 하였습니다. 그는

"정말 길이야요, 돌무더기가 있어요." 합니다. 돌무더기가 있다 하니 의심할 것도 없습니다.

그런데 소리 오는 방향으로 갈 일이 걱정이외다. 우리는 "어디요?"를 연해 부르면서 가까스로 수십 보를 옮겨 놓으니 멀리 바위 위에 혼령 같은 안내자의 모양이 거인과 같이 보입니다. 기실은 멀리 있는 것이 아니요, 바로 5, 6보 밖에 서 있는 것이외다. 수만 개의 집채 같은 바위를 산정에서 굴려 그것이 차곡차곡 쌓인 듯한 것인데 이것이 유명한 금사다리외다. 산 일면에는 덩굴향 등 고산 식물이 깔리고 거기 폭이 10보는 될 만한 바위로 된 길이 은하 모양으로 쏜살같이 산정으로 올라갔습니다. 그 사다리를 조성한 바위들은 모두 불 속에서 꺼낸 듯한 자색(赭色 검붉은 흙의 빛깔과 같은 색)인 데다가 황금색 이끼가 덮여서 과연 금사다리란 말이 허언이 아니외다. 서서 아래를 굽어보면 사다리는 깊이깊이 안개 속으로 흘렀고 우러러보면 높이높이 하늘 위로 올랐습니다. 아마 어느 봉 하나가 무너져 그것이 일자로 내려 흘러 이 사다리를 이룬 것인 듯합니다. 그렇더라도 어쩌면 이렇게 신통하게 일필련(한 필의 명주)을 늘여 놓은 듯이 되어 사람들이 올라가는 길이 되게 합니까.

구약 성서에 야곱이 꿈에 본 하늘에 오르는 사다리가 종교화에 그려 있지마는 그것은 너무 인공적이라 하늘 사다리는 반드시 이 모양으로 되었을 것이외다.

웃노라 옛사람을

바벨탑이 부질없네
만 층의 금사다리
예 있는 줄 모르던가
알고도 찾는 이 적으나
그만 한이 없어라

태초라 금강산에
금봉 은봉 있것더라
금봉 헐어 금사다리
은봉 헐어 은사다리
하늘에 오르는 길을
이리하여 이루니라

하늘에 오르는 길이
어찌어찌 되었더냐
금사다리 만 층 올라
은사다리 만 층 올라
백운을 뚫고 소스라쳐 올라
동북으로 가옵더라

우리는 사다리(금사다리. 비로봉으로 오르는 길에 누른 이끼가 긴 바위 고갯길)를 올라갑니다. 다리를 힘껏 벌려야 겨우 올려 디딜 만한 데도 있고 두 손으로 바위 뿌다귀(물체의 삐죽하게 내민 부분)를 꼭 붙들고 몸을 솟구쳐 오를 만한 곳도 있고 혹은 큰 바위 틈바구니로 손, 어깨, 무릎, 발, 옆구리를 온통 발 삼아서 벌레 모양으로 꿈틀꿈틀 올라갈 데도 있고, 혹 아름이 넘는 바위를 안고 살살 붙어 돌아갈 데도 있고, 혹 넓적한 바위가 덜컹덜컹해서 소름이 쪽쪽 끼치는 데도 있고, 혹 꽤 넓은 바위틈의 허공을 엇차 하고 건너뛸 데도 있지마는 결코 위험한 길은 아니외다. 다만 대부분이 네발로 기어오를 데요, 두 발로 걸을 데는 없습니다. 그래서 한 층을 기어올라서는 우뚝 서고, 한 걸음이나 두 걸음 가서 또 한 층을 기어올라서는 우뚝 서고 이 모양임으로 도리어 피곤한 줄은 모르겠습니다. 그러나 네 발로 길 곳이 많으므로 얼마 안 가서 지팡이는 길가에 던졌습니다. 산길이나 인생길이나 높은 데를 오르려면 몸에 가진 모든 것을 내어 버리는 것이 가장 필요한 일인 듯합니다.

> 한 층대 한 층대
> 금사다리 오를 적에
> 앞길은 구름에서 나오고
> 온 길은 안개 속으로 드네
> 길이야 끝이 없어라마는
> 올라갈까 하노라

> 하늘이 높삽거든
> 가는 길이 평(平)하리까?
> 가는 길이 험하오매
> 몸 가볍게 하올 것이
> 두벌 옷 무거운 전대를
> 버리소서 하노라

백설이 덮인 듯한 은사다리

이렇게 30분가량이나 올라가면 끝이 없는 듯하던 금사다리는 이에 끝나고 거기서 동으로 덩굴항을 헤치고 십 수보를 가면 백설이 덮인 듯한 은사다리가 시작됩니다. 생긴 모양은 금사다리와 다름이 없으나 다만 돌이 전부 은색의 이끼에 덮여서 올려다보니 과연 은하와 같습니다. 더욱이 좌에는 고산 지대에 새파란 상록목이 모두 덩굴이 되어 잔디 모양으로 산복(山腹 산의 중턱. 산허리)을 덮은 데다가 한 줄기 은색 사다리가 구름에 닿았으니 그 신비하고 장엄한 맛이 비길 데가 없습니다. 금사다리에는 아직도 진세(塵世 티끌세상. 복잡하고 어수선한 세상)의 탁기가 있지마는 은사다리에 이르러서는 일점의 진기(塵氣 티끌세상의 기운)가 없고 그 청수(淸秀 얼굴이 깨끗하고 준수함)함이 진실로 옥경(玉京 하늘 위 옥황상제가 산다는 곳)에 가까운 듯합니다. 사람도 이와 같아서 금사다리를 오르는 동안에 장부[臟腑 '오장육부(五臟六腑)'의 준말]에 사무친 진세속념을 다 떨어 안개에 부쳐 날리고 은사다리에 이르매 청상(淸爽 맑고 시원함)한 선기가 골수에 삼투함을 깨닫습니다. 천상 선관[仙官 선경(仙境)에 있다는 관원. '여자 무당'의 별칭]도 은사다리 끝 층계까지는 밖에는 안 내려오는 듯합니다.

예서부터 더욱 운무(雲霧)가 두터워져서 참말 지척을 분변할 수가 없습니다. 다만 발부리만 보면서 30분이나 올라가면 끝없는 듯한 사다리도 이에 끝나고 깎아지른 듯한 고갯마루에 올라섭니다. 영랑봉과 비로봉을 연락한 맥인데 영랑봉을 말 궁둥이, 비로봉을 말머리라 한다면 여기는 말안장을 놓은 데라 하겠습니다. 일기가 청량하면 전후로 안계(眼界 눈으로 바라볼 수 있는 범위)가 넓겠지마는 농무(濃霧 자욱하게 긴 짙은 안개) 중에 보이는 것은 오직 사방 십수보 내외외다. 등성이에 올라서자 어떻게 남풍이 몹시 부는지 산 밑으로서 올려 쏘는 바람에 몸이 날아갈 듯합니다. 이따금 그중에도 굳센 바람결에 영두(領頭 잿마루)의 운무의 일부분이 찢어져 병풍 같은 석벽이 발아래 번쩍 보일 때에는 몸에 소름이 끼쳐 어쩌다가 우리가 이런 곳에 왔나 하는 한탄이 날 만합니다. 그러나 6천 척이나 되는 영두에서 바람에 옷자락을 날리며 운무 중에 서 있는 쾌미(快味 상쾌한 맛)는 오직 지내본 이라야 할 것이외다. 우리는 말의 등심뼈라 할 만한 바위로 된 모퉁이 길로 광대가 줄 타는 모양으로 두 팔을 벌려 몸의 중심을 잡으면서 십 수보를 가다가 "지금 봉두에 올라가더라도 운무 중에 아무것도 안 뵐 터이라." 하는 안내자의 말에 우리는 큰 바위 밑 바람 없는 곳을 택하여 다리를 쉬기로 하였습니다. 벌써 11시 반, 마하연서 여기 오는 길 30리에 4시간 이상이 걸린 셈이니 길만 잃지 아니하면 3시간이면 올 듯합니다. 점심을 먹자 하니 추워서 몸이 떨리므로 얼른 탐험자의 고지(故智 옛사람이 쓴 지략)를 배워 이슬에 젖은 자고향(저절로 마른 향나무) 가지를 주어다가 도시락 쌌던 신문지를 불깃(불쏘시개)으로 간신히 불을 피어 놓고 모두 둘러앉아서 일변 수통의 물과 도시락을 데우며 일변 몸을 녹였습니다. 검붉은 불길이 활활 붙어 오를 때 이는 무슨 번제(燔祭 짐승을 통째로 태워 제물로 바치는 제사)의 성화 같은 생각이 납니다. 우리는 제사장이요, 비로의 봉두(峰頭)에 올라 운무의 장막 속에 자고향을 피우고 천하 만민의 죄의 사유(赦宥 죄를 용서함)를 비는 거룩한 하늘 제사를 드리는 것이 아닌가 하였습니다. 나는 극히 엄숙한 맘으로 불길을 따라 하늘을 우러러보며 창생(蒼生 세상의 모든 사람)을 염하였습니다. 아아, 원하옵나니, 나로 하여금 이 몸을 저 불 속에 던져 만민의 고통을 더는 제물이 되게 하여 주옵소서.

거룩한 산
신비한 운벽의 장막 속에
검붉은 불길이 오른다
내가
두 팔을 들고
하늘을 우러러 창생을 염할 때에
바람이 외치며 불어와
흰 옷자락을 날린다

아아, 천지의 주재여!
이 산과 운무와 바람을 내신 이여!
내 기도를 들으소서!
내 몸을 번제물로 받으소서!

깨끗한
당신의 세계가
왜 죄악으로 더러웠습니까
숭엄코 평화로운
당신의 전에
어찌하여 죽음의 부르짖음과
피눈물이 찼습니까?
어찌하여
아아 어찌하여
약속하신 가나안의 복지와 미새야
안 주십니까?
봅시오!
저 검붉은 불길을 봅시오!
거기서 당신의 보좌를 향하고 오르는
뜨거운 연기를 봅시오!
그것이
버리신 당신의 백성의

가슴에서 오른 것이외다, 가슴에서!
우러른 내 얼굴에
대답을 주소서
치어든 내 손에
구원의 금인을 나리소서
아아 천지의 주재자시어!

우리는 점심을 먹고 이럭저럭 한 시간이나 넘게 기다렸으나 그래도 운무가 걷히지를 아니합니다. 나는 새로 2시가 되면 운무가 걷히리라고 단언하였습니다. 그러나 운무 중에 비로봉도 또한 일경이리라 하여 다시 올라가기를 시작했습니다. 동으로 산령을 밟아 줄 타는 광대 모양으로 수십 보를 올라가면 산이 뚝 끊어져 발아래 천인절벽(千仞絶壁 천 길 낭떠러지)이 있고 거기서 북으로 꺾여 성루 같은 길로 몸을 서편으로 기울이고 다시 수십 보를 가면 뭉투룩한 봉두에 이르니 이것이 금강 1만 2천 봉의 최고봉인 비로봉두외다. 역시 운무가 사색(四塞 사방을 둘러쌈)하여 봉두의 바윗돌밖에 아무것도 보이지 아니합니다. 그 바윗돌 중에 중앙에 있는 큰 바위는 배 바위라고 하는데 배 바위라 함은 그 모양이 배와 같다는 말이 아니라 동해에 다니는 배들이 그 바위를 표준으로 방향을 찾는다는 뜻이라고 안내자가 설명을 합니다. 이 바위 때문에 해마다 여러 천 명의 생명이 살아난다고, 그러므로 선인들은 이 멀리서 이 바위를 향하고 제를 지낸다고 합니다.

기봉의 바다 위에 평범으로 높은 봉우리

이 안내자의 말이 참이라 하면 과연 이 바위는 거룩한 바위외다. 바위는 아주 평범하게 생겼습니다. 이 기교한 산령에 어떻게 평범한 바위가 있나 하리만큼 평범한 그 둥그레한 바위외다. 평범, 말이 났으니 말이지 비로봉두 자신이 극히 평범합니다. 밑에서 생각하기에는 비로봉이라 하면 설백색의 검극(劍戟 칼끝) 같은 바위가 하늘 찌르고 섰을 것 같이 생각하더니 올라와 본즉 아주 평평하고 흙 있고 풀 있는 일편의 평지에 불과합니다. 그리고 거기 놓인 바위도 그 모양으로 아무 기교함이 없이 평범한 바위외다. 그러나 평범한 이 봉이야말로 1만 2천 봉 중에 최고봉이요, 평범한 이 바위야말로 해마다 수천 명의 생명을 살리는 위대한 덕을 가진 바위외다. 위대는 평범 이외다. 나는 이에서 평범의 덕을 배웁니다. 평범한 저 바위가 평범한 봉우리 위에 앉아 개벽 이래 몇천만 년에 말 없이 있건마는 만인이 우러러보고 생명의 구주로 아는 것을 생각하면 절세의 위인을 대하는 듯합니다. 더구나 그 이름이 문인 시객이 지은 공상적 유희적 이름이 아니요, 순박한 선인들이 정성으로 지은 '배 바위'인 것이 더욱 좋습니다. 아마 이 바위는 문인 시객의 흥미를 끌 만하지 못하리라마는 여러 십 리 밖 만경창파로 떠다니는 선인의 진로의 표적이 됩니다.

배 바위야 네 덕이 크다
만장봉두에 말 없이 앉아 있어
창해에 가는 배의
표적이 된다 하니
아마도 성인의 공이
이러한가 하노라
만이천봉이
기(奇)로써 다툴 적에
비로야 네가 홀로
범(凡)으로 높단 말가
배 바위 이고 앉았으니
더욱 기뻐하노라

신천지의 제막식인가

이윽고 2시가 되니 문득 바람의 방향이 변하며 운무가 걷히기 시작하여 동에 번쩍 일월(一月出峰)이 나서고 서에 번쩍 영랑봉의 웅혼한 모양이 나오며 다시 구룡연 골짜기의 봉두들이 백운 위에 드러나더니 문득 멀리 동쪽에 심벽(深碧 짙게 푸름)한 동해의 파편이 번뜩번뜩 보입니다. 그러다가 영랑봉 머리로 고고한 7월의 태양이 번쩍 보이자 운무의 스러짐이 더욱 속(速)하여 그러기 시작한 지 불과 4, 5분시에 천지는 그물로 씻은 듯한 적나라가 아니라 청나라한 모양을 드러내었습니다. 아아, 그 장쾌함이야 무엇에 비기겠습니까. 마치 홍몽(鴻濛 하늘과 땅이 갈라지지 않은 상태) 중에서 새로 천지를 지어내는 것 같습니다.

"나는 천지 창조를 목격하였다."

또는

"나는 신천지의 제막식을 보았다."

하고 외쳤습니다. 이 마음은 오직 지내본 사람이라야 알 것이외다.

흑암(黑暗 검고 어두움)한 홍몽 중에 난데없는 일조 광선이 비치어 거기 새로운 봉두가 드러날 때 우리가 가지는 감정이 창조의 기쁨이 아니면 무엇입니까.

'나는 창조의 기쁨에 참여하였다' 하고 싶습니다.

홍몽이 부판(剖判 갈라짐)하니
하늘이요 땅이로다
창해와 만이천봉
신생의 빛 마시 올 제
사람이 소리를 높여
창세송을 부르더라

천지를 창조하신 지
천만 년가 만만 년가
부유 같은 인생으로
못 뵈옴이 한일러니
이제나 지척에 뫼셔
옛 모양을 뵈오나라

진실로 대자연이
장엄도 한저이고
만장봉 섰는 밑에
만경파를 놓단 말가

풍운의 불측한 변환이야
일러 무삼하리오

참말 비로봉두에 서서 사면을 돌아보건대 대자연의 웅대, 숭엄한 모양에 탄복하지 아니할 수 없습니다. 봉의 고는 겨우 6천 9척에 불과하니 내가 5척 6촌에서 이마 두 치를 감하면 내 눈이 해발 6천 4백 4촌에 불과하지마는 첫째는 이 봉이 1만 2천 봉 중에 최고봉인 것과, 둘째, 이 봉이 바로 동해가에 선 것 두 가지 이유로 심히 높은 감각을 줄뿐더러, 그리도 아아하더니 내금강의 제봉이 저 아래 2천 척, 내지 3, 4천 척 밑에 모형 지도 모양으로 보이고, 동으로는 창해가 거리는 40리는 넘겠지마는 뛰면 빠질 듯이 바로 발아래 들어와 보이는 것만 해도 그 광경의 웅장함을 보려든 하물며 사방에 이 봉 높이를 당한 자 없으므로 안계가 무한히 넓어 직경 수백 리의 일원을 일모(一眸 한 번 보는 것)에 부감(俯瞰 높은 곳에서 내려다봄)하니 그 웅대하고 장쾌하고 숭엄한 맛은 실로 비길 데가 없습니다.

비로봉 올라서니
세상만사 우스워라
산해(山海) 만 리를
일모에 넣었으니
그따위 만국 도성이
의질(蟻垤 개미가 쌓은 둑)에나 비하리오

금강산 만이천봉
발아래로 굽어보고
창해의 푸른 물에
하늘 닿은 곳 찾노라니
청풍이 백운을 몰아
귓가로 지나더라

비로봉에서 보는 승경 중에 가장 장쾌한 것은 동해를 바라봄이외다. 모형 지도와 같은 외금강, 고성 지방을 새에 두고 푸르다 못하여 까매 보이는 동해의 끝없는 평면의 이쪽은 붓으로 그은 듯 선명한 해안선으로 구획되고 저쪽은 바다빛과 같은 하늘과 용합하여 이윽히 바라보매 어디까지가 하늘이요, 어디까지가 바다인지를 알 수 없으며, 물결 안 보이는 푸른 거울 면에 백 수 점의 범선이 떠 있는 양은 참으로 장하다 할까, 신비하다 할까, 적당한 말을 찾을 수가 없습니다.

    창해의 끝없음이
    나의 맘이요
    푸르고 반듯함이
    나의 뜻이니
    활달하고 심원한
    창해의 덕은
    무궁하고 무한한
    하늘과 합해
    백천(百川)을 다 받으되
    넘침이 없고
    만휘(萬彙 만물)를 다 먹이되
    줄음이 없네
    가다가 폭풍마저
    노한 물결이
    하늘을 치건마는
    본색은 화평

암자 짓고 일생을 보내고 싶어라

만일 이곳에 우물을 얻을진대 한 암자를 짓고 일생을 보내고 싶습니다. 진실로 그렇다 하면 신선이나 다르랴. 그래서 세속의 시끄럽고 더러움과 인연을 끊고 창해와 하늘과 백운과 청풍으로 벗을 삼아 일생을 마치고 싶습니다.

이곳의 지형이 영랑봉을 서단, 비로봉을 동단, 아 양봉을 연결한 척골(脊骨

등골뼈)로 남변을 삼고 북으로 완완히 경사진 한 고원을 이뤘는데 그 주위가 10리는 넉넉할 듯하고 그 고원 일면에는 향과 자작나무가 밀생(密生 빽빽하게 남)하여 마치 목초장을 바라보는 듯합니다. 그리고 그 나무들이 평지의 나무와 달라 키는 5, 6척에 불과하고는 모두 덩굴이 되어 서로 얽히었으므로 도저히 그 속으로 사람이 헤어날 수는 없습니다. 반공에 얹어 놓은 나무바다! 진실로 기관(奇觀 기이한 풍경)이외다. 만일 이 나무를 베어 내면 여기 훌륭한 절터가 될 것이요, 이 고원의 한복판 우무 거리에서는 청렬한 음료수를 얻을 것 같습니다. 어느 도승이 여기다 일사를 창건하지 아니하려나. 그리고 이 넓은 마당에 1만 2천 권속(식구. 가족)을 모으고 반야경을 설할 보살은 없나.

아아, 아무리 하여도 비로봉의 절경을 글로 그릴 수는 없습니다. 아마 그림으로 그릴 수도 없을 것이외다. 몽상 외의 광경을 당하니 다만 탄미의 소리가 나올 뿐이라, 내 붓은 아직 이것을 그릴 공부가 차지 못하였습니다. 다만 볼만하고 남에도 말할 만하지 아니하니 내가 할 말은 오직,

> 비로봉 대자연을
> 사람이 묻지 마소
> 눈도 미처 못 보거니
> 임이 능히 말할쏜가
> 비로봉 알려 하옵거든
> 가 보소서 하노라

상상하기 힘든 대절경

과연 그렇습니다. 비로봉 경치는 상상해도 상상할 수 없는 것이니, 하물며 말로 들어 알 줄이 있으리오. 오직 가 보아야 그 사람의 천품을 따라 보리만큼 보고 알리만큼 알 것이외다.

3시가 되자마자 저 서편 준허봉 머리에 뭉키어 있던 한 덩어리 검은 구름이 슬슬 풀리기를 시작하고 방향 잃은 바람이 정신없이 불어오더니 구룡연으로서 한 줄기 실안개가 일어나 옥녀봉 고운 머리를 싸고돕니다. 그리

고 문득 골짜기마다 햇솜 같은 구름이 뭉클뭉클 일어나며 미처 단예^{(端倪 헤}^{아려 앎)}할 새 없이 구룡연 골목을 감추고, 동해를 감추고, 3, 4분시가 못하여 운무가 사방을 가리고 음풍^(陰風 음산한 바람)이 노호^(怒號 성내어 소리 지름)하여 아까 올라올 때와 꼭 같이 되고 말았습니다. 진실로 헤아릴 수 없는 자연계의 변환이외다.

거룩한 이 경개를
속안^(俗眼)에 오래 뵈랴
걷혔던 구름막이
일진풍^(一陣風 한바탕 부는 바람)에 내리놋다
인간의 할 일 바쁘니
돌아갈까 하노라

우리는 아직도 다 타지 아니한 불을 다시금 보고 은사다리를 밟았습니다. 한 층 한 층 올라올 때에 밟던 사다리를 밟아 내려갈 때에는 마치 무슨 영광에 찬 큰 잔치를 치르고 돌아오는 손님 같은 생각이 납니다. 1921년 8월 11일 오후 2시부터 동 3시, 이것은 우리가 창세주의 초대의 특전을 받아 그 창조의 광경을 배관하던 기념할 날이요, 시간이외다.

창세연^(創世筵 천지를 여는 잔치 자리) 뵈옵다가
선주^(仙酒 신선의 술)에 대취하여
창세송^(創世頌) 아뢰옵고
석양에 옷을 날리며
은사다리 내리니라 *

심춘 순례 서(尋春巡禮序)

✎ 작가와 작품 세계

최남선(1890~1957)

사학자이자 문인. 호는 육당(六堂). 일본 와세다대학 지리역사학과를 중퇴했다. 잡지 〈소년〉, 〈청춘〉 등을 발간해 자작시 「해(海)에게서 소년에게」와 이광수의 계몽 소설들을 게재함으로써 한국 근대 문학 발전의 초석을 쌓았다. 3·1 운동 독립 선언문을 기초한 죄목으로 체포되어 실형을 살다가 가석방된 후 주간지 〈동명〉을 발행했고, 〈시대일보〉를 창간하기도 했다. 이후 조선 총독부 중추원 참의를 지내고 도쿄 유학생의 학병 지원 권고 강연을 했으며, 광복 후 친일 반민족행위자로 기소되었다. 저서로 창작 시조집 『백팔 번뇌』, 시조집 『시조유취』, 역사서 『단군론』, 『조선 역사』, 『삼국유사해제』 등이 있다.

✎ 작품 정리

갈래 : 현대 수필, 경수필, 기행 수필

성격 : 답사적, 예찬적, 감격적, 숭배적

배경 : 시간 – 1925년 3월 하순부터 50여 일 동안 / 공간 – 지리산 주변

특징 : • 난해한 한문 투의 문장을 주로 사용함

      • 경어체를 사용해 국토를 숭배하는 마음을 표현함

구성 : 국토 순례의 불가피성과 여행기를 쓰게 된 동기의 두 부분으로 구성됨

주제 : 우리 국토의 아름다움과 순례 과정에서 느끼는 감동

✎ 생각해 볼 문제

1. 이 글은 『심춘 순례』의 서문에 해당한다. 최남선의 남도 기행문집인 『심춘 순례』는 어떤 책인가?

　『심춘 순례』는 최남선이 1925년 3월 하순부터 50여 일에 걸쳐 지리산 주변의 각지를 여행하며 느낀 감상을 적은 것으로, 신문에 연재하다가 이듬해

간행되었다. 이 책에는 「백제의 구강(舊疆)으로」, 「무등산 상의 무등등관(無等等觀)」, 「조선 불교의 완성지인 송광사」, 「비로봉에서 대각암까지」, 「섬진을 끼고 지리산으로」 등 모두 33편의 기행문이 실려 있다. 전주와 마산, 백제의 옛 유적을 돌아본 후 쓰여진 이 작품은 우리 국토의 아름다움을 예찬하고 순례의 감동을 그리고 있다. 최남선은 훗날 친일파로 전락했지만, 무차별적인 개발 논리로 국토가 훼손되고 있는 오늘의 현실을 감안할 때 시사하는 바가 크다고 할 수 있다.

2. 작가가 국토를 바라보는 관점을 정리해 보고 내용상의 문제점도 지적해 보라.

최남선은 민족 사학자로서 일제 강점기에 민요와 시조 같은 고전 문학 보전에 앞장서는 한편, 역사와 민속 연구에도 열성적이었다. 민족의 정체성을 추구하는 작가의 정신세계는 『백두산 근참기』를 비롯한 많은 국토 기행문에 잘 드러나 있다. 작가는 '조선의 국토는 조선의 역사며 철학이며 시대 정신'이라면서 국토를 단순한 삶의 터전으로 파악하는 데 그치지 않고 시대 정신을 일깨워 준다. 조선의 국토는 조선인의 자취가 배어 있고 민족의 철학과 미의식이 담겨 있는 신령스러운 존재라는 것이다. 최남선의 국토 순례가 일제 강점기에 이루어진 것을 감안하면 작가의 국토 사랑과 민족정신은 더욱 빛을 발한다. 하지만 '진실로 숭고한 종교적 충동에 이끌린 바'라든지, 국토가 자신에게 '꿀 같은 속살거림과 은근한 이야기와 느꺼운 하소연을 할 때마다 실신할 지경까지 간다'는 대목에서는 감정 과잉이라는 한계를 드러내기도 한다.

심춘 순례 서

　조선의 국토는 그대로 조선의 역사이며, 철학이며, 시이며, 정신입니다. 문자 아닌 채 가장 명료하고 정확하고, 또 재미있는 기록입니다. 조선 마음의 그림자와 생활의 자취는 고스란히 똑똑히 이 국토 위에 박혀서 어떠한 풍우라도 마멸시키지 못한다는 것을 나는 믿습니다.

　나는 조선 역사의 작은 한 학도요, 조선 정신의 한 어설픈 탐구자로서, 진실로 남다른 애모와 탄미와 함께 무한한 궁금스러움을 이 산하대지에 가지는 자입니다. 자갯돌 하나와 마른나무 한 밑동에도 말할 수 없는 흥미와 또 연상을 자아냅니다. 이것을 조금씩 색독(色讀)이나마 하게 된 뒤부터 조선이 위대한 시의 나라, 철학의 나라임을 알게 되고, 또 완정, 상세한 실물적 오랜 역사의 소유자임을 깨닫게 되고, 그리하여 처다볼수록 거룩한 조선 정신의 불기둥에 약한 시막(視膜 눈꺼풀)이 퍽 많이 어뜩해졌습니다.

　곰팡내 나는 서적만이 이미 내 지견(知見 지식과 견문)의 웅덩이가 아니며, 한 조각 책상만이 내 마음의 밭일 수는 없게 되었습니다. 도리어 서적과 책상에서 불구가 된 내 소견을 진여(眞如 우주 만유의 실체로서 현실적이며 평등·무차별한 절대의 진리)한 상태로 있는 활문자(活文字), 대궤안(大机案 큰 책상. 여기에서는 '국토'를 가리킴)에서 교정받고 보양을 얻지 않을 수 없다는 것을 통절히 느꼈습니다. 묵은 심신을 시원히 벗어던지고, 자유로운 공기를 국토여래의 상적토〔常寂土 상적광토(常寂光土)의 준말. 변차지 않는 광명 세계라는 뜻으로, 부처의 거처나 빛나는 마음의 세계를 이르는 말〕에서 호흡하리라 하는 열망은 시시각각으로 나의 가슴을 태웠습니다.

　일개의 백운향도(白雲香徒)로서 각력(脚力 다리의 힘)이 자라는 대로, 시간이 허락되는 대로 국토 예찬을 근수(勤修 힘써 닦음)하기는, 나로서는 진실로 숭고한 종교적 충동에 끌린 바로서, 자불능이(自不能己 스스로는 할 수 없음), 부득불연(不得不然)의 일입니다. 무엇보다도 큰 재미와 힘을 여기서 얻었고, 얻고, 얻을 것이니, 생활의 긴장미로만 해도 나의 이 수행은 오래도록 계속되리라고 생각합니다.

　조선 국토에 대한 나의 신앙은 일종의 애니미즘(animism 자연계의 모든 사물에 영혼이 존재한다고 믿는 원시 종교의 일종)일지도 모릅니다. 나의 보는 그것은 분명히 감정이 있으며 언소(言笑 말과 웃음)로써 나를 대합니다. 이르는 곳마다 꿀 같은 속살거림과 은근한 이야기와 느꺼운(그 어떤 느낌이 있는) 하소연을 듣습니다. 그럴 때마다 나의 심장은 최고조의 출렁거림을 일으키고 실신할 지경까지 들어가기도 한두 번이 아니었습니다.

이런 때의 나는 분명한 한 예지자(叡智者)의 몸이요, 일대 시인의 마음을 가지지만, 입으로 그대로 옮기지 못하고 운율 있는 문자로 그대로 재현치 못할 때, 나는 의연한 일개 범부(凡夫)이며, 일개 박눌한(樸訥漢 됨됨이가 수수하고 말이 능숙하지 못한 사람)이었습니다. 그러나 나는 이것을 섭섭히 생각하지 않습니다. 왜 그러냐 하면, 나의 작은 재주는 저 큰 운의(韻意 높고 아름다운 품격을 갖춘 뜻. 국토의 의미)를 뒤슬러(일이나 물건을 가다듬느라고 이리저리 바꾸거나 정리하여) 놓기에는 너무도 현격스러운 것이니까, 워낙 애달프고 서운해할 염치가 없는 까닭입니다.

그러나 혹은 유적(遺蹟 남아 있는 자취), 혹은 전설에 내일을 기다리기 어려운 것도 있고, 혹은 자연의 신광(神光), 혹은 역사의 밀의(密意 은밀한 뜻)에 모르는 체할 수 없어서, 변변치 않은 대로 혹시 문헌해(文獻海)의 한 세류(細流 가는 시냇물)가 되기도 하고, 간 곳마다 견문고험(見聞考驗 보고 듣고 살펴서 안 사실)의 일반(一斑 아롱진 무늬 한 점)을 기록하지 않을 수 없었습니다. 이는 진실로 문장으로 볼 것, 논고로 볼 것도 아니요, 또 천재의 숨은 자취를 헤쳤거나 만인의 심금을 울릴 무엇이 있는 것도 아니지만, 그런 대로 조선 국토에 대한 뜨거운 마음이 넘쳐 나온 것이니, 내게는 휴지로 버리기 어려운 점도 없지 아니합니다.

이러므로, 다만 한 가지 또 어슴푸레하게라도, 조선 정신의 숨었던 일면이 나타난다면 물론 분외(分外 제 분수 이상)의 다행입니다. 그렇진 못할지라도, 조선 청전구물(靑氈舊物 대대로 전하여 오는 오래된 물건)에 대한 나와 애처롭고 안타까운 정리(情理)를 담은 것이 혹시나 강호(江湖 강과 호수. 세상)의 동정을 산다면, 이 또한 큰 소득입니다. 아무튼 조선 국토의 큰 정신을 노래해 내는 이의 어릿광대로 작은 끄적거림을 차차 책으로 모아 갈까 합니다.

이제 그 첫 권으로 내는 『심춘 순례(尋春巡禮)』는, 작년 3월 하순부터 수미(首尾 일의 시작과 끝) 50여 일간, 지리산(智異山)을 중심으로 한 순례기(巡禮記)의 전반을 이루는 것이니, 마한(馬韓) 내지 백제인(百濟人)의 정신적 지주였던 신악(神岳 신령스러운 기운이 서린 산)의 여훈(餘薰 남아 있는 향기)을 더듬은 것이요, 장차 해변(海邊)을 끼고 내려가는 부분을 합하여 서한(書翰)의 기록을 완성하는 것입니다.

　진인(震人 우리나라 사람)의 고신앙(古信仰)은 천(天)의 표상(表象)이라 하여 산악(山岳)으로써 그 대상을 삼았으며, 또 그들의 영장(靈場 신령스런 힘을 가진 곳)은 뒤에 대개 불교에 전승되니, 이 글이 산악 예찬, 불도량 역참(佛道場歷參)의 관(觀)을 주는 것은 이 까닭입니다.

　적을 것도 많고 적을 방법도 있겠지만, 매일 적잖은 산정(山程)을 발섭(跋涉 여러 곳을 두루 돌아다님)하고 가쁜 몸이 침침한 촛불과 대하여 적는 데는 이것도 큰 노력이었습니다. 선재(選材 '재목을 고름'의 북한어)와 행문(行文)이 다 거침을 극(極)한 것은 부재(不材) 이외에도 까닭이 없지 아니합니다. 그러나 고치자니 새로 짓는 편이 도리어 손쉽고, 새로 짓자니 그만 여가가 없으므로 숙소에서 주필(走筆)하여 날마다 신문사로 우송(郵送)하였던 원고를 그대로 배열하게 되었습니다. 후안(厚顔 뻔뻔스러워 부끄러움을 모름)의 꾸지람은 얼마든지 받겠습니다.

　행중(行中)에 여러 가지 편의를 주신 연로(沿路)의 여러 대방가(大方家 대가), 특히 각산(各山)의 법승(法僧)들에게 이 기회에 심대(甚大)한 사의를 드립니다. 또 남순소편(南巡小篇)에 다소라도 보람 있는 구절이 있다면, 이는 시종일관(始終一貫)하게 구책유액(驅策誘掖 사물이나 동물을 다루어 쓰거나 부리는 방법을 가르쳐 도와줌)의 노(勞)를 취해 주신 여러분의 현교(顯教 밝고 뚜렷한 가르침)와 암시에서 나온 것임을 아울러 표백(表白 생각이나 태도 따위를 드러내어 밝힘)해 둡니다. *

백두산 근참기

✏️ 작품 정리

작가 : 최남선(321쪽 '작가와 작품 세계' 참조)
갈래 : 현대 수필, 경수필, 기행 수필
성격 : 민족적, 예찬적, 영탄적
특징 : 만연체 문장으로 대상을 의인화해 현학적으로 표현함
구성 : 시간적 흐름과 공간적 이동에 따라 내용을 전개함
주제 : 백두산의 신비하고 거룩한 자태

✏️ 생각해 볼 문제

1. 작가는 백두산 기행을 통해 무엇을 말하고자 하는가?

이 작품은 작가가 1926년에 처음으로 백두산을 참배하고 난 후 여정 중에 느낀 생각과 감동을 적은 기행 수필이다. 이 책에 실린 내용은 『백두산 근참기』 가운데 천지(天池)를 처음으로 접하는 감격을 서술한 대목이다. 작가가 식민지 치하에서 이 글을 쓴 것은 단순히 백두산의 아름다움을 알리기 위함이 아니라 당시 작가가 품고 있었던 '조선주의'라는 민족주의 정신을 토로하고 고취시키기 위함이었다. 작가는 우리 국토의 아름다움 속에서 웅혼하고 강건한 민족정신과 긍지를 끌어내고자 하였으며, 이를 뒷받침하기 위해 백두산의 신화적 권위를 밝히고 그에 대한 미학적 신앙을 표현했다.

2. 이 작품이 지닌 문학사적 의의는 무엇인가?

3·1 운동 이후 민족정기가 점차 쇠진해 가는 상황에서 이 작품이 백두산이란 민족 영산을 통해 민족정기를 고취했다는 점에서 '민족 문학'의 특징을 지니고 있다고 할 수 있다. 이 작품은 문학사적으로 볼 때 이광수의 「금강산 유기(金剛山遊記)」, 최남선의 『심춘 순례(尋春巡禮)』와 함께 1920년대 기행 수필의 대표작으로 꼽힌다.

백두산 근참기

캄캄한 속에서 빛이 나온다.

닫혀진 것이기에 열릴 것이다.

명랑한 것이면 회색(晦塞 밝았던 것이 캄캄하게 아주 꽉 막힘)할 것이 염려되지만 꼭 막힌 바에는 남은 일은 열림이 있을 뿐이니, 이제는 하나님도 아주 잠가 두시려는 것이 도리어 난사(難事 어려운 일)일 것을 생각하면 나의 할 도리는 언제까지나 터질 때까지 지키고 서서 움직이지 않을 뿐임을 결단하였다.

가장 싹싹한 맛은 딱딱한 사람에게 있는 것처럼 영원한 흑막(黑幕 검은 막)인 듯한 저 운무의 바다가 벗어지려 함에 박사(薄紗 얇은 비단) 한 조각이 날려가듯 함이 그래 신통하지 아니하랴. 동자(눈동자)도 굴리지 않고 들여다보고 있은즉, 두루뭉수리 같은 저 혼돈에 문득 훤한 구멍이 하나 뚫어지면서 그 속에서 자금광(紫金光)이랄밖에 없는, 달리는 형용할 수 없는, 일종의 영묘한(靈妙 신령스럽고 기묘한) 광파(光波 빛의 파동)가 뭉싯하게(어떤 기운이 잇달아 세게 일어나는 모양) 스멀거리는데(살갗에 벌레가 기는 것처럼 근질거리는데), 빛이 넓어지기 때문에 창이 커지는지? 창이 커지기 때문에 빛이 넓어지는지? 여하간 광파와 창구멍이 손목을 한데 잡고 영역을 마구 개척함이 마치 태평양 군도의 축일생장적(逐日生長的 하루도 거르지 않고 날마다 나서 자라는) 천지개벽 설화를 실지로 보는 듯하다가 남은 구름이 바람에 쫓기는 연기처럼 이때껏 처져 있음이 몹시 무안스러운 것처럼 줄달음진하여 흩어져 버림에 이에 딴 세계 하나가 거기 나오는구나!

신비만의 세계 하나가 문득 거기 넙흐러져(널브러져) 있구나!

자광(紫光 자줏빛)으로, 금색으로, 오색으로, 칠채(七彩)로 그것이 다 기인환적(起因寰的 사람과 하늘이 일어남)으로 특이한 미태정조(味態情調 형상을 음미하는 느낌)로 가진 도약무도(跳躍舞蹈 뛰어올라 춤을 춤)를 다하다가 홱 젖혀지고 와짝 열려지는 것은 어느 틈에 환화(幻化 우주 만물이 덧없는 현상과 같이 변화하는 일)한지도 모르게 얼른 전생(前生 다른 생명으로 바뀜. 다른 것으로 태어남)해진 새파란 늪이 둥그러니 움푹 파인 아득한 발아래 신비한 물결이 괸 것이다. 억천만겁의 과거가 영원무궁한 미래와 손목을 잡고 일대 원환(圓環 둥근 고리)을 지어서 저 늪에 가서 곤두박였는데, 침묵의 구분(九分 구분의 일)은 묵직하게 깊숙이 잠겨 있고 현재의 작은 한 동강이가 겨우 등을 수면으로 나타난 위에서 묘미의 아지랑이와 신비한 그림자가 얼크러져 뛰노는 여기서만 보는 기절(奇絶 뛰어난 절조)한 하나의 세계이다. 구름이 흩어지는 대로 처녀처럼 자라나는 미(美)의 소식이 햇빛이 쏘이는 대로 장사처럼 활개를 치고 몸부림을 치면서 최대한의 뇌성(雷聲)을 지른다. 푸르다 하자니 거덕치고(모양이 거칠어 어울리지 않고), 누르다 하자니 까부라지고(생기가 빠져 몸이 늘어지고), 검다기에는 맑고, 희다기에는 진한 저 빛을 무엇이라야 옳은지? 억지로 말하자면 연록을 예각(銳角 직각보다 작은 각)으로 한 일절(一切) 종색(種色)의 물과 그 늪을 빌려서 우리 어머니의 진신(眞身 근원의 참모습)이 그 편린(片鱗 사물의 아주 작은 한 부분)을 잠깐 내어놓으신 것이라고나 하겠다.

'거룩'이란 무엇을 의미하는지는 잘 모르지만 직각으로 저 늪을 형언(形言)하기 위하여 생긴 말임은 의심이 없을 것이다. 크게 불면 크게, 작게 불면 작게, 바람 부는 대로 잠시도 가만히 있지 않는 저 호면(湖面 호수의 수면)을 보아라. 물결이 이는 족족 색외(色外)의 색(色)으로만 변전무상(變轉無常 모든 것이 이리저리 자꾸 달리 바뀜)하고 심하면 한꺼번에 일어난 물결이 천이면 천, 만이면 만이 제각각 한 가지 색채씩을 갖추어 가졌음을 좀 보아라! 똑똑히 보아라. 저 조화가 도무지 어디서 나는지 저 속에 무엇이 들고, 저 위에 무엇이 노는지를 좀 생각해 보아라. 고인이 이르기를 대지의 물은 오색이라 하고, 오색 고기가 산다고도 하고, 그 속에는 신룡이 들어 있다고도 함이 모두 진실로 우연한 것이 아니다. 더구나 일절 종자의 고장(庫藏 창고에 물건을 넣어 두는 일)이라 하여 천지(天池)라고 일컬었음도 과연 우연이 아니다. 천(天) 아니시고야 누가 저 조화를 마음대로 부릴 것이냐? *

낭객(浪客)의 신년 만필

✎ 작가와 작품 세계

신채호(申采浩, 1880~1936)

사학자이자 언론인. 호는 단재(丹齋). 1905년 성균관 박사가 되었으나 그해 을사조약이 체결되자 〈황성신문〉, 〈대한매일신보〉에 배일(排日) 독립 정신을 고취시키는 논설을 발표하기 시작했다. 일제 강점기에 중국으로 망명하여 독립 운동에 관계하는 한편, 블라디보스토크에서 독립 정신을 고취하기 위해 〈해조신문(海朝新聞)〉을 발간하기도 했다. 그는 '독립이란 주어지는 것이 아니라 쟁취하는 것이다'라는 의식하에 독립 투쟁을 전개했다. 이 같은 견해는 역사 연구에도 그대로 반영되어 고조선과 '묘청의 난' 등에 관해 새로운 해석을 시도하기도 했다. 또한, '역사라는 것은 아(我)와 비아(非我)의 투쟁이다'라는 명제를 내걸어 민족 사관을 수립했다. 국사 연구와 저술에 힘쓰다가 일본 경찰에게 체포되어 뤼순 감옥에서 옥사했다. 저서로는 『조선 상고사』, 『조선사론』, 『이탈리아 건국삼걸전』, 『이순신전』, 『동국거걸』 등이 있다.

✎ 작품 정리

갈래 : 현대 수필, 중수필

성격 : 논설적, 비판적

배경 : 시대 – 일제 강점기 3·1 운동 직후

특징 : 만필이라는 수필체 형식을 빌려 문학에 대한 작가의 견해를 자유롭게 서술함

구성 : '처음-중간-끝'의 3단계 구성

   – 처음 : 조선의 문예 상황을 언급함

   – 중간 : 문예 운동의 폐해를 비판함

   – 끝 : 조선의 문예 운동에 대해 개탄함

주제 : 조선 신문예 운동의 폐해와 문예 운동의 올바른 방향

1. 신채호는 문학의 현실 참여에 대해 어떤 생각을 가졌는가?

이 작품은 중국에서 독립운동을 하던 신채호가 국내 독자를 위해 쓴 중수필이다. 이 글이 쓰여진 시기는 3·1 운동 직후 일제의 문화 정치 아래에서 새로운 문학이 싹트던 시기였다. 여기에 제시된 부분은 문예 운동의 폐해를 비판한 부분으로 신채호의 혁명가적인 면모가 잘 나타나 있다. 작가는 중국의 한 잡지에 실린 중국 문예 운동의 폐해에 대한 글을 인용하면서 조선의 문예 운동이 올바른 방향으로 나가지 못하고 있음을 비판하고 있다. 또한, 우리의 문예 운동이 잘못된 방향으로 흘러감으로써 다른 사회 운동이 소멸되고 있다고 주장하고 있다. 그는 나라를 잃은 젊은이들이 마땅히 애국 운동에 관심을 가져야 하며, 문예 운동도 그러한 방향으로 나아가야 한다는 점을 강조했다.

2. 만필은 어떤 형식을 가리키는가?

만필(漫筆)은 한자 뜻 그대로 일정한 형식에 구애받지 않고 즉흥적이고 풍자적으로 가볍게 쓴 글을 일컫는다. 당시에는 수필을 뜻하는 말로 잡감(雜感 여러 가지 잡다한 느낌), 단상(斷想), 유사(有思) 등이 사용되었는데, 1920년대 수필이 하나의 문학 장르로 자리 잡으면서 그 명칭도 수필(隨筆)로 굳어졌다. 작가는 만필이라는 형식을 빌려 현실의 문제를 직설적이고 설득력 있게 비판하고 있다. 또한, 비분강개한 어조를 통해 자신의 심정을 효과적으로 나타내고 있다.

낭객의 신년 만필

• 앞부분 줄거리

'1. 도덕과 주의의 표준, 2. 이해와 권형(權衡), 3. 병을 따라 약을 쓰라, 4. 유산자보다 무산자의 존재를 잊지 마라, 5. 신청년도 도로 구청년이 아니냐, 6. 통척(痛斥)할 사회의 양대 악마'의 여섯 개 장으로 구성되어 있다. 신채호는 나라를 잃은 지금의 상황에서 노예의 상태에서 벗어나는 일을 절체절명의 과제로 삼아야 한다고 주장한다.

7. 문예 운동의 폐해

낭만주의, 자연주의, 신낭만주의 등의 구별도 잘 못하는 자가 현대에 가장 유행하는 굉굉(轟轟 소리가 몹시 요란함)한 서방 문예가들의 유명한 소설이나 극본 등을 거의 눈에 대해 보지 못한 완전히 문예의 문외한이, 게다가 십여 년 해외에 앉아 조선 문단의 소식이 격절(隔絶 사이가 동떨어져 연락이 안 됨)하야, 무슨 작품이 있는지, 얼마나 낫는지 어떤 것이 환영을 받는지 알지 못하니 어찌 조선 현재 문예에 대하야 가부를 말하랴.

다만 삼일 운동 이래 가장 현저히 발달된 자는 문예 운동이라 할 수 있나. 성세 입박이 아무디 심히디 허니 아기(餓鬼 저생에 지은 죄로, 아귀도에 태어난 귀신)의 금강산 구경 같은 문예 작품의 독자는 없지 안 하며, 경성(京城)의 신문지에 끼여 오는 책사(冊肆 서점) 광고를 보면 다른 서적은 거의 십오 년 전 그때의 한 꼴이나, 시인과 소설 선생의 작물(作物)은 비교적 다수인 듯하다. 그래서 나의 난필(亂筆)이 문예에 대하야 망론(妄論 망령된 이론이나 말)을 한마디 하려하나 아, 재료가 없어 남의 말이나 소개하고 모으랴 한다. 일찍이 중국 광둥(廣東)의 〈향도(嚮導)〉란 잡지에 그 호가 몇 째던지, 작자가 누구이던지를 지금에 다 기억하지 못하는 중국 신문예에 대한 탄핵의 논문이 났었는데 그 대의를 말하면 '중국 연래에 제1혁명, 제2혁명, 5·4 혁명, 5·7 운동(청나라 멸망 후 중국에서 일어난 일련의 반제국주의·반봉건주의 혁명 운동) …… 등이 모다 학생이 중심이었다. 그러더니 근일(近日)에 와서는 학생 사회가 왜 이렇게 적막하냐 하면 일반 학생들이 신문예의 마취제를 먹은 후로 혁명의 칼을 던지고 문예의 붓을 잡으며 희생 유혈의 관념을 버리고 신시, 신소설의 저작에 고심하여, 문예의 도원(桃源 무릉도원)으로 안락국(安樂國 극락정토)을 삼는 까닭이다. 몇 구의 시나 몇 줄의 소설을 지으면 이를 팔아 그 생활비가 넉넉히 될뿐더러 또한 독자의 환영을 받아 시가라 소설가라 하는 명예의 월계관을 쓰며 연애에 관한 소설을 잘 지으면 어여쁜 여학생이 그 뒤를 따라 무한한 염복(艶福 아름다운 여자가 잘 따르는 복)을 누리게 됨으로 혁명이나 다른 운동같이 체수(逮囚 죄가 결정되지 않아 오래 갇혀 있음)와 포살(砲殺 총포로 쏘아 죽임)의 위험은 없고 명예와 안락을 얻으며 연애의 단꿈을 이루게 됨으로 문예의 작자가 많아질수록 혁명당이 적어지며 문예품의 독자가 많을수록 운동가가 없어진다 하였다. 나는 이 글을 읽을 때에 삼일 운동 이후에 침적(沈積 가라앉아 쌓임)하여진 우리 학생 사회를 연상하였다. 중국은 광대하고 깊은 대륙인 고로 한 가지의 풍조로써 전국을 멍석말이할 수 없는 나라거니와 조선은 청명협장(淸明狹長 맑고 깨끗하며 좁고 길다. 땅이 좁다는 의미)한 반도인 고로 한 가지의 운동으로 전 사회를 곶감 꼬치 꿰이듯 할 수 있는 사회니, 즉 삼일 운동 이후 신시, 신소설의 성행이 다른 운동을 초멸(剿滅 무찔러 없앰)함이 아닌가 하였다.

• 뒷부분 줄거리

마지막 8장은 '예술주의의 문예와 인도주의의 문예 중 어떤 것이 좋은가'이다. 신채호는 이 장에서 예술주의의 문예라 하면 현 조선을 그리는 예술이 되어야 하고, 인도주의의 문예라 하면 조선을 구하는 문예가 되어야 한다고 말한다. 또한, 민중과 괴리된 지금의 문예는 잘못된 것이라고 비판한다. ✻

# 명사십리(明沙十里)

✏️ 작가와 작품 세계

한용운(韓龍雲, 1879~1944)

승려, 시인, 독립운동가. 호는 만해(萬海). 충청남도 홍성 출생. 서당에서 한학을 배우다가 동학 농민 운동에 가담했으나 실패했다. 1905년 백담사에서 승려로 귀의해 만화(萬化)에게서 법을 받았다. 1916년 월간지 〈유심〉을 발간하고 1919년 3·1 운동 때 민족 대표 33인의 일원으로 독립 선언서에 서명해, 3년간 투옥되기도 했다. 그는 불교적인 '님'을 자연(自然)으로 형상화했으며, 고도의 은유법을 구사해 일제에 저항하는 민족정신과 불교에 의한 중생 제도를 노래했다. 저서로는 시집『님의 침묵』외에도 장편 소설『흑풍』,『박명』과『조선 불교유신론』,『불교 대전』이 있다.

✏️ 작품 정리

갈래 : 현대 수필, 경수필, 기행 수필

성격 : 묘사적, 서정적, 사실적

배경 : 시간 – 8월 5일~11일 / 공간 – 함경남도의 명사십리

특징 : • 한자어를 사용한 압축적인 묘사가 두드러짐

　　　　• 화려한 수식은 없지만 감각적인 어휘를 사용함

구성 : 시간적 흐름과 장소의 이동에 따른 감상과 심정의 변화를 그리는 기행문의 일반 형식을 취함

주제 : 명사십리 해수욕장의 빼어난 자연 경관과 그곳에서의 즐거운 시간

✏️ 생각해 볼 문제

1. 이 작품에서 명사십리를 찾은 작가의 심정은 어떻게 나타나 있는가?

이 글에는 여행의 목적과 여행을 떠날 때의 설렘, 명사십리의 정경과 감회, 현지 사람들과의 만남 등이 여정에 따라 순차적으로 전개되어 있다. 작가

는 서울의 복잡한 생활에서 벗어나 해수욕장으로 향하면서 해방감을 만끽한다. 따라서 더운 날씨임에도 전혀 더위를 느끼지 못한다. 이 장면에서 그는 승려답게 '모든 것은 마음에 있다'는 일체유심의 진리를 떠올리기도 한다. 마지막 부분에서는 뱃사람들과의 대화를 직접 인용해 그들의 가난한 생활상을 보여 주고 있다. 이를 통해 주변에 대한 관심과 애정을 지닌 작가의 생활 태도를 엿볼 수 있다.

2. 이 수필에 삽입된 시는 어떤 역할을 하는가?

작가는 벅차오르는 감정과 아름다운 정경을 압축적으로 드러내기 위해 시를 삽입했다. 이는 독자와 공감할 수 있는 감정의 폭을 넓혀 주고 생동감을 불어넣어 준다. 쪽빛 바다와 돛단배를 한 폭의 그림처럼 묘사한 시와, 물새에 자신의 감정을 이입시켜 여행지에서의 해방감을 드러낸 시 등은 지루하고 단조로울 수 있는 전체 분위기를 잠시 전환시켜 주는 역할을 한다. 이처럼 형식에 구애되지 않고 자유롭게 서술하는 방식은 수필만이 가진 매력이라 할 수 있다.

명사십리

　경성 역의 기적일성(汽笛一聲), 모든 방면으로 시끄럽고 성가시던 경성을 뒤로 두고 동양에서 유명한 해수욕장인 명사십리(明沙十里 원산에 있는 모래가 십여 리나 펼쳐져 있는 동양 최고의 해수욕장. 여기에 해당화까지 피어 서양 사람들의 발길도 잦았다고 함)를 향하여 떠나게 된 것은 8월 5일 오전 8시 50분이었다.

　차중(車中)은 승객의 복잡으로 인하여 주위의 공기가 불결하고 더위도 비교적 더하여 모든 사람은 벌써 우울을 느낀다. 그러나 증염(蒸炎 무더위), 열뇨(熱鬧 많은 사람이 모여 떠들썩함), 번민(煩悶), 고뇌(苦惱) 등등의 도회를 떠나서 만리창명(滄溟 넓고 큰 바다)의 서늘한 맛을 한 주먹으로 움킬 수 있는 천하 명구(名區 이름난 지역)의 명사십리로 해수욕을 가는 나로서는 보일보(步一步) 기차의 속력을 따라서 일선의 정감이 동해에 가득히 실린 무량(無量)한 양미(凉味 서늘한 맛)를 통하여 각일각(刻一刻 시시각각으로) 접근하여지므로 그다지 열뇌(熱惱 몹시 심한 고뇌)를 느끼지 아니하였다.

　그러면 천산만수(千山萬水)를 격(膈)하여 있는 천애(天涯 아득히 멀리 떨어져 있는 곳. 천애지각의 준말)의 양미를 취하려는 미래의 공상으로 차중의 현실, 즉 열뇌를 정복하는 것이 아닌가. 이것이 이른바 일체유심(一切唯心)이다. 만일 이것이 유심(唯心)의 표현이 아니라면 유물(唯物)의 반현(反現)이라고 할는지도 모른다.

　나는 삼바 역에서 명사십리로 갔다. 명사십리는 문자와 같이 가늘고 흰 모래가 소만(小灣)을 연(沿)하여 약 10리를 평포(平鋪 평평하게 폄)하고, 만내(灣內)에는 참차부제(參差不齊 길고 짧거나 들쭉날쭉하여 가지런하지 않음)한 대여섯의 작은 섬이 점점이 놓여 있어서 풍경이 명미(明媚 곱고 수려함)하고 조망이 극가(極佳 매우 아름다움)하며 욕장은 해안으로부터 약 5, 60보 거리, 수심은 대개 균등하여 4척 내외에 불과하고 동해에는 조석의 출입이 거의 없으므로 모든 점으로 보아 해수욕장으로는 이상적이다.

　해안의 남쪽에는 서양인의 별장 수십 호가 있는데, 해수욕의 절기에는 조선 내에 있는 사람은 물론 동경, 상해, 북경 등지에 있는 사람들까지 와서 피서를 한다 하니 그로만 미루어 보더라도 명사십리가 얼마나 명구인 것을 알 수가 있다. 허락지 않는 다소의 사정을 불고하고, 반천리(半千里)의 산하를 일기(一氣 한 호흡)로 답파하여 만부일적(萬夫一的) 단순한 해수욕만을 위하여 온 나로서는 명사십리의 수려한 풍물과 해수욕장의 이상적 천자(天姿)에 만족치 아니할 수 없었다.

목적이 해수욕인지라 옷을 벗고 바다로 들어갔다. 그 상쾌한 것은 말로 형언할 바 아니다. 얼마든지 오래 하고 싶었지만 욕의(浴衣 목욕할 때 입는 옷)를 입지 아니한지라 나체로 입욕함은 욕장의 예의상 불가하므로 땀만 대강 씻고 나와서 모래 위에 앉았다가 돌아오니 김 군은 욕의 기타를 사 가지고 돌아와서 나를 기다리고 있었다.

7일 아침 다섯 시에 일어나 보니 일기가 흐리었다.

7시 경부터 비가 오기 시작하였으나 계속적으로 오는 것이 대단치 아니하였다. 아침밥을 먹고 나서 바다에 갈 욕심으로 비가 개이기를 기다렸으나 좀처럼 개지 않는다.

11시경 비가 조금 멈추기에 해수욕하는 데는 비를 맞아도 관계치 않겠다는 생각으로 나섰다. 얼마 아니 가서 비가 쏟아지는데 할 수 없이 쫓기어 들어왔다. 신문이 왔기에 대강 보고 나니 원산의 오포(午砲 지난날, 정오를 알리던 대포) 소리가 들린다. 시계를 교정하여 가지고 나서니 비가 개기 시작한다. 맨발에 짚신을 신고 노동모를 쓰고 나섰다. 진 길에 짚신이 붙어서 단단하여지매 발이 아프다. 짚신을 벗어 들고 맨발로 가는데 비가 그쳐서 길이 반은 물이요 반은 흙이다. 맨발로 밟기에 자연스러운 쾌감을 얻었다. 더구나 명사십리에 들어서서 가늘고 보드라운 모래를 밟기에는 너무도 다정스러워서 맨발이 둘 뿐인 것에 부족하였다.

해수욕장에 다다르니 마침 여러 사람이 나와서 목욕을 하는데 남녀노유(男女老幼)가 한데 섞여서 활발하게 수영도 하고 유희도 한다. 혼자 온 것은 나 하나뿐이다. 나는 그들 목욕하는 데서 조금 떨어져서 바다에 들어가 실컷 뛰고 놀았다. 여간 상쾌하지 않았다. 조금 쉬기 위하여 나와서 모래 위에 앉았다. 이때에 모든 것은 신청(新晴 오랫동안 오던 비가 멎고 말끔히 갬)의 상징뿐이다.

쪽같이 푸른 바다는
잔잔하면서 움직인다

돌아오는 돛대들은
개인 빛을 배불리 받아서
젖은 돛폭을 쪼이면서
가벼웁게 돌아온다
걷히는 구름을 따라서
여기저기 나타나는
조그만씩한 바다 하늘은
어찌도 그리 푸르냐
멀고 가깝고 작고 큰 섬들은
어디로 날아가려느냐
발적여 디디고 오똑 서서
쫓다 잡을 수가 없고나

　얼마 동안 앉았다가 다시 바다로 들어가서 할 줄 모르는 헤엄도 쳐 보고 머리를 물속에 거꾸로 잠가도 보고 마음 나는 대로 활발하게 놀았다. 다시 나와서 몸을 사안(沙岸 모래 언덕)에 의지하고 발을 물에 담갔다.

모래를 파서 샘을 만드니
샘 위에는 뫼가 된다
어여쁜 물결은
소리도 없이 가만히 와서
한 손으로 샘을 메우고
또 한 손으로 뫼를 짓는다

모래를 모아 뫼를 만드니
뫼 아래에 샘이 된다
짓궂은 물결은
햇죽햇죽 웃으면서
한 발로 뫼를 차고
한 발로 샘을 짓는다

다시 목욕을 하고 나서 맨발로 모래를 갈면서 배회하는데 석양이 가까워서 저녁놀은 물들기 시작한다. 산 그림자는 어촌의 작은 집들에 따뜻이 쪼이는데 바닷물은 푸르러서 돌아오는 돛대를 물들인다. 흰 고기는 누워서 뛰고 갈매기는 옆으로 난다. 목욕하는 사람들의 말소리는 높아지고 저녁연기를 지음친 나무빛은 옅어진다. 나도 석양을 따라서 돌아왔다.

9일은 우편국에 소관이 있어서 원산에 갔다. 볼일을 보고 송도원으로 갔다. 천연의 풍물로 말하면 명사십리의 비교가 아니나 해수욕장으로서의 시설은 비교적 상당하다. 해수욕을 잠깐 하고 음식점에 가서 점심을 먹고 송림(松林) 사이에서 조금 배회하다가 다시 원산을 경유하여 여사(旅舍)에 돌아와 조금 쉬고 명사십리에 가 또 해수욕을 하였다. 행보(行步)를 한 까닭인지 조금 피로한 듯하여 곧 돌아왔다.

10일엔 신문이 오기를 기다려서 보고 나니 11시 반이 되었다. 곧 해수욕장으로 나가서 목욕을 하고 사장에 누웠으니 풍일(風日 바람과 볕이라는 뜻으로, '날씨'를 가리킴)이 아름답고 바다는 작은 물결이 움직인다. 발을 모래에다 묻었다가 파내고 파내었다가 다시 묻으며 손가락으로 아무 구상이나 목적이 없이 함부로 모래를 긋다가 손바닥으로 지워 버리고 다시 긋는다. 그리하다가 홀연히 명상(瞑想)에 들어갔다. 멀리 날아오는 해조(海鳥)의 소리가 나를 깨웠다.

어여쁜 바닷새야
너 어디로 날아오나
공중의 어느 곳이
너의 길이 아니련만
길이라 다 못 오리라
잠든 나를 깨워라
갈매기 가는 곳에
나도 같이 가고지고
가다가 못 가거든
달 아래서 자고 가자
둘의 꿈 깊은 때야
네나 내나 다르리

해수욕장에 범선이 하나 떠었다. 그 배 밑에 가서, "이게 무슨 배요?" 선인들이, "애들 놀잇배요." "그러면 이것이 아무개의 배요?" "아니요, 다른 사람의 배요."

나는 배에 올라가서 자세히 물은즉, 그 배는 해수욕하는 데 소용되는 배인데, 배에 올라가서 물에 뛰어내리기도 하고 혹은 그 배를 타고 선유(船遊 뱃놀이)도 하는 배다. 1개월 95원을 받고 삯을 파는 배로 매일 오전 9시경에 와서 오후 5시에 가는데, 선원은 다섯 사람이라 한다. 95원을 5인에 분배하면 매일매일 60여 전인데 그중에서 선세(船貰)를 제하면 대단히 박한 임금이다. 여기에서 그들의 생활난을 볼 수가 있다. 오후 4시경에 여사에 돌아왔다.

11일 상오 11시경에 해수욕장으로 나오는데 그 동리 뒤 솔밭 속에 있는 참외막 아래에 서너 사람의 부로(父老 나이 많은 남자 어른)들이 앉아서 바람을 쐬며 이야기들을 한다. 나도 그 자리에 참례하였다. 이날이 마침 음력으로 칠석날이므로 견우성이 장가를 드느니 직녀성이 시집을 가느니 하였다. 나는 칠석에 대한 토속(土俗)을 물었는데 별로 지적하여 말할 것이 없다고 한다. *

# 나의 소원

김구(1876~1949)

독립운동가, 정치가. 호는 백범(白凡). 15세 때 한학자 정문재로부터 한학을 배웠고, 1893년 동학에 입교해 해주에서 동학 농민 운동을 지휘했다. 명성 황후 시해 사건 때 일본군 중위를 살해하고 체포되어 사형이 확정되었으나 고종의 특사로 감형되었다. 이후 망명 생활 속에서 신민회 조직, 105인 사건, 대한민국 임시 정부 조직, 한인 애국단 조직 등으로 항일 무력 활동을 계속했다. 광복 후 귀국해 이승만·김규식과 함께 민족 통일 총본부를 이끌었다. 1948년 통일 정부 수립을 위한 남북 협상을 제창해 북한과 정치 회담을 열었으나 실패했다. 단독 정부 수립에 반대하다가 1949년 육군 포병 소위 안두희에게 암살당했다. 대표 저서로는 『백범일지』가 있다.

✏️ 작품 정리

갈래 : 현대 수필, 중수필

성격 : 논리적, 설득적, 비판적

배경 : 시간 – 1947년 음력 10월 3일

특징 : • 명료하고 뚜렷한 근거를 제시하며 글을 전개함

　　　 • 매끄럽고 호소력 있는 문장으로 표현함

구성 : '서론–본론–결론'의 3단계 구성

　　－서론 : 예화와 반론을 통해 독립에 대한 염원을 강하게 나타냄

　　－본론 : 사상과 이해관계를 초월한 민족의 영원성을 강조함

　　－결론 : 인류의 불안한 현실 속에서 우리 민족이 나아갈 길을 제시함

주제 : 우리 민족에게 독립이 필요한 이유와 독립에 대한 간절한 염원

1. 이 글을 통해 작가의 민족주의에 대해 정리해 보자.

민족주의는 민족의 독립과 자유, 통일을 추구하는 신념이나 운동이다. 백범이 펼친 민족주의 운동은 민족주의의 순수한 개념을 실현한 가장 모범적인 사례로 꼽힌다. 그는 반외세의 기치를 들고 한말에 동학 운동에 접주(접의 우두머리)로 참가해 일본 제국주의에 저항하고, 일제 강점기에도 상실한 주권을 회복하기 위해 임시 정부를 세워 전력투구했다. 광복 후에는 오로지 민족의 자주와 통일을 위한 반탁 운동(신탁 통치 반대 운동)과 단일 정부 수립 노력을 이어 나갔다. 백범에게 민족은 계급이나 이념적 성향을 초월하는 것이었다. 그는 민족이 있기에 자신이 있고 국가가 있는 것이라고 생각했다. 이러한 민족주의는 민주주의를 기반으로 할 때 진정한 것이며, 민족주의는 자유 이념을 기반으로 할 때 그 효과를 발휘할 수 있는 것이다. 또한, 한 나라의 민족주의를 구현하기 위해서는 민족 성원간의 단합된 응집력이 필요하다. 백범은 민족주의와 민주주의 간의 이 같은 상관성을 『백범일지』를 비롯한 여러 글에서 명백히 밝히고 있다.

2. 이 작품의 시대적 배경을 고려할 때 작가의 의도는 무엇인가?

1947년에 발표된 이 작품은 김구의 정치 철학이 잘 드러난 글로, '민족 국가', '정치 이념', '내가 원하는 우리나라'의 세 부분으로 구성되어 있다. 이 글은 국사원판 『백범일지』가 출간될 당시에 김구가 말미에 추가한 것인데, 그 이유를 다음과 같이 밝히고 있다. "우리는 우리의 철학을 찾고, 세우고, 주장하여야 한다. 이것을 깨닫는 날이 우리 동포가 진실로 독립 정신을 가지는 날이요 참으로 독립하는 날이다. 「나의 소원」은 이러한 동기, 이러한 의미에서 실린 것이다." 당시는 미소 양국의 냉전 체제로 정치적·사상적 혼란을 겪고 있었다. 따라서 김구는 통일된 민주 국가 건설을 위한 자주적인 민족 철학을 정립하고자 이 글을 쓴 것이다.

나의 소원

민족 국가

네 소원이 무엇이냐 하고 하느님이 내게 물으시면 나는 서슴지 않고, "내 소원은 대한 독립이오."
하고 대답할 것이다. 그다음 소원은 무엇이냐고 하면 나는 또, "우리나라의 독립이요."
할 것이요, 또 그다음 소원이 무엇이냐 하는 세 번째 물음에도 나는 더욱 소리를 높여서, "나의 소원은 우리나라 대한의 완전한 자주독립이오."
하고 대답할 것이다.

동포 여러분!

나 김구의 소원은 이것 하나밖에는 없다. 내 과거의 칠십 평생을 이 소원을 위하여 살아왔고, 현재에도 이 소원 때문에 살고 있고, 미래에도 나는 이 소원을 달하려고 살 것이다.

독립이 없는 백성으로 칠십 평생에 설움과 부끄러움과 애탐을 받은 나에게는 세상에서 가장 좋은 것이 완전하게 자주독립한 나라의 백성으로 살아보다가 죽는 일이다. 나는 일찍 우리 독립 정부의 문지기가 되기를 원하였거니와, 그것은 우리나라가 독립국만 되면 나는 그 나라의 가장 미천한 자가 되어도 좋다는 뜻이다. 왜 그런고 하면 독립한 제 나라의 빈천이 남의 밑에 사는 부귀보다 기쁘고 영광스럽고 희망이 많기 때문이다.

옛날 일본에 갔던 박제상[朴堤上 신라 눌지왕 때 왜에 건너가 볼모로 잡혀 있던 왕제 미사흔(未斯欣)을 고국으로 탈출시켰으나, 왜에게 잡혀 기시마(木島)에 유배되었다가 그곳에서 살해당함]이, "내 차라리 계림의 돼지가 될지언정 왜왕의 신하로 부귀를 누리지 않겠다."
한 것이 그의 진정이었던 것을 나는 안다. 제상은 왜왕이 높은 벼슬과 많은 재물을 준다는 것을 물리치고 달게 죽음을 받았으니, 그것은 "차라리 내 나라의 귀신이 되리라." 함에서였다.

근래에 우리 동포 중에는 우리나라를 어느 큰 이웃 나라의 연방에 편입하기를 소원하는 자가 있다 하니, 나는 그 말을 차마 믿으려 아니하거니와 만일 진실로 그러한 자가 있다 하면 그는 제정신을 잃은 미친놈이라고 밖에 볼 길이 없다.

나는 공자, 석가, 예수의 도를 배웠고 그들을 성인으로 숭배하거니와, 그들이 합하여서 세운 천당, 극락이 있다 하더라도 그것이 우리 민족이 세운 나라가 아닐진댄 우리 민족을 그 나라로 끌고 들어가지 아니할 것이다. 왜 그런고 하면 피와 역사를 같이하는 민족이란 완연히 있는 것이어서, 내 몸이 남의 몸이 못 됨과 같이 이 민족이 저 민족이 될 수는 없는 것이 마치 형제도 한집에서 살기 어려움과 같은 것이다. 둘 이상이 합하여서 하나가 되자면 하나는 높고 하나는 낮아서, 하나는 위에 있어서 명령하고 하나는 밑에 있어서 복종하는 것이 근본 문제가 되는 것이다.

이에 대하여 일부 소위 좌익의 무리는 혈통의 조국을 부인하고 소위 사상의 조국을 운운하며, 혈족의 동포를 무시하고 소위 사상의 동무와 프롤레타리아트의 국제적 계급을 주장하여 민족주의 하면 마치 이미 진리권 외에 떨어진 생각인 것같이 말하고 있다. 심히 어리석은 생각이다. 철학도 변하고 정치, 경제의 학설도 일시적이거니와, 민족의 혈통은 영구적이다.

일찍이 어느 민족 내에서나 혹은 종교로, 혹은 학설로, 혹은 경제적, 정치적 이해의 충돌로 하여 두 파, 세 파로 갈려서 피로써 싸운 일이 없는 민족이 없거니와, 지내어 놓고 보면 그것은 바람과 같이 지나가는 일시적인 것이요, 민족은 필경 바람 잔 뒤의 초목 모양으로 뿌리와 가지를 서로 걸고 한 수풀을 이루어 살고 있다. 오늘날 소위 좌우익이란 것도 결국 영원한 혈통의 바다에 일어나는 일시적인 풍파에 불과하다는 것을 잊어서는 아니 된다.

이 모양으로 모든 사상도 가고 신앙도 변한다. 그러나 혈통적인 민족만은 영원히 흥망성쇠의 공동 운명의 인연에 얽힌 한 몸으로 이 땅 위에 사는 것이다.

세계 인류가 네오 내오 없이 한집이 되어 사는 것은 좋은 일이요, 인류의 최고요, 최후인 희망이요, 이상이다. 그러나 이것은 멀고 먼 장래에 바랄 것이요, 현실의 일은 아니다. 사해동포의 크고 아름다운 목표를 향하여 인류가 향상하고 전진하는 노력을 하는 것은 좋은 일이요, 마땅히 할 일이나, 이것도 현실을 떠나서는 안 되는 일이니 현실의 진리는 민족마다 최선의 국가를 이루고 최선의 문화를 낳아 길러서 다른 민족과 서로 바꾸고 서로

돕는 일이다. 이것이 내가 믿고 있는 민주주의요, 이것이 인류의 현 단계에
서는 가장 확실한 진리다.

그러므로 우리 민족으로서 하여야 할 최고의 임무는, 첫째로 남의 절제
도 아니 받고 남에게 의뢰도 아니하는 완전한 자주독립의 나라를 세우는
일이다. 이것이 없이는 우리 민족의 생활을 보장할 수 없을뿐더러, 우리 민
족의 정신력을 자유로 발휘하여 빛나는 문화를 세울 수가 없기 때문이다.

이렇게 완전한 자주독립의 나라를 세운 뒤에는, 둘째로 이 지구상의 인
류가 진정한 평화와 복락을 누릴 수 있는 사상을 낳아 그것을 먼저 우리나
라에 실현하는 것이다.

나는 오늘날의 인류의 문화가 불완전함을 안다. 나라마다 안으로는 정치
상, 경제상, 사회상으로 불평등, 불합리가 있고, 밖으로 국제적으로는 나라
와 나라의, 민족과 민족의 시기, 알력, 침략, 그리고 침략에 대한 보복으로
크고 작은 전쟁이 끊일 사이가 없어서 많은 생명과 재물을 희생하고도 좋
은 일이 오는 것이 아니라 인심의 불안과 도덕의 타락은 갈수록 더하니, 이
래 가지고는 전쟁이 끊일 날이 없어 인류는 마침내 멸망하고 말 것이다.

그러므로 인류 세계에는 새로운 생활 원리의 발견과 실천이 필요하게 되
었다. 이야말로 우리 민족이 담당한 천직이라고 믿는다.

이러하므로 우리 민족의 독립이란 결코 삼천리 삼천만의 일이 아니라 진
실로 세계 전체의 운명에 관한 일이요, 그러므로 우리나라의 독립을 위하
여 일하는 것이 곧 인류를 위하여 일하는 것이다.

만일 우리의 오늘날 형편이 초라한 것을 보고 자굴지심을 발하여 우리가
세우는 나라가 그처럼 위대한 일을 할 것을 의심한다면, 그것은 스스로 모
욕하는 일이다. 우리 민족의 지나간 역사가 빛나지 아니함이 아니나 그것
은 아직 서곡이었다. 우리가 주연 배우로 세계 역사의 무대에 나서는 것은
오늘 이후다. 삼천만의 우리 민족이 옛날의 그리스 민족이나 로마 민족이
한 일을 못한다고 생각할 수 있겠는가!

내가 원하는 우리 민족의 사업은 결코 세계를 무력으로 정복하거나 경제
력으로 지배하려는 것이 아니다. 오직 사랑의 문화, 평화의 문화로 우리 스
스로 잘살고 인류 전체가 의좋게, 즐겁게 살도록 하는 일을 하자는 것이다.
어느 민족도 일찍이 그러한 일을 한 이가 없었으니 그것을 공상이라고 하
지 마라. 일찍이 아무도 한 자가 없기에 우리가 하자는 것이다. 이 큰일은

하늘이 우리를 위하여 남겨 놓으신 것임을 깨달을 때에 우리 민족은 비로소 제 길을 찾고 제 일을 알아본 것이다.

나는 우리나라의 청년 남녀가 모두 과거의 조그맣고 좁다란 생각을 버리고 우리 민족의 큰 사명에 눈을 떠서 제 마음을 닦고 제 힘을 기르기로 낙을 삼기를 바란다. 젊은 사람들이 모두 이 정신을 가지고 이 방향으로 힘을 쓸진댄, 30년이 못하여 우리 민족은 괄목상대하게 될 것을 확신하는 바이다.

• 뒷부분 줄거리

나머지 두 개의 장에서는 '정치 이념'과 '내가 원하는 우리나라'라는 내용을 다루고 있다. '정치 이념'에서는 자신의 정치적 이념이 자유이고, 자유의 나라여야 함을 주장한다. 또한, 민주주의란 국민의 의사를 알아보는 절차 또는 방식일 뿐이며, 언론의 자유, 투표의 자유, 다수결의 복종이 곧 민주주의라고 말한다. '내가 원하는 우리나라'에서는 높은 문화의 힘을 가진 나라가 되어야 한다고 주장한다. 김구는 인류가 현재 불행한 이유는 인의와 자비가 부족하기 때문이며, 진정한 세계의 평화가 우리나라에서 실현되기를 소망한다. 또한, 이를 위해 사상의 자유를 확보하는 정치 양식의 건립과 국민 교육의 중요성을 강조한다. *

시일야방성대곡(是日也放聲大哭)

장지연(1864~1921)

언론인. 호는 위암(韋庵). 경상북도 상주 출생. 1895년 을미사변(乙未事變)으로 명성 황후가 시해되자 의병의 궐기를 호소하는 격문(檄文)을 각처에 보냈다. 1897년 아관 파천(俄館播遷) 때는 고종의 환궁을 요청하는 만인소(萬人疏)를 기초했다. 1901년 〈황성신문〉 사장이 된 그는 민중 계몽과 자립정신을 고취하는 데 힘썼다. 1905년 을사조약이 체결되자 11월 20일자 〈황성신문〉에 「시일야 방성대곡」이라는 사설을 실어 일본의 야욕을 규탄했다. 장지연은 이 사설로 일본 관헌에 붙들려 3개월간 옥고를 치렀다. 이후 망명 생활을 하며 대한 자강회 등을 조직하고 문필 활동을 하면서 구국 운동을 벌였다. 저서로는 『유교 연원』, 『대한강역고』, 『대동시선』, 『화원지』 등이 있다.

갈래 : 현대 수필, 중수필

성격 : 개탄적, 애국적, 비판적, 격정적, 논설적

배경 : 시대 – 1905년 11월 을사조약 체결 당시

특징 : 돈호법, 설의법 등을 사용해 격렬한 감정을 토로함

구성 : '기-서-결'의 3단계 구성

　　－기 : 부당한 을사조약에 대해 비판함

　　－서 : 정부 대신들의 매국에 분노함

　　－결 : 원통함을 토로함

주제 : 매국노에 대한 준엄한 비판

✐ **생각해 볼 문제** --

1. 이 글의 배경이 된 을사조약의 체결 과정을 정리해 보자.

1904년 1월 일본 해군의 기습 공격으로 러일 전쟁이 일어났다. 1905년 1월 한반도에서 만주로 진입한 일본군은 뤼순-다롄 지구를 점령하고, 이해 5월 러시아 해군의 주력인 발틱 함대를 대한 해협에서 섬멸시킨 후 승리를 굳혔다. 이에 러시아는 미국 루스벨트 대통령의 권고를 받아들여 일본과 포츠머스에서 강화 조약을 체결했다. 러일 전쟁의 승리로 일본은 세계열강의 반열에 올랐다. 일본의 배후에는 영국과 미국이 있었고, 러시아에는 프랑스와 독일이 원조를 하고 있었다. 그 결과 한국에 관한 특수 권익을 열강으로부터 인정받게 된 일본은 한국을 보호국화하는 작업을 본격적으로 추진했다. 1905년 10월 27일 일본 각의에서 한국에 대한 보호 조약의 원안을 작성하고, 이를 위해 추밀원 의장 이토 히로부미를 한국에 파견했다. 1905년 11월 18일 새벽, 일본은 을사 오적을 앞세워 고종 황제의 반대를 무시하고 조약을 발표했다.

2. 을사조약에 대한 작가의 생각은 어떠한가?

을사조약이 체결되자 장지연은 1905년 11월 20일자 〈황성신문〉에 「시일야방성대곡」이란 사설을 실어 일본의 흉계를 통렬히 비판했다. 그는 이 글에서 이토의 방한이 삼국의 안녕을 위협하고 침략적 저의를 밝힌 것이라고 폭로하고, 나라를 팔아먹은 을사 오적의 행태에 대해 준열히 꾸짖는다. 또한, 박제순이라는 실명을 거론하며 각 대신들은 개돼지보다 못하다고 비난한 뒤 나라 잃은 심정에 대해 울분을 토로하며 끝을 맺는다. 이처럼 이 작품은 준엄함을 넘어서 읽는 이로 하여금 격정을 불러일으키는 힘을 가지고 있다.

시일야방성대곡

지난번 이토〔이토 히로부미(1841~1909). 일본의 정치가이자 한일 합방의 기초 공작을 수행한 인물〕
후작이 내한했을 때에 어리석은 우리 인민들은 서로 말하기를,

"후작은 평소 동양 삼국의 정족(鼎足 솥 밑에 달려 있는 세 발. 여기서는 세 세력이 균형 있
게 서 있음을 뜻함) 안녕을 주선하겠노라 자처하던 사람인지라, 오늘 내한함이
필경은 우리나라의 독립을 공고히 부식(扶植 뿌리를 박아 심음)케 할 방책을 권고
키 위한 것이리라." 하여 인천항에서 서울에 이르기까지 관민(관청과 민간인)
상하가 환영하여 마지않았다. 그러나 천하 일 가운데 예측키 어려운 일도
많도다. 천만 꿈밖에 5조약(을사조약. 1905년에 일본이 우리나라의 외교권을 박탈하기 위해 강제
로 맺은 다섯 개 조약)이 어찌하여 제출되었는가. 이 조약은 비단 우리 한국뿐만
아니라 동양 삼국이 분열을 빚어낼 조짐인즉, 그렇다면 이토 후작의 본뜻
이 어디에 있었던가?

그것은 그렇다 하더라도, 우리 대황제 폐하의 성의(聖意 임금의 뜻)가 강경하
여 거절하기를 마다하지 않았으니, 조약이 성립되지 않을 것인 줄 이토 후
작 스스로도 잘 알았을 것이다. 그러나 슬프도다, 저 개돼지만도 못한 소위
우리 정부의 대신이란 자들은 자기 일신의 영달과 이익이나 바라면서 위협
에 겁먹어 머뭇대거나 벌벌 떨며 나라를 팔아먹는 도적이 되기를 감수했던
것이다.

아, 4천 년 역사의 강토와 5백 년의 사직(나라 또는 조정을 일컫는 말)을 남에게
들어 바치고, 2천만 생령〔生靈 살아 있는 백성. 생민(生民)〕들로 하여금 남의 노예 되
게 하였으니, 저 개돼지보다 못한 외부대신(外部大臣) 박제순과 각 대신들이
야 깊이 꾸짖을 것도 없다 하지만, 명색이 참정대신(參政大臣)이란 자는 정부
의 수석임에도 단지 부(否) 자로써 책임을 면하여 이름거리나 장만하려 했
더란 말이냐.

김청음〔金淸陰 '청음'은 김상헌(金尙憲)의 호. 조선 인조 때 병자호란에 패해 조선이 청나라와 화의를
맺으려 하자 이에 강력히 반대하여 기초 중인 국서를 찢고 통곡함〕처럼 통곡하여 문서를 찢지도
못했고, 정동계〔鄭桐溪 '동계'는 정온(鄭蘊)의 호. 병자호란 당시 이조참판. 김상헌과 함께 척화(斥和
화친하자는 제의를 물리침)를 주장했으나 화의가 이루어지자 벼슬을 버리고 덕유산에 들어가 5년 만에 사망함〕

처럼 배를 가르지도 못해 그저 살아남고자 했으니, 그 무슨 면목으로 강경
(強硬)하신 황제 폐하를 뵈올 것이며, 그 무슨 면목으로 2천만 동포와 얼굴
을 맞댈 것인가.

아! 원통한지고, 아! 분한지고. 우리 2천만 동포여, 노예 된 동포여! 살았
는가, 죽었는가? 단군 기자 이래 4천 년 국민정신이 하룻밤 사이에 홀연 망
하고 말 것인가. 원통하고 원통하다. 동포여! 동포여! *

# 사치와 검소

✏️ 작가와 작품 세계

유길준(1856~1914)

서울 출생. 1870년경 박규수의 문하에서 실학과 중국의 양무운동에 관한 책을 탐독하면서 김윤식, 박영효, 김옥균 등의 개화파와 가까이 지냈다. 1881년 5월 윤치호 등이 이끄는 신사 유람단, 1882년 10월 박영효 등이 이끄는 수신사를 따라 일본을 두 차례에 걸쳐 방문했고, 1883년 민영익을 따라 미국도 방문했다. 저서로 『서유견문(西遊見聞)』이 있다.

✏️ 작품 정리

> **갈래** : 고전 수필, 중수필
> **성격** : 논리적, 비판적, 가정적, 분석적
> **특징** : • 사치와 검소에 대한 주관적인 정의를 드러냄
>   • 단정적인 어조와 건조체를 사용함
> **주제** : 부유한 나라를 만들기 위해 정부가 해야 할 직분
> **연대** : 조선 고종 32년(1895)

✏️ 생각해 볼 문제

1. 작가가 생각하는 사치와 검소는 무엇인가?

자신의 분수에 맞지 않게 소비하는 것을 사치라고 하고, 자신의 분수에 맞게 소비하는 것을 검소라고 한다. 모름지기 소비를 할 때는 물건의 질과 가치를 꼼꼼히 따져야 한다. 가난한 사람이건 가난하지 않은 사람이건 물건의 질과 가치를 따지지 않고 분수에 맞지 않게 소비한다면 올바른 행위라고 할 수 없다. 이는 생산에도 그대로 적용된다. 물건을 만들 때에도 물건의 질과 가치를 높일 수 있도록 노력해야 한다는 것이다.

2. 올바른 사치와 검소는 무엇인가?

모든 소득은 소비와 저축으로 지출되기 마련이다. 그런데 만약 소비가 위축된다면 기업이 생산한 물건이 팔리지 않으므로 결국 기업은 도산하고 실업자가 속출하게 될 것이다. 역으로 저축이 위축된다면 기업은 은행으로부터 필요한 돈을 제때 빌릴 수 없으므로 생산에 차질을 빚을 수밖에 없다. 이처럼 소비와 저축, 즉 사치와 검소의 균형감이 상실되면 경제에 악영향을 미치게 된다.

사치와 검소

　사람들은 사치와 검소에 대하여 이야기하면서 어느 것이 옳은지 그른지 구별이 분분하지만, 사치와 검소도 또한 그 분수가 따로 있다. 대개 사치라고 하는 근본 뜻은 아름다운 물건을 숭상하는 것을 가리키는 게 아니라, 아무런 지각도 없이 지나치게 쓰는 것과, 가난하면서도 겉모양을 많이 꾸미는 자의 행실을 비판하는 말이다. 나라 안에서 물건을 만드는 자가 재주와 솜씨를 다하여 아름답게 만들어 낸 여러 가지 물건이 제 분수대로 화려함과 견고함을 아울러 갖추었으면, 이는 그 나라의 물건이 완전하고도 아름다운 경지에 이른 것이며, 또 구매하는 자도 아름다운 물건을 가지게 되어 자기 한 몸이 편리하게 되고, 그런 가운데 세간의 공업 기술자들을 근면하게 권하는 길이 되기도 한다.

　만약 그 값으로 말한다면, 조잡한 물건에 비하여 열 배 또는 백 배에 이르는 물건도 있을 것이다. 그러나 국민 가운데 만드는 자나 사는 자들이 모두 아름답고도 깨끗한 종류를 따르게 되기 때문에, 조잡한 것은 처음부터 아무런 영향도 받지 않을뿐더러, 물건이 아름답고도 깨끗한 경지에 이르면 나라 안의 재산이 흥왕(興旺 매우 왕성함)하게 되어 실업자가 드물게 될 것이다. 우리나라에서 아름다운 물건을 만들지 못하고 다른 나라에서 사 온다면, 이것이 바로 사치하는 폐단의 근원이 되고, 국민들의 가난도 심해질 것이다. 그러나 우리나라에서 좋은 물건이 많이 생산되면 이는 사치가 아니라 나라의 큰 복이니, 사치라고 하여도 사치가 아니다.

　물건이 조잡한 것은 처음부터 아무런 영향도 없는데, 만약 검소의 본뜻을 이해하지 못하고 조잡한 물건을 높여 쓰는 것만 미덕이라고 생각하여, 거칠고 잡스러운 솜씨를 높이고 정교한 기예를 내친다면 나라 안의 공업 기술을 금지하는 것과 같아서 깨끗하고 아름다운 물건들은 차츰 다 없어지게 될 것이다. 뛰어난 기술자가 드물어지면 국풍(國風 그 나라 특유의 풍속)도 또한 야비하게 되는데, 이는 물이 낮은 곳으로 흘러내리는 현상과도 같다. 가난한 모습으로 구차한 습관을 이루게 되어, 사치하는 자의 폐단보나 몇 배나 심한 피해를 입게 될 것이다. 사치라고 하여도 국민들이 저마다 마음과 힘을 기울여 온 나라가 풍요롭게 되고 서울과 시골의 구별이 없어진다면, 검소하는 덕행과 마찬가지가 될 것이다. 나라 안에 있는 모든 물건들이 다 훌륭하여 조잡한 것을 구하려고 해도 그림자조차 찾아볼 수가 없게 될 것이다.

그러므로 한 나라의 사치와 검소는 한 사람의 사치나 검소와는 다르다. 아름다운 물건을 만들지 못하는 국민이 검소를 덕으로 내세우며 조잡한 물건을 취하지만, 다른 나라 사람들에게 웃음을 면치 못하게 된다. 만약 다른 나라의 아름다운 물건을 가져다 쓰면서 남들로부터 웃음을 면하려고 한다면, 그 나라는 도리어 커다란 피해를 입게 될 것이다. 그러니 어쩔 수 없이 검소하게 사는 것이 옳기는 하지만, 이는 참다운 검소가 아니다. 형편이 저절로 그렇게 된 것이다. 정부는 공업 기술자의 재주와 기예를 단련시키고, 토산물을 넉넉하게 하며, 야박한 풍습이 변화하도록 힘써야 한다. 깨끗하고 아름다운 물건이 사치하는 근본이라고 하여 모두 금지시키는 것은 정부의 직분이 아니다. *

# 치도약론(治道略論)

🖊 작가와 작품 세계

김옥균(1851~1894)

충청남도 공주 출생. 1872년 22세 때 알성 문과에 장원으로 급제했다. 성균관 전적(典籍)을 거쳐 홍문관 교리(校理)·정언(正言) 등을 역임했다. 흥선 대원군이 물러나고 외척 세력이 득세하자 개혁의 필요성을 깨닫고 서재필 등과 함께 충의계라는 개화파 조직을 결성했다. 1884년 박영효, 홍영식 등의 개화당과 갑신정변을 일으켜 실권을 잡았으나 삼일천하로 끝나면서 일본으로 망명했다. 주요 저서로 『기화근사(箕和近事)』, 『갑신일록(甲申日錄)』 등이 있다.

🖊 작품 정리

갈래 : 고전 수필, 중수필

성격 : 설득적, 비판적

특징 : • 일본을 모델로 해서 도시의 재정비를 주장함

　　　　• 실사구시의 입장에서 조선의 근대화를 촉구함

주제 : 도로의 정비와 위생의 개선

연대 : 조선 고종 19년(1882)

출전 : 『치도약론』

🖊 생각해 볼 문제

1. 김옥균이 치도약론을 주장하게 된 배경은 무엇인가?

유교 국가인 조선에서는 기술과 상업 등 실용 학문을 천시하는 사회 풍조가 만연했다. 이 때문에 수레 사용을 제한하고 도로 건설을 억제했다. 여기에는 이민족의 침입을 저지하려는 군사적인 목적도 있었을 것이다. 조선 후기의 실학자들이 도로 정비와 수레 사용의 필요성을 역설했지만 받아들여지지 않았다. 영국의 저명한 지리학자이자 작가였던 이사벨라 비숍은

1894년에 한양을 방문했는데, 한양의 도로 사정에 대해 "넓은 길은 마차 둘도 통과할 수 없고, 좁은 길은 한 사람의 지게꾼이 내왕을 막을 정도"라고 묘사했다. 게다가 공중변소가 없었기 때문에 도로의 위생 상태는 심각한 수준이었다고 한다. 이에 김옥균은 『치도약론』에서 도로의 정비와 위생 문제를 해결할 방안을 제시했다.

2. 김옥균 등이 주도한 갑신정변에는 어떤 의의가 있는가?

갑신정변은 다수의 민중이 아니라 소수의 지식인이 주도했다는 점에서 임오군란과 구분된다. 그리고 일제에 대한 저항이 아니라 지배층에 대한 저항이라는 점에서 동학 농민 운동과도 구분된다. 또 왕조의 개혁을 뛰어넘어 왕조 질서 자체의 변화를 시도했다는 점에서 갑오개혁과도 구분된다. 그러나 갑신정변은 민심의 지지를 받지 못한, 위로부터의 개혁이었다는 점에서 일정 부분 한계를 드러낸다.

치도약론

　내가 듣건대 태평한 세상에는 수성(守成 조상들이 이루어 놓은 일을 지킴)을 귀히 여기는 것이 법이요, 난리를 겪은 뒤에는 신칙(申飭 단단히 타일러 경계함)을 함이 도리라 한다. 지금 우리나라는 새로 변란(變亂)을 겪은 뒤에 성상(聖上 임금을 높여 이르는 말)께서 간절하신 윤음(綸音 임금이 신하나 백성에게 내리는 말)을 내리시어 신사(紳士 선비)나 서리(胥吏 중앙과 지방 관청에 딸려 있던 하급 관리)나 백성으로 하여금 각각 자기들의 의견을 말하게 해서 국가에 이롭고 백성들에게 편리한 방법을 모두 그날로 의논하여 시행하게 하였으니 이것은 급히 실시해서 실지(실제)의 효과를 거두고자 한 것이다.

　생각건대 조정에 있는 어진 벼슬아치나 초래(草萊 초야)에 묻혀 있는 빼어난 인재들이 좋은 꾀와 큰 계획을 날마다 우리 임금께 진달하여(상소와 간언을 올리어) 윗사람과 아랫사람이 한마음으로 임금을 돕는다면 중흥(中興 쇠퇴하던 것이 중간에 다시 일어남)의 기회로 삼을 수 있을 것이다.

　대개 오늘날 먼저 힘써야 할 일을 말하라고 하면, 반드시 말하기를 인재를 바르게 쓰는 일이요, 재물을 아껴 쓰는 일이요, 사치를 억제하는 일이요, 해금(海禁 바다를 봉쇄함)을 풀어 이웃 나라와 잘 사귀는 일이라 할 것이니, 이 일은 하나라도 빠져서는 안 된다. 그러므로 구구한 내 의견으로는 사실에 토대를 두고, 진상을 탐구해서 이 중에 한두 가지라도 시급히 시행해야 할 것이요, 원대한 일을 한다고 떠벌려 한갓(고작하여야 다른 것 없이 겨우) 헛소리가 되게 하지 말아야 한다.

　지금은 나라 안의 기운이 크게 변하여 세계의 모든 나라가 교통(交通)하여 수레와 배가 바다 위로 마구 달리고, 전선(電線)이 온 세계에 그물처럼 널렸으며, 광산에서 금은을 캐내고 쇠를 녹여 모든 기계를 만드는 등 일체의 민생(民生)과 일용에 편리한 일들을 자못 이루 다 말할 수 없다.

　그중에서 각국의 가장 요긴한 정책을 구한다면, 첫째는 위생이요, 둘째는 농상(農商)이요, 셋째는 도로인데, 이 세 가지는 비록 아시아의 성현이 나라를 다스리는 법도라고 해도 또한 여기에서 벗어나지 않을 것이다. 춘추 시절에도 남의 나라에 가면, 우선 그 나라의 도로와 교량을 보고서 그 나라 정치의 득실을 알았다고 한다.

내가 일찍이 들으니 외국 사람이 우리나라에 왔다 가면 반드시 사람들에게 말하기를 "조선은 산천이 아름다우나 사람이 적어서 부강해지기는 어려울 것이다. 그보다도 사람과 짐승의 똥오줌이 길에 가득하니 이것이 더 두려운 일이다."라고 한다. 이것이 어찌 차마 들을 말이냐.

우리나라의 선대 조정에서 나라를 세우고 법을 제정할 때 도로와 교량을 닦고 다스리는 일은 수조(水曹 공조에 딸린 관청)에 맡기고, 또 준천사(濬川司 개천을 준설하기 위해 설치한 관청)를 설치해서 오로지 내와 도랑을 파는 일을 맡게 했으니, 그 규모가 치밀하지 않은 것이 없었다. 그러나 풍속이 타락해진 것이 그대로 습관이 되어, 비록 자기 몸에 직접 관계되는 이해관계라도 오직 우물쭈물 그대로 넘기는 것을 잘하는 일로 알고 있어, 좋은 법과 아름다운 뜻은 오직 헛이름만 남아 있을 뿐이다.

수십 년 이래로 괴질과 역질이 가을과 여름 사이에 성행해서, 한 사람이 병에 걸리면 그 병이 전염되어 백 명, 천 명에 이르고, 죽는 자가 계속해서 생기고, 죽는 자의 대다수는 일을 한창 할 장정들이었다. 이것은 비단 거처(居處 일정하게 자리 잡고 사는 장소)가 깨끗지 못하고 음식물에 절제가 없는 것뿐만 아니라, 더러운 물건이 거리에 쌓여 있어 그 독한 기운이 사람의 몸에 침입하는 까닭이다.

이러한 때에 혹시 부후(富厚 재물이 넉넉함)하고 신분이 높은 자 중에 조금 섭양(攝養 먹고 마시고 행동하는 모든 것)할 줄 아는 자는 이를 초조하게 여겨 마치 뜨거운 화로 속에 앉아 있는 것처럼 여겨, 기도하고 빌고 주문을 외우고 부적을 써 붙이는 등 별짓을 다한다. 또 조금이라도 의술을 아는 자는 이러한 장소에서 도망하여 다른 곳으로 가려고 해도 되지 않아서 이리 달리고 저리 달려 창황(蒼黃 어찌할 겨를 없이 매우 급함)하게 돌아다닌다. 이리하여 요행히 살아남으면 문득 말하기를 "올해는 운기(運氣 운수)가 그렇다."라고 할 뿐이다. 날씨가 조금 추워져서 전염병의 증세가 차츰 가라앉으면, 사람들은 모두 만족한 빛을 얼굴에 띠며 기뻐하고 모든 일을 잊어버린다. 그러니 어찌 슬픈 일이 아니겠는가?

현재 구미(歐美 유럽과 미국) 각국은 그 기술의 과목이 몹시 많은 중에서도 오직 의업(醫業 의술을 베푸는 직업)을 맨 첫머리에 둔다. 이것은 백성들의 생명에 관계되기 때문이다. 그런데 우리나라는 관청에서부터 민가(民家)의 마당에 이르기까지 물이 번지고 도랑이 막혀서, 더러운 냄새가 사람을 괴롭혀 코를 막아도 견디기 어려운 탄식이 있으니, 실로 외국의 조소(嘲笑 조롱)를 받을 일이다.

지난번에 전권 대사(全權大使) 박영효, 부사(副使) 김만식이 일본에 사신으로 갔을 때, 나 옥균도 일본을 두루 돌아 도쿄에 두 번이나 간 일이 있었다. 어느 날 두 사람이 나에게 말하기를 "우리는 장차 치도(治道 길을 고쳐 닦는 일)에 능한 학자 몇 명을 데리고 함께 본국에 돌아가 정부에 보고하고, 치도하는 일을 급히 시행하려 하는데, 그대의 의견은 어떠한가?"라고 했다.

나는 대답하기를 "우리나라는 지금 크게 경장(更張 잘못된 관행이나 제도를 바꿈)을 해야 할 때가 되었고, 그대들은 그러한 소중한 책임을 지고 이제 외국에 온 것이니, 복명(復命 명령을 받은 일을 처리하고 그 결과를 보고함)하는 날에는 여러 가지 보고 들은 것을 정부에 건의해서 국가의 훈업(勳業 큰 공로가 있는 사업)을 수립하는 것이 그대들의 임무인데, 겨우 이 치도하는 일을 급선무로 삼으려는가?"라고 했다.

그들은 웃으면서 말하기를

"그렇지 않다. 우리나라가 오늘날 급히 해야 할 일은 농업을 일으키는 일보다 더한 것이 없고, 농업을 일으키는 요점은 실로 전답에 거름을 많이 주는 데 있다. 전답에 거름을 부지런히 주면 더러운 것을 없앨 수 있고, 더러운 것을 없애면 전염병도 없앨 수 있다. 가령 농사짓는 일이 제대로 되었다고 할지라도 운반이 불편하다면, 양식이 남는 곳의 곡식을 양식이 모자라는 곳으로 옮길 수 없다. 그러므로 길을 닦는 일이 시급히 요구된다는 것이다. 길이 이미 잘 닦아져 거마(車馬 수레와 말)가 편하게 다닐 수 있게 되면, 열 사람이 할 일을 한 사람이 할 수가 있을 것이니, 나머지 아홉 사람의 힘을 공업의 기술로 돌린다면, 옛날에 놀고먹기만 하던 무리들은 모두 일정한 직업을 항구적으로 갖게 될 것이다. 그러니 국가를 편하게 하고 백성을 이롭게 하는 것이 이보다 나은 것이 있겠는가?"

라고 했다.

이에 나는 일어나서 절하고 말하기를

"참으로 그러하다. 그대들이 말하는 위생이니 농상이니 도로니 하는 것은 고금(古今) 천하에 바꿀 수 없는 올바른 법이다. 내가 본국에 있을 때에 일찍이 아는 친구들과 이 일에 대하여 의논한 일이 있었지만, 오히려 한 가지만 행하면 여러 가지가 이토록 갖추어 조밀하게 해결되는 줄은 몰랐다. 나는 또 들으니 일본이 변법한 이후로 모든 것을 경장했지만, 오직 도로를 닦는 공(攻)이 효력을 크게 거두었다고 한다. 이에 그대들이 본국에 돌아가 정부에 보고하여 이를 행하게 하면, 전일 외국에 조소받던 일이 도리어 서로 기쁘게 치하하게 되지 않겠는가? 우리나라가 부강해질 방법은 실로 여기에서 시작될 것이다."
라고 했다.

이에 김 공(金公)은

"옥균에게 부탁하여 치도 규식(治道規式 길을 닦는 데 필요한 법규와 격식) 몇 조목을 만들어 이것을 시행토록 하라."
라고 했다. 옥균이 감히 글을 쓰지 못한다고 사양할 수 없어서 삼가 다음과 같이 조목을 만드는 바이니, 여러분들은 여기에 유의하여 채택해 주신다면 매우 다행스럽겠다.

– 성상께서 즉위하신 지 19년이 되는 해 임오년 11월 보름에
김옥균 삼가 씀 *

# 문학청년 이인영에게

✏️ 작가와 작품 세계

정약용(丁若鏞, 1762~1836)

자는 미용(美庸). 호는 다산(茶山). 경기도 광주 출생. 1783년 진사 시험에 합격했고, 1789년 문과에 급제해 벼슬길에 올랐다. 토지 개혁 방안으로 여전제를 주장했으나 토지의 국유화 방안을 제시하지 못했다. 1801년 신유박해 당시 강진으로 유배되어 그곳에서 18년간 학문 연구에 몰두했다. 주요 저서로 『경세유표(經世遺表)』, 『목민심서(牧民心書)』, 『흠흠신서(欽欽新書)』 등이 있다.

✏️ 작품 정리

갈래 : 고전 수필, 경수필

성격 : 교훈적

특징 : 참다운 문장을 설명하기 위해 다양한 비유법을 사용함

주제 : 온고(溫故)의 중요성과 바른 문장의 정의

연대 : 조선 정조·순조 때

출전 : 『여유당전서』

✏️ 생각해 볼 문제

1. 정약용의 문학관은 어떠했는가?

정약용은 문학·정치·경제·의학 등 다양한 분야에서 약 500권에 달하는 방대한 저술을 남겼다. 문장과 경학(經學)에 뛰어났던 그의 사상 가운데 특히 돋보였던 것은 문학 사상이었다. 정약용은 문학이란 나라와 백성을 위한 것이어야 한다고 생각했다. 또한, 문학은 백성의 실생활을 토대로 하고, 불합리한 현실을 진실하게 보여 주어야 한다고 주장했다. 이 글에서 올바른 문장학이란 "나라를 다스릴 방책을 생각하며 아래로는 세상을 움직일 생각이 있어야 한다."라고 한 것도 이와 같은 맥락으로 볼 수 있다.

2. 정약용은 『오학론(五學論)』에서 "문장은 마음 깊은 곳에 축적되어 있는 것으로부터 발현되어야 한다. 그런데 모두 외형만 답습하여 스스로 문장인 체하니, 그것이 어찌 옛날의 문장이라고 하겠는가?"라고 말했다. 이 말의 뜻은 무엇인가?

정약용은 문장을 평가할 때 사람의 됨됨이부터 살폈다. 예컨대 사마천은 스스로 예의를 외면했고, 양웅은 도(道)를 몰랐으며, 유종원은 근본을 망각했으므로 그들의 글에서 감흥을 느끼기 어렵다고 말했다. 다시 말해 문장은 껍데기요, 마음은 알맹이라는 것이다. 그러므로 문장은 남의 문장을 베껴서 얻을 수 있는 것이 아니라, 마음을 다스림으로써 얻을 수 있다는 뜻이다.

3. 정약용의 주장에 반론을 제기한다면 어떤 점을 지적할 수 있는가?

정약용은 지나치게 옛것을 중시한다. 온고, 즉 옛것을 익히는 것만 강조하는 것이다. 정약용의 『오학론』을 보면, 온 세상에 있는 문장 가운데 『역경(易經)』, 『시경(詩經)』, 『서경(書經)』, 『예기(禮記)』, 『주례(周禮)』, 『춘추좌씨전(春秋左氏傳)』, 『논어(論語)』, 『맹자(孟子)』, 『노자(老子)』 외에는 순수한 것이 없다고 말하고 있다. 하지만 온고지신이란 옛것을 답습하는 것이 아니라 새것을 창조하는 것이므로 논어와 맹자를 뛰어넘어야 할 것이다.

문학청년 이인영에게

내가 한강가에 살고 있을 때의 일이다. 어느 날 얌전한 청년 하나가 등에 무엇을 가득 지고 찾아왔다. 보니 책 보따리였다. 이름을 물으니 이인영이라 하였고 나이를 물으니 열아홉이라 하였다. 다시 그의 지향을 물으니 앞으로 문장을 공부하려는데 비록 공명(功名 공을 세워서 자기의 이름을 널리 드러냄)을 이루지 못하고 한평생 불우한 생활을 하더라도 후회하지 않겠다는 것이다. 그의 책 보따리에 가득 찬 것은 모두가 시인 재사(才士 재주가 뛰어난 남자)들의 기발하고 참신한 작품들로 파리 대가리처럼 글자를 작게 썼으며 모기 눈처럼 가늘게 엮은 글들이었다. 포부를 털어놓을 때는 마치 병 속에서 물이 쏟아져 나오는 듯하여 책 보따리 속보다 수십 배나 더 풍부하였다. 그의 눈은 반짝거리고 맑은 빛이 흘렀으며 이마는 불쑥 나오고 광채가 있었다.

나는 그에게 이렇게 말해 주었다.

아아 자네 앉게, 내가 한마디 해 주겠네. 무릇 문장이란 무엇인가. 문장은 안에서 학식이 쌓여 밖으로 표현된 것이라네. 마치 고량진미(膏粱珍味 기름진 고기와 좋은 곡식으로 만든 맛있는 음식)를 많이 먹어 배 속이 기름졌을 때 피부가 윤택해지는 것과 같고, 술을 많이 먹었을 때 얼굴이 붉어지는 것과 같은 이치라네. 그러므로 문장 그것만을 밖에서 얻어 올 수야 있겠는가.

평화로운 덕으로 마음을 기르고 효도와 우애로 성정(性情 성질과 심성. 또는 타고난 본성)을 연마하여 항상 공경과 정성으로 일관하고, 중심을 가져 변덕을 부리지 말며 도를 향하여 나아가기에 힘쓰고 고전으로 자기 몸가짐의 바탕을 삼으며, 학식을 넓히고 역사를 공부하여 고금의 변천을 알며, 예악(禮樂 예법과 음악)과 제도, 옛 문헌과 법도들이 가슴속에 가득 차서 외부의 사물과 접촉하게 되면, 모든 일과 시비, 이해관계가 가슴속에 축적된 것과 맞아서 속에 서려 있는 것이 용솟음치면서 세상에 한 번 알려 천하 만세에 빛이 되어 보고 싶을 것일세. 그 욕구를 억누를 수가 없게 되었을 때 자기가 드러내고 싶은 것을 토로하면 사람들이 그것을 보고 "문장이다." 하고 말할 것이네. 이것이 참다운 문장이네. 풀을 헤집고 바람을 보려는 듯이 빨리 달리고 조급히 서둘러 이른바 문장이라는 것을 손으로 붙잡고 입으로 삼킬 수야 있겠는가?

세상 사람들이 말하는 문장학이라는 것은 바른길을 해치는 좀벌레와 같아서 서로 용납할 수 없는 것이라네. 비록 양보하여 문장학을 일삼는다 해도 그 또한 일정한 방법이 있고 혈맥이 통하는 기운이 있어야 할 것이네. 고전에 바탕을 두고 역사와 사상가의 저서에서 도움을 받아야 하는데 그로써 온화하고 함축성 있는 기운을 쌓고 심오하고 원대한 지향을 길러 위로는 나라를 다스릴 방책을 생각하며 아래로는 세상을 움직일 생각이 있어야 하니 바야흐로 녹록하지(만만하고 상대하기 쉽지) 않을 것이네.

(중략)

자네는 오늘부터 문장학에는 뜻을 두지 말고 빨리 집으로 돌아가서 안으로는 효성과 우애를 극진히 하고 밖으로는 고전 공부에 힘을 기울이게. 옛 성현의 말씀을 항상 공부하여 잊어버리지 말며 한편으로 과거 공부도 계속하여 몸을 일으켜 임금을 섬겨 시대에 유용한 사람이 되며 후세에 이름을 전할 위인이 되게. 부디 하찮은 호기심 때문에 귀중한 한평생을 헛되이 버리지 말게. 자네가 만일 지금의 뜻을 고치지 않는다면 좁은 골목으로 몰려다니는 노름꾼이나 싸움패와 다를 것이 없을 것이네. *

 원목(原牧)

✏️ 작품 정리

> **작가** : 정약용(360쪽 '작가와 작품 세계' 참조)
> **갈래** : 고전 수필, 중수필
> **성격** : 설득적, 비판적
> **특징** : • 위민 사상 및 주권 재민 사상을 주장함
>   • 의문형으로 시작해 독자의 호기심을 유발함
> **주제** : 위정자가 백성 위에 군림하며 횡포를 부리는 폐해에 대한 비판
> **연대** : 조선 정조·순조 때
> **출전** : 『여유당전서』

✏️ 생각해 볼 문제

1. 바람직한 목민관의 자세는 무엇인가?

조선 후기의 대표적 실학자인 정약용은 『목민심서』에서 목민관의 자세를 율기(律己) 6조로 정리했다. 첫째는 칙궁(飭躬)으로 몸가짐을 단정히 해야 하고, 둘째는 청심(淸心)으로 마음가짐을 깨끗이 해야 하며, 셋째는 제가(齊家)로 집안을 엄격히 다스려야 한다. 넷째는 병객(屛客)으로 사사로운 손님을 멀리해야 하고, 다섯째는 절용(節用)으로 매사에 절약해야 하며, 여섯째는 낙시(樂施)로 즐겁게 베풀어야 한다. 여기에 목민관의 가장 기본적인 임무로서 청렴결백을 강조하는 염결(廉潔)을 더할 수 있다.

2. 최근 한 민간 연구소가 시행한 '다시 뽑고 싶은 대통령' 가상 투표에서 박정희 전 대통령이 1위를 차지했다. 이는 무엇을 의미하는가?

박정희 전 대통령에 대한 평가는 크게 엇갈린다. 긍정적으로는 경제 성장의 주역으로서 '한강의 기적'을 이끌어 낸 강력한 리더라는 평가를 받는다. 하지만 부정적으로는 노동 운동을 탄압해 민주주의의 발전을 저해한 독재

자라는 평가를 받기도 한다. 또한, 중립적으로는 18년 장기 집권을 한 독재 자이기는 하지만 경제적인 업적을 무시할 수 없다는 평가도 있다. 이러한 박정희가 국민을 대상으로 시행한 여론 조사에서 다시 뽑고 싶은 대통령으로 선정되었다는 것은 과정보다 결과를 중시하는 우리 사회의 풍토와 무관하지 않다.

3. 정약용은 이 작품과 「탕론」 등에서 무엇을 주장했는가?

"탕이 걸을 쫓아낸 것은 옳은 일인가? 신하로서 임금을 쳤는데도 옳은 일인가?"라는 물음의 대한 답이 「탕론」의 주제다. 탕은 나라를 제대로 돌보지 못한 하나라 걸왕을 끌어내고 자신이 왕의 자리에 올라 상을 세운 사람이다. 정약용은 "하늘이 천자를 내려서 그를 세운 것인가? 아니면 땅에서 솟아나 천자가 된 것인가?"라고 말하며 천자는 다중이 뽑아 올려서 된 것임을 강조했다. 즉, 왕이 제대로 정치를 펴지 못할 때 백성의 권리로서 왕을 바꾸는 것은 당연하다는 것이다. 이 작품에서도 백성의 권리가 부각되었다. 정약용은 "목민자는 백성을 위해서 존재한다. 오랜 옛날에는 목민자는 없고 백성만이 있었다."라고 말하며 백성이 존재하는 이유와 중요성을 강조했다.

원목

목민자(牧民者 백성을 기르는 자)가 백성을 위하여 있는 것인가, 백성이 목민자를 위하여 살고 있는 것인가? 백성들이 곡식과 옷감을 내어 목민자를 섬기고, 또 수레와 말과 하인을 내어 목민자를 영송(迎送 맞아들이는 일과 보내는 일)하고, 또는 고혈(膏血 사람의 기름과 피)과 진수(津髓 사람의 침과 골수)를 짜내어 목민자를 살찌우고 있으니, 과연 백성이 목민자를 위하여 살고 있는 것인가? 아니다. 그건 아니다. 목민자가 백성을 위하여 있는 것이다.

옛날에야 백성만 있었을 뿐 무슨 목민자가 있었던가. 백성들이 옹기종기 모여 살다가 어떤 사람이 이웃과 다투었는데 해결을 보지 못하였다. 이때 공평한 말을 잘하는 장자(長者 덕망이 높고 경험이 많은 어른)가 있었으므로 그에게 가서야 해결을 보았다. 이에 모든 이웃 사람들이 감복한 나머지 그를 추대하여(윗사람을 떠받들어) 높이 모시고는 이름을 이정(里正)이라 하였다. 또 여러 마을 백성들이 자기 마을에서 해결 못한 다툼거리를 가지고 준수하고 식견이 많은 장자를 찾아가 그에게서 해결을 보고는 여러 마을이 모두 감복한 나머지 그를 추대하여 높이 모시고는 이름을 당정(黨正)이라 하였다. 또 여러 고을 백성들이 자기 고을에서 해결 못한 다툼거리를 가지고 어질고 덕이 있는 장자를 찾아가 그에게서 해결을 보고는 여러 마을이 모두 감복하여 그를 주장(州長)이라 불렀다. 또 여러 주(州)의 장(長)들이 한 사람을 추대하여 어른으로 모시고는 이름을 국군(國君)이라 하였으며, 또 여러 나라의 군(君)들이 한 사람을 추대하여 어른으로 모시고는 그 이름을 방백(方伯)이라 하였고, 또 사방(四方)의 방백들이 한 사람을 추대하여 그를 우두머리로 삼고는 이름을 황왕(皇王)이라 하였으니, 따지자면 황왕의 근본은 이정에서부터 시작된 것으로 백성을 위하여 목민자가 있었던 것임을 알 수 있다.

그때에는 이정이 백성들의 여망(輿望 많은 사람의 기대)을 좇아 법을 제정한 다음 당정에게 올렸고, 당정도 백성의 여망을 좇아 법을 제정한 다음 주장에게 올렸고, 주장은 국군에게, 국군은 황왕에게 올렸다. 그러므로 그 법들은 모두 백성들의 편익을 위한 것이었다. 그런데 후세에 와서는 한 사람이 자기 스스로 황제가 된 다음 자기 아들과 동생 그리고 시어(侍御 황제를 곁에서 모시던 신하), 복종(僕從 종)까지 모두 제후로 봉(封)하는가 하면, 그 제후들은 또 자기 심복들을 골라 주장(州長)으로 세우고, 주장은 또 자기 심복을 천거(薦擧 어떤 일을 맡아 할 수 있는 사람을 그 자리에 쓰도록 소개하거나 추천함)하여 당정과 이정으로 세우고 있다. 이렇기 때문에 황제가 자기 욕심대로 법을 만들어서 제후에게 주면 제후는 또 자기 욕심대로 법을 만들어서 주장에게 주고, 주장은 당정에게, 당정은 이정에게 각기 그런 식으로 법을 만들어 준다. 그러므로 그 법이라는 것이 다 임금은 높이고 백성은 낮추며, 아랫사람 것을 긁어다가 윗사람에게 붙여 주는 격이 되어, 얼핏 보기에 백성이 목민자를 위하여 살고 있는 꼴이 되고 있다.

지금의 수령(守令)을 옛날로 치면 제후인데 그들의 궁실(宮室)과 여마(輿馬 황제의 수레와 말), 의복과 음식 그리고 좌우의 편폐(偏嬖 특별히 사랑받는 대상), 시어, 복종들이 거의 국군과 맞먹는 상태인 데다, 그들의 권능이 사람을 경사롭게 만들 수도 있고 그들의 형벌과 위엄은 사람을 겁주기에 충분하다. 그리하여 거만하게 저 스스로 높은 체하고 태연히 저 혼자 좋아서 자신이 목민자임을 잊어버리고 있다.

한 사람이 다투다가 해결을 위하여 찾아가게 되면 곧 불쾌한 표정으로 말하기를 "왜 그리도 시끄럽게 구느냐." 하고, 한 사람이 굶어 죽기라도 하면 "자기가 잘못해서 죽었다."라고 말한다. 뿐만 아니라 곡식이나 옷감을 생산하여 섬기지 않으면 매질이나 몽둥이질을 하여 피를 보고서야 그친다. 날마다 돈 꾸러미나 세고 협주(夾注 문장 가운데 작은 글자로 주를 달아 놓은 것), 도을(塗乙 문장 중에 틀린 글자를 채우는 일)을 일기 삼아 기록하여 돈과 베를 거두어들여서 논밭과 집이나 장만하고, 권귀(權貴 권문 귀족), 재상(宰相)에게 뇌물을 써서 후일의 이익을 도모하고 있다. 그리하여 "백성이 목민자를 위하여 존재하고 있다."란 말이 나오게 되었지만 그것이 어디 이치에 닿기나 하는가? 목민자가 백성을 위하여 있는 것이다. *

봄이 온 서울에 노닐다(春成遊記)

작가와 작품 세계

유득공(柳得恭, 1749~1807)

자는 혜풍(惠風)·혜보(惠甫). 호는 영재(泠齋)·영암(泠庵)·고운당(古芸堂). 한성에서 출생. 서얼 신분으로 태어난 그는 11세 때 아버지를 여의고 삯바느질을 하는 홀어머니 밑에서 가난하게 자랐다. 숙부 유련(柳璉)의 영향을 받아 시를 배웠다. 시문에 뛰어났던 유득공은 박제가, 이덕무, 이서구와 더불어 한시사가(漢詩四家)로 꼽힌다. 이후 능력을 인정받아 1779년 규장각 검서관(檢書官)이 되었으며 이후 포천, 제천, 양근 등의 군수를 거쳐 풍천 부사에 이르렀다. 규장각 검서관으로 있을 때 궁중에 비치된 국내외 자료들을 접할 기회가 많아 다양한 분야에서 괄목할 만한 저서를 많이 남겼다. 그는 박지원, 이덕무, 박제가 등 북학파 인사들과 교유하면서 실학사상을 연구했다. 실학자이면서 역사가였던 유득공은 『발해고』를 저술하기도 했다.

작품 정리

갈래 : 고전 수필, 기행 수필

성격 : 주관적, 비유적, 감각적

배경 : 시간 – 경인년(1770) 봄 / 공간 – 서울

특징 : • 여정에 따라 감상을 소개함

　　　　• 대상을 객관적으로 묘사한 뒤에 주관적인 인상을 소개함

　　　　• 대상의 특징을 비유의 방식으로 참신하게 표현함

주제 : 봄이 온 서울을 여행하면서 느낀 감정

연대 : 조선 영조 46년(1770)

출전 : 『영재집』「춘성유기」

✎ 생각해 볼 문제

1. 유득공은 어떤 학자인가?

유득공은 이용후생(利用厚生)에 입각해 상공업의 발전을 주장한 북학파 실학자다. 대표 저서인 『발해고』에서는 발해의 역사를 우리의 본격적인 역사로 다루고 있다. 또한, 신라의 삼국 통일은 불완전한 것으로 평가하고 있다. 북쪽에 발해가 있었기 때문에 신라와 발해를 남북국이라고 불러야 한다는 것이다. 이는 발해가 고구려를 계승한 나라라는 점에서 '남북국시대론'의 효시가 된다.

2. 이 작품이 등장하게 된 배경은 무엇인가?

유득공은 동문수학한 이덕무 등과 함께 1770년 3월 3일 스승인 연암 박지원을 모시고 서울을 나흘간 유람한 뒤에 「춘성유기」를 썼다. 제목 그대로 봄이 온 서울을 유람한 것이다. 이들은 첫째 날 삼청동, 둘째 날 남산, 셋째 날 낙산 일대를 돌아보고 마지막 날에 경복궁 터를 둘러보았다. 이 작품에는 폐허가 된 경복궁의 모습이 잘 표현되어 있고, 경복궁을 제대로 감상하는 법이 자세히 소개되어 있다는 점에서 의의를 찾을 수 있다.

봄이 온 서울에 노닐다

경인년(영조 46년, 1770) 삼월 삼 일, 연암 박지원, 청장관(青莊館 이덕무의 호) 이덕무와 더불어 삼청동으로 들어가 창문(倉門) 돌다리를 건너 삼청전(三淸殿) 옛터를 찾았다. 삼청전 옛터에는 오래된 밭이 남아 있어 온갖 꽃이 흐드러지게 피어 있다. 자리를 나누어 앉았더니 옷에 녹색 물이 들었다. 청장관은 풀이름을 많이 아는 사람이라 내가 풀을 뜯어 물어보니 대답하지 못하는 것이 없어 수십 종을 기록해 두었다. 청장관은 어찌 그리 해박할까? 우리는 해가 뉘엿뉘엿 넘어갈 무렵 술을 사 와 마셨다.

이튿날, 우리 일행은 남산에 올랐다. 장흥방(長興坊 지금의 적선동)을 통해서 회현방(會賢坊 지금의 회현동)을 뚫고 지나갔다. 남산 가까이에는 옛 재상의 집이 많다. 무너진 담장 안에는 늙은 소나무와 늙은 느티나무가 의젓한 자세로 곳곳에 남아 있다. 높은 언덕배기로 올라가서 한양을 바라보았다. 백악(白岳 지금의 북한산)은 둥그스름하고도 뾰족하여 모자를 푹 씌워 놓은 모양이요, 도봉산은 삐죽삐죽 솟아서 투호병(투호 놀이를 할 때 화살을 던져 넣는 통)에 화살이 꽂혀 있고 필통에 붓이 놓여 있는 모양이다. 인왕산은 인사하는 사람이 두 손을 놓기는 했으나 그 어깨는 아직 구부정하게 구부린 모습이요, 삼각산은 아주 키가 큰 사람이 수많은 사람들을 고개를 숙여 내려다보고 있는 모양인데, 마치 사람들의 갓이 키 큰 사람의 턱에 걸려 있는 품새다.

성안의 집들은 검푸른 밭을 새로 갈아서 밭고랑이 줄줄이 나 있는 모양이요, 큰길은 긴 냇물이 들판을 갈라놓은 것처럼 성안을 가로질러 몇 굽이가 그 모습을 드러내고 있다. 사람과 말은 마치 그 냇물 속에서 활개 치는 물고기 같다.

도성은 8만 호를 자랑한다. 그 속에서 지금 이 순간, 사람들은 한창 즐겁다고 노래하고 한창 슬프다고 곡하며, 한창 밥을 먹고 술을 마시며, 한창 노름하고 바둑을 두며, 한창 남을 칭찬하고 남을 헐뜯으며, 한창 어떤 일을 하고 어떤 일을 꾸미는 중이다. 높은 곳에 있는 사람이 이 모든 것을 구경하게 된다면 한바탕 웃음을 터뜨릴 일이다.

그다음 날, 태상시(太常寺 국가와 왕실의 제사를 주관하던 관청) 동쪽 언덕에 올랐다.

육조(六曹)의 누각이며 궁궐 안 도랑 옆에 선 버드나무, 경행방(慶幸坊 지금의 낙원동)에 서 있는 백탑(白塔)이며 동대문 밖에 깔린 아지랑이가 은은하게 모습을 드러냈다. 그 가운데 가장 기묘한 것은 낙산(駱山 종로구와 성북구 사이에 있는 산) 일대다. 모래는 하얗고 소나무는 푸르러 그 밝고 교태스러운 모습이 그림과도 같다. 거기에 다시 작은 산 하나가 마치 담묵색(淡墨色 엷은 먹물 색)의 까마귀 머리와도 같이 낙산 동쪽에 솟아 있다. 불현듯 그게 구름 속에 보이는 양주(楊洲) 고을의 산이라는 생각이 들었다. 이날 밤 나는 몹시 취해 서상수의 집 살구꽃 아래에서 잠을 잤다.

또 그다음 날, 폐허로 남아 있는 경복궁으로 들어갔다. 궁궐 남문 안에는 다리가 있는데 다리 동쪽에는 돌을 깎아 만든 천록(天祿 혹은 天鹿 경복궁 영제교에 있는 몸에 비늘이 덮여 있고 외뿔이 달려 있는 돌짐승)이 두 마리 있고, 다리 서쪽에는 한 마리가 있다. 천록의 비늘과 갈기가 잘 새겨져 있어 생생하였다. 남별궁(南別宮) 뒤뜰에는 등에 구멍이 뚫려 있는 천록이 한 마리 있는데 이것과 아주 비슷하다. 필시 다리 서쪽에 있었던 나머지 하나임이 분명하나 그것을 입증할 근거가 없다.

다리를 건너서 북쪽으로 갔는데 근정전(勤政殿) 옛터가 바로 여기다. 전각 섬돌은 3층으로, 섬돌 동쪽과 서쪽 모서리에는 돌로 만든 암수 개가 놓여 있고, 암컷은 새끼를 한 마리 안고 있다. 신승(神僧) 무학(無學) 대사가 남쪽 오랑캐가 침략하면 짖도록 만든 조각인데 개가 늙으면 그 새끼가 뒤를 이어 짖도록 했다고 전해 온다. 그렇지만 임진년의 불길을 모면하지 못했으니 저 돌로 만든 개의 죄라고 해야 하는가? 전해 오는 이야기란 아무래도 믿지 못할 노릇이다. 전각 좌우에 놓인, 돌로 만든 이무기 상 위에는 작은 웅덩이가 패어 있다. 근래에 '송사(宋史)'를 읽어서 그 웅덩이가 임금님 좌우에서 역사를 기록하는 사관(史官)의 연지(硯池 벼루의 앞쪽에 오목하게 팬 곳)임을 알 수 있었다.

근정전을 돌아서 북쪽으로 가자 일영대(日影臺)가 나타났다. 일영대를 돌아서 서쪽으로 가니 경회루(慶會樓) 옛터가 바로 여기다. 이 옛터는 연못 가운데 있어, 부서진 다리를 통해 그리로 갈 수 있다. 다리를 덜덜 떨며 지나가노라니 나도 모르는 새 땀이 난다. 누각의 주춧돌은 높이가 세 길쯤 된다. 무릇 48개의 기둥으로 되어 있는데, 그중 여덟 개가 부서졌다. 바깥 기둥은 네모난 기둥이고 안쪽 기둥은 둥근 기둥이다. 기둥에는 구름과 용의 형상을 새겼는데 이것이 바로 유구(琉球 지금의 대만)의 사신이 말한 세 가지 장관 가운데 하나이다.

연못의 물은 푸르고 맑아서 살랑바람에도 물결을 보내온다. 연방(蓮房 연꽃의 열매가 들어 있는 송이)과 가시연 뿌리가 가라앉았다 떠오르고 흩어졌다 모인다. 작은 붕어들이 얕은 물에 모여서 거품을 뽀글뽀글 뿜으며 장난질을 치다가 사람 발소리를 듣더니 숨었다가 다시 나타난다. 연못에는 섬이 두 개 있는데 거기에 소나무를 심었다. 소나무는 잎이 무성한 채 삐죽 솟아 그 그림자가 물결을 가르고 있다. 연못 동쪽에는 낚시하는 사람이 있고, 연못 서쪽에는 궁궐을 지키는 내시가 손님과 함께 과녁을 겨누며 활을 쏘고 있다.

동북쪽 모서리에 있는 다리를 통해서 물을 건너자, 풀은 모두 황정(黃精 죽대의 뿌리를 한방에서 이르는 말)이고 돌은 모두 낡은 주춧돌이다. 주춧돌에는 움푹 파인 데가 있어 기둥을 꽂던 곳으로 보이는데 빗물이 그 웅덩이를 채우고 있다.

간간이 마른 우물이 보인다. 북쪽 담장 안에는 간의대(簡儀臺 왕립 천문대)가 있다. 이 대 위에는 네모난 돌이 하나 놓여 있고, 대 서쪽에는 검은 돌 여섯 개가 놓여 있다. 돌은 길이가 대여섯 자쯤 되고 넓이가 세 자쯤 되는데 연달아 물길을 뚫어 놓았다. 간의대 아래의 돌은 벼루 같기도 하고 모자 같기도 하고 한쪽이 터진 궤 같기도 한데 무엇하는 것인지 알 수는 없었다. 간의대는 참으로 드높고 시원스럽게 트여 있어서 북쪽 동네의 꽃과 나무를 조망할 수 있다.

동쪽 담장을 따라서 길을 걸으니 삼청동 돌로 쌓은 벽이 구불구불 나타난다. 담장 안의 소나무는 모두 여든 자나 되고 황새와 해오라기가 깃들어 있다. 새하얀 놈도 있고, 가무스름한 놈도 있고, 연붉은 놈도 있고, 머리에 볏을 드리운 놈도 있고, 부리가 수저 같은 놈도 있고, 꼬리가 솜 같은 놈도 있고, 알을 안고 엎드린 놈도 있고, 나뭇가지를 물고 둥지로 들어오는 놈도 있다. 서로 다투기도 하고 서로 사이좋게 지내기도 하느라 그 소리가 푸드덕푸드덕 소란스럽다.

솔잎은 모두 말라 있는데, 소나무 밑에는 떨어진 깃털과 새알 껍질이 수북하다. 우리를 따라 함께 나온 윤생(尹生)이 돌멩이를 던져 새하얀 새 한 마리의 꼬리를 맞히었다. 새 떼가 온통 깜짝 놀라 날아오르자 그 모습은 마치 눈이 내리는 것 같다.

서남쪽으로 걸어가니 채상대(採桑臺 왕비가 양잠을 장려하기 위해 세운 곳) 비가 놓여 있다. 정해년(丁亥年)에 임금님께서 친히 누에를 치시던 장소이다. 그 북쪽에 쓰지 않는 못이 있는데 내농포(內農圃 궁중에 납품하기 위해 재배하던 채소밭)에서 벼를 심던 곳이다.

위장소(衛將所 조선 시대에 오위장이 숙직하던 곳)에 들어가서 찬 샘물을 떠서 마셨다. 뜰에는 수양버들이 많아 땅에 떨어진 버들솜(버드나무의 꽃이삭이 피어서 날리는 가벼운 솜털)이 비로 쓸 정도다. 이 관아의 선생안(先生案 각 관청에서 전임 관원의 이름과 직책, 생몰 연대 등을 기록해 둔 책)을 빌려서 보았더니 호음(湖陰) 정사룡(鄭士龍 조선 중기의 문신)이 첫머리에 올라 있고, 그 위에 그가 지은 시도 있다. 다시 궁궐도(宮闕圖)를 꺼내어 찾아보니, 경회루는 무릇 서른다섯 칸이었고, 궁궐의 남문은 광화문, 북문은 신무문, 서쪽은 영추문, 동쪽은 건춘문이었다. *

# 일야구도하기(一夜九渡河記)

박지원(朴趾源, 1737~1805)

조선 정조 때의 문장가이자 실학자. 자는 중미, 호는 연암. 서울 서소문 밖 반송방 야동 출생. 정조 4년(1780)에 중국 북부와 남만주 일대를 돌아보고 그들의 실생활을 『열하일기(熱河日記)』에 기록한 뒤, 조선의 정치·경제·사회·문화 전반에 걸쳐 일대 개혁을 일으킬 것을 주장했다. 이를 계기로 조선 사회의 가치 체계가 이용후생의 실학사상으로 바뀌기 시작했다. 박지원의 풍자적인 기법과 수필체 문장은 문인으로서의 역량을 잘 나타낸다. 주요 저서로 『연암집』 등이 있다.

✏️ **작품 정리**

갈래 : 고전 수필, 중수필, 기행 수필

성격 : 논리적, 설득적, 사색적, 관조적

특징 : • 추상적이고 개념적인 서술을 피하고 구체적인 체험을 바탕으로 자연스럽게 결론을 이끌어 냄

　　　　 • 남성적 문체를 사용함

구성 : '기-승-전-결'의 4단계 구성

　　 - 기 : 강물이 흐르는 소리가 마음에 따라 다름을 주장함

　　 - 승 : 요하의 물소리가 마음속 생각에 따라 다름을 주장함

　　 - 전 : 강을 건너는 태도와 이에 대한 깨달음을 표현함

　　 - 결 : 인식의 허상에서 벗어나 사물의 정확한 실체를 파악해야 함을 강조함

주제 : 외물에 현혹되지 않는 삶의 자세

연대 : 조선 정조 4년(1780)

출전 : 『열하일기』 권 24 「산장잡기」

1. 이 글의 주제와 화엄경의 '일체유심조(一切唯心造)'는 어떤 상관관계가 있는가?

사람들이 백하라는 강을 건널 때, 낮에는 거칠게 소용돌이치는 물결 때문에, 밤에는 성난 듯 울어 대는 물소리 때문에 쉽게 건너지 못했다. 물결과 소리라는 외적 요인이 두려움을 불러일으킨 것이다. 이와 관련해 작가는 사람이 어떻게 마음을 먹느냐가 중요하지 감각 기관을 통해 받아들이는 것은 외물에 불과하다고 주장한다. 이는 "일체의 제법(諸法 우주의 모든 사물)은 그것을 인식하는 마음의 나타남이고, 존재의 본체는 오직 마음이 지어내는 것일 뿐이다."라는 일체유심조의 교훈과 일맥상통한다.

2. 이 작품에서 '강물'의 의미는 무엇인가?

박지원 일행은 1780년 6월 24일 압록강을 건넌 후 책문, 산해관, 베이징 등을 거쳐 8월 9일 열하에 도착했다. 당시 박지원은 하루에 아홉 번이나 강을 건너면서 인식의 허실을 깨닫는다. 즉, 사물을 정확하게 인식하기 위해서는 외부의 영향을 받지 않은 채 순수한 이성적 판단을 해야 한다는 것이다. 이를 근거로 인생이라는 큰 강을 건너기 위해서는 감정에 치우치지 않는 지혜가 필요하다는 사실을 깨닫게 된다.

일야구도하기

하수(河水 강물)는 두 산 사이에서 흘러나와 바윗돌과 부딪혀, 다투는 듯 거세게 흐른다. 놀란 듯한 파도, 성난 듯한 물결, 애원하는 듯한 여울물은 내달아 부딪치고 휘말려 곤두박질치며 울부짖고 고함치는 듯하여, 항상 만리장성을 쳐부술 듯한 기세가 있다. 전차(戰車 수레) 만 대, 전기(戰騎 전투용 말) 만 필, 전포(戰砲 전투용 대포) 만 문, 전고(戰鼓 전투용 북) 만 개로써도 무너져 덮쳐 내리는 듯한 소리를 충분히 형용(形容)하지 못할 것이다.

모래밭에는 거대한 돌들이 우뚝우뚝 늘어서 있고, 강둑에는 버드나무들이 어두컴컴한 모습으로 서 있어서, 흡사 물귀신들이 다투어 나와 사람을 업신여겨 놀리는 듯하고, 좌우에서 이무기들이 사람을 낚아채려고 애쓰는 듯하다. 어떤 사람은 이곳이 옛 전쟁터이기 때문에 강물 소리가 그렇게 울린다고 말했다. 그러나 이것은 그런 때문이 아니다. 강물 소리란, 사람이 그것을 어떻게 듣느냐에 따라 다른 것이다.

나의 집은 산중에 있는데, 바로 문 앞에 큰 시내가 있다. 해마다 여름철이 되어 소나기가 한바탕 지나가고 나면, 시냇물이 갑자기 불어나 전차와 전기와 전포와 전고의 소리를 노상 듣게 되니, 마침내 귀에 탈이 날 지경이었다.

일찍이 나는 문을 닫고 누운 채, 그 소리들을 다른 소리들에 비기어 들은 적이 있다. 소나무가 우거진 숲에 바람이 불면 나는 듯한 소리, 이것은 청아(淸雅 맑고 기품이 있음)한 듯하다고 생각하면서 들은 것이다. 산이 갈라지고 언덕이 무너지는 듯하는 소리, 이것은 격분해 있는 듯하다고 생각하면서 들은 것이다. 뭇 개구리들이 다투어 우는 듯하는 소리, 이것은 교만한 듯하다고 생각하면서 들은 것이다. 수많은 축(筑 아악에 사용하는 타악기)이 번갈아 울어대는 듯하는 소리, 이것은 성나 있는 듯하다고 생각하면서 들은 것이다. 순식간에 천둥, 번개가 치는 듯한 소리, 이것은 놀란 듯하다고 생각하면서 들은 것이다. 약한 불과 센 불에 찻물이 끓는 듯한 소리, 이것은 운치 있는 듯하다고 생각하면서 들은 것이다. 거문고가 낮고 높은 가락으로 잘 어울려 나는 듯한 소리, 이것은 슬픈 듯하다고 생각하면서 들은 것이다. 종이로 바른 창문에서 바람이 우는 듯한 소리, 이것은 뭔가 회의(懷疑 의심)하는 듯하다고 생각하면서 들은 것이다. 그러나 이것은 모두 소리를 제대로 들은 것이 아니다. 다만 마음속에 물소리가 어떻다고 생각하느냐에 따라 귀에서 소리를 만들어 낸 것일 따름이다.

지금 나는 밤중에 한 강을 아홉 번이나 건넜다. 이 강은 북쪽 변경으로부터 흘러 나와 만리장성을 꿰뚫고, 유하(楡河), 조하(潮河), 황화 진천(黃花鎭川) 등의 여러 강물과 합해져 밀운성(密雲城) 아래를 지나면서 백하(白河 예부터 홍수가 잦은 곳으로 유명함)가 된다. 내가 어제 배로 백하를 건넜는데, 바로 이 강의 하류이다.

내가 요동(遼東)에 처음 들어섰을 때는 바야흐로 한여름이라 뙤약볕 속에서 길을 가는데, 갑자기 큰 강이 앞을 가로막고, 시뻘건 물결이 산같이 일어나서 대안(對岸 건너편 언덕)이 보이지 않을 정도였다. 이것은 아마도 천 리 밖 상류 지역에 폭우가 쏟아진 때문일 것이다.

강을 건널 때 사람들이 모두 고개를 들고 하늘을 우러러보고 있기에, 나는 그들이 모두 고개를 들고 하늘을 향해 묵도(默禱 침묵의 기도)를 올리는 것이려니 생각했었다. 그러나 나중에 안 사실이지만, 강을 건너는 사람들이 소용돌이치거나 용솟음치면서 탕탕(蕩蕩 힘차게 흐름)히 흐르는 물을 바라보게 되면, 몸은 물살을 거슬러 오르는 것 같고, 눈은 물살을 따라 흘러가는 것 같아서 갑자기 어지럼증이 나서 물에 빠지기 쉽다고 한다. 그러므로 그들이 고개를 쳐든 것은 하늘을 향해 기도한 것이 아니라, 숫제 강물을 피하여 보지 않기 위함이었다. 또 목숨이 경각(頃刻 눈 깜빡할 사이)에 달렸는데 어느 겨를에 기도할 수 있었으랴!

강을 건너는 위험이 이와 같은데도 강의 물소리는 듣지 못했다. 일행은 모두들 요동의 벌판이 평평하고 드넓기 때문에 강물이 성난 듯 울어 대지 않는 것이라고 했다. 하지만 이것은 강을 잘 알지 못하고 한 말이다. 요동의 강이라고 해서 울어 대지 않은 것이 아니라, 다만 밤중에 건너지 않아서 그런 것일 뿐이다. 낮에는 물을 볼 수 있으므로 눈이 오로지 위험한 광경을 보는 데만 쏠려, 바야흐로 벌벌 떨면서 눈이 있는 것을 오히려 근심해야 할 판에, 도대체 무슨 소리가 귀에 들릴 것인가?

그런데 지금 나는 밤중에 강을 건너기에, 눈으로 위험한 광경을 보지 못하니 위험하다는 느낌이 오로지 청각으로만 쏠려 귀로 듣는 것이 너무 무시무시해서 근심을 견딜 수가 없다. 아, 나는 이제야 도(道)를 깨달았다. 마음을 차분히 다스리는 사람은 귀와 눈이 그에게 장애가 되지 않으나, 귀와 눈만을 믿는 사람은 보고 듣는 것이 자세하면 할수록 더욱 병이 되는 것이다.

이제 나의 마부(馬夫)가 말한테 발을 밟혔으므로 뒤따라오는 수레에 그를 태우고는, 마침내 말 재갈을 풀어 주고 강물에 둥둥 뜬 채로, 두 무릎을 바싹 오그리고 발을 모두어 안장 위에 앉았다. 한번 말에서 떨어지면 바로 강물이다. 강물을 땅으로 여기고, 강물을 나의 옷으로 여기며, 강물을 나의 마음으로 여기고, 강물을 나의 성정(性情 성질과 심정)으로 여기리라. 이리하여 마음속으로 한 번 말에서 떨어져도 상관없다고 각오하자, 내 귓속에선 강물 소리가 마침내 그치고 말았다. 무려 아홉 번이나 강을 건너는데도 아무런 두려움이 없어, 마치 방 안의 안석(安席 앉을 때 몸을 기대는 방석)과 자리가 있는 데에서 앉거나 누우며 지내는 것 같았다.

옛적에 우(禹)가 강을 건너는데, 누런 용(龍)이 등으로 배를 엎는 바람에 대단히 위험했다. 그러나 죽느냐 사느냐의 판단이 먼저 마음속에 분명해지자, 용처럼 크든 도마뱀처럼 작든 간에 그의 앞에서는 아무런 문제도 되지 않았다고 한다.

소리와 빛은 외물(外物 외적인 세계에 존재하는 사물)이다. 이 외물이 항상 사람의 귀와 눈에 장애가 되어, 바르게 보고 듣는 기능을 이처럼 잃게 하는 것이다. 하물며 사람이 세상을 살아간다는 것은 강물을 건너는 것보다 훨씬 더 위험스러울 뿐만 아니라 보고 듣는 것이 수시로 병이 되는 것이니!

나는 장차 나의 산중으로 돌아가 앞내의 물소리를 다시 들으면서 이것을 몸소 검증해 보려니와 처신(處身)을 교묘히 하며 스스로 총명함을 자신하는 사람에게도 이를 경고하고자 한다. *

통곡할 만한 자리(好哭場論)

✎ 작품 정리

    작가 : 박지원(374쪽 '작가와 작품 세계' 참조)

    갈래 : 고전 수필, 기행 수필

    성격 : 비유적, 교훈적, 사색적, 분석적, 논리적

    구성 : '기-승-전-결'의 4단계 구성, 문답식 구성

       - 기 : 작가가 요동 벌판을 바라보며 좋은 울음터라고 말함

       - 승 : 정 진사가 왜 울고 싶은지 묻자, 인간은 희로애락애오욕(喜怒哀樂
         愛惡慾)의 칠정(七情)이 극에 달하면 울게 된다고 답함

       - 전 : 정 진사가 칠정 가운데 어느 '정'을 골라서 울어야 하는지 물음

       - 결 : 갓난아이가 태어날 때 터뜨리는 울음과 같이 기뻐서 울게 된다고
         답함

    특징 : • 적절한 비유와 구체적인 예시를 사용해 실감나게 표현함

         • 반어법과 과장법을 유려하게 구사함

    주제 : 요동 벌판을 보고 느낀 감회

    연대 : 조선 정조 때

    출전 : 『열하일기』 1권 「도강록」

✎ 생각해 볼 문제

1. 작가는 요동 벌판을 보면서 "한바탕 울고 싶다."라고 말했다. 이때 '울음'의 진정한 의미는 무엇인가?

이때의 울음은 슬픔에 사무친 울음이 아니라 기쁨이 극에 달할 때 북받쳐 나오는 울음이다. 이는 마치 갓난아이가 어둡고 비좁은 엄마의 자궁에서 넓은 세상으로 나와서 터뜨리는 울음과도 같다. 이와 관련해 작가는 울음이란 반드시 슬픈 감정에서 나오는 것이 아니라 칠정이라는 인간의 감정이 극에 달할 때 저절로 우러나오는 것이며, 울적한 마음을 시원하게 풀어 주는 것이라고 말한다.

2. 박지원의 글에는 어떤 특징이 있는가?

박지원의 글은 무엇보다도 참신한 발상과 독창성이 특징이다. 자신의 주장과 견해를 펼치기 위해 기존의 관념을 뒤엎고 다른 각도에서 사물을 직시하며 본질에 접근해 간다. "어머니의 태 속이 갑갑하다."라는 대목은 답답함에 대한 단순한 비유 이상의 의미를 띠고 있다. 이는 당시 조선 사회의 폐쇄성을 비유한 것이다. 청나라의 발달한 문물을 수용해야 한다고 주장했던 작가가 탁 트인 요동 벌판을 보고 조선을 갑갑한 어머니 태 속처럼 느낀 것도 무리가 아니다.

3. 『열하일기』 「호곡장」에 나타난 당시 조선의 현실은 어떠했는가?

박지원은 청나라 건륭제의 생일 축하 사절단으로 참석했던 1780년 5월 25일부터 약 5개월 동안의 체험과 견문, 그리고 중국의 신문물과 북학파의 실학까지 『열하일기』에 소개했다. 당시 조선에는 특권 계층이 독점한 상업의 부패와 양반의 허례허식, 명나라에 대한 사대주의 등이 판쳤다. 이에 박지원은 청나라의 선진적 문화와 산업, 과학 등에 관심을 가지고 그들의 문화를 수용하자고 주장했다. 또한, 실리보다 명분과 대의를 중시하는 사회 분위기를 비판하고, 비록 오랑캐일지라도 배울 점이 있으면 배워야 한다고 주장했다.

통곡할 만한 자리

초팔일 갑신(甲申 1780년 7월 8일), 날씨가 맑다.

정사 박명원(朴明源 박지원의 팔촌 형이자 사절단의 대표)과 가마를 함께 타고 삼류하(三流河)를 건넌 후 냉정(冷井)에 이르러 아침밥을 먹었다. 십여 리 남짓 나아가서 산기슭을 돌아 서니 태복(泰卜)이 국궁(鞠躬 존경하는 뜻으로 몸을 굽힘)을 하며 말 앞으로 달려와 큰 소리로 말했다.

"백탑(白塔 중국 요동의 요양성 밖에 있는 탑)이 현신(現身 아랫사람이 윗사람에게 처음으로 자신을 보임)함을 아뢰오."

태복이란 자는 정 진사(鄭進士)의 말을 책임진 하인이다. 산기슭에 가리어 백탑은 아직 보이지 않았다. 급히 말을 채찍질하여 겨우 산기슭에서 벗어나자 눈앞이 아찔해지며 헛것이 오락가락 현란했다. 나는 오늘에 이르러서야 사람이란 본디 아무런 의탁할 데가 없이 다만 하늘을 이고 땅을 밟은 채 다니는 존재임을 알게 됐다.

말을 세우고 사방을 돌아보다가 나도 모르게 손을 이마에 대고 말했다.

"좋은 울음터로구나. 한바탕 울어 볼 만하도다!"

정 진사가 의아해하며 물었다.

"아니, 천하의 장관을 보면 감탄을 하게 마련인데 이 천지간에 이런 넓은 안계(眼界 눈으로 바라볼 수 있는 범위)를 보고 홀연 울고 싶다니 그게 무슨 말씀이오?"

"참으로 그렇습니다. 하지만 그게 아니지요! 천하의 영웅은 잘 울고 미인은 눈물이 많았다지요. 하지만 두어 줄기 소리 없는 눈물이 그저 옷깃을 적셨을 뿐이라오. 희로애락애오욕(喜怒哀樂愛惡欲) 중에서 '슬픈 감정(哀)'만이 울음을 자아내는 줄 알고 있지, 칠정(七情)이 모두 울음을 자아내는 줄은 모르고 있는 것이오.

기쁨(喜)이 극하면(아주 심하면) 울게 되고, 노여움(怒)이 극하면 울게 되고, 즐거움(樂)이 극하면 울게 되고, 사랑(愛)이 극하면 울게 되고, 미움(惡)이 극하면 울게 되고, 욕심(欲)이 극하면 울게 되는 것이니, 답답하고 울적한 기분을 풀어 버리려면 소리를 내어 우는 것이 가장 빠른 방법이라 할 수 있을 것이오. 울음은 천지간의 뇌성벽력(雷聲霹靂 천둥과 벼락)에 비할 수 있으니, 기분이 북받쳐 터져 나오는 웃음과 무엇이 다르다 하리오?

사람들은 이런 지극한 감정을 겪어 보지도 못한 채 슬픈 감정(哀)에다 울음을 짜 맞춘다오. 그러하니 초상을 치를 때 억지로라도 '아이고', '어어'라고 부르짖는 게 아니겠소. 하지만 진정한 칠정에서 우러나오는 지극한 소리는 참고 쌓이고 맺혀서 감히 터져 나올 수 없는 것이라오. 저 한(漢)나라의 가의(賈誼 임금에게 직언을 고하다 귀양을 가게 되었으나 나라를 걱정해 상소문을 올린 인물)는 자신의 울음터를 얻지 못하고 참다 못하여 선실(宣室 한나라 미양궁. 여기서는 한나라 정권을 뜻함)을 향해 큰 소리로 울부짖었으니, 어찌 사람들이 놀라지 않았으리요."

정 진사가 물었다.

"그래, 지금 울 만한 자리가 저렇게 넓으니 나도 대감을 따라 한바탕 통곡을 할 작정인데 칠정 중에 어느 '정'을 골라서 울어야 하겠습니까?"

"갓난아이에게 물어보시오. 아이가 처음 배 밖으로 나올 때 느끼는 '정'이란 무엇이오? 처음에는 밝은 빛을 보게 될 것이오. 그다음에는 부모 친척들이 주위에 가득 모여 있는 것을 보게 될 것이니 어찌 기쁘고 즐겁지 않으리오. 이 같은 기쁨과 즐거움은 살면서 두 번 다시 없을 것인데 슬프고 화가 날 까닭이 있을 리 없지요. 그 '정'은 당연히 즐겁게 웃을 정인데도 서러운 생각에 복받쳐서 울부짖는다오.

잘나나 못나나 사람은 누구나 죽게 마련이오. 그 사이에 허물·환란·근심·걱정을 도처에서 겪을 것이니 갓난아이는 세상에 태어난 것이 후회돼 먼저 크게 울음을 터뜨림으로써 제 조문(弔問 상주를 위로함)을 스스로 하는 것이라고 한다면 이것은 결코 갓난아이의 본정(本情 본래의 참된 심정)은 아닐 것이오.

아이가 어머니의 태 속(폐쇄된 조선의 현실을 비유함)에 자리 잡고 있을 때는 어둡고 갑갑하고 얽매이고 비좁은 상태에서 지내다가 하루아침에 탁 트인 넓은 곳으로 나오게 되니 팔도 펴고 다리도 뻗을 수 있어 확 트인 느낌을 가지게 될 것인즉, 한번 감정을 다해 한바탕 소리를 질러 보지 않을 수 없을 것이오. 그러니 갓난아이의 울음소리에는 거짓이 없다는 사실을 알고 마땅히 본받아야 할 것이오.

비로봉(毘盧峰 금강산의 최고봉) 정상에서 동해를 굽어보는 곳에 한바탕 통곡할 자리가 있을 것이고, 황해도 장연(長淵)의 금사(金沙) 바닷가에 가도 한바탕 통곡할 자리가 있을 것이오. 오늘 요동 벌판에 이르렀는데, 산해관(山海關 만리장성의 동쪽 끝 관문) 일천이백 리까지 사방에 산이라고는 도무지 보이지 않고 하늘 끝과 땅끝을 풀로 붙인 듯, 실로 꿰맨 듯, 예나 지금이나 오고 가는 비바람만이 창망하니, 이곳 역시 한바탕 통곡할 만한 자리라 할 만하오."
하였다.

한낮에는 몹시 무더웠다. 말을 달려 고려총, 아미장을 지나서 길을 나누어 갔다. 나는 주부 조달동, 변군, 내원, 정 진사, 하인 이학령과 더불어 구요양으로 들어갔는데, 구요양은 봉황성보다도 열 배나 더 번화하고 호화스러웠다.

별도로 '요동기'를 쓴다. *

한중록(閑中錄)

✐ 작가와 작품 세계

혜경궁 홍씨(惠慶宮洪氏, 1735~1815)

본관 풍산(豊山). 영조의 아들 장조(莊祖 사도 세자)의 비. 영의정 홍봉한(洪鳳漢)의 딸이자 정조의 어머니다. 1744년에 세자빈에 책봉되었고, 1762년에 장헌 세자(사도 세자)가 죽은 후에 혜빈(惠嬪)의 호를 받았다. 1776년 아들 정조가 즉위하자 궁호가 혜경(惠慶)으로 올랐고, 1899년(고종 36)에 헌경 왕후로 추존되었다. 당시 왕후의 아버지와 작은아버지 홍인한(洪麟漢)은 외척이면서도 세자의 살해를 지지하는 입장에 있었다. 이 때문에 그녀는 남편의 비참한 죽음을 지켜볼 수밖에 없었다. 『한중록』은 1795년 사도 세자의 죽음을 중심으로 자신의 한 많은 일생을 적은 자서전적 사소설체 수필로, 궁중 문학의 효시로 평가받는다.

✐ 작품 정리

갈래 : 고전 수필, 한글 수필, 궁정 수필, 회고록

성격 : 회고적, 서사적, 묘사적, 사실적

배경 : 시간 – 영조 38년(1762) 5월 23일 / 공간 – 궁정

특징 : • 비극적 사건을 극적이고 서사적으로 그림

　　　　• 우아하고 품위 있는 문체로 내간체 문장의 전형을 보여 줌

구성 : 사건의 경과를 시간의 흐름에 따라 고조되는 감정의 변화와 함께 전개함

주제 : 사도 세자의 참변을 중심으로 파란만장한 인생에 대한 회고

연대 : 조선 정조 19년(1795)

출전 : 필사본 『한중록』

✒ **생각해 볼 문제** --

1. 이 작품은 모두 네 편으로 되어 있다. 전체적인 줄거리를 정리해 보자.

이 글의 제1편은 혜경궁 홍씨의 어린 시절과 세자빈이 되고 난 후 50년간 궁궐에서 지낸 이야기다. 사도 세자의 비극은 서술하지 않는다. 제2편과 제3편은 누명을 쓴 친정의 억울함을 호소하고 있다. 제4편에는 사도 세자의 참변이 기록되어 있다. 영조는 사랑하던 화평 옹주가 죽자 세자에게 무관심해졌고, 그 사이 세자는 생활이 태만해져 놀이를 즐기는가 하면 여러 국정을 대리하게 했다. 마침내 세자는 부왕이 무서워 공포와 강박증에 시달리다가 살인까지 저질렀다. 그 후에도 세자의 방탕한 생활은 계속되었다. 결국 영조는 나경언의 고변과 영빈의 종용으로 세자를 뒤주에 유폐시켜 9일 만에 죽게 만들었다. 또한, 제4편에는 영조가 세자를 그렇게 만든 것은 부득이한 일이었고, 뒤주를 이용해 세자를 절명시키겠다는 발상은 영조 자신이 한 것이지 친정아버지인 홍봉한의 생각에서 나온 것이 아니라는 주장도 실려 있다. 여기에 기록된 부분은 사도 세자를 뒤주에 넣어 절명시키라는 처분이 내려지는 과정과 그 이후의 자신의 처지에 관한 것이다.

2. 이 글의 가치와 의의는 무엇인가?

이 작품은 정계 야화라는 사료적 가치를 지닐 뿐만 아니라 『인현왕후전』, 『계축일기』와 함께 3대 궁중 문학으로 꼽힌다. 혜경궁 홍씨가 남편의 죽음과 자신의 기구한 운명을 회상하면서 기록한 이 글은 궁중 용어와 궁중의 풍속을 잘 보여 준다. 이 작품에는 왕비 간택 절차나 가례 절차 등 당시 궁중 풍속이 사실적으로 묘사되어 있다. 특히 작품 전체에 흐르는 박진감 넘치는 문체와 입체적인 구성, 고상하고 우아한 어휘는 궁중 문학의 백미로 평가받는다.

한중록

　그날(영조 38년, 1762년 5월 23일) 나를 덕성합(창경궁 안에 있던 전각)으로 오라 하오시니, 그때 오정 즈음이나 되는데, 홀연(忽然) 까치가 수(數)를 모르게 경춘전(창덕궁 안의 수령전 북쪽에 있는 내전)을 에워싸고 우니, 그는 어인 증조(미리 보이는 조짐)런고? 고이하여(이상하게 생각해), 그때 세손(사도 세자의 아들. 훗날 정조를 지칭함)이 환경전(창경궁의 경춘전 동쪽에 있던 전)에 겨오신지라, 내 마음이 황황(遑遑 마음이 급하여 허둥지둥함)한 중, 세손 몸이 어찌 될 줄 몰라 그리 나려가, 세손다려 아모(어떤) 일이 있어도 놀라지 말고 마음 단단히 먹으라 천만당부하고 아모리 할 줄(어찌할 줄)을 모르더니, 거동이 지체하야 미시(未時 오후 1시부터 3시까지) 후나 휘령전(영조의 원비였던 정성 왕후의 혼전 전호)으로 오오시는 말이 있더니,

　그리할 제, 소조(小朝 왕세자로 여기서는 사도 세자를 말함)에서 나를 덕성합으로 오라 재촉하오시니 가 뵈오니, 그 장하신 기운과 부호(富豪 풍부하고 호걸스러움)하신 언사도 아니 겨오시고, 고개를 숙여 침사상량(沈思商量 정신을 한곳으로 모아서 깊이 생각함)하야 벽에 의지하야 앉아 겨오신데, 안색을 나오사(좋게 고치시어) 혈기(불평한 기색) 감하오시고 나를 보오시니, 응당 화증(火症 걸핏하면 벌컥 화를 내는 증세)을 내오셔 오작지(오죽하지) 아니하실 듯, 내 명이 그날 마치일 줄 스스로 염려하야 세손을 경계 부탁하고 왔더니. 사기(辭氣 말씀과 얼굴 표정) 생각과 다르오셔 날다려 하시대,

　"아마도 고이하니, 자네는 좋이 살겠네. 그 뜻(자기를 죽이려는 뜻)들이 무서외."
하시기 내 눈물을 드리워 말없이 허황(마음이 들떠서 당황함)하야 손을 비비이고 앉았더니,

　휘령전으로 오시고 소조를 부르오시다 하니, 이상할손 어이 피차 말도, 돌아나자 말도(피하자거나 달아나자는 말도) 아니하시고, 좌우를 물리치지도 아니하시고, 조금도 화증 내신 기색 없이 썩 용포(龍袍 임금이 입던 정복. '곤룡포'의 준말)를 달라 하야 입으시며 하시되,

　"내가 학질을 앓는다 하려 하니, 세손의 휘항(揮項 옛날에 쓰던 방한모의 한 가지)을 가져오라."
하시거늘, 내가 그 휘항은 작으니 당신 휘항을 쓰시고저 하야, 내인다려(나인

에게), 당신 휘황을 가져오라 하니, 몽매(夢寐)밖에 썩 하시기를(천만뜻밖에 대뜸 말씀하시기를),

"자네가 아뭏거나 무섭고 흉한 사람이로세. 자네는 세손 다리고 오래 살랴하기, 내사 오날 죽게 하였기 사외로와(사위스러워. 미신적으로 마음에 꺼림칙하여), 세손의 휘황을 아니 쓰이랴 하는 심술(心術)을 알게 하였다네."

하시니, 내 마음은 당신이 그날 그 지경에 이르실 줄 모르고 이 끝이 어찌 될꼬? 사람이 다 죽을 일이요, 우리의 모자의 목숨이 어떠할런고? 아모라타(아무 일도) 없었지.

천만의외에 말씀을 하시니, 내 더욱 설워 다시 세손 휘항을 갖다 드리며,

"그 말씀이 하(전혀) 마음의 없는 말이시니, 이를 쓰소서."

하니,

"슬희(싫네), 사외(마음에 꺼림칙한 재앙이 올까 두려움)하는 것을 써 무엇할꼬?"

하시니, 이런 말씀이 어이 병환(病患)이 든 이 같으시며, 어이 공순히 나가랴 하시던고? 다 하늘이니, 원통 원통이요. 다 그리할 제 날이 늦고 재촉하야 나가시니, 대조(大朝 임금. 여기서는 '영조'를 가리킴)께서 휘령전에 좌하시고, 칼을 안으시고 두다리오시며 그 처분을 하시게 되니, 차마 차마 망극하니, 이 경상(景狀 광경)을 내 차마 기록하리오? 섧고 섧도다.

나가시며, 즉시 대조께서는 엄노(嚴怒 준엄하게 성이 남)하신 성음(聲音)이 들리오니, 휘령전이 덕성합과 머지 아니하니, 담 밑에 사람을 보내어 보니, 벌써 용포를 벗고 엎대어 겨오시더라 하니, 대처분(大處分 사도 세자가 뒤주에 갇혀 죽임을 당하는 일)이 오신 줄 알고, 천지 망극하야 흉장(胸腸 가슴과 속)이 붕렬(崩裂 무너지고 찢어짐)하는지라.

게 있어 부질없어, 세손 겨신 데로 와 서로 붙들고 아모리 할 줄을 모르더니, 신시(申時 오후 3시부터 5시까지) 전후 즈음에 내관(內官)이 들어와 밧소주방(外所廚房 바깥 소주방. 대궐 안에서 음식을 만드는 곳)에 쌀 담는 궤를 내라 한다 하니, 어찐 말인고? 황황하야 내지 못하고, 세손궁(훗날 정조)이 망극한 거조(擧措 행동거지)가 있는 줄 알고 문정전(창경궁 안에 있는 건물의 하나)에 들어가,

"아비를 살려 주옵소서."

하니, 대조께서 나가라 엄히 하오시니, 나와 왕자 재실(齋室 왕자가 공부하던 집)에 앉아 겨시니, 내 그때 정경이야 고금천지간에 없으니, 세손을 내어보내고 일월이 회색(晦塞 깜깜하게 아주 꽉 막힘)하니, 내 일시나 세상에 머물 마음이 있으

리요? 칼을 들어 명을 결단하랴(목숨을 끊으려) 하더니, 방인(傍人 옆의 사람)의 앗음을 인하야 뜻같지 못하고, 다시 죽고저 하되 촌철(寸鐵 작고 날카로운 쇠붙이나 무기)이 없으니 못하고, 숭문당(창경궁 명정전 북쪽에 있는 집)으로 말매암아(거쳐서) 휘령전 나가는 건복문이라 하는 문 밑에를 가니, 아모것도 뵈지 아니코, 다만 대조께서 칼 두다리오시는 소리와, 소조에서,

"아바님 아바님, 잘못하얏사오니, 이제는 하라 하옵시는 대로 하고, 글도 읽고 말씀도 다 들을 것이니, 이리 마오소서."
하시는 소래가 들리니, 간장이 촌촌(寸寸)이 끊어지고 앞이 막히니, 가슴을 두다려 아모리 한들 어찌하리요? 당신 용력(勇力)과 장기(壯氣 건장한 기운)로 게(뒤주)를 들라 하신들 아모쪼록 아니 드오시지, 어이 필경에 들어 겨시던고? 처음은 뛰어나가랴 하시옵다가, 이기지 못하야 그 지경에 밋사오시니(미치었으니), 하늘이 어찌 이대도록 하신고?

만고에 없는 설움뿐이며, 내 문 밑에서 호곡(목놓아 슬피 욺)하되, 응하오심이 아니 겨신지라, 소조 벌써 폐위(廢位)하야 겨시니, 그 처자가 안연(晏然 마음이 편안하고 침착함)히 대궐에 있지 못할 것이요, 세손을 밖에 두어시니 어떠할꼬? *

 # 매헌에게 주는 글

✍ 작가와 작품 세계

홍대용(洪大容, 1731~1783)

조선 영조 때의 실학자. 자는 덕보(德保), 호는 담헌(湛軒), 홍지(洪之). 충청북도 천원군 출생. 아버지 홍역(洪櫟)과 어머니 청풍(淸風) 김씨 사이에서 맏아들로 태어났다. 일찍이 당대 기호학파의 대표적인 유학자 김원행이 있던 석실서원에서 학문을 배웠다. 12세 무렵부터 약 23년간 수학, 천문학 등에 관한 학식을 쌓았으며, 도학자로서의 기반을 닦았다. 북학파(北學派)인 박지원, 박제가 등과 교류하면서 실학에 관심을 가졌다. 1765년 청나라에 다녀온 뒤에는 청나라 문물과 학문 등을 배격하는 유학자들을 비판하고, 나라가 발전하기 위해서는 서양 문물을 받아들여야 한다고 주장했다. 또한, 백성을 위한 토지 제도인 균전제와 유능한 인물을 천거하는 제도인 공거제 등을 주장하며 경제와 정치 개혁을 시도해야 함을 강조했다. 주요 저서로 『담헌서(湛軒書)』가 있고, 편서(編書)로는 『건정필담(乾淨筆談)』, 『임하경륜(林下經綸)』, 『항전척독(杭傳尺牘)』, 『삼경문변(三經問辨)』 등이 있다.

✍ 작품 정리

갈래 : 고전 수필, 편지글

성격 : 교훈적, 설득적

특징 : • 역어체(한문을 번역한 문체)를 사용함
- 수필 속의 매헌은 홍대용의 조카임
- 편지의 앞뒤 사연은 생략하고 독서의 방법에 대한 부분만 발췌함

구성 : 본론에서는 효과적인 독서 방법을 제시하고 결론에서는 독서의 중요성을 강조함

주제 : 독서의 방법

연대 : 조선 후기(18세기)

출전 : 『담헌서』 외집의 「항전척독」

✏️ 생각해 볼 문제 --

1. '이의역지'의 독서법이란 무엇인가?

움베르토 에코는 "하나의 텍스트는 다른 어떤 메시지보다도 더 분명하게 독자 쪽의 능동적이고 의식적인 공조 운동을 요구한다."라고 말했다. 또한, "텍스트는 빈 공간과 채워야 할 빈칸의 직물이다."라고 말했다. 본래 책 속에는 무한한 의미가 숨어 있으므로 문장과 구절에 의지하거나 묵은 자취를 답습할 필요가 없다. 결국 그것은 내가 아니라 옛사람일 뿐이기 때문이다. 따라서 나의 뜻으로 옛사람의 뜻을 받아들여야만 제대로 된 독서라고 할 수 있다.

2. 홍대용의 「독서부결」에 나온 독서법과 정약용 독서법의 차이점은 무엇인가?

홍대용은 「독서부결」을 통해 "한 구절만 읽더라도 꼭 그 뜻을 알아야 하며, 한 구절의 뜻을 알았더라도 꼭 실천해야 한다."라고 말했다. 정약용은 아들에게 보낸 편지에서 "무릇 독서란 매번 한 글자를 읽을 때마다 뜻이 분명치 않은 부분이 있게 되면 널리 살펴보고 자세히 궁구하여 그 근원되는 뿌리를 얻어야 한다."라고 말했다. 즉, 홍대용과 정약용은 한 구절, 한 구절을 완벽하게 알고 넘어가는 것이 중요하다고 말한 것이다. 그러나 홍대용은 구절의 뜻을 알고 난 후 실천하는 것의 중요성을 강조했고, 정약용은 한 구절에서 뻗어 나가는 뿌리의 의미까지 깨우치는 것이 중요하다고 강조했다.

매헌에게 주는 글

글을 읽을 때 몸소 체험해 보지 않으면 글은 글대로 되고 나는 나대로 되어 아무런 실효가 없다. 글을 한 장 읽으면 내가 그 구절을 얼마나 실천하였는지 스스로 반성해야 하고, 조금밖에 실천하지 못했다면 그 두 배를 실천할 수 있도록 노력해야 하며, 이렇게 쉬지 않고 힘써 나가야만 결국 힘을 쌓음이 오래되어 저절로 성숙하게 될 것이다.

먼저 안 다음에 행하는 것은 고금의 공통된 의리(義理 글의 의미와 이치)이다. 비록 그렇다 하더라도 반분(半分 절반)을 먼저 알았으면 반드시 반분을 먼저 행해야 하고, 반분을 행한 뒤에야 바야흐로 지(知)의 전분(全分)을 말할 수 있으며 행(行)도 전분이 될 수 있다.

한평생 경전을 연구한 후대의 학자들이 입만 열면 참으로 안다고 하지만 그 윤리와 강상(綱常 사람이 지켜야 할 도리)의 실제, 몸과 마음의 근본에 있어서는 한쪽에 밀어 둠을 면치 못하고 있다. 아! 반분의 실천을 먼저 구하지 않고 전분의 진지(眞知 참된 지식)를 구하려는 자는 끝내 망상과 억측에 빠져 구하면 구할수록 멀어질 것이다.

무릇 글을 읽을 때에는 큰 소리로 읽는 것은 좋지 않다. 소리가 크면 기운이 떨어지기 때문이다. 눈을 딴 데로 돌려도 안 된다. 눈이 딴 데 있으면 마음이 딴 데로 달아난다. 몸을 흔들어서도 안 된다. 몸이 흔들리면 정신이 흩어진다. 무릇 글을 욀 때에는 착란하지도 말고, 중복하지도 말며, 너무 급하게 굴어서도 안 된다. 너무 급하게 굴면 조급하고 사나워서 맛이 짧다. 또한 너무 느려서도 안 된다. 너무 느리면 정신이 해이해지고 방탕해져서 생각이 뜬다. 무릇 글을 볼 때에는 마음속으로 글을 외면서 그 뜻을 완전하게 찾고, 주석을 참고하며 마음을 한데 모아 깊숙이 파고들어야 한다. 한갓 보기만 하고 마음을 두지 않으면 이익이 없을 것이다.

나는 일찍이 맹자의 '이의역지(以意逆志 내 뜻으로 남의 뜻을 헤아려 봄)'란 네 글자로 독서의 비결을 삼았다.

옛사람의 글이 다만 의리나 사공(事功 공적)뿐만 아니라 편법(篇法 시문 따위의 편을 지어 만드는 방법)과 서두, 결미 등의 말단에 속하는 기법 또한 각각 그 뜻이 담겨지지 않은 것이 없으니, 이제 나의 뜻으로 옛사람의 뜻을 맞이하여 융합하여 사이가 없고 서로 기뻐하여 마음이 풀리면, 이것은 옛사람의 정신과 견식이 나의 마음을 통해 들어온 것이다.

비유컨대 굿거리를 할 때 신이 내려서 영이 몸에 붙으면 무당이 갑자기 환하게 깨달아져 그것이 어디로부터 온 것인지 알지 못하는 것과 같다. 이와 같이 문장과 구절에 의지하거나 묵은 자취를 답습하지 않고 모든 변화를 자유자재로 처리하게 되면 나 또한 옛사람처럼 되는 것이다. 이와 같이 독서한 뒤에야 하늘의 교묘한 이치를 얻을 수 있다. *

동명일기(東溟日記)

✎ 작가와 작품 세계

의유당(意幽堂, 1727~1823)

조선 순조 때 함흥 판관을 지낸 이희찬의 부인인 연안 김씨(延安 金氏) 의유당이라는 설과, 신대손의 부인인 의유당 의령 남씨(宜寧 南氏)라는 설이 있다. 자연 풍경에 대한 섬세한 묘사와 열정적이고 자유분방한 어휘 구사력이 돋보인다는 평가를 받는다. 함흥 부근의 명승고적을 탐방해 기록한 『의유당 관북 유람 일기』는 「조침문」, 「규중칠우쟁론기」와 더불어 우리 문학사에서 여류 수필 문학을 개척한 작품으로 인정받는다.

✎ 작품 정리

갈래 : 고전 수필, 기행 수필

성격 : 묘사적, 사실적, 주관적, 비유적

배경 : 시간 – 해 뜨기 전후 / 공간 – 귀경대

구성 : '기–승–전–결'의 4단계 구성

    – 기 : 해돋이를 보기 위해 새벽에 함흥의 귀경대에 오름

    – 승 : 해가 서서히 떠오르기 시작함

    – 전 : 해가 수평선 위로 떠오름

    – 결 : 해가 수평선을 벗어나 공중에 완전히 떠오름

특징 : • 순 우리말과 비유적 표현을 적절히 사용함

       • 여성적인 섬세한 필치로 일출을 묘사함

주제 : 동해의 일출을 보고 느낀 감회

연대 : 조선 영조 48년(1772)

출전 : 『의유당 관북 유람 일기』

1. 이 글의 특징은 무엇인가?

일출이라는 소재도 참신하지만 사물을 관찰하는 안목이 높고 표현력이 탁월하다. 전반부에는 일출 장면에 대한 기대가, 후반부에는 장엄한 해돋이 광경이 생생하게 묘사되어 있다. 일출 장면을 묘사한 부분에서는 여류 문인 특유의 관찰력과 섬세함이 잘 드러난다.

2. 이 작품에서 '해'와 '달', '바다'에는 어떤 상징적 의미가 담겨 있는가?

'해'는 자아의 강렬한 욕망을 상징하고, '달'은 만남과 이별, 그리움과 기다림, 한의 정서를 담고 있다. 특히 삶의 가변성을 상징하는 '달'은 과거에 대한 추억과 회상을 상징하기도 한다. 소용돌이치는 망망대해로 표현된 '바다'는 어둡고 무서운 이미지로 묘사되어 있다.

3. 이 글에서는 해의 변화 과정을 어떻게 묘사하고 있는가?

작가는 일출을 감상하면서 해의 모습과 해 주변의 기운 등을 시간의 흐름에 따라 생생하게 묘사하고 있다. 해는 물밑 홍운을 헤치고 큰 실오리 같은 줄이 서서히 번지면서 떠오르기 시작한다. 그 뒤 해는 회오리밤같이 수평선에 걸쳐지고 서서히 큰 쟁반 같은 해는 수평선 위에 떠오른다. 그리고 마침내 해는 수레바퀴처럼 수평선을 벗어나 완전히 공중에 뜬다.

동명일기

　행여 일출(日出)을 못 볼까 노심초사(勞心焦思 몹시 마음을 쓰며 애를 태움)하여, 새도록 자지 못하고, 가끔 영재(하인의 이름)를 불러 사공(沙工)다려(사공에게) 물으라 하니,

　"내일은 일출을 쾌히 보시리라 한다."

하되, 마음에 미쁘지(미덥지) 아니하여 초조하더니, 먼 데 닭이 울며 연(連 계속)하여 자초니(날이 새기를 재촉하니), 기생(妓生)과 비복(婢僕)을 혼동하여(꾸짖어) 어서 일어나라 하니, 밖에 급창(及唱 원의 명령을 받아 전달하던 사내종)이 와,

　"관청 감관(官廳監官 관청에서 음식을 맡아보던 사람)이 다 아직 너무 일찍이니 못 떠나시리라 합니다."

하되 곧이 아니 듣고, 발발이(매우 강하게) 재촉하여, 떡국을 쑤었으되 아니 먹고, 바삐 귀경대(龜景臺)에 오르니

　달빛이 사면에 조요(照耀 밝게 비쳐서 빛남)하니, 바다이 어제 밤도곤(밤보다) 희기 더하고, 거센 바람이 불어 사람의 뼈를 사뭇고(뼈에 사무치고), 물결치는 소래(소리) 산악(山嶽)이 움직이며, 별빛이 말곳말곳하여(말긋말긋하여. 생기 있는 눈으로 말똥말똥하게 쳐다보며) 동편에 차례로 있어 새기는 멀었고, 자는 아해를 급히 깨워 데려왔기에 치워 날치며(추워 날뛰며) 기생과 비복이 다 이를 두드려 떠니, 사군(남편)이 소래하여 혼동(꾸짖어) 왈,

　"상(常 분별) 없이 일찍이 와 아해와 실내(室內 아내. 글쓴이를 가리킴) 다 큰 병이 나게 하였다."

하고 소래하여 걱정하니, 내 마음이 불안하여 한 소래를 못하고, 감히 치워하는 눈치를 못하고 죽은 듯이 앉았으되, 날이 샐 가망이 없으니 연하여 영재를 불러,

　"동이 트느냐?"

하고 물으니, 아직 멀기로 연하여 대답하고, 물 치는 소래 천지(天地) 진동(震動)하여 한풍(寒風 차가운 바람) 끼치기(불어오기) 더욱 심하고, 좌우 시인(左右侍人 주위에서 시중드는 사람)이 고개를 기울여 입을 가슴에 박고 치워하더니, 마이(매우) 이윽한(이슥한) 후, 동편의 성쉬(星宿 l 별이) 드물며, 달빛이 차차 열워지며(엷어지

며), 홍색(紅色)이 분명하니, 소래하여 시원함을 부르고 가마 밖에 나서니, 좌우 비복과 기생들이 옹위(擁衛 주위를 빙 둘러섬)하여 보기를 죄더니(마음을 졸이더니), 이윽고 날이 밝으며 붉은 기운이 동편 길게 뻗쳤으니, 진홍대단(眞紅大緞 붉은 비단) 여러 필(疋)을 물 우회 펼친 듯, 만경창패(萬頃蒼波 만경창파. 한없이 넓은 바다) 일시(一時)에 붉어 하늘에 자욱하고, 노하는 물결 소래 더욱 장(壯)하며(크고 성대하며), 홍전(紅氈 붉은 빛깔의 모직물) 같은 물빛이 황홀하여 수색(水色 물의 색)이 조요(照耀)하니, 차마 끔찍하더라(놀랍고 대단하더라).

붉은빛이 더욱 붉으니, 마조(마주) 선 사람의 낯(얼굴)과 옷이 다 붉더라. 물이 굽이져 올려치니, 밤에 물 치는 굽이는 옥같이 희더니, 즉금(卽今 지금) 물굽이는 붉기 홍옥(紅玉) 같아 하늘에 닿았으니, 장관(壯觀)을 이를 것이 없더라.

붉은 기운이 퍼져 하늘과 물이 다 조요하되 해 아니 나니, 기생들이 손을 두드려 소래하여 애달파 가로되,

"이제는 해 다 돋아 저 속에 들었으니, 저 붉은 기운이 다 푸르러 구름이 되리라."

혼공하니(떠들썩하게 지껄이니), 낙막(落寞 마음이 쓸쓸함)하여, 그저 돌아가려 하니, 사군과 숙씨(叔氏 시아주버니)가,

"그렇지 않다. 이제 보리라."

하시되, 이랑이, 차섬이(기생의 이름) 냉소하여 이르되,

"소인 등이 이번뿐 아니고, 자로(자주) 보았사오니, 어찌 모르리이까. 마누하님(마나님), 큰 병환 나실 것이니, 어서 가시옵소서."

하거늘, 가마 속에 들어앉으니, 봉(하인의 이름)의 어미 악을 쓰며 가로되,

"하인들이 다 하되(말하는데), 이제 해 일으려(뜨려고) 하는데 어찌 가시리요? 기생 아해들은 철모르고 즈레(지레)짐작으로 이렁(이렇게) 구는다(구는가)."

이랑이 박장(拍掌 두 손바닥을 마주 침) 왈,

"그것들은 바히(전혀) 모르고 한 말이니 곧이듣지 말라."

하거늘, 돌아 사공다려 물으라 하니,

"사공서 오늘 일출이 유명하리란다."

하거늘, 내 도로 나서니, 차섬이와 보배는 내 가마에 드는 상(모양) 보고 먼저 가고, 계집종 셋이 먼저 갔더라.

홍색이 거룩하여(아름답고 훌륭하여) 붉은 기운이 하늘을 뛰놀더니, 이랑이 소

래를 높이 하여 나를 불러,

"저기 물밑을 보라."

하고 외거늘(외치거늘), 급히 눈을 들어 보니, 물밑 홍운(紅雲 붉게 물든 바다)을 헤 앗고(헤치고) 큰 실오라기 같은 줄이 붉기 더욱 기이하며, 기운이 진홍(眞紅) 같은 것이 차차 나 손바닥 너비 같은 것이 그믐밤에 보는 숯불빛 같더라. 차차 나오더니, 그 우흐로(위로) 적은 회오리밤(밤송이 속에 외톨로 들어앉아 있는, 동그랗 게 생긴 밤) 같은 것이 붉기 호박(琥珀) 구슬 같고, 맑고 통랑(通朗 투명)하기는 호 박도곤(호박보다) 더 곱더라.

그 붉은 우흐로 훌훌 움직여 도는데, 처음 났던 붉은 기운이 백지 반 장 너비만치 반듯이 비치며, 밤 같던 기운이 해 되어 차차 커 가며, 큰 쟁반만 하여 불긋불긋 번듯번듯 뛰놀며, 적색이 온 바다에 끼치며(덮치듯이 밀려들며), 먼저 붉은 기운이 차차 가새며(흔적이 차차 없어지며), 해 흔들며 뛰놀기 더욱 자 로(자주) 하며, 항(항아리) 같고 독 같은 것이 좌우로 뛰놀며, 황홀히 번득여 양 목(兩目 두 눈)이 어즐하며('어찔하며'의 방언), 붉은 기운이 명랑하여 첫 홍색을 헤 앗고, 천중(天中 하늘 한가운데)에 쟁반 같은 것이 수레바퀴 같하야 물속으로 치 밀어 받치듯이 올라붙으며, 항, 독 같은 기운이 스러지고, 처음 붉어 겉을 비추던 것은 모여 소의 혀처럼 드리워 물속에 풍덩 빠지는 듯싶으더라. 일 색(日色)이 조요하며 물결에 붉은 기운이 차차 가새며(엷어지며), 일광(日光)이 청랑(淸朗)하니, 만고천하에 그런 장관은 대두(對頭 대적)할 데 없을 듯하더라.

짐작에 처음 백지 반 장만치 붉은 기운은 그 속에서 해 장차 나려고 우리 어(내비치어) 그리 붉고, 그 회오리밤 같은 것은 진짓(진짜의) 일색을 빠혀(빼어) 내니 우리온(내비친) 기운이 차차 가새며, 독 같고 항 같은 것은 일색이 모딜 이(몹시) 고온(고운) 고로, 보는 사람의 눈이 황홀하여 도모지 헛기운 환상인 듯싶은지라. *

조침문(弔針文)

✎ 작가와 작품 세계

유씨 부인(兪氏夫人, ?~?)

글의 내용과 문체로 보아 사대부 가문의 미망인인 것으로 추측된다. 문장 구성 능력이 뛰어나고 고사(故事)에 능통한 것으로 미루어 볼 때, 비록 삯바느질을 하고 있는 처지이지만 양반 가문에서 엄격한 교육을 받고 성장했음을 알 수 있다.

✎ 작품 정리

갈래 : 고전 수필, 제문
성격 : 추도적, 주관적, 고백적
구성 : '서사 – 본사 – 결사'의 3단계 구성
특징 : • 대상을 잃은 슬픔을 과장되게 표현함
      • 문장의 가락이나 호흡이 우아하고 애절함
      • 국한문 혼용체가 사용됨
주제 : 동고동락한 바늘이 부러진 것을 애도함
연대 : 조선 순조 때

✎ 생각해 볼 문제

1. 이 작품의 문학적 의의는 무엇인가?

이 글은 19세기 중엽에 발표된 국문체 수필로 의유당의 『관북 유람 일기』, 작가 미상의 『규중칠우쟁론기』 등과 함께 우리나라 3대 여류 수필 문학으로 손꼽힌다. 여성의 섬세한 감각과 정서를 뛰어난 문장으로 표현한 한글 제문이라는 측면에서 문학사적 의의를 찾을 수 있다. 또한, 바늘을 의인화했다는 점에서 고려의 가전체 문학과도 일맥상통한다고 할 수 있다.

2. 이 글의 주제를 '사별한 남편에 대한 애도'로도 볼 수 있는 까닭은 무엇인가?

부러진 바늘을 애도한다는 설정이 다소 과장되고 설득력이 떨어진다는 측면에서 '부러진 바늘'을 '사별한 남편'의 상징적 표현으로 해석하는 사람들이 있다. 예로부터 바늘과 실은 남편과 아내의 상징적 표현으로 사용되었으므로 이 주장은 설득력이 있다고 할 수 있다. 따라서 이 작품은 사별한 남편에 대한 애절한 그리움과 추모의 정을 표현한 것으로 해석할 수도 있다.

3. 『규중칠우쟁론기』와 이 작품의 공통점과 차이점은 무엇인가?

『규중칠우쟁론기』와 이 글은 내간체 문학이다. 이 두 작품의 공통점은 부녀자들이 일상생활에서 쉽게 접했던 물건들이 소재로 등장한다는 점이다. 또한, 이 작품에서는 바늘을 의인화했고 『규중칠우쟁론기』에서는 자, 가위, 바늘, 실 등을 의인화해 친숙하게 표현했다는 것도 공통점이다. 하지만 이 작품은 부러진 바늘을 향한 애도의 감정이 주로 서술된 반면, 『규중칠우쟁론기』는 인간 세상의 세태를 풍자하고 있다는 점이 두 작품의 차이점이다. 또한, 『규중칠우쟁론기』에서는 자, 가위, 바늘, 실, 인두, 다리미, 골무의 규중 칠우를 통해 가부장 체제 안에서 살아가는 당시 여성들의 주장을 엿볼 수 있다. 즉, 주어진 역할에 따른 보상을 받고 성실하게 본분을 다하며 살기를 원했던 당시 여성의 모습을 알 수 있다.

조침문

유세차(維歲次 제문의 첫머리에 관용적으로 쓰는 말) 모년(某年) 모월(某月) 모일(某日)에 미망인(未亡人) 모 씨(某氏)는 두어 자 글로써 침자(針者 바늘)에게 고(告)하노니, 인간 부녀(婦女)의 손 가운데 종요로운(없어서는 안 될 정도로 매우 긴요한) 것이 바늘이로대, 세상 사람이 귀히 아니 여기는 것은 도처에 흔하기 때문이로다. 이 바늘은 한낱 작은 물건이나, 이렇듯이 슬퍼함은 나의 정회(情懷 정과 회포)가 남과 다름이라. 오호 통재(嗚呼痛哉 아아, 슬프고 원통하다)라, 아깝고 불쌍하다. 너를 얻어 손 가운데 지닌 지 우금(于今 지금까지) 이십칠 년이라(작가의 알뜰한 성품을 짐작할 수 있음). 어이 인정이 그렇지 아니하리오. 슬프다. 눈물을 잠시 거두고 심신을 겨우 진정하여, 너의 행장(行狀 죽은 사람이 평생 살아온 일을 적은 글)과 나의 회포(懷抱 마음속에 품은 생각이나 정)를 총총히(간략하게) 적어 영결(永訣 죽은 사람과 영원히 헤어짐)하노라.

연전(年前 몇 해 전)에 우리 시삼촌(媤三村 남편의 삼촌)께옵서 동지상사(冬至上使 해마다 동짓달에 중국으로 보내던 사신의 우두머리) 낙점(落點 여러 후보 중에 마땅한 대상을 고름)을 무르와(받들어), 북경(北京)을 다녀오신 후에, 바늘 여러 쌈(한 쌈은 스물네 개)을 주시거늘, 친정과 원근 일가(遠近一家 멀고 가까운 곳에 있는 집안 사람들)에게 보내고, 비복(婢僕 계집종과 사내종)들도 쌈쌈이 낱낱이 나눠 주고, 그중에 너를 택하여 손에 익히고 익히어 지금까지 해포(한 해가 조금 넘는 동안) 되었더니, 슬프다, 연분(緣分)이 비상(非常 보통이 아님)하여, 너희를 무수히 잃고 부러뜨렸으되, 오직 너 하나를 연구(年久 오랫동안)히 보전(保全)하니, 비록 무심(無心 감정이 없음)한 물건이나 어찌 사랑스럽고 미혹(迷惑 홀려서 정신을 차리지 못함)지 아니하리오. 아깝고 불쌍하며, 또한 섭섭하도다.

나의 신세 박명(薄命 복이 없고 팔자가 사나움)하여 슬하(膝下)에 한 자녀 없고, 인명(人命)이 흉완하여(흉악하고 모질어) 일찍 죽지 못하고, 집안 사정이 빈궁(貧窮)하여 침선(針線 바느질)에 마음을 붙여, 널로 하여 시름을 잊고 생애(生涯 생계)에 도움이 적지 아니하더니, 오늘날 너를 영결하니, 오호 통재라, 이는 귀신이 시기하고 하늘이 미워하심이로다.

아깝다 바늘이여, 어여쁘다(불쌍하다) 바늘이여, 너는 미묘한 품질과 특별한 재치를 가졌으니, 물중의 명물이요, 철 중(鐵中 쇠 중)의 쟁쟁(錚錚 으뜸)이라. 민첩하고 날래기는 백대(百代)의 협객(俠客)이요, 굳세고 곧기는 만고의 충절이라. 추호(秋毫 매우 적거나 조금인 것을 비유함) 같은 부리는 말하는 듯하고, 두렷한(둥근) 귀는 소리를 듣는 듯한지라. 능라(綾羅 두껍고 얇은 비단)와 비단에 난봉(鸞鳳 난조와 봉황)과 공작을 수놓을 제, 그 민첩하고 신기함은 귀신이 돕는 듯하니, 어찌 인력이 미칠 바리요.

오호 통재라, 자식이 귀하나 손에서 놓일(떠날) 때도 있고, 비복이 순하나 명을 거스를 때 있나니, 너의 미묘한 재질(才質 재주와 기질) 나의 전후에 수응(酬應 남의 요구에 응함)함을 생각하면, 자식에게 지나고(자식보다 낫고) 비복에게 지나는지라. 천은(天銀 품질 좋은 은)으로 집을 하고, 오색으로 파란(광물을 원료로 해서 만든 유약)을 놓아 곁고름(곁옷고름. 저고리나 두루마기의 안쪽에 달려 있는 짧은 옷고름)에 채였으니, 부녀의 노리개라. 밥 먹을 적 만져 보고 잠잘 적 만져 보아, 널로 더불어(너와 함께) 벗이 되어, 여름 낮에 주렴(珠簾 구슬 따위를 꿰어 만든 발)이며, 겨울밤에 등잔을 상대하여, 누비며, 호며(헝겊을 겹쳐 바늘땀을 성기게 꿰매며), 감치며(바느질감의 가장자리나 솔기를 실올이 풀리지 않게 용수철이 감긴 모양으로 감아 꿰매며), 박으며(실을 곱걸어서 꿰매며), 공그릴(실 땀이 겉으로 드러나지 않도록 속으로 떠서 꿰맬) 때에, 겹실(두 올 이상으로 드린 실)을 꿰었으니 봉미(鳳尾 봉황새의 꽁지)를 두르는 듯, 땀땀이(바늘로 한 번 뜬 자국마다) 떠 갈 적에, 수미(首尾 사물의 머리와 꼬리)가 상응(相應 서로 응하거나 어울림)하고, 솔솔이(솔기마다) 붙여 내매 조화가 무궁하다.

이생에 백년 동거하렸더니, 오호 애재라, 바늘이여. 금년 시월 초십일 술시(戌時 오후 7시부터 9시까지)에, 희미한 등잔 아래서 관대(冠帶 옛날 벼슬아치들의 공복) 깃을 달다가, 무심중간(無心中間 아무 생각이나 감정 따위가 없는 사이)에 자끈동 부러지니 깜짝 놀라워라. 아야, 아야 바늘이여, 두 동강이 났구나. 정신이 아득하고 혼백이 산란하여, 마음을 빻아 내는 듯, 두골(頭骨 머리뼈)을 깨쳐 내는 듯, 이슥도록 기색 혼절(氣塞昏絶 기가 막히고 혼이 나감)하였다가 겨우 정신을 차려, 만져 보고 이어 본들 속절없고, 하릴없다(어떻게 할 도리가 없다). 편작(扁鵲 중국 신화 속에 등장하는 의사)의 신술(神術 신령스러운 솜씨)로도 장생불사 못 하였네. 동네 장인(匠人)에게 때이련들(때우려 한들) 어찌 능히 때일쏜가. 한 팔을 베어 낸 듯, 한 다리를 베어 낸 듯, 아깝다 바늘이여, 옷섶(저고리나 두루마기 따위의 깃 아래쪽에 달린 길쭉한 헝겊)을 만져 보니, 꽂혔던 자리 없네.

오호 통재라, 내 삼가지(조심하지) 못한 탓이로다. 죄 없는 너를 마치니(죽게 하였으니), 백인(佰仁 '바늘'을 뜻함)이 유아이사(由我而死 나로 인해 죽게 됨)라, 누구를 한(恨)하며 누구를 원(怨)하리요. 능란한 성품과 공교(工巧 재주가 뛰어남)한 재질을 나의 힘으로 어찌 다시 바라리요. 절묘한 의형(儀形 차린 모습)은 눈 속에 삼삼하고, 특별한 품재(稟才 타고난 재주)는 심회(心懷 마음속에 품은 생각)가 삭막하다. 네 비록 물건이나 무심치 아니하면, 후세에 다시 만나 평생 동거지정(同居之情)을 다시 이어, 백년고락과 일시생사(一時生死 한때의 죽고 사는 일)를 한가지로 하기를 바라노라. 오호 애재라, 바늘이여.

상향(尙饗 '적지만 흠향하옵소서'라는 뜻으로 제문의 끝에 관용적으로 사용하는 말). *

# 규중칠우쟁론기(閨中七友爭論記)

> **작가** : 미상
> **갈래** : 고전 수필, 내간체 수필
> **성격** : 교훈적, 논쟁적, 풍자적, 우화적
> **특징** : 칠우를 각각 사람에 빗대어 풍유법과 내간체로 세태를 풍자함
> **구성** : 칠우의 공치사와 자신들의 신세 타령이 나오고 중간에 주 부인의 꾸중
> 이 삽입됨
> **주제** : 자신들의 공치사만 일삼는 세태에 대한 풍자
> **연대** : 조선 시대
> **출전** : 『망로각수기(忘老却愁記)』

✏️ **생각해 볼 문제**

1. 이 작품에 나타난 당시 여성들의 의식 변화는 어떠한가?

이 글에서 규중 칠우가 자신의 공을 내세우며 다투거나 원망하는 장면을 보면 누구 하나 망설이거나 주저하지 않는 것을 알 수 있다. 의인화된 칠우는 실제 규방 여성들로 볼 수도 있다. 이들은 자신에게 주어진 역할을 충실히 이행한 데 대한 보상을 당당하게 요구한다. 이는 여성들의 권리 주장에 대한 욕구와 평등에 대한 염원을 나타낸 것이라 할 수 있다. 이 작품에는 여성들의 이러한 의식 변화가 작품 속에 잘 드러나 있다.

2. 이 글은 어느 장르로 분류할 수 있는가?

작가와 연대 미상의 이 작품은 수필인지 소설인지 장르상의 구분조차 애매하다. 의인화된 등장인물 간에 갈등이 나타나고 사건 구조를 지니고 있다는 점은 소설적 요건을 갖춘 것으로 볼 수 있고, 특정 사물을 의인화한 것은 가전체의 전통을 따랐다고 할 수 있다. 따라서 이 작품은 수필이라기보다는 가전체 소설로 규정하는 것이 타당하다.

규중칠우쟁론기

　　이른바 규중 칠우(閨中七友 부녀가 거처하는 안방 부인네의 일곱 친구)는 부인네 방 가운데 일곱 벗이니 글하는 선배(선비)는 필묵(筆墨 붓과 먹)과 조희(종이) 벼루로 문방사우(文房四友 종이, 붓, 먹, 벼루)를 삼았나니 규중 녀잰들(여자인들) 홀로 어찌 벗이 없으리오.

　　이러므로 침선(針線) 돕는 유를 각각 명호(이름과 호)를 정하여 벗을 삼을새, 바늘로 세요 각시(細腰閣氏 새색시)라 하고, 척(자)을 척 부인(戚夫人)이라 하고, 가위로 교두 각시(交頭閣氏)라 하고, 인도(인두)로 인화 부인(引火夫人)이라 하고, 달우리(다리미)로 울 낭자(娘子)라 하고, 실로 청홍 흑백 각시(靑紅黑白閣氏)라 하며, 골모(골무)로 감토 할미라 하여, 칠우를 삼아 규중 부인네 아츰(아침) 소세(머리를 빗고 얼굴을 씻음)를 마치매 칠우 일제히 모여 종시(끝까지)하기를 한가지로 의논하여 각각 소임(맡은 임무)을 일워(이루어) 내는지라.

　　일일(一日)은 칠우 모여 침선의 공을 의논하더니 척 부인이 긴 허리를 자히며(재며) 이르되,

　　“제우(諸友 여러 벗)는 들으라, 나는 세명지(세명주. 가늘게 무늬 없이 짠 명주) 굵은 명지 백저포(白紵布 흰 모시) 세승포(細升布 가는 베)와, 청홍녹라(靑紅綠羅) 자라(紫羅) 홍단(紅緞)을 다 내여 펼쳐 놓고 남녀의(男女衣)를 마련(마름질. 옷감을 치수에 맞추어 베고 자르는 일)할 새, 장단 광협(長短廣狹 길고 짧으며, 넓고 좁음)이며 수품 제도(手品制度 솜씨와 격식)를 나 곧 아니면 어찌 이루리오. 이러므로 의지공(衣之功 옷을 만드는 공)이 내 으뜸 되리라.”

　　교두 각시 양각(兩脚 두 다리)을 빨리 놀려 내달아 이르되,

　　“척 부인아, 그대 아모리 마련을 잘한들 베어 내지 아니하면 모양 제되(제대로) 되겠느냐. 내 공과 내 덕이니 네 공만 자랑 마라.”

　　세요 각시 가는 허리 구붓기며(구부리며) 날랜 부리 두루혀(돌려) 이르되,

　　“양우(兩友)의 말이 불가하다. 진주(眞珠) 열 그릇이나 껜(꿴) 후에 구슬이라 할 것이니, 재단(裁斷)에 능소능대(能小能大 모든 일에 두루 능함)하다 하나 나 곧 아니면 작의(作衣)를 어찌하리오. 세누비(잔누비. 잘게 누빈 누비) 미누비(중누비) 저른 솔(솔기) 긴 옷을 이룸이 나의 날래고 빠름이 아니면 잘게 뜨며(한 땀 한 땀 바느질

을 하여 가며) 굵게 박아 마음대로 하리오. 척 부인이 잘라 내고 교두 각시 베어 낸다 하나 내 아니면 공이 없으려든 두 벗이 무삼 공이라 자랑하나뇨.”

청홍 각시 얼굴이 붉으락푸르락 하야 노왈(노하여 말하기를),

“세요야. 네 공이 내 공이라. 자랑 마라. 네 아모리 착한 체하나 한 솔 반 솔인들 내 아니면 네 어찌 성공하리오.”

감토 할미 웃고 이르되,

“각시님네, 위연(웬만히)만 자랑 마소. 이 늙은이 수말(首末 머리와 끝) 적기로 아가씨네 손부리 아프지 아니하게 바느질 도와 드리나니 고어에 운(云 옛말에 이르기를), 닭의 입이 될지언정 소 뒤는 되지 말라 하였으니, 청홍 각시는 세 요의 뒤를 따라다니며 무삼 말 하시나뇨. 실로 얼굴이 아까왜라. 나는 매양 세요의 귀에 질리었으되 낯가죽이 두꺼워 견딜 만하고 아모 말도 아니하 노라.”

인화 낭자 이르되,

“그대네는 다토지 말라. 나도 잠간 공을 말하리라. 미누비 세누비 눌로 하여 저가락(젓가락)같이 고우며, 혼솔(혼 솔기)이 나 곧 아니면 어찌 풀로 붙인 듯이 고으리요. 침재(針才) 용속(범상하고 속되어 이렇다 할 특징이 없음)한 재 들락날락 바르지 못한 것도 나의 손바닥을 한 번 씻으면 잘못한 흔적이 감추어져 세 요의 공이 날로 하여 광채 나느니라.”

울 낭자가 크나큰 입을 버리고 너털웃음으로 이르되,

“인화야, 너와 나는 소임이 같다. 그러나 인화는 침선뿐이라. 나는 천만 가지 의복에 아니 참예(참여하여 관계함)하는 곳이 없고, 가증한 여자들은 하로 할 일도 열흘이나 구기여(그대로 한곳에 뭉쳐 놓아) 살이 주역주역한(구깃구깃한) 것을 내의 광둔(廣臀 넓은 볼기)으로 한번 스치면 굵은 살 낱낱이 펴지며 제도와 모양 이 고와지고 더욱 하절을 만나면 소님이 다사하야(일이 많아서) 일일도 한가하 지 못한지라. 의복이 나 곧 아니면 어찌 고우며 더욱 세답(빨래)하는 년들이 게을러 풀 먹여 널어 두고 잠만 자면 부딪쳐 말린 것을 나의 광둔 아니면 어찌 고우며, 세상 남녀 어찌 반반한(구김이 없는) 것을 입으리오. 이러므로 작 의 공이 내 제일이 되나니라.”

규중 부인이 이르되,

“칠우의 공으로 의복을 다스리나 그 공이 사람의 쓰기에 있나니 어찌 칠 우의 공이라 하리오.”

하고 언필(말을 다함. 말을 마침)에 침우를 밀치고 베개를 돋우고 잠에 깊이 드니 척 부인이 탄식하고 이르되,

"매야할사(매정하다) 사람이오 공 모르는 것은 녀재(여자)로다. 의복 마를 제는 몬저 찾고 일워 내면 자기 공이라 하고, 게으른 종 잠 깨오는 막대는 나곧 아니면 못 칠 줄로 알고 내 허리 부러짐도 모르니 어찌 야속하고 노엽지 아니리오."

교두 각시 이어 가로대,

"그대 말이 가하다. 옷 말라(마름질하여) 버힐(벨) 때는 나 아니면 못하려마는 드나니 아니 드나니 하고 내어 던지며 양각을 각각 잡아 흔들 제는 토심(吐心 좋지 아니한 기색이나 말로 남에게 대할 때 상대편이 느끼는 불쾌하고 아니꼬운 마음) 적고 노엽기 어찌 측량하리오. 세요 각시 잠깐이나 쉬랴 하고 달아나면 매양 내 탓만 너겨 내게 집탈(執頉 남의 잘못을 집어내어 트집함)하니 마치 내가 감춘 듯이 문고리에 거꾸로 달아 놓고 좌우로 고면(顧眄 잊을 수 없어 돌이켜 봄)하며 전후로 수험(수색하여 검사함)하야 얻어 내기 몇 번인 동(줄) 알리오. 그 공을 모르니 어찌 애원(哀怨 애절히 원망함)하지 아니리오."

세요 각시 한숨 짓고 이르되,

"너는커니와 내 일즉(일찍) 무삼 일 사람의 손에 보채이며 요악지성(妖惡之聲 요망하고 간악한 말)을 듣는고. 각골통한(刻骨痛恨 뼈에 사무치게 맺힌 원한)하며, 더욱 나의 약한 허리 휘두르며 날랜 부리 두루혀(뒤치어) 힘껏 침선을 돕는 줄은 모르고 마음 맞지 아니하면 나의 허리를 부러뜨려 화로에 넣으니 어찌 통원하지 아니하리요. 사람과는 극한 원수라. 갚을 길 없어 이따금 손톱 밑을 질러 피를 내어 설한(雪恨 한을 품)하면 조곰 시원하나, 간흉한 감토 할미 밀어 만류하니 더욱 애닯고 못 견디리로다."

인화 낭자가 눈물지어 이르되,

"그대는 데아라 아야라(아프다 어떻다) 하는도다. 나는 무삼 죄로 포락지형(炮烙之刑 뜨겁게 달군 쇠로 단근질하는 형벌)을 입어 붉은 불 가운데 낯을 지지며 굳은 것 깨치기는 날을 다 시키니 섧고 괴롭기 측량하지 못할레라."

울 낭자가 척연(근심하고 두려워하는 모양) 왈,

"그대와 소임(所任)이 같고 욕되기 한가지라. 제 옷을 문지르고 먹을 잡아 들까부르며(몹시 흔들어서 까불며), 우겨 누르니 황천(皇天 크고 넓은 하늘)이 덮치는 듯 심신이 아득하야 나의 목이 따로 날 적이 몇 번이나 한 줄 알리오."

칠우 이렇듯 담론하며 회포를 이루더니 자던 여자가 문득 깨어 칠우다려 왈,

"칠우는 내 허물을 그토록 하느냐."

감토 할미 고두사왈(叩頭謝曰 머리를 조아려 사죄해 가로되),

"젊은것들이 망령되게 헴(생각)이 없는지라 족가지 못하리로다. 저희들이 여러 죄 있으나 공이 많음을 자랑하야 원언(怨言)을 지으니 마땅 결곤(決棍 곤장을 침)하암즉 하되, 평일 깊은 정과 저희 조고만 공을 생각하야 용서하심이 옳을까 하나이다."

여자 답 왈,

"할미 말을 좇아 물시(勿施 하려던 일을 그만둠)하리니, 내 손부리 성함이 할미 공이라. 꿰어 차고 다니며 은혜를 잊지 아니하리니 금낭(錦囊 비단으로 만든 주머니)을 지어 그 가운데 넣어 몸에 지녀 서로 떠나지 아니하리라."

하니 할미는 고두배사(叩頭拜謝 머리를 조아려 사례함)하고 제붕(諸朋)은 참안(慙顔 부끄러움)하야 물러나리라. *

 사치스러운 풍속

이익(李瀷, 1681~1763)

자는 자신(自新). 호는 성호(星湖). 평안도 운산 출생. 섬계 이잠(剡溪李潛), 송곡 이서우에게서 학문을 배웠던 그는 1705년 과거에 응시해 초시에 합격했다. 그러나 이름을 적은 것이 격식에 맞지 않다 하여 진사 시험에 응시할 수 없었다. 이듬해 형 이잠이 장 희빈을 두둔하다가 당쟁의 제물로 희생되자 낙향해 학문에 몰두했다. 이이, 유형원 등의 학문에 심취했고, 유형원의 학풍을 계승했다. 그의 명성이 높아지자 영조가 선공감가감역(繕工監假監役)에 임명했으나 끝까지 사양하고 학문 연구와 저술에 힘썼다. 또한, 후학 양성에도 몰두하여 안정복, 윤동규, 이중환 등을 배출했다. 그의 학통은 채제공, 정약용, 이가환 등으로 이어졌다. 주요 저서로 『성호집(星湖集)』, 『이선생예설(李先生禮說)』, 『근사록(近史錄)』 등이 있다.

✏️ 작품 정리

갈래 : 고전 수필, 중수필

성격 : 논리적, 설득적, 비판적, 예시적

특징 : • 어진 인재 등용과 문벌 타파의 필요성을 강조함

　　　　　• 중국의 경서를 인용함

구성 : '문제점 – 해결책'의 2단계 구성

주제 : 사치스러운 풍속이 만연해 있는 세태 비판

연대 : 조선 영조 39년(1763)

출전 : 『성호사설』

1. 사치스러운 풍속이 생기게 된 원인은 무엇인가?

인간의 본성은 선하지만 육체적 욕망 때문에 악해질 수 있다. 그러므로 체면과 명분을 중시하며 수양을 강조하는 성리학적 세계관이 사치스러운 풍속이 생기게 된 직접적인 원인이라고 할 수 있다. 여기에다가 이익을 추구하는 농공상(農工商 농부, 공장(工匠), 상인)을 천시하고 오직 사(士 양반 계급인 선비)만 존중하는 사회 풍조도 한몫을 했다. 이러한 사회 풍조는 물질을 천시하는 유교적 전통에 뿌리를 두고 있다.

2. 작가는 사치스러운 풍속을 근절하기 위해 무엇이 필요하다고 주장했는가?

작가는 문벌을 숭상하고 부를 세습하는 풍속 때문에 사치가 만연해 있다고 생각했다. 은나라 말기에 대대로 녹봉을 받았던 귀족 가문의 사치가 은나라를 멸망의 길로 이끌었듯이 사치는 반드시 경계해야 한다고 말하고 있다. 또한, 어진 인재를 등용하고 문벌을 타파해야 한다고 주장하고 있다.

3. 고전 수필의 특징은 무엇인가?

고전 수필이란 당시의 사회적 모습과 과정을 통해 개인의 체험과 생각 및 역사적 사실을 기록한 글이다. 고전 수필의 종류로는 이치에 따라 사물을 해석하고 시비를 밝히는 한문 문장 양식의 하나인 설(設), 궁중에서 일어났던 역사적 사건을 섬세하게 표현한 궁중 기록 등이 있다. 이 외에도 일기, 기행, 제문(祭文 죽음을 애도하고 추모하는 글), 편지글, 회고록 등이 있다. 고전 수필은 임진왜란과 병자호란 이후 한글이 보급되면서 창작 계층이 확대되었고, 현대 수필처럼 다양한 형태의 글과 주제로 쓰였다.

사치스러운 풍속

지금 우리나라 사람들은 거마(車馬 수레와 말)·의복·음식이 남을 따라가지 못하는 것을 큰 수치로 여겨, 자기는 아무것도 없으면서 겉치레만을 힘쓰기에 급급하여 오직 부족할까 두려워한다. 가난한 선비가 가정에서는 채소만을 먹다가도 남을 대하게 되면 성찬(盛饌 풍성하게 잘 차린 음식)을 먹는다거나 또는 가난한 집의 여자들이 평상시에는 때 묻은 옷을 입다가도 손님을 맞게 되면 화려한 치장을 하는 따위는 모두 겉치레만을 힘쓰는 습관이다.

현재 우리나라는 문벌을 숭상하여 경상(卿相 재상)의 아들은 반드시 경상이 되고, 부잣집에서 태어나면 죽을 때에도 부잣집이어서 더욱더 사치가 증가하여도 스스로 그것을 깨닫지 못하게 된다. 비록 토지가 없고 녹봉이 없는 집안들도 그들과 벗으로 사귀고 혼인하면서, 죽어도 질박하고 검소한 것을 꺼리고 반드시 귀족들의 사치를 따르려고 한다. 만일 이렇게 하지 않으면 사람들이 비웃는다.

사치는 반드시 재물을 필요로 한다. 이렇기 때문에 재물이 부족하면 온갖 수단으로 구하여 다시는 불의(不義)라는 것을 따지지 않는다. 이래서 '사치가 풍속에서 생기고 욕심이 사치에서 생긴다' 하는 것이다.

옛날에는 높은 벼슬아치들이 대부분 가난하고 천한 신분에서 나왔다. 또한, 비록 임금이라 하여도 임금이 되기 전에 소인(小人)으로 만들어 어려운 일을 하나하나 직접 체험하여 알게 하였다. 그러므로 지나치게 사치함에 이르지 않았는데, 저 귀하고 부한 집안에서 호강으로만 큰 자식들이야 어떻게 이런 것을 알겠는가?

『주서(周書)』에 "세록(世祿 대대로 받는 녹봉)을 받는 집안은 능히 예를 따르는 사람이 적다. 방탕하고 교만한 것으로 덕이 있는 사람을 업신여겨 천도(天道)를 어기며 사치하고 화려한 폐단이 생겨 온 세상이 함께 따른다."라고 하였고, 또 "은나라의 여러 선비들이 은총을 빙자한 지가 오래되어 사치한 것을 믿고 정의를 멸하며 아름다운 옷을 남에게 자랑하여 교만하고 방종하며 자랑하고 과시하여 장차 악으로 끝날 것이다."라고 하였다.

대저(대체로 보아서) 탕(湯) 임금은 어진 자를 뽑아 쓰는 데 지체를 가리지 않는 것을 임금의 덕으로 소중히 여겼다. 그런데도 말류(末流 말세)의 폐단이 다시 이에 이르렀으니, 이것이 은나라가 멸망하게 된 원인이다.

나라가 믿고 의지하는 것은 백성이며, 백성이 믿고 의지하는 것은 재물이다. 재물을 풍족하게 하려면 탐욕을 제거하는 것보다 좋은 것이 없고, 탐욕을 그치게 하려면 검소한 것을 숭상하는 것보다 좋은 것이 없으며, 검소한 것을 숭상하는 길은 다시 어진 사람을 우선하고 문벌을 버리어, 재물을 만들기가 몹시 괴롭다는 것을 알게 하여야 한다.

내가 일찍이 절에서 닥나무로 종이 만드는 것을 보았는데 무척 애쓰고 고달팠다. 그다음부터는 종이를 사용할 때마다 반드시 그 만들기가 어려운 것을 생각하곤 한다. 종이 한 장 만들기도 어려운데, 하물며 농사짓거나 베 짜는 일이야 그 어려움을 이루 말할 수 있겠는가? 『시경(詩經)』에 "굵은 갈포(葛布 칡) 섬유로 짠 베를 만들고 가는 갈포를 만들어 입으므로 싫음이 없다."라고 하였으니, 이 시를 지은 사람은 도(道)를 알 것이다. ✻

 # 요로원야화기(要路院夜話記)

✏ 작가와 작품 세계

박두세(朴斗世, 1650~1733)

본관은 울산. 자는 사앙(士仰). 충청남도 대흥 출생. 이건(以建)이 할아버지이고, 율(繘)이 아버지다. 문장에 특히 능했으며, 운학(韻學)에 조예가 깊어 관련 저술을 남기기도 했다. 하지만 당색이 남인에 속했던 그의 벼슬길은 순탄치 않았다. 당시 사회에 대한 비판적 시각은 『요로원야화기』에 잘 나타나 있다. 숙종 때 문과에 급제해 의금부도사, 진주 목사, 지중추부사 등을 지냈다. 이 작품은 과거에 실패한 선비가 귀향길에 요로원의 주막에서 양반인 체하면서 거만하게 행동하는 인물을 상대로 주고받는 이야기로, 당대의 사회 정책과 제도를 문답 형식으로 날카롭게 풍자했다. 저서로는 수필집 『요로원야화기』와 조선 시대의 운서인 『삼운통고(三韻通考)』를 증보한 『삼운보유(三韻補遺)』 등이 있다.

✏ 작품 정리

갈래 : 고전 수필, 야담

성격 : 풍자적, 해학적, 비판적

배경 : 시간 – 저녁 무렵 / 공간 – 충청남도 아산 요로원의 어느 주막

특징 : • 대화와 문어체 표현을 통해 작가의 체험을 기록함

　　　　• 양반의 언어와 평민의 언어를 비교할 수 있음

　　　　• 당시 양반들의 허위의식을 풍자함

주제 : 서울 양반의 허세와 교만함 풍자

연대 : 조선 숙종 4년(1678)

출전 : 『요로원야화기』

✎ 생각해 볼 문제

1. 양반의 말과 평민의 말이 다른 것은 사회적으로 어떤 의미가 있는가?

양반의 말과 평민의 말이 다른 것은 당대의 신분 제도가 엄격했음을 의미한다. 봉건적 신분 질서가 언어에 그대로 반영된 것이다. 엄격한 신분제 사회에서 평민이 양반의 말을 사용하는 것은 허용되지 않았다. 즉, 양반의 말과 평민의 말을 철저히 구별함으로써 봉건적 사회 구조를 계속 유지하려고 했던 것이다. 이런 점에서 언어는 사회의 영향을 받기도 하지만 사회에 영향을 주기도 한다는 것을 알 수 있다.

2. 네티즌이 사용하는 언어의 국어 파괴 현상에 대해 어떻게 생각하는가?

편지의 뒤를 이어 전보, 전화, 삐삐, 핸드폰 등 새로운 미디어가 등장할 때마다 새로운 형태의 언어가 사용되었다. 네티즌의 언어 또한 인터넷이라는 새로운 미디어가 등장하면서 사용되기 시작했다. 머지않아 인터넷을 대체할 새로운 미디어가 등장하면 또다시 새로운 형태의 언어가 등장할 것이다. 이러한 점에서 우리는 지속적인 관심을 가지고 바람직한 언어 교육의 필요성을 느껴야 한다.

요로원야화기

이윽고 진지를 고(告)하거늘 내 짐짓 "솔가지 불 켜 올리라." 한대,

"상등(上等 지체가 높은) 양반이면 촉(燭 초)을 아니 가져왔느냐?"

내 답하되, "진실로 가져왔으되, 어제 다 진(盡 사용함)하였노라."

객 가로되,

"솔불이 내워(매워) 괴로운지라 내 행중(行中 길을 함께 나선 무리)의 촉을 내어 켜라." 한대, 납촉(蠟燭 밀랍으로 만든 초)을 밝히니 빛이 황홀하더라.

내 길 난(떠난) 지 오랜지라 자취(차림새)가 가매(假賣)하고, 행찬(行饌 여행이나 소풍을 갈 때 집에서 마련해 가지고 가는 음식)을 내어놓으니 마른 장(醬)과 청어반 꼬리라. 저(箸 젓가락)를 들어 장차 먹으려 두루 보며 부끄러워하는 체하자 객이 보고 잠소(潛笑 가만히 웃으며) 왈,

"상등 양반이 반찬이 좋지 아니하도다."

내 가로되,

"향곡(鄕曲 시골 구석) 양반이 비록 상등 양반이나 어찌 감히 성중(城中) 사대부를 비기리오."

객이 내 말을 옳이 여기더라. 밥 먹기를 반은 하여서 내 짐짓 종을 불러 가로되, "물 가져오라." 한대, 객 가로되,

"그대를(그대에게) 상등 양반의 밥 먹기를 가르치리라. 종이 진지를 고하거든 '올리라' 말고 '들이라' 하고, 숙랭(熟冷 숭늉)을 먹으려 하거든 '가져오라' 말고 '진지(進支)하라' 하느니라."

내 답하되, "행차(行次 길을 나선 웃어른)의 말씀이 지당하시니 일로부터(이로부터) 배웠나이다."

객 가로되, "그대 나이 몇이며, 장가를 들었는가?"

내 대답하되,

"나이는 스물아홉 살이요, 장가 못 들었나이다."

객 가로되,

"그대 상등 양반이면 지금 장가를 못 들었느뇨?"

내 탄(嘆 탄식)하여 가로되,

"상등 양반인들 장가들기가 어려워 제 구하는 데는 내 즐기지 아니하고, 내 구하는 데는 제 즐기지 아니하니, 좋은 바람이 불지 아니하여(좋은 기회를 얻지 못해) 지금 날과(나와) 같은 이를 만나지 못하였나이다."

객 가로되,

"그대 몸이 단단하여 자라지 못한 듯하고 턱이 판판하여 수염이 없으니 장래 장가들 길 없으리오."

내 답하되,

"행차는 웃지 마소서. 옛말에 일렀으되 불효 중 무후(無後 대를 이을 자손이 없음)가 크다 하니 삼십에 입장(入丈 장가를 듦)을 못하였으니 어찌 민망하지 아니하리이까?"

객 가로되,

"어찌 예 좌수(倪座首 향소의 유력자) 모 별감(车別監 향소의 유력자. 좌수에 버금가는 직책) 집에 구혼을 못하였느뇨?"

내 답하되,

"이 이른바 내 구혼하는 데(내가 구혼하는 것을) 제 즐겨 아니하는 데니이다(상대방이 좋아하지 않기 때문입니다)."

객 왈, "그대 얼굴이 단정하고 말씀이 민첩하니 헛되이 늙지 아니리니 예가(倪哥 예 좌수), 모가(车哥 모 별감)들이 허혼(許婚)을 아니하리오. 내 그대를 위하여 다른 데 아름다운 배필을 구하리라."

내 거짓 곧이듣는 체하고 기꺼하는 사색(辭色 기뻐하는 모습)으로 가로되,

"그지없사이다. 아니 행차 문중(門中)에 아기씨 두어 계시니이까?"

객이 부답(不答 대답하지 않음)하고 혼자 말하여 가로되,

"어린것이 하릴없다(어리석은 사람이라 어찌할 도리가 없구나). 희롱을 하다가 욕을 보도다." 하고, 이에 가로되,

"내 문중에는 아기씨 없으니 다른 데 구하여 지휘하리라(알려 주리라)."

내 짐짓 감사하며 가로되, "덕분이 가이없어이다(은혜가 끝이 없습니다)."

객이 이르되,

"그대 비록 가관(加冠 성년이 되었다는 의미로 상투를 틀고 갓을 쓰는 관례를 치름)을 하였어도 입장을 못하였으면 이는 노 도령(老道令 늙은 도령)이라."

하고, 이후는 노 도령이라고도 하고 그대라고도 하더라. *

유재론(遺才論)

✎ 작가와 작품 세계

허균(許筠, 1569~1618)

조선 중기의 문인이자 정치가. 자는 단보(端甫), 호는 교산(蛟山). 강원도 강릉 출생. 선조 때 문과에 급제한 후 좌참찬까지 올랐으나 세 번이나 파직되었다. 허균은 스승 이달이 서얼 차별로 불우한 일생을 보내는 것을 보고 서얼 출신 문인들과 어울리며 당시 사회 제도의 모순을 과감히 비판했다. 국문 소설의 효시인 『홍길동전』을 통해 봉건 체제의 모순과 부당성을 폭로했다. 허균은 당대 제일의 문장가였으며 시와 비평에도 안목이 높아 『국조시산』 등의 시선집과 『성수시화』 등의 시 비평집을 펴내기도 했다. 이 밖에도 사회의 모순을 비판한 『성소부부고』, 『교산시화』, 『학산초록』 등이 있다.

✎ 작품 정리

갈래 : 고전 수필, 중수필

성격 : 비판적, 설득적

특징 : • 중국과 한국의 인재 등용 제도를 대조함

　　　　 • 작가의 진취적인 개혁 사상이 반영됨

구성 : '기-서-결'의 3단계 구성

　　　 - 기 : 올바른 인재 등용의 방법을 제시함

　　　 - 서 : 인재 등용의 현실과 문제점을 비판함

　　　 - 결 : 바람직한 인재 등용을 촉구함

주제 : 우리나라 인재 등용 현실을 비판하고 인재 등용의 올바른 태도를 촉구함

연대 : 조선 광해군 3년(1611)

출전 : 『성소부부고』

1. 이 작품과 『홍길동전』의 유사점은 무엇인가?

『홍길동전』의 주제 의식은 인본주의, 천부 인권, 만민 평등 사상에 뿌리를 두고 있다. 양반과 평민을 차별하지 않고, 적자와 서자를 차별하지 않는 세상을 바라고 있는 것이다. 이 글에서는 조선의 인재 등용 현실을 비판하면서 바람직한 인재 등용에 대해 설명하고 있다. 그러므로 두 작품은 출신을 차별하지 않는 평등한 사회의 모습을 바란다는 점에서 비슷하다. 또한, 두 작품 모두 철저한 신분 사회였던 조선 시대에 쓰였다는 점에서 과감한 시대 비판 정신이 돋보인다.

2. 능력에 따른 차별은 정당한가?

인간은 누구나 평등하게 태어난다. 이 사실만으로도 모든 인간은 충분히 존중받을 만하다. 따라서 특정 영역의 능력을 근거로 사람을 차별하는 것은 바람직하지 못하다. 더욱이 교육의 기능과 목적은 학생 개개인의 타고난 재능과 소질을 발굴하는 것이므로 능력 차이를 근거로 누군가를 차별해서는 안 된다.

유재론

　나라를 다스리는 사람은 임금과 더불어 하늘이 준 직분을 행하는 것이니 재능이 없어서는 안 된다. 하늘이 인재를 내는 것은 본디 한 시대의 쓰임을 위해서이다. 그래서 하늘이 사람을 낼 때에 귀한 집 자식이라고 하여 풍부하게 주고, 천한 집 자식이라 하여 인색하게 주지 않는다. 그래서 옛날의 어진 임금은 이런 것을 알고, 인재를 더러 초야(草野)에서도 구하고 더러 항복한 오랑캐 장수 중에서도 뽑았으며, 더러 도둑 중에서도 끌어올리고, 더러 창고지기를 등용키도 했다. 이들은 다 알맞은 자리에 등용되어 재능을 한껏 펼쳤다. 나라가 복을 받고 치적(治績 정치상의 업적)이 날로 융성케 된 것은 이 방법을 썼기 때문이다.

　중국같이 큰 나라도 인재를 빠뜨릴까 걱정하여 늘 그 일을 생각한다. 잠자리에서도 생각하고, 밥 먹을 때에도 탄식한다.

　어찌하여 숲 속과 연못가에서 살면서 큰 보배를 품고도 팔지 못하는 자가 수두룩하고, 영걸찬(영특하고 용기와 기상이 뛰어난) 인재가 하급 구실아치 속에 파묻혀서 끝내 그 포부를 펴지 못하는가? 정말 인재를 모두 얻기도 어렵거니와, 모두 거두어 쓰기도 또한 어렵다.

　우리나라는 땅덩이가 좁고 인재가 드물게 나서 예부터 걱정거리였다. 더구나 조선 시대에 들어와서는 인재 등용의 길이 더 좁아져서 대대로 명망 있는 집 자식이 아니면 좋은 벼슬자리를 얻지 못하고, 바위 구멍과 띠풀('삘기'의 방언) 지붕 밑에 사는 선비는 비록 뛰어난 재주가 있어도 억울하게도 등용되지 못한다. 과거에 합격하지 않으면 높은 지위를 얻지 못하고, 비록 덕이 훌륭해도 과거를 보지 않으면 재상 자리에 오르지 못한다.

　하늘은 재주를 고르게 주는데 이것을 명문의 집과 과거로써 제한하니 인재가 늘 모자라 걱정하는 것은 당연하다. 동서고금에 첩이 낳은 아들의 재주를 쓰지 않는다는 말은 듣지 못했다. 우리나라만이 천한 어미를 가진 자손이나 두 번 시집간 자의 자손을 벼슬길에 끼지 못하게 한다.

　쪼막만 하고 더욱이 양쪽 오랑캐 사이에 끼여 있는 이 나라에서 인재를 제대로 쓰지 못할까 두려워해도 더러 나랏일이 제대로 될지 점칠 수 없는

데, 도리어 그 길을 스스로 막고서 "우리나라에는 인재가 없다."라고 탄식한다. 이것은 남쪽 나라를 치러 가면서 수레를 북쪽으로 내달리는 것과 무엇이 다르겠느냐? 참으로 이웃 나라가 알까 두렵다.

한낱 여인네가 원한을 품어도 하늘의 마음이 언짢아 오뉴월에도 서리를 내리는데, 하물며 원망을 품은 사내와 원한에 찬 홀어미가 나라의 반을 차지하니 화평한 기운을 불러오기는 어려우리라.

옛날에 어진 인재는 보잘것없는 집안에서 많이 나왔었다. 그때에도 지금 우리나라와 같은 법을 썼다면, 범중엄(范仲淹 중국 북송 때의 정치가. 어머니가 개가함)이 재상 때에 이룬 공업(功業 큰 공로가 있는 일)이 없었을 것이요, 진관(陣瓘 중국 북송 때 문인)과 반양귀(潘良貴 중국 송나라의 충신. 서자 출신임)는 곧은 신하라는 이름을 얻지 못하였을 것이며, 사마양저(司馬穰 중국 제나라의 장군. 서자 출신임), 위청(衛靑 중국 한나라의 장수. 서자 출신임)과 같은 장수와 왕부(王符 중국 후한의 학자. 가문이 미천함)의 문장도 끝내 세상에서 쓰이지 못했을 것이다.

하늘이 냈는데도 사람이 버리는 것은 하늘을 거스르는 것이다. 하늘을 거스르고도 하늘에 나라를 길이 유지하게 해 달라고 비는 것은 있을 수 없는 일이다. 나라를 다스리는 자가 하늘의 순리를 받들어 행하면 나라의 명맥을 훌륭히 이어 갈 수 있을 것이다. *

나의 친구 임현

✏ 작품 정리

작가 : 허균(416쪽 '작가와 작품 세계' 참조)
갈래 : 고전 수필, 경수필
성격 : 사실적, 회상적
특징 : 전기문의 형식을 취함
주제 : 친구의 죽음을 애도함
출전 : 『신편 국역 성소부부고 4』(한국학술정보, 2006)

✏ 생각해 볼 문제

1. 작가는 친구의 죽음을 어떻게 받아들이고 있는가?

1577년 9세의 허균은 동갑내기 친구인 임현과 함께 글공부를 시작했고, 1585년에는 초시에 나란히 합격했다. 그러다가 1601년에 임현이 먼저 세상을 떠나자, 허균은 친구의 죽음을 차분하게 애도했다. 허균은 12세 때 아버지를 여의고, 20세 때 둘째 형 허봉, 21세 때 누이 허난설헌까지 떠나보냈다. 그리고 24세에는 임진왜란의 피란길에 아내와 첫아들마저 잃었다. 허균이 임현의 죽음에 대해 초연할 수 있었던 것은 바로 이 때문이다.

2. 허균의 호민론(豪民論)이란 무엇인가?

백성에는 세 가지 부류가 있는데, 눈앞의 일에 얽매이고 법을 따르면서 윗사람에게 부림을 당하는 사람은 항민(恒民)이고, 온갖 착취를 당해 윗사람을 원망하는 사람은 원민(怨民)이며, 딴마음을 먹고 혹시 변고라도 생기면 제 뜻을 이루고자 하는 사람은 호민(豪民)이다. 항민과 원민은 두렵지 않지만 호민은 크게 두려운 존재다. 호민이 기회를 봐 일어나면 원민은 스스로 모이고 항민은 따르기 마련이다. 그러므로 민목(民牧) 임금은 이런 사정을 분명히 알아 제대로 정치를 펴야 한다.

나의 친구 임현

군(친구나 아랫사람을 친근하게 부르거나 이르는 말)은 나와 같은 해에 출생하였으나 달과 날이 나보다 앞섰고 함께 남상곡에서 자랐으니, 대구(對句)를 읽을 때부터 공부를 함께하지 않은 것이 없었다. 을유년 봄에 함께 한성부에서 과거 시험을 볼 적에 군은 갑자기 어머니 상을 당하여 남으로 떠나고, 이어 조부모의 상까지 당하여 경인년 여름에야 서울에 와서 승지 민준 댁에 장가를 들었다. 나는 그를 찾아가 그의 학문을 알아보니 넓고 깊으며, 글 짓는 데는 마치 봇물 터지듯, 말 달리는 듯하여 당할 수가 없었다. 신묘년에 사마시(司馬試 생원이나 진사를 뽑던 과거)에 합격하고 정유년 여름 친시(親試 임금이 몸소 과장에 나와 성적을 살피고 급제자를 정하던 일)에서 병과(丙科 과거 합격자를 성적에 따라 나누던 세 등급) 가운데 셋째 등급에 합격하여 권지(權知 견습 관원) 승문원(承文院 외교 문서를 담당하던 관아) 부정자(副正字 승문원 종9품 벼슬)가 되었다. 기해년 봄에 승정원(承政院) 주서(注書 승정원 정7품 벼슬)로 임명되고 얼마 안 되어 세자시강원(世子侍講院 왕세자의 교육을 담당하던 관아) 설서(設書 세자시강원 정7품 벼슬)로 옮기고 가을에는 예문관(藝文館 예조의 칙령을 담당하던 관아) 검열(檢閱 예문관 정7품 벼슬)로 천거된 후 관직이 계속 승진하였다.

이때 재상이 군을 재목감으로 인정하여 군은 가만히 앉아 좋은 관직을 얻은 것이었다. 그러나 한 번도 찾아가 감사한 일이 없었다. 오직 강가에 살던 나하고 아침저녁으로 만나 시를 짓고 가야금과 노래를 듣는 것으로 일을 삼았다. 군이 지조를 지키고 권세나 이권을 좋아하지 않음이 이와 같았다.

경자년 여름에 예조 시랑으로 나갔다. 군은 본디 몸이 허약하고 일찍이 상을 연달아 당하여 병을 얻어 매우 고생하고 있었으므로 지방관으로 나가기를 청하여 강진에 가게 되었다. 이는 어른을 모시고 병을 치료하기 위함이다. 다음 해 내가 왕명을 받들어 호남에서 선비들의 시험을 관장할 때 군도 함께 고시관(考試官 과거 시험관)이 되었는데, 병이 이미 깊었기에 사임하고 돌아가 병의 치료를 내가 권한 바 4월에 과연 사직하고 돌아갔으나, 결국 이 병으로 6월 모일에 영암 집에서 졸하였다(죽었다). 향년 33세에 아들은 없고 딸 하나가 있을 뿐이다.

군의 성품은 소박하지만 진취하는(적극적으로 나아가서 일을 이룩하는) 데 담담하며 남의 허물을 말하지 않았다. 집안이 본디 넉넉하였으므로 재산에 별로 유의하지 않아 궁한 사람이 있으면 번번이 베풀어 주었다. 극진한 정성으로 홀어머니를 모시고 숙부에게 아들이 없어 숙부의 제사를 자기 아버지에 대한 것과 같이 지내니 친척들이 모두 칭송하였다.

군의 휘(諱 생전 이름)는 현이요, 자는 자승이며, 숭선에 살았다. 증조모는 모관(某貫 어떠한 벼슬)이요, 조모는 모관이며, 부모는 진사로 대과에 합격하지 못하고 일찍 졸하였다. 외조 이모(李某)는 모관이다. 장사 지낸 다음 해 부인 민씨가 내게 명문(銘文 돌이나 쇠, 그릇 따위에 새겨 놓은 글)을 청하니, 이에 울면서 쓰노라.

그대가 묻힐 적에(當君臨窆)

나는 조관을 맡았네(余尸漕官)

묘혈을 내려 보며(就視其壙)

울면서 하관을 했네(哭以下棺)

내가 정성을 다했건만(余盡余情)

그대는 어이 말이 없는가(君奚喜憾)

그대의 행적을 기록하여(記君之行)

이에 땅에 묻노라(爰納于坎) *

# 주웅설(舟翁說)

✏️ 작가와 작품 세계

권근(權近, 1352~1409)

고려 말에서 조선 초기의 문신. 자는 가원(可遠). 호는 양촌(陽村). 1368년 문과에 급제해 여러 관직을 두루 거쳤으나 1390년(공양왕 2년)에 이초(李初)의 옥사에 연루되어 한때 구금되기도 했다. 조선 왕조의 개국을 맞아 1393년 태조의 특별한 부름을 받고 새 왕조의 창업을 칭송하는 노래를 지어 올렸다. 이 글은 후세 사람들로부터 곡필(曲筆 사실을 바른대로 쓰지 않고 왜곡하여 씀)이었다는 평을 면하지 못했다. 정몽주, 정도전 등과 함께 역성혁명의 주체로서 배원친명의 외교 정책을 추구했으며 성리학 연구에도 힘썼다. 그는 성리학자이면서 문학을 존중했으며, 왕명으로 하륜 등과 함께『동국사략』을 편찬했다. 주요 저서로『양촌집』,『오경천견록(五經淺見錄)』등이 있고, 작품으로『상대별곡』이 있다.

✏️ 작품 정리

갈래 : 고전 수필, 한문 수필, 설

성격 : 비유적, 교훈적, 계몽적, 역설적

특징 : • 대화체의 '설(設)'의 형식을 사용함

　　　　 • 별다른 수사 없이 담백하고 자연스럽게 서술함

구성 : 주옹의 삶에 대한 객의 물음과 삶의 의미를 설명하는 주옹의 대답으로 구성됨

주제 : 세상살이의 어려움과 삶의 경계를 늦추지 않는 태도의 필요성

연대 : 조선 시대

출전 :『동문선(東文選)』

✎ 생각해 볼 문제

1. 이 작품에서 객과 주옹은 누구를 가리키며, 작가는 주옹의 말을 통해 어떤 삶의 태도를 강조하고 있는가?

이 글은 객과 주옹이 주고받는 대화로 이루어져 있다. 여기에 등장하는 객은 작가로 볼 수 있지만 주옹이 누군지는 정확하게 알 수 없다. 물론 이 작품에서 주옹의 신분이나 거처가 중요한 것은 아니다. 다만 주옹과 객의 대화를 통해 제시되는 처세에 주의를 기울이면 된다. 주옹은 "두려워서 조심하면 무탈하게 살지만, 태연하여 느긋하면 반드시 흐트러져 위태로이 죽는다."라고 말하면서 편안함과 안락함에 젖어 위험을 깨닫지 못하는 삶을 경계한다. 사람은 물 위에서 사는 것처럼 항상 조심스러운 태도로 생활해야 한다는 것이다. 이를 효과적으로 전달하기 위해 주옹을 뱃사람으로 설정했을 것이다. 따라서 물 위에 떠 있는 배는 살아가면서 조심해야 할 일과 힘써야 할 일들을 상징한다.

2. '설(說)'체로 쓰인 작품은 어떤 특성을 가지고 있는가?

한문 문체의 하나인 '설'은 사물이나 현상의 뜻과 이치를 해석하고 서술하는 방식으로 자신의 의견을 자유롭고 상세하게 서술하는 것이 특징이다. 설이라는 명칭은 『주역』의 설괘(說卦)에서 처음 시작되었다. 이후 송나라 소순에 이르러 '명설(名說)', '자설(字說)'이 등장했다. 이런 글들은 이름의 유래 등을 설명하고 있는데, 대부분 문장이 간결하다. 우리나라에서는 고려 시대 이규보의 문집에 설이 최초로 등장했다. 여기에는 「경설(鏡說)」, 「주뢰설(舟賂說)」, 「슬견설(蝨犬說)」, 「뇌설(雷說)」 등 많은 설체가 수록되어 있다. 이 작품들은 모두 우의적이라는 특징을 갖는다.

주옹설

객(客)이 주옹(舟翁 뱃사람)에게 물었다.

"그대는 배 위에서 살아가면서 고기를 잡으려고 해도 낚시가 없고, 장사를 하려 해도 돈이 없고, 진리(津吏 나루터를 관리하는 벼슬아치) 노릇을 하려 해도 물 가운데에만 있어 왕래(往來)가 없구려. 변화불측(變化不測)한 물 위에 조각배 하나만 달랑 띄우고 가없는(끝이 없는) 만경〔萬頃 만경창파(萬頃蒼波)의 준말. 끝없이 넓은 바다〕을 헤매다가, 바람이 미치고 물결이 놀라 돛대가 기울고 노까지 부러져 버리면, 정신과 혼백(魂魄)이 나가고 두려움에 휩싸여 명(命)이 지척(咫尺 아주 가까운 거리)에 있게 될 것이오. 그대가 하는 일은 지극히 위험한 곳에서 위태로움을 무릅쓰는 것이거늘, 오히려 이를 즐기며 오래도록 물 위를 떠다니기만 하니 그게 무슨 재미오?"

주옹이 대답했다.

"아아, 객은 왜 그렇게 생각이 짧으시오? 대개 사람의 마음이란 간사하기 짝이 없으니, 평탄한 땅을 디디게 되면 태연하여 느긋해지고, 험한 상황에 처하면 두려워서 서두르는 법이라오. 두려워서 조심하면 무탈하게 살지만, 태연하여 느긋하면 반드시 흐트러져 위태로이 죽게 되는 법이니, 내 차라리 위험한 상황에 처해 항상 조심할지언정, 편안한 곳에서 흐트러진 채 살아 스스로 쓸모없는 사람이 되지는 않으려 하오.

하물며 내 배는 정해진 형태가 없이 이리저리 떠돌고 있으니, 혹시 무게가 한쪽으로 치우치면 기울게 되지요. 왼쪽으로도 오른쪽으로도 기울지 않고, 무겁지도 가볍지도 않도록 내가 배 한가운데서 균형을 잡아 주어야만 뒤집히지도 않아 내 배가 평온한 상태를 유지하게 되나니, 비록 풍랑이 거세게 인다 하여도 평온한 내 마음을 어찌 흔들 수 있겠소?

또 무릇 인간 세상이란 한 거대한 물결이요, 인심이란 한바탕 큰 바람이라 할 수 있으니, 하잘것없는 이 한 몸이 가없는 속세 가운데서 떴다가 잠겼다가 하며 휩쓸리는 것보다는, 오히려 한 잎 조각배로 만 리의 부슬비 속에서 떠다니는 것이 더 낫지 않겠소. 사람 사는 세상이란 나만이 중심을 잡는다고 되는 것은 아니라오. 내가 배 위에서 살면서 사람들이 한세상 사는 것을 보아하니, 안전할 때는 욕심을 부리느라 나중을 살피지 못하다가, 마침내는 빠지고 뒤집혀서 죽는 자가 허다하더이다. 객은 어찌하여 이런 것을 두려워하지 않고 도리어 나를 두고 위태하다고 하시오?"

말이 끝난 뒤 주옹은 뱃전을 손으로 두들기며 노래했다.

아득한 강과 바다는 유유한데
빈 배를 물 한 가운데 띄웠구나
밝은 달 싣고 홀로 떠나노니
한가로이 지내다 세월 마치리

그리고 그는 뒤도 돌아보지 않고 저 깊은 바다를 향하여 멀리멀리 떠나버렸다. *

# 차마설(借馬說)

✎ 작가와 작품 세계

이곡(李穀, 1298~1351)

고려 말기의 학자. 자는 중보(仲父). 호는 가정(稼亭). 개경과 원나라를 오가며 관직 생활을 했으며, 전원을 좋아해 고향 한산에 가정(稼亭)이라는 정자를 짓기도 했다. 한산리(韓山吏) 이자성(李自成)의 아들이고, 목은 이색(李穡)의 아버지다. 1333년 원나라 제과에 급제하여 정동행중서성이 되었고, 충목왕 때 정당문학, 도첨의찬성사를 지냈다. 원제(元帝)에게 건의하여 고려 처녀의 징발을 중지하게 했다. 1344년에 귀국한 후 관직 생활을 계속했으며 충렬왕, 충선왕, 충숙왕 3조의 실록 편찬에 참여했다. 백지정, 우탁, 정몽주 등과 함께 경학(經學)의 대가로 꼽힌다. 문집으로 당시 원나라와 고려와의 관계를 보여 주는 『가정집(稼亭集)』이 있고, 가전체 작품으로 대나무를 의인화한 「죽부인전」이 『동문선(東文選)』에 수록되어 전해진다.

✎ 작품 정리

갈래 : 고전 수필, 설

성격 : 교훈적, 철학적, 체험적, 우의적

특징 : • 설득과 교훈에 적절한 형식인 '설'의 방식으로 전개함

　　　　 • 만연체 문장을 주로 씀

구성 : 사실 제시와 의견 개진의 두 부분으로 구성됨

주제 : 소유에 대한 성찰과 깨달음

연대 : 충정왕 3년(1351)

출전 : 『가정집』

1. 작가는 소유에 대해 어떤 관점을 가지고 있는가?

작가는 체험과 상상을 통해 '소유'가 일시적이라는 사실을 깨닫는다. 결국 어떤 소유물이라도 잠시 빌린 것일 뿐이라는 것이다. 하지만 사람들은 이를 깨닫지 못하고 있어 그 우매함을 경계하고 있다. 법정 스님은 「무소유」라는 글에서 소유를 속박으로 보았다. 또한, 사회 심리학자인 에리히 프롬은 『소유냐 존재냐』라는 책에서 '소유'가 아닌 '삶'을 선택할 것을 호소했다. 차마설에서는 소유를 '빌린 것'으로 보았다. 이는 역설적인 의미를 가지면서도 이원 합일적인 사고 체계를 보여 준다.

2. 이 작품의 구성상 특징은 무엇인가?

일반적으로 수필은 3단계 구성으로 결론을 이끌어 낸다. 하지만 이 글은 사실을 제시하고 직관적 통찰력에 의해 곧바로 결론에 이르는 2단계 구성으로 이루어져 있다. 2단계 구성은 3단계 구성에 비해 논리적인 구조와 연결성이 부족하다. 이 작품 역시 논리적인 구성력은 다소 부족하다. 그러나 2단계 구성은 화제 간의 관계를 분명히 하여 주제를 명료하게 드러낼 수 있다는 장점이 있다. 따라서 논리적 설득보다는 사물을 통한 깨우침을 전하는 데 적절하다고 할 수 있다. 또한, 체계적이고 복합적인 내용보다는 압축적이고 명료한 내용을 전달하는 데 적절하다. 이러한 구성은 신문의 칼럼이나 사설에서 주로 사용된다.

차마설

내가 집이 가난해서 말이 없었으므로 간혹 빌려서 타는데 말이 여위고 둔하여 걸음이 느리면 비록 급한 일이 있어도 감히 채찍질을 가하지 못하니 조심하다가 곧 넘어질 것 같은 때도 있었다. 개울이나 구렁을 만나면 내려서 걸어가야 하므로 다칠 위험이 적으니 후회하는 일도 적었다. 발이 높고 귀가 날카로운 준마에 올라타면 의기양양하게 마음대로 채찍질할 수 있고, 고삐를 놓으면 언덕과 골짜기가 평지처럼 보여 심히 장쾌하였다. 그러나 어떤 때에는 위태로워서 떨어질까 노심초사하였다.

아! 사람의 마음이 움직이고 변하는 것도 이와 같은 것인가? 남의 물건을 빌려서 하루아침 이용하는 것에 대비하는 것도 이와 같거늘 참으로 자기가 가지고 있는 것도 마음의 변화가 심할 것임은 물론이다.

무릇 사람이 가지고 있는 것 가운데 빌리지 아니한 것이 없다. 임금은 백성으로부터 힘을 빌려서 높고 부귀한 자리를 가지게 됐고, 신하는 임금으로부터 권세를 빌려 은총과 귀함을 가지게 됐고, 아들은 아비로부터, 지어미는 지아비로부터, 비복(婢僕 계집종과 사내종을 아울러 이름)은 상전으로부터 힘과 권세를 빌려서 가지고 있는 것이다.

그 빌린 바가 깊고도 많아서 대다수는 그것을 자기 소유로 생각하고 끝내 반성할 줄 모르니, 어찌 미혹(迷惑 무엇에 홀려 정신을 차리지 못함)하다 아니하리오.

그러다가도 혹시 잠깐 동안에 빌린 것이 도로 돌아가게 되면, 만방(萬邦)의 임금님도 외톨이가 되고, 백승(百乘 백 대의 수레. 높은 지위를 뜻함)을 가졌던 집도 외톨이가 되니, 하물며 그보다 더 미약한 자들이야 말해 무엇하겠는가.

맹자가 말하기를 "남의 것을 오랫동안 빌려 쓰고 있으면서 돌려주지 아니하면, 그것이 자기의 소유가 아니라는 것을 어찌 알겠는가?" 하였다.

내가 여기에 느낀 바가 있어 차마설을 지어 그 뜻을 널리 알리노라. *

이옥설(理屋說)

✏️ 작가와 작품 세계

이규보(李奎報, 1168~1241)

고려 중기의 문인. 호는 백운거사(白雲居士). 9세 때부터 이미 경전, 사서, 백가 등 중국 고전을 두루 섭렵했고, 16세에 예부시에 합격했다. 24세에 아버지를 여의고 천마산에서 시작(詩作)에 몰두했고, 그곳에서 『백운거사전』과 『동명왕편』을 완성했다. 이후에 최씨 정권으로부터 문학적 재능을 인정받아 '문하시랑평장사(門下侍郎平章事)'라는 벼슬에 올랐다. 독자적이고 활달한 시풍(詩風)으로 당대를 풍미한 그는 몽골군의 침입을 진정표(陣情表)로 격퇴한 명문장가다. 주요 작품집인 『동국이상국집(東國李相國集)』에는 「동명왕편」, 「죽부인전」, 「초당삼영」 등의 시가 수록되어 있다. 『백운소설』은 『역옹패설』, 『보한집』과 더불어 고려의 3대 사화집으로 꼽힌다.

✏️ 작품 정리

갈래 : 고전 수필, 설

성격 : 교훈적, 예시적, 경험적

특징 : 경험을 통해 깨달은 것을 삶의 일반적인 도리에까지 그 의미를 확장시킴

구성 : 행랑채를 수리하고, 이를 사람의 몸과 마음에 적용하고, 한 단계 나아가 나라의 정치에까지 적용하는 세 단락으로 구성됨

주제 : 문제에 미리 대처하는 자세의 중요성

연대 : 고려 시대

출전 : 『동국이상국집』

✎ 생각해 볼 문제

1. 이 작품에서 작가가 말하고자 한 것은 무엇인가?

사물의 속성에서 찾아낸 이치를 실제 생활에 적용시킨 이 수필은 교훈을 주기 위해 쓰여진 글이다. 퇴락한 행랑채는 잘못된 습성에 길들어진 인간의 마음을 의미한다. 비가 샌 지 오래되었으나 그냥 놓아둔 두 칸의 행랑채는 잘못을 저지르고도 오랫동안 고치지 않은 어리석은 상태를 가리킨다. 서둘러 기와를 교체한 한 칸은 재빨리 잘못을 고쳐 행실을 바로잡은 것을 빗대었다. 나아가 작가는 행랑채의 교훈을 한 국가를 다스리는 이치로까지 확대시킨다.

2. 이규보의 『동국이상국집(東國李相國集)』은 어떤 책인가?

『동국이상국집』은 고려 고종 때 편찬한 이규보의 문집으로 작가의 생전에 완성되지 못하고 사후에 그의 아들 함(涵)이 완성했다. 모두 53권 13책으로 구성된 이 문집은 이규보의 시문(詩文)과 동명왕 본기를 비롯한 역사가 수록되어 있다. 또한, 고려 시대에 주조된 금속 활자에 대한 기록이 남아 있어 국문학 연구에 중요한 자료로 평가받는다. 3권에 있는 「동명왕편」은 동명왕(東明王)을 노래한 영웅 서사시로, 고려의 고구려 계승 의식과 민족정신이 잘 나타나 있다.

이옥설

    행랑(行廊 대문간에 붙어 있는 방)채가 퇴락해 세 칸이나 지탱할 수 없을 지경이 됐다. 나는 마지못해 이를 모두 수리했다. 세 칸 중에서 두 칸은 지난 장마에 비가 샌 지가 오래되었으나, 그 사실을 알고 있으면서도 망설이다가 손을 대지 못했고, 나머지 한 칸은 비를 한 번 맞아 샜던 적이 있어 서둘러 기와를 갈았다.

    이번에 수리하기 위해 살펴보니 비가 샌 지 오래된 것은 서까래, 기둥, 들보(건물의 칸과 칸 사이의 두 기둥 위를 건너지른 나무)가 모두 썩어서 못쓰게 되었으므로 수리비가 엄청나게 들었고, 한 번만 비를 맞았던 한 칸의 재목들은 완전하여 다시 쓸 수 있었으므로 많은 비용이 들지 않았다.

    이에 나는 크게 느낀 바가 있었다. 사람의 몸(인간사를 의미)도 마찬가지라는 사실이다. 잘못을 알고서도 바로 고치지 않으면 마치 나무가 썩어서 못쓰게 되는 것처럼 곧 그 자신이 나쁘게 되는 것이며, 잘못을 알고 기꺼이 고치면 저 집의 재목처럼 다시 쓸 수 있는 것처럼 해(害)를 입지 않고 다시 착한 사람이 되는 것이다.

    나라의 정치도 이와 같다. 백성을 좀먹는 무리들을 방치했다가는 백성들이 도탄(塗炭 몹시 곤궁하여 고통스러운 지경)에 빠지고 나라가 위태롭게 된다. 사태가 악화된 다음에 바로잡으려 하면 이미 썩어 버린 재목처럼 이미 때가 늦은 것이다. 그러니 어찌 삼가지 않겠는가. *

🍁 이상한 관상쟁이(異相者對)

✏️ 작품 정리

작가 : 이규보(430쪽 '작가와 작품 세계' 참조)

갈래 : 고전 수필, 대(對)

성격 : 교훈적, 철학적, 사변적, 풍자적

특징 : 자신의 생각을 다른 사람, 즉 관상쟁이의 입을 빌려 밝힘

구성 : '기-승-전-결'의 4단계 구성

    - 기 : 이상한 관상쟁이가 나타남

    - 승 : 사람들의 관상을 거꾸로 봄

    - 전 : 이상한 관상쟁이의 진면목을 알아차리고 그를 찾아감

    - 결 : 이상한 관상쟁이의 생각에 동의함

주제 : 인생을 멀리 보는 통찰력

연대 : 고려 시대

출전 : 『동국이상국집』

✏️ 생각해 볼 문제

1. 이상한 관상쟁이의 시각과 세상의 시각에는 어떤 차이가 있는가?

태어난 시로 사람의 길흉을 보는 사주(四柱)가 정해진 운명이라면, 얼굴을 통해 운명을 알아내는 관상(觀相)은 얼마든지 바뀔 수 있다. 링컨은 "40세가 되면 자신의 얼굴에 책임을 져야 한다."라고 말했는데, 이 말에는 자신의 운명이나 삶의 모습은 스스로 만들어 가는 것이라는 의미가 담겨 있다. 이상한 관상쟁이는 현재의 얼굴을 통해 오히려 정반대의 미래를 점친다. 현재의 상이 아니라 그가 현재의 형편과 처지 때문에 취하게 될 행동거지를 날카롭게 예측하고, 이로써 야기될 미래상을 읽어 내는 것이다. 현재 부귀한 자는 교만해지기 쉽고, 그 죄로 하늘의 노여움을 사 죽도 먹을 수 없이 가난하게 되고 만다. 이 때문에 부귀한 자의 살찐 얼굴에서 야윈 관상을 보는 관상쟁이의 관점은 한 단계 위의 혜안(慧眼 사물을 꿰뚫어 보는 안목과 식견)인 것

이다. 작가는 관상쟁이의 시각을 통해 태만한 자세 때문에 재앙을 불러들이거나, 현재의 불행한 처지를 비관하기만 하는 사람들의 어리석음을 지적했다. 동시에 현실을 겸허하게 받아들이고 늘 자신을 갈고닦으면 좋은 운명을 유지할 수 있으며, 나쁜 운명도 좋은 것으로 바꿀 수 있음을 가르쳐 주고 있다.

2. 이 글의 갈래인 '대(對)'의 특징은 무엇인가?

'대(對)'는 문답 형식으로 진행되는 한문 문체의 하나다. 여기서 '대(對)'란 '대답'을 의미하는데, 의문이나 물음에 대해 쓴 글을 가리킨다. 이 작품은 이상한 관상쟁이를 통해 편견에서 벗어나 유연한 사고의 중요성을 일깨워 준다. 작가는 관상쟁이의 대답을 통해 눈에 보이는 현상을 통해 얻은 단편적인 지식을 진리라고 믿는 어리석은 자들을 비판하고 있는 것이다.

이상한 관상쟁이

　어디서 왔는지를 알 수 없는 한 관상쟁이가 있었다. 그는 관상 보는 책을 읽지도 않았고 종래의 관상 보는 법도 따르지 않고 이상한 술법(術法)으로 관상을 보았으므로 사람들은 그를 '이상한 관상쟁이'라고 불렀다. 고관대작(高官大爵), 남녀노소(男女老少) 모두 앞을 다투어 그를 모셔 오기도 하고 찾아가기도 해서 관상을 보았다.

　그는 부귀하고 살찐 사람의 관상을 보고는,

　"당신은 얼굴이 매우 여위었으니 당신만큼 천한 이가 없겠소."

하고, 빈천하여 몸이 파리한 사람의 관상을 보고는,

　"당신은 얼굴이 살쪘으니 당신만큼 귀한 이는 드물겠소."

하고, 장님의 관상을 보고는

　"눈이 밝겠소."

하고, 민첩하여 잘 달리는 사람을 보고는

　"절뚝거려서 걸음을 못 걷겠소."

하고, 얼굴이 예쁜 부인을 보고는

　"아름답기도 하고 추하기도 한 상이오."

하고, 세상 사람들이 너그럽고 어질다고 칭찬하는 사람을 보고는

　"모든 사람을 상심하게 할 사람이다."

하고, 매우 잔혹하다는 사람을 보고는

　"모든 사람의 마음을 기쁘게 할 사람이다."

하였다. 그는 관상을 대부분 이와 같이 보았다. 길흉화복(吉凶禍福)을 제대로 말하지 않을 뿐 아니라, 용모와 행동에 대해 모두 거꾸로 말했으므로 사람들은 그를 사기꾼이라고 떠들어 대며 국청(鞫廳 역적 등의 중죄인을 심문하기 위해 임시로 만들었던 관청)에 잡아다가 거짓말한 죄를 심문하려 하기에 내가 나서서 만류했다.

　"말이란 처음에는 어긋나더라도 나중에 맞아떨어질 수도 있고, 겉으로는 그럴싸하지만 속으로는 그렇지 않은 것이 있다. 그 관상쟁이도 보는 눈이 있을 터인데 어찌 살찐 사람, 여윈 사람, 눈이 먼 사람을 몰라보고 살찐

사람을 여위었다고 하고, 여윈 사람을 살쪘다고 하고, 눈이 먼 사람을 눈이 밝다고 하였겠는가. 이 관상쟁이에게는 뭔가 기특한 점이 있음이 분명하다."

하고, 목욕재계하고 옷깃을 정돈해 고름을 매고는 관상쟁이가 묵고 있는 곳을 찾아가 다른 사람들을 물리치고 물었다.

"그대가 사람들의 관상을 보고 그대의 방식으로 이러이러하다고 말한 까닭이 무엇인가?"

하고 물으니, 그가 대답했다.

"대개 부귀하면 교만해져 남을 업신여기는 마음이 생겨서 죄가 쌓일 것이니 하늘이 반드시 이를 뒤엎을 것입니다. 그렇게 되면 언젠가는 죽도 제대로 못 먹게 될 때가 올 것이니 '여위겠다'라고 했고, 장차 몰락하여 보잘것없는 필부(匹夫 신분이 낮은 사내)가 되겠기에 '천해지겠다'라고 했습니다. 빈천하면 겸손하게 자신을 낮추어 근심하고 두려워하며 반성하게 됩니다. 비괘(否卦 64괘의 하나로 하늘과 땅이 서로 사귀지 못함을 상징함)가 극(極)하면 태괘(泰卦 64괘의 하나로 하늘과 땅이 사귐을 상징함)가 반드시 오게 마련이라, 장차 만 석의 녹과 십 륜(十輪 열 대의 수레)의 부귀를 누리게 될 것이므로 '귀하게 될 것이다'라고 한 것입니다.

요염한 자태와 아름다운 얼굴은 쳐다보고 싶고, 진기한 것과 완호지물(玩好之物 신기하고 보기 좋은 물건)은 가지고 싶어 하니, 사람을 미혹시키고 사곡(邪曲 요사스럽고 마음이 바르지 못함)하게 하는 것이 눈인데, 이로 말미암아 헤아릴 수 없는 오욕(汚辱 남의 명예를 더럽히고 욕되게 함)을 당하게 되니, 이것이 바로 어두운 것이 아니겠습니까? 눈먼 사람만은 담박(淡泊 욕심이 없고 마음이 깨끗함)하여 몸을 보전하고 욕됨을 멀리하므로 어진 이와 깨달은 이보다 나으니 '밝은 사람'이라고 하였습니다.

민첩하고 용맹한 사람은 뭇사람들을 능멸하니, 마침내는 자객(刺客)이 되기도 하고 간당(奸黨 간사한 사람의 무리)의 우두머리가 되기도 합니다. 종국에는 붙잡혀 발에는 차꼬[옛날에 죄수를 가두어 둘 때 쓰던 형구(形具)의 하나]를 차고 목에는 칼을 쓰는 신세로 전락할 것이니, 도망치려고 하나 어디 쉽게 되겠습니까? 그래서 '절름발이여서 걸음을 제대로 못 걷는다'라고 하였습니다. 미색(美色)이란 음탐(淫貪 음란한 것을 좋아함)하고 사치스러운 사람이 보면 옥구슬처럼 아름다운 것이지만, 어질고 순박한 사람이 보면 진흙덩이와 같을 뿐입니다.

그래서 '아름답기도 하고 추하기도 하다'라고 하였습니다.

　어진 사람이 죽을 때는 어리석은 백성들이 마치 어머니를 잃은 아이처럼 그리워하는 마음으로 울고불고할 것이므로 '만인을 상심하게 할 사람'이라고 하였습니다. 잔혹한 사람이 죽으면 기쁜 나머지 거리에서 양고기와 술을 먹으며 노래하고 웃는 사람들도 있을 것이고 손바닥이 아프도록 박수를 치는 사람들도 있을 것입니다. 그래서 '만인을 기쁘게 할 사람'이라고 하였습니다."

　나는 이 말을 듣고 놀라 일어나,

　"과연 내 말대로다. 이 사람이야말로 진짜 관상쟁이로구나. 그의 말은 명(銘 마음에 새겨 교훈으로 삼을 만한 어구)으로 삼을 만하다. 어찌 겉모습만을 보고 귀한 상을 말할 때는 '거북 무늬에 무소뿔'이라 하고 나쁜 상을 말할 때는 '벌의 눈에 승냥이 소리'라 하여, 나쁜 것은 숨기고 드러난 상례(常例 일상적으로 있는 일)만을 쫓으며 스스로 잘난 체하는 무리들에 비하겠는가."

하고 물러나왔다. *

토실(土室)을 허문 데 대한 설(設)

✏ 작품 정리

작가 : 이규보(430쪽 '작가와 작품 세계' 참조)
갈래 : 고전 수필, 설
성격 : 교훈적, 비유적, 우의적
배경 : 시간 – 10월 초하루 / 공간 – 이자의 집
구성 : '사실–의견'의 2단계 구성
특징 : 평범한 삶의 이치를 대화 형식으로 나타냄
주제 : 자연의 순리를 거스르는 행위에 대한 경계
연대 : 고려 고종 28년(1241)
출전 : 『동국이상국집』

✏ 생각해 볼 문제

1. '이자'라는 인물을 어떻게 평가할 수 있는가?

이자는 토실을 하늘의 명령을 거역한 것으로 보아야 한다고 말한다. 이에 근거해 자연의 순리를 따르지 않는 하인들의 태도를 비난하고 토실을 허물 게 한다. 이자의 이런 행동은 자연의 순리에 따르는 긍정적인 태도로 평가 할 수도 있고, 자연의 한계를 극복하면서 발전해 온 인간 문명의 근간을 부 정하는 생각이라는 점에서 부정적인 평가를 내릴 수도 있다.

2. '토실'의 상징적인 의미는 무엇인가?

자연의 섭리와 생태계의 질서를 어기는 것은 편리와 욕망을 추구하는 인간 의 이기적인 심성에서 비롯된다. 대표적인 폐해로 환경을 파괴하는 무분별 한 개발을 꼽을 수 있다. 자연의 순리를 거스르면서까지 편리를 추구하는 인간의 반자연적이고 파괴적인 심성은 환경 위기의 근본적인 원인이다. 이 와 관련해 작가는 토실을 예로 들어 인간 중심적인 태도를 비판하고 자연 의 질서를 존중해야 한다는 것을 주장하고 있다.

토실을 허문 데 대한 설

　10월 초하루에 이자(李子 이씨 성을 가진 사람. 이규보 자신을 가리킴)가 밖에서 돌아오니, 종들이 흙을 파서 집을 만들었는데, 그 모양이 무덤과 같았다. 이자는 어리석은 체하며 말하기를,

　"무엇 때문에 집 안에다 무덤을 만들었느냐?"

하니, 종들이 말하기를,

　"이것은 무덤이 아니라 토실입니다."

하기에,

　"어찌 이런 것을 만들었느냐?"

하였더니,

　"겨울에 화초나 과일을 저장하기에 좋고, 또 길쌈하는 부인들에게 편리하니, 아무리 추울 때라도 온화한 봄 날씨와 같아서 손이 얼어 터지지 않으므로 참 좋습니다."

하였다. 이자는 더욱 화를 내며 말하기를,

　"여름은 덥고 겨울이 추운 것은 사시(四時 사계절)의 정상적인 이치이니, 만일 이와 반대로 된다면 곧 괴이한 것이다. 옛적 성인이, 겨울에는 털옷을 입고 여름에는 베옷을 입도록 마련하였으니, 그만한 준비가 있으면 족할 것인데, 다시 토실을 만들어서 추위를 더위로 바꿔 놓는다면 이는 하늘의 명령을 거역하는 것이다. 사람은 뱀이나 두꺼비가 아닌데, 겨울에 굴속에 엎드려 있는 것은 너무 상서롭지(복되고 길한 일이 일어날 조짐이 있지) 못한 일이다. 길쌈이란 할 시기가 있는 것인데, 하필 겨울에 할 것이냐? 또 봄에 꽃이 피었다가 겨울에 시드는 것은 초목의 정상적인 성질인데, 만일 이와 반대가 된다면 이것은 괴이한 물건이다. 괴이한 물건을 길러서 때아닌 구경거리를 삼는다는 것은 하늘의 권한을 빼앗는 것이니, 이것은 모두 내가 하고 싶은 뜻이 아니다. 빨리 헐어 버리지 않으면 너희를 용서하지 않겠다."

하였더니, 종들이 두려워하며 재빨리 그것을 철거하여 그 재목으로 땔나무를 마련했다. 그러고 나니 이자의 마음이 비로소 편안하였다. *